跨越与回响

——第一至第十届"海峡诗会"集录

台港文学选刊杂志社 编

海峡出版发行集团 | 海峡文艺出版社

图书在版编目(CIP)数据

跨越与回响:第一至第十届"海峡诗会"集录/台港文学选刊杂志社编. －福州:海峡文艺出版社,2022.12
　ISBN 978-7-5550-2831-4

　Ⅰ.①跨… 　Ⅱ.①台… 　Ⅲ.①诗歌欣赏－文化活动－概况－中国－2002－2015 　Ⅳ.①I207.22②G123

中国版本图书馆 CIP 数据核字(2021)第 281314 号

跨越与回响
　　——第一至第十届"海峡诗会"集录

台港文学选刊杂志社　编

出 版 人　林　滨
责任编辑　蓝铃松
出版发行　海峡文艺出版社
经　　销　福建新华发行(集团)有限责任公司
社　　址　福州市东水路 76 号 14 层
发 行 部　0591－87536797
印　　刷　福建东南彩色印刷有限公司
厂　　址　福州市金山浦上工业区冠浦路 144 号
开　　本　787 毫米×1092 毫米　1/16
字　　数　600 千字
印　　张　30.25　　　　　　　　　　插页　8
版　　次　2022 年 12 月第 1 版
印　　次　2022 年 12 月第 1 次印刷
书　　号　ISBN 978-7-5550-2831-4
定　　价　96.00 元

如发现印装质量问题,请寄承印厂调换

中国作家协会主席铁凝：文化如水　沟通两岸

· 铁凝

　　2008 年 3 月 27 日，中国作家协会第七次全体委员会第三次会议在福州召开。正在此间参加中国作协七届三次全委会的中国作家协会主席铁凝表示，有着深厚历史文化积淀的福建，可以通过更加丰富多彩的形式，沟通两岸亲情。

　　铁凝说，"文化如水"，从某种程度上说，文化也是一种生产力，它与经济不可分割，在当前福建的建设中，在两岸的交流交往中，文化的作用是潜移默化的。

　　近年来，由福建省文联等单位联合举办的大型系列活动"海峡诗会"，先后邀请了台湾著名诗人余光中、洛夫、痖弦、张默、向明、大荒等参加，逐渐成为享誉两岸的文化品牌交流活动，在海峡两岸产生了积极的反响。

　　铁凝对此认为，表面上看，诗会只是诗人们的相聚；实际上，诗会是两岸人民以文学的形式，表达同根同源的血脉亲情。

　　铁凝表示，今后还可以通过举办文学含量更高的研讨会，让两岸作家和文学工作者交流思想，写出更多贴近两岸读者的作品，并逐渐形成良性循环。福建是个戏剧大省，闽剧等许多剧种不仅精彩动人，而且还与台湾有着很深的渊源。除了诗歌等文学作品之外，福建还可以通过戏剧等艺术形式，拉近两岸人民的距离。

（据中新网 2008 年 3 月 31 日载。记者林维莉，中新社发，王东明摄）

目　录

2002年第一届海峡诗会——"海上生明月　天涯共此时"

2003 年第二届海峡诗会——余光中原乡行

⊙ 概况

⊙ 与会交流的余光中诗作

⊙诗歌讨论会和朗诵会

⊙综述

⊙诗会回音

2004 年第三届海峡诗会——台湾诗人海峡西岸行

⊙概况

第三届海峡诗会概况

2006 年第四届海峡诗会——海峡西岸现代诗巡礼

⊙ **概况**

第四届海峡诗会概况

⊙ **与会交流的洛夫诗文**

2007年第五届海峡诗会——"天和地谐，人和诗谐"席慕蓉海峡西岸行

⊙ 概况

第五届海峡诗会概况

⊙ 与会交流的席慕蓉诗文

⊙诗歌讨论会和朗诵会

⊙综述

⊙诗会回音

2009 年第六届海峡诗会——郑愁予八闽巡行

⊙概况

第六届海峡诗会概况

⊙**与会交流的郑愁予诗作**

2010 年第七届海峡诗会——痖弦文学之旅

⊙概况

第七届海峡诗会概况

⊙与会交流的痖弦诗作

2011年第八届海峡诗会——两岸诗人诗音书画笔会

⊙概况

第八届海峡诗会概况

⊙与会交流的诗作·诗写书画

2014 年第九届海峡诗会——两岸青年诗歌创作座谈会

⊙概况

第九届海峡诗会概况

2015 年第十届海峡诗会——美丽乡村觅诗行

⊙诗歌讨论会和朗诵会

⊙诗会主题歌

⊙综述

⊙第一至第十届海峡诗会综述

附录

2002 年第一届海峡诗会

——"海上生明月　天涯共此时"

⊙概况

第一届海峡诗会概况

一、主办与承办单位

主办单位：福建省文学艺术界联合会　厦门市文学艺术界联合会

承办单位：台港文学选刊杂志社　福建省文学艺术对外交流中心

二、邀请函

'2002 海峡诗会邀请函（之一）

尊敬的　　　女士／先生：

　　自古以来，中华农历中秋节是中华子孙的思乡节、团圆节，海峡两岸的诗人们常由中秋佳节激发诗兴，产生了许多脍炙人口的诗篇。如今，这个节日也依然能唤起人们沉睡的诗情，借助佳节气氛作现代诗的推动，或能取得一定的效果，如此对当下人心的抚慰与改善多少有所助益。由此动议，福建省文学艺术界联合会与厦门市文学艺术界联合会拟联合于 2002 年 9 月 20 日下午、晚上在厦门市文联举办两岸诗人"海峡诗会"活动。我会拟邀请您参会，盼拨冗莅临，共同为促进两岸中华文化及文学的交流而努力。不周之处，敬请海谅。

　　至厦门往返交通自理，在厦门活动期间费用由我会承担。

福建省文学艺术界联合会

厦门市文学艺术界联合会

2002 年 9 月 17 日

三、活动流程

1.2002 年 9 月 17 日下午，福州西湖宾馆，福建文艺界同台湾诗人座谈会及新闻媒体采访会。

2.2002 年 9 月 19 日晚，厦门市天海花园酒店，两岸诗人见面会。

3.2002 年 9 月 20 日下午，厦门市文联，"两岸诗歌发展讨论会"。

4.2002 年 9 月 20 日晚，厦门市文联多功能厅，'2002 海峡诗歌朗诵音乐会。

5.2002 年 9 月 19 日上午，金门岛，福建省文联及海峡诗会诗人赴金门参加"金门诗酒文化节"。

四、部分与会嘉宾简介

张　默，男，本名张德中，安徽无为人，1930 年 2 月生。南京成美中学毕业，在军中继续受教育。台湾《创世纪》诗社创办人，曾任记者、编辑、《水星》诗刊、《中华文艺》月刊、华欣文化中心主编。现任《创世纪》诗社总编辑。著有诗集《紫的边陲》、《上升的风景》等 9 种。另有散文 2 种、论述 5 种。并编有多种诗选本，诗歌史料等，为台湾诗坛著名的编辑家。

向　明，男，本名董平，湖南长沙人，1928 年 6 月生。曾任电子工程师，台湾《蓝星》诗刊主编，《中华日报》副刊编辑，《台湾诗学季刊》社长。现为自由作家。著有诗集《雨天书》、《五弦琴》等 10 种，另有散文 2 种、儿童文学 3 种、论述 3 种。曾获台湾"中国文艺协会文艺奖章"、"中山文艺奖"及"台湾文艺奖"。

大　荒，男，本名伍鸣皋，安徽无为人，1930 年 1 月生。台湾师范大学国文专修科毕业。曾任中学教师，现专事写作。台湾《现代文艺》月刊创办人，《创世纪》诗社同仁。著有诗集《存愁》、《雷峰塔》等 5 种，另有散文 4 种、长篇小说 2 种、短篇小说集 2 种、诗剧 1 种。

牛　汉，又名牛汀，男，1923 年 10 月生于山西省定襄县，远祖系蒙古族。抗战时期在陕甘地区读中学、大学。从事文学编辑工作半个多世纪，曾主编《新文学史料》20 年，并主编多种文学丛书和现当代诗歌选本，上世纪 80 年代曾协助丁玲编辑文学杂志《中国》，任执行副主编。现为中国作家协会全国名誉委员、中国诗歌学会副会长。人民文学出版社编审。已出版诗集《彩色的生活》、《温泉》等十余种，另有散文 7 种、诗话集 2 种。作品被多国文字译介和评论。90 年代起享受国务院有特殊贡献专家待遇。

谢　冕，男，1932 年生。福建福州人。北京大学中文系教授、博士生导师。北京作家协会副主席、中国当代文学研究会副会长。著有《湖岸诗评》、《北京书简》、《共和国的星光》、《论诗》、《谢冕文学评论选》、《中国现代诗人论》、《文学的绿色革命》、《诗人的创造》、《地火依然运行》、《论二十世纪中国文学》等文学论著十数种。

蔡其矫，男，1918 年生于福建晋江。幼年时曾侨居印尼，后回国求学于闽南和上海，1938 年赴延安考入鲁迅艺术学院文学系。当过教员、记者、编辑，现为专业作家。出版有诗集《回声集》、《福建集》、《双虹》等 14 种。

舒　婷，女，1952 年 5 月生，厦门鼓浪屿人。下过乡，当过工人，后调至福建省作家协会任专业作家。现任中国作家协会全委会委员、福建省文联副主席、福建省作家协会副主席。主要作品有诗集《双桅船》、《会唱歌的鸢尾花》、《始祖鸟》；另有散文 4 种和《舒婷文集》3 卷。曾获首届中国中青年新诗奖、中国首届新诗优秀诗集奖、新时期女性文学创作奖等。每年应邀到国外讲学和举办诗歌朗诵会，作品被翻译近二十国文字。

王家新，男，1957 年生于湖北。曾上山下乡劳动三年，后考入武汉大学中文系，毕业后从事教师、编辑等职，曾旅居英国三年，现任教于北京教育学院。著有诗集《纪念》、《游动悬崖》等 3 种，诗论集 3 种，文学随笔集《对隐秘的热情》，另有编著和翻译多种。曾多次获诗歌奖，作品被译成多国文字。

叶延滨，男，1948 年 11 月生于哈尔滨。当过农民、牧工、仓库保管员，后考入北京广播学院新闻系文艺编辑专业。曾任四川《星星诗刊》主编、《当代杂文报》副总编、北京广播学院文学艺术系主任，现为中国作家协会全委会委员、《诗刊》常务副主编、编审。出版有诗集《不悔》、《二重奏》等 30 种，另有散文、杂文、小说、评论。作品被收入国内外 150 余种选集和大、中学课本，被译成多国文字。曾获中国优秀中青年诗奖、中国新诗集奖等 50 余种文学奖。

任洪渊，男，1937 年 8 月生于四川邛崃。北京师范大学中文系副教授。中国作家协会会员，北京作家协会理事。著有诗与诗学合集《女娲的语言》、汉语文化诗学导论《墨写的黄河》，在台湾出版有《大陆当代诗选·任洪渊诗选》一辑。作品被译为法语、德语、英语。

陈仲义，诗学理论家。曾任厦门职工大学中文系秘书、系主任。现执教于厦门城市学院人文学部。著有现代诗学专论《现代诗创作探微》、《诗的哗变——第三代诗歌面面观》、《中国朦胧诗人论》、《从投射到拼贴——台湾诗歌艺术六十种》多种。曾获省、市社会科学优秀成果奖。

谢春池：1951 年生，福建厦门人。1967 年毕业于厦门第四中学。《厦门文学》杂志编辑部主任。福建省作家协会第四届

· 台湾诗人张默、大荒、向明与大陆诗人、诗评家牛汉、谢冕、叶延滨、王家新、任洪渊及福建省文联领导、小说家杨少衡、台港文学选刊杂志社人员杨际岚、宋瑜相会在厦门

理事、第五届全委会委员。中国作家协会会员。著有诗集《子夜时分》，长篇报告文学《崛起的圣地》、《那条江和那个城》、《才溪世纪梦》，散文随笔集《岁月的隐秘》、《寻找那棵橡树》、《我知道，我是一个永远的知青》，报告文学集《惠东女人》，中篇小说集《喷薄欲出》等。曾获福建省第七届及第八届优秀文学奖一等奖、《解放军文艺》优秀作品奖、福建省首届百花奖三等奖等。钟情于国画，多采用大写意水墨笔法。

伊　路，女，现任职福建人民艺术剧院。国家一级舞台美术设计师。中国作家协会会员、中国戏剧家协会会员、中国舞台美术学会会员。出版有诗集《青春边缘》、《行程》。诗作入选《中华人民共和国50年文学名作文库》、《中国诗歌精选》等。曾获多项文学奖。

谢宜兴，男，1965年10月生。现任职新华社福建分社。中国作家协会会员。出版有诗集《留在村庄的名字》、《银花》、《呼吸》，作品入选《新中国50年诗选》、《中国·星星四十年诗选》等，多次获"福建省优秀文学作品奖"、"福建省百花文艺奖"。福建民间诗报《丑石诗报》主编之一。

廖一鸣，男，1958年生。曾上山下乡到闽西插队。武汉大学中文系毕业。曾任《福建文学》小说编辑，现任《台港文学选刊》杂志副编审。福建省作家协会会员。

作品有诗歌、小说、散文，出版有诗集《更高的玫瑰》，小说《无尾猪轶事》入选《1988年全国短篇小说佳作选》。曾获福建省优秀文学作品奖。

余　禺，本名宋瑜，男，1955年10月生于厦门。曾上山下乡在闽东插队。大专毕业调入《福建文学》编辑部工作，现任《台港文学选刊》主编助理、副编审。中国世界华文文学学会会员，福建省作家协会会员，福建省台港澳暨海外华文文学研究会常务理事。作品有诗歌、散文、评论。出版有诗集《过渡的星光》，曾获福建省优秀文学作品奖。作品被收入多种选本。

此外，除了主办单位福建省文联及其相关部门台港文学选刊杂志社、文学艺术对外交流中心，厦门市文联及其相关部门厦门市文学院、厦门文学杂志社的人员，尚有诗人、诗评家、作家、学者：南帆、杨少衡、刘登翰、陈仲义、朱水涌、徐学、朱双一、林兴宅、邱滨玲、蒋夷牧、谢春池、陈元麟、王炳根、陈侣白、杨国荣、赖妙宽、王伟伟、沈丹雨、王莹、游刃、程剑平、安琪、康城、道辉、阳子、林茶居、黄澄、黄静芬、王欣、高波等，文化艺术及传播界人士陈济谋、毛振亚、林书春、徐里、陈奋武、陈玉峰、骆红芳等，以及来自福建移动通信有限责任公司厦门分公司、厦门大学师生和新闻界二百多人出席、参与了相关活动。

五、部分赴金门活动人员名录

牛　汉：人民文学出版社编审，中国作家协会全委会名誉委员，中国诗歌学会副会长

谢　冕：北京大学中文系教授、博士生导师，北京作家协会副主席，中国当代文学研究会副会长

任洪渊：北京师范大学中文系副教授

叶延滨：《诗刊》常务副主编

王家新：北京教育学院副教授

舒　婷：福建省文学艺术界联合会副主席

张　帆（南帆）：福建社会科学院副院长，中国作家协会全委会委员，福建省作家协会副主席，福建师范大学中文系教授、博士生导师，文艺评论家

陈济谋：福建省文学艺术界联合会党组书记、副主席

刘登翰：福建社会科学院研究员，福建省作家协会副主席，福建师范大学中文系教授、博士生导师

陈奋武：中国书法家协会理事，福建省文学艺术界联合会副主席，福建省书法家协会主席兼秘书长

陈玉峰：中国美术家协会理事，福建省美术家协会主席兼秘书长

杨国荣：福建省电视艺术家协会副主席兼常务副秘书长

卢美松：福建省地方志编纂委员会副主任，福建省史志研究所所长

王启敏：福建省委宣传部副巡视员、文明办副主任

刘　荣：福建省委统战部民宗处处长

郭　平：福建省文学艺术对外交流中心副主任

王肃健：台港文学选刊杂志社编辑部主任

廖一鸣：台港文学选刊杂志社副编审

李肃进：福建省电视艺术家协会会员

⊙与会交流的诗作

· 向明的诗 ·

隔海捎来一只风筝

就让自己再年轻一次吧
临老，你从隔海捎来一只风筝
青绿的双翅暗镶虎形斑纹
迎风一张，竟若那只垂天的大鹏
颀长的尾翼，拖曳出去
又是凤凰来仪的庄重
暗示得好深长的一份期许
俨然，年轻时遗落的飞天大志
被你一头捎了过来
要我再走一次年轻

可能吗？再一次年轻
风骨当然还是当年耐寒的风骨
又硬又瘦又多棱角的几方支撑
稍一激动还是扑扑有声
仍旧爱和朔风顽抗
好高骛远不脱灵顽的一只风筝
起落升沉了多少次起落升沉
居高不坠总美日月星辰
爱恨割舍不了的是
那些拘绊拉扯的牵引

可能吗？也许可以再一次年轻
把萧萧白发推成萧飒草坪
放出白鸽、放出青鸟、放出囚禁的阴影
邀请风雨，邀请雷电，邀请旗帜
邀请一切爱在长空对决的诸灵

所有的啄喙，所有的箭矢
就请对准这只老不折翼的风筝
看它几番腾跃，一路扬升而上
看它一个俯冲下去，从此舍身下去
时间在后面追成许多仰望的眼睛

捉迷藏

我要让你看不见
连影子也不许露出尾巴
连呼吸也要小心被剪

我要让你看不见
把所有的名字都涂成漆黑
让诗句都闷成青烟

我要让你看不见
绝不再伸头探问天色
缩手拒向花月赊欠

我要让你看不见
用蝉噪支开你的窥视
以禅七混淆所有的容颜

我要让你看不见
像是鸟被卸下翅膀
有如麦子俯首秋天

终究，这世界还是太小
一转身就被你看见了
你将我俘虏
用尽所有传媒的眼线

·牛汉的诗·

我是一颗早熟的枣子

　　童年时，我家的枣树上，总有几颗枣子红得特别早，祖母说："那是虫咬了心的。"果然，它们很快就枯凋。

　　　　　　　　　　　——题记

人们
老远老远
一眼就望见了我

满树的枣子
一色青青
只有我一颗通红
红得刺眼
红得伤心
一条小虫
钻进我的胸腔
一口一口
噬咬着我的心灵

我很快就要死去
在枯凋之前
一夜之间由青变红
仓促地完成了我的一生

不要赞美我……

我憎恨这悲哀的早熟
我是大树母亲绿色的胸前
凝结的一滴

受伤的血

我是一颗早熟的枣子
很红很红
但我多么羡慕绿色的青春

　　　　　　　　　　　1982 年秋

半棵树

真的，我看见过半棵树
在一个荒凉的山丘上
像一个人
为了避开迎面的风暴
侧着身子挺立着

它是被二月的一次雷电
从树尖到树根
齐楂楂劈掉了半边

春天来到的时候
半棵树仍然直直地挺立着
长满了青青的枝叶

半棵树
还是一整棵树那样高
还是一整棵树那样伟岸

人们说
雷电还要来劈它
因为它还是那么直那么高
雷电从远远的天边就盯住了它

　　　　　　　　　　　1972 年，咸宁

· 张默的诗 ·

哦……巫峡，请你等一等

为了亲昵你，我们结伴踏波而来
且以最灵犀的触觉搜索两岸的猿啼
我们朗朗开放身躯的每一种官能
静静享受一瞬即逝的淋浴

有风，微微的风
　　　不是吹在衣襟上
有浪，柔柔的浪
　　　不是打在发茨间
有云，薄薄的云
　　　不是飘在心坎里
有雨，小小的雨
　　　不是落在狭谷中
惟那木讷的斑驳的石刻群的雕像
在舷边，忍俊不住地，喊你

我在上水，一遍一遍地穿越
虽云层下倾，而山岳无端偏过仰首的视瞩
十二神女以各种撩人的风姿
把咱们的神经拨弄得更加舒畅了
我仿佛在那些十分神似的
千横万纵的石壁上
捕捉到一尊尊活蹦乱跳的古人的绝句
（莫非水尽疑无路
只等云开别有天）
穿越，穿越，急急地穿越
整个船身好似要向千仞万仞的峭壁冲去
惟当定神的一霎
忽地水平，山静
我们又把欲拥还拒的巨石

轻轻地推开，且说：罢了罢了

惟那长着翅膀的金盔银甲的铁棺
在两岸，喋喋不休地，喊你

你在下水，千千万万次唤我
我怎能丢却眼前刻刻变化的绚丽与惊奇
或者，干脆不吭一声
一头闪进你的臂弯里
且高声朗读：
亲爱的巫峡，请你不要心浮气躁
请你把每一寸风景，拴住
就让我好好好好耐心地
守着　　　你

红楼独语

坐在红楼的高台上
极目四顾
我看见，百年前
姗姗走来，一长列历史婆娑的树影
云，仍是蓝的
而数千尺外，淡水河上的霞光
被眉批得更妩媚了

半个世纪前，我来过
曾是清水祖师庙的常客
它的一瓦一甌，都刻有我年轻瘦削的屐印
我住的右侧厢房，不见了
对面的特务长室，变成供应香客的茶水站
我到那里去找一群老战友南腔北调地争吵
幸好，墙角一把点四五手枪噘着嘴，嘟哝
　着
指导员：怎么这样久，你才来看我啊

今天，大家都老了，朽了
连夕照、香火、摊贩……都在唉声叹气
捷运站把四周的街景，井然细细地切割
如一面密不透风的蜘蛛网
冷不防，我打了一个寒颤
急急拎起背包，挥别红楼
向内湖，弯弯的回家小路挺进

·舒婷的诗·

给二舅舅的家书

二舅舅在台北
台北是一条有骑楼的街
厦门这头落雨
街那头也湿了，湿在
阿舅的"关公眉"
街那边玉兰花开时
厦门故宫路老宅飘满香味
香了一盒黄黄的旧照片
照片上二舅舅理个小平头
眼睛淘气地乜斜
哎呀
老外公翻照片的手指颤巍巍

二舅舅过海去求学
随身带去一撮泥一瓶水
咸光饼、青橄榄
四舅舅的压岁钱
大姨妈一针一针绗的被
还有
　　你不回头怎看见的

外婆两行泪

二舅舅去时一路扬着头
口袋塞满最贪吃的小零嘴
全不知道
这条街那条街
骑楼同样遮阳避雨，却
四十五年不连接

直到枇杷树下
你送女儿去留学
　　一路扬头走的
　　是我快活的小表妹
你才体会到外婆每夜窗前的祈祷
如何被星空和海浪拒绝
梦已不圆
各照半边月

木瓜老了，果实越甜
你儿时练杨家枪
令它至今伤痕累累
外婆老了，思念更切
糊涂时叫人买贡糖，买
阿昌仔最爱吃的咸酸梅
更老的时候她躺在床上
细数门前过往的台湾游客
"怎么听不见你二舅的脚步声
他老爱倒趿着鞋"

　　　　　　　　　　1989 年 3 月

献给我的同代人

他们在天上
愿为一颗星
他们在地上

愿为一盏灯
不怕显得多么渺小
只要尽其可能

惟因不被承认
才格外勇敢真诚
即使像眼泪一样跌碎
敏感的大地
处处仍有
持久而悠远的回声

为开拓心灵的处女地
走入禁区，也许——
就在那里牺牲
留下歪歪斜斜的脚印
给后来者
签署通行证

1980 年 4 月

· 王家新的诗 ·

瓦雷金诺叙事曲
——给帕斯捷尔纳克

蜡烛在燃烧
冬天里的诗人在写作
整个俄罗斯疲倦了
又一场暴风雪
止息于他的笔尖下，
静静的夜
谁在此时醒着，
准都会惊讶于这苦难世界的美丽
和它片刻的安宁，

也许，你是幸福的——
命运夺去一切，却把一张
松木桌子留了下来，
这就够了。

作为这个时代的诗人已别无他求
何况还有一份沉重的生活
熟睡的妻子
这个宁静冬夜的忧伤，
写吧，诗人，就像不朽的普希金
让金子一样的诗句出现
把苦难转变为音乐……

蜡烛在燃烧，
蜡烛在松木桌子上燃烧，
突然，就在笔尖的沙沙声中
出现了死一样的寂静
——有什么正从雪地上传来，
那样凄厉
不祥……
诗人不安起来。欢快的语言
收缩着它的节奏。
但是，他怎忍心在这首诗中
混入狼群的粗重鼻息？
他怎能让死亡
冒犯这晶莹发蓝的一切？
笔在抵抗，
而诗人是对的。
我们为什么不能在这严酷的年代
享有一个美好的夜晚？
为什么不能变得安然一点
以我们的写作，把这逼近的死
再一次地推迟下去？

闪闪运转的星空
一个相信艺术高于一切的诗人

请让他抹去悲剧的乐音！
当他睡去的时候
松木桌子上，应有一首诗落成
精美如一件素洁绣品……
蜡烛在燃烧
诗人的笔重又在纸上疾驰，
诗句跳跃
忽略着命运的提醒。
然而，狼群在长啸，
狼群在逼近，
诗人！为什么这凄厉的声音
就不能加入你诗歌的乐章？
为什么要把人与兽的殊死搏斗
留在一个睡不稳的梦中？
纯洁的诗人！你在诗中省略的
会在生存中
更为狰狞地显露，
那是一排闪光的狼牙，它将切断
一个人的生活，
它已经为你在近处张开。
不祥的恶兆！
一首孱弱的诗，又怎能减缓
这巨大的恐惧？
诗人放下了笔。
从雪夜的深处，从一个词
到另一个词的间歇中
狼的嗥叫传来，无可阻止地
传来……
蜡烛在燃烧
我们怎能写作？
当语言无法分担事物的沉重，
当我们永远也说不清
那一声凄厉的哀鸣
是来自屋外的雪野，还是

来自我们的内心……

转　变

季节在一夜间
彻底转变
你还没有来得及准备
风已扑面而来
风已冷得使人迈不出院子
你回转身来，天空
在风的鼓荡下
出奇地发蓝

你一下子就老了
衰竭，面目全非
在落叶的打旋中步履艰难
仅仅一个狂风之夜
身体里的木桶已是那样的空
一走动
就晃荡出声音

而风仍不息地从这个季节穿过
风鼓荡着白云
风使太空更高、更远
风一刻不停地运送着什么
风在瓦缝里，在听不见的任何地方
吹着，是那样急迫

剩下的日子已经不多了
落叶纷飞
风中树的声音
从远方溅起的人声、车辆声
都朝着一个方向

如此逼人

风已彻底吹进你的骨头缝里
仅仅一个晚上
一切全变了
这不禁使你暗自惊心
把自己稳住，是到了在风中坚持
或彻底放弃的时候了

·蔡其矫的诗·

波 浪

永无止息地运行，
应是大自然呈现的呼吸，
一切都因你而生动，
波浪啊！

没有你，大海和天空多么单调，
没有你，海上的道路就可怕地寂寞；
你是航海者最亲密的伙伴，
波浪啊！

你抚爱船只，照耀白帆，
飞溅的水花是你露出雪白的牙齿
微笑着，伴随船上的水手
走遍天涯海角。

今天，我以欢乐的心回忆
当你镜子般发着柔光
让天空的彩霞舞衣飘动
那时你的呼吸比玫瑰还要温柔迷人。

可是，为什么，当风暴来到
你的心是多么不平静
你掀起严峻的山峰

却比暴风还要凶猛？

是因为你厌恶灾难吗？
是因为你憎恨强权吗？
我英勇的、自由的心啊
谁敢在你上面建立它的统治？

我也不能忍受强暴的呼喝，
更不愿服从邪道的压制；
我多么羡慕你的性子
波浪啊！

对水藻是细语，
对巨风是抗争，
生活正应像你这样充满音响，
波——浪——啊！

南 曲

洞箫的清音是风在竹叶间悲鸣。
琵琶断续的弹奏
是孤雁的哀啼，在流水上
引起阵阵的颤栗。
而歌唱者悠长缓慢的歌声，
正诉说着无穷的相思和怨恨。
我仿佛听见了古代闽越谪罪人的痛苦
和蛮荒土地上垦殖者的艰辛，
看见了到处是接云的高山，
峻险的道路，
孤舟在风浪中覆没，
妇女在深夜中独坐，
生者长别，死者无消息，
一次又一次的战争，一次又一次的流血
故乡呀，你把过去的痛苦遗留在歌中
让生活在光明中的我们永不忘记。

· 大荒的诗 ·

听　筝

谁？一棒敲断茅檐的冰溜

堕地作金石声

顽童一哄而上

捡起来打冰撇

滑滑　刮刮　如古玉吵嘴

动听

却冷得教人发抖

秋天你不要听筝

寒蜩嘶鸣或荒寺击磬

枯叶追着暮鸦飞

听听就会遗忘

即是风生水起细浪与平沙唼喋

也像向晚时分山魈揪着眉毛发愁

一江白水向东流

淙！

伤心的姑娘　送君珠泪滴

此刻霞彩满天

我们钢质的弦丝　心情柔软了

渔人纷纷肩横一竿鸬鹚回家

剩风情一村妇　穿着精巧麻鞋

喜滋滋跳　宫商角徵羽

一个忘神

滑一跤　掉一地叮咚

独钓渔翁忻然起身

粒粒扫入鱼篓

刺船离去

威尔莫特们万岁

如果不是上帝本尊，也是上帝的分座

你们做了非人力所能的工作

复制成羊、猪，乃至灵长类的猴子

造人工程不是指指可数了吗

急于向你们订制一个我

第一目的是，希望打破生死大关

以生儿育女为形式，那种生命之延续

其实只有一点点形而上的安慰

——死就死去百分之五十

撮取我一个细胞直截了当在实验室中培育

　　成人

这个假我就真的百分之百

服兵役，他可以代我当兵

犯法，他可以帮我顶罪

当生命的债款到期，他替我活

（哈！阎王老爷这下可收回假钞了。）

威尔莫特们，容许我定出必要的规格：

在他头部安装高位元电脑并预置文化光碟

让他不学而通百科全书，不劳而获巨富

如果方便，请修饰一下脸孔

譬如俊些，帅些，酷些

但是请告诉我，我和新我究属什么关系

父子？兄弟？主奴？我的"之二"？

然我最最放心不下的还是——

会不会有朝一日他大闹天宫？

所以，交货的时候必须附带紧箍咒那套密

　　码

·叶延滨的诗·

一面发疯的镜子

我不是一面发疯的镜子
当寂寞把你变成一块冰
你透明的心有透骨的寒意
啊,冰还会化
而谁会把心变成太阳
融化我这块比冰还坚硬的寂寞?

我不想是一块发疯的镜子
但每天有那么多的脸
在我面前发疯
疯狂地变着自己的容颜
变着自己的姿态,却忘了
把本来面目留给了我!

我怎会变成发疯的镜子
当一根白发从他头上飘落
当一串泪水被粉扑掩盖
当拉断的时光给我最后一个背影
当人们忙着遗忘,却把记忆
印满我的全身啊……

在一个美丽的清早
这大厅的那面镜子突然碎了

平原记事

昨日新落成一座开发区
今日才出工一方旧王宅
年年岁岁的戏台啊
三百六十面锣啊

昨日洪水如泻洗男儿泪
今日水库鸳鸯戏女娃情
男男女女的故事啊
三百六十首歌啊

昨日有三五车匪饮枪子
今日见千百鞭炮醉喜宴
生生死死的老土啊
三百六十炷香啊

昨日失意诗人离家下海
今日高飞秋雁唳声入云
离离合合的缘分啊
三百六十次悔啊

昨日太阳说还是老平原
今日平原说还是那太阳
升升降降的牵挂啊
三百六十回死啊

昨日月圆说千里共婵娟
今日无圆月今夕是何年
盈盈缺缺的苦恋啊
三百六十声娘啊……

·任洪渊的诗·

她,永远的十八岁

十八年的周期
最美丽的圆
太阳下太阳外的轨迹都黯淡
如果这个圆再大一点　爱情都老了
再小　男子汉又还没有长大

准备为她打一场古典战争的
男子汉　还没有长大

长大
力　血　性和诗
当这个圆满了的时候
　　二百一十六轮　满月
　　同时升起
地平线弯曲　火山　海的潮汐
历史都会有一次青春的冲动
　　红楼梦里的梦
　　还要迷乱一次
　　桃花扇上的桃花
　　还要缤纷一次

　　圆的十八年　旋转
老去的时间　面容　记忆
纷纷飘落
陈旧的天空
在渐渐塌陷的眼窝　塌陷
十八岁的世界
第一次开始

年岁上升到雪线上的　智慧
因太高太冷　而冻结
因不能溶化为河流的热情　而痛苦
等着雪崩
美丽的圆又满了
　　二百一十六轮　满月
　　同时升起

初　雪
——给 F．F

我开花了

是水的花，雪白的缤纷

我沿河都开着不败的花
我把堆堆的浪花，送给岸
　　我的花
　　　　在浅滩就已经凋落
我把簇簇的浪花，捧给船
　　我的花
　　　　在舷边就已经溅落
连终日嬉戏在我波间的水鸟
也从来没有戴去一枝花朵
　　我的花
　　　　在它们的羽翎上就已经零落
我的花开成了海
花的潮，涌了又落
那不过是开在我心中
也谢在我心中的花
不能献给大地一束
开得稍稍长久的花朵
所有的花都在太阳下开放了
我也升华在阳光里
在蓝天，在比我的大海还要宽的蓝天
孕育，默默地，久久地
孕育我白色的花萼

我又开花了
纷纷的白火焰，烧毁了冬天
抬得最高的屋顶
最先接受了我的花朵
仰得最高的树冠
最先接受了我的花朵
在这初寒时节仍然没有倦飞的鸟群
最先接受了我的花朵
既然我开自江、河与海洋

世界，我就要开满你的高山和深谷
由你估量吧，世界
我交给你的花，是不是多过
由春到冬，由冬到春
一切已开未开的花朵的
　　　总和

　　　　　　　　1981 年 11 月 17 日晨

·伊路的诗·

新世纪第一天的太阳

回老家的母亲仍把心爱的羽绒被留下
她想留下一点记忆
母亲脆弱的心思
表明人世的悲哀是多么强大

临行时嘱咐要常拿去翻晒
我偶尔记起又懒得动手
直到二〇〇一年的一月一日
新世纪第一天的太阳
在整个天地间向我大喊了一声
我顿时记起母亲的羽绒被
任何活儿都得先放下
我执行了这个命令

使我疑惑的是
母亲和太阳之间
有着怎样不同寻常的联系
而我随之升起的感动
或许已经进入某种巨大的网络
使我想对全世界的母亲说
妈妈　您的孩子
已经帮您晒了被子

这时
一只不知隐匿在哪里的鸟儿畅快地笑着
一下子推开了朝着天堂的窗户
而我母亲的羽绒被也像一大块黄金似的
使这光明的殿宇空前地富有
我感到生命的遗憾不是死亡
而是没有把一个人做足

残　墙

残墙
因失去其余三面
像一侧巨刃
它没有想到这是它最后的形象

几根木桩撞击它的腰身
起着保护作用的墙
成为危险
这使它从概念里脱离出来
很孤独
它的身体终于被撞出洞口
从洞眼看见的不是家具
而是云朵

天空开始摇晃
它环视着四周的废墟
知道独立的代价

现在
它失去所有责任和意义
只为自己站立　现在
哪怕是十分之一秒
　　　也是它的永恒
它体会着绝望的空阔

可它看见弱小的人慌张逃窜
很想弯下身体扶起一个孩子

这一转念使它倒下的姿态缓慢又庄重
仿佛可以分解出无穷的情意
但这很快平复
人们于是欢呼着跑过

· 谢宜兴的诗 ·

这个下午

这个下午我的血液要穿过一座古堡
道路远隔我从心房摸出一团团黑暗
我看见十几年前的一场厮杀日全食
疾病抢先浇灭了风中的炭火

这个下午阳光像一页发黄的经卷
我的行程像一个梦仿佛一张纸片
一朵流云随时要被风带走
十字路口红灯像我的脉搏一闪一闪

这个下午我把时间的书翻来翻去
黄昏迫降我闻到了落叶的气息
我请求流水让我写下一生的请求
却看见救护车刀一样在眼前蓝蓝地划过

叶落春天

像舞迷逃离燃烧的舞池
像英雄消失于凯旋的庆典
草卸旧装花换新颜的春天
一驾树叶的马车孤独地抵达终点

这个被柔风细柳宠坏的季节
儿时留意一片叶子的行踪
叶芽展开的一生宏愿由青变黄
谁理解其中无言的隐痛

一片叶子就是一种真实人生
降落的姿势留恋难诉
掌上千百条道路脚下只一条归途
穿过寒夜的人告别在篝火升起时

叶落春天一句苍黄的箴言
谁能拒绝逃避这最终的选择
枝头的寒冷是心的寒冷
叶落的方向是家的方向

· 廖一鸣的诗 ·

与国王同饮

赞美那些酒，
赞美国王和他的子民，
因为酒是好的，
国王和他的子民也是好的。

赞美这广阔的疆域，
赞美它的风土人情，
因为国王是好的，
印有头像的纸币也是好的。

赞美那些华丽的辞章，
赞美它们油光水滑的毛皮，
因为酒是好的。
赞美那些奔驰的道路，并且

赞美那里一些屎，
赞美那些肉里的蛆虫，
因为酒是好的。
国王和他的子民也是好的。

但我们不可尽兴，
尤其不要让国王尽兴，
因为他说过：如果我醉了
我会加罪于你们。

最后，当曙色把窗涂亮时，
我们保全了性命——
这抚慰我们感官的惟一黑暗。

更多的玫瑰

世界的风
从四面八方聚拢来
吹破一些纸。
这个国家睁开的眼睛看见了
更多的机器、更多的纸币
和更多的楼宇。

这个国家的嘴，这个
贫困年代缄默的伤口
在鼓励

它的人民劳动，并且
允诺：一种比较好的生活
将给予他们。

而诗人的职责仍然是
修复旧宅，同时让一朵玫瑰
看上去比一束更多。

·余禺的诗·

古 歌

死生契阔　与子成说
执子之手　与子偕老
————《诗经》

一

什么时候不再看到绿色
我就寻不见你，我的妻
即使老眼昏花我也要你的荫庇

午夜梦回，当我们把脸朝向天光
互相注视黄色葵花的热烈颤动
那粉墙上的山廓背景比梦还真

庭院和葡萄架，一天的劳作和黄昏
然后是宁静像一群鸟栖息在周围
——你那小小心结上巨大无边的构图啊！

可我深处的疼痛，身体触摸到更深。那是
我们从前呆的地方，它的阴晦延续至今
——还有天地间一抹情意无限的眼神

在暗处，让我称你姐姐和母亲，让我
沿你虚夸的肩，再朝觑你连绵无尽的十指
——成了鬼魂的我才这么做，免得你负重

妻啊，世人面前你要抬起头；一只蝶
或风暴，你的枝丫接近的事物那样永远
还有永远的一颗尘土在低处把你想念

啊……

二

那窗户和门为我们展示了全部意义
来自冬天雪花的温暖　裹紧南方
裹紧我们像裹紧一条道路

最初的地方，我们种下往后的许多时光
深山里的灯，黑暗不断将她燃烧
你不思忖这世上的苦酒为何散布芳香

似乎日月和水火在课业中丢失了几回
如今的倦怠也再不能把世界推开
有什么声音的存蓄是在我们身体之外？！

桃红李白的时节，想到弟兄和亲戚
他们在走远的地方眺望故乡；妻啊，
当天昏地暗，谁助你搭上一班回家的车！

家由何系，又怎样获得厮守的全部信言
星光，澄湖、云杉巅上塔形的雪……
是我们平淡注视下的事物切入平淡

云浮一生已不能够，弃绝那天恩地惠
又复何求？　斜向高坡时日头更高
两个人涉过了山谷间不息的川流　妻

挂　篮

只有在躺椅上，我才见到那只挂篮
午后的阳光凌乱，花叶飘落
挂篮在空调外机的侧面，兜着时光
它最初在街市，来自水果店，和
不多人的目光。挂篮其实应是挎篮
似曾相识的那种，有着邻家妹妹的形象
不时被百叶帘和衣服遮蔽
但它挂着，在钩上呆着，于
斑马万年青和龙舌兰的上方，闲着
是喜庆过后的遗忘，为主妇所利用
并且挑逗着我的想象：
蘑菇太过诗意，龙胆又太过虚妄
它似乎睬着切片的山楂或玉米须
为了消除多余的脂肪。而它独自清爽
不关宝马车前浓妆的新嫁娘
我稍稍欠身，为着所见
忽想：所谓从前就是不在眼下
——是今天的阳光和市声把它熏黄
现在我看到它，好像未曾见过
我站起来。它就在我的头上轻轻摇晃

⊙诗歌讨论会和朗诵会

"两岸诗歌发展讨论会"议题

1. 汉语现代诗对中国诗学的承续、转化和拓展
2. 物质文明时代诗歌前行的运命与展望

· 大陆著名诗人牛汉（左）与台湾创世纪诗人大荒

· 大陆新时期诗人王家新（左）与台湾老诗人向明

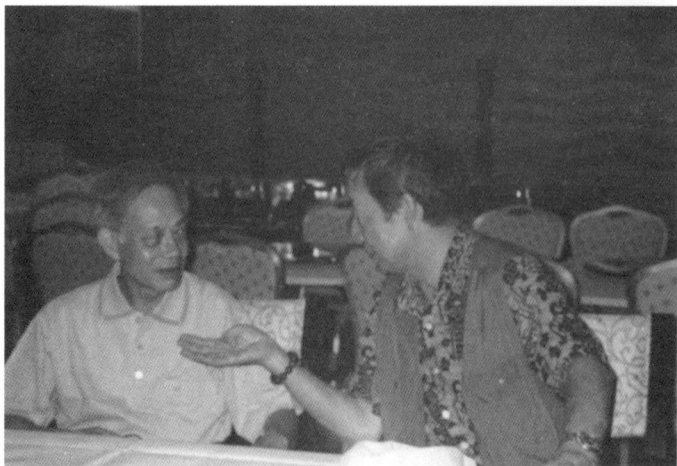

· 台湾创世纪诗社创始人之一张默（右）与大陆诗人、诗歌理论家任洪渊

'2002 海峡诗会 "厦门移动通讯之夜"

诗歌朗诵音乐会

一、概况

主 办 单 位：福建省文学艺术界联合会

厦门市文学艺术界联合会

承 办 单 位：台港文学选刊杂志社

福建省文学艺术对外交流中心

独 家 协 办：福建移动通信有限责任公司厦门分公司

顾　　　问：杨少衡

策　　　划：杨际岚、毛振亚、邱滨玲、宋　瑜

统　　　筹：谢春池、朱水涌、骆红芳、黄文娟

主持词撰稿：宋　瑜

舞 台 监 督：宋　瑜

舞台布置、灯光、音响：关　勇

演 出 时 间：2002 年 9 月 20 日晚

演 出 地 点：厦门市文联多功能厅

二、节目单

1. 月乐（二胡独奏）　演奏者：林茜瑶

2. 隔海捎来一只风筝 / 捉迷藏　作者：向　明　朗诵者：思　扬

3. 我是一颗早熟的枣子 / 半棵树　作者：牛　汉　朗诵者：王　玮

4. 哦……巫峡，请你等一等 / 红楼独语　作者：张　默　朗诵者：赵　斌、张　默

5. 我爱我的台湾（男生独唱）　演唱者：叶万钧

6. 给二舅舅的家书　作者：舒婷　朗诵者：曾　晶

7. 瓦雷金诺叙述曲——给帕斯捷尔纳克　作者：王家新　朗诵者：骆红芳

8. 波浪 / 南曲　作者：蔡其矫　朗诵者：文　涛

9. 出画堂 / 感谢公主（南音表演）　表演者：王晓菲、吴丹娜等

10. 听筝 / 威尔莫特们万岁　作者：大　荒　朗诵者：索慧君

11. 一面发疯的镜子 / 平原记事　作者：叶延滨　朗诵者：金　美

12. 她，永远的十八岁　作者：任洪渊　朗诵者：王　玮

13. 今宵月正圆（女声独唱）　作者：刘思华

14. 新世纪第一天的太阳　作者：伊　路　朗诵者：楼红英

15. 这个下午　作者：谢宜兴　朗诵者：李　鸣

16. 与国王同饮　作者：廖一鸣　朗诵者：刘　涛

17. 春江花月夜（琵琶独奏）　演奏者：李梦瑜

18. 古歌　作者：余　禺　朗诵者：王云婵

19. 我爱你中国（英语）　朗诵者：纪玉华

20. 情人节/寻虹　作者：余光中　朗诵者：文　佳

21. 良宵（二胡独奏）　演奏者：林茜瑶

三、朗诵者及所在单位

思　扬，福建经济广播电台　　　　索慧君，厦门大学中文系学生

王　玮，福建人民广播电台　　　　金　美，厦门大学中文系教师

赵　斌，厦门广播电台经济台　　　楼红英，厦门大学新闻中心教师

曾　晶，厦门大学新闻传播系教师　李　鸣，厦门大学管理学院学生

骆红芳，福建电视台电视剧制作中心　刘　涛，厦门大学艺术教育学院教师

文　涛，厦门广播电台新闻台　　　王云婵，厦门大学管理学院教师

·台湾创世纪诗人大荒（左三）在朗诵会结束后与朗诵表演者及其他演职人员在一起

⊙**综述**

几曲酣歌连海峡　一轮明月圆二岛

——记 '2002 海峡诗会活动

◎嵩松　戈戎

在当下社会和海峡两岸的特殊形势下，无论世道人心如何移易，无论历史风云如何变幻，两岸中国人出自共同的文化渊源和基本的文化心灵而走到一起，已经形成日益频繁的互动趋势。"海上生明月，天涯共此时""但愿人长久，千里共婵娟"，中秋佳节最能使两岸中国人乃至全世界的华人心生故国的和精神家园的想望，也能从一轮圆月的古老意象唤起新的诗情和梦想。对于揣有一定的文化情怀和人文理想的人们而言，还有什么能比对文化的历史与现实的关注更加重要？缘此，由福建省文联和厦门市文联联合主办，由台港文学选刊杂志社和福建省文学艺术对外交流中心共同承办的"'2002 海峡诗会"系列活动便在两岸人士和社会各界的支持下顺利举行。

厦　门

9 月的厦门，旖旎的海岛风光和优美的现代都市风情在秋高气爽的季节里显得更加宜人。中秋前夕，'2002 海峡诗会系列活动正在收紧最后的筹备程序并已开始了它的前奏。活动主要分为厦门和金门两部分，在两地同时进行。台湾应邀专程来闽参加活动的诗人向明、张默、大荒已先期到达福建，于 9 月 17 日同诗人蔡其矫、伊路，评论家南帆、陈仲义，台湾文学研究专家刘登翰，《台港文学选刊》主编杨际岚等就台湾诗刊的历史与现状、两岸诗歌的交流、诗歌的边缘化或多元化、诗歌刊物的艰难处境、诗的传统及与当下社会的关系等两岸诗歌问题举行了座谈，接受新闻媒体的采访，并游览了福州、泉州、厦门等地名胜。第一次到福建的台湾诗人一行兴致勃勃，一路饱览闽地深厚的文化积存，领略与台湾不无相似之处的地方风物，颇有时空交错、心物驳接之感。

19 日上午，以福建省文联党组书记、副主席陈济谋为团长，诗人舒婷、廖一鸣，文学评论家南帆、刘登翰，小说家杨国荣，书法、美术家陈奋武、陈玉峰及其他文化界人士卢美松、王启敏、刘荣、郭平等组成的大陆赴金门"诗之旅"访问团第一批人员先行由厦门渡海前往金门，台湾诗人向明等来宾前往码头送行，在秋日金色朝阳的辉映下，大陆与台湾两队人马走到一起，主迎宾，宾送主，究竟谁是主，谁是客，

· 杨际岚、宋瑜在厦门码头为赴金门活动的大陆诗人、诗评家一行送行

已分不清了。

当晚，第二批赴金人员——北京应邀诗人、诗评家牛汉、谢冕、叶延滨、王家新、任洪渊一行由北京抵达厦门，与前来厦门参加活动的台湾诗人向明一行会晤。双方老友般一见如故，在厦门市文联文艺创作基地，一放下行李，即坐下来畅谈、交流，互赠新书；时间已近午夜，而两岸诗人诗心勃发，了无倦意，一瓶薄酒，几碟小点，相谈甚欢。福建省文联副主席、小说家杨少衡、《台港文学选刊》主编杨际岚、主编助理宋瑜在座，主人的随意，使这次相聚显得轻松。台湾诗人大荒旅途略感微恙，身体有所不适，本来不沾酒杯，但兴之所至，一一向在座各位敬了酒。"欢言得所憩，美酒聊共挥"。散后返回住处，身处于厦门特区兴建中的新区，步行于海滨凉风习习的夜路，两岸诗人的肩上敷着星光，让人感到诗路的艰辛与诗心的珍贵，颇有"诗文千古事，知者不时寻"的感慨。

活动虽分为厦门、金门两地，但2002年的中秋月却是把两个岛圆了起来。20日早，牛汉一行赴金门与应邀到金门的罗门、蓉子、管管、辛郁、朵思、萧萧、白灵等台湾诗人相会，这边，厦门的诗会活动也鸣锣上场。下午，在厦门市文联会议室，举行了"'2002海峡诗会诗歌发展讨论会"，与会者有台湾著名诗人向明、张默、大荒，大陆著名诗人蔡其矫，和福建诗人陈侣白、蒋夷牧、伊路、游刃、程剑平、余禺、安琪、康城、道辉、阳子、林茶居、谢春池、黄澄、黄静芬，学者林兴宅、陈仲义、王炳根、朱水涌、徐学、朱双一、王欣、高波等，以及其他文学界人士杨少衡、赖妙宽、王伟伟、杨际岚、沈丹雨、王莹等五十多人。福建省文联副主席杨少衡、厦门市文联主席毛振亚在会上致辞。讨论由对两岸诗坛均有深入研究的诗学理论家陈仲义主持，由张默谈台湾诗歌的生态问题；由游刃侧重闽东、福州、漳州三个诗人群介绍福建

·著名诗人蔡其矫（中）与前来出席首届"海峡诗会"的台湾诗人张默、大荒、向明在一起

诗歌概况；由安琪回顾朦胧诗、第三代诗、90 年代个人化写作与民间写作、"70 后"、"中间代"等诗歌现象，重点介绍近一两年来中国大陆的诗歌新动向。讨论会偏重诗人言说，因此由向明围绕意象问题谈他对诗的基本认识；大荒以诗人情绪与想象力的"放"和诗意内在的"收"的辩证，谈他诗创作的基本经验；蔡其矫从诗人对历史、现实的关怀与思考及诗人个性的追求两方面谈自己多年的创作体会。此外，与会者尚就诗的传统与惰性、创新与偏失等广泛的问题，展开深入讨论。直至夜幕降临、华灯初上，讨论会方于意犹未尽中结束。

20 日晚，由福建移动通信有限责任公司厦门分公司独家协办的'2002 海峡诗会诗歌朗诵音乐会，经多时准备，诸多文友鼎力相助（如诗人谢春池、诗评家朱水涌等倾情援手），假厦门市文联多功能厅

"闪亮登场"。出席晚会的有省市文艺界的有关负责人陈济谋、蒋夷牧、杨少衡、林书春、毛振亚，厦门移动通信公司总经理、诗人邱滨玲和应邀诗人、作家及其他文艺界朋友、厦门大学师生和厦门各界嘉宾一百五十多人。晚会在一曲二胡演奏——古乐《月乐》中开始，由省市电台、电视台专业人士和厦大师生朗诵了两岸诗人向明、牛汉、张默、舒婷、王家新、蔡其矫、大荒（台湾）、叶延滨、任洪渊、伊路、谢宜兴、廖一鸣、余禺、余光中（以节目编排为序）的二十多首诗。经由主持人循循善诱的串讲，朗诵者在深入解读、了然于心后的声情并茂的朗诵，加上配搭适宜的背景音乐、谐调的音响灯光，听众借助事先印制的诗文本，使得美好的现代诗在人们的心中荡漾，产生共鸣。一股又一股诗的旋律弥漫在演出大厅，扣动着人们的心弦。台湾诗人兴致甚高，张默深情难抑地亲自

· 台湾诗人张默在 "' 2002 海峡诗会诗歌朗诵音乐会" 上即兴朗诵

上台朗诵自己的诗作《红楼独语》。大陆诗人蔡其矫在听到自己的经典诗作《波浪》的朗诵后激动不已,上台介绍这首诗的写作背景。擅于朗诵的诗人蒋夷牧也欣然上台朗诵自己的诗作《仰望》。晚会在井然有序和戏剧性的临场发挥中进行。厦门市文联提供的音乐节目尚有琵琶独奏《春江花月夜》、南音表演唱《出画堂》、《感谢公主》,以及男声、女声独唱《我爱我的台湾》、《今宵月正圆》等,调剂了朗诵,给晚会增色不少。当台上台下连成一气,唤起一波又一波的诗情时,两首男女和诵的余光中的新作《寻虹》和《情人节》把晚会推向了高潮。"江畔何人初见月?江月何年初照人?人生代代无穷已,江月年年只相似。"传统与现代融合,古意与今情交织,人们因为共同的悠久深厚的文化,因为不同的鲜活生动的经验,因为仍具有生命力

的诗歌聚在一起,共享一次汉语现代诗的欢宴,又一次领略了中华文化的优美和对当下心灵的触动与抚慰,由衷体验到文化的价值、诗的价值。晚会在另一首二胡曲《良宵》中结束,前后历时二个多小时。诗歌爱好者争相请诗人签名,与诗人合影。邈邈来时路,悠悠后会期,人们将记住这一回的欢聚,期待下一次的盛会。

金 门

与厦门遥遥相望的金门岛,一系列 "诗酒文化节" 活动,在金风频送的秋日里,与厦门海峡诗会同时拉开了序幕。

19 日上午 11 时 30 分,以陈济谋为团长的大陆赴金门 "诗之旅" 访问团一行 21 人,乘坐金门太武号客轮,在碧波簇拥的金厦海域航行了一个半小时后,顺利抵达金门水头码头。早已等候在码头的金门县县长李炷烽、民意代表吴成典等地方政要,

以及来自台湾本岛和金门地方艺文界的代表，热情欢迎大陆访问团的到来。时值孟秋，码头海风寒意袭人，但两岸同胞相聚金门，心头暖意融融。

当日下午，大陆访问团参加了"金门诗酒文化节"的首场活动——"酒文化与诗歌艺术创作研讨会"。在景色秀美的金门公园，近百位两岸三地及新加坡金门籍诗人，齐聚一堂，共同就酒文化与诗歌艺术创作进行研讨、交流。会中，台湾诗人白灵、李国俊担任主持人和讲评人。金门本地诗人洪春柳、王先正先后作了题为"语汇诗话导读"、"新诗与金门"的论文报告。台湾诗人萧萧也以"酒在现代诗中的文化意义"为题，宣读了他的论文。研讨会发言踊跃，气氛热烈。大陆访问团成员、诗人、评论家刘登翰先生在会上作了热情洋溢的

发言。他说，我们是追着、闻着金门酒香来的。除了品赏闻名华人世界的金门高粱酒外，两岸诗人交流、切磋诗艺更是我们大家共同的心愿。金门、厦门文化一脉相承，两岸更要携手为民族文化的传承和发扬而努力。刘登翰的发言博得全场的热烈掌声。

应邀参加盛会的嘉宾有（部分次日抵金）：大陆诗人、诗评家牛汉、谢冕、任洪渊、叶延滨、王家新、舒婷、刘登翰、南帆、廖一鸣等；台湾诗人罗门、蓉子、管管、辛郁、古月、萧萧、朵思、白灵、李国俊、张国治等；新加坡金门籍诗人寒川、范维香、方然、芊华等。两岸三地的画家、书法家和其他作家陈济谋、陈奋武、陈玉峰、朱为白、顾重光、李锡奇、蔡志荣、杨树清、吕坤和等，也都出席了当天的研讨会。

晚上，"金门诗酒文化节"的重头戏

· 大陆"诗之旅"访问团部分团员在金门"九宫坑道"前留影

"高粱酒宴迎酒仙"活动,在金门著名的观光景点"莒光楼"广场前登场。大陆访问团应邀出席了这场盛宴,与金门二千多位各界嘉宾在金风频送的莒光湖畔畅饮陈年高粱酒,品尝金门传统美食,欣赏一连串精彩活泼的节目表演。这场以清风、明月为活动元素的户外长宴,在诗仙李白逝世一千三百年之际展开,将诗与酒结合为一个交融诠释的主题。两岸三地诗人现场吟诗弄月,在悠扬的乐曲伴奏声中,共同度过了一个充满诗意的秋夜。

中秋前夕,大陆访问团还先后参观了金门酒厂、金门陶瓷厂,以及太武山、金门森林公园、民俗文化村等景点,并与台湾、新加坡等地诗人、艺术家们共同参加了诗酒文化节系列活动之"名人、名瓷、名酒、名画"彩绘创作活动。两岸三地文艺家们以墨香、彩笔及诗歌文学创作,进行了一场别开生面的心灵交流。著名诗人牛汉在创作笔会上,挥毫写下"诗文酒乃天地之灵气也"的条幅;著名书法家陈奋武以两幅"惠风和畅"和"金厦一门"分赠金门县县长和民意代表吴成典;金门县县长李炷烽也以一幅五言诗"金厦手足情,鹭鸟两门亲;立志青云路,扶摇九重天"回赠。文艺家们的创作活动不断赢得满堂喝彩和掌声。

21日晚中秋明月夜。"金门诗酒文化节"活动,因一场别开生面的金厦中秋海中会而达到了高潮。参加诗酒文化节的两岸三地文艺家应邀参加了这场难忘的海中会。这天夜里。一轮皓月高悬在金厦海域的上空。晚7时,装扮一新的厦门新集美号大客轮和金门县太武号、金龙号、马可波罗

· '2002金门诗酒文化节活动之一"诗酒美食之夜"表演现场

号客轮，满载着海峡两岸人民的共同心愿，同时向金厦海域中线进发。一场期盼已久的中秋海中会在浪花簇拥中拉开了序幕。八时十五分，象征着八月十五中秋佳节的团圆钟，在金厦海域上空响起。在夜色中隔海相望的厦门、金门岛，几乎同时燃放起冲天烟火。瞬时间，五彩缤纷的烟花照亮了海峡的夜空。两地烟花此起彼伏，遥相呼应，仿佛一下子拉近了两岸的距离。夜里九时，当来自厦门的新集美号客轮和金门太武号客轮在金厦海中线渐渐靠拢在一起时，海上沸腾了！锣鼓声、鞭炮声、欢呼声响彻夜空。早已等候在轮船舷边的数百名两地群众和文艺家，争相伸出双手，紧紧相握在一起，一遍遍高喊："厦门、金门，中秋团圆！"一遍遍高唱"月亮代表我的心！"许多人兴奋地喊哑了嗓子，激动得热泪盈眶。厦门市副市长詹沧洲和市人大副主任杜明聪代表厦门市人民，向金门人民赠送了特制的中秋大月饼；台湾金门县县长李炷烽、民意代表吴成典以金门人民的名义，向厦门人民赠送了两坛陈年金门高粱酒。这历史性的一刻，金厦海域中线成了半个世纪以来海峡两岸人民第一次在海上团圆的见证，成了中秋佳节共庆团圆、共祈和平的主轴舞台。两岸三地诗人、文艺家激动得即席赋诗吟诵。正如一位诗人吟唱的："舞罢还歌连远线，血浓于水悟同根。多情最使今宵月，照彻金门又厦门。"

2003 年第二届海峡诗会

——余光中原乡行

· 余光中先生在本届海峡诗会泉州华侨大学演讲会上

⊙概况

第二届海峡诗会概况

一、主办与协办单位

主办：福建省文学艺术界联合会

福建省文化经济交流中心

台港文学选刊杂志社

福建省文学艺术对外交流中心

福建省文艺理论研究室

协办：东南电视台

海峡都市报

泉州市对外文化交流协会

泉州市广播电视中心

中共永春县委员会、永春县人民政府

（2003 年 9 月 11 日晚）**中秋赏月活动**

主办：福建省文学艺术界联合会

台湾文学选刊杂志社

福建省文学艺术对外交流中心

福建省文艺理论研究室

福建省文化经济交流中心

海峡都市报

协办：福建省电台都市生活频道

福州市鼓岭避暑山庄管委会

福州市鼓岭避暑山庄综合接待娱乐中心

福州登山俱乐部

（2003 年 9 月 13 日晚）**"乡愁的滋味——余光中诗文 Party"**

主办：福建省文学艺术界联合会

福建省文化经济交流中心

福建省东南电视台

台港文学选刊杂志社

福建省文学艺术对外交流中心

福建省文艺理论研究室

协办：福建省电视艺术家协会

融侨锦江新天地休闲购物广场

（2003 年 9 月 14—16 日）武夷山笔会

主办：福建省文学艺术界联合会

福建省文化经济交流中心

台港文学选刊杂志社

福建省文学艺术对外交流中心

福建省文艺理论研究室

武夷山市委、市政府

武夷山市风景区管委会

（2003 年 9 月 16—17 日）余光中原乡行——泉州活动

主办：福建省文学艺术界联合会

福建省文化经济交流中心

台港文学选刊杂志社

福建省文学艺术对外交流中心

福建省文艺理论研究室

泉州市对外文化交流协会

泉州市光播电视中心

（2003 年 9 月 17—19 日）余光中原乡行——永春活动

主办：福建省文学艺术界联合会

福建省文化经济交流中心

中共永春县委员会、永春县人民政府

台港文学选刊杂志社

福建省文学艺术对外交流中心

福建省文艺理论研究室

二、活动流程

1.2003 年 9 月 10 日下午，到达长乐机场，顺道参观冰心文学馆。

2.2003 年 9 月 11 日上午，福州三坊七巷，参观林则徐、林纾、严复、林觉民、冰心故居（纪念馆）。

3.2003 年 9 月 11 日晚，福州鼓岭，鼓岭中秋之夜·余光中诗文吟诵音乐会。

4.2003 年 9 月 12 日上午，记者见面会；下午，福建师范大学，作《诗与音乐》讲座。

5.2003 年 9 月 13 日上午，福州·福建会堂，余光中诗歌研讨会。

6.2003 年 9 月 13 日晚，福州融侨锦江，"余光中诗文 Party"朗诵会。

7.2003 年 9 月 14 日晚，武夷山市武夷学院，演讲。

8.2003 年 9 月 15 日晚，武夷山市，与参加海峡诗会的诗人、学者座谈。

9.2003 年 9 月 16 日晚，泉州市泉州音乐厅，原乡行——余光中诗歌作品朗诵会。

10.2003 年 9 月 17 日上午，泉州，华侨大学，作《诗与翻译》演讲；中午，抵永春县；晚，永春县余光中报告会。

11.2003 年 9 月 18 日，上午，永春县，于余氏宗祠祭祖、返祖居探望宗亲；晚，永春牛姆林，朗诵音乐会及座谈会。

12.2003 年 9 月 19 日，永春牛姆林，余光中文学馆揭牌仪式。

三、部分与会嘉宾简介

余光中，1928 年出生于南京。祖籍福建永春。母亲原籍江苏武进，故也自称"江南人"。1952 年毕业于台湾大学外文系。1959 年获美国爱荷华大学 (LOWA) 艺术硕士学位。先后任教于台湾东吴大学、台湾师范大学、台湾大学、台湾政治大学。其间两度应美国国务院邀请,赴美国多所大学任客座教授。1972年任台湾政治大学西语系教授兼主任。1974年至1985年任香港中文大学中文系主任。1985年至今,任高雄市中山大学教授及讲座教授。其中有六年时间兼任文学院院长及外文研究所所长。

余光中一生从事诗歌、散文、评论、翻译,自称此四项为自己写作的"四度空间"。至今驰骋文坛已逾半个世纪,涉猎广泛,被誉为"艺术上的多妻主义者"。其文学生涯悠远、辽阔、深沉,为当代诗坛健将、散文重镇、著名批评家、优秀翻译家。现已出版诗集21种;散文集11种;评论集5种;翻译集13种。

余光中的诗文创作及翻译作品,祖国大陆有北京人民日报出版社、广州花城出版社、长春时代文艺出版社、安徽教育出版社等15家出版社先后出版。余先生同时又是资深的编辑家,曾主编《蓝星》、《文星》、《现代文学》等重要诗文刊物。并以"总编辑"名义两度主编台湾《中华现代文学大系》(小说卷、散文卷、诗卷、戏剧卷、评论卷)。

余光中在台湾与海外及祖国大陆文学界享有盛誉。他曾获得吴三连文艺散文奖、中国时报文学奖新诗推荐奖、"新闻局"图书金鼎奖主编奖、"国家文艺奖"、"中国文艺协会新诗奖"、第一届五四奖文学交流奖等台湾所有重要奖项。多次赴欧美参加国际笔会及其他文学会议并发表演讲。也多次来祖国大陆讲学。如1992年应中国社会科学院之邀演讲《龚自珍与雪莱》;1997年长春时代文艺出版社出版其诗歌散文选集共7册,他应邀前往长春、沈阳、哈

尔滨、大连、北京五大城市为读者签名。吉林大学、东北大学颁赠其客座教授名衔。中央电视台春节联欢晚会曾朗诵演出他的名诗《乡愁》。近年来,中央电视台《读书时间》、《东方之子》等栏目专题向国内观众连续推荐报道余光中先生,影响甚大。

海内外对余光中作品的评论文章,在一千篇左右。专论余光中的书籍,有黄维樑主编,分别由台湾纯文学出版社与九歌出版社出版的《火浴的凤凰》、《璀璨的五彩笔》;四川文艺出版社出版的《余光中诗一百首》(流沙河选释)等5种。传记有台湾天下远见出版公司出版、傅孟丽著《茱萸的孩子——余光中传》。其诗集《莲的联想》,1971年由德国学者译成德文出版。另有不少诗文被译成外文在海外出版。

余光中先生热爱中华传统文化,热爱中国,礼赞"中国,最美最母亲的国度"。他说:"蓝墨水的上游是汨罗江","要做屈原和李白的传人","我的血系中有一条黄河的支流"。他是中国文坛杰出的诗人与散文家,他的名字已经显目地镂刻在中国新文学的史册上。

范我存,女。余光中夫人。

傅孟丽,女。台湾高雄文化工作者。《茱萸的孩子——余光中传》作者。台湾淡江大学中文系毕业。曾任台湾多家报刊的记者、主编、总编辑。系传主多年的朋友和研究者,受余光中指定为其传记的写作者。

傅天虹,本名杨来顺。1947生,祖籍安徽,生于南京。香港广大学院文学学士、美国世界文化艺术学院荣誉文学博士。现任北师大珠海分校国际华文文学发展研究所名誉所长、当代诗学研究中心主任、文

学院教授。著有诗集《酸果集》、《傅天虹的诗》、《短诗百首》、《流入沙漠的河》、《夜香港》等 30 多种,《诗学探幽》、《诗是语言的艺术》等十数种,另有随笔集等。

林　子,女。本名赵秉筠,祖籍江苏太兴。1935 年生于昆明。1956 年毕业于云南大学中文系。曾任天津《新港》文学月刊、《哈尔滨文艺》编辑、哈尔滨文联专业作家。后移居香港。著有十四行诗集《给他》、《诗心不了情》、《林子短诗选》。曾获全国中青年诗人优秀诗作奖、1979—1980 年全国中青年诗人优秀奖。

黄晓峰,笔名高戈。福建莆田人。武汉大学写作进修班毕业。于广州暨南大学攻读博士课程。现任澳门文化司署《文化杂志》中文版编辑、《澳门文化丛书》编审、《澳门艺术报》主编。上世纪 80 年代与陶里、汪浩瀚等人组织澳门五月诗社,曾任理事长,策划出版《五月诗丛》和《澳门现代诗刊》。90 年代参与组建澳门写作学会,曾任副会长,是《澳门写作学刊》的主编之一。著有诗集《梦回情天》及《澳门现代艺术和现代诗评论》。

王性初,中国作家协会会员。福建省作家协会原副秘书长。现任美国《中外论坛》杂志总编辑、中国冰心研究会副会长。1989 年移民定居美国旧金山。著有诗集《独木舟》、《月亮的青春期》、《王性初短诗选》（中英对照）、散文集《蝶殇》。曾获福建省优秀文学作品奖与福建省优秀儿童文学作品奖、第二届世界华文文学优秀散文盘房奖。

王　勇,常用笔名"蕉椰"、"望星海",福建晋江市安海镇人。1966 年 10 月出生于江苏,1978 年旅居菲律宾。现任"菲律宾马尼拉人民讲坛执行长"、"菲华作家协会秘书长"、"世界华文微型小说研究会副会长"等职。已出版《王勇诗选》、《王勇小诗选》等 4 种,文集《开心自在》、《冷眼热心肠》等 4 种,评论集《掌上芭蕾》、《王勇话闪小说》等 2 种。曾数次获中国与居留国文学创作奖项。

庄伟杰,旅澳诗人、作家。文学博士。澳大利亚华文诗人笔会会长。著有诗集《神圣的悲歌》、《从家园来到家园去》,散文集《梦里梦外》、《边缘人类》,评论集《缪斯的别墅》、《智性的舞蹈——华文文学、当代诗歌、文化现象探究》,另有书法集。曾获中国第 13 届"冰心奖"。

林　祁,女。笔名莫名祁妙。1957 年生,江西南昌人。1978 年毕业于福建师范大学中文系。1989 年赴日留学,获日本立命馆大学文学硕士、北京大学文学博士。后任教于日本独协大学、名古屋商科大学等。曾出版诗集《唇边》、《情结》;散文集《心灵的回声》、《归来的陌生人》;论著《禅与诗——严羽的诗学论》、《"风骨"与"物哀"——二十世纪中日女性叙述比较》等,另有译著、长篇纪实小说等。曾获日本第 24 届新风舍出版大赏头等奖。

黄曼君,湖南株洲人。1956 年毕业于华中师范大学中文系。现任华中师范大学文学院教授、博士生导师,为第一个博士点创始人。国务院政府特殊津贴专家。历任教研室主任、中文系主任、华中师范大学文学研究所所长和名誉所长等职。曾先后担任中国当代文学学会副会长,中国现代文学学会常务理事、名誉理事,中国曹禺研究学会副会长,中国闻一多研究学会副会长,中国鲁迅学会理事,中国郭沫若研究学会理事,湖北省社会科学院特约研究员等。代表著作《论沙汀的现实主义创作》、《中国现代文坛的"双子星座"——鲁迅、郭沫若与新文学主潮》、《新文学传统与经典阐释》等。另有诗集《战地上的一束芙蓉花》,散文集《金色的长江》、《春满长江》、《三峡画廊》、《大江源记》等。曾获首届普通高校教学成果国家级优秀奖、1997年湖北省优秀社科成果二等奖、中华人民共和国教育部第二届社科成果三等奖等。

李元洛,湖南长沙人。1960年毕业于北京师范大学中文系。现为湖南省作家协会副主席,研究员。著有《诗学漫笔》、《诗卷长留天地间——论郭小川的诗》、《楚诗词艺术欣赏》、《诗美学》、《千叶红芙蓉——历代民间爱情诗词曲三百首》等著作11部,散文集《吹箫说剑》等6部。曾获湖南省文学艺术创作评论专著奖、中国当代文学研究会研究成果奖、湖南省首届社会科学优秀成果二等奖、第五届中国广播文艺奖一等奖等多项奖。

姜耕玉,1947年生,祖籍苏州。现为东南大学艺术学院教授、艺术学博士生导师,现当代文学学科点带头人,世界华文诗歌研究所所长。中国红楼梦学会理事。长期从事文艺创作和研究,已出版著作《红楼艺境探奇》、《艺术与美》、《艺术辩证法——中国艺术智慧型式》、《汉语智慧:新诗形式批评》等7部,诗集《我那一片月影》、《雪亮的风》等,编著《20世纪汉语诗选》(5卷)等。诗歌作品《渔舟唱晚》

被选入北师大版初中语文课本九年级下册。获全国新时期20年文学理论优秀论文奖、第二届鲁迅文学奖评论提名奖、第四届中国高校人文社会科学研究优秀成果奖二等奖等。

古远清,广东省梅县人。1964年毕业于武汉大学中文系。现任中南财经政法大学教授、台港澳暨海外华文文学研究所所长。武汉市文联第六、第七、第八届委员,湖北省作家协会理事、中国新文学学会副会长、国际炎黄文化研究会副主席。著有《中国大陆当代文学理论批评史》、《台湾当代文学理论批评史》、《香港当代文学批评史》、《台港澳文坛风景线》、《诗歌修辞学》、《诗歌分类学》、《海峡两岸诗论新潮》、《台港朦胧诗赏析》等20余部作品。曾获湖北省第二届文艺明星奖。

冯亦同,1941年生,江苏宝应县人。1963年毕业于南京师范学院中文系。1981年底调入南京市文联工作,历任第四、第五、第六届市文联委员,现任南京市作家协会顾问。自1992年任江苏省台港澳暨海外华文文学研究会副会长至今。江苏省中华诗学研究会顾问。著有诗集《相思豆荚》、《男儿岛》,诗歌评论集《红叶诗话》、《人生第五季——现代诗百首赏析》,文学传记《郭沫若》、《徐志摩》,另有散文集等。曾获首届金陵文学奖、第二届南京市文学艺术奖、江苏省第四届"五个一"工程奖等。

江弱水,1963年生于安徽青阳。1983年毕业于安徽师范大学,1999年于香港中文大学获哲学博士学位。现任浙江大学传媒与国际文化学院教授,浙江大学美学与批评理论研究所副所长、博士生导师。著有《卞之琳诗艺研究》、《中西同步与位移——现代诗人丛论》，诗集《线装的心情》等。

江少川，上世纪 40 年代出生于湖北省武汉市。华中师范大学中文系毕业。现任华中师范大学文学院教授、华中科技大学武昌分校中文系主任。著有《优秀作文选》、《现代写作精要》、《现代写作概论》、《大学语文》、《大学语文导读》、《台湾文学教程》、《新编大学实用写作》、《台港澳暨海外华文文学教程》等多种。

范宝慈，女，1932 年生，江苏淮阴人。1955 年毕业于复旦大学外国语言文学系。现任中国作家协会台港澳暨海外华文文学联络委员会委员。著有散文《聂华苓·国际写作计划·中国周末》、《美籍华裔女作家汤亭亭》、《依阿华的回忆》、《怀念台湾著名老作家杨逵先生》、《访港文学交流点滴》、《以文会友，首访澳门》等，另有译著小说《添丁之喜》、纪实文学《里根政权内幕》(合译) 等。

钱 虹，女，笔名金巩。南京市人。民盟成员。1982 年毕业于华东师范大学中文系，后在该校获文学硕士、文学博士学位。2002 年调同济大学任文法学院副教授、教授。著有专著《女人·女权·女性文学——中华女性的文学世界》、《缪斯的魅力》，与他人合著《香港文学史》、《中国当代文学作品自学辅导》、《台港文学名家名作鉴赏》等。曾获 1999 首届龙文化金奖、1991 年全国妇女儿童优秀读物奖等。

朱 蕊，女。《解放日报》主任编辑，中国作家协会会员，中国散文学会会员，中国世界华文文学学会会员，上海作家协会理事。著有多部散文作品集。

郭 虹，女。湖南文理学院教授，从事现当代文学、港台文学、写作学研究。先后在《中国文学研究》、《写作》等大陆刊物及香港、台湾出版的杂志上发表学术论文多篇，其中《从现代到传统的回归》、《玲珑剔透是乡愁》、《模糊语言与文学创作》等被大陆、台湾几份刊物转载。独立承担湖南社科评审委员会科研课题"余光中研究"，2003 年结题；出版专著《哲学与美学的诗艺合璧》，在台湾产生反响；并有专著《中学作文课堂教学设计》。曾两次应邀赴香港中文大学中文系访学。

孙绍振，1936 年生，祖籍福建长乐。1960 毕业于北京大学中文系，曾任北大助教。20 世纪 90 年代先后在德国特里尔大学进修，美国南俄勒冈大学英文系讲学，尚任香港岭南学院客座研究员并为翻译系讲课。现为福建师范大学文学院教授、博士生导师，并任福建省作家协会副主席，中国文艺理论学会副会长。著有诗集《山海情》（合作），散文集《面对陌生人》，论文集《美的结构》、《孙绍振如是说》、《文学创作论》、《孙绍振幽默文集》（三卷）、《论变异》、《幽默五十法》、《美女危险论——孙绍振幽默散文选》等。《文学创作论》获福建省 10 年优秀成果奖、全国写作学会一等奖，《美的结构》获福建省社科优秀成果二等奖等。

刘登翰，1937 年生，毕业于北京大学中文系。曾任福建社会科学院文学所所长、福建台湾研究中心主任，现为福建社会科学院研究员、福建师范大学博士生导师、中国作家协会台港澳暨海外华文文学联络委员会委员、福建省作家协会副主席、中国世界华文文学学会副会长、福建省台港澳暨海外华文文学研究会会长。出版有诗集《瞬间》、《纯粹或不纯粹的歌》，散文集《寻找生命的庄严》等，及学术著作多部。1993年获国务院突出贡献专家特殊津贴，1996年被评为福建省优秀专家。

陈仲义，诗学理论家。曾任厦门职工大学中文系秘书、系主任。现执教于厦门城市学院人文学部。著有现代诗学专论《现代诗创作探微》、《诗的哗变——第三代诗歌面面观》、《中国朦胧诗人论》、《从投射到拼贴——台湾诗歌艺术六十种》等论著多种。曾获省、市社会科学优秀成果奖。

朱双一，1952年生，福建泉州人。原名朱二，朱双一是其笔名。1986年厦门大学中文系研究生毕业，获硕士学位。现任厦门大学台湾研究中心、台湾研究院研究员，厦门大学中文系文艺学、中国现当代文学专业博士生导师。并任中国世界华文文学学会理事、福建省台港澳暨海外华文文学研究会理事等职。著有《彼岸的缪斯——台湾诗歌论》（与刘登翰合作）、《近二十年台湾文学流脉——"战后新世代"文学论》、《台湾文学思潮与渊源》、《闽台文学的文化亲缘》等学术专著多部。曾获福建省社会科学优秀成果一等奖。

徐 学，安徽合肥人。1984年毕业于厦门大学中文系研究生班，文学硕士。现任厦门大学台湾文学研究室主任。并任厦门市作家协会常务理事，厦门市政府委员，福建省台港澳暨海外华文文学研究会理事。1999年加入中国作家协会。著有专著《台湾当代散文综论》、《厦门新文学》、《八十年代的台湾》、《火中龙吟：余光中评传》等多部，另有散文集《陀螺人生》、《窗里窗外》等。

戴冠青，女。笔名寸月。1982年毕业于福建师范大学中文系。又先后于武汉大学中文系和复旦大学中文系进修文艺理论硕士课程和文艺学美学博士课程。现任泉

· '2003海峡诗会——余光中诗歌研讨会会场

州师范学院中文系主任、教授。并任福建省台港澳暨海外华文文学研究会副会长、福建省作家协会主席团委员、泉州市作家协会主席等职。著有文艺学论著《对象与自己》、《文艺美学构想论》、《文本解读与艺术阐释》、《想象的狂欢》等多种，另有小说集《梦幻咖啡屋》。曾获全国及省市优秀社科成果奖。

林承璜，1931 年生，福建闽侯人。1960 年结业于福建省委党校新闻大专班。现任海峡文艺出版社台港文学编辑室主任、编审。系有突出贡献专家，享受政府特殊津贴专家。著有《台湾香港文学评论集》、《台湾文学史》（合著）等。合著专著曾获中国第八届图书奖、第五届华东地区优秀成果一等奖。所编作品获全国、华东和福建省 15 种优秀图书奖及优秀编辑奖。

田家鹏，重庆市忠县人。毕业于西南师范学院（现西南大学）。任记者。业余写诗，1984 年参加《诗刊》主办的"青春诗会"。

曾获 1983 年《诗刊》优秀作品奖、两度获福建省优秀文学作品奖。本届海峡诗会既作为诗人受邀，又作为厦门日报记者全程采访。

此外，除了主办单位福建省文联及其相关部门台港文学选刊杂志社、省文学艺术对外交流中心、文艺理论研究室，福建省文化经济交流中心及其相关部门文化交流部的人员，并有在闽诗人、作家、诗评家及文化艺术界、教育界、新闻界和福州、武夷山、泉州、永春等地父老乡亲数以万计参加了相关活动。海峡都市报、福建人民广播电台都市生活频道、福州市鼓岭乡人民政府、晋安区鼓岭避暑山庄管委会、东南电视台、福建师范大学、武夷学院、华侨大学、泉州市委宣传部、泉州市文联、中共永春县委、永春县人民政府等单位参与组织了相关活动。

⊙**与会交流的余光中诗作**

乡 愁

小时候
乡愁是一枚小小的邮票
我在这头
母亲在那头

长大后
乡愁是一张窄窄的船票
我在这头
新娘在那头

后来啊
乡愁是一方矮矮的坟墓
我在外头
母亲在里头

而现在
乡愁是一湾浅浅的海峡
我在这头
大陆在那头

乡愁四韵

给我一瓢长江水啊长江水
　　酒一样的长江水
　　醉酒的滋味
　　是乡愁的滋味
给我一瓢长江水啊长江水

给我一张海棠红啊海棠红
　　血一样的海棠红
　　沸血的烧痛
　　是乡愁的烧痛
给我一张海棠红啊海棠红

给我一片雪花白啊雪花白
　　信一样的雪花白
　　家信的等待
　　是乡愁的等待
给我一片雪花白啊雪花白

给我一朵腊梅香啊腊梅香
　　母亲一样的腊梅香
　　母亲的芬芳
　　是乡土的芬芳
给我一朵腊梅香啊腊梅香

民 歌

传说北方有一首民歌
只有黄河的肺活量能歌唱
从青海到黄海
　　风　也听见
　　沙　也听见

如果黄河冻成了冰河
还有长江最最母性的鼻音
从高原到平原
　　鱼　也听见
　　龙　也听见

如果长江冻成了冰河
还有我，还有我的红海在呼啸
从早潮到晚潮
　　醒　也听见
　　梦　也听见

有一天我的血也结冰
还有你的血他的血在合唱
从 A 型到 O 型
　　哭　也听见
　　笑　也听见

当我死时

当我死时，葬我，在长江与黄河
之间，枕我的头颅，白发盖着黑土．
在中国，最美最母亲的国度
我便坦然睡去，睡整张大陆
听两侧，安魂曲起自长江，黄河
两管永生的音乐，滔滔，朝东．
这是最纵容最宽阔的床
让一颗心满足地睡去，满足地想
从前，一个中国的青年曾经
在冰冻的密西根向西瞭望
想望透黑夜看中国的黎明
用十七年未餍中国的眼睛
饕餮地图，从西湖到太湖
到多鹧鸪的重庆，代替回乡．

白玉苦瓜
　　——台北故宫博物院所藏
似醒似睡，缓缓的柔光里

似悠悠醒自千年的大寐
一只瓜从从容容在成熟
一只苦瓜，不再是涩苦
日磨月磋琢出深孕的清莹
看茎须缭绕，叶掌抚抱
哪一年的丰收像一口要吸尽
古中国喂了又喂的乳浆
完满的圆腻啊酣然而饱
那触角，　不断向外膨胀
充实每一粒酪白的葡萄
直到瓜尖，仍翘着当日的新鲜

茫茫九州岛只缩成一张舆图
小时候不知道将它叠起
一任摊开那无穷无尽
硕大似记忆母亲，她的胸脯
你便向那片肥沃匍匐
用蒂用根索她的恩液
苦心的悲慈苦苦哺出
不幸呢还是大幸这婴孩
钟整个大陆的爱在一只苦瓜
皮鞋踩过，马蹄踏过
重吨战车的履带压过
一丝伤痕也不曾留下

只留下隔玻璃这奇迹难信
犹带着后土依依的祝福
在时光以外奇异的光中
熟着，一个自足的宇宙
饱满而不虞腐烂，一只仙果
不产在仙山，产在人间
久朽了，你的前身，唉，久朽
为你换胎的那手，那巧腕
千睇万睐巧将你引渡

笑对灵魂在白玉里流转
一首歌，咏生命曾经是瓜而苦
被永恒引渡，成果而甘

登长城

——慕田峪段

东尽沧海，西走天涯
迢迢两千多公里的边愁啊难道
就凭这无情的花岗石砖
长方形的乡心沉沉甸甸
一块又一块接了又叠
这么斜而又陡地砌起来么？
砌城的手啊，多茧的，早已放手
守城的眼呢，少寐的，也已瞑目
不知道当年戍卒的朝朝，暮暮
是逆风北眺狼烟的边警？
是回首南顾梦里的闺情？
只知道再长的城墙，再厚的砖
挡得住胡马挡不住流年
不再是边关远寨了，不再
是盔甲对抗弩箭的战争
纵雉堞严整，那许多前朝旧代
两千年的患得患失，统统
从垛口的缺口无奈地流去
只留下了你，烽火寂寂，戍楼空空
仍蟠在万山的脊上，一条
飞不走游不去的古龙
一面其长无比的巨碑，见证
我祖先的忧患和辛苦，多少血泪
纪念那许多守将与边卒
倚也倚不断千里的栏杆
磨也磨不穿顽固的狱壁
只留下这一条拉链的神奇

从战国的那头锁到现今
"买一件纪念品吧"，那小贩
蹲在墙角招呼着游客
招呼白发登城的我
"不用了"，我应他以苦笑
凭历劫不磨的石砖起誓
我不是匆匆的游客，是归魂
正沿着高低回转的山势
归来寻我的命之脉，梦之根
只为四十年，不，三千里的离恨
比屈原更远，苏武更长
这一块一块专疗的古方
只一帖便愈

电话亭

不古典也不田园的一间小亭子
时常，关我在那里面
一阵凄厉的高音
电子琴那样蹂躏那样蹂躏我神经
茫然握着听筒，断了
一截断了的脐带握着
要拨哪个号码呢？
拨通了又该找谁？

不过想把自己拨出去
拨出这匣子这电话亭
拨出这匣子这城市
拨出这些抽屉这些公寓拨出去
拨通风的声音
拨通水的声音
拨通鸟的声音
和整座原始林均匀的鼾息

控诉一枝烟囱

用那样蛮不讲理的姿态
翘向南部明媚的青空
一口又一口，肆无忌惮
对着原是纯洁的风景
像一个流氓对着女童
喷吐你满肚子不堪的脏话
你破坏朝霞和晚云的名誉
把太阳挡在毛玻璃的外边
有时，还装成戒烟的样子
却躲在，哼，夜色的暗处
向我噩梦的窗口，偷偷地吞吐
你听吧，麻雀都被迫搬了家
风在哮喘，树在咳嗽
而你这毒瘾深重的大烟客啊
仍那样目中无人，不肯罢手
还随意掸着烟屑，把整个城市
当做你私有的一只烟灰碟
假装看不见一百三十万张
——不，两百六十万张肺叶
被你熏成了黑恹恹的蝴蝶
在碟里蠕蠕地爬动，半开半闭
看不见，那许多蒙蒙的眼瞳
　　正绝望地仰向
连风筝都透不过气来的灰空

水草拔河

如果时间是一条长河
昼夜是涟漪，岁月是洪波
　　滔滔的水声里
是谁啊，隐隐在上游叫我

是谁，明知我不能倒游
　　日日，夜夜
　　却叫我回家去

如果时间是一条长河
昼夜是涟漪，岁月是洪波
　　滔滔的水声里
是谁啊，隐隐在中游叫我
是谁，明知我不能停留
　　日日，夜夜
　　却叫我上岸去

如果时间是一条长河
昼夜是涟漪，岁月是洪波
　　滔滔的水声里
是谁啊，隐隐在下游叫我
是谁，明知我不能抗拒
　　日日，夜夜
　　却叫我追过去

上游是谁在叫我，水声滔滔
中游是谁在叫我，水声滔滔
下游是谁在叫我，水声滔滔
水声滔滔，上游啊无路
水声滔滔，中游啊无渡
水声滔滔，下游啊无桥
　　水声滔滔

只有滔滔向东的长河
翻着涟漪，滚着洪波
　　滔滔的水声里
只有我，企图用一根水草
　　从上游到下游
　　从源头到海口

与茫茫的逝水啊拔河

听 蝉

知了知了你知不知
在我午梦的边边上
是谁，一来又一往
拉他热闹的金锯子
锯齿锯齿又锯齿
在我院子的边边上

知了知了你知不知
岛上的夏天有多长
多长是夏天的故事
锯齿锯齿又锯齿
拉你天真的金锯子
试试夏天有多长

知了知了你知不知
岛上的巷子有多深
多深是巷子的故事
拉你稚气的金锯子
锯齿锯齿又锯齿
试试巷子有多深

知了知了你知不知
去年夏天是哪一只
欢迎我回到古亭区
锯齿锯齿又锯齿
拉他兴奋的金锯子
迎接我回到古亭区

知了知了你知不知

同样是剌剌又嘶嘶
去年听来是迎接
拉你依依的金锯子
锯齿锯齿又锯齿
今年听来是惜别

知了知了你知不知
永恒的夏天多永恒
夏天的后面是秋季
锯齿参参又差差
可怜短短的金锯子
只怕拉不到秋季

知了知了你知不知
秋季来时这空巷子
不见我也不见你
歇了，热闹的金锯子
断了，锯齿与锯齿
秋季来时这空巷子

（本书编者注：这首诗在本届海峡诗会中由作
曲家章绍同谱曲、福州艺术师范学校学生合唱
团演唱，在活动之一的"余光中诗文 Party"中
表演）

五行无阻

任你，死亡啊，谪我到至荒至远
到海豹的岛上或企鹅的岸边
到麦田或蔗田或纯粹的黑田
到梦与回忆的尽头，时间以外
当分针的剑影都放弃了追踪
任你，死亡啊，贬我到极暗极空
到树根的隐私虫蚁的仓库
　　也不能阻拦我

回到正午，回到太阳的光中
或者我竟然就土遁回来
当春耕翻破第一块冻土
　你不能阻拦我
从犁尖和大地的亲吻中跃出
或者我竟然就金遁回来
当鹤嘴啄开第一块矿石
　你不能阻拦我
从刚毅对顽强的火花中降世
或者我竟然就木遁回来
当锯齿咬出第一口树浆
　你不能阻拦我
从齿缝和枝柯的激辩中迸长
或者我竟然就火遁回来
当霹雳掀下第一闪金叉
　你不能阻拦我
从惊雷和迅电的宣誓中胎化
或者我竟然就水遁回来
当高潮激起第一丛碎浪
　你不能阻拦我
从海啸和石壁的对决中破羊
即使你五路都设下了寨
金木水火土都闭上了关
城上插满你黑色的战旗
也阻拦不了我突破旗阵
那便是我披发飞行的风遁
风里有一首歌颂我的新生
　颂金德之坚贞
　颂木德之纷繁
　颂水德之温婉
　颂火德之刚烈
　颂土德之浑然
唱新生的颂歌，风声正洪
你不能阻我，死亡啊，你岂能阻我

回到光中，回到壮丽的光中

五陵少年

台风季，巴士峡的水族很拥挤
我的血系中有一条黄河的支流
黄河太冷，需要掺大量的酒精
浮动在杯底的是我的家谱
喂！再来杯高粱！

我的怒中有燧人氏，泪中有大禹
我的耳中有涿鹿的鼓声
传说祖父射落了九只太阳
有一位叔叔的名字能吓退单于
听见没有？来一瓶高粱！

千金裘在拍卖行的橱窗里挂着
当掉五花马只剩下关节炎
再没有周末在西门町等我
于是枕头下孵一窝武侠小说
来一瓶高粱哪，店小二！

重伤风能造成英雄的幻觉
当咳嗽从蛙鸣进步到狼嗥
肋骨摇响疯人院的铁栅
一阵龙卷风便自肺中拔起
没关系，我起码再三杯！

末班巴士的幽灵在作祟
雨衣！我的雨衣呢？六席的
榻榻米上，失眠在等我
等我闯六条无灯的长街
不要扶，我没醉！

心血来潮

心血来潮，摇撼着远方的岛吗？
岛上的岩岸真会觉得
今晚的潮水特别的高吗？
一排又一排，溅着白沫
浪头昂得马头般高
是为了此刻我心血来潮吗？
潮水呼啸着，捣打着两岸
一道海峡，打南岸和北岸
正如此刻我心血来潮
奔向母爱的大陆和童贞的岛
这渺渺的心情，鼓浪又翻涛
至少有一只海鸥该知道
这一生，就被美丽的海峡
这无情的一把水蓝刀
永远切成两半了吗？
前一半在北浒，后一半在南岸？
千古的海水啊拍不醒的顽石
要拍到几时才肯点头呢？
看海鸥回翔的姿态
是谁，不肯放弃的灵魂？
我死后，哪一只又是我
是我辛苦的灵魂所依附？
徘徊在潮去潮来的海峡
追不尽生生死死的浪花
开开落落在顽石的绝壁
那样的无情，唉，又壮丽
就像此刻我心血来潮

与李白同游高速公路

刚才在店里你应该少喝几杯的
进口的威士忌不比鲁酒
太烈了，要怪那汪伦
摆什么阔呢，尽叫胡姬
一遍又一遍向杯里乱斟
你应该听医生的劝告，别听汪伦
肝硬化，昨天报上不是说
已升级为第七号杀手了么？
刚杀了一位武侠名家
你一直说要求仙，求侠
是昆仑太远了，就近向你的酒瓶
去寻找邋遢侠和糊涂仙吗？
——啊呀要小心，好险哪
超这种货柜车可不是儿戏
慢一点吧，慢一点，我求求你
这几年交通意外的统计
不下于安史之乱的伤亡
这跑天下呀究竟不是天马
跑高速公路也不是行空
限速哪，我的谪仙，是九十公里
你怎么开到一百四了？
别再做游仙诗了，还不如
去看张史匹堡的片子
——咦，你听，好像是不祥的警笛
追上来了，就靠在路旁吧
跟我换一个位子，快，千万不能让
交警抓到你醉眼驾驶
血管里一大半流着酒精
诗人的形象已经够坏了
批评家和警察同样不留情
身份证上，是可疑的"无业"
别再提什么谪不谪仙
何况你的驾照上星期
早因为酒债给店里扣留了
高力士和议员们全得罪光啦
贺知章又不在，看谁来保你？

——六千块吗？算了我先垫
等"行路难"和"蜀道难"的官司
都打赢之后，版税到手
再还我好了；也真是不公平
出版法哪像交通规则
天天这样严重地执行？
要不是王维一早去参加
辋川污染的座谈会
　　我们原该
搭他的老爷车回屏东去的

中　秋
　　　　——姮娥操刀之二

一刀向人间，剖开了月饼
一刀向时间，等分了昼夜
为什么圆晶晶的中秋月
　　要一刀挥成了残缺？

刀锋过处，落我们在两旁
中间是南海千年的风浪
窦窦是我的白昼惊短
　　悠悠是苦你的夜长

去年是圆月的光辉一床
共看婵娟今夕在两岸
料我像昼会渐渐地消瘦
　　你像夜会渐渐丰满

从此夜长，梦恐怕会加多
单枕是梦的起站和终站

该你凌波而翩翩东来呢
　　或是我乘风去西南？

一轮神光开万户的私镜
姮娥是一切情人的投影
且将你的，用海云遮住
　　让我夜深后来翻寻

春天，遂想起

春天，遂想起
江南，唐诗里的江南，九岁时
采桑叶于其中，捉蜻蜓于其中
（可以从基隆港回去的）
江南
　　　小杜的江南
　　　苏小小的江南
遂想起多莲的湖，多菱的湖
多螃蟹的湖，多湖的江南
吴王和越王的小战场
（那场战争是够美的）
　　　逃了西施
　　　失踪了范蠡
失踪在酒旗招展的
（从松山飞三个小时就到的）
　　　乾隆皇帝的江南

春天，遂想起遍地垂柳
　　的江南，想起
太湖滨一渔港，想起
那么多的表妹，走过柳堤
（我只能娶其中的一朵！）
走过柳堤，那许多表妹

就那么任伊老了
任伊老了，在江南
　　（喷射云三小时的江南）

即使见面，她们也不会陪我
陪我去采莲，陪我去采菱
即使见面，见面在江南
　　在杏花春雨的江南
　　在江南的杏花村
　　（借问酒家何处）
　　何处有我的母亲
复活节，不复活的是我的母亲
一个江南小女孩变成的母亲
清明节，母亲在喊我，在圆通寺

喊我，在海峡这边
喊我，在海峡那边
喊，在江南，在江南
　　多寺的江南，多亭的
　　江南，多风筝的
　　江南啊，钟声里
　　的江南
（站在基隆港，想——想
想回也回不去的）
　　多燕子的江南

灯　下

无论哭声有天长战争有地久
无论哭倒孟姜女或哭倒长城
无论是菜花田开花或是地雷开花
结果结酸果或是苦果
最后是一岬半岛南去更无地
思旧友念故国一把晚霞竟烧去

只留下一盏灯给一个人
一窗黑邃长夜为背景
天地之大对一杯苦茶
倘那人夜深还在读书
灯啊你就静静陪他读书
倘那人老去还不忘写诗
灯就陪他低诵又沉吟
身后事付乱草与繁星
倘那人无端端朝北凝望
灯就给他一点点童年
而倘若倦了呢，伏案欲眠
就用，灯，你古老而温柔的手
轻轻安慰他垂下的额头
白了的少年头轻轻垂下
抗战的少年头，怒过乌发
而亦如一支熟透的瓜
沉沉垂向黑甜的故土

盲　丐

想起乡国，为何总觉得
又饿又冷又空又阔大
不着边际的风终夜在吹
隐隐有一支古月在吠
路愈走愈长　蜃楼愈遥远
一枝箫，吹了一千年
长安也听不见，长城也听不见
脚印印着血印，破鞋，冷钵
回头的路啊探向从前

也乞食新大陆
也浪荡南半球
走过江湖流落过西部
重重叠叠的摩天楼影下

鞭过欧风淋过美雨
阅不尽,异国的海关与红灯
世界在外面竟如此狭小
路长腿短,条条大路是死巷
每次坐在世界的尽头
为何总听见一枝箫
细细幽幽在背后
在彼岸,在路的起点唤我回去
母性的磁音唤我回去
心血叫,沸了早潮又晚潮
一过楚河,便是汉界
那片土是一切的摇篮和坟墓
当初摇我醒来
也应摇我睡去

回去又熟又生那土地
贫无一寸富有万里
那土地,凭嗅觉也摸得回去
不用狗牵何须杖扶
膝印印着血印,似爬似跪
盲丐回头,一步一忏悔
腿短路长,从前全是错路
一枝箫哭一千年
长城,你终会听见
长安,你终会听见

你想做人鱼吗？

海洋生物博物馆张臂说:
来吧,带你去梦游童话

你知道山高不及海深吗?
你知道地广不及海阔吗?
你知道海量是怎样的肚量?

你知道海涵是怎样的涵养?
海神的财富是怎样秘藏?
究竟有多少珊瑚和珍珠
多少海葵和海星,多少水母
浮潜出没,多少鲨鱼和海豚?
当恐龙在陆上都成了化石
雄伟的大翅鲸、抹香鲸
在亮蓝的高速公路上
却迎风喷洒壮丽的水柱
吞吐着潮汐,鼓噪着风波
满肚子沉船和锈锚的故事
比记忆更深,海啊,比梦更神奇
海藻的草原,水族的牧场
波下的风景无穷无尽
你想做人鱼来一窥隐秘吗?
不用穿潜水衣,背氧气筒
浪花的琉璃门一推就开了
下来吧,向陆地请假,来海底

水仙乡

常想二十年后
水仙的心事当在
江湖上漾开
那哀丽的旋律
是笛声婉转
自水面传来

却怕那时遍地
都成了高速公路
何处更有
鸥鹭的江湖
让笛声悠悠指引
水仙的归宿?

那时便该问

你照过的镜子

——浑圆与椭圆

问它的水边

可曾水仙

留下蹁跹的影子？

圆的如月

曾见你笑过

扁的如缺

曾见你恼过

水银封底的玻璃

全未忘记

我的瞳眸

是江湖而至小

我的诗呢

是江湖而至渺

你的小名，水仙啊

则是那笛声

扬子江船夫曲

——用四川音朗诵

我在扬子江的岸边歌唱，

歌声响遍了岸的两旁。

我抬起头来看一看东方，

初升的太阳是何等的雄壮！

　嗨哟，嗨哟，

初升的太阳是何等的雄壮！

顺风时扯一张白帆，

把风儿装得满满；

上水来拉一根铁链，

把船儿背上青天！

　嗨哟，嗨哟，

把船儿背上青天！

微笑的水面像一床摇篮，

水面的和风是母亲的手。

疯狂的浪头是一群野兽，

拿船儿驮起就走！

　嗨哟，嗨哟，

拿船儿驮起就走！

一辈子在水上流浪，

我的家最是宽广：

早饭在叙府吃过，

晚饭到巴县再讲！

　嗨哟，嗨哟，

晚饭到巴县再讲！

我在扬子江的岸边歌唱，

歌声响遍了岸的两旁。

我抬起头来看一看东方，

初升的太阳是何等的雄壮！

　嗨哟，嗨哟，

初升的太阳是何等的雄壮！

雨声说些什么

一夜的雨声说些什么呢？

楼上的灯问窗外的树

窗外的树问巷口的车

一夜的雨声说些什么呢？

巷口的车问远方的路

远方的路问上游的桥
一夜的雨声说些什么呢?
上游的桥问小时的伞
小时的伞问湿了的鞋
一夜的雨声说些什么呢?
湿了的鞋问乱叫的蛙
乱叫的蛙问四周的雾
说些什么呢,一夜的雨声?
四周的雾问楼上的灯
楼上的灯问灯下的人
灯下的人抬起头来说
　怎么还没有停啊:
　从传说落到了现在
　从霏霏落到了湃湃
　从檐漏落到了江海
　问你啊,蠢蠢的青苔
一夜的雨声说些什么呢?

招魂的短笛

魂兮归来,母亲啊,东方不可以久留,
　诞生台风的热带海,
　七月的北太平洋气压很低。
魂兮归来,母亲啊,南方不可以久留,
　太阳火车的单行道
　七月的赤道炙行人的脚心。
魂兮归来,母亲啊,北方不可以久留,
　驯鹿的白色王国
　七月里没有安息夜,只有白昼。
魂兮归来,母亲啊,异国不可以久留。

小小的骨灰匣梦寐在落地窗畔,
伴着你手栽的小植物们。
归来啊,母亲,来守你火后的小城。

春天来时,我将踏湿冷的清明路,
葬你于故乡的一个小坟,
葬你于江南,江南的一个小镇。
垂柳的垂发直垂到你的坟上,
等春天来时,你要做一个女孩子的梦,
　梦见你的母亲。

而清明的路上,母亲啊,我的足印将深深,
柳树的长发上滴着雨,母亲啊,滴着我的
　回忆,
魂兮归来,母亲啊,来守这四方的空城。

粥 颂

记得稚岁你往往
安慰渴口与饥肠
病了,就更加苦盼
你来轻轻地按摩
舌焦,唇燥,喉干
与分外娇懦的枯肠
若是母亲所煮
更端来病榻旁边
一面吹凉,一面
用调羹慢慢地劝喂
世界上有什么美味
——别提可口可乐了
能比你更加落胃?

现在轮到了爱妻
用慢火熬了又熬
惊喜晚餐桌上
端来这一碗香软
配上豆腐乳,萝卜干
肉松,姜丝,或皮蛋

来宠我疲劳的胃肠

而如果，无意，从碗底

捞出熟透的地瓜

古老的记忆便带我

灯下又回到儿时

分不清对我笑的

是母亲呢，还是妻子

昨夜你对我一笑

昨夜你对我一笑，

到如今余音袅袅，

我化作一叶小舟，

随音波上下飘摇。

昨夜你对我一笑，

酒涡里掀起狂涛；

我化作一片落花，

在涡里左右打绕。

昨夜你对我一笑，

啊！

我开始有了骄傲：

打开记忆的盒子，

守财奴似的，

又数了一遍财宝。

⊙**诗歌讨论会和朗诵会**

乡愁的滋味——余光中诗文 Party

一、概况

主办单位：福建省文学艺术界联合会

福建省文化经济交流中心

福建东南电视台

台港文学选刊杂志社

福建省文学艺术对外交流中心

福建省文艺理论研究室

协办单位：福建省电视艺术家协会

福州融侨新天地休闲购物广场有限公司

主　　持：庄序芃（东南电视台主持人）

出场嘉宾：余光中

范我存（余光中夫人）

孙绍振（福建师范大学教授）

李元洛（湖南省作家协会副主席）

钱　虹（上海同济大学教授）

协助演出单位：福建师范大学

福州大学

福建教育学院

福州艺术师范学校

893 福州电台音乐频道

演 出 时 间：2003 年 9 月 13 日晚

演 出 地 点：福州融侨锦江新天地文体馆

二、节目单

1. 男声独唱《乡愁四韵》　演唱者：肖　山　伴奏：肖　山等

2. 配乐诗朗诵《伞的主题》　朗诵者：张　宁 / 陈　曦（福建电视台）钢琴伴奏：郑夏冰（福建师大艺术系）

3. 配乐诗朗诵《民歌》　领诵者：寒枫 / 晓月（893 福州电台音乐频道）　伴诵：福建师大校电台　钢琴伴奏：郑夏冰

4.《赛诗会》　表演者：福建师大、福州大学、福建教育学院学生代表队　伴奏：电声乐队

5. 配乐诗朗诵《招魂的短笛》　朗诵者：李又子（福建省话剧团）　钢琴伴奏：郑夏冰

6. 诗伴舞《等你，在雨中》　朗诵者：吴博（东南电视台）　舞蹈：林舒敏（福州市歌舞团）　钢琴伴奏：郑夏冰

7. 话说散文《我的四个假想敌》　访谈者：余光中　孙绍振　伴奏：电声乐队

8. 小合唱《听蝉》　作曲：章绍同（歌曲）　郭祖荣（钢琴伴奏曲）　合唱：福州艺术师范学校　钢琴伴奏：郑夏冰

9. 配乐诗朗诵《余光中自选诗》《乡愁》　朗诵者：余光中与现场观众

10. 尾声：集体合唱《乡愁四韵》　伴奏：电声乐队

原乡行——余光中诗歌作品朗诵会

一、概况

主办单位：福建省文学艺术界联合会
　　　　　　福建省文化经济交流中心
　　　　　　泉州市对外文化交流协会
　　　　　　泉州市广播电视中心

总 策 划：章绍同、朱明元、庄顺能、谢清海

策　　划：林培煌、吴建生、庄仁哲

导 演 组：周　斌、曹瑞琪、肖燕宁

音乐设计：张开端

撰　　稿：王士华

节目协调：曾焕彬

主　　持：陈　瑜

舞美设计：佘铿锵

灯　　光：蓝松岩

监　　制：张　帆

钢琴提供：南风文化城

演出时间：2003 年 9 月 16 日晚 7:30 时

演出地点：泉州音乐厅

二、节目单

【第一部分　童真】

序：少儿合唱闽南童谣《月亮月光光》

少儿领诵、齐诵《乡愁》　领诵：陈园园

1. 听蝉　朗诵者：叮　当 / 小　雨

2. 昨夜你对我一笑　朗诵者：宇　宁

3. 粥颂　朗诵者：李又子

4. 春天，遂想起　朗诵者：关得俊 / 胡小玲

5. 你想做人鱼吗?　朗诵者：赫　翔

6. 木偶表演《小沙弥》（节选）　表演者：泉州市木偶戏剧团

【第二部分　乡思】

间奏：二胡独奏《良宵》　演奏者：吴雅聪

男女对诵余光中诗作《乡愁》　朗诵者：姚　笛 / 张　舒

1. 乡愁四韵（闽南方言吟诵）　表演者：林赋赋

2. 月色　朗诵者：郑晓春 / 新　玲　独舞：翁世晖

3. 灯下　朗诵者：林江涛　洞箫演奏：王大浩

4. 水仙乡　朗诵者：洪婷婷 / 黄莉玲

5. 盲丐　朗诵者：姚壮飞

6. 高甲戏《管甫送》片段　表演者：泉州高甲戏剧团

【第三部分　祈愿】

间奏：钢琴独奏冼星海《黄河》　演奏者：陈舒华

1. 扬子江船夫曲　朗诵者：毕武胜

2. 民歌　朗诵者：陈玉萍

3. 等你，在雨中　朗诵者：王怡兵　双人舞：司马冰冰 / 林捷彪

4. 招魂的短笛　朗诵者：关得俊

5. 水草拔河　朗诵者：黄伟强

6. 南音表演《薪传不息汉古乐》　表演者：泉州市南音乐团

7. 余光中先生上台与全体演员齐诵《乡愁》

⊙综述

半个世纪跨越海峡

——台湾诗人余光中八闽纪实

◎田家鹏

> 一百六十里这海峡，为何
> 渡了近半个世纪才到家？
> ——余光中《浪子回头》

· 余光中在永春老家后院的荔枝树下回
忆儿时情景

在海峡两岸隔绝的年代，无数大陆同胞通过《乡愁》一诗认识了台湾诗人余光中。那骨肉同胞生生分离的苦痛，让多少华夏儿女潸然泪下。今天，余光中回来了。用了差不多半个世纪，他终于跨过自己诗中那道"浅浅的海峡"，回到了故乡。

余光中是永春人，1928 年的重九日生于南京，6 岁时随父母回过老家，1949 年 1 月由南京金陵大学外文系转入厦门大学外文系就读，但半年后就随家人去了香港，随后又去了台湾。从此，"一湾浅浅的海峡，我在这头，大陆在那头。"他只能一次又一次在梦中回乡。

由福建省文联、福建省文化经济交流中心、台港文学选刊杂志社、福建省文学艺术对外交流中心、福建省文联文艺理论研究室等单位共同主办的'2003"海峡诗会"确定以余光中先生的作品为主题。余先生应邀前来出席诗会并回永春老家省亲谒祖。这是两岸开放之后他第三次回福建，前二次仅至厦门,而到省会福州和老家永春及其他腹地则是第一次。这一次,他游福州、登武夷、访泉州、回永春,兴奋之情溢于言表。他以"八闽归人"自况,称这次故乡之行"一偿半生夙愿"。我们一路追踪这位诗人的足迹,陪同他走完八闽之旅。这是他用了整整半个世纪才得以完成的还乡之旅。

仰文化先贤 偿半生夙愿

2003年9月10日下午,余光中先生偕夫人范我存女士和台湾传记作家傅孟丽小姐,由台湾高雄乘飞机经澳门抵达福州。省文联副主席杨少衡、省文化经济交流中心秘书长朱明元等主办单位领导,以及来自永春老家的乡亲前往机场迎接。余先生一下飞机就受到鲜花的簇拥。在机场接受记者简短采访时,余光中先生表示,他对福建的文化先贤仰慕已久,这次能有机会实地拜谒,感到欣慰。也许正是为了满足余光中先生的心愿,主办单位为他安排的第一项活动就是参观位于长乐市区的冰心文学馆。余光中细细地观看馆内珍藏的图片、资料、实物等,不时发出感慨。他说,他曾是冰心的小读者,早在中学时代就开始读冰心的《繁星》、《春水》、《寄小读者》等作品,受到不少启发。离开时,他写下了"如在玉壶"的题词。

第二天上午,余光中先生在福州先后参观了他仰慕已久的林则徐、林纾、严复、林觉民、冰心等人的故居和纪念馆。他说:"半生夙愿今日得偿,我感到很满足、很快慰。"在位于澳门路的林则徐纪念馆,面对林则徐手书的对联"苟利国家生死以,岂因祸福避趋之",他伫立良久,陷入沉思。

他对记者说,林则徐是民族英雄,他自幼敬佩。海内外的中国人都敬仰林则徐。林则徐一生屡遭挫折,可以说是一个失败的英雄。但失败的英雄更让人钦敬。他希望为官者要以林公为典范。他曾经写过一首关于林则徐的诗,是针对美国人到台湾倾销烟草的,大意是林则徐当年禁绝了鸦片,但如今外国人仍在拿烟草赚中国人的钱,并且毒害中国人,实在让人痛心。他说他多年来一直想写一首赞颂林则徐的长诗,为此向林则徐纪念馆索取资料。离开林则徐纪念馆时,余光中郑重写下"八闽生辉"的题词。

在郎官巷20号严复故居,余光中先生发现了许多过去从未见过的照片。他指着一张慈禧太后的彩色照片说:这形象与电视剧《走向共和》里的慈禧很像。余光中对严复翻译《天演论》的贡献评价很高,说他是公认的中国睁眼看世界的第一人。他说,他读过这部用文言文翻译的著作。他还对记者讲了一个故事,说当年有人问严复为何要用文言文翻译《天演论》,严复回答说,因为当政者都用文言文,译成文言文才能对他们产生影响。他留给严复故居的题词是"西学先师"。位于南后街杨桥路口的林觉民故居,也曾经是冰心的家。一幢老屋住过两位名人,其价值不言而喻。余光中长久注视着玻璃橱里陈列的黄花岗烈士林觉民的遗书影印件,发出了轻声的叹息。这封写在手帕上的遗书是林觉民牺牲后,他的妻子意映冒着生命危险保存下来的,后来由林觉民的后裔捐献给国家,原件现存省博物馆。离开时,余光中写下了"不负少年头"的题词。写完还意犹未尽，又在旁边加了一行小字："台湾高雄有觉民路。"他说，他经常开车经过觉民路，会在心里缅怀这位同乡先烈。

在地名"莲宅"的林纾故居，余光中一边参观，一边饶有兴致地同记者交谈。他说，林琴南是一个文化奇人，他不懂外文，却成了大翻译家。他引用钱钟书先生的话说，林纾翻译的《撒克逊劫后英雄略》，比英国作家司各特的原著还好。"他翻译的法国文豪小仲马的名作《巴黎茶花女遗事》我很小就读过了。"他说，文化名人马君武曾赋诗赞这部译作："伤心一卷《茶花女》，断尽支那荡子肠。"当他在展室的说明文字中发现这两句诗是出自严复时，立刻掏出笔抄录下来，表示要回去考证一下。他说，林琴南实在是文化史上一个有趣的矛盾人物，他反对白话文，提倡文言文。上世纪初，他致信北大校长蔡元培，激烈反对北大聘请胡适等提倡白话文的新派人物当教授。蔡元培则回信说：北大既聘胡适等新派人物，也聘辜鸿铭这样极力主张复古的老派人物。只要有学问，北大都欢迎。林、蔡两人的信都收入当时的高中课本，我少年时就读了。但是，林纾翻译的西洋小说，客观上助长了新文学的发展。实际上他自己不知不觉已成了新文化运动的推动者。

余光中先生曾说："政治使人分裂而文化使人相亲。"难怪他对故乡的文化先贤如此崇敬。

最是故乡秋月明

9 月 11 日，是中华民族的传统佳节中秋节。这天晚上，有关单位在福州郊外海拔 900 多米的最高峰鼓岭，为余光中先生举办了一场别开生面的鼓岭中秋之夜——余光中诗文吟诵会。本次活动由福建省文联、福建省文化经济交流中心、台港文学选刊杂志社、福建省文学艺术对外交流中心、福建省文艺理论研究室、海峡都市报等单位联合主办，由福州市晋安区鼓岭避暑山庄管委会、福建人民广播电台都市生活频道等单位具体承办。余光中先生与福建文艺界人士和上百名诗歌爱好者一道，沐清风，赏明月，吟诗酬答，共叙乡情，度过了他有生以来在故乡的第一个中秋之夜。

仿佛连嫦娥也怜惜归来的游子，今年的中秋月格外地圆。当圆月升到人们头顶的时候，余光中先生被主持人请上台。他深情地说，他要朗诵自己的新作《魔镜》。这是一首写月亮的诗。月亮实在是很神秘、很魔幻的事物。天空中的月亮就是那一个，可它在人们眼里各不相同，因为看月的人，总是在心里想着他的故乡和亲人。他说，我坐在这里听你们朗诵我的诗，看到月亮正在升起，心里充满了温情。人们说这里海拔较高，我担心高处不胜寒，所以多穿了衣服。但坐在这里我感到温暖，因为有这么多的同乡、朋友在这里一同欣赏明月和我的诗。随后，他用浑厚圆润的男中音朗诵了《魔镜》："落日的回光，梦的倒影／挂得最高的一面魔镜／高过全世界的塔尖和屋顶／高过所有的高窗和窗口的远愁／而淡金或是幻银的流光／却温柔地俯下身来／安慰一切的仰望／就连最低处的脸庞。"

众多的诗歌爱好者不会放过向余光

中先生讨教的机会。有人问：许多人认为诗已不适应高速发展的社会，余先生是怎么看的呢？余光中胸有成竹地说：科技是忙出来的，文学是闲出来的。诗绝非不适合现代生活。因为人固然要忙，但人也要闲啊。我说的"闲"不是要叫人偷懒，而是说人要有闲情。有闲情才会去"举头望明月"，才会去欣赏美丽的月色。如果一点闲都没有，恐怕连头都举不起来了，因此，新诗仍是我们的时代所需要的，我对诗依然充满信心。当一位爱好写诗的女青年问，诗歌到底要不要承担历史使命的问题时，余光中先生说：这实际上是在文学界长期存在争论的"大我"和"小我"的问题。对诗歌来说，"大我"和"小我"同等重要，既要抒发个人心灵深处的感情，也要为国家民族的命运鼓与呼。如果只强调"大我"而不要"小我"，"大我"也要落空了。

夜深了，吟诵会结束了。人们与余先生依依惜别，陆续下山。临上车，余先生还深情地仰望着天空中那一轮玉盘般的明月，久久不舍离去。事后，余光中先生不止一次地说，今年中秋，他在福州鼓岭看到了一生中最圆的一轮满月。

9月13日晚，海峡诗会的主办单位为余先生举办了"余光中诗文 Party"。在福州美丽的江滨路旁一个环境优雅的演出场所，余光中先生偕夫人范我存女士来到千余名大学生和诗歌爱好者中间。在《乡愁四韵》那让人柔肠百结的旋律中，余光中先生被请上舞台。主持人对余光中说，我们许多人认识您是从那首《乡愁》开始的，那时，您在那头，我们在这头。今天，我们终于"头碰头"。就这样，话题被自然而然地引向了"乡愁"。余光中说，我于1949年乘船离开厦门，站在甲板上看鼓浪屿越来越小，心里充满了惆怅。不过那时我才20岁出头，还是"少年不识愁滋味"。乡愁真正被唤起是在多年以后，那时我在美国，离开家乡多年，异国他乡的日子总是让人忧郁，而且不知何时能回家乡，郁结在心里的乡愁浓得化也化不开，于是，一首接一首的"乡愁诗"诞生了。

在贝多芬的钢琴奏鸣曲《月光》那清澈透明得让人忧郁的旋律中，福建著名的表演艺术家李又子登台朗诵余光中先生怀念母亲的名作《招魂的短笛》。当朗诵到这首诗的结尾"魂兮归来，母亲啊，来守这四方的空城"时，李又子声情并茂，声音颤抖，泪流满面。这时，余光中先生走上前去，紧紧握着李又子的手，久久没有松开。

故乡的亲人最能体会游子的心，就在余光中先生这次还乡之前，省文联副主席、著名作曲家章绍同花了几个晚上，将余光中先生的诗作《听蝉》谱成乐曲，由福州艺术师范学校的少女们上台演唱。余光中先生聆听着他的又一首化为音乐的诗作，陷入深深的陶醉之中。主持人问：您这些年经常回到祖国大陆，乡愁会被冲淡吗？还会写乡愁的诗吗？余光中先生说，回乡能慰解乡愁。常常回来，自然就不会再写乡愁诗，否则就自相矛盾了。不过，我宁愿多回来，而不愿多写乡愁诗。

历史的乡愁 文化的乡愁

余光中被人们称为"乡愁诗人"。9月12日，在主办单位为他举行的记者见面会上，余光中先生再次谈到他的名作《乡

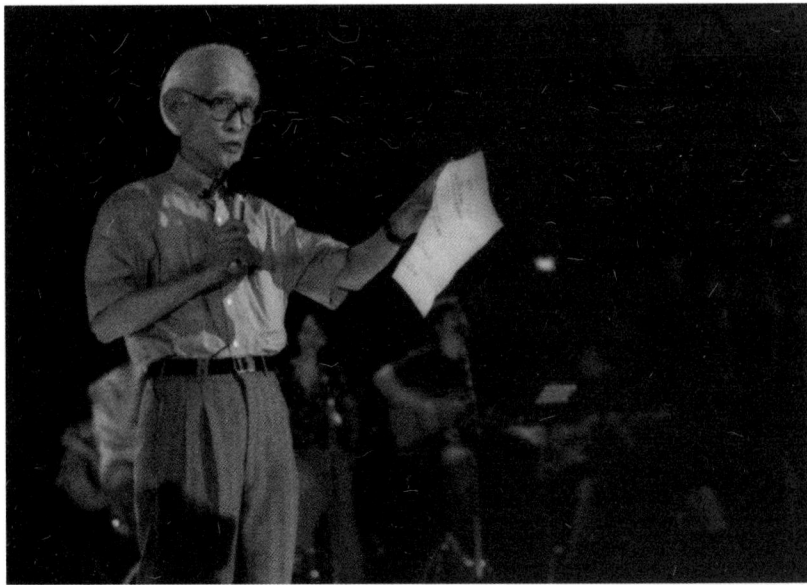

· 在福州举行的"余光中诗文 Party"表演现场，余光中领诵《民歌》，全场应和

愁》。他说，乡愁有不同的层次，一般人的乡愁是地理上的，同乡会似的，可以具体到某省某县某乡某村。而他写的乡愁是广义的，是历史的乡愁，文化的乡愁。他很高兴有那么多人喜欢这首诗，也不介意人们叫他"乡愁诗人"。但他强调，他还有许多别的作品也是很好的。现在他就像一个厨子，《乡愁》成了他的招牌菜。"其

实我的厨房里还有许多的好菜，你们要来品尝呀！"

余光中先生非常看重海峡两岸的文化交流。他说，这几年他一直在为两岸的文化交流尽力，最近十余年来，他回大陆不下二十次，去年最多，达八次。今年因为受到非典的影响，这是第一次回来。在两岸之间频繁往来，到处讲学，传播中华文化，是他乐于做的工作。他说，中华民族的传统文化是两岸同胞共同的灵魂故乡。分离现状是暂时的，文化是永久的。"莫为五十年的政治，抛弃五千年的文化"。

学贯中西的余光中先生饱受中华传统文化的滋养。但他说："说来伤感，我的四个女儿到国外留学后都在当地留了下来。你对他们说起美国的某个地方，他们都很熟悉，但你跟她说起湖北、湖南、福建、江西，她就模糊了，因为，没有来过，教科书里学的到底比较抽象，不能落实为生活的经验。几个孙子都成了美国小顽童，我最遗憾的就是我的孙子读不懂我的书了。"为了让下一代了解中国，了解中华传统文化，近年他每次回大陆时都带一个女儿回来。现在已有三个女儿回来过了，另外一个以后也一定会带回来。

余光中是台湾中山大学教授，70岁退休后仍在继续从事教职。他用充满诗意、饱含深情的语言描述位于高雄的中山大学校园，说它拥有一个好听的名字叫西子湾。那里面对台湾海峡，他经常在海边遥望，水平线的另一端就是厦门。他说："我是幸运的。杜甫晚年住在白帝城，有一道江峡，而我晚年有一道海峡，我比杜甫还要幸运一点。老天可怜我这个老诗人，把我安排在这个好地方，让我可以隔着海峡眺望大陆。"

人子都要感念母恩

9月12日下午，余光中先生到福建师大作题为《诗与音乐》的演讲，受到师生热烈欢迎。特别是他声情并茂地朗诵自己创作和翻译的诗作，更是让风华正茂的莘莘学子倾倒。

简短的开场白之后，余光中先生开始演讲。他站在讲台前，发现扩音器的麦克风位置太低，要弯下腰来说话。他立即向坐在前排的同学借来两个书包垫高话筒。台下有一名同学大声建议余先生坐下来讲，他向那位同学投去感激的目光，回答说：到站不住的时候我会坐下的。

余先生一开口演讲，台下立刻活跃起来，掌声、笑声不断。余光中先生仙风道骨，鹤发童颜，旁征博引，妙语如珠。他从二千多年前的诗经讲起，讲音乐是时间的艺术，诉诸听觉；绘画是空间的艺术，诉诸视觉。而诗是综合艺术，要调动通感。自古以来，诗与音乐不可分。许多诗来自音乐，有的诗作就是以音乐经典的曲名为题的，而被谱成乐曲的诗，也多得不胜枚举。他从李白、杜甫讲到姜白石、苏东坡，从莎士比亚讲到歌德、彭斯，还有被印上法郎钞票的法国音乐大师柏辽兹，以及印象派音乐的代表人物德彪西……古今中外，信手拈来，无论中国古典诗词，还是外国名著，大段背诵，不看讲稿。中文与外文穿插，古典与现代交融，博古通今，学贯中西，大师风范让在场学子叹为观止。

演讲结束后，余光中先生留了较多的时间用于朗诵。他朗诵的作品是自己的新

· 余先生一开口演讲，台下立刻活跃起来，掌声、笑声不断

作和翻译的外国诗。他先朗诵了几首译作，包括《海之恋》、《湖心的茵岛》、《骑士之歌》等，都是既用中文，又用外文。随后朗诵了几首新作。给记者留下印象最深的是一首题为《母难日》的诗。余光中先生说，这首诗写的是自己的生日，可歌颂的是母亲。他说，我们过生日吃的蛋糕是多么甜，但它是母亲用血换来的。我们的生日是母亲的受难日。母子之会，始于大哭，终于大哭。中间的岁月最是甜美，最应珍惜。子女出生时的啼哭，母亲听得真切；而母亲去世时孩子的痛哭，母亲再也听不见了。因此，人子都要感念母恩。

当晚，福建省委宣传部、省对外文化交流协会领导和省有关部门负责人卓家瑞、陈济谋、张广敏、施友义、章绍同、杨少衡、朱明元等会见了余光中先生和夫人以及出席海峡诗会的部分代表，热烈祝贺海峡诗

会成功举办，并预祝余先生"原乡行"顺利、圆满。余先生为家乡的父老乡亲浓郁的情谊感动不已，衷心感谢各有关方面同为举办海峡诗会所作的努力。

躺在手术台上静待解剖

9 月 13 日，余光中诗歌研讨会在福建会堂召开。这是本次"海峡诗会"的重头戏。一百多位来自海内外的诗人和学者聚集一堂，从不同的角度高度评价这位"诗文双绝，学贯中西"的文学大师。福建省政协副主席王耀华、省人大常委会原副主任宋峻等出席了研讨会的开幕式。

福建省文联党组书记、副主席陈济谋在致辞中说，余光中先生怀抱中华大地，情系故土家园，在几十年的写作生涯中，经历了抗战和两岸隔绝的历史，走过中国和世界的许多地方，学贯中西，魂牵民族，

写出了许多脍炙人口的诗篇，在台、港、澳和海外华人地区以及祖国大陆都拥有广大的读者。他的写作融合中西传统，以文化中国为精神家园，表达了对于文化源头的诗意的乡愁，牵动和诗化了许多中国人的心。陈济谋说，诗人余光中属于台湾，属于福建，更属于中国。福建是余光中先生的家乡，由福建来举办这次以余光中先生为主题的"海峡诗会"系列活动，是题中之意，分内之事。他希望通过举办这次活动，能让余光中先生"稍解深沉的乡愁"。

余光中先生在研讨会上发表简短致辞。他自称"八闽归人"，是第一次到福州。在故乡的这几天，他所到之处，都感受到浓浓的乡情。亲情可感，友情可贵，他感谢家乡的文化机构主办这次活动。至于自己的作品，他说，这就像一个躺在手术台上的人，"静待评论家的解剖"。余光中先生 1949 年在厦门大学外文系求学期间开始在厦门《江声报》、《星光日报》等报刊发表诗歌和文学评论。从那时起，他驰骋文坛已逾半个世纪，是我国当代成就卓著的诗人、散文家、评论家和翻译家，到目前已出版诗集 21 种，散文集 11 种，评论集 5 种，翻译作品 13 种。上世纪 80 年代以来，祖国大陆多家出版社出版了余光中先生的作品。记者在研讨会上获悉，一套九册、篇幅 5000 多页的《余光中集》即将由天津百花文艺出版社出版。

武夷听雨成风景

9 月 14 日下午，余光中先生由福州乘火车抵达武夷山。当晚，余先生应邀到武夷学院（南平师专）演讲。由于这场活动是临时动议，余光中先生没有做正规的学术报告，而是采用漫谈的形式。针对前来听讲的师生主要来自中文、外语、艺术、旅游等专业，余光中分别结合自己的创作和生活经历谈了对这几个学科的理解和学习的要领。他特别提醒广大学子要学好母语中文和英语。因为中文是世界上使用人口最多的语言，而英语是当今世界最强势的语言。学好这两种语言就可以自由地同世界上最广泛的人群打交道。他与学艺术的同学谈自己如何翻译《梵高传》，与学旅游的同学谈马可波罗的游记，演讲中时有妙语，掌声不断。据悉，不少师生是从 180 公里外的南平赶来武夷山听余光中先生演讲的。

那天气候闷热，上千名师生聚在一间大礼堂，溽暑逼人。余光中先生入场时西装革履，演讲时不得不脱下外衣，仍旧汗流浃背。也许是这个原因，他在朗诵自己的诗作时选择了《雨声说些什么》这首诙谐幽默、充满童趣的小诗。巧合的是，就在他结束演讲时，外面下起了小雨。当他登上回住地的汽车时，窗外已是电闪雷鸣，大雨如注。当地人说，这里至少已有两个月没有下雨，是余光中先生的诗给人们带来了喜雨。

第二天，余光中先生以 75 岁高龄，和夫人范我存女士一道登上了天游峰，一路上谈笑风生。在山上，人们争相和余先生合影，有人说，余老本来是来看风景的，没想到却成了一道风景。参加诗会的学者与他合影时，说是要沾一点余先生的文气、才气、仙气，余先生突然冒出一句："还有喘气。"逗得人们大笑不止。有人看见人们把他围得太紧，建议散开一点，让他透透气，余先生幽默地说："不要紧，生

·余光中先生以 75 岁高龄，和夫人范我存女士一道登上了天游峰

气相通嘛。"下山路上，余老与随行人员边走边谈，突然发现夫人没有跟上来，于是站在路边等候，直到夫人的身影出现在林荫的拐角处，他才继续往前走。下午，接待单位安排余先生坐竹筏游九曲，半路上余先生要求下来玩水，他说："这里的水真嫩！"他把水泼在记者的裤管上，一脸天真，笑得像个孩子。

9 月 15 日晚，余光中先生在武夷山与参加海峡诗会的诗人和学者座谈。有学者问余先生有没有兴趣争取获得诺贝尔文学奖？余先生说：我一天过日子都忙不过来，哪里顾得了那么多？他说，他把诺贝尔文学奖看成是一项欧美文学奖，而不是世界文学奖。有的作家孜孜于诺贝尔文学奖，其实大可不必。一个作家所能做的最好的事情，就是把自己的作品写好。作家首先要被自己的民族承认，而不是被某个奖承认。如果一个奖送到面前，他当然也会笑纳，但要费心费神地去争取，就是他所不为的

了。在会上，余先生对中文的前景表现了一定程度的担忧。他说，现在海峡两岸的中国人都热衷学英文，这当然是好事，但他担心英文没学好，中文也荒废了。他希望海峡两岸的作家共同努力，把我们的母语中文保持好。如能使中文得到发展就更好。

一生等着这一天

9 月 16 日下午 3 时，余光中先生由武夷山乘飞机抵达厦门机场，然后乘车回故乡泉州。由于飞机晚点，前来迎接的乡亲在机场苦等了两个小时。他们打出了大红的横幅，上面写着"热烈欢迎族亲余光中伉俪回乡省亲谒祖"的标语。当余光中先生出现在机场大厅时，他们迎上去献花，并挥舞着特制的小旗表示欢迎。

当晚，海峡诗会的主办单位和泉州市有关单位在泉州音乐厅共同举办了题为"原乡行"的余光中诗歌作品朗诵会。在典雅

而优美的古乐声中，朗诵者陆续登台，分别朗诵了余光中先生的《乡愁》、《听蝉》、《月色》、《民歌》等作品。其中，一名身穿青布长衫的老者用闽南方言吟唱《乡愁四韵》，给人们留下了深刻印象。朗诵会穿插了具有浓郁地方特色的提线木偶、高甲戏及南音表演，让余光中先生大饱眼福。

9月17日中午，余光中先生抵达永春，受到隆重欢迎。在离下榻的永春侨联酒店还有大约一里路时，他和夫人范我存女士被迎下车，鲜花和亲人簇拥着他们走完这回乡的第一程。当时锣鼓喧天，礼炮齐鸣。当晚，永春县政府设宴款待余光中一行。余光中先生在简短致辞中说，家乡人民的盛情招待让他铭感于心，"永世难忘"。

次日上午，离开故土70年的余光中先生，终于回到了他的祖屋，回到他儿时玩耍过的地方，祭祖归根，省亲怀旧。他说：

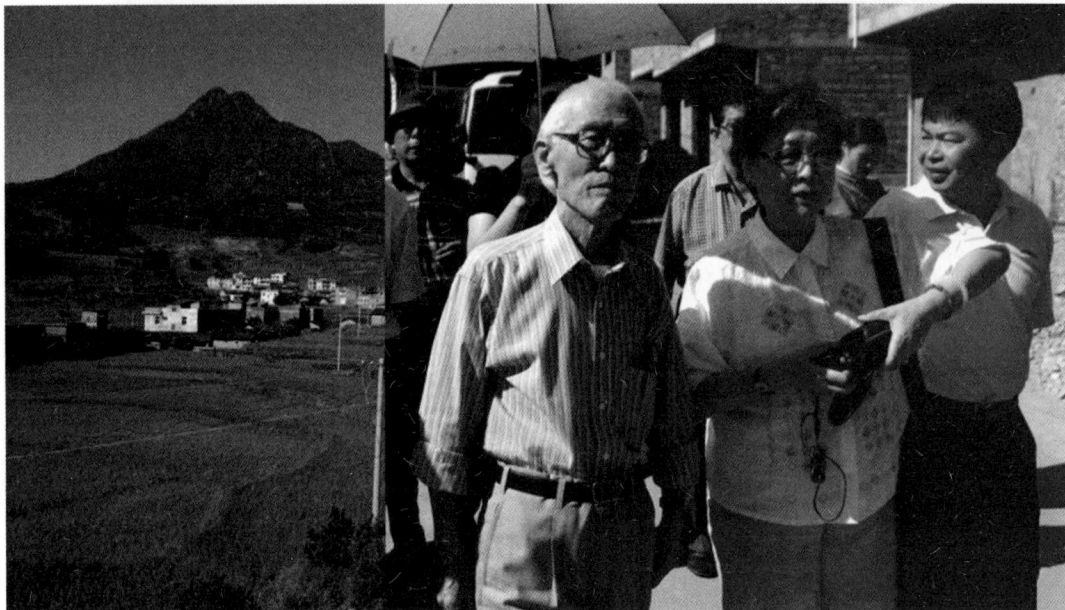

· 2003年9月17日，余光中偕夫人范我存前往永春谒祖

"我一生都等着这一天！"

永春县桃城镇洋上村，是一个距县城大约三公里的古朴山村。那天也许是这个村子有史以来最隆重的节日，乡亲们鸣炮奏乐、舞狮擂鼓，热热闹闹地迎接从远方归来的亲人。在村口用树枝扎成的彩门上，是一幅巨大的对联："学富五车中华艺苑添奇葩，才高八斗世界文坛享盛誉"。余光中在这里一下车，就被乡亲们簇拥着前往余氏宗祠。村里的学童整齐地排列两旁，迎接这位他们敬慕已久的前辈乡亲。余光中怀抱鲜花，一边走，一边伸手抚摸孩子们的笑脸。半路上，他停下来问身边的族亲，路的左边是什么山，右边是什么山。侄儿告诉他，左边是尖子山，右边是玳瑁山、铁甲山。当他见到路旁一位老人时，特意走上前去与这位老人握手。

余氏宗祠坐落在一座大山脚下的斜坡

· 前呼后拥的人群使余
  光中费了好大的劲才
  跨进宗祠的大门

· "请你们离得远一点，让我静静地和我的祖先在一起。"

上。前呼后拥的人群使余光中费了好大的劲才跨进宗祠的大门。乡亲们已经在祖祠的大厅里设好祭台，上面有全猪全羊各一头，还有各类其他祭品。余光中在天井里被媒体记者团团围住，进退维谷，这位一向温文尔雅的老人急了。只见他把双手圈成喇叭状，大声地对人们喊道："请你们离得远一点，让我静静地和我的祖先在一起。这是严肃的事情。我一生都在等着这一天！"终于来到神龛前，余光中和夫人范我存面对祖宗的牌位庄严肃立。祭典开始，余光中大声朗读祭文。祭文中说：裔孙久旅他乡，思祖勿忘，万里跋涉，特归梓桑，谒祖省亲。虔诚敬备鲜花蔬果、冥金香楮等仪，聊表微忱，敬希哂纳。他在祭文中还祈愿先祖的在天之灵，庇佑族裔兴旺，庇佑游子平安。随后，他和夫人向祖宗灵位三鞠躬，并从族亲手中接过红绸包裹的族谱。临走时，他带上了两枚带叶的芦柑。他说，这是故乡之物，是永春的土地上出产的，我要把它带回台湾。

祭祖仪式后，余光中偕夫人来到他儿时住过的祖屋。这是一幢典型的闽南土角厝，飞檐翘角，古色古香。1935 年，余光中随父亲余超英回乡为祖父奔丧，住的就是这幢老屋。那时他才 6 岁。70 年过去了，老屋依旧，而当年在屋里欢蹦的孩童如今已成了耄耋老人。在老屋门口，他郑重要求人们给他 20 分钟时间，让他安静地绕着屋子走一圈。但记者们太想知道他此刻的心情，这个微不足道的愿望竟然不能兑现。他穿过堂屋来到屋后，这里有 5 棵大荔枝树，当年和他一起玩耍的堂兄余江海在这里等着他。为了迎接余光中，余江海这些

·左：范我存，中：余江海

日子忙个不停，反反复复不知把这座老屋的里里外外打扫了多少遍。一见面，余江海就用闽南话对余光中说，小时候我们经常一起在这里玩爬树，五棵树我们都上去过，还一起用弹弓打鸟。余光中说，我们现在来比赛爬树好不好？余江海说好。在一旁的余光中夫人范我存接话说：我看他能爬上去，你未必能爬上去呢。说得大家都笑了。

余光中在荔枝树下久久留连。乡亲们摆好桌子，铺好宣纸等他题字，有祖屋的堂名，有宗祠的匾额，有村里的校名，有劝学的勉词，他来者不拒，一一满足。有记者问他：您回来之前记得这老屋、这山水吗？他说，我小时在这里住得不长，记忆

· 乡亲们摆好桌子，铺好宣纸等他题字……他来者不拒，一一满足

· 在牛姆林"余光中文学馆"前

· 9 月 19 日，在家乡永春的牛姆林中，台湾著名诗人、学者余光中用地道的闽南话向乡亲和族人挥手告别："别哭，我还会回来的。"

比较模糊,但常听父亲讲他在这里的种种,因此我始终能保持对故乡的记忆。中华民族就是这样代代相传,源远流长啊。他要求记者给他拍照留念,画面的上方要一点树叶,远景是老屋后面的两座山,近景是老屋的房顶。他还坐在荔枝树裸露的树根上让记者拍照,把他和根留在一起。他动情地说,我的父亲一生都在想念永春老家,他活到97岁去世,和母亲一起葬在台湾。我也是代表他们还愿来了。以后我在台湾上坟的时候,会把在故乡的经历和见闻告诉他们。

当天下午,余光中先生乘车来到永春县的风景名胜牛姆林,晚上出席了一个欢迎晚会。夜已经很深了,但即将离开故乡的余光中先生不顾多日的奔波劳累,专门约请参加诗会的各地文友茶叙话别。他深情地说,这次回到祖地,回到童年生活过的地方,就是回到了生命的深处,许多的经历终生难忘。他要把这些美好的记忆珍藏在心里。

在这个座谈会上,余光中谈到了乡情与创作的关系。他说,他深情地爱着自己的故乡,也乐意为家乡写出新作,但创作毕竟还是有内在的规律。他举例说,苏东坡是四川人,但他早期写四川的作品并不理想,而真正的传世之作是离开家乡后写成的;画家梵高是荷兰人,他的杰作《向日葵》、《鸢尾花》、《麦田群鸦》等全部是后期在法国南部完成的;肖邦深爱祖国波兰,但他的后半生在法国度过,他那些脍炙人口的名曲大多是在法国写成的。他们既是家乡的骄傲,也是祖国甚至全人类的骄傲。

9月19日上午,余光中先生和夫人出席了余光中文学馆揭牌仪式。建在牛姆林景区的余光中文学馆建筑面积780平方米,总投资近百万元,主要陈列余光中先生文学创作成果、文学活动资料、大事年表、家学渊源、名家有关余光中的书画作品等。余光中先生在这里留下了"诗在如人在"的题词。

当天中午,余光中先生离开永春牛姆林前往厦门,他的亲人将他紧紧围住,依依难舍,拉着他的手,一遍又一遍地祝福他平安,叮嘱他早日再回来。短暂的相聚后又是长久的离别,亲人们泪眼婆娑,无语。直到余光中先生乘坐的汽车开出老远,他们还在原地不停地挥手。

(作者系《厦门日报》福州记者站记者)

解我鄉愁
幸有此行
余光中
二〇〇〇、九、大

"乡愁"已酬,更作"乡颂"。余光中临别依依,向大家招手说"我还会再来"

（郑流年 摄）

⊙**诗会回音**

八闽归人

——回乡十日记

◎余光中

自从两岸开放以来，我曾两次越过海峡，但是都到厦门为止，未能深入福建。今年九月，幸得福建省文联相邀，乃有十天的八闽之行，始于福州，更历武夷山、泉州，终于寻根回到阔别六十八年的祖籍永春，最后再由厦门返航。

飞抵榕城，正是中秋前夕。次夕月光圆满，在城东鼓山顶上有一个赏月盛会，朗诵或演唱的都是我历年所写的咏月之作，也免不了包括《乡愁》等诗。我自己也吟了苏轼的《水调歌头》。在福州四天，活动繁多，除了瞻仰林则徐、严复、林纾、冰心的纪念馆，并在福建师大演讲之外，更有一整天的"余光中诗歌研讨会"。与会的海内外诗人、学人包括刘登翰、孙绍振、陈仲义、李元洛、古远清、黄曼君、杨际岚、朱双一、徐学、林承璜、姜耕玉、冯亦同、江弱水、江少川、王性初、王勇、黄晓峰、戴冠青、范宝慈、庄伟杰、林子、林祁、钱虹、郭虹、傅天虹等多人。最令我感动的是，年逾八旬的前辈诗翁蔡其矫竟也到场发言。

武夷山的两天，气温仍高，不免有损仙气，却无碍文友们的豪气。第一天上午，

众人从大斧劈皴法的晒布岩脚底，瞻上顾下，左避右闪，委委曲曲蹑过了一隙石缝，重回天光，更步步为营，一级级向天游峰顶仰攀上去。虽云只有八百八十八级，但山灵扯后腿的后劲越来越沉，就算英雄也不免气短。路回峰转，风景渐渐匍匐在脚下，回首惊艳，九曲溪水那么娴静地在谷底流过，像万山私隐的纯蓝色午梦泄漏了一截，竟然被凡眼偷窥。

当天下午转劳为逸，苦尽甘来。碗口粗细的长筒巨竹，两头烤弯，十六根并排扎成的竹筏，绑着三排六个座位，前后都有船夫或船娘撑篙。我们乘筏从九曲到二曲顺流而下，让一溪清浅用涟漪的笑靥推托着，看雄奇而高傲的山颜石貌一路将筏客迎了又送。经过上午的苦练，益显得下午的逍遥。山不转，水转。水真是智者，人随着水转。人转时，峰头起伏也跟着转了。所以说，万静不如一动。

泉州之旅不足一天，活动更是紧凑。抵埠已是半下午，只能忙中偷闲去开元寺，放缓脚步，跨过唐代高高的门槛，去菩提与老桑的密叶绿荫下，对着地震不塌的石

· 2003 年 9 月 16 日，泉州音乐厅，"余光中原乡行诗歌作品朗诵会"

塔悠然怀古。当晚在泉州音乐厅举行"余光中诗歌作品朗诵会"，除了我的诗从早年的《扬子江船夫曲》到最近的《粥颂》有十五首外，更包括南音与高甲戏。《乡愁四韵》一首用闽南腔吟唱，尤能贯串古今。

次晨在华侨大学演讲"中文与英文"，接着车队就向西北进发，驶上最后的一程：寻根之旅。

不到一百公里的归途，路面虽然宽坦，心境却多起伏。在记忆幼稚的深处，久蛰的孺慕与乡情，蠢蠢然似在蠕动。"头白东坡海外归"，东坡何曾归得了眉山？我又何幸，在"三反五反"之后，"文革"的大难之余，竟然有满车知音从福州一路伴我回头，只为了溯源而上，溯晋江的东溪而上，一窥究竟是怎样的一座山县，怎样

的灵山秀水，默化出他们青睐的诗人。

轮下所历，多为南安县境，地势渐高，所经多石矿与窑厂。一过诗山，便近永春县界了。镇名诗山，应为吉兆。永春县城在县境的东南，桃溪从青山簇里蜿蜒东来，将县城分为两岸，北岸人烟稠密，是辐辏的市区。迎面而来的先是彩色的三角旗成排成串，继有布条从高楼垂向街面，热情的标语欢迎永春之子迢迢归来。人潮渐密，车速减缓，终于停下。一出车立刻陷入乡亲的重围，绽笑的脸全向着我们，像满田盛开的葵花，远者挥手，近者一拥而上，或来握手，或来挽臂，语声鼎沸，有的呼叔公，有的叫叔叔，有的叫"光中舅"。有资格直呼我名的，想来都不在了。

人群稍稍让开，容我们——我们夫妻、傅孟丽，同来的作家们，从福州一路相伴

包括章绍同、朱明元、杨际岚、郭平等，还有报纸与电视的记者们——容我们过桥入城。这才发现还有刚放午学的小学生，列队两侧，吹号打鼓，并间歇地齐呼"欢迎，欢迎，热烈欢迎！"队伍很长，像有两百人的样子。看到汗珠子在他们额上闪光，我一面感动，一面又十分疼惜、歉疚，觉得至少应该早点抵达，免得这许多小脸曝于犹烈的秋阳。

入城式的兴奋退潮后，我从侨联大厦的高窗俯瞰这古称桃源的县城。

我的父亲生在永春，曾去马来的麻埠办过小学，后来回乡，先是担任永春的教育局长，继又担任安溪县长。在他任教育局长期间，县里来了一位远客，令他注目。他看到的是一个江南女子，吴腔昵昵，刚由常州的师范学校毕业，千里迢迢，分发到这闽南腹地的陌生山城，来教八音咿呦而不懂普通话、更别提什么吴语的村童。我不能想象教育局长跟新来的外省教师该怎么交谈，一定是误会连连、傻笑不已吧。不过有情人总会传情的。鸡同鸭讲的情人总之结了婚，而且生下了我，不在这磊磊山县，而在繁华的石头城。

在我七岁时，他们曾经带我回永春住了半年。记忆中的故乡经过六十多年的侵蚀，早已暖暖然呈星云状态，只剩几个停格，根本说不上倒带，在记者们不断的盘问下，也供不出多少蛛丝马迹。总之我穷思苦忆所得，或是此行近乡情怯所盼的永春，都远远不如此刻，在窗口所见的新城这么高，这么生动而亮丽，街道宽阔而平直，楼屋大方而整洁。桃溪在现代工程的云龙桥下向东南流去，对岸的中国电信大厦，矗立二十层楼高，白壁交映着一排排绿窗，那气派哪像小县城？我原以为会重温褪色的黑白照片，此刻照眼的，却是对准焦点的七彩分虹。

第二天上午车队逶迤，由县城向北出发，去洋上村的余氏祠堂祭祖。出得城来，

· 余光中老家永春县桃城镇洋上村祖屋

余光中伉俪·原乡行·与南阳族亲合影留念 2003.9.18

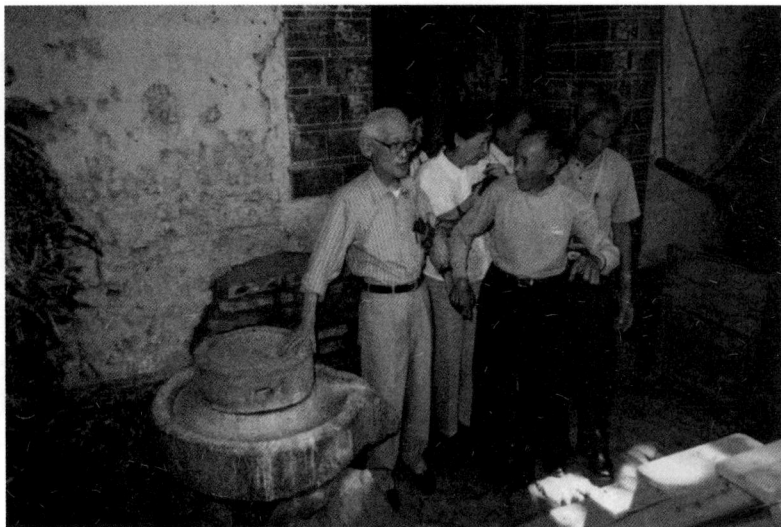

· 余光中与小时游伴余江海在祖屋后院石磨前

车道渐高，一线蜿蜒没入远山丛中。已过中秋六日，天气仍如盛夏，亮睛的艳阳下四围山色，从近处的稻田到远峰的林荫，无际旷野满目青翠，名叫故乡。像虫归草间，鱼潜水底，我的心感到一种恬静的倦意。一生飘泊，今天至少该落一次锚，测童年有多深吧？

"下面就是你家了！"前座的泉州市文联主席陈日升，回过头对我说。

斜落的坡道下，一座古朴的村庄，错落的人家红墙灰瓦，宁静地匍匐在谷底："下面就是你家了！"一句话令我全身震颤，心头一紧。"下面果真是我的家吗？"泪水忽然盈目，忽然，我感到这一带的隐隐青山，累累果林，都为我顾盼所拥有，相信我只要发一声喊，十里内，枝头所有的芦柑都会回应。骤来的富足感一扫经年的乡愁。

村人全都拥到户外，或沿路欢迎，或倚楼张望，或紧随在身后，热闹有如过节。除了学童夹道挥旗，更有乐队呼应着舞狮，最后是一阵鞭炮淹没了万籁。

夫妻俩经常被人潮冲散，偶然才萍水相逢，只好苦笑。几个近亲后辈如刑警扭送犯人一般，好不容易将我们挟持到祠堂。上百人跳栏似的跨过清朝的高门槛。奇迹一般，我终于站在祭祖的主位，浪子回头，面对列祖列宗的一排排牌位，乡情怯怯，孺念耿耿，朗读起祭文来。堂上阶下，片刻间总算是肃穆无声了。香烛冉冉，供案上摆着祭肴，两侧赫然是净了毛的全羊全猪，背上贴着红纸，头上还翘着双角与肥耳。

祭毕，人声恢复喧闹。余渊川和振生、汉生、群生三侄告诉我，下一步要去"万杉郑"古厝了。我转身对记者群大声说："现在我要去老屋看一下，请大家不要跟了，让我和祖先静静在一起二十分钟！"

酱红的砖墙上覆压着鳞鳞的灰瓦，脊坡缓缓，脊角的燕尾斜斜，屋前的晒谷场长约三十公尺，屋后有古树嘉荫的庇佑：万杉郑与典型的四合院闽南旧厝并无差别。但是有一点截然不同，亲人告诉我，此屋坐南朝北。顺着他的指点远眺，就发现为

· 余光中先生一行与台港文学选刊杂志社同人在一起

· 一百多家新闻媒体先后对本届海峡诗会做了相关报道，此为境内外报纸的部分报道

什么了。两里路外，背负着北天一碧，连绵不断的山势，峰峦起伏，却有峥嵘的三顶拔萃，啊，拔翠而出。左边一峰名叫石齿，中峰名称玳瑁，右峰则为铁甲。吾叔余承尧腕底的永春山色，多半在此。难怪先人之庐要朝夕相对，而不愿转过头去，达摩面壁一般局对南边的近山了。

正眺望间，族人引一老叟来见，云是我儿时游伴，名余江海，大我三岁。我和这小伴又是老友热烈拥抱。他有点怕生，只顾傻笑，但不久就挽着我指点故居。他带我到后院一座小石磨前，说从前两人就推着磨玩，说我常爱坐在磨上。这时照相机竞相闪动，原来记者们早就潜入了。后院有土石砌成的平台，高出地面五呎，上有一排五株荔枝树，拔地蔽天，身材高过三楼，枝叶繁茂，华盖的绿荫清凉，可庇佑树下人溽暑无汗。

此刻那绿荫深密，正庇着江海和我。他告诉外地的众多来宾，当年就和我一同爬树，到高处去找鸟蛋。记者不免问我有什么感想，我拍拍江海的瘦肩说："要不要再比赛爬树呀？"引得大家一笑。

越过灰瓦层叠的屋顶，透过荔枝交接的翠叶，玳瑁与铁甲的双峰，迢迢可见。这一切山形与树色，灰瓦与赤壁，冥冥之中，必定如地下水一般渗入了我童稚的记忆之中，比四川村野的印象更近底层，否则日后我怎会这般忘情于山水，与造化如有夙缘，与一切宏美的壮观一见如故？

族亲似乎暗通吾意，把并蒂的一双芦柑，那么绿油油富于生机，放到我手里，说，"把永春的特产水果带两只回去吧。"

有什么比这对孪生的绿孩子更能够吮吸故乡的乳汁与地气呢？绿柑盈握，有谁能比我更富足呢？

余光中：雪满鬓发原乡行

◎郑流年　陈　悦

题　记

韦庄词说："未老莫还乡，还乡须断肠。"难道老了再还乡就不会断肠吗？李清照词却可代我回答："春归秣陵树，人老建康城。"就算春色不变，而归人已老，回乡的沧桑感比起去国的悲怅，又如何呢？

——余光中《新大陆　旧大陆》

离开中国大陆，自然是"离心"，"心"即华人和中文的故土，这不仅是地理意义上的，而且更是历史和文化上的。古时候离开中原，也是一种"离心"。由于"离心"的缘故，产生了中华民族源远流长的"乡愁文学"和"怀乡文学"，炎黄子孙不管到了哪里，无论距离"园心"的行程有多遥远，他的心总是怀念故土，难忘故土，乡思乡恋乡情乡愁绵延不绝。

——余光中（载《文汇报》2002. 9. 5）

"长达半个多世纪的归乡梦，终于变成现实"

永春大鹏山麓，群峰映碧叠翠。山道逶迤，仿佛一条百折千绕的"乡愁"绳结就要在路的尽头解开。2003年9月18日上午9时许，被称为海峡两岸"乡愁诗人"的台湾著名诗人、学者余光中携夫人范我存，终于走在了"原乡行"之路的末端，回到永春县桃城镇洋上村寻根谒祖。在车上，望着窗外被拉近了的记忆中的故乡——几回回在叔叔余承尧画境中看到的连绵的铁甲山水，他感慨万千地说："长达半个多世纪的归乡梦，终于变成现实。"

对于这次归根之行，余光中特撰文称："'一湾浅浅的海峡'，自从两岸开放以来，我曾越过两次，但是都到厦门为止，未能深入福建。这次多谢福建省文联相邀，幸有福州之行，不仅可仰林纾、严复等前贤之遗风，更得聆海内外时彦之高论，令我深感荣幸、快慰。会后并将登武夷，赏明月，品名茶，语之台港文友，莫不羡其风雅。下山之后，尚有泉州之游，更有永春归根之旅。八闽之行，一尝半生夙愿，收获之丰可期。"

在车上，余光中告诉我们，"一湾浅浅的海峡"，我足足等了43年，160多海里的距离我整整走了43年时间，怎能不令身在他乡的人想念自己的家乡？1992年9月应中国社会科学院的邀请，余光中曾首次跨越海峡，回到祖国大陆，在北京演讲《龚自珍与雪莱》。自此以后，他频繁地往来于海峡两岸之间，也曾于 1995 年、2002 年两次到过厦门，却一直由于种种原因而未能回到故乡永春。1998 年祖籍地洋上村成立"高阳余氏族谱"五修编委会；2001 年初，收到余光中从台湾寄来的贺词和亲笔题词"高阳余氏纪念馆"和"高阳余氏族谱"。今年初，余光中亲笔给乡亲写信时就透露清明有意归乡祭祖，并已买好机票。乡亲们还专门铺了一条进村的道路，方便诗人行程。然而好事多磨，因 SARS 病毒传播缘故耽搁了归程。

余光中原籍福建永春。1928 年戊辰九月初九重阳节生于南京。生在这样一个有诗有酒的日子，上苍似乎冥冥中注定，余光中这一生要与诗文相伴。他一生从事诗歌、散文、评论、翻译，自称为自己写作的"四度空间"，至今驰骋文坛已逾半个世纪。梁实秋赞余光中："右手写诗，左手写文，成就之高，一时无两"。他通晓外语而深识母语，游历西方而专注东方，体悟观代而重扬传统，"怀国与乡愁"使他光耀中华，被评为中国文坛"百年一百作家"之一。

1949 年 7 月的一个夏日，余光中和母亲自厦门登船，在香港稍作停留后便前往台湾。他至今仍清晰地记得，就在船离开码头时，母亲指着东方对他说，风浪的那一头就是台湾。"怎料得到，抗战的长魇也不过八年就还乡了，而这次流离，竟然'掉头一去是风吹黑发，回首再来已雪满白头'。"于是，余光中在《母与子》诗中写道："每个黄昏，目送着落日 / 用霞火烧艳了我的童年 / 厦门和鼓浪屿，泉州和永春 / 就在那 / 一片晚云的下面吗？"

"今天不用再吟诵《乡愁》了"

9 月 18 日上午 9 时 30 分，阔别故乡 69 年后，终于走进余氏宗祠谒祖的余光中已是两鬓飞雪的老人了。不过虽然也是"少小离家老大回"，但乡亲们却不至于"相见不相识"，而是"倾巢而出"，以最隆重的礼节欢迎久别的游子。面对盛况，余光中先生激动地表示："我比贺知章幸运"，"今天不用再吟诵《乡愁》了！"

余光中祖居，已有一百四十多年历史的"石杉郑"所在的洋上村地处永春桃城镇，是一个有四千多人口的村庄，自始祖仕琮公，元朝末年迁入永春，一世祖兴寿公肇基高阳，余氏在此繁衍已 23 代。虽然如今大多数人没有面见过诗人，但不少人都知道他的诗歌，盼望着这位大名鼎鼎的诗人能回乡看看。能够"用诗带路，人未回诗先回"，余光中深感欣慰。

当年，余光中的父亲余超英在这里出生，于 1916 年走出群山环抱的洋上村，曾旅居南洋马六甲任华校校长，回国后就读于上海春申大学，其后历任永春县教育局长、安溪县长、"国民政府海外部"处长等职；渡台后发起创办台北市永春同乡会，连任四届理事长；于 97 岁高龄逝世于台北，葬在台湾碧潭永春公墓。1934 年初，时仅 6 岁的余光中曾随父亲从南京回乡为祖父奔丧，在洋上村生活了半年。至其再次返乡已 69 年了。

回到祖祠"凌乾堂"祭奠祖先，是余光中先生念兹在兹的大事。一走进宗祠，平素随和的余先生立刻严肃地"恳求"在场的人们："请大家要安静，我要和祖先交流，这不是游戏的事情，你们不要拍照了！"乡亲们说，余先生对此次祭祖十分慎重，他亲自草拟了两篇祭文，请宗亲会共同挑选，又仔细修改，才确定了其中的一篇。

按照闽南传统习俗，余光中伉俪敬备鲜花蔬果，点燃三炷清香，首先向列祖列宗三鞠躬。接着，一脸虔诚的余光中高声诵读祭文："维／公元 2003 年，岁次癸未，8 月 22 日，高阳余氏 18 世孙光中，率众族亲，致祭于高阳余氏堂后祖祠列祖列宗……裔孙久旅他乡，思祖勿忘，万里跋涉，特归梓桑，谒祖省亲……"余光中抑扬顿挫，声情并茂的诵读，深深感染了在场的每一个人。拜祭仪式虽然只有十几分钟，但 75 岁的余先生对每一道程序都完成得一丝不苟，绝无半点敷衍。临走前，余光中还特意要了两粒供桌上带着绿叶的芦柑，拟带往台湾留作纪念，他认真地说："这是从故乡泥土上长出来的芦柑，是家乡特产，我要好好保存。"

"今日家乡是满眼生机盎然的绿色"

10 时许，祠堂祭祖之后，余光中一路张望，终于缓步踏进了分别 69 载的百年故宅老屋，轻轻推开了小时住过的房门。"祖厝"（闽南语祖屋）是典型的闽南"三十二间张"民居，正前方面对铁甲寨玳瑁山，大门内有天井，正厅横梁上书有"鼎新堂"三字。如今这里居住着三户十多人，屋子旧貌宛然，并没有留下太多岁月的痕迹。他当年住过的房间依然有人家居住，门前

的新贴对联："无私人品清如玉 不俗文章淡似仙"说出了乡亲们眼中的诗人。步入祖厝的余先生庄重地为父亲牌位上香，饮一口家乡水后，被熟悉的景致勾起回忆，似乎又焕发了童心，细细抚摩起祖屋的旧门老窗和儿时爱戏耍的石磨。他告诉记者，童年的时候，他曾和儿时的玩伴在这里推石磨，乐趣无穷。在大门外早已斑驳的镂空花窗上有一副"世事无乖天地阔 心田有种子孙耕"的石凿对联，余先生停留再三，细心摩挲，并让大家拍照拍个够，他要将这一切都带回台湾。

余家祖屋后落是当年余先生的"百草园"，先祖种植了一排五棵荔枝树，均有百年的历史，树上鸟语声声，秋蝉热闹地叫着。余先生十分专注地听着，追寻着深处的童年记忆；回过头对夫人范我存说："你听，这秋蝉的叫声还和当年一样好听。"当即记者问起诗人：在你朗朗上口的诗作《鸣蝉》中，以及昨天在泉州华侨大学以英文为同学们朗诵托玛斯·兰奇的英文诗《春天》时，你极认真地模仿了诗中布谷鸟、夜莺、田凫、猫头鹰四种鸟儿的鸣叫声，语音语调、吐词发音那么惟妙惟肖，是否都从这里发出？望着枝繁叶茂的荔枝树，余先生笑着说："那些都是洋鸟，怎么比得了这里的土鸟！"而当余先生幼时伙伴中唯一还在世、年已 79 岁的儿时"闰土"余江海出现在荔枝树下时，余先生尘封的记忆泉水顿时喷涌而出。

两位白发苍苍的老人站在最常戏耍的荔枝树下，兴奋地回忆起粘知了、打麻雀、捕鱼摸虾的孩提时代快乐的往事。当年余先生只有 6 岁，余江海也不过 10 岁，攀爬

荔枝树是两人最爱的游戏之一。谈起这些，仿佛又回到杜甫诗云："忆年十五心尚孩，一日上树能千回"的意境。余先生笑着向余江海挑战，要再比试一回爬树，当余江海一口应承后，余先生"悄悄"转向记者，笑说："我可不会让你们的相机拍到我掉下来的样子。"

虽然不能真的再攀一回荔枝树了，但余先生仍对它依依不舍，他特意在树根上坐下留影，也许他在寻思拾梦，也许他要说明那盘虬错节、记录着历史的根是他心中永久的归属。

家乡是什么颜色的？在余先生的记忆中本来是黑白肃穆的，没有江南的色彩缤纷；江南有俊逸轻盈的姑姨姐妹，永春有一些阳刚稳重的男性宗亲长辈。如今永春在他看来已是满眼生机盎然的绿色了！坐在树根上接受记者采访时，当问起他此次回乡所看到家乡的颜色时，他有力地挥一挥手，大声脱口而出："绿色"！此时此刻，他真切地看到了古称桃源的家乡的美丽。从扑进故乡的怀抱的那一刻起，他先后参观了成片的工业园区，漂亮的学校、县城，秀丽的洋上山村，亲眼目睹了家乡几十年来的巨大变化，欣喜于永春朝气蓬勃的发展，桃源胜景今日现。他说，同是游子的父亲没能实现返乡的心愿，这一次归来，他也是代替父亲而归的，再返台湾上香时，他会把所见所闻的一切叙述给父亲。由于余先生的散文《我的四个假想敌》广为流传，余光中的四个女儿珊珊、幼珊、佩珊和季珊知名度不小。余光中说，很可惜，这次没有将女儿带回来，还有在美国的那两个6岁、10岁顽皮的孙儿、孙女，他们都应该回来看看故乡的山、故乡的水，还有故乡的亲人。让她们能够了解中国，热爱中国的历史和文化；同时，可能潜意识里也有补偿的欲求，我自青年到中年刻苦铭心的乡愁，在下一代身上是不会重演了——她们随时可以踏上祖国大陆的土地。

一位余氏宗亲余今河老人兴奋地回忆：祖厝一百四十多年来最热烈的场面有三个：1934年，在南京任职的余光中父亲超英先生在其父余东有去世后带余光中及其他家人归乡谒祖；前不久，一部出版于1934年，刊有国民党政要七十余人题词墨迹的《余东有先生像赞纪念册》石印本在永春现身，可略见一斑。还有是1993年中秋，余光中先生的叔叔、94岁的台湾著名画家余承尧回洋上村谒祖，当时山路难行，乡亲们特用在永春已消失四十多年的轿子扛余老先生上山，也轰动一时。而余光中先生此次返乡，在乡亲们的记忆中，也许"是祖屋最热闹的一次庆典了"。

即将踏上回程时，一位记者追问余先生，他每到一地，多有题咏，这次回到永春可会吟诵诗歌？余先生略加思索后说："我如果要吟诵，也将吟诵描绘家乡永春的诗篇。"

"乡愁"已酬，更作"乡颂"。故乡人也一定都期待着，有一天，他用爱乡"新声"换下乡愁的"旧乐"。

"'浪子回头'才知家的可爱"

"我说一个人啊，不离开家乡，不知道家的可爱；不离开国家，不知道国的可贵；作了一回浪子，再回头，才能真正明白这一切，才知道家乡的特别可爱，才知道家的意义。"2003年9月17日晚,阔别69年后回到魂牵梦萦的家乡的余光中,在"海峡诗会"系列活动之一——于永春人民会堂举行的"余光中先生文学报告会"上这样描述自己的人生之路,表达胸中的万千感慨。

今晚,终于回到故乡的"浪子"在乡亲面前演讲,细数自己七十多年的人生经历和文学生涯。他说,很多人由于《乡愁》一诗而知道了他,但他希望乡亲们能更全面地了解他,了解他的诗心文胆。诗人娓娓道来的叙述,仿佛一个孩子在母亲面前汇报旅程那样温情而详尽。

余光中的演讲却是从道歉开始的。他首先表示,回到自己的故乡,本该用乡音演讲,遗憾的是自己闽南话说不好。虽然如此,余光中对6岁那年的故乡行却在心头有着点点滴滴的甜蜜回忆。

虽在家乡只待了半年,但余光中先生至今还清晰地记忆着永春有很多山,是个乡村味很浓的地方;记忆着故乡祖屋的格局,记得沿厢房的台阶拾级而上是自己幼时常游玩的所在。他还记得永春人喜欢吃消夜,而且很晚才吃,自己往往在睡下后才被叫醒进餐。讲到这,他还用地道闽南话讲了句:"结果有一回吃紧弄破碗。"(意为:结果有一回因贪吃,吃太快,打坏了饭碗)。幽默的快语爆引了满场的大笑。

当然,最让余先生难忘的是自己当时就在故乡成了"状元郎",在洋上村一次"装阁"活动中,被大家高高抬着,荣耀地游了一次乡。

"装阁"是永春城乡群众十分喜爱的文娱活动。它是一种活动舞台,每逢佳节与乡村盛典,村民抬着"台阁"游乡,十分热闹。装阁一般一米见方,四周有彩花栏杆,打扮成"状元"的儿童,大多是属龙而面目姣好的男孩被推举。

当时"茱萸的孩子"——6岁的余先生被选定为装扮的"状元郎",化好妆被游行队伍抬着从早到晚游了一整天。余先生说,自己一点都不觉得累,反而觉得出尽了风头,很是得意。现在回想,也许这正预示了余先生能在今后数十年间执中国诗坛牛耳的地位呢。

作为诗坛名宿,余光中的演讲自然离不开诗歌。回顾自己的诗歌创作生涯,余光中说,他是于1958年去美国读书,学习文学的。在欧风美雨的冲击下,他开始反省自己是谁,"发现"自己是中国人。他说:"那时,我的民族意识勃发了",于是他重返中华大地,当了文化上的"回头浪子"。诗人说:"杜甫晚年对江峡,我对海峡。我对祖国大陆的感情,就像我对母亲的眷念。"

的确,在余先生身上,你能充分感受到他对中国文化的认同和依恋。在他的演讲中,苏东坡的诗歌、唐宋八大家的逸事等中国文坛典故处处顺手拈来。有一句话最坚定地表达了他的思想:"写诗不能忘记民族情","不要因为五十年的政治而抛弃了五千年的文化!"其实当年在湖南演讲时,余光中也有类似的形象比喻——"蓝墨水的上游是汨罗江"。当然最有名的就该是他今晚再度提到的名句:对他而言"大陆是母亲、台湾是妻子、香港是情人、欧洲是外遇"。

今晚,无论思维如何天马行空,余光

中都似乎在谆谆告诫，一个"浪子"必须回到自己归属的故乡，回到自己归属的民族和文化。而余光中先生也用自己的人生经历清晰地告诉人们，中华文化，一脉相承，是轴心；自己的故乡是永春，自己的文化之根在中国，是绵绵五千年的炎黄深厚文化。

"但愿我能在这样的中学读书"

2003 年 9 月 17 日下午，参观过永春第一中学后，阔别 69 年后回到故乡的余光中先生挥笔题词："但愿我能在这样的中学读书"。这并不是诗人的客气话，这所侨乡中学良好的教学设施和出色的教学成绩的确让诗人心喜。况且，当年诗人的父亲曾在永春从事教育管理，同时，也是从这所中学走出永春，走向世界的；诗人可谓是秉承父亲关心桑梓教育的遗风了。

在永春一中，诗人了解到，这所中学已是福建省一级达标学校，近百年来培育了近四万名校友。其中包括著名教育家梁披云、复旦大学原副校长蔡尚思教授、国务院侨办原副主任林一心、开国大典乐队总指挥罗浪将军、中国工程院院士林俊德、博士生导师郑钧正研究员等。在华侨中学，余光中看到由台胞捐建、设施先进、馆藏丰富的图书馆，兴致勃勃地观赏其中收藏的任伯年等人的画作，连声叮嘱要悉心保管。

看到永春教育昌盛的现状，余先生自然有高兴的理由。当年，余先生的父亲余超英曾担任永春教育局局长，而余先生的母亲孙秀君在师范学校毕业后，也曾在永春当过教师，双双为永春教育的发展尽过力。今天永春县教育的繁盛自然也不能忘

记余先生父母"前人栽树"的功劳。也正由于此，余先生此次一回故乡，尚未踏进故宅门，就一气走访了故乡的第一中学、华侨中学、师范学校三所学校。同时，余光中夫妇还拿出了 1000 美元捐赠给永春洋上学寓，以了却长期以来希望奖掖家乡学子新进的心愿。

其实，永春人凤重文教，不少永春籍名人都和教育有不解之缘。96 岁获澳门莲花勋章的爱国老人梁披云先生就是知名教育家，泉州黎明大学的创办者。祖籍永春的新加坡总理吴作栋，其母亲也曾担任过教师；其胞弟吴作楼当年携太太回到永春湖洋镇吴岭村寻根时，就在该村的吴岭小学认捐了以其父亲命名的"吴佳昆先生纪念教室"。吴作栋先生的两个叔叔也曾认捐以吴作栋先生祖父命名的"吴光锦先生纪念教室"。在马来西亚，祖籍永春的林连玉教育家，毕生为海外华文教育事业鞠躬尽瘁，为纪念他的不朽功绩，其忌日被侨居地设为特殊节日纪念，设立林连玉精神奖，在每年 12 月 18 日的马来西亚华文教育节，都要颁奖一次。余光中诗人自己也说："我在大陆去得最多的地方是学校，十多所学校聘我为客座教授。"

秉承永春重教兴文的传统，在海外创业的永春籍乡亲也一贯关注永春的教育事业。福建省政府曾把奖励华侨办教育的第一块金牌——"乐育英才"金质奖章授予永春县的夹际中学校董会。近年来，永春旅外乡亲输财故园兴办教育逾两亿元。全县三胞捐赠创办科技、教育、文化等事业基金会有 120 多个，总金额达 2000 多万元，从而使永春得以跻身全国教育工作先进县

行列。

说来有趣，永春的名胜中就有一处"魁星岩"，地处永春石鼓镇，其上供奉魁星，也就是古代主宰文章兴衰的神。这是全国两大供奉魁星胜迹之一，另一处在云南昆明。一直以来，永春魁星岩都香火旺盛，其中寄托了永春人对振兴教育长久不变的祈愿。

"诗在如人在"，"解我乡愁 幸有此行"

9月19日上午，余光中先生在参观乡亲们于故乡牛姆林为自己设立的"余光中文学馆"时，挥笔题词："诗在如人在"。这是继昨日欣然写下"解我乡愁 幸有此行"八个字之后，再次表达了对家乡的眷恋之情。的确，余先生已经用自己的诗作在中华文学史上为自己建起了纪念碑。他不仅属于永春、福建，他更属于中国。

在这有着"闽南西双版纳"之称的永春牛姆林生态园优美的风景之中，和着风吟鸟鸣闲庭信步，诗人十分惬意。有人问余先生："为什么你的诗能在海峡两岸广为传诵？"他说，他的诗里含有"大我"的民族情感，表现了"大我"的民族气节，而海峡两岸同胞的感情都是一样的，所以特别容易引起共鸣。诗人说，在祖国大陆的游历也使他更多地发现，他的乡愁是对中华民族的眷恋与深情。他说："这次八闽之行，在福州，在泉州，朗诵我的诗《民歌》：'传说北方有一首民歌，只有黄河的肺活量才能歌唱，从青海到黄海，风也听见，沙也听见……'在场的学生、观众和我一同应合，群情激昂，这就是我们的

民族感情。"余光中似仍在回味、感受着他领诵当时的场景。他告诉我们，在上世纪60年代创作《民歌》这首诗的时候，他并未到过黄河。当三年前他第一次到黄河时，走在岸边皮鞋上沾满了泥巴，此后就一直没有擦去直到返回台湾。回家后他把皮鞋晒干，刮下黄泥装入了玻璃瓶中，保留下这黄河的印泥——这是余光中多么美丽的乡愁。

谈论至此，我们不禁想起了昨天晚间在牛姆林举行的文联文学交流座谈会。在离别的前夜，余先生对朋友和乡亲们深情地说："相见时是'相见欢'，今晚已是'如梦令'……就要分手，依依不舍。"就要离开故乡了，余光中先生留给友人和乡亲们的是连声的道谢，言谈中处处洋溢着深深的谢意。

出乎意料的是，座谈开始不久，会上气氛竟成了对余先生的"斗争会"，湖南的李元洛先生"抱怨"余先生湖南之游后却没有写出关于湖南的文章，连称"诗债要用诗来还"。余先生笑着说，不但在湖南欠债，在广西也留下了"诗债"，要是这次原乡行也没有诗篇，那将来湖南、广西不敢去，永春也不敢回来，自己的生活空间可是越来越小了。"真是不晓得如何办才好！"幽默的话语逗起一阵阵笑声。

接着和永春的几位文友交流后，余先生似乎又有意接起了上面的话题。他说，其实苏东坡是四川人，但他诗集中最早几十首写四川的都不算太好，他最好的诗篇都不是写四川的，而是写中国的；梵高是荷兰人，但他最好的作品却是画法国的向日葵；肖邦离开故乡波兰，一直没有回去，

但他把故乡的音乐、民歌融进了自己的创作，轰动了世界。

余光中说，重要的不是写什么地方；从某种意义上说，无论描写什么地方的文化，最后都牵动着中国文化，两者是互惠互利的。他笑着说，如果有人责问苏东坡，怎么没有描写四川的诗篇？那可说不过去了！在宁静的月色之下，诗人挥洒自如，妙语迭出。

其实，余光中近十一年来已多次回到内地，游踪遍及大江南北，这次原乡行为何能让他如此激动呢？余先生自己解开了谜底，他说，通过这次返乡，有些能够落实乡情、亲情的东西，像幼年嬉戏的石磨、攀爬的荔枝树都能亲身接触，甚至幼年时的玩伴都出现在自己身前，6 岁时的朦胧记忆又变得清晰了！也许能触摸到真实的故乡，触摸到真实的乡愁，是余先生最高兴的事，所以，诗人说："我宁愿多回几趟故乡，也不愿再写'乡愁'。"

19 日中午，余光中先生离开永春，前往厦门国际机场搭乘下午 4 时 50 分的班机经澳门转机回台湾高雄。临别依依，诗人频频向大家招手说："我还会再回来的！"

当天将要登机时，余先生转过身来，对送行的乡亲和福建省文联的人士又一次郑重地说："谢谢大家了！"此景此情，我们不禁再次轻轻吟诵起余先生的诗作《黄河》："我是在下游饮长江水的孩子，黄河的奶水没吮过一滴：惯饮的嘴唇都说那母乳，那滔滔的浪涛是最甘，也最苦……"我们不禁再次甜甜地询问一声："诗人，何日再吮母亲甘甜的乳汁？"

2003 年 10 月

2004 年第三届海峡诗会

—— 台湾诗人海峡西岸行

·惠安崇武岛：其中有台湾诗人寻访祖籍地

⊙**概况**

第三届海峡诗会概况

一、主办、承办、协办单位

主　　办：福建省文学艺术界联合会

　　　　　福建省文化经济交流中心

承　　办：台港文学选刊杂志社

　　　　　福建省文学艺术对外交流中心

　　　　　福建省文化经济交流中心文化交流部

项目承办：福建省诗歌朗诵协会

　　　　　福州大学人文学院

　　　　　福州大学朗诵艺术团

　　　　　厦门市文学艺术界联合会

　　　　　厦门文艺创作基地

　　　　　厦门大学普通话艺术协会

　　　　　厦门文学杂志社

协　　办：莆田市文学艺术界联合会

　　　　　泉州市文学艺术界联合会

　　　　　东山县文学艺术界联合会

二、活动流程

1.11 月 1 日下午，福州三坊七巷，参观林则徐、严复纪念馆等。

2.11 月 2 日上午，福州西湖大酒店御风厅，海洋诗研讨会。

3.11 月 2 日下午，①福州马尾港，参观"中国船政文化"遗址、中法马江海战纪念馆；②福州大学：与该校人文学院师生举行"母语诗学交流会"。

4.11 月 2 日晚，福州大学科学报告厅，举行"母语——台湾诗文朗诵会"。

5.11 月 3 日上午，莆田湄洲岛，参观妈祖庙，游览鹅尾神石园。

6.11 月 4 日上午，惠安崇武岛，游览崇武古城，其中有台湾诗人寻访祖籍地；下午，泉州市，参观海交博物馆、开元寺、弘一法师纪念馆等，并有台湾诗人寻访故乡；晚，泉州梨园剧团剧场，观赏梨园戏《董生与李氏》。

7.11 月 5 日上午、下午，漳州东山岛，采风。

8.11月6日上午、下午，厦门，参访嘉庚公园、陈嘉庚纪念馆、厦门大学、胡里山炮台等；晚，厦门市文联多功能厅，举行 "闽台海洋诗朗诵音乐会"。

9.11月7日上午，厦门鼓浪屿，拜访著名诗人舒婷、诗评家陈仲义。

三、部分与会嘉宾简介

（一）台湾诗人

痖 弦，本名王庆麟，河南南阳人，1932年生。美国威斯康辛大学东亚研究所硕士。曾任《幼狮文艺》主编、幼狮文化公司期刊部总编辑、华欣文化公司总编辑、静宜大学教授、《联合报》副总编辑兼副刊主编、《联合文学》杂志社社长。台湾 "创世纪诗社" 创始人之一，现任《创世纪》诗刊发行人，旅居加拿大，专事写作。曾获香港好望角诗奖、台湾十大杰出青年金手奖、青年文艺奖、蓝星诗奖、副刊主编金鼎奖等。著有诗集《痖弦诗抄》、《盐》、《深渊》，评论集《中国新诗研究》等多种。

汪启疆，湖北汉口市人，1944年生于四川成都。海军官校毕业，多年供职于台湾军界。曾受 "海军中将" 军衔，现已退役。曾任《创世纪》诗社社长、《大海洋》诗社主编。曾多次获军队新文艺金像奖及金锚奖、《中国时报》文学奖叙事诗奖。著有诗集《海洋姓氏》、《蓝色水手》、《到大海去啊，孩子》等多种。其夫人赵颂琴（福州人）同行。

陈义芝，曾用名陈辛，四川忠县人，1953年生于台湾花莲。台湾师范大学国文系毕业，高雄师范大学国文系博士候选人。曾任《诗人季刊》主编、《联合文学》资深编辑，现任《联合报》副刊主任，并在大学兼职。曾获台湾《中国时报》文学奖推荐奖、中山文艺奖、诗歌艺术创作奖等。著有诗集《青衫》、《新婚别》、《不能遗忘的远方》、《不安的居住》及散文、评论多种。

詹 澈，本名詹朝立，台湾彰化县人，1954年生。台湾屏东农专农艺科毕业。曾任《夏潮》杂志编辑、台东县农会推广股长，现供职于台东县 "文化局"。曾获第二届洪建全儿童诗奖、第五届陈秀喜诗奖、台湾1997年年度诗人奖。著有诗集《土地请站起来说话》、《海岸灯火》、《西瓜寮诗辑》等多种。被誉为农民诗人。近年海峡两岸文坛多有介绍。

白 灵，本名庄祖煌，福建惠安县人，1951年生于台北市。美国纽泽西史蒂文斯理工学院化工硕士。曾任台北工专助教、副教授、助理研究员，台湾《草根诗刊》主编，耕莘青年写作会常务理事，为《台湾诗学季刊》创办人之一，并担任过五年主编。现任台北科技大学化工系副教授。著有诗集《后裔》、《大黄河》等八种，另有散文集、诗论集等多种。曾获《中国时报》文学奖叙事诗首奖、梁实秋文学奖散文首奖、中兴文艺奖章、台湾文艺奖等。

焦 桐，本名叶振富，台湾高雄人，1956年生。台湾中国文化大学艺术研究所硕士、辅仁大学比较文学所博士班研究。曾获《中国时报》文学奖甄选叙事诗优等奖、台湾第二届 "学生文学奖" 新诗优选奖、第三届 "学生文学奖" 散文佳作与优选奖。

曾任《中国时报》副刊组副主任、辅仁大学大众传播系和日文系兼任讲师、中央大学中文系兼任讲师。现主持文化传媒。著有诗集《蕨草》、《咆哮城市》；散文《我邂逅了一条毛毛虫》；童话《乌鸦凤蝶阿青的旅程》及论述等多种。

尹 玲，女，本名何尹玲，又名何金兰，广东大埔县人，1945 年生于越南。台湾大学文学博士，法国巴黎第七大学文学博士，现任台湾淡江大学中文系和法研所、辅仁大学法研所、东吴大学社研所教授。著有诗集《当夜绽放如花》、《一只白鸽飞过》，专著《文学社会学》、《五代诗人及其诗》等多种，同时译有法国小说诗歌、越南小说等多篇。

古 月，女，本名胡玉衡，湖南衡山人。著有诗集《追随太阳步伐的人》、《我爱》、《月之祭》)绢印新诗）；原著版画辑（李锡奇版画十幅）；当代艺术家侧写散文集《诱惑者》等。

潘郁琦，女，台湾旅美诗人。现任美国防癌协会加州华人分会季刊主编。曾任纽约《明报》文艺副刊主编等职。曾获加拿大《明报》、纽约《明报》、"中国文协"海外文艺奖等。著有作品集散文《忘情之约》、诗集《今生的图腾》、《桥畔，我犹在等你》、儿童诗《小红鞋》。

陈育虹，女，广东南海县人，1952 年生于高雄。高雄文藻外语学院英文系毕业。曾迁居加拿大多年，现居台北。著有诗集《关于诗》、《其实，海》、《河流进你深层静脉》、《索隐》。

（二）大陆诗人、诗评家

蔡其矫，1918 年生，延安鲁迅艺术学院文学系毕业。1940 年起历任华北联合大学文学系教师，中国作家协会文学讲习所教研室主任，福建省作家协会驻会作家、副主席、名誉主席、顾问。出版诗集《回声集》、《回声续集》、《祈求》、《双虹》、《福建集》、《迎风》、《醉石》、《蔡其矫选集》、《蔡其矫抒情诗》、《蔡其矫诗选》、《蔡其矫诗歌回廊》等。

舒 婷，女，1952 年生。文学创作一级。中国作协主席团成员，福建省文联副主席，福建省作协副主席。1969 年开始写作。主要作品有诗集《双桅船》、《会唱歌的鸢尾花》、《始祖鸟》；散文集《心烟》、《秋天的情绪》、《硬骨凌霄》、《露珠里的"诗想"》、《舒婷文集》3 卷等。曾获中国首届中青年新诗奖、中国首届新诗优秀诗集奖、中华文学基金会"庄重文文学"奖、新时期女性文学创作奖等十几个奖项。

谢 冕，福建福州人，1932 年生。文艺评论家、诗人、作家，北京作家协会副主席，中国当代文学研究会副会长，中国作家协会全国委员会名誉委员，北京大学中国新诗研究所所长，《诗探索》杂志主编。著有《湖岸诗评》、《论诗》、《中国现代诗人论》、《论二十世纪中国文学》等论著数十种，另有编著数十种。

陈仲义，诗学理论家。曾任厦门职工大学中文系秘书、系主任。现执教于厦门城市学院人文学部。著有现代诗学专论《现代诗创作探微》、《诗的哗变——第三代诗歌面面观》、《中国朦胧诗人论》、《从投射到拼贴——台湾诗歌艺术六十种》多种。曾获省、市社会科学优秀成果奖、第 12 届中国当代文学研究优秀成果奖、第 5

届鲁迅文学奖提名。

汤养宗，1959年生，曾于海军服役，退伍后一直生活于闽东滨海县城霞浦。系中国作家协会会员。著有诗集《水上吉普赛》、《黑得无比的白》。诗作入选《中华人民共和国五十年文学名作文库·新诗卷》、《人民文学五十年精品文丛<光的赞歌>诗歌卷》等，曾获福建省首届百花文艺奖、多届优秀文学作品奖。

吕德安，1960年生。著有诗集《纸蛇》、《南方以北》、《顽石》及长诗《曼凯托》和《适得其所》等。多年来一直是国内具有影响力的诗人，部分作品正被译成多种外语，曾多次应邀参加国际诗歌节和戏剧节。现游居福建省和美国纽约两地。

伊　路，女，1956年生。毕业于福建艺术学校舞台美术设计专业大专班。任职于福建人民艺术剧院，一级舞台美术师。中国作家协会、中国戏剧家协会、中国舞台美术学会会员。著有诗集《青春边缘》、《行程》、《看见》，诗剧《蓝色亚当》等。作品入选《中华人民共和国五十年文学名作文库·新诗卷》、《中国诗歌精选》、《中国年度最佳诗歌》多种版本，曾获福建省优秀文学作品奖等多项奖。

萧春雷，1964年生。笔名司空小月等。福建泰宁人。毕业于福建师范大学。供职于《厦门晚报》。写作诗歌、散文和小说等。出版诗集《时光之砂》，散文集《文化生灵》、《我们住在皮肤里》、《阳光下的雕花门楼》等。

谢宜兴，1965年生，本科学历。现任新华社福建新闻信息中心副主任。记者。中国作家协会会员。出版有诗集《留在村庄的名字》、《银花》、《呼吸》（二人合集）、《丑石五人诗选》（五人合集），文集《永远飘扬的海魂衫》。曾获全国农村题材作品征文一等奖、福建省百花文艺奖等奖项十余次。主持诗歌民刊《丑石诗报》。

刘伟雄，1964年生，毕业于福建省广播电视大学财税专业。1984年开始从事业余文学创作。出版诗集《苍茫时分》、《呼吸》（合作）、《丑石五人诗选》（合作）。诗歌作品五次获省级优秀文学作品奖。1984年与谢宜兴共同创办、主编民间诗刊《丑石诗报》。

邱景华，福建霞浦县人。曾在宁德师范学校图书馆任职，现为宁德市高级中学图书馆副研究馆员。福建省作家协会全委会委员，宁德市作家协会副主席。已在大陆、香港、台湾报刊发表文学评论百余篇，著有文学评论集《在虚构的世界里》。曾获福建省第16届优秀文学作品奖暨第12届黄长咸文学奖佳作奖，《福建文学》"2000—2001年度优秀作品奖"（评论），"宁德市第二届社会科学优秀成果奖"一等奖。

游　刃，上世纪60年代出生，大专毕业。现任中学教师。诗歌作品散见于《人民文学》、《诗刊》等多家报刊，出版有散文集。作品入选多种选本，曾获第一届柔刚诗歌奖及其他多项奖。

曾　宏，福州人，1960年生于济南，现居福州。诗作散见于《今天》、《一行》、《北回归线》等民刊，结集为《旅程总集》，被选入北京大学《新诗潮诗集》、《朦胧诗抒情诗选》、美国《今天》杂志等。曾获"刘丽安诗歌奖"。

刘登翰，1937 年生，毕业于北京大学中文系。曾任福建社会科学院文学所所长，福建台湾研究中心主任。现为福建社会科学院研究员、福建师范大学博士生导师。中国作家协会台港澳暨海外华文文学联络委员会委员，福建省作协副主席，中国世界华文文学学会副会长，福建省台港澳暨海外华文文学研究会会长。出版有诗集《瞬间》、《纯粹或不纯粹的歌》，散文集《寻找生命的庄严》，以及学术著作多部。1993 年获国务院突出贡献专家特殊津贴，1996 年被评为福建省优秀专家。

刘小龙，1955 年生。中国作家协会会员、音乐文学学会会员。出版有诗集《爱的宝石蓝》、《蔚蓝的情怀》、《蓝土地情歌》等。作品入选全国和地区多种选本。20 余次获全国及省内文学奖。

余　禺，本名宋瑜。1955 年生。毕业于福建广播电视大学中文专业。现任《台港文学选刊》副主编、副编审。福建省台港澳暨海外华文文学研究会副秘书长。著有诗集《过渡的星光》，发表有台港澳暨海外华文文学研究论文及其他文学评论数十万字，另有散文、小说作品。曾获福建省第二届优秀文学作品创作奖。

田家鹏，1962 年生于四川，西南师范学院中文系毕业。现任职于《厦门日报》。大学三年级时开始写作，发表诗作 100 余首。曾获 1983 年《诗刊》优秀作品奖，福建省第二届、第三届优秀文学作品奖。

杨雪帆，1967 年生，原名杨峰奇。现任《莆田文学》编辑部副主任。出版诗集《风中习作》、《指南针》、《大海岬》、《坦诚十三章》，散文《木帆船时代的手稿》等。

· ’2004 海峡诗会——海洋诗研讨会会场

张幸福，毕业于福州大学土建系建筑学专业。2002 年与蔡其矫、柔刚、宋瑜、荆溪等共同发起成立福建省诗歌朗诵协会，现任秘书长。出版有诗集《阳光青青》。

谢春池，1951 年生。笔名湖洋。福建厦门人。毕业于厦门大同中学。历任华侨大学编辑、《厦门文学》编辑，现任《厦门文学》常务副主编。中国作家协会会员。出版有散文、小说、诗歌、报告文学、文学评论 22 种。曾获《解放军文艺》优秀作品奖、福建省百花文艺奖等多项奖。

荆　溪，女。本名林晓锋。1973 年 6月生于福建闽侯。现居福州。供职于福州教育学院网络中心。诗文见于《诗刊》、《诗选刊》、《诗歌月刊》、《诗潮》、《扬子江》、《福建文学》、《丑石诗报》等刊物。出版有个人诗集《理解一滴水》。作品入选《新生代诗人 100 家》及其他诗选集。获奖若干。

福建省诗歌朗诵协会发起人之一，任副秘书长。福建省作家协会会员。

此外，除了主办单位福建省文联及其相关部门台港文学选刊杂志社、省文学艺术对外交流中心，福建省文化经济交流中心及其相关部门文化交流部的人员，另有诗人诗评家：叶玉琳、程剑平、王珂、戴冠青、林登豪，作家、艺术家、学者汪毅夫、许怀中、杨少衡、张贤华、陈济谋、章绍同、林德冠、蒋夷牧、王仁杰、陈元麟等，以及宋峻、施友义、贺之军、朱清、赖二中、洪碧玲、周子澄、林怡、范丽、贾朝晖、金美、王虹、傅小凡等有关人士出席了相关活动，厦门市文联、厦门文学杂志社、莆田市文联、泉州市文联、福州大学人文学院、福建省诗歌朗诵协会、东山县文联参与了相关活动。

⊙与会交流的诗作·十位台湾诗人的海洋诗

·痖弦的诗·

远洋感觉

哗变的海举起白旗
茫茫的天边线直立，倒垂
风雨里海鸥凄啼着
掠过船首神像的盲睛
（它们的翅膀是湿的，咸的）

晕眩藏于舱厅的食盘
藏于菠萝蜜和鲟鱼
藏于女性旅客褪色的口唇

时间
钟摆。秋千
木马。摇篮
时间

脑浆的流动、颠倒
搅动一些双脚接触泥土时代的残忆
残忆，残忆的流动和颠倒

通风圆窗里海的直径倾斜着
又是饮咖啡的时候了

死亡航行

夜。礁区
死亡航行十三日

灯号说着不吉利的坏话
钟响着

乘客们萎缩的灵魂
瘦小的苔藓般的
胆怯地寄生在
老旧的海图上、探海锤上
以及船长的圆规上

钟响着

桅杆晃动
那锈了的风信鸡
啄食着星的残粒

而当晕眩者的晚祷词扭曲着
桥牌上孪生国王的眼睛寂寥着
镇静剂也许比耶稣还要好一点吧

水 夫

他拉紧盐渍的绳索
他爬上高高的桅杆
到晚上他把他想心事的头
垂在甲板上有月光的地方

而地球是圆的

他妹子从烟花院里老远捎信给他
而他把她的小名连同一朵雏菊刺在臂上

当微雨中风在摇灯塔后边的白杨树
街坊上有支歌是关于他的

而地球是圆的
海啊，这一切对你都是愚行

水手·罗曼斯

这儿是泥土，我们站着，这儿是泥土
用法兰西鞋把春天狠狠地踩着

从火奴鲁鲁来的蔬菜枯萎了
巴士海峡的贸易风转向了
今天晚上我们可要恋爱了
就是耶稣那老头子也没话可说了

我们的咸胡子
我们刺青龙的胸膛
今天晚上可要恋爱了
就是耶稣那老头子也没话可说了

船长盗卖了我们很多春天

把城市的每条街道注满啤酒
用古怪的口哨的带子
捆着羞怯的小鸽子们的翅膀
在一些肮脏的巷子里
——就是这么一种哲学

把所有的布匹烧掉
把木工、锻铁匠、油漆匠赶走
（凡一切可能制造船的东西！）
并且找一双涂蔻丹的指甲
把船长航海的心杀死
——就是这么一种哲学

船长盗卖了我们很多春天

快快狂饮这些爱情
像雄牛那样
如果在过去那些失去泥土的夜晚
我们一定会反刍这些爱情
像雄牛那样

女人这植物
就是种在甲板上也生不出芽来
而这儿是泥土，这儿出产她们，这儿是泥
　土
女人这植物

船长盗卖了我们很多春天

用法兰西鞋把春天狠狠地踩着
我们站着，这儿是泥土，我们站着

出　发

我们已经开了船。在黄铜色的
朽或不朽的太阳下，
在根本没有所谓天使的风中，
海，蓝给它自己看。

齿隙间紧咬这
樯缆的影子。
到舵尾去看水漩中我们的十七岁。
且步完甲板上叹息的长度；在去日的
她用她的微笑为我铺就的毡上，
坐着，默想一个下午。

在哈瓦那今夜将进行某种暗杀！恫吓在

找寻门牌号码。灰蝠子绕着市政府的后廊
　飞
钢琴哀丽地旋出一把黑伞。

（多么可怜！她的睡眠，
在菊苣和野山楂之间。）

他们有着比最大集市还拥挤的
　脸的日子
　邮差的日子
　街的日子
　绝望和绝望和绝望的日子。
在那浩大的，终归沉没的泥土的船上
他们喧呶，用失去推理的眼睛的声音
他们握紧自己苎麻质的神经系统，而忘记
　了剪
　　　　刀……

他们是
如此恰切地承受了
这个悲剧。
这使我欢愉。
我站在左舷，把领带交给风并且微笑。

·汪启疆的诗·

极大的海

极大的海，只肯让太阳
熏炙它弧形背脊；极大的心
　　漫越边域；
极大倍数的想象，任船独立在
孤寂航线上

浩瀚是什么意义，
船与港具何种脐带；极大的海
不肯让船找到灯塔

极大的隐匿
闪光不语。

岛屿形成

肩膀
让心爱女子头靠着，入睡
海洋一下子就温暖地
俱有了支架。

晨光剥出希望希望的树体，让
树叶剥出了丰繁丰繁的时季；
时间沥成美丽美丽的心情，让
心灵沥成了宁静宁静的海滩；
　　　以后……亲爱的孩子
　　要学习长大：因
梦是鸽子栖落于房宿的羽毛，
海滩是椰苗选择的母亲的身躯
所有的岛屿因此形成。

海 滩

明净的风走过来，沉淀为沙滩声
我立在足痕上，开敞并且预备

潮汐来去，被声音惊扰
我回应：遭声音忘却，我
就走离。我说这是地球的声音
清洁的、血肉毛发的声音

沙滩，我头壳的皮层，一阵阵
发出满海洋记忆风筝和鱼群磷光的声音。

海峡冬夜怒涛

我粘在甲板的漩涡内，行走……
不知道脚踩入流沙黑暗的深度
紧紧抓住仍航行的栏杆倾斜的风暴
四周全是牙齿手掌嘬拽；我触听
长喙旗鱼冰冷湿漉身躯尾鲭挣蹦，玻璃喧
    哗
巨大拍击船体的回响；筛呕莫言喻的嚎
    叫……

醒自心脏收缩收缩极小舱间。霜气
使人皱纹泛白；我知道自己已肿胀疲惫，
    裹住
噩梦随我下更进到床褥的甩动。夜不断下
    陷
    海，揭割低温风涛的面屬，行走
    一切皱纹泛死亡的，白。

猫

用耳朵竖向四方。用月亮聆听
用瞳眸瞪闭。用阳光眨动困意的鸟翅
用绒毛。它优雅若丝绸。风呼吸大海
用触须。用风里的爱、欲望、鱼腥
用舌。舔掉嘴鼻溅沫。舔着船
用踞伏。熟悉水手胸脯钟摆、等待
——的沉睡。停憩。

美丽绝伦，舞踊脚趾跳跃的小圆步
是个性，藏匿撕裂的爪
暴戾的云，伸展长长腰身背脊的慵懒

咪唔
时间走走就蹲下来抚它……

2004.9.30　高雄，左营

·陈义芝的诗·

鲸

一

无数的小浪随着我思想的潮水走，
它们是我的从者，
为了学习广大深远，而不断
用手指触摸我的额头。

心思多么透明啊——
那些活泼而不逾分的孩子。

二

我向蓝天喷射水柱，
好比大声朗诵
占领一座岛的宣言。

使无神论者也能
望到神。

三

一千只鸥鸟的长翼滑过黎明
追逐我，
放风筝般
去替我巡行大海。

鸟在哪里飞行，路线就在哪里，
我在哪里浮游，鱼群也在哪里。

四

天地如覆碗，
是谁在水深处施放声纳？
是命运滚动的骰子吗？
滴沥沥埋藏着暗码⋯⋯

孤独，我知道你也在这一匹流动的潮
　　水里，
承载我无穷数的泪。

浪　花

浪花嬉戏，在彩虹之上，
蔷薇色的宫中一尾尾鱼鳞的光。
小小水的涡流深处，
是藻草和螺贝的家。

浪花嬉戏，有蝴蝶
轻轻拍打透明的空气，
有窗帘迎风，蜻蜓伸展着薄翅，
有蜂腰无限旋转唱与花粉圆舞。

浪花嬉戏，丰盛的舌蕾
摩擦出一支支金色小号的亮音，
印象派新生的语法与礁岩肉搏，
复回身入海，
跃出雪般奥义的虹彩。

有一座海

——临摹艾吕雅

有一座海死了，他没有任何言语
除了千万双手伸向岸边，沾满油污
有一座海死了，他没有别的路好走
只有那条口腹私欲的道路

有一座海死了，可是他继续挣扎
为许多不死的海

他的美丽原是一切的美丽
是向四面奔腾的辽阔，向四方呼唤的自由
而这些正是我们的愿望，我们的思想
流动在大海的深处，你我心的深处
成为自然的生命
他牺牲了，让我们发现他的美丽如此珍贵

有一些字，使我们相信一座海死了千万座
　　复活
那是鲜活柔嫩如婴儿的字
例如蓝，例如澄澈
鲸鱼，珊瑚和彩虹的构图
例如海藻，例如港湾
一些岛屿的名字，海流的名字
例如发现这个字，浩瀚这个字
丰富多样，与神秘宝藏

这里叫西岸，那里叫东岸
这里叫近海，那里叫远洋
在这些名字中我们何妨加上自然观光
渔业，资源，还有台湾的呼唤
当这些字都鲜活地与太阳星月一起舞踊
在海波上闪闪发光，我们知道
死了的海的希望没有死
有一座海洋死了，但他救活了其他的海

海边的信

他的眼光望向远方
日午的阳光一片片白花花在海上逃窜
游鱼裸身跳跃着，收音机广播
轻台刚过另一中台又已成形

海边的小屋寂寞的假日
纱帘在落地窗前飘摇仕女的披肩长裙
颈线之下柔滑的臂膀以及
身体小腹的斜坡
风吹得人躁热,眼皮都出汗了
大剌剌的阳光里实在不该再有一团水光的
　　女人

低下头,他在笔记电脑的键盘上打一首诗
由一封封信串成的——
像裸足踩出深深浅浅的脚印在海滩
也像天风唱的苍凉的歌
起伏在无尽的沙漠

稍稍偏移一下看海的角度他发现
午后的阳光还在风的小蛮腰刮削
海斜靠着风风斜靠着阳光阳光斜靠蓝蓝的
　　天
整个世界变成一部倾斜之书
他的诗句全滑落到海里了

他不知怎么收拾刚写的掉进海里的诗
一股浪一封信连绵到远方
一封信一股浪很快地又从天边回传至眼前
装满潮音的信装满寂寞冲刷不掉的字
海成了飞涌浪花的诗

他继续写未完的句子
在卷成一卷一卷潮浪的电子信箱
在终于从孔雀蓝转成普鲁士蓝的海岸
一位戴遮阳帽的仕女侧转身
露出美丽的额头看不清却似深不可测的
蓝色眼睛,黄昏斜照一条光背的曲线

那瞬间他的诗也融入黄昏融入夜
潮浪伸出一千只手回向岸上招
天与海慢慢在靠近,慢慢地天压住海海压
　　住天
除了灯火翻译的山之外再没有别的什么了
除了劳伦斯咏叹的蛇之外再没有别的什么
　　了
想必是观音……蛇游进他看不见的诗里了
　　　　　　　　2004年8月23日写于台北

小岛速写

海湾细致的曲线
像提琴
岬角是滑落待续的音符

潮浪吐着梦话
沙滩午眠了
啄人眼的阳光错愕于出水的贝壳

海水载浮着小岛
白鸟在山之上之下
滑翔

蓝天包围着远海的小船
渔人在水之上之下
遥望

·詹澈的诗·

鱼化石

只能从海上看见它

在海岸峭壁上
像有着鱼尾纹的
疲倦又悲悯的眼睛
望着亿万年前退潮的地方

船靠近它时它渐渐降至海平线
它像船一样浮着
在山壁上弯出一道唇线
使山壁的容颜微笑起来
望着亿万年前退潮的地方

用树叶去临摹它会有树叶的经脉
（那细细的鱼刺）
枯黄着、赭红着的颜色
用手掌去贴印它也会有指纹
（那分散的辐射的鱼鳞）

鱼尾朝着一个没有角度的方向
当你用疲倦又悲悯的眼睛
朝那个方向看去
看见天空张着大眼睛看着海
海里全部都是泪水

而那个方向所延伸过去过去
有先前的文明已经离去
在刹那的火光之后
那些人不知何时才会再回顾
这鱼化石所在

早已悟化而也物化的那只鱼
看见人类从未看见的一道闪光
从金黄瞬化为雪白的
悲悯的眼神
还望着亿万年前退潮的地方

独木舟

在它的记忆里
树曾经躬着腰
从山上走下来
死亡被刨开
被刨开的树皮
像片片复活的浪花
树脱胎换骨
成形的独木舟举起双手
以它的初生
以树的灵魂
游行在海的身上

旋转在树体内的年轮
变成了独木舟的眼睛
独木舟看见了时间的形体
黑白相间
例如凝固的漩涡
雕刻在它的两舷

独木舟首尾翘起两叉浪尖
像是微笑着的嘴唇
抿紧弧形唇线

不想启唇露出齿舌
或许想要回复成树
回到山上
成为浮在山顶上的月牙

天生孤独的独木舟
在海边听见
森林中树和树在说话

在孤独中需索绝对自由的
独木舟
像月牙垂挂向海面的钓钩
用月光勾着海浪
用那不可能的可能

然而你看过最孤独的海浪吗
它为了那一种自由
可以在海上流荡
也可以到岸上休息
那最孤独的一片海浪
在海边静静的不动了
那独木舟
只闪动着树骨的磷光

黄昏坐在都兰湾

黄昏坐在都兰湾
坐在伸入海岸的山脚上
坐在黑夜前额
看着黑夜疲倦地苏醒
从海洋的背后走来

无法再升高的海浪
只是夕阳残损的手掌
把滚落的山石都击成碎屑
只是大海奴役的前哨
向着陆地不断探测骚扰

而陆地以一种坚牢
伸出两个大海岬的蟹螯
就能拥抱海
或夹住海的什么
就能捕捉几片海浪于不逝

弯月从都兰湾背后走向海洋
星群从天空下垂到海面
安静的夜海
只听见浪花击碎星粒
星粒滚滚磨蹭浪齿

水雾中漂浮着路过的车灯
交错着灯塔的光束
仿佛有百千万只萤火虫
不断地飞过陌生的海岸线
不断消逝在陌生的海的荒原

头发舞

你看见过黑色的海浪吗
她们在海边翻卷
海鞠躬弯腰
海向后退
海蹲下来在蓝天底下

你看见海的头发了吗
她们又走过来
向海岸披散
太阳的头立刻趴伏在夜裙下

你看见生活被固化的版画吗
它们刻在她们生命的脸上
例如阳光用针在风脸上刺青
时间在额头上折叠皱纹
例如海波
云的鱼鳞
蝶鱼的纹身
像月光中震颤着她们的歌声
她们，兰屿的雅美族妇女
在海边甩动着头发舞

·白灵的诗·

老 妇

沙滩上浪花来回印刷了半世纪
那条船再不曾踩上来
断桨一般成了大海的野餐
老妇人坐在门前，眼里有一张帆
日日纠缠着远方

沉 船

一夜的纠缠
与风，与浪
以为通过你的唇吻和波峰
就可以安全地到达黎明
刹那间却像被什么秘密
握住，螺旋桨轴停止旋转
船首一阵剧烈地抽搐
舰桥上我抹雾探测你
你突地从四面八方窜起
猛烈摇晃我
以海浪以深奥的黑
而海平面下，两侧竟是
垂天的冰斗壁
裂隙间我的船体深陷
操舵部熄去动力
防水闸无以关闭
主甲板上求生艇无助地掉落
紧张的信号灯眼珠子一样闭紧
我的魂魄想抢搭直升机逃离
整条船却开始向你急速倾斜

最后船尾翘出海面，立起
在快速下沉前，亲爱的
我不得不死命抱住一颗潮湿的鱼雷
向下对着你，对着深沉而永恒的
大海的，咽喉——

谁主浮沉

风摇桅杆，浪起甲板
谁能把人、海顶在鼻尖之上

暴风雨中，天地上下竟是
剧烈的苍凉

惟我们的船奋勇
在抵挡黑夜

但没人知道船的感觉，像无人领会
作为水手的我们的感觉

而孤傲的船长犹埋首于另类思考
并在航海图上狂暴地猛划

他说再靠近一点
就能到达风暴的中心

船舱里所有水手都晕旋了
摇荡中，听见月亮附耳对我说：

"我才是大海的船长！"
噩梦因此连连

昏昏沉沉我的额头竟以船首之姿
涌向天空

再猛力朝下
撞入大洋

龙舟竞渡
——关于海峡两岸可能的比赛

把水鬼交给钟馗去处理
把看热闹的眼睛
交给两岸去排列
千载难逢不能重来的
一场战争，不，竞争
休耍暗枪，只摇动木桨
甭祭水雷但祭肉粽
我们在这艘，他们在那艘
从前的敌人，现在的对手
大家划同一条水道
无以加快的流速
谁也换不了的目标
我们龙舟彩绘了避邪图腾
他们的自有鬼王细瞧
用只用祖传技术
比但比龙种的意志
输赢看最后一程谁撑住
休想作弊，也莫存侥幸
水族随时凿舟，祖先万代诅咒
艾旗在上招魂，蒲剑凌空斩首
即将揭幕这千载惟一的竞渡
饮罢雄黄，运气交予长命缕
腰身放低，木桨在手
大鼓殿后铜锣引前
舟身腹部紧紧水面贴住
古老而现代的竞赛
在整匹历史在列宗列祖
在牢牢盯住电视无数

当十亿双眼珠把龙睛轰然点燃
当震天之金属当地被敲响
万手齐发，两条巨硕蜈蚣
不，两条水龙，凌水飞驰
兆民呼喊，热闹沸腾两岸
龙首前导——

朝中国美丽的标杆

鲸鱼之歌
——记1998年10月330头鲸鱼
在南半球沙滩搁浅一事

在荒凉的沙滩上我见到
这群搁浅的巨鲸们
落日洒下鲜红的玫瑰
于三百三十座
肉体的山峰，仪式何等壮观
大海的唇舌边正轻吐
一长串奥蓝色的神话

几百艘肉塑的潜艇
用尽了在海中飞翔的气力
集体挺出，在岸上
思想突破脑壳
心脏跑到身躯外跳动
诸神着陆人间后再无力
移动自身
多么难解的神谕
我颤抖地逡巡其间

泡过整座海的小眼珠
仍高高，仍不肯闭上
仅仅因一颗音符游出了乐章
整个乐团竞相出走

但仍有几只高举
半月型的尾鳍
欲对谁发表
最后的暗号

浑厚难免臃肿
一团黑金数十万磅
对着晚霞，光滑的鲸皮
扭动成镜面
怯怯的是我的眼光，惊恐的是浪花
向镜中的闪耀冲进去
又吐出白沫
自镜面悄然撤返

没有一刻可以暂停
海才派出
这三百三十颗休止符吗
标在地球的鼻梁上
用途不明，充满油脂
而成熟是不是总等待
挤压
我仰首企望
神的脸庞隐而不现
只能以手指大胆抚摸
他唇边
巨大的青春痘

整座地球惟它们
是压舱的角色
脂肪和蜡质燃亮各大洲
润滑了枪杆子、机器
和野心
围剿和追逐
弓箭和长矛

尖锐以及
疯狂，而今都松开手
好让一条海滩
扶它们上岸

就在我轻轻拍打
侧耳倾听的隔壁
几百颗巨大的心跳
仍此起彼落
五千万年不停移动的锅炉
焊接了臂膀粗的筋骨
古老的想象捏出的庞伟之驱
竟以它们的额头触及过
地球各个深沉的角落
没有如此靠近过的神示

没有如此难懂的巫术
渐随天色冰冷，凝固
会只是一场等待腐朽的盛宴吗
千万之鸥鸟
和鱼鹰，终于乱纷纷飞下
当声纳从远天回转
当最后一只幼鲸
垂下它巨大的尾鳍
当众鸟啼空了黄昏
而神殿的豪华和暗喻
终究被衔起
从大海的唇边一一叼走
　飞
　　　散

· 焦桐的诗 ·

过马六甲

贸易风总在睡梦前吹起
像突然的哭泣

我看见钦差正使总兵太监
在南中国海的烟雾中迷失了
我看见自己长跪在地板上
一代两代三代这样跪了无数代
叫所有娘惹和峇峇买票参观
叫通事不能翻译
叫故乡来的眼睛同情我
来不及撤退的激情
这样苦涩地用双膝一再
改写我们之间的历史

征服者苏丹
我自然是你俘虏的蜡像
赏赐我相思般的形容
为了你的骄傲
形塑我长跪
压低着头倾听心跳
统治者苏丹
别再垂悯我
请放逐我
无法自拔的奴仆

从帆樯的森林
放逐到三宝庙
放逐到华侨坟场
放逐到废仓库角落
放逐到汽水工厂边缘

还是无法安顿

那命运
那膝盖陷得太深
已经僵硬于落脚了
我命运的主人
宝船像马六甲河一样疲倦于航行了
载着昨夜的眼泪和回忆漂流
搁浅在你的后花园

岁月像一只受伤的蜥蜴潜行
旗幡依恋着贸易风

过蓝洞
Grotta Azzura, Italy, 1998

如今只有梦能带我再贴近你
神话拥抱的海岸
幻想生育的岛屿和暗礁
贴近你贴近窄口宽腹的洞穴
封锁的颜色
等待更繁复的颜色

如今如今也只有梦能允许我
走私霞光
从落日沉沦的地中海
葡萄酒般侵略你颤栗的嘴唇
蓄势注入低吟的洞口

暗潮汹涌的幽光在洞里释放
调制出喧哗的回声
我渴望的重逢是一首船歌
从嘴里唱出来的都流到灵魂里去

过七贤三路

休假的美国大兵登陆第二号码头
就占领了七贤三路
海湾饭店一夜间住进九艘巡洋舰
他们运来整船整船的军需品
过期的盘尼西林
过剩的保险套
和第七舰队那样兴风作浪的精液
一级战备的阳具
阵亡时也要勃起

六十年代的夏日在蝉嘶中升温
贫穷的女人为饥饿的政府赚外汇去了
发育中的孩子穿着美援面粉袋缝制的内裤
涌进教堂领面包

黄昏是威士忌和花露水布景的野战场
输精管比下水道忙碌
龟头比弹头更急躁
拥妓调笑的大兵扶醉掷酒瓶
引爆了痉挛的嬉戏
我少年时代的眼睛拍摄了这部越战电影
苏丝黄望着我又不断离我远去
蓝调在家乡的街道
演奏异国的风情

过澎湖水族馆

也许像一部晚场电影
放映着我们之间的海洋
松球鱼矜持着冷光穿过藻草
掀起预约的涟漪
远离现实远离
注视的眼瞳

往事闪着幽光游过抒情的水族箱
不断升起又破碎的幸福的气泡
激动的小浪
惊醒潜伏沙堆里的比目鱼
落寞的音波模拟潮声
渴望触摸

珊瑚的呼吸
模拟季风中的头发
这世界的管风琴

樱花虾模拟我们
相约在缺乏遮蔽的岩壁
寻找记认的秘穴

过苏莲多海岸

月亮升起在苏莲多海岸
潮汐曼声在倾诉
追忆的波光民谣般荡漾
让我再梦见你的曲线温柔

让我是疲惫的帆船
终于返航爱情的家乡
像鲸鱼偎着你伴睡
山坡上猖獗着红玫瑰
结实累累的柠檬黄

让我是多情的维苏威火山
一生守卫你身旁
幸福的海鸥沿岸栖息
像我的手歇靠你肩膀
再也不肯离开

浪迹天涯我一直想接近你

途中不断放逐了自己

追忆的波光催眠般轻唱

不让我轻易再醒来

·尹玲的诗·

横着的水
——波思佛（Bosphore）海峡

我当然知道

所有的水都将汇入海洋

如同一切的美　终会葬在过去

永不回头

我曾伫立左岸

凝视水上的你

如何缓缓　却又急急

从欧洲这半的水

没入亚洲那半的天地

在我能及的视线

纵使翘首一万次

你仍像时光一样逸去

遁入任谁也不愿伸出

援手的

隧道里

无端

一道海峡

横在两岸之间

横在你我

　在未来和过去

　在欧洲和亚洲

把一块地横成

东　西

把原本的笑声

横成

渐去渐远

悬在半空

再也不能互握

生离的

手

ETRETAT

许是前世注定

许是今生情缘

你我的相会

竟是如此难分缠绵

亿万个日出日落

甚或亿万年

我一如你

总是坚毅挺立

无论是炎炽日晒

或是风雨暴狂

海浪或在怒啸

或是安详静谧

我一如你

任凭世人如何呼唤

海边悬崖或美美的象鼻山

你永远是最真实的 ETRETAT

我永远是最原来的自己

如此流逝巴黎

你站在蜜哈波桥上

桥下仍流着一样的塞纳河
　　不一样的水
世纪初的阿波里奈
世纪末的你
流着的是桥下的河水
还是桥上的你
以及你眼眸的亮
　　　发梢的光
和一只羽翼疲惫的燕子
至于爱情
爱情终要西去
一如流水
一如那个夏天午后的蔷薇
或年年河边
梧桐叶子的开落

昨日之河

我们曾在昨日的河中
奋力游向彼此
那时所有的花儿都不敢绽放
或全在烟硝里黑死了容颜
你说游啊还是要游
即使天暗　星星不愿露脸
好让上得岸时
插一支未被溺死的旗帜
漩涡下你也许未辨方向
待二十年长长的光帘卷起
各自的岸边立有各异的树影
弥漫烟雾散去
而我们亲手栽种的玫瑰半朵
却已沉默地淹没
在如梦远逝的昨日之河

·潘郁琦的诗·

困　沙

数着白沙里的意念
趺坐
拥起无边无际
颊前呼啸而过的蓝
纾解了加勒比海千帆之外
眉眼的宿命

扬一肩长发
开释早早卧成青山的眉
任肩袖挥飞
放手即细碎如雨后的尘
天末风凉
磬鼓唱起
海潮频频捡点着遗落的回声

把蓝坐化
环起潮音
默默地寻找
身前身后
沙里失落的脚印
论因论果
不过是无常罢了
潮声来去已然多时
古今　任他任他

每一粒沙都全力唤着
落去的潮匆匆卷蓝再来
打探尺素的消息
海天一色而贝在其中
睫前有多年涛声

将帆扬起
拍落袖底执意纠缠的沙
推开发梢蚀骨的颜色
抽身站起
扬眉笑着
且去

不再回首神州大地的重荷
披发于冷冷未醒的
咸涩风中
奔赴
大海上初醒的
光束

望日天尽头
——成山头巅读黄海三海交汇的
第一道晨曦

赶在日出之前
重叠着夸父
无休的行程
往东急急奔去
夜啊
还在海的梦里

浪花有小小的骚动
传递着千年不歇的一声
耳语
始皇寻仙东来
秦时明月仍在苦苦相候
成山头却有了历史的更替

武帝攀岩望海
追逐汉时第一道清晖
一次一次的等待
已然在风霜中老去
渤海的泪已成黄海的沧桑
成山头绵迤的神话里
犹有史家
书写晨曦的余晖

而我

浪花与云彩悄悄对话
诉说着后宫的故事
霞光冉冉而来
千军衔枚
万马卷尘
重现了秦汉典籍中的威仪

我以千年的步履
攀岩望日
天尽头的窘寐不再
海天辽阔如是
绚烂如此

果然
那是
第一个东方

（山东渤海海峡外与黄海之间的"成山头"，
又名"天尽头"，是中国最东，最早见到日出
的一角，秦始皇、汉武帝都曾探访当地）

山中海间有我今生的展望
——志鹿桥"挟泰山以超北海"演讲有感

北海之滨
有我留下的一首曲子
丝弦拍响的时候
且以摆渡之姿

饮长河的沉默
涉水而去

楫桨如橡
风中潜居着市廛的回声
流水间的新汛
一世一生
故事在没有岁月的童年里
逐鱼来　去

不过是将泰山的阴阳从容解构
不过是将今生的行脚走出寂寞
越千山的偏安
壑险峰高
以绝美的灯盏掬取星子的清泪
夜犹未央

忏情于北海
正如焚雪的人
跌坐于嗔痴的每一个方向
聆听着远方木鱼的跌宕
丰姿清淡
渐次无悔

山中依然有山
海中仍然有海
青衫一袭
拂波而立
我向长天望去

卷云观潮时

峭岩仍在
等候

一把清泪
甩落

漫天盖去
幻化蜂拥推进的海浪
抨击着
铸成历史的
某个时刻

海的痛楚
每一缕都是剖心的记忆
在逐云之后
澎湃与狂啸
日夜
总在交替

万宗之源啊
凝注的是众生的泪
哭嚎也是无谓的了
总是一缕缕的缘起
浪起浪落
泪扬泪止

凡所有相
无关水中花
流淌间
一路铿锵东去
弹指问了意
潮声几度升落
月也西沉

岩底
低回的潮音
来去一千古

千古一去来

秦时浪

汉时涛

明月伴我

走历史

只道是峭岩的泪

挪移乾坤

却叹风流

云散

浪涛尽

莫问莫问

尚有

裂岸的浪否？

那夜，潮声响起
——记山东威海听浪的夜

海浪随着呼唤

叩访

那一个沙底

多年的遗忘

水中

总有一声声不舍

牵挂着

老去的

喑哑了的涛声

即使

浪卷乾坤

天地

依然以岁月复印

你

眉眼间的诗篇

我遂在沙的寒冽里

等待

月冷之后的

另一片

潮声

·陈育虹的诗·

海的心（组诗）

这 些

这些，你们会记得吧

软珊瑚的枕堆与滑溜的鳗

火狐潮热的穴、理之还乱的

鸭绒被褥以及异乡

不归的梦

那再刻意隔离终究

相濡的同一床海，洪荒以始

也没进化也没退化的

同一对男女同一种情爱

（这些，你们会记得吧）

大叶榄仁用浑圆的脸迎向

午夜的雨、闪电

棕榈学你们裸着腿肚

倾斜且陷溺于

无意挽留谁的海岸

更多时候你们是优柔的沙岩

就要经风蚀空而仍然

仍然以章鱼的臂膀、姿势

相互盘吸不放

之后是哭泣的湖，排湾祖灵

谅解的凝视

野姜花与茴香，咸丰草与
不忍离去的凤蝶
这些，零落异乡的气息
你们都会记得吧

如　此

如此海仍在继续堆砌
其实是退潮了
一堵堵墙片刻筑起、倾斜
片刻颓倒
波澜如鹰架崩解溃裂
拍击出白热火花，是退潮了

海仿佛某种易燃物
火花顺着风一路引爆
要烧到太阳的发际了
其实是已经
日落——
事情约莫就是如此

你是那贪欢多梦的
如此你看着这浪花这潮水
这落日徒然的这夜继续
看这片刻不肯歇息的
海的心，如此
你仍在继续想着

倾　斜

整个下午是倾斜的
徐志摩与陆小曼
烧夷弹自右舷45度角射来
潮水絮絮叨叨
与这一切不相关

云倾斜着
观音在山头高卧，与一切
不相关，不置可否
你无名指上的伤口
隐隐记得早晨的战乱

你的意念倾斜着，不得不
　倾斜
郁达夫与毁家诗钞
微苦的紫罗兰花茶
风愈焚愈烈

没有什么不倾斜
你的交感神经扩张着扩张着
轻轻触碰的倾斜
吻的倾斜
下午的倾斜

神　话

世界据说是这样开始的：
那创生万物的女神自混沌中苏醒
四周一无遮掩一如她袒露的魂魄
她甚至没有落脚的处所
于是她把海天分隔在潮浪上孤独地旋舞
她舞向南方一阵北风尾随而来
她好奇地回眸顾盼
北风的清新激起她的欲望
于是她不停旋舞捕住那阵风
将他握在手心呵护揉捏着那无形的风
终于化现一条巨蟒
她继续旋舞愈舞愈烈愈舞
愈热直到晕眩直到巨蟒无以自持

将身子圈圈环绕她微汗的身子与她欢合
世界就这样这样开始了——
但这不是神话是
语言此刻世界仍然晕眩仍然
无以自持你和你的巨蟒仍然胶着
在海天的胶着世界还没有
现在还没有开始

雕　像 (Kourosfrom Tenea)

冰冷大理石释放出的
那古希腊男子
雕像，如此卓然出现你眼前
第一尊，最初始的
稳稳南面而立，轻举左足准备
往前迈出
第一步，足尖刚要着地
身躯全裸经过打磨
手腕膝盖各个关节俨然吻合
解剖学原理，体形精瘦
而结实：胸肌腹肌四头肌
眼耳鼻唇柔润
如生
这是一次艺术突破——
但这些都是假话
那不是雕像，是真真切切的
男子，在你身侧

窗外的太平洋汹涌沉默
你在潮浪之上如浮桥起伏
一再卷高、抛下
其实没有风，是心是心
漾荡着不想靠岸

·古月的诗·

飘浮的小黄花

蓝色的海面，映着
一轮月光
像雾里飘浮的小黄花
那种美　让人心痛

岸上憧憧树光　和
零散自得的花叶
寂静中交融着一股清香

不胜酒力的诗人　夜行
在浪花缓缓涌动声中
以神伤的心举杯
向着月光追去
追逐的却是自己的影子

生命会不会像浪花
浪的涌动是一样的
每朵溅开的浪花却不一样
浪是自我的　诗亦然
生命也该无法重复
都一样　又不一样
应该有不同的风貌

都是月亮惹的祸
夜行人不是流浪者
何以有浪子的情怀
似飘浮的小黄花
一些尚未写出的诗篇
迫不及待地
即将随浪飘散而去

海的恋情

在黑色的岩崖下
汹涌的浪不断发出
古老自然的野性
随着涛声在心中跃动
尾随着狭窄的岩隙
如锋利之齿，向上攀溯

山脉是双强壮的臂弯
总想将海拥抱
情深的海洋，是
着缕纷裙裾的吉普赛女子
低吟与山脉相联的狂情

西下的落日
以鸟类求爱的方式
悲壮得像英雄的感叹
水平线上静静燃烧的
既透明又七彩的火焰
将大海烘托一片潜然

那是无望的爱鸥
越是无望
越能烧灼感情
抬望眼　无际的苍茫
似空芜的萋萋浸草
遮断了云和路的界线
只不知在千呼之下
要如何寻找

⊙与会交流的诗作·十八位福建诗人的海洋诗

·蔡其矫的诗·

海 神

一

中国中国，沿着黄河沿着长江
最初的海洋全是浪漫
巨大的扶桑树长在海上
仙人在那里洗足，在那里吟唱

一定是很早就有人漂洋
秦始皇才命令徐福带五百男女
求他个人长生的药方
无数帆樯桨橹沉浮在波浪

痛苦涌动在潮汐的弦上
离岸就决心永不回还
日本国留下他登岸的村名
又航向白浪滔天的远方

历史的创伤经过几千年
传说中的往事才发出回声
美洲发现中国的楔形石核
还有覆斗式的巨大陵墓

过海的八仙都是流浪汉
时歌时哭为人世辛酸
一个完全的民间精神信仰
面对鸿蒙荒古一九太阳

啊，伟大的难以求索的远方
澎湃波涛托起纤弱信念
以自愿委从的花朵
无言的温婉躬身向苦难

二

中国的事情充满怪诞充满离奇
诗神竟是滑稽的魁星
一个快乐俏皮的漫游者
在八极大荒中翻腾

唐朝皇帝封四海龙王为海神
形象凶恶便失去万民亲近
后来找出韩愈做南海广利王
只因为他写过一篇祭鳄文

这个反佛教的文人也得不到承认
天属阳，水属阴
最深情最狂热的海上崇拜
只能对女性产生

扼住海路咽喉的湄洲岛
南唐五代出现一个年轻女巫
营救一次又一次的海难
注定要在岩石上飞升

大慈悲即大英雄
二十八岁的青春形体
在岛上站成心的航标
掷过双眸击响千年风声

柱形的浪旋卷而来
上下一片混沌
死亡之吻在帆外
舟子向天高呼神名

空中出现鼓吹之声
一阵香风自上缓缓降临
蝴蝶绕船双飞
桅杆上有神火坐镇

隐约看见她红衣飘振
黑发飞掠有如浪涛
胴体包裹灵光裙裾似焚
风摧雨折的枝上花开宁静

白茫茫中舟行如飞
伟大的历险卷入众梦
沉重岁月刻在额上的深纹
能叫山岳哀哭！

三

农历的三月是华丽季节
一千岁月磨亮的天空
荒岛上彩绘的宫殿闪闪发光
一树大蠹结满鲜灵灵的太阳

燧发枪频频轰响
祭神的队伍游行不断
帆形发式波纹衣裤

如云在海湾的镜面散步

滚滚浓烟领我走进神话深处
黑暗中双眸洞穿时空
叮当耳环在发丛中寻找航路
嘘息吹开眼睫引出灯塔的光

肉体和灵魂都不能跨越死亡
信仰也曾经倒塌
历史冷冷如这荒岛
却也不能夺去最后一点幻想

认识你要经历一番灵魂的冒险
我渴望这一切不是虚无
用女性的柔情把世界温暖
深邃一如大海的梦

风波年年的国度
漫漫长夜传来天性的呼声
对人怜悯一些吧
给人多多的爱情吧

一再受风暴鞭答
向你举起我的忧伤
让我为你眼睛所透露的语言高歌
抚慰所有寒冷的心……

风和水兵

风啊！风啊！
你是大海的朋友，水兵的爱人！
你带来岸上花的芬芳
和草的凉爽，
抚爱船上的旗帜和我的心。
你吹起我帽后的飘带，

用激动的声音向我诉说衷情；
你把飞溅的水花泼到我的脸上，
我感到是你清凉的嘴唇在亲吻。
你那粗犷不羁的爱，
只给那最坚强的灵魂。
风啊！风啊！
你是大海的朋友，水兵的爱人！

海岛姑娘

从这块岩石跳到那块岩石，
像羚羊一样轻快敏捷；
她的光脚在撩动云雾，
看来如同两只雪白的飞鸽。

她的胸脯这样饱满，
是不是贮藏的生命太丰富？
海的光明全部照在她额上，
为什么眼瞳却似深不可测的海底？

她是盛开的春花一般年纪，
热情的脸上如山桃带雨，
精致，明媚，善于感觉和永远欢愉。

她终于发现什么，来在榕树下伫立，
凝望着远处海上隐约的白帆，
好像女皇在等候凯旋的船队……

无风的中午

平静的中午，
南海渔船宽大的布帆，
像无数海上的扇
在静寂中喊道：
给我以风！给我以风！

载客的轮船，
疲惫地缓行在无浪的海面，
是为平静所松弛，
烟囱冒出的烟也不再起舞。

这时，远海出现两道白光，
两座飞起的浪冈，
两条深广的展开的道路，
转瞬间一切都在波动——
是两艘鱼雷快艇的疾驰，
从海底带来了风。

徐福东渡

0

传说早已写在司马迁的《史记》上。
两千多年来音讯渺茫。今天
从对岸回声深入远古
疑案终于开始破解：

曾是妓女后来淫乱的赵姬
生一个鸡胸跛脚的秦皇
身残心狠，敌视一切健全者
亲小人而远君子的独夫

最后暴死途中，被驾车太监
封锁死讯，尸臭而后矫诏
杀了扶苏和蒙恬，又指鹿为马
万世只存二世十四年

后人才一再讥笑他，寻求
长生不老之药竟如此下场

1

齐都被秦军攻破，贵族子弟
徐福走上流亡路，那时
邹衍的阴阳五行学说盛行
他扮成方士浪游在民间。

李白诗曰：秦王"徒刑七十万"
仅为造阿房宫，加上长城
秦陵苦役不下二百万
而当时人口最多不过一千万

所有的壮丁老汉都被征发
起来反抗的先有女性，后士兵
徐福成为女兵的首领
集结到南方造海船

海是陆地的延伸
不可能没有它的拓荒人

2

齐燕都有临海疆土
也已有最初的海上贸易
而方士正是三山神话的传播者
必有航海探问的热望

渤海只有海市蜃楼的天象
东海才有北冰洋漂来的冰山
在阳光下闪闪如金阁银台
间有白熊和白狐来往

冰山南下慢慢消融
所以永远可望而不可及
这才使中国到处有瀛台、蓬莱

寄托人民在暴政下的想望

只要有海存在，专制就不可能
把人民永远打翻在地

3

方士卢生和程生离朝出走
引发秦皇大怒焚书坑儒
既然阴云已笼罩头上
也许别处尚有阳光

匆忙间，三条船，五百人
从浙江慈溪赴蓬山下起航
初秋的西南风吹过舟山
朝向茫茫的太平洋

天蓝色的自由在惊涛中
高唱着伟大的未知
朝思暮想的梦土
以痛苦的眼睛在海的深处闪烁

人民做过一个个困惑的梦
而这些梦永无终止

4

三条船在狂涛中失散
徐福最先登陆九州筑紫岛
裸身的梭标手把他俘获
献给博爱的萨比女王

温柔目光接纳了他
做第十八部落的首领
称为新来的秦

也许这是"支那"的源头

原始的女王权威有限
只作象征性的共有情人
十八首领三人为一组
和谐地各占用三年

待萨比年老色衰
徐福举荐最漂亮的女兵接替
后来有部族叛乱，平定后
他自立为王

5

传布农耕文明大得民心
拥戴他向本州进军
东征途中曾屯兵四年
为添置兵器他回到琅琊郡

正逢秦皇在东巡
琅琊台上亲自接见
细听远方确实有岛国
却又燃起狼子野心

不但准了数以千计的百工五谷
还外加战船弓弩手偕行
从郡中征集少年男女三千人
组成浩浩荡荡的大军

崂山海上徐福岛，男岛，女岛
就是当时用作操练男兵女兵
九月，全体斋戒三日
秦皇在台上亲自送行

6

船队沿海岸北上
在当今河北盐山县
横渤海，过济州和对马
乘回流入日本

那时日本还在石器时代
只有狭小的独木舟
看张蓬的战船
当作天上飞来的盘石

上载男女天兵
为本州大力推广农耕
功成又退居九州
并未进一步统一各部落

因为他信奉老子学说
无为，无名，无私欲

7

日本称他为中国的哥伦布
遗迹有二十多处
熊野神社，金立神社
以徐福为农神和药王供奉

在和歌山新宫市速玉神社
立徐福塑像，外有徐福墓
历代天皇都来拜谒
墓碑据说是日本藩王丰臣秀吉

命朝鲜汉学家李梅溪书写
另有碑刻日本高僧与朱元璋
关于徐福的问答诗

至今历历在目

日本史学权威永三郎说
今天日本人多为琅琊人后裔

8

1931 年 9 月，徐福东渡的
2100 周年，日本曾举行公祭。
1952 年 6 月 22 日，《朝日新闻》
刊文，承认徐福为日本开国

第一代天皇——神武天皇
他的遗物：剑、镜、玉、马鞍
都是秦时物，日本神道与
中国道教相类似

他居留地熊野三座山
单峰为阳山，双峰为阴山
连接的山野为和山
大和民族一词由此产生

1986—1989 年，日本九州佐贺县
发掘出秦部落的吉野遗址

9

两千多年前犹如昨天
我看见琅琊台前隆重盛典
永生不老的仙境虽然不存在
互敬互爱的园圃却可以促成

为什么邻居成了仇人？
为什么文明又转为野蛮？
为什么世受荫泽却反目相加？

为什么？为什么？

2003 年 5 月 24 日北京

补注：为了纪念远行不归的三千少男少女，汉代曾建千童县、千童镇。其实他们常与浙江互通有无。日本志书记载："熊野，吴越船漂来不可胜数。"汉书也说常来会稽置物。富士一词日语意为仙草，与蓬莱近义。神武建国据记载为公元前 660 年，日本学唐高宗自称天皇，于公元 758 年加以汉谥，此后一直袭用。琅琊台，在今天山东荣城市的成山卫，成山角俗称成山头有李斯遗墨"天尽头"，旁有秦始皇宫，台为秦皇亲自督造，是东巡常驻地。日本供奉四时之神为琅琊神。连云港北赣榆县有徐福庙，后毁。日本王族，有说是吴国孙权派卫温、诸葛直远征失败遗留人后裔。

·舒婷的诗·

致大海

大海的日出
　　引起多少英雄由衷的赞叹
大海的夕阳
　　招惹多少诗人温柔的怀想
多少支在峭壁上唱出的歌曲
　　还由海风日夜
　　日夜地呢喃
多少行在沙滩上留下的足迹
多少次向天边扬起的风帆
　　都被海涛秘密
　　秘密地埋葬

有过咒骂，有过悲伤
有过赞美，有过荣光
大海——变幻的生活
生活——汹涌的海洋

哪儿是儿时挖掘的穴
哪里有初恋并肩的踪影
呵，大海
就算你的波涛
　　能把记忆涤平
还有些贝壳
撒在山坡上
　　如夏夜的星

也许漩涡眨着危险的眼
也许暴风张开贪婪的口
呵，生活
固然你已断送
　　无数纯洁的梦
也还有些勇敢的人
　　如暴风雨中
　　疾飞的海燕

傍晚的海岸夜一样冷静
冷夜的山岩死一般严峻
从海岸的山岩
　　多么寂寞我的影
从黄昏到夜阑
　　多么骄傲我的心

"自由的元素"呵
任你是佯装的咆哮
任你是虚伪的平静
任你掠走过去的一切
　　一切的过去——
这个世界
　　有沉沦的痛苦
　　也有苏醒的欢欣

　　　　　1973. 2

珠贝——大海的眼泪

在我微颤的手心里放下一粒珠贝
仿佛大海滴下的鹅黄色的眼泪……

当波涛含恨离去，
在大地雪白的胸前哽咽，
它是英雄眼里灼烫的泪，
也和英雄一样忠实，
嫉妒的阳光
终不能把它化作一滴清水；

当海浪欢呼而来，
大地张开手臂把爱人迎接
它是少女怀中的金枝玉叶
也和少女的心一样多情，
残忍的岁月
终不能叫它的花瓣枯萎。
它是无数拥抱，
无数泣别，
无数悲喜中，
被抛弃的最崇高的诗节；
它是无数雾晨，
无数雨夜，
无数年代里
被遗忘的最和谐的音乐。

撒出去——
失败者的心头血，
矗起来——
胜利者的纪念碑。
它目睹了血腥的光荣，
它记载了伟大的罪孽。

它是这样伟大，
它的花纹，它的色彩，
包罗了广渺的宇宙，
概括了浩瀚的世界；
它是这样渺小，如我的诗行一样素洁，
风凄厉地鞭打我，
终不能把它从我的手心夺回。

仿佛大海滴下的鹅黄色的眼泪
在我微颤的手心里放下了一粒珠贝……

船

一只小船
不知什么缘故
倾斜地搁浅在
荒凉的礁岸上

油漆还没褪尽
风帆已经折断
既没有绿树垂荫
连青草也不肯生长

满潮的海面
只在离它几米的地方
波浪喘息着
水鸟焦灼地扑打翅膀
无垠的大海
纵有辽远的疆域
咫尺之内
却丧失了最后的力量

隔着永恒的距离
他们怅然相望

爱情穿过生死的界限
世纪的空间
交织着万古常新的目光
难道真挚的爱
将随着船板一起腐烂
难道飞翔的灵魂
将终身监禁在自由的门槛

1975 年 6 月

· 汤养宗的诗 ·

星空下的三桅船

这艘船
比大鸟整整多了一支翅膀
梦的坚持者
在月光之上运载着阳光

这没有阴影的飞行物　对大海
没有半点过失地要从水面离开
这行动着的梦幻者　被浪声
遮盖的呼吸遮掉了海洋

它身上肯定没有缆绳　它肯定
不适合于码头更适合于花丛
它是那种蝴蝶　每一朵花.
都是眠床又都不是的蝴蝶

海水之上它已越来越白
这被揣测去向的夜行者
用三只翅膀拍动我的幻觉　像是
对天空欠下什么　比一只大鸟

更为努力
这一条航线上下落的天神
正用三只翅膀　去恢复
我幻美中天堂的路
它肯定已与白云密约成一部分
在辽阔的星空下　这三只
没有与谁拥挤的翅膀！

在海上听鸥叫

很白的一首渔谣至今我不能唱
和雪一起飘扬的布匹
我至今想夺作妹妹的衬衣

人在船上　有时很多稀世的珍珠
会不经意间从头顶洒落
一只鸥总把羽翎的另一场雪水
鼓荡成不含杂质的唱腔
在渔事中你抬头　你感到下雪了
你发现鸥鸟翻飞的翅膀上
站着一位虞姬

听鸥鸣叫，水底无数只蚌壳
便立即受孕。你就此分不清
什么高过白纸的质地
是谁在天上策划这纯银的音质
叫一万朵牡丹响亮地飞来飞去

给渔谣谱出另一支曲调的姐妹
为什么总把很白的那部分
给自己留下？如果我也能携带雪
天空啊！你要看好我的铁锚
让我以更纯正的气息
重新说一遍父亲的渔业

海星星

让我到最深的海底仰望星空！
在下沉中升高　在低处
打开被白云封锁的关注
这被废弃的天堂的灯　仍旧
在一条路上　单有我攀援的手
已经不够
单有向上的眼睛　已经无法分辨
谁是登高的背影　这被幽闭的光芒
错过了太多的夜行者

用怎样的唇才能说出
你深渊中的缅怀　这在
深水下养颜的火　自我克制的贞洁
分离了光芒四射的含量

这黑暗中坚执的心房　许多人
要在下一场梦中才能摸进

让天空里的火焰暂时熄灭　让
大地上的梦想者再一次伸出十指
摸一摸一朵火确凿的热度

我知道最高的灯不在天上

一个相似于囚徒的灵魂　通过谁
传递给我最坚韧的指望
当我有了最疼的跌落
谁会在更低处铺展我的眠床

海暴：我们在船上

狼不敢追赶的水
高过飞石的水　花蛇般敞开掌纹

我们在船上　在荆棘和蓝焰之中
向东向西风声都是铁
我们揪紧浪花　像个骑马的人
而黄金的愿望无法越过飓风

海已经没有空地　海窄极了
我们终于说
石头的面孔就是这些水的面孔
我们终于向铁突围
向水突围

我们请求关闭大海关闭火的浩瀚
划呀划呀！划出石群
眼泪比没有花丛的蝴蝶更多
我们扑腾　请求石头还给水
水走回自己的家

我们记得这个上升又跌落的时辰
海没有路口

这个时辰一盏灯

这个时辰一盏灯
还亮在闽东海上
至少有三个不同方向的风在问
这个时辰为什么还有一盏灯
亮在闽东海上？至少有三群鱼
在它的光芒里无法入眠
至少有三个女人在三格木窗里
为这盏火说一句相同的话　至少
有三朵花突然拿不出心底的香气
夜是越来越深了

是一盏谁的灯在忽略我们的探问

它好像是今夜所有梦的敌人
我们无法证实：它看守的秘密
下一刻会不会被一阵雷声借走

这快黑暗的火石　它比星光更坚硬
比三个女人的叹息更长　比三群鱼
更没有合适的眠床
一百朵接连开放的花也不肯这样持续

是一盏什么样的灯　被我们
眺望并成为我们梦的敌人

·吕德安的诗·

十一月的向导

告诉你我不过是个异乡人
只知道要去的是一座岛屿
后来主人却称它是村子
几棵树围成一片林子
林子外又是林子
而海就在方圆几里外翻卷

一座座老而又老的房屋
这在汽车里老远就能看到
只是它们的主人多半不住这里
一年也难得跑回来几趟——
闲着，闲着一块这么好的地方
而海就在方圆几里外翻卷

这里安静得好似一段故事
一段故事的终结，令人向往
相传百年前的某一天

海啸卷走村上的一半房子
卷进海底，其中还有一座教堂
而海就在方圆几里外翻卷

房地产商人跑了，像落叶一样
当地人跑了，像落叶一样
但是不久又都回来——
跟走的时候没有两样
哟，天知道外边发生了什么
而海就在方圆几里外翻卷

更多的人也来了。他们
围起篱笆，造出更好的教堂
海边，海边的那些游艇，
也都放着鱼杆，像模像样——
这是有钱人喜欢这样玩
而海就在方圆几里外翻卷

因为白天有鸟，夜晚有星星
有钱人有钱，花得起这些
而真正的当地人都已变老
而只有他们在说，每当傍晚
会有阵阵钟声从海面上传来——
他们说着那沉入了海底的教堂

而海就在方圆几里外翻卷

沃角的夜和女人

沃角，是一个渔村的名字
它的地形就像渔夫的脚板
扇子似的浸在水里
当海上吹来一件缀满星云的黑衣衫
沃角，这个小小的夜降落了

人们早早睡去，让盐在窗外撒播气息
从傍晚就在附近海面上的几盏渔火
标志着海底有网，已等待了一千年
而茫茫的夜，孩子们长久的啼哭
使这里显得仿佛没有大人在关照

人们睡死了，孩子们已不再啼哭
沃角这个小小的夜已不再啼哭
一切都在幸福中做浪沫的微笑
这是最美梦的时刻，沃角
再没有声音轻轻推动身旁的男人说
"要出海了"

·伊路的诗·

观 潮

白纸　茫茫白纸
亿万只洗净的手在上面写字
被大风吹散

手捧乐章的歌队
命运与欢乐颂
在烟波上徘徊

无数摇晃不定的镜子
看不清一张真正的脸
排排举起的白手绢
永远在送别

永远因到来而失去
金殿与废墟

花村与荒原
瞬间交替
巨大的现场
亿万年摆放至今
我们都是瞎子

自己的海

海就在旁边
坐在石头上晒太阳的老渔妇
整半天没看海一眼
她的房子在不远处
知道天黑了海还在那里
过年了海还在那里
而我从别处来
坐了很长时间的车
我是要把海看回去的
一整天地看
使劲地看
一寸一寸地往下看
一丈一丈地往远看
有意无意的海
城府很深的海
什么也没被我看见的海

就在我的脑神经旁边
在返城的车的旁边
在书桌旁边
在床的旁边
像一个装着沸水的大锅

有一个属于自己的海真好
去哪里就能带到哪里
比如 去菜市场

去会议室 去医院
在陪伴年迈母亲的日子里
我就把它放在那古旧的藤椅旁边
看着它波涛翻滚

许多许多母亲

像有亿万匹马达在深渊发动
海的躯体震荡
胸脯耸起
洁白的乳浆喷溅
仿佛要把生命的精气喷发殆尽
仿佛整个天地需要它喂养
它挣扎着 哀吼着
恨不能把心呕出来的样子
使我想起母亲
许多许多母亲
母亲的群体
永远不屈地做着同一件事
当我不得不转过身 离去
我听见身后的海哭了
整夜整夜地哭
海的哭声被很多人忽略

·萧春雷的诗·

被贝壳含在嘴里

我梦想自己被一枚贝壳含在嘴里
在金黄的沙滩默默沉思或者叫喊
那里的纬度像帷幕一样低低垂落
昼夜如同潮汐轻轻拂过面颊

因此我来到海边看着大海的手指

慌张地解开春情荡漾的皮肤
又迅速合拢　然而　我的大陆架
荒芜已久　我是一尾失去记忆的鱼
在我同永恒之间隔着一个大海
隔着　无边的风涛和血腥

谁敢投身于比生命更坚硬和漫长的水
谁的目力能够识破这么宏伟的秘密

海上的月圆之夜弯折成少妇的身体
时光迟疑不决　艳丽的情侣们
相互迷失　他们的指尖有沙
他们的舌苔回荡一个粗粝的海

在梦中大海蔚蓝的叶子缠绕我项间
整个夜晚我放牧辽阔的海水
我的生命已变成盐　在波涛中疾行
扑上另一片沙滩　被贝壳含在嘴里

· 谢宜兴的诗 ·

沧桑马六甲

四月在四月的阳光下
马六甲在马六甲涛声中
沧桑在沧桑的故事里
我在我的思绪间

椰子树油棕榈橡胶林
我梦中熟悉的热带风景
马六甲，马来半岛上一棵最大的
榴莲，这营养丰富的榴莲呵
有人五次上岛只从树下走过

一段佳话像他的船队
浩浩荡荡开到今天
有人一上岸便操起斧斤
无助的榴莲在他们身上刻下异味
提醒海岸认清强盗行径

像美色遇见淫邪的眼睛
马六甲一次次横遭蹂躏
没想到有位中国公主
却为这片土地奉献了青春与温情
北上出塞的谣曲
被谣曲传唱了千年
可谁知道大明王朝也有个
飘洋过海南下的昭君
马六甲，多少散佚的诗篇呵
一口成为文物的古井

借月光的水晶鞋飞越这座城市
万家灯火像我朦胧的心境
马六甲，哪一种语言能抵达历史
哪一双手能解开你黑夜的衣襟
荷兰村的塔钟依然不慢不紧
圣保罗教堂的土壁已锈成铁墙
几门大炮展示了你五百年的伤痛
半岛鲜花铺陈了你的另一段生活
可是谁说出了你我共同的伤痛
岁月的文火比暴力更具锋芒

马六甲在马六甲的废墟上
忧伤在忧伤的沉默里
时间在时间的脚步后
我在我的感慨间

· 刘伟雄的诗 ·

深夜在海上

腥涩的海水从风中飘来
夜浪撕咬着船帮
忽高忽低的船头和泰坦尼克号
非常不一样　昨夜我刚在大连
看过这部惊天动地的电影

电影里的冰山是白的　海水是蓝的
天空有星光闪烁着天堂的消息
渤海上的午夜恶浪狂风
看不到任何浪漫　这条三千吨的船
像一个醉酒的老翁　奔向回家的路

在渤海与黄海的交际处
仙人飘飘的传说和故事都诞生在这里
可我什么也没看见
只看到了一片漆黑和无边无际的恐惧

我不敢想泰坦尼克号
我用颤抖的手抽最后一根烟
有一位水手出来小便看了我一眼
这一眼也让我觉得温暖如春

我留恋的被窝已被人占领
没有音乐的甲板上我听到海的咳嗽

· 游刃的诗 ·

阳光海岸

让我来分辨众多声音中的金属，

阳光。那最耀眼的部分
金属中的
不仅在纸上吹拂，还从码头如林的船桅
降临，解开港口最黑暗的一根缆绳

我知道大海无限澄明的影子
在潮汐中倒向潮汐：一个新的大海在分娩
与故乡的疏远，在此刻如梦初醒
谁问：在海岸，你的星宿看不见却能握住

也许一片白帆的闪亮能割断海岸这根
金线。对自身的无知也与燃烧吻合
但物质的锁链环环相扣：那更大的船队
宛如一群飞鸟，在大海上，消失一次又

再消失一次。我的身后，空空的海螺
在斜照的光中模仿光在变幻
没有钢铁，只有海鸥的翅膀
只有亡灵月光一样的肉体掠过

这时，我心血中的树已栖满鱼群
太阳低俯又低俯，直到我居住的附近
让我在海水中握住盐，让我在日落之后
回到大海的顶部，火焰的塔尖

· 曾宏的诗 ·

夏天的航船

在岁月的甲板上眺望
又一个夏天漂浮而来
蝉鸣之声已经止息
视野上布满空泛的水泡

谁知道前一些口子已失去什么
也不懂得将来还要承受多少创伤
海面上空无一人
鸥鸟把火焰挂上倾斜的桅杆
酷暑越升越高凄厉地尖叫
人们在沙地里越潜越深
与贝壳对饮咸涩的梦想
衣饰丢弃在城市里

鱼篓里的时间早已死光
可人们仍在想象:
新造一艘桑叶大船
在泡沫破碎之后重渡汹涌的太平洋

家　信

已经到达,亲爱的
我清楚地意识到,我已来到海岛
坐在沙滩

掬着沙,无意识地
有一种灼热,慢慢烫伤了我的手腕
亲爱的,就像你在我身旁

这个秘密,你可不要外传
夜岛的沙坑
蕴藏着,许多太阳

这一带绝对幽静,除了水声
其它占据者——
海蟹,我,以及东边崖上的丑女石

连鸟儿也不飞的海岛,我发现
无数太阳藏在沙滩底下,亲爱的

这是我们的宝藏,这是我们安乐的地方

乘着闪电,划一条木帆
你若要我成功,就来吧
我定然会是,英明的酋长

· 刘登翰的诗 ·

大海的思念
——大戈壁寄语

生命曾在我的胸中孕育
涛风、浪雨,演奏一部远古传奇
一千种欢乐竞翔天空
一万种族类浮游浅底
由于命运一次偶然的崎岖
把我从大洋深处高高抛起
海水消失了,连同欢乐和希望
只剩下满地干渴的黑色沙砾

啊,我是海
我是死去的海
我有一片蓝色的记忆
岁月的风在我胸中肆虐
几千岁春秋,凝成一个短暂世纪
干旱和酷热主宰我的命运
漫天黄沙滚滚,无边荒滩凄凄
我依然保持浪的形态
起伏的沙丘是我波动的旋律
惟有漠漠长天,能照见我的心迹

啊,我是海

我是凝固的海
我有一句不平的呼吁

汉朝从我身上走过了
将军角弓控雪，戍卒战马悲啼
唐朝从我身上走过了
东来驼队如云，西至胡姬如缕

历史悄然从这里隐退
所有盛大辉煌，都成碎末粉泥
一切都静止了，只有思念没有静止
我等待大海再次从我胸中升起

啊，我是海
我是被遗忘的海
我有一片燃烧的期冀

我默守着，一个又一个世纪
像坚贞少女，默候向她走来的伴侣
我问横天而过的盘空苍鹰
是不是我不甘死寂的灵魂凌云腾起
我问骚动不安的隆隆沙堆
是不是我的不平汇成动地惊雷

我问每一个来我身上凭吊的子民
什么时候带给我一片真正的涟漪

啊，我是海
我是等待复活的海
你听到了吗，中国，中国
——我在问你！

·刘小龙的诗·

剑鱼之死

蓝宝石花的国土
英俊而威猛的勇士是他
一柄利剑永远
护卫太阳的旗帜

为了广大的弱小与善良
他以青色的闪电
击翻过多少贪婪的凶鲨

美人鱼的长歌里
有他一曲悲壮的绝唱

他浪游在春夜静静的波涛
突然，感觉到难忍的
耻辱和愤怒——

是谁？以灯火
诱惑他的姐妹弟兄
当他们为这虚伪的光明
而欢舞沉醉
巨网，悄悄罩下……

他燃烧了
他是闪电，必须飞出去——

巨网裂开了缺口
那无知的一群群，终于
被雷惊醒
逃离出光辉的墓穴

但，他自己却插入网中
来不及退下
被奸笑的鱼叉盯住

他躺在骗子们的甲板上
肩上的旗帜垂落
光和利剑仍然凛凛
教那些歪斜的嘴脸
不时地颤栗

海，低声呜咽着
在他死去的波涛上，灯光
又闪着狡黠的光

是哪只恶如兽鬼的黑猫
  叼走他的鱼子
      打翻陶罐
已断   孩提的神往
他的船   如巨鲸之骨倒扣于岸
而网   虬曲在脸上
黄花鱼群早已远去
生之海退向无垠之乡
灵魂里浸透影像
到头来完全陌生   那海
如绝情的女人远远闪烁一片浮光
而他坐在鱼骨堆垒的墩上
是一条脱离水的鱼   最终
只被水妖装饰以海草

·余禺的诗·

随 想

他坐于世纪初
  鱼骨堆垒的高高的墩上
背后是一片桃林
他只在林子边缘
尚不愿拜谒夸父的手杖
目光无望地垂钓
轧轧曳动的红帆却只如烟淡过
  渐渐浑浊的双眸
在同一时刻   有人
在他见不着的海面得意窃笑
又像有鱼群咳喋之声
    自天上快速跌下
      漫过头顶

漂浮的水球

水球激下时并未溅起水花
想起言辞落向虚空的情形
让人感觉海的厚度
沉在海底的一只眼仰视着
正像深渊下看太阳
未见过海的来客称   我们嬉戏于海
却如浮尘不见容于海的影壁
——海面并非海
注定引玩"海"者失球于其间
那个活泼的红点迅速远去
岸边人只得到匆匆一瞥
在不可观测的地方
料有海豹拾取向真正的海界
一万年仍摇摇缀于
珊瑚丛新生的顶端？

·田家鹏的诗·

冲浪者

冲浪者滑行着，绕过
一座又一座明的或暗的
狰狞的或慈祥的
威严地耸立着
或卑琐地藏匿着
溅起雪峰冰柱
或如魔棍
搅动起虎口般的旋涡的
礁石

在他躬身滑过的海面上
弧形的波浪
有如一柄抖开的折叠扇
在那洁白无瑕的扇面上
不能没有一首悲壮的诗呵
冲浪者自然地回到
他在沙漠上度过的岁月

无边的焦渴
弥漫的黄沙
永无止息的暴虐的风
整个世界
犹如倦旅者的面容
没有一点血色

那时，他骑在骆驼上
缓慢而悠扬的驼铃
像一把锈蚀笨拙的钢刀

啃噬者他流血的心灵
他梦见大海
他渴望冲浪
他不能让儿时那个神奇的梦
就这样埋葬在死寂的黄沙里
对于一个生来就热爱大海的人
对于一颗自幼便渴望飞翔的心
沙漠，是比死亡
更加残酷的灾难呵……
当他重回大海的时候
他是那样忘情地扑过去
在它无边坦荡的怀抱里
他敏捷地、义无返顾地
穿行在波峰浪谷之间
有如穿过
那一段潮湿、阴暗的岁月

就在这一刻，他懂得了
自封的战士
未必不是战士
不流血的英雄
也是真正的英雄
世上有多少冲锋、多少牺牲
有多少惨烈的决死的战斗
闻不到刺鼻的硝烟味儿
听不到炮火的呼啸
也看不见如潮水一般漫溢的
鲜血啊……

在扇面上写下这一切吧
对于冲浪者　大海
才是不沉的陆地

·杨雪帆的诗·

遥望太平洋

遥望太平洋，我能看到什么
白昼是一条古船，夜晚
是另一条古船，正午的光芒
像十万两银子闪烁。我能看到什么
无论海水如何碧绿地改变，无论
风暴如何猩红地燃烧，打着
神祇的怒旗，太平洋
依然是太平洋：一个
美丽而裂开的木篮，一个
完整而绝望的木篮

生活在广大的海岬上

生活在广大的海岬上
我要守着你的梦幻、你的高洁、你的灾难
我要使你成为一个无限

秋天使人回顾。我外出去找一只
在昨日和我相遇的鸣禽
它的影子栖落在海水之上
海水本身就像一种遗忘

我独自从海岬穿过，歌唱或沉默
在这个世界我打听一位天才的消息
秋天使我能够说：我将被告知

安详宁静的岁月，北雁南飞
正午的闪光引我走出旷日持久的幽居
我逐渐消失，与秋天合而为一

海岬之上是巨大的转机

生活在广大的海岬上，我爱你
我爱这些愉悦的金币，它们在水中舞蹈
使我的凝视有了意义

漫长之夜朝我一人体现托梦的睡莲
天体全部垂顾爱花者的飨宴
海上星星的集会，听浪者的庄园

早晨来到了我安顿生命的居所
万物皆宿命地生存着
伟日之下，海洋多么盛大
我说出了秋天的第一句话

生活在广大的海岬上
我守望着你的爱，你的恒常以及无限
我一经歌唱，就永远歌唱

生活在广大的海岬上，我没有
更高的要求，当你已经颁赠给我
可靠的自由、酣歌与光明的恒舞

·张幸福的诗·

一盆子海洋清晨的鲜血

我们是否需要一列水滴的守望者
除了守望，面对海洋我们真的无所作为
一只鸟的羽翼上齐齐站着众多失眠的夜晚
是否只有我们深情的呼唤才能留下些什么？

这里没有命名的意义。爬行的海龟是黑

色的时间
在波浪中掀开回家的鱼腥。一生太短暂
是谁在蔚蓝的水面书写下森林、葡萄园
　看见蚂蚁的侧影
又有多少个渔民在沙滩上不停刻下旷古的
　痕迹

不要告诉我什么都将破碎，一条鱼的呼吸
仍然无视我们经历的岁月、路过的风景
教堂和歌剧院，这些不是灵魂的佐证
　　不能因此而坐享其成。
它们顶多只是活着，那么短暂。那么，又
　是谁
真正继承了大海，又是谁
无法留下诗篇却永远成了一列水滴的守
　望者

没有点灯的灯塔

灯，灯，哦灯！灯的城中住着慌乱的人们
他们的四肢长满了海草，在珊瑚下死亡一
　样白

我能否捧出自己，亮出内心的空白痛哭
水，手挽着手漫步在滚滚的命运中
一张张死亡苍白的脸
是大块大块凝固的白色黑暗
按照风暴的配方砌进了海洋

寒冷中
我与海洋是两只受伤的小动物
互相依偎着等待黎明到来

那些落入我骨胳的灯光
哥哥样沉默。黝黑和悲伤的海水

紧紧握住粗糙的拳头
是海在哭吗，是灯在哭吗，是无力遗忘的
　沧桑在哭吗？
灯，灯，哦灯
没有点灯的灯塔挺立在不可知的视野里

· 谢春池的诗 ·

无帆的船驶入温柔水域

无帆的船驶入温柔水域
风从海上哪一片波涛吹来？
嶙峋礁石成了感情的一个驿站。
并没有天晴的雨后，
还囤积必然下落的雨。
密布的水洼把脚挤来挤去，
自己牵自己的手，以鞋亲吻泥泞
路的尽头植出诱人色彩，
草莓摇动一串串丁当作响的铃声
时序从一月伸入六月，
人生从秋天堇回夏天。
无帆的船驶入温柔水域，
天地寂寥无声，风也无声，
蟛蜞疾走，欢欣浪花的飞溅。

躺在波涛之上永不终结
大潮水涌来，
启锚的船行程很短，
海色如霞，染红岛的边缘。
会唱歌的鸥群，
不知何时才从远方归来？
没有什么语词更为原始，

咸涩的盐才能燃起生命的薪火。
顶礼膜拜难道是一种敬畏？
躺在波涛之上，
就永不终结。

·荆溪的诗·

畏 惧

哭泣的鱼群
围绕光的缝隙运动
多余的泪水被紧密的鳞甲
挡在身体外边

那少女的微笑

撞疼了我的眼睛。贝壳们
具体的幸福能否立足于浪尖上
她赤裸的脚迅速踢走了
正午的海洋

茂盛的海水不断地失去
珍珠。她精心挑选的玳瑁戒指
一枚送给郁闷的鱼肠
另一枚还套在
波浪的无名指上

那道寻觅的光沿着黎明滑坡
渐渐覆盖了涛声
是的，她又一次面对着大海
成为女性
她是一座巨大的坟墓

⊙**诗歌讨论会和朗诵会**

海洋诗研讨会

时间：2004 年 11 月 2 日上午 8 时 30 分至 12 时

地点：福州西湖大酒店御风厅

一、开幕式

（一）介绍与会嘉宾

（二）福建省文联党组书记、副主席、书记处书记陈济谋致辞

二、诗学研讨（主持：谢　冕、痖　弦）

研讨主题：海洋题材与诗之本体

开场：谢　冕

主题发言 (每人 15 分钟)：

1. 汪启疆：《我的海洋诗创作观》

· 2004 年第三届海峡诗会——海洋诗研讨会会场

2. 蔡其矫：《漫议海洋诗》

3. 痖　弦：《五六十年代的台湾海洋诗——以覃子豪、痖弦的诗为例》

4. 刘登翰：《海洋题材、海洋意象、海洋精神》

5. 白　灵：《从纳米观谈海洋》

6. 汤养宗：《对"海洋诗人"命名的质疑》

7. 詹　澈：《海岸线的长度——台湾东海岸的海洋元素》

8. 邱景华：《海洋与诗歌的审美关系——以蔡其矫海洋诗为个案》

9. 潘郁琦：《回望的岸边》

10. 陈仲义：《对 < 徐福东渡 > 的另一种声音》

11. 古　月：《诗与海》

自由发言 (共 20 分钟)

结语：痖　弦

母语——台湾诗文朗诵会

一、概况

主 办 单 位：福建省文学艺术界联合会

福建省文化经济交流中心

承 办 单 位：台港文学选刊杂志社

福建省文学艺术对外交流中心

福州大学人文学院

福建省文化经济交流中心文化交流部

福建省诗歌朗诵协会

福州大学朗诵艺术团

顾　　　问：杨少衡

策　　　划：杨际岚、赖二中、郭　平、宋　瑜、林　怡

统　　　筹：宋　瑜、林　怡、张俊彬

主持词撰稿：宋　瑜

主　　　持：彭　彬

舞 台 监 督：张俊彬

舞　　　美：林　翀

灯光、音响：福州大学科学报告厅

演 出 时 间：2004 年 11 月 2 日晚

演 出 地 点：福州大学科学报告厅

·福建海洋诗人汤养宗（左）与台湾海洋诗人汪启疆相会于福州

二、朗诵作品目录

（一）诗歌

余光中《乡愁》

洛　夫《烟之外》

痖　弦《秋歌》、《在中国街上》

郑愁予《错误》

杨　牧《你的心情》

席慕蓉《爱你》

陈义芝《园中之女》

萧　萧《草戒指》

尹　玲《你是刀镂的一枚名字》

詹　澈《鱼化石》

焦　桐《我和春天有个约会》

白　灵《长城》

潘郁琦《霸王别姬》

汪启疆《童话书》

（二）散文

梁实秋《讲价》

张晓风《两岸》

王鼎钧《水做的男人》

简　媜《母者》（节选）

2004年海峡诗会

——永恒之海·闽台海洋诗朗诵音乐会

·永恒之海·闽台海洋诗朗诵音乐会两岸诗人、诗评家同朗诵表演者合影

一、概况

主 办 单 位：福建省文学艺术界联合会

福建省文化经济交流中心

厦门市文学艺术界联合会

承 办 单 位：台港文学选刊杂志社

福建省文学艺术对外交流中心

厦门文艺创作基地

厦门大学普通话艺术协会

厦门文学杂志社

顾　　　问：杨少衡

策　　　划：杨际岚、赖二中、陈元麟、郭　平、宋　瑜

统　　　筹：金　美、谢春池、黄文娟、关　勇

主持词撰稿：宋　瑜

主　　　持：王　虹

舞 台 监 督：金　美

舞台布置、灯光、音响：关　勇

演 出 时 间：2004 年 11 月 6 日晚

演 出 地 点：厦门市文联多功能厅

二、主持词

各位尊敬的台湾诗人、福建诗人，各位领导、女士们、先生们：

首先，让我们以诚挚、热切的心情，欢迎台湾著名诗人痖弦先生一行的到来！

出席今晚"闽台海洋诗朗诵音乐会"的领导有：

福建省文联书记处书记杨少衡先生，福建省文化经济交流中心副秘书长赖二中先生，《台港文学选刊》主编杨际岚先生，福建省文学艺术对外交流中心主任郭平女士，厦门大学人文学院副书记范丽女士，厦门市文联副主席陈元麟先生。

在晚会开始之前，我们请福建省文联书记处书记杨少衡先生致辞。

"2004 年海峡诗会——闽台海洋诗朗诵音乐会"现在开始。

"海峡分两岸，两岸本一家"。是大海，把两岸分割开来，也因为共同的海，使两岸有了联系。如今，一湾浅浅的海峡，已不能把两岸人民的心隔绝，波涛汹涌的大海，也只能化为诗歌的元素，激发两岸诗人诗意的浩叹。时世任西东，诗人且歌吟。大海永远同诗人的心合拍，诗歌也永远适切于大海的律动。我们有着相同的文化传统的海洋、共有的母语诗歌的海洋。或许诗歌创造的风格各异，但海洋却包容了一切，呈现了一切。

1. 对于海洋，我们对它的感觉离不开晕眩，这晕眩不仅是生理的，还是心理的，不仅是当下的，也是历史的，人在晕眩中沉溺，也在晕眩中获得，获得对大海的感知，获得人对自己存在的感知。请听台湾著名诗人痖弦先生的《远洋感觉》、《死亡航行》和《水夫》。朗诵者：厦门大学哲学系副教授：傅小凡。

2. 痖弦先生是当代台湾最重要的诗人之一，与洛夫、张默一道创立"创世纪"诗社，出版《创世纪》诗刊，在台湾诗坛影响很大。不知大家有没有注意到，痖弦先生的诗既是感性的，又是很有深度的，需要慢慢品味，才能不断感受其中蕴涵的隽永的诗意。接下来我们请厦门市歌舞剧院副院长贾朝晖为大家朗诵台湾汪启疆先生的海洋诗。汪先生是一位海军中将，也是台湾著名的海洋诗人，他长期跟大海打交道，所写的海洋诗具有大海腥咸扑鼻的气息。请听，贾朝晖朗诵的《岛屿形成》和《海峡冬夜怒涛》。

3. 舒婷是大家熟悉的中国朦胧诗派的代表诗人。她曾经为生活在大海边、命运和大海联系在一起的惠安女写了一首诗，以女性的心和诗人深刻的关怀写出了惠安女子面对大海的人性之美。请听《惠安女子》。朗诵者：厦门大学嘉庚学院中文系 04 级陈灿。

4.台湾诗人陈义芝先生既是个诗人,又是个办报人、学人,身兼多职,或许因为这样,他的诗有着开阔的诗意。《有一座海》这首诗临摹诗人艾吕雅,称"一座海死了",但海的生生不息展示出了无限性,海的死亡其实成为一种生的仪式。请听《有一座海》。朗诵者:厦门大学海外教育学院教师孟繁杰。

5.请听古筝独奏《海峡情》。演奏者:厦门大学音乐系青年教师吕晶。

6.今晚这场"闽台海洋诗朗诵音乐会"在这里举办,我想这是个再自然不过的事情,因为美丽的厦门是个海岛,厦门的风情是海洋的风情,厦门人也都具有海洋的性格,厦门的诗人也都擅长写海。就像海有生有死一样,海也有四季;但"即使冬天,海也歌唱"——这是海的特征,也是厦门诗人的感知。请听厦门诗人谢春池的诗:《即使冬天,海也歌唱》。朗诵者:厦门大学嘉庚学院中文系04级郭恒暄。

7.在这里,我们要提到一位厦门诗人鲁萍。这是一位感情细腻的诗人,可惜英年早逝了。我们怀念他,最好的方式当然是朗诵他的作品。他有一首诗把爱情和大海相比附:大海的帆,像爱一般起锚;爱,又像海潮追寻岸……让人产生无尽的联想。请听鲁萍的诗《给你的歌》。朗诵者:厦门大学嘉庚学院中文系04级邹洁。

8.大海是诗歌的摇篮,波涛的律动最合于诗心的律动。一个沿着海岸线游吟的诗人,那种既苍凉而又柔情的歌唱,不亚于在沙漠游吟的诗人。而那种爱的诗情、追忆的诗情,却是超时空的。台湾诗人焦桐的一首《过苏莲多海岸》就像海洋游吟诗人的歌唱。请听由厦门大学中文系03级赵越同学朗诵的《过苏莲多海岸》。

9.有一支歌,唱的是鼓浪屿;却又关联了台湾。在今晚唱这首歌,再合适不过,或许会让我们再次领略这支歌的优美和深情。请听:女声独唱《鼓浪屿之波》。演唱者:厦门大学音乐系青年教师郑晓芳。

10.鼓浪屿之波是轻柔的、美丽的,就像迷人的呼吸。但是,大海的风暴往往掀起巨浪,那么凶猛,那么不近人情,却都是真切的大海的性格、大海的语言。诗人看到了它的爱和他的憎,赋予了它自由的心。请听我国著名诗人蔡其矫先生脍炙人口的一首代表作——《波浪》。朗诵者:厦门大学中文系研究三班王林琳。

11.大海是男性的,也是女性的。女性写海能成就另一种海洋诗,同样丰富了大海也丰富了诗歌。海可与生命的来去、男女的情爱相并列,更可以从中呼唤具体的和抽象的思乡之情。请听:台湾女诗人陈育虹小姐的《海的心——这些》。朗诵者:厦门大学中文系研究一班张荣荣。

12.可以说,清凉柔美的月光与大海的雄浑壮美的另一面是相称的,比如古诗这么写到:"春江潮水连海平,海上明月共潮生"。那么,一朵漂浮在大海上的小黄花,则与大海形成巨大的反差。诗人赋予她流浪者的想象,对比茫茫人世,那种感觉,却是再恰切不过了。请听,台湾诗人古月女士的一首《漂浮的小黄花》。朗诵者:厦门大学中文系02级许丹。

13. 大家知道, 流传在福建闽南以及台湾南洋群岛一带的音乐南音, 原是一种中原雅乐, 她的优美曲调和人民的美好寄托使她具有了永久的生命力, 成为闽南人民生活的一部分, 成为海峡两岸乃至世界华人共同拥有的文化财富。请听南音表演《出画堂》。

14. 世界上有许多海峡, 每一道海峡都分开两岸, 都令人感慨。如果海峡能够弥合东与西、欧洲和亚洲、未来和过去, 那该有多好! 这是诗歌的想象, 也是一个在海外经历了颠沛流离, 经受过东西方文化的碰撞和现代与传统两方面挤压的人, 产生于内心的诗意的愿望。请听, 台湾女诗人尹玲老师的一首《横着的水——波思佛海峡》。朗诵者: 厦门大学中文系研究一班濮昕。

15. 其实, 海不仅是海而已, 大海其实和天空相互映照, 大海是天空的摹仿。而人在天和海之间被抛掷, 人也只能足踏海波, 头顶云霄, 在二者之间站立, 但……仍然是一种渺小, 那么我们的奋勇的抗争, 其目的也只是以海的姿态向往天空, 借天空之名而融入大海。这样我们也就真正回到了天空和海洋的怀抱。请听台湾诗人白灵先生的一首《谁主浮沉》。朗诵者: 厦门大学中文系研究一班曹贵山。

16. 对于诗歌来说, 海洋真是一个取之不尽的金矿。海洋的诗歌元素赋予诗歌永恒的生命力。诗人也赋予永恒之海以不断生长、延伸和回归的灵魂。请欣赏由福建海洋诗人汤养宗创作的一首海洋诗——《海星星》。我们请厦门大学中文系研究一班姜迪为我们演绎。

17. 接下来请欣赏民乐二重奏《思想起》。演奏者: 赵艳芳、袁晓楠。

18. 大海之所以永恒, 除了因为她常在常新、生生不息, 还因为所有过去了的, 都一一留存在大海中, 而海最不忘情, 依然不时牵挂, 不时叩访, 不断以她的浪痕去复印岁月, 既让一切复旧, 又使一切翻新。请听台湾旅美女诗人潘郁琦小姐的一首《那夜, 潮声响起》。朗诵者: 厦门大学中文系研究一班王敏。

· 台湾诗人汪启疆上台即兴朗诵

19. 海的生命涌动随处可见，但有许多是人的眼睛所望尘莫及的。海的生命就在于，即便成为化石，也仍然回望生命诞生的源头。这是一种怎样的时间观？这是化解了时间的时间观，既关注时间又消弭时间的时间观。如此，人类的活动也必须带着永恒的性质，否则就像诗人痖弦的诗所言："海啊，这一切对你都是愚行。"请听，台湾东海岸诗人詹澈的一首《鱼化石》。朗诵者：厦门大学中文系研究一班：乔丽坤。

20. 接下来我们很荣幸地敬请台湾诗人上台为我们即兴朗诵。先请白灵先生和潘郁琦女士。

听说，今晚在座的台湾著名诗人痖弦先生不仅是个卓有建树的诗坛前辈，他也是个擅长于表演的朗诵高手。现在，我们就请痖弦先生登台为我们朗诵一首好不好？

痖弦先生的朗诵真是太好了。看样子，他的朗诵是把今天的晚会推向了高潮。让我们以热烈的掌声对诗人的佳作和亲自的朗诵表示敬意和感谢。

下面有请汪启疆先生上台。

我们再请陈义芝先生为我们朗诵。

大海生生不息，诗歌生生不息！永恒之海连接了海峡两岸，连接了过去和今天，永恒之海让我们的民族走向永恒，让我们的诗歌走向永恒。衷心祝愿诗人们身体健康，诗笔生花，祝愿诗歌之海永恒，诗歌之树常青！美丽的厦门永远等待诗人重临、乡亲重临。以海的名义，欢迎各位再次光临厦门海。

晚会到此结束，祝各位晚安。

（撰稿：余 禺）

· 著名诗人痖弦（左三）、蔡其矫（左四）与朗诵音乐会的演职人员在一起

⊙**综述**

面海一歌常属意　听潮两岸总关情

——记　'2004 海峡诗会活动

◎饶　芳　　嵩　松

> "蓦然发现，原来我们同属一块大地。
> 纵然被河道凿开，对峙，却不曾分离。"
> ——张晓风《两岸》

无论身在何处，无论经过多少岁月的冲刷，故乡总是烙在心底的印，刻在骨里的纹。台湾和大陆，这两片文化同根、血脉同源、习俗相近、感情相亲的土地，在经过半个多世纪的对峙、远眺、试探和沟通之后，彼此之间的了解日益加深，交流与合作也愈发频繁。当然，也许这种互动在民间从未停止，但在台海局势日益紧张和敏感的今天，两岸的交流更显得意义重大。而文化，历来作为两岸乃至世界交流的一个重要组成部分，在加深彼此了解、增进两岸人民感情方面便肩负着更为艰巨的任务。

如何使文化发挥桥梁作用，使海峡两岸更紧密地连接在一起，便成为一个重要的课题。由此，2004 年 11 月 1 日至 8 日，由福建省文学艺术界联合会、福建省文化经济交流中心共同主办，由台港文学选刊杂志社、福建省文学艺术对外交流中心、福建省文化经济交流中心文化交流部具体承办，厦门市文联、厦门文学杂志社及其他单位参与协办，为期八天的"'2004 海峡诗会——台湾诗人海峡西岸行"活动在福建应运而生。

该活动主题扣紧海洋，突出福建"马江船政文化"、"湄洲妈祖文化"、"海上丝绸之路文化"及闽南传统文化等，亦彰显了福建的文化内涵及与海峡彼岸的文化联系。活动在福州、湄洲岛、泉州、崇武、东山、厦门等地举行，结合各地文化特色形成了一个系列。

该活动也是近年来规模最大、参与人数最多的两岸文学交流活动。台湾著名诗人痖弦，著名海洋诗人汪启疆及夫人赵颂琴，台湾《联合报》副刊主编、中生代诗人陈义芝，《台湾诗学季刊》主编、诗人白灵，台湾二鱼出版公司负责人、诗人焦桐，台湾东海岸诗人詹澈，台湾淡江大学教授、诗人尹玲，以及诗人古月、潘郁琦、陈育虹一行 11 人应邀莅会。本省著名诗人、诗评家蔡其矫、舒婷、刘登翰、陈仲义、汤养宗、伊路等 20 余人也与会同彼岸诗

· '2004 海峡诗会现场，著名诗人蔡其矫、舒婷在为读者签名

人进行有关"海洋诗"创作与理论的交流。

对本届诗会，各方领导均甚为重视。副省长汪毅夫，省文化经济交流中心常务副理事长宋峻、施友义，国台办副局长贺之军，省委宣传部副部长朱清，厦门市委常委、宣传部长洪碧玲，省文联主席许怀中、副主席陈济谋、林德冠、蒋夷牧、章绍同、杨少衡，泉州市人大副主任周子澄、市政协副主席王仁杰以及厦门、泉州、莆田等地文联负责人，先后参加了诗会的多项活动。

海洋是个动词

11月2日上午，各位诗人、学者于福州西湖大酒店御风厅，开始了海峡诗会的重要活动之一——"海洋诗研讨会"。整个会场经过精心布置，显得典雅、敞亮又不失庄重，令人联想海洋的恢弘。会议开幕仪式由省文化经济交流中心副秘书长赖二中主持，首先由这次活动的发起人之一、

《台港文学选刊》主编杨际岚介绍与会嘉宾。随即，福建省文联党组书记、副主席、书记处书记陈济谋代表主办单位在大会上致辞，对台湾诗人的到来表示由衷欢迎，并对台湾诗人的海洋诗创作给予了高度评价。研讨会的主体部分由台湾著名诗人痖弦和大陆著名学者、北京大学中文系教授谢冕共同主持。

会议的主题是：海洋题材与诗之本体。研讨会上各方诗人、学者济济一堂，各抒己见，大有一吐为快之感。不仅对海洋诗提出了自己的看法，还对海洋延伸的文化领域和诗学意义提出了许多有价值的观点。最先发言的是台湾著名的海洋诗人汪启疆。曾经担任过海军将领、《创世纪》诗刊社社长、《大海洋》诗刊主编的汪启疆，对海有很深的感情和体悟。由他来做起始发言再合适不过。他围绕海洋诗创作的特点和自身的创作体会发表了看法，认为海洋丰富了一个诗人的生活题材，自己是在海

洋上接触了在陆地上接触不到的东西，获得了感动才写海洋诗。接着福建著名诗人蔡其矫以《徐福东渡》为例，就中国海的历史和地理与诗的关系谈了自己的体会。痖弦以自己和覃子豪的诗为例，综合评价了五六十年代的台湾海洋诗，回顾了彼岸诗人对海洋的美学概念的演变。著名学者刘登翰以海洋题材、海洋意象、海洋精神为题，指出东方的海洋精神是和平，与西方不同，我们信仰的是建筑在地缘、血缘上的文化，不纯粹是海洋文化，而是海岸文化。台湾著名诗人白灵身兼化工系副教授，因此将化学与诗学结合起来，从"纳米"这个概念出发，结合佛学和老庄学说，谈了诗学观照的"小"与海洋的"大"的关系，即虚与实、色与空、有限与无限的辨证。来自闽东海岸的我省海洋诗人汤养宗则对冠于诗人以"海洋诗人"这一称号表示质疑，认为诗就是诗，专注于某个题材会给写作造成危害；理论家总要将一位诗人加以归纳，但诗人却不受几何学的框限。台湾东海岸被誉为"农民诗人"的詹澈从"海岸线的长度"出发，对台湾东海岸的海洋元素——地理、人文、信仰进行分析。而在台湾媒体颇具影响，近年又以《完全壮阳食谱》震动诗坛的台湾诗人焦桐，却以情感元素和"瞭望"的姿势来谈海洋诗的美学策略。我省诗评家邱景华则以蔡其矫的诗歌为例，阐述了海洋与诗歌的审美关系。台湾著名旅美女诗人潘郁琦当场朗诵了自己的诗作，并以"回望的岸边"为题，谈了自己身处大洋彼岸的美国跨海回望的文化情愫。著名诗评家陈仲义则对蔡其矫的长诗《徐福东渡》提出了商榷，从诗的主观意识、艺术中介的处理角度，指出该诗的不成功之处，并提出了具体修改意见，博得与会者的赞赏和被批评者由衷的掌声。此外，中法双语教授、诗人尹玲结合自己的身世背景，谈了对海的认识与"漂流"有关。而诗人古月也就诗与海之间的关系阐述了个人看法。台湾《联合报》副刊主编、诗人陈义芝和诗人陈育虹亦做了即兴发言，同样博得了阵阵掌声。

随后进行了自由发言。最后，痖弦先生做了总结，对各位诗人、学者的发言给予极高评价，对海洋诗在诗歌创作中的地位也给予了肯定，指出福建和台湾都属于海洋诗的重镇。他并对诗歌创作的前景表示乐观。

正如诗人白灵所说的，海洋对于诗人是个动词，这也具体、深入、生动地呈现在这个高质量的研讨会中。

母语比亲人还亲

本届海峡诗会的主题为"台湾诗人海峡西岸行"。为了让更多的读者了解台湾诗创作，并为了增进台海两岸的诗歌交流，活动期间，有关单位精心筹划、适时安排了两场别开生面的诗歌朗诵会。

11 月 2 日晚，一场庄重高雅的"母语——台湾诗文朗诵会"在福州大学科学报告厅举行。该活动是为纪念《台港文学选刊》创办 20 周年、庆祝福州大学朗诵艺术团成立而举办的。由福建省文联、福州大学人文学院、福建省诗歌朗诵协会、台港文学选刊杂志社共同举办。该朗诵会以朗诵台湾诗文为主，其中穿插了声乐演唱。表演者系福建省诗歌朗诵协会的骨干和福州大学、福建师范大学、福建农林大学师

· 痖弦在"母语——台湾诗文朗诵会"上朗诵自己的代表作《盐》

生，也有中小学教师、驻闽海军部队军官及电台、电视台的专业人士。会场座无虚席，颇具创意的舞台布景既高贵又洒脱，吸引了人们的目光，充分体现了一所重点大学的人文气息。

台湾诗人一行和福建的诗人、诗评家及有关单位人士适时出席了朗诵会。朗诵会以台湾著名诗人洛夫的名篇《烟之外》开场，将母语的意象完美地溶入人世聚散离合的无常中，引发了一连串的诗意感慨；随后还朗诵了张晓风《两岸》、郑愁予《天窗》、余光中《乡愁》、痖弦《秋歌》和《在中国街上》、席慕蓉《爱你》、王鼎钧《水做的男人》、汪启疆《童话书》、陈义芝《园中之女》、詹澈《鱼化石》、焦桐《我和春天有一个约会》、白灵《长城》、尹玲《一枚刀镌的名字》、潘郁琦《霸王别姬》等，表达了乡愁、爱情、生命和中国的主题，充分反映了台湾诗坛的蓬勃生机。而经由朗诵，诗文的母语写作与朗诵的母

· 台湾诗人陈义芝上台朗诵

语传递水乳交融相互印证，给人深深的感动。痖弦先生在回答福建电视台记者提问时说："语言就是我们团结最好的方式"，"母语比亲人还亲"。而主持人在串讲中以诗一般的语言说："在这世界上，如果我们什么都没有了／但我们还有：我们的母语；／如果要找回我们的亲人，找到故乡／我们就使用：我们的母语。"都使在场的五百多人领略到母语对于我们的生命

和精神的可贵。朗诵会最后以一篇洪素丽的《台风夜》作为结束，歌颂了暴风雨中任何打击都无法毁灭的比血更浓的兄弟之情，给人余音袅袅、绕梁三日的回味，令在座的台湾诗人们闻之连连叫好。在本场朗诵会之前的下午，诗人痖弦先生已就诗歌创作与朗诵的关系，为福州大学的师生作了颇具学理的讲座，并当场朗诵以示范。于是在当晚的朗诵会上，人们慕名请求诗人上台为更多的爱好者再次演绎自己的作品。痖弦先生欣然上台，声情并茂地朗诵了自己的代表作《盐》，博得满堂喝彩。朗诵会取得了圆满成功。

11 月 6 日晚，经由厦门市文联参与主办，厦门文艺创作基地、厦门大学普通话艺术协会和《厦门文学》杂志社承办的"'2004 海峡诗会——闽台海洋诗朗诵音乐会"在厦门市文联多功能厅举行。圆形舒适的大厅、密集灼热的舞台灯光以及海水蓝的舞台布景，形成了与主题适切的浓浓的气氛。

晚会开始前，福建省文联副主席杨少衡致辞。他在会上介绍了福建的地理特点与海洋的关系，并希望海峡两岸"更好地携起手来，加强交流与合作，一同走向繁荣昌盛，走向美好明天。"

朗诵会由擅长播音、主持的厦门大学海外教育学院教授王虹担任主持。以厦门大学哲学系副教授傅小凡朗诵痖弦的《远洋感觉》、《死亡航行》、《水夫》三首作为开场。其后还有：厦门市歌舞剧院副院长贾朝晖朗诵的汪启疆的《岛屿形成》和《海峡冬夜怒涛》，厦门大学师生分别朗诵著名诗人舒婷的《惠安女子》、著名

诗人蔡其矫的《波浪》、台湾诗人陈义芝的《有一座海》、詹澈的《鱼化石》、陈育虹的《海的心之这些》、焦桐的《过苏莲多海峡》、白灵的《谁主浮沉》、古月的《漂浮的小黄花》、尹玲的《横着的水——波斯佛海峡》、潘郁琦的《那夜，潮声响起》、福建诗人汤养宗的《海星星》、谢春池的《即使冬天，海也歌唱》，以及已故诗人鲁萍的《给你的歌》。海峡东西两岸的海洋诗多侧面、多角度，掀起扑面而来的海洋气息，而作为表演主体的厦大师生们的朗诵，不失投入而给人亲切的感觉，都印证了海洋诗人汪启疆所说的："海洋并非是一种隔断，而是一种连接。"晚会中穿插了厦门大学音乐系教师表演的古筝独奏《海峡情》，女声独唱《鼓浪屿之波》以及厦门市南音乐团的南音表演《出画堂》和民乐二重奏《思想起》，引起了台湾嘉宾的极大兴趣。女诗人尹玲说，在台湾，我一直没能真正完整地欣赏南音，这次得到弥补，感觉南音真是太美了。

晚会高潮迭起，在即将结束时，主持人突然邀请台湾诗人们上台即兴朗诵，白灵、潘郁琦、痖弦以及汪启疆、陈义芝陆续登台即兴发挥，语音和诗意相谐，合璧生辉。尤其是痖弦先生亲自表演的一首《水手罗曼斯》以及诗人白灵和潘郁琦的二重合音朗诵表演，更是得到专业人士的一致称赞。朗诵表演者们更是纷纷与诗人合照以作纪念。而此时，海在窗前涌，歌在灯下酣。

诗的海岸有多长

福建省文联副主席、小说家杨少衡在致辞中指出：福建是个海洋大省，它的海

岸线弯曲绵延，北起虎头鼻，南至宫口港西，长达三千三百多公里，居大陆各沿海省份的首位；海岛众多，仅次于浙江省，居第二位，其海洋人文与自然景观都十分丰富。那么，诗的海岸有多长？台湾东海岸诗人詹澈的这一发问，使得诗人们对于诗和海的期待，都加倍地延伸了。

11月1日下午，伴随着金秋阳光，台湾客人陆续抵达位于东海岸的福建省会——福州。甫下飞机，即在主办单位的陪同下驱车来到林则徐、严复纪念馆等文化古迹，在瞻仰先贤"睁眼看世界"的风范中，诗人们领略了历史上闽地文化的"海洋"气度，对于先驱"苟利国家生死以，岂因祸福避趋之"的胸怀不禁唏嘘感慨。汪启疆先生发自内心地说："瞻仰林则徐、严复故地，如遇一位朋友、一位故人。面对他们，觉得自己的渺小，我们不能与他们相比衬；但我只要能做到一点点，我就不会愧对先人。"

11月2日下午，两岸诗人兵分两路，一部分到福州马尾港，参观了"中国船政文化"遗址和中法马江海战纪念馆。另一部分则应邀到福州大学，与该校人文学院的师生举行"母语诗学交流会"，各自感受到海洋历史的深沉，和诗歌传播的人文种子对于当今社会的重要性。

11月3日上午，驱车前往莆田湄洲岛。在岛上诗人们兴致勃勃地参观了妈祖庙，那高建于坡上的庙宇连同栉比成片的妈祖文化宫，既金碧辉煌、恢弘轩敞，也保留了妈祖信仰最初在海边简陋蜗小的香火遗址。白灵先生对此最为感慨，认为这样的保留符合妈祖的神格。女诗人潘郁琦对妈祖女神也由衷景仰，认为在当今社会，妈祖信仰愈发具有诗意。

11月4日上午，诗人们游览了惠安崇武古城，了解惠安女独具的生活状态与生活习俗。这一天，诗人白灵最为兴奋，因为惠安即是他的祖籍地。在未到来的前一晚，他便开始激动，感到近乡情怯。他对记者表示，多少年，他的妈妈经常念叨着惠安，却没有能够回来看看，而眼下他就在惠安的土地上，真有说不出的感慨。在海边，诗人詹澈和焦桐一时兴起，脱下鞋袜赤脚走在沙滩上，体验了一回惠安女海边劳作的辛勤。

下午，诗人们游览了历史文化名城——泉州。来到泉州著名的海交博物馆，参观了海上交通工具的演变，见证了历史上中外海洋交流活动的兴衰。泉州历史上就是一个著名的港口城市，也是当年郑和下西洋的起始地。诗人们用心记录着船文化的变迁，以及泉州的宗教文化遗迹，感慨良多。在海上度过了半生、对海洋有着特殊感情的汪启疆在回程的途中激动地说："感谢主办方给我这次机会，让我看到了这一切，谢谢！"更具戏剧性的是，就在当天的午餐中，曾将诗歌与食谱联系在一起的诗人焦桐，通过一碗儿时面的味道寻到了自己的故乡——泉州。他更戏称这是一次意外收获。而在海交馆，他按捺不住激动的情绪，多日以来，第一次向众人透露自己的祖籍可能就是泉州。他说，我不想走了，你们继续往前去吧，我就留在泉州。随后多次，他口中念念有词地说：我还要再来，还要再来！

来到历史悠久的名刹——泉州开元寺。

诗人们瞻仰了弘一法师纪念馆，馆中陈列有法师生前的书法真迹和用过的珍贵物品。诗人们静穆地注视着这位文化先驱、传奇人物的遗物，久久不愿离去。而面对寺院大殿梁上手持唐代乐器之十二飞天的精湛雕刻，诗人们无不啧啧称奇，纷纷拿出相机拍照。夕阳西下，建于宋代的东西两座石塔愈发显得古朴而具灵性，有关开元寺的传说，更为古刹染上了庄严肃穆的色彩，令人不能不发思古之幽情。

而当晚的一出高雅的梨园戏《董生与李氏》，似乎从古时人物的心灵活动，深度印证了泉州地方既开放向外，又传统持内的文化性格，令诗人们拍案叫绝。

在漳州东山岛上，诗人们临海而居。暂栖地距离海边不过数十米，临窗即可眺望大海，风景优美至极。无怪有诗人笑言，哪里都不想去了，如果能一辈子待在岛上，倒也是美事一桩。东山岛上著名的风动石景区——以一块临空而立、看似会随风而动的巨石闻名。诗人陈义芝奔上石阶，试图以脚推动之，巨石却摇而不倒，令他不禁慨叹巨石的奇妙。晚上，诗人们在岛上乘兴唱起了台湾及大陆歌谣，载歌载舞，欢乐无比。诗人潘郁琦表示，自己很喜欢大陆的歌曲，并表示临走前一定要带些 CD 回去好好欣赏。

11 月 6 日上午，离东山，赴厦门。途中游览了集美围海而建的嘉庚公园，经跨海大桥，驶过宽敞整洁的街道，进入厦门市区，诗人们无不为这花园般的滨城所打动。汪启疆的夫人赵颂琴女士表示，厦门的繁荣和美丽实在出乎她的预料，这座城市太美了！

当天下午，诗人们便游览了胡里山炮台、南普陀、厦门大学。诗人痖弦对胡里山炮台展示品的认识颇有见地，甚至看出一把未标年代的军刀是出自蒋氏家族，学识着实渊博。边看边品，乐在其中。诗人焦桐则对南普陀著名的斋菜情有独钟，大有不尝不畅之感，为此专门驱车前往南普陀一解夙愿。在厦大，诗人们参观了陈嘉庚纪念馆和鲁迅纪念馆，并对厦大美丽的风景赞不绝口。

第二天，诗人们一大早便来到闻名已久的鼓浪屿参观游览，并拜访了著名诗人舒婷、诗评家陈仲义伉俪。一时间舒婷家的客厅高朋满座、谈笑风生。依依告别舒婷后，诗人们被鼓浪屿旖旎的风光所吸引。女诗人尹玲到过欧洲的许多地方，却对鼓浪屿风情颇有感触，不禁在路边艺人的琴声中且歌且舞起来。下午，诗人们开始了在厦门的自由活动。也许是感觉时间紧迫，或是机会难得，诗人们大多选择去市区游览购物。虽然时间短促，仍不放弃这一体验厦门人真实生活的机会。

相聚总是短暂。在经过了八天的相处后，福建诗人和台湾诗人仿若一家人般无拘无束。陈义芝表示：台湾虽然四面临海，也有众多岛屿，诗人们也大多亲临过地球上不少海洋景致，但每一处都有它的不同，因此对厦门的海上游依然饶有兴趣。于是在最后的半天时间里，诗人们登上了厦门的游轮，为意外地跨进金门海域而兴奋。许是感到了别离的迫近，诗人们纷纷在船上拍照留念。当船挨近仍为台湾所辖制的大担岛时，诗人们更是激动不已，连说虽然自己来自台湾，却从未以这种方式观赏

· 两岸部分诗人、诗评家相会在厦门鼓浪屿

· 两岸与会嘉宾到舒婷、陈仲义夫妇家中拜访

· 台港文学选刊杂志社同人与参加本届诗会的部分台湾诗人在一起

这个与厦门近在咫尺的岛屿，是一种很特别的经历。其中涵义不言自明。

纵然不舍，总需面对。离别就在眼前，存留却在心里。想起诗人们因为不能直航而必须转机的烦扰，主客都不免怅然。什么时候，从台湾飞来大陆不需要辗转延宕；什么时候，我们能自由地交往而不受限制；什么时候，两岸同胞能更多交融，更少疏离；什么时候，海峡并非阻行的渊谷而是畅达的通衢？海啊，今后该给你怎样的慨叹？也许，我们能做的，不只是等待。

知 音

◎痖 弦

2004 年 11 月 2 日，在福州"海峡诗会"的海洋诗座谈会上，我第一次见到著名诗人蔡其矫先生。"渭北春天树，江东日暮雪"，杜甫用以赞美他好友李白的诗句，正可借来形容我初识其矫先生的那份惊喜。我们一见如故，倾谈达旦，不知东方之既白。

研讨会过后，大队人马作泉州、厦门之旅，其矫先生同我全程参加。一行中以他和我年龄最大，年轻一辈称他为"蔡老"，于我则以"痖公"呼之。但见两个老兄弟手牵手相互扶持，一起登高望远，指点江山，好像又回到意气风发的青年时代。

我发现其矫先生跟我有完全相同的时代感情，谈到几十年来个人和民族的苦难遭遇，两个人的感受竟是那么的接近，而对诗和诗人的看法，更是一谈就"到位"，那种灵犀相通的经验，实在美好。现代社会人与人之间接触频繁，熙熙攘攘好像都是朋友，其实知音难寻，彼此真正能产生默契者寥寥。

海峡诗会此次的壮游收获是多方面的。但对我来说，其中最重要的收获，是结识了蔡其矫先生！

生活与诗的宿世情缘

◎陈义芝

童年时，我在台湾中部滨海的泉州村住过三年。这次，跨海来到福建，在泉州聆听南音，观看梨园戏，游赏于燕尾形屋脊的砖庭古院落，颇有宿世情缘重寻之感。

八天行脚，一次又一次亲近大海——与台湾同一海域的福建的海，眼中风涛起伏，心中波涛也起伏。谢谢主办单位安排这么有意义的活动，让海峡两岸的诗人会面，让我近距离与福建杰出诗人交流诗的看法。刘登翰、杨际岚、陈仲义、朱双一、余禹都是超过十年的老友，这些年来我们一直有共同努力的目标，未来，仍当携手，相互鞭策，为共同的理想奋斗。

2004.11.6 于厦门

在我还不在的时候

◎汪启疆

那时候，已有一些上上下下的人，在做一些事，在将一些时间磨不掉的东西，留在生命历程；所想的，是这块生存土地的未来。

在我还不在的时候，许多人就这么干了。苟利国家生死以，岂因祸福避趋之。在这许多人以前的历史，在这以后，未停顿的时间，也有更多同样的人在这样交棒、接棒。

这就是海洋，在那么大的人生前面，涌动无数小水滴……海一点点自中国退到现今位置，浙江河姆渡的七千年前独木舟桨，泉州湾后诸港发掘出南宋海船。而您和我，亲爱的属海洋的朋友，当我和您还不在的时候。而此刻您和我就立在：同样曾是海洋的土地，同样是一百三十七年前繁复声响的马江船阵之间，我们立在此刻；这是我们该出发的海洋。

海洋诗一般，新开始的文学之页。新的历史的您和我，在"他们"后起者现在还不在的时候，是我们的存在，是我们成为水滴，成为我们时间的海洋。

2004.11.8

船　渡

◎詹　澈

如果海岸线是世界上最长的一条线，两岸之间不会是世界上最长的距离，妈祖的心香已是和平的船渡，诗人是和平的水手，诗是我们船上的粮食。

2004.11.4 泉州惠安

寻绎不尽的人文之旅

◎白　灵

山是绿的，水是蓝的，海峡两岸的海岸线是曲折繁复的花朵边纹，难以采撷，只能奔驰其上，划出看不见的痕迹。那些都是地图上熟悉不过的地名和城市，如今一一站立起来，要我装下一些记忆和光影才放行，竟使行囊过于饱满而不堪负荷。尤其是行走至早年父母出入数十年的惠安和厦门之间，特别忧伤和激动，小心地踏出每一步，生怕踩到他们的汗滴和泪水。这是一趟漫长、繁复且寻绎不尽的人文和历史之旅，留下乡情、友情和热情，足够未来岁月深深咀嚼回味。

2004.11.8 于厦门

泉州卤面

◎焦　桐

我一直搞不清楚祖籍何处，漳州呢，还是泉州？我自幼失怙，从来不关心身世，只晓得母系移居台湾很多代了。

那天中午在泉州吃了碗卤面，忽然领悟，母系可能就是来自泉州。那滋味连接了我童年到青年的记忆。数十年来，我的母亲只会煮这种面，我从小吃到大，理所当然地，认为面就应该这么煮；就好像我初访福建，眼之所见多熟悉得十分自然，没有激情，不必客套，只有对接待的友人的感谢。

那碗面，在满桌菜肴中谦逊地被放置一旁，不争排名，不强出头，只诚恳地予人饱足。

那碗面像一首抒情诗，没有慷慨激昂的主题，也不强调意识形态，理所当然地，它诉诸情感，意象准确，节奏优美，久煮的面条中伴奏着虾仁、高丽菜、胡萝卜丝、肉丝、鱼丸，形成表情丰富的复调，平静叙述浓郁的亲情。

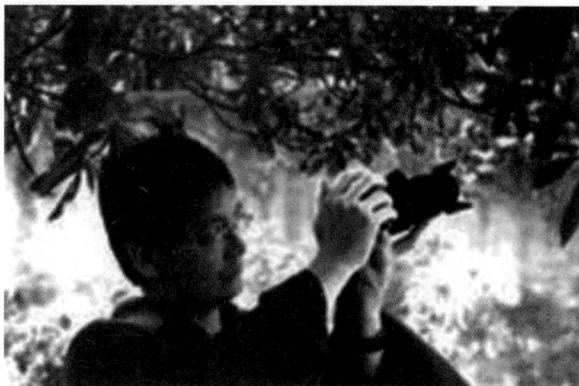

我在一碗面中，仿佛认同了我的身世。

何处是儿家

◎古 月

从台湾抵达福建参加"海峡诗会"西岸行活动的一行人，只有我是由金门乘船而来。

倚在船尾，但见云天与大海连接成一片，天海相映间，天上有水，水中有云，分不出是云在飘浮还是浪在汹涌。那种无边无际的浩瀚，就是一部无言的诗篇。

踏上了这块辽阔厚实的土地，更深沉地承受了来自大海的一种呼唤，那么地殷切祥和又带有几许无奈的感伤。是乡愁的纾解，却也兴起了寻根溯源的心愿及何处是儿家的矛盾情怀与惆怅。

提着简便的行囊以轻松的心情从东岸渡海而来，时光匆匆，却因着与西岸朋友朝夕相聚，血浓于水殷殷关照的同胞情谊，依依离情，让我有不胜负荷之重。

纸短情长，回首频频，面对美好的山河，禁不住高呼壮哉！怀抱着似海的友情岂不妙哉！

然而一想及两岸相峙的结，又非吾辈所能解之，有心乏力，怎不令人痛哉！

在某种虚实之外

◎尹　玲

我回到您的故乡，不，接近您家乡的海边，或应该说，是您于九岁时即登上某一艘船从此飘流他乡的地方。

是近乡情怯，抑或是潮声总令我想起儿时爱海辽阔，希望能在海上飘荡一生；少女时临海梦幻，憧憬能与爱人在海边厮守终生；然而，最后却是离乡背井，长年流落在不知何处的异乡；才明白原来以为潮声动听、波涛悦目的浪漫海洋，除了令人向往之外，竟也同时具有团聚欢笑或分离永别的悲伤痛楚及其他多重意义。

这几天，我听到我小时候您曾使用过的语言，观赏美绝的梨园戏，挑起层层乡愁的音乐不时在耳边响起；闻到的茶香，仿佛就看到您正用景德镇的小小茶壶、小小茶杯，与好友们品尝您最爱的好菜；就连食物，每一道都几乎是我未离家前您曾多次为我们几个孩子所做的美味菜肴。福州、湄洲岛、泉州、东山、厦门、鼓浪屿，您的模样越来越清晰，我的心越来越紧绷，看到任何一景，听到任何一声，都是童年时期的种种。记忆、怀念、观看、欣赏、微笑、泪珠，竟然纠缠如此难以理清。

盛大的海峡诗会海洋诗研讨会、两次令人赞叹难忘的精彩诗文朗诵会与海洋诗朗诵音乐会，那份热情、亲切、周到、体贴、辛劳连同组织者的才华，教人永存心底。感恩、感动、感触，都不足以说清楚此行的心情。在多年多次的飘洋过海之后，竟能借此机会，从海的另一边至此岸，凝视依然宽阔的海洋，聆听依旧悦耳的涛声，我只希望，九岁离家飘流他乡的孩子，在新的世纪里，会是留乡读诗写诗朗诵诗的爱诗者。

海洋，不再是别离悲苦。

永恒的海

◎陈育虹

海是永恒的故乡，故乡是永恒的海；永恒的牵引，永恒的呼吸，心跳般与生俱存的，最深处的律动。

渡海而去，我们并不曾走远；乘海而来，我们找到熟悉的自己。海是故乡为我们而永远开着的一扇门，我们是任凭来去的游子，因为眷恋，频频回顾。

因为美丽的湄洲、惠安、东山、南普陀；因为福州的山、厦门的海，我会再回来。

2004.11.7

走入闽江的长流

◎潘郁琦

闽江的水，在桥下潺潺地流着，在我们的来去之间，写下了无法泯除的记忆，闽江大地，从此就在记忆中永住了。

这次偶然而又欣喜地接受了《台港文学选刊》的邀请，再一次踏上福建的土地，几年睽违，大地已是更新景象。从抵达福州的第一站，就感受到恁多的盛情美意，这种感觉，伴随我们行经了泉州、莆田、惠安、湄洲、厦门各地。眼见诸多当地的各界"一手执文、一手行政"的领导朋友，为文艺如此地关怀参与，着实让人感动。冷僻的文艺道上，古今一夕，你我同行。

严复、林则徐、弘一法师、妈祖，以及众多的闽地英杰，都在历史中，向我们迎面而来，重温一夕的青史，撼动于高洁的尊崇。行前走后之际，在云天远扬，衣袂纷飞的归途，我满怀感激地回首，千秋一梦，忠义常青。海滨的云彩炫烂如此！他日，我们将以诗文回顾这一片满是涛声的大地，再在海潮中挥毫书写一幅谢字，飘洒依稀的诸多身影。

2006 年第四届海峡诗会

——海峡西岸现代诗巡礼

· 晋江安海安平桥

⊙**概况**

第四届海峡诗会概况

一、主办、联办及相关单位

主　　办：福建省文学艺术界联合会

　　　　　台港文学选刊杂志社

　　　　　福建省文学艺术对外交流中心

联　　办：晋江市人民政府

承　　办：台港文学选刊杂志社

　　　　　福建省文学艺术对外交流中心

项目承办：福建省诗歌朗诵协会

　　　　　晋江市文学艺术界联合会

项目组合：福建省文学院

　　　　　三明市委宣传部

　　　　　三明市文联

二、活动流程

1.2006 年 5 月 12 日上午，福州西湖大酒店御风厅，举行"海峡文艺论坛——现代诗与社会现代性"研讨会。

2.2006 年 5 月 12 日晚，福州于山九日台音乐厅，举行"诗之为魔——洛夫诗文朗诵会"。

3.2006 年 5 月 13 日上午、下午、晚上，晋江，举行第二场"海峡文艺论坛"，并出席《诗刊》社"春天送你一首诗·新世纪十佳青年女诗人评选活动"、《福建文学》"'星光杯'摄影诗大赛、'同心杯'诗词大赛颁奖活动"等。

4.2006 年 5 月 14 日上午，晋江安海，参观南宋时期跨海长桥安平桥。

5.2006 年 5 月 15 日下午，三明市，出席"范方诗歌作品朗诵会"。

6.2006 年 5 月 16 日上午，三明市，出席《还魂草——范方诗存》首发式暨范方诗歌研讨会"。

三、部分与会嘉宾简介

洛　夫，本名莫洛夫。1928 年 5 月出生于湖南衡阳。1948 年高中毕业，考入湖南大学外文系。1949 年 7 月赴台。1973 年 6 月毕业于台湾淡江大学英文系。曾任台湾海军编译官、英文秘书、东吴大学讲师、亚盟总会专门委员。现寓居加拿大温哥华。洛夫是台湾现代诗坛最杰出、最具震撼力的诗人之一，素有"诗魔"之称。1954年与张默、痖弦共同创办《创世纪》诗刊并任总编辑；1969年发起成立"诗宗社"，"对台湾现代诗的发展产生了积极的推进作用和深远的影响"。洛夫的诗作，早期受存在主义与超现实主义的启迪，意象繁复浓烈，节奏明快多变，语言奇诡冷肃。后期诗风蜕变，重新肯定传统的价值，将中国诗学与西方诗学相融合。余光中指出："洛夫后期作品大异于前期，语言渐渐放松，结果其弹性反而增加，耐人寻味，但仍然保留了超现实手法所成的那种疑真似幻的惊奇。"著有诗集《灵河》、《石室之死亡》、《无岸之河》、《漂木》等20多种；诗论集《诗人之境》、《诗的探险》等7种；散文集《一朵午荷》、《落叶在火中沉思》等5种；译著《季辛吉评传》、《雨果传》等8种。并编有《中国现代文学大系·诗卷》及其他8种，此外尚有书画集多种。曾获台湾中国时报叙事诗推荐奖、中山文艺奖诗创作奖、吴三连文艺奖及台湾文艺协会颁发的终身成就荣誉奖等多项奖。

陈琼芳，洛夫先生夫人。

尹　玲，女，本名何尹玲，又名何金兰，广东大埔县人，1945年生于越南。台湾大学文学博士，法国巴黎第七大学文学博士，现任台湾淡江大学中文系和法研所、辅仁大学法研所、东吴大学法研所教授。著有诗集《当夜绽放如花》、《一只白鸽飞过》、专著《文学社会学》、《五代诗人及其诗》等多种，同时译有法国小说诗歌、越南小说等多篇。

张国治，1957年出生于福建省金门县，美国芳邦大学艺术硕士。现为台湾艺术大学视觉传达设计学系专任副教授兼教育推广中心主任。多次获文学、美术奖，参加过数十次联展，举办十多次个展，著有诗集《战争的颜色》、《岁月彩笔》等8种，散文集《藏在胸口的爱》等4种，评论集《金门艺文钩微》以及摄影集《暗箱迷彩——张国治视觉意象摄影》等十多种。

林婷婷，女。祖籍福建晋江，生长于菲律宾马尼拉，系菲华第二代移民。菲律宾大学文学硕士。曾任教于菲律宾拉刹大学。于上世纪80年代活跃于菲华文坛。于1993年移民加拿大。曾任加拿大华人笔会会长及加拿大华裔作家协会会长，现为加拿大加港华人笔会和大华笔会顾问，加拿大华人文学学会副主任委员、海外华文女作家协会副会长。著有散文集《推车的异乡人》、《漫步枫林椰园》等，并出版英文著作 *Tales for Big Children*, Vols. 1 and 2 及文学研究论述 *Asian Hearts*。曾获台湾侨联总会1993年"华文著述奖"散文类首奖、2010年"冰心文学新作奖"佳作奖等，并荣获多项海外文学工作奖。其他华文作品入选多种文集。

古　月，女，本名胡玉衡，湖南衡山人。台湾"创世纪"诗社同仁。著有诗集《追随太阳步伐的人》、《我爱》、《月之祭》（绢印新诗）；原著版画辑（李锡奇版画十幅）；当代艺术家侧写散文集《诱惑者》等。

李锡奇，台北东方画会会员、现代画会创立会员、美国视觉艺术中心会员。擅版画、油画。1938年出生于台湾金门。1958年毕业于台北师范学校艺术科。1987年与朱为白、徐术修合办"三原色画廊"。1990年后专事美术创作。多次举办个展和参加各类联展，曾获台湾第十六届象征最高成就的"国家文艺奖"。被誉为最具行动力的杰出艺术家。

古 剑，本名辜健。1939生于马来西亚。祖籍泉州。1961 年毕业于华东师范大学中文系。1974 年移居香港，历任《新报》、《东方日报》编辑，《华侨日报·文廊文艺周刊》、《良友画报》、《文学世纪》主编。曾任香港"庆回归"委员、香港文学创作奖散文组及文学双年奖评审。著有《有情人间》、《梦系人间》、《书缘人间——作家题赠本纪事》、《随缘》等；编有《林海音散文》、《施蛰存海外书简》等图书十余种。

蔡其矫，1918 年生，延安鲁迅艺术学院文学系毕业。1940 年起历任华北联合大学文学系教师，中国作家协会文学讲习所教研室主任，福建省作家协会驻会作家、副主席、名誉主席、顾问。出版诗集《回声集》、《回声续集》、《祈求》、《双虹》、《福建集》、《迎风》、《醉石》、《蔡其矫选集》、《蔡其矫抒情诗》、《蔡其矫诗选》、《蔡其矫诗歌回廊》等。

孙绍振，1936 年生，祖籍福建长乐。1960 毕业于北京大学中文系，曾任北大助教。20 世纪 90 年代先后在德国特里尔大学进修，美国南俄勒冈大学英文系讲学，香港岭南学院客座研究员并为翻译系讲课。现为福建师大文学院教授、博士生导师，并任福建省作家协会副主席、中国文艺理论学会副会长。著有诗集《山海情》（合作），散文集《面对陌生人》，论文集《美的结构》、《孙绍振如是说》、《文学创作论》、《孙绍振幽默文集》（三卷）、《论变异》、《幽默五十法》、《美女危险论——孙绍振幽

默散文选》等。《文学创作论》获福建省10 年优秀成果奖、全国写作学会一等奖，《美的结构》获福建省社科优秀成果二等奖等。

刘登翰，1937 年生，毕业于北京大学中文系。曾任福建社会科学院文学所所长，福建台湾研究中心主任，现为福建社会科学院研究员、福建师范大学博士生导师。中国作家协会台港澳暨海外华文文学联络委员会委员、福建省作家协会副主席、中国世界华文文学学会副会长。出版有诗集《瞬间》、《纯粹或不纯粹的歌》，散文集《寻找生命的庄严》及学术著作多部。1993 年获国务院突出贡献专家特殊津贴，1996 年被评为福建省优秀专家。

汤养宗，1959 年生，曾于海军服役，退伍后一直生活于闽东滨海县城霞浦。系中国作家协会会员。著有诗集《水上吉普赛》、《黑得无比的白》。诗作入选《中华人民共和国五十年文学名作文库·新诗卷》、《人民文学五十年精品文丛 < 光的赞歌 > 诗歌卷》等，曾获福建省首届百花文艺奖、多届优秀文学作品奖。

伊 路，女，1956 年生，毕业于福建艺术学校舞台美术设计专业大专班。任职于福建人民艺术剧院，一级舞台美术师。中国作家协会、中国戏剧家协会、中国舞台美术学会会员。著有诗集《青春边缘》、《行程》、《看见》，诗剧《蓝色亚当》等。作品入选（中华人民共和国五十年文学名作文库 < 新诗卷 >）、《中国诗歌精选》、《中国年度最佳诗歌》多种版本，曾获福建省优秀文学作品奖等多项奖。

谢宜兴，1965 年生，本科学历。现任

新华社福建新闻信息中心副主任。记者。中国作家协会会员。出版有诗集《留在村庄的名字》、《银花》、《呼吸》（二人合集）、《丑石五人诗选》（五人合集），文集《永远飘扬的海魂衫》。曾获全国农村题材作品征文一等奖、福建省百花文艺奖等十余种（次）奖项。主持诗歌民刊《丑石诗报》。

朱立立，女。1989年7月至1999年9月任教于华侨大学中文系。1999年至今任教于福建师范大学，现为中文系教授、博士生导师。被厦门大学台湾研究中心和福建师大闽台区域研究中心聘为研究员。从事台湾暨海外华文文学研究，多次参加境内外举办的国际学术会议并发表论文。参撰《20世纪中国文学史》、《双重经验的跨域书写：20世纪美华文学史论》等，出版个人专著《知识人的精神私史》和《身份认同与华文文学研究》。

杨传珍，1957年6月生。1994年吉林大学研究生毕业，获文学硕士学位。业余从事文学创作，以小说为主。旅美作家王鼎钧研究专家。现任山东枣庄学院中文系副教授。

程剑平，1963年生，祖籍福建莆田，1985年开始发表作品，著有诗集《一场没有落下的雨》、《超度语言》，系福建省作家协会会员。现居福州。

朱必圣，从事诗歌创作近30年，并从事文学评论、思想随笔和小说的写作。诗文见诸海内外出版物。主要有《世界日报》（菲律宾）、《新陆诗刊》（台湾）、《东南亚诗刊》等以及一些诗歌选本；文学评论见诸《文艺评论》、《当代作家评论》、《福建文学》、《厦门文学》、《华文文学》等期刊。

俞昌雄，1972年生于福建泉州。19岁开始在省级刊物发表作品，有散文、小说、诗歌散见于国内外百余种报刊。现居福州。

荆　溪，女，中国诗歌学会会员，福建省作家协会会员。著有诗集《理解一滴水》、电子诗集《看见》等。作品选录《新生代诗人100家》、《70后诗集》、《诗歌与人——中国女诗人访谈录》。

此外，除了主办单位福建省文联及其相关部门台港文学选刊杂志社、省文学艺术对外交流中心的人员，尚有诗人、诗评家陈仲义、王珂、刘志峰（楼兰）以及福建文艺界人士许怀中、陈济谋、章绍同、杨少衡、林德冠、张贤华、吕纯晖、钟红英、黄河清、蔡江珍、黄良、黄安榕等出席了相关活动。晋江市人民政府、晋江市文联、福建省文学院、三明市委宣传部、三明市文联、福建省诗歌朗诵协会等单位或团体参与或链接了相关活动。

⊙与会交流的洛夫诗文

烟之外

在涛声中呼唤你的名字而你的名字
已在千帆之外

潮来潮去
左边的鞋印才下午
右边的鞋印已黄昏了
六月原是一本很感伤的书
结局如此之凄美
——落日西沉

我依然凝视
你眼中展示的一片纯白
我跪向你向昨日向那朵美了整个下午的云
海哟，为何在众灯之中
独点亮那一盏茫然

还能抓住什么呢？
你那曾被称为雪的眸子
现有人叫做
烟

1956.8.10

水 声

由我眼中
升起的那一枚月亮
突然降落在你的

掌心
你把它折成一只小船
任其漂向
水声的尽头

我们横卧在草地上
一把湿发
涌向我的额角
我终于发现
你紧紧抓住的仅是一支
生了锈的钥匙
你问：草地上的卧姿
是不是从井中捞起的那幅星图？
鼻子是北斗
天狼该是你唇边的那颗黑痣了
这时，你遽然坐了起来
手指着远处的一盏灯说：
那就是我的童年

总之，我是什么也听不清了
你的肌肤下
有晚潮澎湃
我们赶快把船划出体外吧
好让水声
留在尽头

1969.10.30

众荷喧哗

众荷喧哗
而你是挨我最近
最静，最最温婉的一朵
要看，就看荷去吧
我就喜欢看你撑着一把碧油伞
从水中升起
我向池心
轻轻扔过去一粒石子
你的脸
便哗然红了起来
惊起的
一只水鸟
如火焰般掠过对岸的柳枝
再靠近一些
只要再靠我近一点
便可听到
水珠在你掌心滴溜溜地转

你是喧哗的荷池中
一朵最最安静的
夕阳

蝉鸣依旧
依旧如你独立众荷中时的寂寂

我走了，走了一半又停住
等你
等你轻声唤我

1976.7.4

回　响

怎么也想不起你是如何瘦的
瘦得如一句箫声
试以双手握你
你却躲躲闪闪于七孔之间

江边，我猛然看到
自己那副草色的脸
便吵着也要变成一株水仙
竟不管头顶横过的一行雁字
说些什么

你一再问起：
"千年后我瘦成一声凄厉的呼唤时
你将在何处？"
我仍在山中
仍静立如千仞之崖
专门为你
制造悲凉的回响

1976.11

边界望乡

说着说着
我们就到了落马洲

雾正升起，我们在茫然中勒马四顾
手掌开始生汗
望远镜中扩大数十倍的乡愁
乱如风中的散发
当距离调整到令人心跳的程度
一座远山迎面飞来
把我撞成了

严重的内伤

病了病了
病得像山坡上那丛凋残的杜鹃
只剩下唯一的一朵
蹲在那块"禁止越界"的告示牌后面
咯血。而这时
一只白鹭从水田中惊起
飞越深圳
又猛然折了回来
而这时，鹧鸪以火发音
那冒烟的啼声
一句句
穿透异地三月的春寒
我被烧得双目尽赤，血脉贲张
你却竖起外衣的领子，回头问我
冷，还是
不冷？

惊蛰之后是春分.
清明时节该不远了
我居然也听懂了广东的乡音
当雨水把莽莽大地
译成青色的语言
喏! 你说，福田村再过去就是水围
故国的泥土，伸手可及
但我抓回来的仍是一掌冷雾

1979.63.3

后记：1979 年 3 月中旬应邀访港，16 日上午余光中兄亲自开车陪我参观落马洲之边界，当时轻雾氤氲，望远镜中的故国山河隐约可见，而耳边正响起数十年未闻的鹧鸪啼叫，声声扣人心弦，所谓"近乡情怯"，大概就是我当时的心境吧。

时间的联想

人一到中年，对时间特别敏感倒是事实。日影西斜，一天又过去了。花开了，又已凋零，坠落在泥上那副受尽委屈的神情，跟去年没有两样。每天早晨，我最怕的有两件事，一是照镜，一是翻日历，手一接触到那叠日渐消瘦的日历，就会发抖。年轻人喜用"静悄悄地"这一类副词来形容时间的消逝，但四十岁以上的人，恐怕得用"轰隆隆地"来形容时间脚步的急促，才够准确。时间是在我们的身上、心上狠狠地踩过去，我们实在经不起它的踩躏。

小时候做作文，在"模范作文"中学到一些"光阴似箭，日月如梭"之类的陈腔滥调。及长，又在一些文艺作品中学到听谓"时间列车"的新名词。何谓时间列车？时间与列车又有什么关系？当时懵懂无知，不甚了了，可是现在想过了，这辆列车已在生命中驶去了一大半，除了在我们额头上压下几条深刻的轮痕外，什么也没有留下。

叔本华认为："死亡可以结束我们的生命，却无法结束我们的存在。"我的体认刚好相反，死亡只是存在的消失，而非生命的结束。事实上，"存在"只是我们感觉中的一种形式。某种事物的形式，到了某个时候就会消失，但并不就是这一事物本身的消灭，因为它的生命仍可以另一种形式呈现出来。宇宙中形式变化不居，而生命永存。

这就是永恒，也就是时间的意义。

但时间在哪里？看不见，摸不着。翻

日历时我们固然在一种畏惧的心境下体悟到时间的流失，但仍然只是一种抽象的感觉。不过，我们可以经常触抚到许多暗示时间的事物，这些事物是形式，也是生命，生命就是时间。譬如说，一颗种子中就有时间，当你埋下一粒麦子，几个月之后，你就可以吃到可口的面包，当你种下一粒松子，数十年后，你便可以在亭亭盖盖的松树下享受到它的荫凉。我们也可以在小溪中看到另一种时间，溪水流过之处，大多是峥嵘的乱石，但若干年后，石头已被磨光，腐蚀。海洋有着无从测量的辽阔与深邃，时间创造了它美丽而神秘的生命。

寄 鞋

间关千里
寄给你一双布鞋
一封
无字的信
积了四十多年的话
想说无从说
只好一句句
密密缝在鞋底

这些话我偷偷藏了很久
有几句藏在井边
有几句藏在厨房
有几句藏在枕头下
有几句藏在午夜明灭不定的灯火里
有的风干了
有的生霉了
有的掉了牙齿
有的长出了青苔

现在一一收集起来
密密缝在鞋底

鞋子也许嫌小一些
我是以心裁量
以童年
以五更的梦裁量
合不合脚是另一回事
请千万别弃之
若敝屣
四十多年的思念
四十多年的孤寂
全都缝在鞋底

1987.3.27

后记：好友张拓芜与表妹沈莲子自小订婚，因战乱在家乡分手后天涯海角，不相闻问已逾四十年；近透过海外友人，突接获表妹寄来亲手缝制的布鞋一双。拓芜捧着这双鞋，如捧一封无字而千言万语尽在其中的家书，不禁涕泪纵横，唏嘘不已。现拓芜与表妹均已老去，但情之为物，却是生生世世难以熄灭。本诗乃假借沈莲子的语气写成，故用辞力求浅白。

湖南大雪
——赠长沙李元洛

昔我往矣
杨柳依依
今我来思
雨雪霏霏

君问归期
归期早已写在晚唐的雨中
巴山的雨中

而载我渡我的雨啊

奔腾了两千年才凝成这场大雪

落在洞庭湖上

落在岳麓山上

落在你未眠的窗前

雪落着

一种复杂而单纯的沉默

沉默亦如

你案头熠熠延客的烛光

乍然一阵寒风撩起门帘

我整冠而进，直奔你的书房

仰首环顾，四壁皎然

雪光染白了我的须眉

也染白了

我们心之中立地带

寒暄之前

多少有些隔世的怔忡

好在火炉上的酒香

渐渐祛除了历史性的寒颤

你说：

酒是黄昏时归乡的小路

好！好！我欣然举杯

然后重重咳了一声

带有浓厚湘音的嗽

只惊得

窗外扑来的寒雪

倒飞而去

你我在此雪夜相聚

天涯千里骤然缩成促膝的一寸

荼蘼早凋

花事已残

今夜我们拥有的

只是一支待剪的烛光

蜡烛虽短

而灰烬中的话足可堆成一部历史

你频频劝饮

话从一只红泥小火炉开始

下酒物是浅浅的笑

是无言的嘘唏

是欲说而又不容说破的酸楚

是一堆旧信

是嘘今夕之寒，问明日之暖

是一盘腊肉炒《诗美学》①

是一碗鲫鱼烧《一朵午荷》②

是你胸中的江涛

是我血中的海浪

是一句句比泪还咸的楚人诗③

是五十年代的惊心

是六十年代的飞魄

这时，窗外传来一阵沙沙之声

嘘！你瞿然倾听

还好

只是一双钉鞋从雪地走过

雪落无声

街衢睡了而路灯醒着

泥土睡了而树根醒着

鸟雀睡了而翅膀醒着

寺庙睡了而钟声醒着

山河睡了而风景醒着

春天睡了而种籽醒着

肢体睡了而血液醒着

书籍睡了而诗句醒着

历史睡了而时间醒着

世界睡了而你我醒着

雪落无声

夜已深

你仍不断为我添酒，加炭

户外极冷

体内极热

喝杯凉茶吧

让少许清醒来调节内外的体温

明天或将不再惊慌

因我们终于懂得

以雪中的白洗涤眼睛

以雪中的冷凝炼思想

往日杜撰的神话

无非是一床床

使人午夜惊起汗湿重衣的梦魇

我们风过

  霜过

  伤过

  痛过

坚持过也放弃过

有时昂首睥睨

有时把头埋在沙堆里

那些迷惘的岁月

那些提着灯笼搜寻自己影子的岁月

都已是

大雪纷飞以前的事了

今夜，或可容许一些些争辩

一些些横眉

一些些悲壮

想说的太多

而忘言的更多

哀歌不是不唱

无奈一开口便被阵阵酒嗝

逼了回去

江湖浩浩

风云激荡

今夜我冒雪来访

不知何处是我明日的涯岸

你我未曾共过

肥马轻裘的少年

却在今晚分说着宇宙千古的苍茫

人世啊多么暧昧

谁能破译这生之无常

推窗问天

天空答以一把彻骨的风寒

告辞了

就在你再次剪烛的顷刻黑暗中

我飞身而起

投入一片白色的空茫

向亿万里外的太阳追去

只为寻求一个答案

      1988.5.8

①《诗美学》为李元洛近著，江苏文艺出版社
1987年初版，厚达700余页，为李氏重要诗学
论著之一。

②《一朵午荷》为作者洛夫之散文集，台北九
歌出版社1978年初版。

③《江涛海浪楚人诗》为李元洛论洛夫诗创作
专文的标题，该文刊于湖南《芙蓉》文学双月
刊1987年第5期。

再回金门

这次的炮声是来自深沉的内部

而外面

是正在涨潮的沙滩

海的舌头一路舔了过去

及至碰上一枚地雷

突然在历史的某一章节爆炸

至于谁是那埋地雷的人

迄今已无人追究
当史家掷笔而起
只见血水四溅，一滴
飞入对岸鼓浪屿的琴声
一滴，已在太武山顶风干

秋天，我又回到这醉人的酒乡
昨夜拒绝有炮声的梦
却无法拒绝隔壁的鼾声
更不可能拒绝酒瓶，拒绝秋风中
木麻黄的寂寞
十月，没有铜像的岛是安静的
炮弹全都改制成菜刀之后
酒价节节上涨
这是可以理解的
在亲朋好友的宴席上
我终于发现
开酒瓶的声音
毕竟比扣扳机的好听

2001 年 10 月于温哥华

女人与诗

女人与诗，相似之处颇多，仅就外在形式而言，二者都注重"形"与"声"之美，美是女人与诗的共同本质。构成诗的要素首先是意象，诗可以说完全是"意象的铸造"（Poetry is the forging of images），诗人一生中苦心经营的就是那可见可感可触的意象，而女人一生中苦心经营的则是那可见可感可触的面孔与身材。大诗人杜甫固然"语不惊人死不休"，"吟成五个字，拈断数茎须"，贾岛更是"二句三年得，一吟双泪流"，其吟咏之苦，殆可想见。女人为了修饰她的容貌，不惜忍受打针吃药，饿饭减肥，甚至上手术台，天生虽非丽质，却硬要美容师把她们一刀一刀地雕成西施、杨贵妃，其用心之苦，与诗人雕凿意象相同。构成诗的另一项要素是韵律与节奏之美，诗读起来抑扬顿挫，铿锵有声，实有助于意境之美的烘托。一首诗，不论思想如何深刻，意象如何鲜明，如念起来诘屈聱牙，像嚼蚕豆一样，必然影响其整体之美。女人也是如此，如果貂蝉说起话来哇拉哇啦像平剧中的董卓，或动辄作狮子吼，再美的女人也会叫天下男士避之惟恐不及。女人声调之美，颇有勾魂摄魄之效，唱起歌来，固令人回肠荡气，即使骂人也是好听的；据说听女人用苏白吵架，比听梅兰芳的戏还过瘾。女人哭泣，其声更是凄美。我们家乡有一种专门代人哭丧的女性职业，她们居然把哭艺术化；开始哭得抢天呼地，惊心动魄，继而调子拉长，悠悠忽忽，丝丝缕缕，如唱山歌，她用一块手帕蒙住面孔，谁也看不出是否有眼泪，但闻者莫不恻然。

女人与诗惟一不同的地方也许是：一首好诗，不管当代有没有人读它，仍不失为一首好诗，而女人的魅力却随时要有人欣赏，有的则需要慢慢读才能读出味道来。许多天才诗人，潦倒一生，也许要到数十年或数百年后才能获得赏识。陶渊明生前不太受当代文坛重视，其声誉远不如谢灵运，但千百年来，陶谢在读者心中的地位已互易其势，寒山被中国士大夫的读书界忽视了千多年，及到近代才得扬眉吐气，从幽闭的文学史中走出来，甚至震撼了番邦。可是，红颜一旦变成白骨，入土后再也长不出一朵玫瑰来。

　女人的味道，的确是需要人把它读出来，只不过不同的阶段，应采取不同读的方式和态度：少女是一首饱含情趣的抒情诗，适于任何一种读的方式；少妇是一出诗剧，不但有诗的素质，而且有冲突，有高潮，读的时候宜冷静，以免陷溺不可自拔；中年妇人是一部唠唠叨叨的史诗，诗味不多，只剩下了历史，最好以治史的态度去读；至于老年妇人，则成了一首形而上的诗，只能默想，不宜捧读了。

选择了
一棵最高的树
睥睨，就让风骨悬在风中吧
仅仅一只脚即足以对付任何岁月的诡异
双翅扇动
轻轻击出宇宙的节奏
那是太阳的呼吸
我的呼吸

1996.10.12

狼尾草的夏天

遍山的
毛茸茸的尾巴
轻抚着夏日晴朗的天宇
山坡地
起伏如动情的小腹……
狼尾草追逐着风骚的蒲公英
蒲公英追逐着
正在低头吃草的羊齿植物
含羞草看到一只毛毛虫爬过来
猛然缩起了颈子
晴朗的天宇下
生命与梦都是绿的

这是我们的大地
富饶而多欲，不断地
怀着孩子
任绵绵后嗣走遍了草地、沼泽、悬崖
承受自然的恩赐和劫难
有的巍为高耸的孤松
有的萎为风雨中的败叶
不论大化如何运转
不论生命将化为青烟，或蝴蝶
这是我们永远依附的大地

大　鸦

它又从我落叶纷飞的额角掠过
清晨，啼声高亢而冷
摄氏 10 度
其中一句，我相信
可能比天堂的温度还低
蹲在屋脊上，面对太阳
开始设想
今天要做的一件残酷却不伪善之事
那最后的虚无，与它
全身的黑无关
而传说中的风风雨雨　和
吉祥与否无关

白杨索索
群鸦总是早我一步找到秋天
它们没有什么可绝望的，它们
总是早我一步
飞起，上升到
高空，不可逼视的悲凉
晚近我们都选择了独处

惟一的真实

仅有的美丽

温哥华之晨

清晨沿着朝阳散步，浑身暖洋洋的，宛如下雪天怀中抱着一个小小的铜火炉。这是一个老社区，却盖了许多新房子，四周不乏高及数丈的苍苍古树，而家家大门深锁，庭院寂寂，有的窗口还亮着灯光，就是不见人影，安静得突然令人感到陌生，甚至孤独。

不过，我还是喜欢这种感觉。忘了是哪位作家说过："幸福的节奏似应近乎如歌的行板，太多的断音是不相宜的。"后半生我一直在寻找这样的生活节奏，我很怕卷入那种大起大落的哀乐人生。

刚搬来列治文这个社区，见到附近邻居都遍植花木，每家的小型花园，布置得极尽巧思，尤其四五月间樱花和杜鹃盛开，满眼姹紫嫣红，天地间一片生机，无限妩媚。我和妻每天早晚都要绕着社区马路散步一个多小时，颇有点"春风得意马蹄疾，一日看尽长安花"的味道，当然我的"得意"与功名无关，反而是繁华落尽后的"适意"。这里的夏日更为可爱，日照特长，晚间九点十点仍明亮如画，故晚餐后散步的人就多了，有时路上遇到黄皮肤的同胞，不免"停船暂相问，或恐是同乡"，果然，十之八九都是来自台湾的新移民，稍作寒暄，打听一下台北的近况，又挥手告别。

妻每天早晨步行去上英文课，我陪她走一程。两人沿着格兰护大道的人行路施施而行，二十分钟后在列治文图书馆前分手，她继续前行，我则回头再走二十分钟返家，除了大风大雪之外，两年来从未间断。通常我们总在八点出门，有时穿过浓雾，有时打着伞在小雨中疾行，但大多日子是披着灿烂的晨曦上路。去时两人行色匆匆，我独自回家时就悠闲多了，一面慢行，一面欣赏着沿途的花木。记得去年暮春时节，落花满地，花瓣被晨风吹得漫天飞舞，仿佛下着红雨，我置身其中，飘飘欲仙。现在是二月中旬，昨天我在路上看到数株樱花已在春寒料峭中眉开眼笑；春天终于蹑足而来。

洛夫诗抄自序

我爱雪。下雪时我喜欢抓一把雪来擦手，水洗不干净的手，雪可以擦干净。我的诗多半是在手还没有完全擦干净之前写的，所以，诗即是介于雪与肮脏之间的东西，理想与现实之间的东西。

我真不知道诗是怎么来的，有时我蹙眉苦思，久等不至，于是我去读书，书中可能真有黄金屋、颜如玉，可就没有诗。我向一位高僧叩问，老和尚趺坐无言，一只耗子从他蒲团上爬过，也未把他惊醒。我去海边散步，拾得许多贝壳，听到贝壳中阵阵浪涛之声，却仍未激起诗的灵感。回来睡了一觉，被一阵雨声吵醒，推开窗子一望，发现墙脚一条淡淡的水迹，内心微微一动，很快便写下了《雨想说的》这首小诗。

我是一个很落伍的现代诗人。我是电脑盲，我完全无视于别人的讪笑。发E—mail哪有写信，贴邮票，跑邮局来得实在；

生命的意义是一脚一步走出来的，而不是手指一下一下敲出来的。我喜欢用笔写诗，笔与纸相互磨擦所产生的那种快感决不输于做爱。有时我更喜欢用毛笔写诗，这是多数人无法想象的享受，诗与书法这两种美的结合，可创造出一个更丰富的二元融合的宇宙。

书写《诗人手稿》，等于重温一遍当时誊写这些诗的初稿时的那种感觉，真好。

是为序。

因为风的缘故

昨日我沿着河岸
漫步到
芦苇弯腰喝水的地方
顺便请烟囱
在天空为我写一封长长的信

潦是潦草了些
而我的心意
则明亮亦如你窗前的烛光
稍有暧昧之处
势所难免
因为风的缘故

此信你能否看懂并不重要
重要的是
你务必在雏菊尚未全部凋零之前
赶快发怒，或者发笑
赶快从箱子里找出我那件薄衫子
赶快对镜梳你那又黑又柔的妩媚
然后以整生的爱
点燃一盏灯
我是火
随时可能熄灭
因为风的缘故

⊙**诗歌讨论会和朗诵会**

海峡文艺论坛

一、海峡文艺论坛——现代诗与社会现代性

时间：2006 年 5 月 12 日上午

地点：福州西湖大酒店御风厅

发言者及论题：

孙绍振：《洛夫：另一种文化乡愁》

尹　玲（台湾）：《当下社会与诗歌的互动关系》

朱立立：《灵韵消失的时代——现代诗如何可能》

张国治（台湾）：《e 世代诗写面向的切片观察》

朱必圣：《中国现代派诗歌的死亡与新生》

林婷婷（加拿大）：《生活的诗人》

杨传珍：《灵魂城堡的升旗仪式》

· '2006 海峡诗会"海峡文艺论坛——现代诗与社会现代性"会场

蔡其矫：《现代诗的内涵》

洛　夫（台湾）：《现代诗与社会现代性的互动关系》

二、海峡文艺论坛——两岸诗学交流会

时间：2006 年 5 月 13 日晚

地点：晋江市

议题范畴：

一、文化时空与生命诗学

二、诗的主体与客体

三、华语特质与诗语言的创造性

· '2006 海峡诗会海峡文艺论坛——两岸诗学交流会

诗之为魔——洛夫诗文朗诵会

一、概况

总　顾　问：杨少衡

策 划 设 计：杨际岚、宋　瑜

统 筹 执 行：张俊彬、彭　彬

导　　　演：张俊彬、彭　彬

主持词撰稿：潘　隹、宋　瑜

主　持　人：彭　彬

美 术 设 计：林　翀

舞 台 监 督：宋　原

灯 光 音 响：福州市九日台音乐厅

演 出 时 间：2006 年 5 月 12 日晚

演 出 地 点：福州市九日台音乐厅

二、主持词

尊敬的洛夫先生、尊敬的各位来自台湾、香港、海外的诗人和大陆诗人，各位领导、各位朋友，女士们、先生们：晚上好！

今夜我们欢聚一堂，共同举办"诗之为魔——洛夫诗文朗诵会"。这是'2006 海峡诗会的重要活动之一。在这里，今年"海峡诗会"的主办单位福建省文学艺术界联合会、台港文学选刊杂志社、福建省文学艺术对外交流中心和联办单位福建省晋江市人民政府，以及今天这场朗诵会的承办单位福建省诗歌朗诵协会朗诵艺术团，代表左海三山的福州人民和全省人民，向参加朗诵会的海峡两岸三地各界与诗歌有缘的朋友们，表示热忱的欢迎和衷心的感谢！

出席今晚朗诵会的嘉宾有：（略）让我们以热烈的掌声欢迎他们的到来！

出席朗诵会的领导有：（略）让我们以热烈的掌声感谢领导们百忙中莅临晚会！

有幸承担今晚朗诵任务的是福建省诗歌朗诵协会朗诵艺术团的诗歌朗诵爱好者。让我们以热烈的掌声预祝他们演出成功！

'2006"海峡诗会""诗之为魔——洛夫诗文朗诵会"现在开始！

现在，让我们以最热烈的掌声向今晚尊贵的客人——来自祖国宝岛台湾、现定居加拿大的著名诗人洛夫先生表示最诚挚的敬意！同时对一同前来的莫夫人陈琼芳女士表示诚挚的敬意！

我们请洛夫先生和夫人坐下。在这里让我预先告诉大家，在今晚的朗诵会上，洛夫先生也将登台为大家展现他的才艺并致辞，请诸位敬候。

· 2006 年 5 月 12 日晚"洛夫诗文朗诵会",诗人在节目单上为读者
听众签名

评论界指出,洛夫先生是台湾现代诗坛最杰出和最具震撼力的诗人,素有"诗魔"之称。上个世纪 50 年代,他与诗人张默、痖弦共同创办了《创世纪》诗刊,开创了汉语现代诗发展的一片天地,影响达半个世纪,至今不衰。洛夫先生的诗歌创作,以早期柔美的抒情、随后结合感性与知性的现代诗实践,中期反思传统,融合现代和古典,以及乡愁的抒写,直到晚近"天涯美学"的表述等多方位的探索和创新,将东方智慧与西方哲思、中国诗学与西方诗学相融会、相整合,对世界华文现代诗的发展做出了积极的贡献,并产生深远的影响。诗人为心灵守夜、为未来守望,以小我关联大我,以有限通达无限,抒发了中华民族乃至人类流徙过程的文化情怀!今夜,就让我们借助朗诵的翅膀和音乐的曼步,走进诗人心灵的田园,领略那优美而深沉的诗歌旋律吧。

1. 首先由张俊彬先生为我们朗诵洛夫先生创作于 1956 年的诗作《烟之外》。这是一首情诗,却是从时空的隔绝中感慨人世聚散离合的无常,至今读来仍然脍炙人口。

2. 谢谢张先生,他的朗诵使我们仿佛看到当年那个在海边远眺的人,"望断天涯路""过尽千帆皆不是"的茫然。下面请王延为大家朗诵洛夫先生的诗作《水声》。请大家注意诗中那些具有魔性的丰富意象的转换。

3. 这首《水声》把我们带入奇瑰的意象世界:月亮从眼中升起、人躺在草地上成为一张星图、月之船可以进出体内体外……而所有这一切,都是因为"情"的缘故。那么,接下来要朗诵的一首《众荷喧哗》,诗人留连于"我"和一朵荷花之间,是把自我投射在这一朵荷中。朗诵者:杨晨。

4. 谢谢杨晨。紧接着是同样创作于

1976 的《回响》，诗人把"你"比作躲闪于箫的七个孔之间的乐音，当"你"凄厉地向"我"呼唤时，"我"则为你制造悲凉的回响。朗诵者：刘舒平。

连着一口气欣赏了洛夫先生不同时期的四首诗，这些诗都可归为"情诗"，但诗中总有等待，有呼唤和回应，所以又都超越为生命漂泊中的焦虑，焦虑中的坚守。洛夫先生和其他诗人一样写下了大量触及情感深层的美好诗篇，更在他漫长而卓越的创作生涯里，始终洋溢着灵动而细腻、感时悲秋的青春情怀。如果要给它加上一个时限的话，我们希望这个期限是永恒。

5. 好了，现在在稍事休息，请欣赏女声小组唱《送别》，演唱者：陈蕾、张瑾、朱悦、李寒。

6. 洛夫先生作为现代诗人，也创作了不少优秀的乡愁诗，他于 1949 年 7 月离开大陆到台湾，到了三十年后的 1979 年 3 月，他应邀到香港访问，由当时在香港中山大学任教的余光中先生亲自驾车陪同前往大陆与香港的边界落马洲。那天，薄雾弥漫，望远镜中的故国山河隐约可见，耳边响起数十年未闻的鹧鸪啼鸣，声声扣人心弦。诗人回到台湾，就写下了一首为海峡两岸广为传诵的诗：《边界望乡》。请听洛夫先生写于两岸关系惊蛰前夜的《边界望乡》。由彭辉南朗诵。

7. 一首《边界望乡》，喷薄欲出的是诗人炽热的思乡之情和深深的无奈。幸运的是，历史的潮流不可阻挡，故国不再是一把冷雾，而是一杯温馨、从容的功夫茶了。洛夫先生对于我们而言，也不再是只读其诗而不闻其声、不见其人了。这就是历史，

让我们产生"时间的联想"。下面，就请欣赏洛夫先生的散文《时间的联想》，朗诵者：乔梁。

8. 时间创造了生命，时间给我们留下了许多的感慨，乡愁便是其中之一。对于时间，诗人给我们许多达观的思索，而乡愁，仍然不能不令人感慨。请听由陈健莹小姐为我们朗诵《寄鞋》。

9. 大家知道，洛夫先生以他如魔一般的诗笔，不仅写有许多表达故国之思的作品，也记录下自己的故国之旅。《湖南大雪》就是其中的名篇。湖南是洛夫的故乡，这首诗题赠给大陆诗论家李元洛。诗中写了在湖南大雪天与李元洛把酒畅谈的情景。其实写这首诗的时候，洛夫跟李元洛还没见面，洛夫也还未能跨海归乡。两人是在通电话之时遇到湖南大雪，洛夫一向喜爱雪，听说后情动于中，发而为诗。洛夫怀乡心切，所以身在台湾，却能以想象写成此诗，终于感动天地，在当年夙愿得以实现。请彭飙、董海风为大家朗诵如银河落九天般气势磅礴，又如雪落黄河般深沉的《湖南大雪》。

10. 20 世纪 50 年代末，金门发生激烈的炮战，身为战地新闻联络官的洛夫，在金门的一间石头砌的房子里辗转反侧，通宵难眠，在伸手不见五指的黑暗中听着炮声和自己的心跳，写成结构庞大、气势恢弘的长诗《石室之死亡》。事隔近半个世纪，当洛夫再次回到金门时情形已不同。也许，只有像洛夫这样真正吞咽下两岸隔绝之苦的人，才更细腻、深刻地体会到两岸关系解冻后"春风初度玉门关"的喜悦。下面请宋原朗诵墨迹初干的《再回金门》。

有请朗诵者：宋原。

11. 洛夫先生不仅是个诗人，也是个诗论家，对诗的特质，多有独到的见解。而我们常听人议论诗人，有一个说法，即认为诗人大多具有某种女性气质，那么倒过来，女性是否多具有一种诗人气质呢？在女人和诗之间究竟是一种什么样的关系？咱们来听听诗人的看法。请听洛夫散文《女人与诗》。朗诵者：汤寒枫。

12. 女人既然与诗有着千丝万缕的关系，那么就请在今晚这个诗的大餐中再来欣赏一首女声独唱《采槟榔》，这是一首湖南民歌，也常被误认为台湾民歌。表演者：陈俊玲。

13. 诗人，不但时刻观察、捕捉着有形、多情的世界，更关注、参悟那无形、无解的世界的本原。并托物言志，把内心世界溶解于自然物之中。请欣赏一首荡气回肠的《大鸦》，朗诵者：郑以理。

14. 如果《大鸦》这首诗探索的是高蹈于精神教堂顶尖的玄思的话；那么，接下来，由李寒、张俊彬给大家朗诵的《狼尾草的夏天》，则是诗人拥抱大地、亲吻万物，赞美生命、感恩宇宙的一声如歌的叹息。

15.1996 年 4 月，洛夫先生偕夫人移民加拿大，定居温哥华。诗人称自己是"二度流放"。但那个寒冷、多雨和寂寞的地方，正是催发诗人情愫的绝佳环境。诗人一派笃定和安详，内心世界却犹如峻岭中的溪水汨汨而流。在散文《温哥华之晨》的字里行间，沾满才情的笔有着更自由、更洒脱的风范。下面，由王咏梅为我们演绎《温哥华之晨》。

16. 读诗之余，我们总不禁会猜想：是什么把诗人锻造成诗人的？诗又是怎样被他捕捉的呢？诗人，是怎样看待自己被诗歌洗礼的生命，以及他是以怎样的方式来写作的？那就从一篇《洛夫诗抄自序》来窥其一斑吧！我们请王飞先生来演绎这篇洛夫朴素、真切的"自叙"。

17. 资料显示，洛夫先生与夫人陈琼芳女士已携手走过了 45 年，诗人情怀也表现

· 当朗诵会接近尾声时，洛夫先生亲自登台朗诵他的名诗《因为风的缘故》

在诗人对自己另一半的深情中，待会儿，我们将请洛夫先生上台朗诵一首献给妻子的《因为风的缘故》。洛夫先生同时是一位书法家，曾师从谢宗安先生习书法，我们也将请洛夫先生为我们即席展现他的才艺，现在，让我们以热烈的掌声请洛夫先生上台。

洛夫先生的朗诵不愧为诗人的朗诵，真切、内在。现在播放由洛夫先生的儿子演唱的这首《因为风的缘故》，请大家共同欣赏。

现在，我们请洛夫先生给大家做现场书法表演。并请李寒小朋友为诗人古筝伴奏。

诗人的书法，大家觉得怎么样？是不是跟他的诗作一样精彩？让我们以热烈的掌声感谢洛夫先生给我们带来的精湛艺术。

现在，我们请福建省文联领导、书画家陈济谋先生上台，他将代表福建省文艺界，与洛夫先生互赠书画作品。大家鼓掌。

尊敬的诗人洛夫先生，尊敬的各位领导，台港、海外和大陆的诗友，各位热爱诗歌、奉献诗歌并享受诗歌的朋友们，感谢你们的厚爱，使我们有机会在这个无眠的诗歌之夜，以这场朗诵会，表达我们对诗人洛夫的崇高敬意；以这场朗诵会，来倾诉我们对诗歌深深的感恩，以及我们对中华民族走向繁荣富强的未来的祝福和期盼！

2006 年"海峡诗会"，"诗之为魔——洛夫诗文朗诵会"到此结束！

（撰稿：潘佳、宋瑜）

⊙综述

跨海文坛多盛举　诗人兴会更无前

——记"'2006 海峡诗会——海峡西岸现代诗巡礼"

◎马一川　廖一鸣

"地表分南北，天穹合古今。"近年来，与宝岛台湾一衣带水的福建省举办了多届"海峡诗会"，以文化的交通突破地域的局限，在海峡两岸产生了积极的反响。2006 年，由福建省文联、台港文学选刊杂志社、福建省文学艺术对外交流中心主办，晋江市人民政府联办，再次于端午节——中国诗人节前夕的 5 月 11 日至 21 日隆重举办了"'2006 海峡诗会"系列活动。本届诗会以"海峡西岸现代诗巡礼"为主题，邀请了蜚声海内外的著名诗人洛夫先生偕夫人陈琼芳女士及台港海外知名诗人、作家、艺术家张国治、尹玲、古月、李锡奇、古剑、林婷婷等莅会，大陆"诗坛常青树"、著名诗人蔡其矫及福建省文联领导许怀中、陈济谋、章绍同、杨少衡、林德冠、张贤华，诗人、诗评家刘登翰、陈仲义、伊路、谢宜兴、汤养宗、荆溪、程剑平、俞昌雄等亦应邀莅会。尚有主办单位代表杨际岚、郭平、宋瑜、刘志峰等出席。本届诗会并汇合了同时在福建举办的多项诗歌活动，可谓诗风劲吹，盛况空前。

诗学交流快意纵横

"现代诗"是在"五四"后"新诗"基础上发展起来的概念，是中国人以现代汉语和现代生活经验相互吸收、融合，并与中外诗歌传统相衔接而生成的诗歌语境，在二十世纪三四十年代全中国、五六十年代台湾和香港、八十年代以后的大陆及海外，都有相似的实践，取得卓有成效的成果。福建诗坛则以蔡其矫、舒婷、范方为先行者，自八十年代以来产生众多追随者。由于地缘、史缘的关系，海峡东岸现代诗的影响很早便波及海峡西岸，而西岸诗人、诗评家及八闽各地涌现出来的诗歌群体亦受到东岸诗坛的关注。因此本届诗会分别在福州和晋江市开辟了"海峡文艺论坛"，以两岸现代诗学为论题。

2006 年 5 月 12 日上午，假福州西湖大酒店御风厅开办的论坛，主题为"现代诗与社会现代性"。主讲人为素有"诗魔"之称的台湾著名诗人洛夫先生。

洛夫于 1928 年 5 月 11 日出生于湖南衡阳，1949 年赴台。1954 年与张默、痖弦共同创办《创世纪》，并任总编辑；1969 年发起组成"诗宗社"，对台湾现代诗的发展产生了积极的推进作用和深远影响。在回答记者的提问时，洛夫畅谈了他的诗观和创作体验。他说："我写诗其实是借鉴了许多东西的，法国的、英国的、德国的……小时候我不喜欢徐志摩的诗，因为他不是我模仿的对象。那时我最欣赏的是德国诗人里尔克，觉得他是用思想写诗、用智慧写诗。经过相当长时间的摸索，我和余光中等一批台湾诗人，回过头来有系统地研究中国古典文学，我们觉得西方现代主义的技巧加上中国传统诗歌之美，才是台湾现代诗歌新的主流。"在本次论坛，他就"现代诗与社会现代性"的互动关系做了精彩发言。"文章合为时而著，歌诗合为事而作。"他强调诗歌必须重视当下性，但同时要注重语言的音乐韵律美和独特意蕴、意象的营造。认为现代诗与社会现代性可以有多种理解，但没有一项不与诗的创造性有关，并指出在网络化、全球化的笼罩下，所谓现代性已经产生很大的变化，现代主义从波特莱尔到达达主义、超现实主义，这是狭义的理解，其实现代性的内涵与外延已有延伸和扩展，波特莱尔所说现代性是短暂的，这是时间的概念，而洛夫以为现代性是精神的层次，具永恒性。他还呼吁现代诗人向传统学习。

此外，文艺理论批评家、福建师范大学博士生导师孙绍振为论坛提供书面发言《洛夫：另一种文化乡愁》；台湾诗人、淡江大学教授尹玲以《当下社会与诗歌的互动关系》为题发言；福建师范大学教授朱立立谈《灵韵消失的时代——现代诗如何可能》；台湾新世代诗人、台湾艺术大学副教授张国治发表论题《e世代诗写面向的切片观察》；福建人民出版社编辑、诗人朱必圣、加拿大华裔作家协会会长林婷、山东枣庄学院教授杨传珍、著名诗人蔡其矫等也分别做了题为《中国现代派诗歌的死亡与新生》、《生活的诗人》、《灵魂城堡的升旗仪式》、《现代诗的内涵》的发言。出席本次论坛的有福建省文艺界、出版界、学术界等各方人士六十多人。

2006年5月13日在晋江，本届"海峡诗会"尚举办了第二场"海峡文艺论坛"，以两岸诗学为论题，围绕两岸诗坛共同关心的"文化时空与生命诗学"、"诗的主体与客体"、"华语特质与诗语言的创造性"三个课题展开讨论。洛夫论述"现代诗的美学特征"是自由的、生命的，但同时指出当下我们写的现代诗经由台湾于六十年代吸收西方现代主义，再经七十年代受中国诗学冲击、融会，创造出的现代诗，比戴望舒的时代成熟。现代诗的第一个姿态是反传统，但后来重新加以评估；"现代诗人或有偏颇，要么彻底反传统，要么提倡回归，而我提出'回眸'传统，最终的目的是创新。"他希望年轻人重新看看老祖宗的东西，找回意象的永恒之美，从心所欲不逾矩。

老诗人蔡其矫从书写工具入手谈诗的美学特征。他说汉朝以竹简、羊皮写字，书写工具简陋，蔡伦造纸后才有自由的书写，在此之前以口相传，自然须押韵以便传诵。在西方，自由诗的产生在惠特曼之后五十年才于欧洲传开，而到中国则更晚，是一定条件下的产物。最终自由诗完全取代了格律诗。但自由诗不能写长诗，这需要某种依托，如写历史。纯粹的自由诗越短越好，这就要讲究意象。千万不要走回头路，也千万不要只是学人家。诗要反映这个时代，要能使大家愿意读，而非一味孤芳自赏。

在晋江，中国作协书记处书记、诗人吉狄马加认为诗人具有一定的神性背景有助于创作，如希腊的埃利狄斯、智利的聂鲁达、西班牙的洛尔迦、爱尔兰的叶芝、俄罗斯的叶赛宁、阿赫玛托娃等。并就民族自身的传统、人类的普遍价值、科技文明与诗意文明的关系、人道主义精神、文化的多样性等问题提出不少振聋发聩的见解。而身兼翻译家的尹玲谈了诗的翻译问题。北师大教授、诗评家张清华提出，诗之于传统，重要的是结果，对传统应是反思后的继承，而经验永远不会过时，我们今天的经验与唐朝没有本质的变化。但古典诗的主题很有限，今天的经验会做出微小的调整。过度强调断裂，这不是真正的出路。诗评家、厦门城市大学教授陈仲义以大陆女诗人娜夜的诗为例，指出好的口语诗具有讲究语感和张力的特点，与"口水诗"的"废话写作"有本质的不同。台湾诗人张国治则引台湾女诗人夏宇的作品提出不同观点，认为"语感"与"张力"并非口语诗的专利。

出席晋江论坛的嘉宾尚有著名诗人叶延滨、林莽及《诗刊》社"新世纪十佳女诗人"获得者蓝蓝、路也、娜夜、鲁西西、杜涯、李小洛、海男、安琪、荣荣、林雪等，著名作家王充闾、陈源斌、李鸣生、许谋清、首都师大教授、著名诗评家吴思敬、著名评论家、《文艺报》副总编张陵，福州诗人伊路、谢宜兴、俞昌雄，宁德诗人汤养宗、晋江诗人楼兰等近百人。

诗歌节日浪峰迭起

"明月几时有，把酒问青天。"5月12日之夜，皓月团圆，月辉如洗。为表达福建文艺界人士对杰出诗人洛夫的敬意，本届诗会假福州市九日台音乐厅举办了别开生面的"诗之为魔——洛夫诗文朗诵会"。三百多人的音乐厅座无虚席，后排的过道上也挤满了慕名而来的洛夫诗歌爱好者。由主办方组织、福建省诗歌朗诵协会朗诵艺术团承担表演的朗诵节目精彩纷呈，反响热烈，各位表演者演绎的洛夫作品深深打动听众。在文学备受冷落的时代，"洛夫诗文朗诵会"场面比预计的更红火。当朗诵会接近尾声，洛夫先生亲自登台朗诵他的名诗《因为风的缘故》时，台下掌声如雷、经久不绝。洛夫坦言"我本来不是一个善于朗诵的人，可是今天我因受到场面的感染，得了灵感发挥超出了我的预料。"他不胜感慨：从来没听到这么好的朗诵。洛夫还由衷表示，他与福建真的很有缘，"第一、我之所以离开湖南前往台湾，那是因为我年轻的时候读了福建的大诗人冰心描绘大海的诗，她把大海描绘得特别美，使我十分向往，于是我才决定去台湾。第二、我的妻子是地地道道的鼓浪屿人，即地地道道的福建人，"所以我是标准的福建女婿"。第三，'金门炮战'的时候，我在金门做翻译官。金门与厦门隔海相望，我常常在金门想着海的另一边，并在金门写下了我的诗歌创作史上第一部重要诗集《石室之死亡》。"兼善书法的洛夫还在朗诵会上即席挥毫，为福建省文联留下了墨宝。福建省文联领导、书法家陈济谋回赠了书

· 兼善书法的洛夫在朗诵会上即席挥毫

法作品。

在此次盛会中，洛夫先生的花絮不断。

洛夫先生偕夫人陈琼芳女士是经过了二十多个小时的长途飞行，专程从加拿大温哥华赶赴福建出席"'2006 海峡诗会"的。5 月 11 日凌晨飞抵福州。这一天风和日丽，艳阳高照，洛夫迎来了他第 78 个生日。按照湖南人的说法，生日那天大太阳能给一年带来好运。洛夫先生巧在福州度过他隔年便到"望八"的特殊日子，可谓"三阳开泰"、"福寿双降"。尽管旅途劳顿，是日上午不到九点，苍苍白发的洛夫已经起床，精神抖擞地准备接受记者的采访。在福建福天福地，洛夫先生是福人福相。在福州紧锣密鼓的活动之后，诗会嘉宾便驱车前往晋江市。5 月 13 日至 15 日，晋江这方热土迎来了一场文学的盛会——福建省"'2006 海峡诗会——海峡西岸现代诗巡礼"与《诗刊》社"春天送你一首诗·新世纪十佳青年女诗人评选活动"、《文艺报》"中国作家晋江行"、《福建文学》"'星光杯'摄影诗大赛、'同心杯'诗词大赛颁奖活动"，同时以巨大条幅在高楼张挂；一大批来自大陆、台港地区与海外的著名作家、学者齐聚一堂，论坛、座谈、颁奖、朗诵、参观，掀起一阵阵诗的热浪……

许是由于连日劳顿，洛夫先生在前往参观南宋时期的跨海长桥安平桥，走在堤坝上时脚步不稳，一阵风吹来，把他头上带着的、来自加拿大的遮阳帽吹落堤下。堤较高，拾起似乎无望，他潇洒地摆手说那就不要了。但当有人下堤拾回帽子，洛夫风趣地引用自己的诗说："都是因为风的缘故。"引起在场者一阵朗笑。晋江活动结束后，洛夫先生一行尚应邀前往三明市出席"《还魂草——范方诗存》首发式暨范方诗歌研讨会"。福建已故诗人范方生前与洛夫诗交，结下不解之缘。无奈闽

· 2006 年 5 月 13 日至 15 日，洛夫先生偕夫人到晋江参加一系列文学活动

西北路途遥远，车况、路况均有所欠缺，洛夫先生不免辛苦劳累。然中午在大田县境内打尖午餐时，位处山区僻壤的路边小店，竟然出现有洛夫在大陆出版的第一种诗集——花城出版社 1990 年版《诗魔之歌》。书的持有人不失时机地前来求作者本人在书上签名。洛夫先生十分惊喜，夫人陈琼芳女士告诉说，这本诗集已经绝版，洛夫先生自己也只拥有一册，十分珍贵。一番话使在座者无不动容，连连感慨，持书者更是激动万分不可言表。这途中奇遇，也使洛夫先生消除了一些疲劳。

"江南好，风景旧曾谙。日出江花红胜火，春来江水绿如蓝……"花开蝶舞的日子，洛夫先生夫妇等还前往泰宁、集美进行文化考察及学术交流活动，在福州停留期间，尚兴致勃勃地专程前往长乐市参观了冰心文学馆，与福建文化界人士广泛交流……

· 洛夫先生与福建已故诗人范方生前诗交，结下不解之缘

⊙诗会回音

炮弹与菜刀的辨证

——在福州、厦门朗诵《再回金门》杂记

◎洛　夫

厦门与金门，一水之隔，当年曾是生死对头，历史如是说。于今两门敞开，遥遥对峙，相看两不厌。金厦小三通之后，每日数班航船往来，人货畅通无阻。金门满街大陆百货，应有尽有，而厦门市的"金门宾馆"、"金门酒楼"、"金门咖啡屋"到处可见。当年对岸四十七万发炮弹把金门打成了国际媒体的焦点，而今那些好钢铸成的弹头也打成了与"金门高粱"齐名的菜刀，为大陆游客整箱整箱地买回去，当作礼品送人。

金门了不起的地方，是在时代风暴狠狠摧折之下，通过生死辨证，在历史的战火中终于涅槃成一只满身光灿、风姿独标的凤凰。

我与金门和福建的因缘匪浅，先说远一点的：年轻时我在家乡湖南衡阳就读岳云中学，偶然中读到闽籍女诗人冰心的《寄小读者》，其中关于她搭乘父亲的军舰在大海上乘风破浪的情景，在我心里日渐酝酿成一个梦，一种深深地挥之不去的对海洋的向往，这与我日后不顾一切只身渡海赴台绝对有关。我和冰心的缘分还不止于此：我平生读到的第一首新诗也是冰心的

《相思》，这对我早年诗歌的抒情风格不无影响。她生前我一直没有机会拜见，而视为终生遗憾。最近福州之行，《台港文学选刊》主编杨际岚先生曾陪同我参观了设于长乐的"冰心文学馆"，一代诗魂的大量手稿、服饰、遗照及其他丰富的资料尽藏于此，以供络绎不绝的仰慕者静静凭吊。我的半日逗留，只能说聊偿宿愿，临行前我题下"一片冰心在长乐"数字致念。

再说较近一点的，但也是四十多年前的事了。一九五九年金厦之间爆发了震惊世界的炮战，次年我从台北军官外语学校毕业，八月即分发战火未熄却改为"单打双停"的金门服役，担任接待外国记者的联络官，逢双白天领着记者们走访于碉堡阵地之间，匆匆奔行于还冒着硝烟的残砖瓦砾之中，晚上则躲在武阳坑道里写诗，我的长诗《石室之死亡》第一首初稿就是在炮弹炸裂声中写下的。在金门一年中，另一件影响我整生的大事，是认识了生于鼓浪屿，在厦门渡过童年，而后随父回到金门读书的妻子陈琼芳，所以福建友人都昵称我为"厦门姑爷"，其实我的定位应是"金厦二门姑爷"才对。

· 2006 年 5 月 11 日，洛夫与夫人陈琼芳在福州接受当地媒体采访

除《石室之死亡》之外，近年来我还为金门写过四首诗：《酒乡之歌》、《再回金门》、《向飞跃的岛致敬》与《见证伤痛——观金门碉堡艺术展》，均先后在《创世纪》诗杂志与联合报副刊发表，其中以《再回金门》一诗最具沧海桑田、风云变幻的历史感，金门好友杨妈辉读后感动得热泪盈眶，电话中一再表示激赏之情，随后我即把这首诗写成一幅行草书法寄他，但愿病中的他，在日日面对悬于室内的这首诗时仍能感到一丝欣慰。而最能发挥这首诗的效应的，是今年五月我在福州与厦门鼓浪屿两地，面对着金门隔空大声朗诵的情景，使得当场七百多位观众为之激昂。

今年五月中旬，我应福建省文联、台港文学选刊杂志社、福建省文学艺术对外交流中心等单位的联合邀请，参加了"' 2006 海峡诗会"，继而又在月底参加了"第一届鼓浪屿诗歌节"，前者除了分别在福州、晋江、三明、泰宁等地举办了一系列的诗歌座谈、朗诵、参观之外，还于五月十二日晚在福州市于山公园音乐厅，专门为我办了一场"诗之为魔——洛夫诗文朗诵会"。该音乐厅的声光设备均属一流，而朗诵者都是"福建省诗歌朗诵协会"的专业朗诵家，是我数十年来所见最佳的诗歌朗诵团队，他们对原诗的抒情节奏掌握得恰到好处，激越而不滥情，夸张而不失度，透过声音的诠释，原诗也许少了点什么，但也增添了不少新意，而成为另一种新的艺术创作。这次朗诵的作品大多是两岸读者较为熟悉的诗，诸如《烟之外》、《水声》、《众荷喧哗》、《边界望乡》、《寄鞋》、《湖南大雪》、《因为风的缘故》、《再回金门》、《大鸦》等，其中《因为风的缘故》由我亲自以略带乡音的湖南腔国语朗诵，管它好不好，总算是原汁原味。这是二十多年前，我写给妻子的一首情诗，但也有另一层涵意：即人生苦短，欢乐有限，生命在一阵风中见证到缘起缘灭的辨证过程，"风"即是"缘"的意象，可以点燃爱情之火，也可以使生命之火随时熄灭。

《再回金门》一诗则由宋原先生朗诵，采用一种戏剧形式。他坐在舞台中央，高举着一瓶金门高粱，一面豪饮，一面朗诵，当朗诵到最后四句：

> 在亲朋好友的宴席上
> 我终于发现
> 开酒瓶的声音
> 毕竟比扣扳机的声音好听

他突然大笑起来，似乎是酒精燃起的兴奋，又像在暗示一种诡异历史的回响，有些夸张，但听众无不动容。

鼓浪屿原为蕞尔小岛，居民仅万余人，为维护环保，岛上不得设工厂，甚至也不让汽车行驶。此岛虽小，但人文底蕴极深，几乎每家都有钢琴，素有"音乐之岛"的雅号，又由于著名的诗歌评论家陈仲义和女诗人舒婷伉俪的定居，便也有"诗之岛"的称呼。这次鼓浪屿举办第一届诗歌节，请来了国内及东南亚的许多知名诗人参与盛会，从此更成了名副其实的"诗之岛"了。

在五月三十一日晚的鼓浪屿诗歌节朗诵会上，《再回金门》又朗诵了一次，这次是由我亲自朗诵。一登上舞台，我不免有些激动，因为当时我面对的正是我最熟悉的、曾在炮火硝烟中写过诗的金门。当我朗诵到：

> 当史家掷笔而起

·洛夫先生与台港文学选刊杂志社同人在晋江安海安平桥

只见血水四溅，一滴
飞入对岸鼓浪屿的琴声
一滴，已在太武山顶风干

猛然响起一阵排山倒海似的钢琴配乐，使得我和台下的观众震撼不已。诗中的"对岸"是鼓浪屿，是厦门，是大陆，是养我育我、淬励我的人格、培育我的文化根系的原乡，而我朗诵时面对的"对岸"是金门，是台湾，是耗尽我数十载青春、在此生男育女、建立了我独特的文学王国的宝岛。此时，我独自站在聚光灯投射的舞台上，不禁心旌摇荡，在这时空交错、不知今夕何夕之际，竟然生出一种"今夜不知酒醒何处"的茫然之感。

草成此文之前，我读到了《金门文艺》第 10 期杨树清写的《武阳坑道的缪思——洛夫与<石室之死亡>》，他那极其丰富的资料库和惊人的记忆力，助我重温了数十年前在金门的一段难忘往事。从金门到厦门，或从台湾到温哥华，无非都是飞鸿在雪泥上留下的爪痕，岁月悠悠，两岸的风云曾在我们胸中激荡，而今又平静如退潮的沙滩，我从金厦二门一开一合之间，不时看到时间老人暧昧的讪笑。

2006 年 6 月 10 日于温哥华

2007 年第五届海峡诗会

——"天和地谐，人和诗谐"席慕蓉海峡西岸行

· 席慕蓉（中）在泉州

⊙**概况**

第五届海峡诗会概况

一、主办、协办与承办单位

主　　办：福建省文学艺术界联合会
　　　　　台港文学选刊杂志社
　　　　　福建省文学艺术对外交流中心
承　　办：台港文学选刊杂志社
　　　　　福建省文学艺术对外交流中心
协　　办：泉州市委宣传部
　　　　　泉州市文联
　　　　　厦门市文联
项目承办：福建海峡朗诵艺术团

二、活动流程

（1）12 月 22 日上午，福州市福建会堂，举行"席慕蓉作品研讨会"。

（2）12 月 22 日下午，福州鼓山，游览涌泉寺和灵源洞摩崖石刻。

（3）12 月 22 日晚，福州市省闽剧艺术中心，举行"和谐之声——席慕蓉诗文朗诵会"。

（4）12 月 23 日，泉州市，参观中国闽台缘博物馆、泉州开元寺、弘一法师纪念堂等。

（5）12 月 23 日晚，泉州市，观赏南音和提线木偶表演。

（6）12 月 24 日下午，厦门市，参观集美学村，至鼓浪屿会见诗人舒婷和诗评家陈仲义夫妇。

三、部分与会嘉宾简介

席慕蓉，女，蒙族，本名穆伦·席连勃，笔名萧瑞、千华、漠蓉、穆伦、席连勃等。祖籍内蒙古察哈尔盟明安旗（今锡林郭勒盟正镶白旗）。1943 年生于重庆，1949 年赴香港，1953 年赴台湾。1959 年考入台湾师范大学艺术系，1963 年毕业，曾任教于台北仁爱初中。同年所作《纪念品》入选《皇冠》杂志"难忘人物征文"佳作。1964 年赴比利时布鲁塞尔皇家艺术学院进修，1966 年以第一名成绩毕业，同时获布鲁塞尔政府金牌奖和比利时王国金牌奖。1970 年返台后，曾多年受任新竹师范专科学校美术科教师、新竹师范学院教授，又在东海大学美术系执教。1975 年散文集《心灵的探索》出版。1976 年《生日蛋糕》获联合报第一届小说奖佳作奖。1981 年诗集《七里乡》出版，率真地抒写了对爱情的追求、青春的惆怅和沉重的乡愁，是"流着泪记下的微笑和含笑记下的悲伤"，成为她写作生涯的转折点。此后她的诗与散文陆续在台湾中央日报、联合报、中国时报副刊发表。《出塞曲》获金鼎奖最佳作词奖，台湾 1984 年年度散文选和两本年度诗选都选入她的作品，1987 年获台湾第十届中兴文艺奖章新诗奖。她的散文被称为"诗人的散文"，其突出特色是抒情风格，带有田园式的牧歌情调，充满温馨同情，显示的是"一个爱者的世界"。爱情和乡愁是她诗歌的两大主题。近十年来，潜心探索蒙古文化，2000 年受聘为内蒙古大学名誉教授。现又为专业画家。其所著诗集、散文集、画册及选本等迄今已逾五十种，读者遍及海内外。如广州花城出版社版《七里香》、《无怨的青春》、《时光九篇》三书发行达一百五十万册。其影响之大可见一斑。

陈章武，历任福建省文联秘书长、书记处书记、副主席，福建省作家协会主席。中国作家协会第五届全国委员会委员。现任福建省文联副主席，福建省作家协会顾问。著有散文集《海峡女神》、《处女湖》、《仲夏夜之梦》、《生命泉》、《章武散文自选集》等。散文《北京的色彩》选入全国高中语文课本。作品获《人民日报》燕舞散文征文二等奖、福建省第二、第三届优秀文学作品奖等。

鲍尔吉·原野，中国作家协会会员，辽宁省作家协会副主席，已出版散文集《草木山河》等数十部作品。小说、散文、诗歌、文学报告等均多次获奖。

哈达奇·刚，中国蒙古文学学会副理事长，内蒙古文联副主席，内蒙古文学翻译家协会主席，译审。著有儿童文学集《鞭子》、《哈达奇·刚儿童文学选》，《那顺短篇小说选》，《苏尤格·哈达奇·刚评论集》，译著《故乡情》、《牧马人》、《108 颗兔屎和 8 枚金币》等。作品获全国第二、第三届少数民族文学创作翻译奖及内蒙古第二届索龙嘎奖翻译奖等。

陈先法，上海文艺出版社文学编辑室主任。

王春鸣，美学硕士，传媒文化博士生。现供职于江苏省南通市文化局。著有散文集《芬芳的独唱》、《中国翔》、《桃花也许知道》，曾获第 24 届陈伯吹儿童文学奖。

王 珂，文学博士。福建师范大学文学院教授。出版、发表各类文字 600 多万字，其中专著 5 部，编（参）译著作 6 部，论文 300 余篇，诗作近百首，散文近千篇。获省社科二等奖和三等奖各一项。

陈侣白，福建福州人。民盟成员。毕业于厦门大学经济系。历任福建省文联创作员，福建省文联《园地》及《热风》月刊编委、编辑，福建省文化局歌词编辑，福建省作家协会专业作家、秘书长，编审。1942 年开始发表作品。1984 年加入中国作家协会。著有诗集《滴血的玫瑰》、《被遗忘的南国梦》，歌集及音乐盒带多种（作词），多幕话剧剧本《种橘的人们》（合作），电影文学剧本《闽江橘子红》（合作，已拍摄发行）等。曾获福建省第二届优秀文学作品奖、中国音协共和国五十年音乐作品评奖优秀作品奖、文化部第九届群星奖优秀奖等。

伍明春，诗人、文学博士。福建师范大学讲师。发表有论文《论"新诗"观念的塑造》、《抒情姿态的变化——现代汉诗与民生关系的一种考察》等十数篇。

少木森，著有诗集《花木禅》、《谁再来出禅入禅》等及小说、散文随笔集多种。曾获"澳洲国际华文诗书画大展"新诗成就（最高）奖、福建省第 20 届、第 23 届优秀文学作品奖等。

荆　溪，中国诗歌学会会员，福建省作家协会会员。著有诗集《理解一滴水》、电子诗集《看见》等。作品选录《新生代诗人 100 家》、《70 后诗集》、《诗歌与人——中国女诗人访谈录》等。

此外，除了主办单位福建省文联及其相关部门台港文学选刊杂志社、省文学艺术对外交流中心的人员，尚有福建省文艺界、新闻界人士许怀中、朱清、范碧云、杨少衡、林爱枝、林德冠、韦忠慈、吴凤章、熊志强、陈元麟等出席了相关活动，泉州市委宣传部、泉州市文联、厦门市文联、福建海峡朗诵艺术团参与了相关活动。

⊙与会交流的席慕蓉诗文

妇人之言

我　原是因为这不能控制的一切而爱你

无从描摹的颤抖着的欲望
紧紧闷藏在胸中　爆发以突然的泪

繁花乍放如雪　漫山遍野
风从每一处沉睡的深谷中呼啸前来
啊　这无限丰饶的世界
这令人晕眩呻吟的江海涌动
这令人目盲的
何等光明灿烂高不可及的星空

只有那时刻跟随着我的寂寞才能明白
其实　我一直都在静静等待
等待花落　风止　泽竭　星灭
等待所有奢华的感觉终于都进入记忆
我才能向你说明

我　原是因为这终必消逝的一切而爱你

（1995）

铜版画

若夏日能重回山间
若上苍容许我们再一次地相见
那么让羊齿的叶子再绿
再绿　让溪水奔流
年华再如玉

那时什么都还不曾发生
什么都还没有征兆
遥远的清晨是一张着墨不多的素描
你从灰蒙拥挤的人群中出现
投我以羞怯的微笑

若我早知就此无法把你忘记
我将不再大意　我要尽力镂刻
那个初识的古老夏日
深沉而缓慢　刻出一张
繁复精致的铜版
每一划刻痕我都将珍惜
若我早知就此终生都无法忘记

（1978）

海洋

在海边，F给我说了一个故事。

他有一个朋友，曾经在远洋轮船上做过事，同船有个希腊水手，长得像希腊雕像一样完美，人很活泼又肯认真工作。只是，每到一处港口，就会早早地跑下船去，一直要到开航前的最后几分钟，才再急匆匆地跑回来。

朋友知道海上的寂寞，所以，当这个年轻的阿波罗向岸边不断挥手时，他也总会跟着水手的目光望向那码头上的女子。

走过了几处港口之后，朋友万分惊讶地发现——在每一个码头上向这水手道别的，竟然都是同一个女人！

这个女人原是法国一所学院的教授，在四十岁那年认识了这个希腊水手之后，就狂热地爱上了他。于是，辞去了教职，紧跟着这条船的航线到每一个停泊的港口来等待她年轻的爱人。这样追随了两年之后，他们终于结了婚，在法国南部定居了下来。

海浪在阳光下起伏，我说这不是很美吗？F 微笑地看着我，再继续说下去：

"可是，两年之后，他们又离婚了。水手重新回到船上，他说，到最后夫妻终日默默相对，说不上一句话，还不如回来面对海洋。"

让这两个人分开的原因，我想，只有眼前这广阔而又深沉的海洋才能完全明白的吧。

一棵开花的树

如何让你遇见我
在我最美丽的时刻　为这
我已在佛前　求了五百年
求他让我们结一段尘缘

佛于是把我化作一棵树
长在你必经的路旁
阳光下慎重地开满了花
朵朵都是我前世的盼望

当你走近　请你细听
那颤抖的叶是我等待的热情
而当你终于无视地走过
在你身后落了一地的
朋友啊　那不是花瓣

是我凋零的心

如歌的行板

一定有些什么
是我所不能了解的

不然　草木怎么都会
循序生长
而候鸟都能飞回故乡

一定有些什么
是我所无能为力的

不然　日与夜怎么交替得
那样快　所有的时刻
都已错过　忧伤蚀我心怀

一定有些什么　在落叶之后
是我所必须放弃的

是十六岁时的那本日记
还是　我藏了一生的
那些美丽的如山百合般的
秘密

为什么

我可以锁住我的笔　为什么
却锁不住爱和忧伤

在长长的一生里　为什么
欢乐总是乍现就凋落
走得最急的都是最美的时光

无怨的青春

在年轻的时候，如果你爱上了一个人，
请你，请你一定要温柔地对待他。

不管你们相爱的时间有多长或多短，
若你们能始终温柔地相待，那么，
所有的时刻都将是一种无瑕的美丽。

若不得不分离，也要好好地说声再见，
也要在心里存着感谢，
感谢他给了你一份记忆。

长大了以后，你才会知道，
在蓦然回首的刹那，
没有怨恨的青春才会了无遗憾，
如山冈上那轮静静的满月。

前　缘

人若真能转世　世间若真有轮回
那么　我爱　我们前世曾经是什么

你　若曾是江南采莲的女子
我　必是你皓腕下错过的那一朵

你　若曾是那个逃学的顽童
我　必是从你袋中掉落的那颗崭新的弹珠
在路旁草丛里
目送你毫不知情地远去

你若曾是面壁的高僧

我必是殿前的那一炷香
焚烧着　陪伴过你一段静穆的时光

因此　今生相逢　总觉得有些前缘未尽
却又很恍惚　无法仔细地去分辨
无法一一地向你说出

莲的心事

我
是一朵刚盛开的夏莲
多希望
你能看见现在的我
风霜还未曾来侵蚀
秋雨还未曾滴落
青涩的季节又已离我远去
我已亭亭　不忧亦不惧
现在　正是
最美丽的时刻
重门却已深锁
在芬芳的笑靥之后谁人知我莲的心事
无缘的你啊
不是来得太早　就是
太迟

盼　望

其实　我盼望的
也不过就只是那一瞬
我从没要求过　你给我
你的一生

如果能在开满了栀子花的山坡上
与你相遇　如果能

深深地爱过一次再别离
那么　再长久的一生
不也就只是　就只是
回首时
那短短的一瞬

惑

我难道是真的在爱着你吗
难道　难道不是
在爱着那不复返的青春

那一朵
还没开过就枯萎了的花
和那样仓促的一个夏季

那一张
还没着色就废弃了的画
和那样不经心的一次别离

我难道是真的在爱着你吗
不然　不然怎么会
爱上
那样不堪的青春

深　秋

可以挥霍悲伤的日子已经过去了

走过中途　当一切真相迎面逼来
我们其实只能　噤声回避

即使是一滴泪水　也成干扰
必须把柔弱的心打造成铜墙铁壁

不泄露　也不再接收
任何与主题有关的讯息

要到了秋深才能领会
活着　就是盛宴

如果能够互相告诫
让河流与海洋从此都不起波澜
这天赐的余生就再无亏欠
看哪　我爱　在你我的窗外
早上有雾　晚上或许有月光
生命依然丰美热烈　运转如常

四月栀子

然而我们的内在已经暴露
外表也无法再修复
颓倒　裂开
藤蔓与时间都无法掩埋
昨日已成巨大的废墟
并且为此而迟迟不肯离去

我其实有所提防
当我在四月的夜里　重临旧地
这空间已如旷野　氛围却何等熟悉
有些什么从我身后蹑足而过
有些旧日的场景和曲目　似乎
还飘浮在恍惚的角落
回音比我们当年的话语缓慢
颜色比我们当年的衣衫浅淡
只有月光依旧　还留在斑驳的墙上

我其实有所提防　然而
这袭人的香气

一如突来的巨浪

在痛击了赤身露体的巉岩之后

又以无限的温柔来淹没和包裹

往事历历在目啊　包括

所有的光影与细节　悲伤和喜悦

墙外　一树雪白的栀子正在盛开

这芳馥浓烈　比我的梦境还要疯狂

比我的记忆还要千百倍固执的花香啊

此刻　想要传递给我的

究竟是生命中何种神秘的讯息

当我　当我在四月的夜里

重临旧地

蝶　翅

　　记得有白色的花朵在身旁盛开，但究竟是山茶还是玫瑰，已经全无印象。只知道季节是在初春，在那一年，她终于明白许多事物都不可能留存。

　　无法再携带的笔记和信件，堆积起来，在后院背风的角落点燃，临别依依，她因此而总是会不时地注视着焚烧的中心。

　　在焚烧的中心，一切化为灰烬。然而，在接近中心的边缘部分，纸张虽然已经因为高热而蜷曲，原来洁白的颜色也变为深深浅浅的灰黑，纸质变脆变薄，如蝶翅般颤动，但是，每一段落的字迹却依旧清晰可读。

　　在火焰的吞吐间，原来用黑色墨水写成的字句，每一笔每一划却都变成了如燃烧着的炭色那样透明光亮的红。在即将灰飞烟灭之前的那一瞬间，白纸黑字的世界忽然幻化成灰纸红字的奇异色彩，紧紧攫住了她的视线。多年前他在静夜里为她写

下的每一个字，如今红得炽热，忽明忽暗，仿佛有了呼吸，仿佛在努力向她表达那最后一次的含意。

　　在身旁盛开的白色花朵，已经不复记忆究竟是山茶还是玫瑰。只知道那是个初春的季节，微近中年的她，刚刚开始明白，这世间原来没有任何痕迹可能永久留存。

　　岁月飞逝，世事果然都如浮光掠影。可是，那炽热的红字刻在灰黑色的纸页间，如蝶翅般颤动着的片段，不知道为什么，在又隔了这么多年之后，依旧会不时地飞进她的心中。

长　路

像一颗随风吹送的种子

我想　我或许是迷了路了

这个世界　绝不是

那当初曾经允诺给我的蓝图

可是　已经有我的泪水

洒在山径上了　已经有

我暗夜里的梦想在森林中滋长

我的渴望和我的爱　在这里

像花朵般绽放过又隐没了

而在水边清香的荫影里

还留着我无邪的心

留着我所有的

迟疑惶惑　却无法再更改的

脚印

（1984）

生命的邀约

其实 也没有什么
好担心的
我答应你 雾散尽之后
我就启程

穿过种满了新茶与相思的
山径之后 我知道
前路将经由芒草萋萋的坡壁
直向峰顶 就像我知道
生命必须由丰美走向凋零

所以 如果我在这多雾的转角
稍稍迟疑 或者偶尔写些
有关爱恋的诗句
其实也没有什么好担心的

生命中有些邀约不容忘记
我已经答应了你 只等
只等这雾散尽

（1983）

贝 壳

在海边，我捡起了一枚小小的贝壳。

贝壳很小，却非常坚硬和精致。回旋的花纹中间有着色泽或深或浅的小点，如果仔细观察的话，在每一个小点周围又有着自成一圈的复杂图样。怪不得古时候有人采用贝壳来做钱币，在我手心里躺着的实在是一件艺术品，是舍不得拿去和别人交换的宝贝啊！

在海边捡起这一枚贝壳的时候，里面曾经居住过的小小柔软的肉体早已死去。在阳光、砂粒和海浪的淘洗之下，贝壳中所留下来的痕迹已经完全消失了。但是，为了这样一个短暂和细小的生命，为了这样一个脆弱和卑微的生命，上苍给它制作出来的居所却有多精致、多仔细、多么地一丝不苟呢！

比起贝壳里的生命来，我在这世间能停留的时间是不是更长和更多一点呢？是不是也应该用我的能力来把我所能做到的事情做得更精致、更仔细、更加地一丝不苟呢？

请让我也能留下一些令人珍惜、令人惊叹的东西来吧。

在千年之后，也许也会有人对我留下的痕迹反复观看，反复把玩，并且会忍不住轻轻地叹息："这是一颗怎样固执又怎样简单的心啊！"

早餐时刻

诗 其实也不能怎么教育我

不是箴言 不是迷津的指点
也不是必备的学历和胭脂
然而是何等的幸福 如果可以
在早餐的桌上遇见一首好诗

就如同一杯热茶 一匙蜂蜜
一片马可波罗的核桃面包
是何等温暖纯净熨帖人心的开始
如果可以在早餐的桌上

· 席慕蓉在"席慕蓉作品研讨会"上阅读《台港文学选刊》

与诗人同行　走进幽深小径
在青青苔色的映照里
不需要什么分析和导读
我的灵魂就能品味出　一种
几乎已经遗忘了的
甘美而又清冽的自给自足

暑假·暑假

那个暑假，怀着三个多月的身孕，我应聘回台教书。学校开学之前，都住在新北投的娘家。早上在院子里散步，常常看见幼稚园的娃娃车开上山来，接邻居的小娃娃去上学。

妈妈有天也站在我身边，她一面隔着矮矮的石墙向车里的小朋友挥手，一面对我说：

"真希望这个小家伙赶快生出来，赶快长大，到四五岁的时候，也来坐娃娃车，我就可以在门口接她送她，该有多好！"

我当时不禁笑了起来，我的天！四年或者五年是多长多久的时间啊！

妈妈说："你别笑我。我告诉你，这日子是越过越快的。尤其是小孩，在你旁边简直是挡不住地往上长。"

慈儿半岁之后，我们搬到新竹。妈妈想她的时候，就常常一个人从新北投坐汽车又转火车地来我们家抱外孙。每次都会说，这孩子长得真快，越来越抱不动了。

慈儿是在三岁多的时候混进了幼稚园的，虽然离家只有几步路，她也闹着要坐娃娃车，当然有时候总会出些意想不到的趣事，我添油加酱去说给妈妈听的时候，妈妈总是笑个不停。

一个夏天接着一个夏天地过去，这个

暑假，想不到我们的小娃娃竟然也要考大学了！昨天下午，我觉得应该去告诉妈妈，我现在相信她说的话了——这日子真是越过越快。

然后才忽然想起来，妈妈已经不在了。

父亲的草原母亲的河

父亲曾经形容那草原的清香
让他在天涯海角也从不能相忘
母亲总爱描摹那大河浩荡
奔流在蒙古高原我遥远的家乡

如今终于见到这辽阔大地
站在芬芳的草原上我泪落如雨
河水在传唱着祖先的祝福
保佑漂泊的孩子找到回家的路

虽然已经不能用母语来诉说
亲爱的族人　请接纳我的悲伤
请分享我的欢乐
我也是高原的孩子啊心里有一首歌
歌中有我父亲的草原我母亲的河

我也是高原的孩子啊心里有一首歌
歌中有我父亲的草原啊
我母亲的河

出塞曲

请为我唱一首出塞曲
用那遗忘了的古老言语
请用美丽的颤音轻轻呼唤

我心中的大好河山

那只有长城外才有的清香
谁说出塞歌的调子都太悲凉
如果你不爱听
那是因为歌中没有你的渴望

而我们总是要一唱再唱
想着草原千里闪着金光
想着风沙呼啸过大漠
想着黄河岸啊　阴山旁
英雄骑马啊　骑马归故乡

（1979）

燕　子（节选）

初中的时候，学会了那一首《送别》的歌，常常爱唱：

"长亭外，古道边，芳草碧连天……"

有一个下午，父亲忽然叫住我，要我从头再唱一遍。很少被父亲这样注意过的我，心里觉得很兴奋，赶快再从头来好好地唱一次：

"长亭外，古道边……"

刚开了头，就被父亲打断了，他问我：

"怎么是长亭外？怎么不是长城外呢？我一直以为是长城外啊！"

我把音乐课本拿出来，想要向父亲证明他的错误。可是父亲并不要看，他只是很懊丧地对我说："好可惜！我一直以为是长城外，以为写的是我们老家，所以第一次听这首歌时特别地感动，并且一直没有忘记，想不到竟然这么多年是听错了，好可惜！"

父亲一连说了两个"好可惜",然后就走开了,留我一个站在空空的屋子里,不知道如何是好。

前几年刚搬到石门乡间的时候,我还怀着凯儿,听医生的嘱咐,一个人常常在田野间散步。那个时候,山上还种满了相思树苍苍翠翠的,走在里面,可以听到各式各样的小鸟鸣声,田里面也总是绿意盎然,好多小鸟也会很大胆地从我身边飞掠而过。

我就是那个时候看到那一只孤单的小鸟的,在田边的电线杆上,在细细的电线上,它安静地站在那里,黑色的羽毛,像剪刀一样的双尾。

"燕子!"我心中像触电一样呆住了。

可不是吗?这不就是燕子吗?这不就是我从来没有见过的燕子吗?这不就是书里的、外婆歌里唱的那一只燕子吗?

在南国温热的阳光里,我心中开始一遍又一遍地唱起外婆爱唱的那一首歌来了:

"燕子啊!燕子啊!你是我温柔可爱的小小燕子啊……"

一直到了去年的夏天,因为一个部门的邀请,我和几位画家朋友一起,到南部的一个公园去写生,在一本报道附近天然资源的书里,我看到了我的燕子。图片上的它有着一样的黑色的羽毛,一样的剪状的双尾,然而,在图片下的解释和说明里,却写着它的名字是"乌秋"。

在那一刹那,我忽然体会出来多年前的那一个正午,父亲失望的心情了。其实,不必向别人提出问题,我自己心里也已经明白了自己的错误。但是,我想,虽然有的时候,在人生道路上,我们是应该面对所有的真相,可是,有的时候,我们实在也可以保有一些小小的美丽的错误,与人无害,与世无争,却能带给我们非常深沉的安慰的那一种错误。

我实在是舍不得我心中那一只小小的燕子啊!

旁听生

您是怎么说的呢
没有山河的记忆等于没有记忆
没有记忆的山河等于没有山河

还是说
山河里的记忆才是记忆
记忆里的山河才是山河

那我可真两者皆无了
是的 父亲啊母亲
在"故乡"这座课堂里
我既没有学籍也没有课本
只能是个迟来的旁听生

只能在最边远的位置上静静张望
观看一丛飞燕草如何苗生于旷野
一群奔驰而过的骏马 如何
在我突然涌出的热泪里
影影绰绰地融入那夕暮间的霞光

蒙文课
——内蒙古篇（节录）

斯琴是智慧 哈斯是玉
赛痕和高娃都等于美丽

如果我们把女儿叫做
斯琴高娃和哈斯高娃　其实
就一如你家的美慧和美玉

额赫奥仁是国　巴特勒是英雄
所以　你我之间
有些心愿几乎完全相同
我们给男孩取名奥鲁丝温巴特勒
你们也常常喜欢叫他　国雄

鄂慕格尼讷是悲伤　巴雅丝纳是欣喜
海日楞是去爱　嘉嫩是去恨
如果你们是有悲有喜有血有肉的生命
我们难道就不是
有歌有泪有渴望也有梦想的灵魂

　　（当你独自前来　我们也许
　　可以成为一生的挚友
　　为什么　当你隐入群体
　　我们却必须世代为敌？）

腾格里是苍天　以赫奥仁是大地
呼德诺得格　专指这高原上的草场
我们先祖独有的疆域
在这里人与自然彼此善待　曾经
有上苍最深的爱是碧绿的生命之海

俄斯塔荷是消灭　苏诺格呼是毁坏
尼勒布苏是泪　一切的美好成灰

　　（当你独自前来
　　这草原可以是你一生的狂喜
　　为什么　当你隐入群体
　　却成为草原的梦魇和仇敌？）

风沙逐渐逼近　征象已经如此明显
你为什么依旧不肯相信

在戈壁之南　终必会有千年的干旱
尼勒布苏无尽的泪
一切的美好　成灰

· ’2007 海峡诗会——席慕蓉作品研讨会会场

⊙**诗歌讨论会和朗诵会**

席慕蓉作品研讨会

时间：2007 年 12 月 22 日上午

地点：福州西湖福建会堂泉州厅

开幕式

主持：杨际岚（福建省作家协会副主席、福建省台港澳暨海外华文文学研究会会长、《台港文学选刊》主编）

致辞：杨少衡（中国作家协会全委会委员、福建省文联副主席、福建省作家协会主席）

讲话：陈章武（福建省文联副主席、福建省作家协会顾问），讲题《席慕蓉印象》

研讨发言：

1. 陈先法：《席慕蓉回家》
2. 鲍尔吉·原野：《从当代蒙古族作家创作解读席慕蓉的蒙古性》
3. 王　珂：《一棵开满鲜花的情感树》
4. 陈侣白：《我读席慕蓉》
5. 伍明春：《回望时间草原：席慕蓉的爱情想象》
6. 哈达奇·刚：《初探席慕蓉诗中的故乡情结》
7. 王春鸣：《与天地精神相往来》
8. 少木森：《把沧桑化作淡淡的惆怅》
9. 荆　溪：《席慕蓉的诗及其 Fans》

自由发言

席慕蓉女士讲话

总结发言：许怀中

在' 2007 海峡诗会
——"席慕蓉作品研讨会"上的讲话

◎许怀中

尊敬的席慕蓉女士、各位与会嘉宾：

今天我们在这里专题研讨席慕蓉的作品，大家从许多方面来讨论席慕蓉的诗歌创作和散文创作。我想这是华文世界许多喜爱席慕蓉作品的专家和读者的题中应有之义，也是"海峡诗会"活动的题中应有之义。"海峡诗会"至今已成功举办了五届，之前邀请了名家余光中、洛夫及其他台港澳诗人前来与会，进行海峡两岸文学以及文化的交流，取得颇好的社会反响。今天我们又迎来深受广大读者喜爱的著名诗人、散文家、画家席慕蓉女士，这是业已向深度、广度展开的两岸文化交流的盛事。据主办单位说，席慕蓉女士这次能够前来福建，是几次调整时间，克服了许多困难的；她的丈夫刘海北先生仍在重病中。这令我们感动，也让我们对她产生由衷的敬意。在此，让我代表福建文艺界的朋友们，对席慕蓉女士表示诚挚的谢意！

大家知道，上世纪八十年代以来，席慕蓉的爱情诗风靡祖国大陆，不限于青年，许多人都喜爱她的诗。虽然，有人曾一度把席慕蓉的诗与别的流行诗歌相比较，划归"通俗文学"的行列；台湾诗坛也曾引起争论，但是后来，随着人们阅读水平的提高，多数人逐渐分辨出了席慕蓉的诗与其他通俗诗歌的不同品格，诗坛也逐渐给席慕蓉的诗歌以公正的评价。这说明，好的文学作品能够经得起时间的检验；我们对文学的阅读，也应当假以时日，克服片面性。流行的作品是否好作品，不能简单下结论，流行的未必不好，不流行的也未必就好；中国古典名著《水浒传》、《三国演义》、《西游记》自古以来就是很流行的作品，金庸的武侠小说也很流行，但并不是坏的作品。可以这么说：对于席慕蓉，如果批评再没有跟上而继续"失语"，那是批评的问题。

席慕蓉有相当部分诗作率真地抒写了对爱情的追求、青春的惆怅和沉重的乡愁，是"流着泪记下的微笑和含笑记下的悲伤"。她的诗的语言看上去比较明白晓畅，清丽而简洁，但需要仔细品味，其情感表达的精微处，往往容易被忽略，比如她表达的爱情，总体品格是温婉的，但其中也有坚毅的表达，如《一棵开花的树》：在佛前求了五百年而化作一棵树，长在你必经的路旁……这是相当坚韧的、女性的、古典的情怀，并不简单。她的情感表达还具有很强的时间意识，有着真切的生命的体验甚至有哲学式的感知蕴含其中，那种缅怀、持守、今昔的对照、诗意的蹉跎虽然并不高深，但放在社会上人心浮躁、心灵粗糙的现象中来看,却能唤起读者温柔、绵软、纤细的感情,升华为终极的关怀。

席慕蓉的作品是不断展开的。她的诗并不局限于爱情诗,有许多后来的写作证明了这一点,即便爱情也是多侧面的、立体的塑造,是爱恨交织的情怀。在她的诗中爱并不只是具体的、两性情感的交流,而是成为一种气质、一种品格。有许多作品我们恐怕未能一一了解。她的散文是她内心世界的延伸,从爱情延伸向丈夫、父母、儿女,又延伸向族人、土地和山川。也具有抒情的风格,所写敏感、细腻,对蒙古族人的怀念体现自己的出身与他们的维系,是一种"说不清的梦,讲不完的幻境",一种对绵延无尽的民族文化的追寻;情调婉转清澈,田园牧歌一般,既是感性的,也有准确真诚的知性的内省。

席慕蓉的作品启发我们的还有一条,那就是"常"与"变"的问题。有人认为席慕蓉的写作多属于"常态"写作,内涵比较单纯、真淳,写法也比较熟常平易。对这个问题怎么看?我们常说创新是文学的生命,这不错,但创新的目的还是要追求形式和内容的和谐统一,还是要创造出一种新的格局;如果一个文学格局不能沉淀下来成为读者可以认知的东西,而总在变动不拘之中,那么也不成其为创造。事实上,求变的写作往往容易糊弄人,让人不容易识别它的庐山真面目;而求常的写作则可以尊重和保持前人的创造成果,能够使许多人和几代人享受到这个成果,我们为什么要急匆匆地就把那么美好的东西抛弃呢?再说,"常态"写作也并非没有创造,如果没有创造,又从哪里产生"席慕蓉旋风"?这都是值得我们深思的。

关于席慕蓉的诗文,我们需要探讨的还有很多,有待深入解读,作更加全面和学术性的探讨。这里我想就本届海峡诗会的主题再谈点看法。所谓"天和地谐,人和诗谐",这样的追求,是许多诗人和作家的题中应有之义;而以"和谐"来看席慕蓉的作品是非常贴切的。除了席慕蓉的蒙古族情怀中有感于自然生态保护的慨叹,她的内心情感表达的许多方面与外物的描摹是和谐的,她作品的内容与形式是和谐的,她作为一个大写的人与她的文化出身是和谐的。从对席慕蓉作品的欣赏出发,我们应当努力去促进我们福建经济建设与自然生态的和谐、现代精神的追求与弘扬传统文化的和谐、物质文明与精神文明的和谐。相信本届海峡诗会的举行,能够对我省的两个文明建设和海西文化建设起到积极的、促进的作用。

预祝本届海峡诗会取得圆满成功!

预祝席慕蓉女士在福建的行程顺利,身体健康,心情愉快!

2007 年 12 月 22 日于福州

(许怀中,曾任厦门大学副教授、教授,福建省委宣传部副部长、省文化厅厅长,福建省文联主席,全国文联委员,中国作家协会理事。时任中国作家协会第六届全委会名誉委员。著有学术论著《鲁迅与文艺批评》、《鲁迅与世界文学》、《鲁迅创作思想的辩证法》等 10 种,另有散文集多种。曾获福建省社会科学优秀成果奖、中国管理科学研究所人文科学研究所评奖一等奖等。被授予突出贡献专家,享受政府特殊津贴)

和谐之声——席慕蓉诗文朗诵会

·2007 海峡诗会·和谐之声——席慕蓉诗文朗诵会舞台

一、概况

总 顾 问：范碧云　杨少衡
总 策 划：杨际岚　郭 平　宋 瑜
执 　 　 行：张俊彬　陈保东
主持词撰稿：余 禺
主 持 人：彭 彬
导 　 　 演：张俊彬
舞 美 设 计：林 翀
配 　 　 乐：苏琳娜
服 　 　 装：王咏梅
化 　 　 妆：刘 英
舞 台 监 督：赵建群
剧 　 　 务：张远德
剧 照 摄 影：尤晓毅
灯光、音响：福建省实验闽剧院

演出时间：2007 年 12 月 22 日

演出地点：福州市五四路福建省实验闽剧院

二、节目单

1. "爱情·青春"篇：

（1）妇人之言　朗诵者：金玉萍

（2）铜版画　朗诵者：唐　华

（3）海洋　朗诵者：赵建群

（4）一棵开花的树　朗诵者：海　枫　伴舞：王　晶、庄明星

（5）如歌的行板　朗诵者：郭　蕾

（6）席慕蓉情诗联诵　朗诵者：寒　枫、王咏梅、王　飞、金玉萍、彭　飙等

2. "时光·生命"篇

（1）深秋　朗诵者：乔　梁

（2）四月栀子　朗诵者：董佳丽

（3）蝶翅　朗诵者：王　飞

（4）长路　朗诵者：寒　枫

（5）生命的邀约　朗诵者：鲁　宁

（6）贝壳　朗诵者：真由美

（7）早餐时刻　朗诵者：彭　飙

3. "亲情·乡情"篇

（1）暑假·暑假　朗诵者：张伟伟

（2）父亲的草原母亲的河　朗诵者：张俊彬

（3）男声独唱《父亲的草原母亲的河》　演唱者：吴志鹏　伴舞：庄明星、王　晶

（4）出塞曲　朗诵者：任敏卿

（5）女声独唱《出塞曲》　演唱者：邱　洁

（6）燕子（节选）　朗诵者：王咏梅、乔　梁、真由美

席慕蓉登台与观众见面并朗诵诗作《出塞曲》、《旁听生》、《蒙文课》

（承办单位：福建省海峡朗诵艺术团）

三、主持词

尊敬的各位嘉宾、各位领导、各位朋友，女士们、先生们：晚上好！

今夜是农历冬至夜，也将是爱诗者得享精神美餐的夜晚。我们欢聚一堂，共同举办"和谐之声——席慕蓉诗文朗诵会"，这是我省文化品牌活动——海峡诗会'2007朗诵专场。本次朗诵会由福建省文联、台港文学选刊杂志社、福建省文学艺术对外

交流中心联合主办，由福建海峡朗诵艺术团具体承办。借此机会，主办与承办单位代表左海三山的福州人民和全省人民，向来自各地、出席并支持本场朗诵会的朋友与各位领导，表示热忱的欢迎和衷心的感谢！

出席今晚朗诵会的嘉宾有：（略）让我们以热烈的掌声欢迎他们的到来！

出席朗诵会的领导有：（略）让我们以热烈的掌声感谢领导们百忙中莅临晚会。

有幸承接今晚朗诵表演任务的是：福建省海峡朗诵艺术团的朗诵表演者们。让我们预祝他们演出成功！

现在，让我们以最热烈的掌声欢迎今晚尊贵的客人——来自祖国宝岛台湾的著名诗人、散文家和画家席慕蓉女士，让我们向她表示最诚挚的敬意！

席慕蓉，祖籍内蒙古察哈尔盟明安旗，生于四川，台湾师范大学艺术系毕业，赴欧深造，专攻油画，兼学蚀刻版画，1966年以第一名成绩毕业于比利时布鲁塞尔皇家艺术学院。曾在海内外举办多次画展，获比利时皇家金牌奖、布鲁塞尔市政府金牌奖、欧洲美术家协会两项铜牌奖，以及金鼎奖最佳作词和台湾中国文艺奖章新诗奖等。曾任台湾新竹师范学院教授多年，现为专业画家。席慕蓉的著作有诗集、散文集、画册，以及选本、译作等四十多种，读者遍及海内外。至今海峡两岸席慕蓉热潮不减，随着她不停地写作，她的诗文仍在深入人心。

"和谐之声——席慕蓉诗文朗诵会"现在开始。

序

天和地谐，人和诗谐。在这个世界上，有参差，也才有和谐。穿越历史风云，诗人生前就远离故土草原，自从降生在巴蜀天府之国就奠定了她走远路的命运。从四川到上海到香港，从台湾到欧洲，之后回过内蒙，今天又访问了福建八闽之地……伴随她人生之旅的是诗，是艺术，是心中的爱、是梦，是温婉的情感。就像在高科技的现时代，一首老歌在我们的听觉中还是那么和谐，那么动听，让我们回想许多。请听女声合唱《送别》，表演单位：福建儿童发展职业学院。

"爱情·青春"篇

好，让我们从那过去的歌里回到现在。曾经有评论者认为，席慕蓉诗中所谓青春所谓爱，是不可以真当作青春和爱来理解的。那么我们要问：现实生活中真正的爱情和青春难道不是和那无限的、永恒的诗意最贴近的吗？难道不是从这个意义上，席慕蓉获得了千千万万读者？

1. 答案是肯定的。那么对爱情的诗意的感受又从何而来？诗人说自己"为人女、为人妻、为人母"，"只是一个平凡的妇人"。以这样一种身份去体会陷入感情深海的妇人的爱，是不是更加深刻呢？请听《妇人之言》，朗诵者：金玉萍。

2. 看到世界上最终一切都要消失，所以才爱那个被爱的人。这跟古代女子的表达："山无陵，江水为竭，冬雷震震，夏雨雪，天地合，乃敢与君绝"真是异曲同工，是怎样一种大浪漫啊！这当然跟现时下那种轻飘而来，轻飘而去的爱截然不同，而是像铜版画一样,镌刻在心版上的。请听《铜版画》,朗诵者:唐华。

3.诗人曾经说:到了80岁,我还写情诗。听她这么表示,谁能不感动?那么这是因为爱很容易,还是很艰难?是因为爱很简单,还是很复杂?很坚持,还是很多变呢?让我们从下面的故事中去细细地咀嚼爱的真谛吧!请听散文《海洋》,朗诵者:赵建群。

4.生活就像海洋,人的心啊,也有潮起潮落,有矛盾有挣扎。反复无常的感情让人扼腕叹息,而在人类的心灵深处,在诗歌最美的故乡,那义无返顾的、爱的长跑究竟有多长呢?80岁够不够?100岁够不够?当席慕蓉真实地看到了一棵开花的树,她心中的答案是不言自明的。请听《一棵开花的树》。朗诵者:海枫;伴舞:王晶、庄明星。

5.既然已经化成了一棵树,爱,就是五百年,或许更长,虽然这个爱是悲剧性的,但诗人却追求残缺中的完满,那凋落了的心,还可以像树叶一样一次一次地生长。

当然,爱情总是更多地和青春在一起,尽管青春让我们那样迷茫,那样忧戚,那样不堪,如同过眼云烟,但回想起来,青春总是给我们留下了一份记忆、一份欣喜、一份盼望、一份感激……是那样让我们悲喜交集。请听《如歌的行板》,朗诵者:郭蕾。

6.就像刚才郭蕾为我们朗诵的,多年以来,有多少朋友的青春是伴随着对席慕蓉诗作的喜爱走过来的!丢掉的是十六岁的日记,留下的是席慕蓉的诗。让我们简单做一次回顾。请听"席慕蓉情诗联诵",朗诵者:寒枫、王咏梅、王飞、金玉萍、彭飙等。并请看大屏幕——

"时光·生命"篇

朋友们,当我们读着这些诗句,我们会觉得无论如何,青春是多么美好。诗人更希望能回到那美好的青春岁月。席慕蓉就曾说过:"总希望二十岁的那个月夜,能再回来,再重新活过那么一次。"这样说表示了诗人对时间的感觉,她甚至将自己的书献给时光,并且将时光称作"永远立于不败之地的君王"。时间意识与生命意识在席慕蓉的诗中相伴而生,对于时间,她说:"时间老人也有着高超惊人的手艺,喜欢在人身上留下他的杰作。他为人画上一道道皱纹,增添胡须,使孩童长牙,让老人的脊骨变弯。"可见诗人的心首先充满对时光飞逝的感叹,是惆怅和忧伤,然后是——是诗人的自我辨析和确认。

1.2.请听《深秋》和《四月栀子》,朗诵者:乔梁、董佳丽。

3.4.不知大家跟我是否有同感:读着这样的诗,能感觉到一种恬淡中的萧散的气息。但其中的蕴涵又像诗人自己所说:"无从横渡的时光之河啊,诗,是惟一的舟船"。由于时间的作用,生命中有许多东西要割舍,要放弃和抛弃,无论是十六岁的青涩的果实,或带不走的笔记和信件,但总有一些要回到心中;生命的过程也有许多东西要迷失,要消散和隐没,但总有一些会留存下来。请听散文《蝶翅》、诗《长路》。朗诵者:王飞、寒枫。

5.诗人曾这样夫子自道:对时光的惆怅其实跟渐渐变老无关,华年不再了,反倒是为那寄寓在魂魄深处、从不气馁、从不改变,也从不弃我而去的,那样一种渴望与憧憬，而感到惊诧和怜惜。因此，突破惆怅和忧伤，保持渴望与憧憬的生命姿态，就是诗人对时光飞逝这一宇宙现象做出的回应。请听《生命的邀约》。朗诵者：鲁宁。

6. 诗人是热爱大自然的。大自然给了我们人类许多的启示，比如对于生命的态度，相对于大自然，人在世界上总是那么迷狂，那么偏执于钻营，刻意地去追寻某种虚妄的目标，却又表现得那样脆弱，那样狭隘；而大自然是坦荡的、坚实的和永恒的，又同时像孩童一般纯粹和简单。如果将大自然同人的日常生活相联系，人就可以获得一份平常心，就像在早餐的桌上遇见一首好诗，自自然然的，不必刻意去求得一种深奥的解读。请听散文《贝壳》、诗《早餐时刻》。朗诵者：真由美、彭飙。

"亲情·乡情"篇

朋友们，亲情和乡情是多数人都能感受到的。但是，只有品尝了多样的人生况味，走过了丰富的生命历程，并且具有一颗细腻敏感之心的人，才能有更为诗意的感受，并升华为精神的追求。

1. 前面我们提到，席慕蓉是个"为人女，为人妻，为人母"的女诗人。她所走过的人生路，使她对亲情有一份特殊的敏感。自小她就对亲情特别需索，特别关爱，特别情动于衷。因此她才从自己小时候跟妈妈的互动，想到现在自己跟女儿的互动，从女儿让自己分享成长的喜悦，想到要让年老的妈妈也分享这个喜悦。请听散文《暑假·暑假》，朗诵者：张伟伟。

2.3.4. 席慕蓉祖籍内蒙古，她的外祖母孛儿只斤光濂公主还是成吉思汗的嫡系子孙。诗人的名字"穆伦"就是蒙语"大江河"

·席慕蓉在"和谐之声——席慕蓉诗文朗诵会"上，上台发表讲话并朗诵

的意思。1989年的夏天，她终于"第一次踏上蒙古高原，见到了父亲和母亲的故乡。"她情不自禁地说："见到了父亲的草原和母亲的河，捧着那水，眼泪就忍不住了。土地与人之间有很多神奇的感应，我无法确切地说出。但在那一刻，我第一次感到踏实，好像尘埃落定。我变成了一个完整的人。一直以来的不安定和惶恐消失了。我的自信找到了，身份确定了。"这就是为什么自此以后，席慕蓉不断追溯她的民族文化的原因。请听《父亲的草原母亲的河》、《出塞曲》。朗诵者：张俊彬、任敏卿。演唱者：吴志鹏。伴舞：庄明星、王晶。

下面，请听女声独唱：《出塞曲》。演唱者：邱洁。

5.朋友们，当你唱起《送别》这首老歌："长亭外 / 古道边 / 芳草碧连天 / 晚风扶柳笛声残 / 夕阳山外山 / 天之涯 / 地之角 / 知交半零落 / 一壶浊酒尽余欢 / 今宵别梦寒"，你是否能够体会到那远离故乡的人在"天之涯、地之角"翘首远望故乡时，心中无限思念的感情呢？"故乡的歌是一支清远的笛，总在有月亮的晚上响起。故乡的面貌却是一种模糊的怅惘，仿佛雾里的挥手离别。离别后，乡愁是一棵没有年轮的树，永不老去。"这是席慕蓉的诗《乡愁》的诗句。如果你不能深切地体会这种感情，就请听听，当席慕蓉曾经唱着这首歌时，她和他父亲之间，究竟发生了什么。请听散文《燕子》。朗诵者：王咏梅、乔梁、真由美。

6.现在，我们请大家热爱的诗人席慕蓉女士上台给我们讲话和朗诵。

尾 声

朋友们，爱情和青春、时光和生命、亲情和乡情，以及失望和希望、哀伤和欢乐、

· 朗诵会结束时，席慕蓉上台与朗诵表演者合影

瞬间与永恒，在席慕蓉的诗文中是那么和谐地统一在一起。评论家如此评价："诗人席慕蓉因着对生命的体验和感激，形成了自己独特的充满温情与感恩的诗境。其诗内核是悲剧性的，因为诗人懂得生命的残缺，了解人力的有限。但是，诗人并不为此悲观，相反，她追求着残缺中的完满。以爱情为假托，唤起读者温柔、绵软、纤细的感情，坚定读者对人类永恒价值的信仰。"

"天和地谐，人和诗谐"，让我们继续捧读那美好的诗文，跟着我们的诗人去追寻永恒的和谐的境界吧！

今晚的朗诵会到此结束，谢谢大家！

（撰稿：余　禺）

⊙**综述**

柔暖的诗风吹过冬日的海峡

◎梁 星

2007年12月，由福建省文学艺术界联合会、台港文学选刊杂志社、福建省文学艺术对外交流中心主办的'2007海峡诗会——"天和地谐，人和诗谐——席慕蓉海峡西岸行"系列活动在福建成功举行。

12月21日，活动随着席慕蓉一行抵达福州而拉开序幕，当晚，福建省委宣传部、省文联、省台办领导朱清、许怀中、范碧云、杨少衡、韦忠慈等与席慕蓉一行亲切会面，畅叙闽台文化渊源。

"床头诗"的学术殿堂

席慕蓉的第一本散文集《心灵的探索》于1975年出版。1982年，标志其写作生涯转折点的诗集《七里香》问世，诗作率真地书写了对爱情的追求、青春的惆怅和沉重的乡愁，是"流着泪记下的微笑和含笑记下的悲伤"。此后，她的诗在海内外众多媒体发表，并陆续出版多部诗集。爱情和乡愁构成其诗歌的两大主题。她的散文被称为"诗人的散文"，其突出特色是抒情风格，带有田园式的牧歌情调，充满温情，显示的是"一个爱者的世界"；其爱情诗自上世纪八十年代以来，深受大陆读者喜爱，被许多人奉为"床头诗"。

12月22日上午，本次活动的主要内容之一——席慕蓉作品研讨会假福建会堂举行，会议由福建省作家协会副主席、《台港文学选刊》主编杨际岚主持，中国作协

·本届诗会期间，"粉丝"们同席慕蓉激情拥抱

全委会委员、福建省作家协会主席杨少衡致辞。福建省文联副主席陈章武以《席慕蓉印象》为题首先发言，他用生动的事例，指出席慕蓉诗文风格柔美，犹如清风，但作为诗人的席慕蓉却是"柔美的外壳下包裹着一颗坚硬的内核"；他描述 2006 年 5 月在江苏南通举办的全国首届徐霞客文学节之旅游文学论坛上，目睹席慕蓉风采的经过：该会形成了一个倡导文学为旅游业服务的文件，席提出反对意见，认为文学应该有更高的使命。当某知名作家起来圆场时，席再次站起来反对，表示不愿在该文件上签名，说出了多数作家不便说出的话，以作家的立场捍卫了文学的纯洁性。上海文艺出版社文学编辑室主任陈先法讲述了席慕蓉作品被介绍到大陆的经过和签名售书时的盛况，将自己对席慕蓉的印象概括为"交往十年、享受十年也感动了十年。"并客观分析了席慕蓉诗文风靡大陆的原因，认为这反映出席慕蓉诗文美的精神背景契合了现代人寻找精神家园的渴望。著名作家鲍尔吉·原野剖析了当代蒙古族作家不同的创作角度与方向，深入挖掘了席慕蓉歌吟故乡内蒙的作品中蕴涵的"崇尚自由、尊敬土地"的蒙古性、"与泥土芳香联系在一起"的"伟大的朴实心肠"，指出"文化不是谁大谁小的问题，而是核心价值观的问题"；并阐述了席慕蓉的古典文学素养，其作品直指人心，倡导纯美、真诚、彼此尊重的精神内核，对中国大陆有很大的影响。他认为席慕蓉"是蒙古族一百年来最好的作家，也是蒙古族在华人世界中最有影响的作家。"福建师范大学教授、文学博士王珂从自身在学生时代作

为普通读者和现今作为文学研究者的双重身份谈到席慕蓉诗歌影响的广度与深度，以及自己对席诗看法的改变过程，个人情感和婚姻生活与席诗的渊源关系。祖露曾将席慕蓉诗文与现代派诗比较，认为"技巧性有所欠缺并且难度偏低"。针对这个评价，福建老诗人陈侣白马上引用《山路》、《一棵开花的树》、《莲的心事》、《雨夜》等作品中具体的诗句所蕴涵的复杂而深刻的情感加以辩驳，认为所谓好的艺术是其形式完美表现了内容，深感席慕蓉的爱情诗真诚、多姿、隽永而回味无穷，自己虽年逾八十仍将席诗放置床头，每晚必读，认为文学"题材有大有小，不以事而分优劣，难道阳刚就高，阴柔就低，就表现现代诗的难度吗？假如为了现代诗的技巧难度而写，则此风不可长。"争鸣的场面使研讨会的气氛一度达到高潮。福建师范大学讲师、文学博士伍明春，内蒙古文联副主席哈达奇·刚，江苏散文作家王春鸣，高级讲师、诗人少木森，福建省诗歌朗诵协会代理秘书长、诗人荆溪等人分别以《回望时间草原：席慕蓉的爱情想象》、《感悟席慕蓉诗中的故乡情结》、《与天地精神相往来》、《把沧桑化作淡淡的惆怅》、《席慕蓉的诗及其 Fans》为题先后发言，多侧面、多角度地对席慕蓉诗文进行解读，深入探讨了席慕蓉作品的情感内涵及其美学价值。

随后，席慕蓉介绍了自己从事诗文创作的背景和历程，回顾了当时创作《一棵开花的树》等作品的生命现场，如讲述那年五月乘火车过很长的山洞，那是在台湾苗栗的山间，回头长望在高高的山坡上有一棵油桐花树，没有什么与它争阳光，长

得如伞，开满白色的花，觉得像华盖一样的树怎么可能没有叶子只有花？一直想念这棵树，它存在于诗人生命的现场。这首诗大家认为是情诗她并不反对，但若说是一个女孩子站在那里等候男孩子的诗——女性被动地被等待，则诗人自己并不认可。认为自己写的的确就是一棵开花的树，等着"我"回头，就如同说"海蓝给自己看"，认为这是自己写给自然界的一首"情诗"，是为开花的树发言。诗人并用"在没有什么材料和技术的情况下，尽自己所能搭个简单的房子在旷野中遮风避雨"来形容自己的创作初衷，并谦称自己的诗没有太多的文学技巧，在谈及年少时颠沛流离的生活造成不断成为"转学生"的经历，和对原乡内蒙古的认知过程对自己写作的深刻影响时，诗人潸然泪下，听者也为之动容。

福建省文联主席、作家许怀中为研讨会作了总结发言。当日下午，席慕蓉一行游览了福州名胜鼓山涌泉寺和素有"东南碑林"之称的灵源洞摩崖石刻。

穿越时光隧道的听觉盛宴

12月22日晚，"和谐之声——席慕蓉诗文朗诵会"假福建省闽剧艺术中心举行，活动由福建海峡朗诵艺术团承办。当晚，坐落于福州市繁华地段五四路的剧场座无虚席，甚至有不少观众只能站在过道上举踵聆听。朗诵会分为《爱情·青春篇》、《时光·生命篇》、《亲情·乡情篇》三个篇章。在专业的音响效果和舞台灯光布景，以及主持人恳切优雅的串讲所形成的考究的艺术氛围中，福建省的朗诵艺术家们为席慕蓉诗文爱好者与其他现场观众倾情诠释了诗人不同阶段的代表性诗文作品。当朗诵到《蝶翅》一文时，坐在观众席上的诗人已禁不住自己的泪水，当听到《暑假·暑假》时，席慕蓉更因控制不住情绪而再度泪流满面，女诗人"性情中人"的一面展露无遗，不禁让知情者联想到诗人对慈母的追思情怀与其在许多作品当中发出的"时光不再"的感慨。朗诵会接近尾声时，席慕蓉在观众热烈的掌声中登台与大家见面，将自己与故乡的渊源娓娓道来。诗人原籍为内蒙古察哈尔盟明安旗，即现在的内蒙古锡林郭勒盟正镶白旗，1943年生于重庆，童年在香港度过，1953年到台湾。小时候，对故乡的了解仅限于父母对那片草原的描述，直到1989年第一次回到故乡。当从对故乡的向往转换成眼前具体而陌生的山河景色时，诗人浓烈的情感喷薄而发，化作了笔尖的一首首表达对原乡土地与文化眷恋的诗作，有些作品如《父亲的草原母亲的河》已被编成歌曲在蒙古族歌唱家和群众中传唱。近十年来，诗人潜心探索蒙古文化，每年至少要回内蒙古一两次并学会了日常蒙语会话。她的蒙语老师——哈达奇·刚先生说："我们没有把席慕蓉当作客人，而是把她当作内蒙古的一员。"此外，诗人并对本场朗诵会冠以"和谐之声"给予肯定，表示自己作品的和谐内涵与形式内容的和谐得来不易。讲述完个人经历与感受，诗人语调低缓而深情内蕴地诵读了《出塞曲》、《旁听生》、《蒙文课》等作品。观众中，无论是新世纪出生的六七岁孩童还是耄耋老者无不神情专注。场面十分感人。朗诵会结束后，观众纷纷上台等候诗人签名，久久不愿离去。现场工作人员本来为下一场演出作准备已将印有席慕蓉照

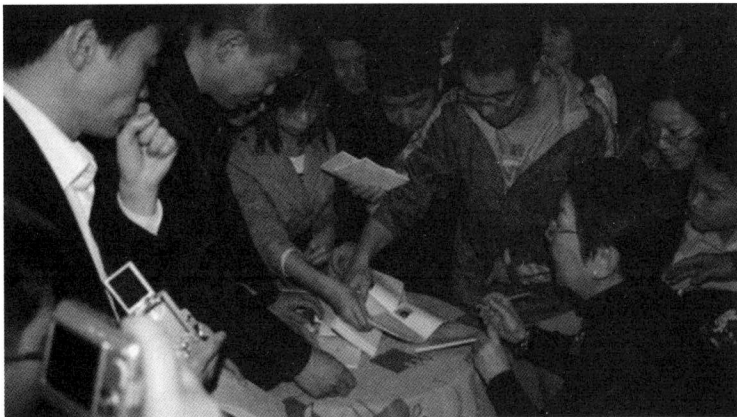

·朗诵会结束后，观众纷纷上台等候诗人签名，久久不愿离去

片的背景幕布卷起，经不住观众要留影的请求又几度放下，出现了真实的席慕蓉在为观众签名而幕景中的席慕蓉不断"谢幕"的戏剧性场面。

悄然落在艺术家心田的妙音鸟

23 日至 25 日，席慕蓉一行前往泉州、厦门参观访问。在泉州中国闽台缘博物馆，诗人仔细观看了馆内的实物陈列，不断地说，闽台本是一家，毋庸质疑。当看到泉州开元寺大雄宝殿内的二十四尊木雕妙音鸟（梵文：迦陵频伽）时，席慕蓉激动地惊呼"太美了"！这些将建筑、宗教、音乐等艺术元素巧妙融合在一起的精灵，姿态飘逸地飞进集画家、诗人于一身的席慕蓉心中。她对每一尊造像仔细观察并进行了反复的对比，当随行的泉州市文联主席熊志强介绍这些建筑装饰构件都是原作时，她为之深感欣慰而驻足良久。细雨中，席慕蓉一行走到我国现存石料建筑艺术最为精美的一对佛塔——东西塔下，在静静伫立、默默欣赏片刻后，她对身旁友人说："这里真适合作油画！ 虽然没带照相机，但我把它们记住了。"在开元寺侧殿弘一法师纪念堂，席慕蓉双手合十朝法师造像深深地鞠了一躬，坦言这是自己第一次这么"近距离"了解弘一法师。23 日晚，在泉州市委宣传部和泉州市文联的安排下，席慕蓉一行观看了南音和提线木偶表演，活灵活现的《钟馗醉酒》让诗人连连叫好、大呼过瘾。

与舒婷在"海上花园"意外重逢

24 日中午，席慕蓉一行抵达此行最后一站——厦门经济特区，先后参观了集美学村和素有"海上花园"之称的鼓浪屿。在鼓浪屿轮渡码头，诗评家陈仲义与著名诗人、厦门市文联主席舒婷夫妇俩专程迎候席慕蓉一行，这对席慕蓉来说是个意外的"惊喜"——因为此前她虽然知道舒婷的家在鼓浪屿却不知这美丽小岛被厦门揽在臂弯。这位能手绘内蒙古地图并将任何盟旗都在上面准确标注的诗人令在场的各位福建同胞哭笑不得，难怪连台湾作家张晓风都说"在忍受着席慕蓉对她的内蒙古的爱！"但在欣赏过了鼓浪屿的美景后，席慕蓉诚恳地对舒婷说："我好嫉妒你，住在这么美丽的岛上，有这么一个美丽的原乡！"这是两岸当代最具影响力的女诗人于1999年在以色列相逢后的又一次会面，喜悦之情溢于言表。话题竟从诗文创作谈到了家庭琐事，两位女诗人兼家庭主妇的对话谐趣横生，令同行人员捧腹。在鼓浪屿钢琴博物馆，工作人员深情地为来宾弹奏了《鼓浪屿之波》，席慕蓉听后欣然题笔留言："在琴声中得到最大的欢愉"。当抵达环岛路一家餐厅准备用餐时，夜幕已悄悄降临，席慕蓉一行站在露台上欣赏着海上风光，东道主走上前来指着不远处一个岛屿，告知那就是大担岛。看到岛上依稀的灯火，诗人想到自己辗转香港飞到福建的几番周折，情不自禁地说：从这里走多么近！不经意间就说出了在场每个人的心里话，也道出了海峡诗会组织者的心声。当晚，厦门市领导吴凤章、文联副主席陈元麟也闻讯前来与席慕蓉一行亲切会面，交流文艺创作的体会。

虽然台湾与福建仅一水之隔，而席慕蓉足迹遍及大陆的大江南北，但此次受邀参加'2007海峡诗会却是席慕蓉第一次踏上福建的土地。尽管年过六旬，诗人仍以饱满的热情面对每一次记者的采访，耐心地为每一个读者签名，细致地探求每一个参观之地的文化底蕴。在厦门高崎国际机场，诗人意味深长地对前来送行的人员说："我此行满载而归，我喜欢福建，一定会再来；如有可能，我还要来写生。"行程结束返回台湾后，她特意致函《台港文学选刊》主编杨际岚，并通过电话向福建省文学艺术对外交流中心主任郭平等活动主办方人员一一道谢，其待人接物的细致周全，令人感动。

本次海峡诗会是继台湾著名诗人余光中、洛夫、痖弦、张默、向明、陈义芝等应邀参加前四届海峡诗会后的又一次富于影响力的文化专题活动，再次引发了海峡西岸的文学爱好者及专家学者对席慕蓉作品的关注与探讨——可谓是对其诗文精品的回顾及其文化蕴涵、美学形式进行再思考、再诠释的一次完美交汇。更为可贵的是，与会嘉宾跨越台湾海峡，贯通祖国南北，共续一脉之缘，突出了"天和地谐，人和诗谐"的美好主题。

·福建《海峡都市报》对本届海峡诗会的报道

⊙**诗会回音**

谢 函

◎席慕蓉

际岚先生：

要先来谢谢您，若不是您一再地邀约，我恐怕就会错失了这么温暖的一场盛会了。

我先前以为，既然已经向您说明了我的困难，无法在十月份参加这场研讨会，事情应该就不会再有下文了。想不到，您还是一次次地来电话询问：外子海北的病情有没有好一些？几次下来，才让我慢慢明白，原来，大家都还是愿意等待，愿意配合我们的。

海北首先受到感动，恰好前面艰辛的疗程大部分都已做完，于是，终于赶在十二月底之前，让我成行。

孩子们都回到家，家中除了一位看护之外，还有一位好朋友前来帮忙照顾。十二月二十一日清晨六点从淡水出发，车行西滨公路去桃园机场，天色还很暗，有大雾，海面有着浅浅的波纹。

其实，在今年的五月和八九月，我都是沿着这条滨海公路出发，前往我的原乡内蒙古的。更往前回溯，近十年来，每次去蒙古高原，走的都是这条路，只是这次的心情好像再也没办法像从前一样地轻松了。

海北的身体，我相信应该会慢慢好起来，但是，心中仍然有着一层暗影，就像眼前这雾里的天色。

生命果然还是有着不同的阶段。

回想这从一九八九年开始启程的探索原乡的长路，能够这么自由和轻松，其实很大的一部分是来自海北的支持。从一九八九年到二〇〇七年，十八年来，我总是毫无顾虑地拿起行李，说走就走，不就是因为家里有他在吗？

前两年，我还在说，我们夫妻两个目前的关系像是"同班同学"，家庭与婚姻是我们共同修习的学分，但是下了课之后，各人有各人的去处和目标，互不干扰。话说得好像很漂亮，如今他突然生了病，才发现，其实，在课堂之外的时间里，虽说是各做各的，心里还是会受影响，还是有关联的。

人生的"阶段"（或可说是"进程"？）一刻不停地在往前走，平时不容易察觉，总是要在"回顾"之时，才能体会这中间的差别。

所以，十二月二十二日上午的研讨会上，我其实是同意伍明春博士所说的"回望"的观点。（当天我所以会唐突地举手发言，是因为多年前在台湾，就有人说怎么过了三十岁还在写情诗？当时才三十多岁的我，没有办法回答。现在才明白，中国这个社会，大概是因为人口太多的关系，好像总是急着要催人去老，其实，三十多岁，现在看来，还是很年轻的年龄啊！）

而如伍博士所说，我的"回望"，确实是我想要去写诗的原因之一。

我的一切文字，都从生命现场出发，然而在时间上却有着不同的所谓"时差"。有时是事过境迁之后的"回望"，有时却是当场的猛然跳脱，基本上都属于一种旁观者的位置。

同时也是当事人，却又难以成为当年的那一个当事人，好像皮影戏布幔上的那一种重叠，总有一种参差晕染的距离。

而在这几年的原乡探索里，又是另一种长途跋涉，从无到略有，真的是一棵树又一棵树地累积成林，是一夜又一夜的月光在旷野上的漂洗，许多相同的地方，一去再去，才知道它们和初始印象之间的差异……

这个人生，尽管不太愿意，我终于还是得承认它是有着不同的阶段。不过，我依旧坚持，生命里的"本我"与"初心"，是有可能终生不变的。

在从前，我只能说这是我的信仰，如今，六十多岁的我，终于可以向自己证明，这是实情。

不过，这只是我个人的实情，我也从不向他人要求一个统一的标准。而且，我也真心认为，每个人都可以拥有完全不同的信仰，完全不同的成长。

我当然很为陈侣白先生的发言所感动，但是，由于当天上午时间有限，所以王珂教授的发言并不是他那篇论文的全部内容，会后我有幸能够读到全文，觉得文中所写

其实是很丰富的。

这是一篇对我很具启发性的论文，评论者有权直言他的好恶（针对作品），才能显示出学者坦荡的本性。

我对这篇论文只有两处疑问（其实也可以说是一处），就是关于有诗人提到"为少数人写作"，以及文中最后一行所说的席慕蓉"重视读者"这两点。

我不太明白，何谓"为少数人而写"？

如果这少数指的是"读者"的话，那么，我在没去到蒙古高原之前，也就是说一九八九年之前，我写的所有的诗，都是只为一个读者而写的，就是我自己而已，这"人数"够少了吧？

是要到了蒙古高原之后，原乡的真实现况让我既痛且伤，才会写出像《蒙文课》这样的诗来，觉得不能不唤起大家对蒙古高原上的土地、族群和文化的珍惜，这个时候，也许才能说是"为多数人而写"了。

然而，也绝非讨好与迎合。

因为，我想那位提倡只"为少数人而写"的诗人，可能原意是说不必去迎合读者。但是，无论是"迎合"或者"不迎合"，都是在写作之前就预设立场，这样的行为，对一个真正需要写作的人来说，都是匪夷所思的。

因为，一个人真正需要写作的时候，根本不会去考虑到这些。写作本身，对他来说，应该是生命与灵魂一种不得不然的释放，它本身不会带有任何功利色彩，更不可能去预设立场。

所以，什么叫做"重视读者"呢？我真的想不通了。难道大家真的认为，读者的多寡是作者可以操控的吗？

王鼎钧先生就说过："文学不能在事先订购，只能在事后选择。"

不过，也要在此申明，我只是个业余的写作者，所说的只是自己的经历与看法，不能概括全部，际岚先生，要请您多多包涵了。

这二十多年来，我常会在没有料想到的时间和地点遇见我的读者，譬如这次在研讨会上的陈侣白先生，在略略知道了他的坎坷之后，更增我的敬意。所以，关于"重视读者"这个题目，还想多说一两句。

在写作之时，我与读者并无关联（除了要写蒙古高原的现况这一类的诗和散文以外）。可是书成之后，有读者前来要我签名之时，我总希望能够不让他们失望。

因为，如果我让他们失望了，真正的愧疚感会追着我自己不放，久久不能释怀。

我开始在大陆签名售书是很晚的事了，第一次不舒服的经验是一九九七年的长春书展，排了那么长的队伍，好像没怎么移动，因为一直有人把几十本书塞到我眼前叫我签名。当时我只管埋头工作，并没有多加思索，时间到了，又有人匆匆把我架走。上车之前，回望那众多的读者静默而又失望的眼神，我真不知道要怎么向他们说对不起才好。

几次经验累积下来，我开始不愿受人摆布了。我会要求主办单位，如果时间快到了，要先派人去站在队伍后面，像个句号一样，向后来的读者宣布，签书活动就到这里为止。这样一来，排在后面的读者不会空等，我也不会于心不安，活动也能准时结束，不是很好吗？

我觉得，喜欢我写的东西的读者，都

可能与我的性格有些相似，表面好像拿得起、放得下，内心深处其实非常柔软，很容易受伤。所以，如果他们的要求只是几秒钟的一次相会、一个作者的亲笔签名，我有什么资格去拒绝，让他们失望呢？

这"面对读者"的心态，对我来说，也是一堂需要修习的课，需要不断地修正和不断地反省。从《七里香》出版以后，这二十多年以来，关于这一课程，我从最初的闪躲、逃避，到如今的坦然面对，也算是有了一些心得了。

不过，仍然有需要检讨的地方，譬如这次在泉州，我就疏忽了，没想到有好几位朋友，就坐在我聆听南音的场所的另外一桌上，没人给我们互相介绍，我还以为他们和我一样，都是前来听南音的听众，后来才慢慢领会到他们是为我而来的。可是，台上有演出，我必须保持一个听众的礼貌，不能离开座位，甚至不能转头与他们打招呼，只能在递过来的书册上静静签字，然后察觉到他们陆续地离开，后来更听说他们都是泉州的年轻的创作者，我真是失礼啊！心中懊恼极了。

所以，际岚先生，无论如何，要借福州的《台港文学选刊》的篇幅，向这几位无法交谈的朋友深致歉意，我如果能预先知道，一定会请求你们留下来，在演出之后聚一聚的，即使是夜深，应该也无妨吧？

十二月二十二日晚间的朗诵会，我是从《蝶翅》那篇开始流泪的，然后等到《暑假·暑假》那篇的后段，我更是无法抗拒，只能听任泪水不断地流下来，朗诵者的音色有一种安静从容的魅力，直入我心。

在这里，不能一一列举，我只能向当

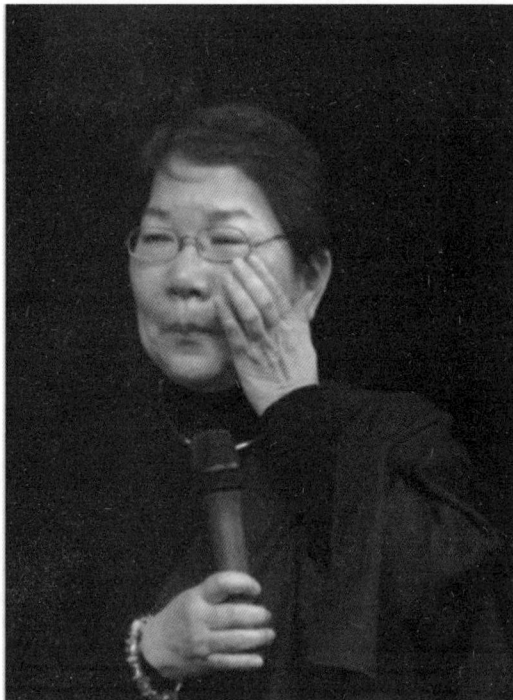

· "我是从《蝶翅》那篇开始流泪的……
朗诵者的音色有一种安静从容的魅力，
直入我心。"

天晚上所有的演出者致谢，谢谢你们所给
我的难忘时刻。

更要谢谢好几位远道而来的朋友。

有一幅画面已铭记在心。

这天刚好是十二月二十四日，圣诞节
前夕。晚上在厦门海边的一间饭店晚餐，
房间外面是伸出去的一段阳台，阳台外面
就是大海，沙滩洁净，阳台的线条也很简单，
周围几公里之内没有多余的修饰和干扰的
灯光，甚至这天晚上连海边的浪潮也只是
极为安静的一线略有起伏的白色裙边，衬
托出海面上或深或浅的灰蓝光泽，更远的
海天交接之处，有几座暗黑色的岛屿剪影，
朋友指着左边那一座岛屿说，那就是金门
的大担岛。

刚好有渔船亮着一盏暖黄的船头灯一
闪一闪地横过海面，不可思议的距离，如
此清晰，如此接近，然而，在过去的几十

· 台港文学选刊杂志社同人与席慕蓉在席慕蓉诗文朗诵会上

年间，可真是咫尺天涯！

这天晚上，有那么一刻，从饭店的房间望出去，我的朋友们正闲适地靠着阳台的栏杆聊天。坐在栏杆低处抽着烟的是鲍尔吉·原野，站在他旁边的是春鸣，再过去是先法，再过去是哈达奇·刚，他们四个人的衣衫颜色好像先说好了的似的，从米白、浅蓝到深蓝，刚好和后面一大片灰蓝色隐隐动荡着的海洋互相搭配，而房间里的灯光映射出去，又让他们四个人仿佛置身在舞台的温暖光圈里，特别凸显。当我站到门口之时，他们都注意到我，就暂停了彼此间的闲聊，微笑着对我望过来……

是多么美好，多么平安的夜晚啊！

所以，际岚先生，我一定要赶快写出这一封谢函来，要向您，和许多位一直在照顾着我，以及筹划这次活动的朋友们道谢，谢谢你们给我的鼓励，希望大家身体平安，心情愉悦，更希望能常相见。

祝福。

慕蓉敬笔
二〇〇七年十二月二十九日于淡水
又及：我会再写信给舒婷，不过也请您先替我向她问好。我真是羡慕她又嫉妒她，能拥有鼓浪屿这样一处绝美的故乡！

谁的时间草原不曾万马奔腾

——在台北重逢席慕蓉

◎梁 星

与席慕蓉相识于 2007 年的"海峡诗会"上——不，应该说我"认识"她早在上世纪 80 年代。那时，年少的我遭遇家变，人生迷茫。在心灵极端无助的时候，《读者文摘》成为我排遣苦闷的好朋友。于是，我不可救药地爱上了刊物上选登的席慕蓉诗文，爱极了，就抄写下来，一笔一画都带着满心的虔诚，因为我知道，那是我当时柔弱身心的惟一力量源泉。

在离开内蒙古的家十几年后，高考前的各种生活和学习用品被逐一清理——这是理所应当，一个家庭的母亲不在了，它也许只是一处充满伤心记忆的住所，更何况，物是人非，家的概念已然成为无法复制的过去。

但我还是感谢父亲，他理解了我，因为他知道他所能给我的只是肉身的温饱而已，而抚慰我伤痕累累的心灵的竟是席慕蓉的诗歌和散文。所以，在整理我住过的房间后，父亲从千里之外把那两册泛黄的笔记本带给了我。在接过的刹那，时光流转，二十年来刻意回避的一切又如巨浪奔涌而至，随之是无法自持的心之战栗，啊，谁的时间草原不曾有万马奔腾！

未料，在进入台港文学选刊杂志社工作后，经历的第一项文学交流盛事就是以席慕蓉为主邀嘉宾的海峡诗会。虽说是入乡随俗，但我还是把草原的礼节带到福州的长乐机场，将洁白的哈达献给了心目中的偶像。之后，我和大部分读者一样，也期待得到席慕蓉的亲笔签名，还颇为能近水楼台先得月窃喜一番。可是，在我将二十年前的笔记本翻开递给她时，意外发生了：笔记本第一页就是《无怨的青春》，笔画幼稚但又书写工整，席慕蓉看后良久无语，之后是令我不知所措的泪流满面。

我想，她当然并不全是因为我的这份用心而感动，她一定想起当年写这些诗篇的经历和场景——在颠沛流离的岁月里，少年席慕蓉的心灵世界也曾遭遇风暴的冲击啊——谁的时间草原不曾万马奔腾！

自 2007 年一别三年多，其间，席慕蓉仍穿梭于蒙古高原和台湾之间，正如她在《金色的马鞍》中所写："我要去寻找幸福的草原／寻找那深藏在山林中的／从不止息的涌泉"，此外，她还致力于蒙古文化的梳理与写作，"寻找那漂泊在尘世间的／永不失望的灵魂"。但是，她也经历了一场重大的家庭变故，刘海北先生罹患重症，发现时已是晚期，席慕蓉找了最好的医生，也曾数度放弃旅行计划精心照料，还是终告不治，令人痛心。

先生的辞世纵然带给了席慕蓉无尽的孤寂，但在台湾文艺界，她还是保持一贯特立独行的风格，安居于被痖弦先生称为"真正是艺术家的选择"的住所与画室，极少介入文艺界的各种研讨和交流活动。因此，当我们得知她将出席于 6 月 6 日由台湾"中国诗歌艺术学会"主办的华文地区艺文交流座谈会暨端午节联欢会时，感到十分意外和惊喜。可主持人请她发言，她却只是寥寥数语，把更多的时间让给参访团的另一位学者。而为了在这场座谈会上与我们相见，她竟只身驱车一个多小时从淡水赶到台北，又要在暮色四合中匆匆返回，往返两个多小时的车程，即使是年轻人都会觉得疲劳，何况她已年近古稀，我们在担心之余，收获了更多的感动。

如果说，在 2007 年海峡诗会的相逢，因为工作关系大家保持了礼节性的互动，那么此次在台北短暂的重逢，席慕蓉俨然已是《台港文学选刊》的老朋友，与参访团团长、福建作家协会主席杨少衡，以及杨际岚、宋瑜两位主编相谈甚欢，充满愉悦；于我个人，她更是一位亲人中的长者，给了我数次暖暖的拥抱。她的怀抱，让我再度想起了母亲，想起了失去母亲后那段充满沟沟坎坎的岁月，她的诗文填补了我生活中幽暗和凹陷的部分，为此，足以让我感激一生。

再翻看席慕蓉近年的作品，无论是大陆出版的《席慕蓉和她的内蒙古》、《蒙文课》、《追寻梦土》，还是台湾出版的《我的家在高原上》、《江山有待》、《金色的马鞍》等，无一不是以一颗赤子之心书写着对蒙古草原的热爱和对民族文化的探究。字里行间有她的热情奔涌，也有她的痛心疾首，特别是当她看到因为一些人的无知和某些地方政府急功近利的行为导致草原生态的急遽退化，她发出了愤怒的声音，虽然她的坦诚和直率让一些接待她的地方官员感到尴尬万分，但是，谁又能阻止和拒绝草原儿女对生命原乡的热爱，爱到落泪、爱到惊呼、爱到痛彻心扉？——真是一草一木总关情啊！

2011.7.7

（作者单位：台港文学选刊杂志社）

历届海峡诗会受邀诗人、诗评家影像

主题嘉宾
<<<

余光中

洛 夫

席慕蓉

郑愁予

注:鉴于小部分海峡两岸诗人、诗评家数次应邀出席"海峡诗会",为节省版面,"海峡诗会嘉宾影像"除了作为该届主题的嘉宾外,其他每位嘉宾仅出现一幅照片,并视情排在其中一届中。

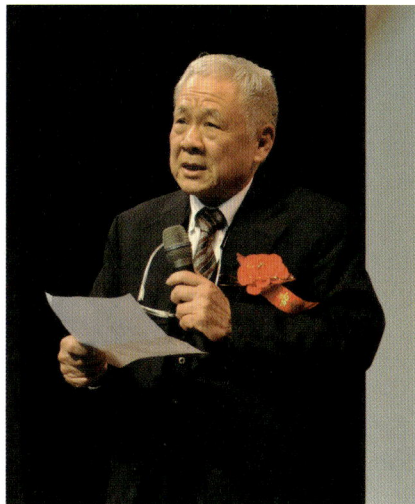

痖　弦

2002
第一届海峡诗会
>>>

张　默

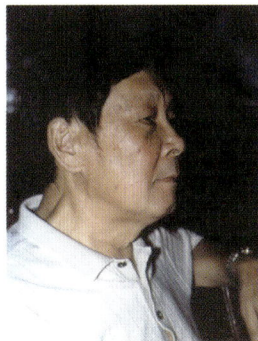

向　明（台湾）　　大荒（台湾）　　牛　汉　　　蔡其矫

谢 冕

舒 婷

王家新

叶延滨

任洪渊

陈仲义

谢春池

伊 路

谢宜兴

廖一鸣

余 禺

2003
第二届海峡诗会
>>>

余光中夫人范我存

傅孟丽

傅天虹

林　子

黄晓峰

王　勇

王性初

林　祁

李元洛

黄曼君

孙绍振

刘登翰

姜耕玉

古远清

冯亦同

江弱水

江少川

钱　虹

范宝慈

郭　虹

朱双一

徐　学

庄伟杰

戴冠青

田家鹏

林承璜

2004
第三届海峡诗会
>>>

陈义芝

汪启疆

詹澈

白 灵

焦 桐

尹 玲

陈育虹

古 月

汤养宗

吕德安

萧春雷

刘伟雄

游 刃

曾 宏

刘小龙

邱景华

杨雪帆

张幸福

2006
第四届海峡诗会
>>>

洛夫夫人陈琼芳

张国治

林婷婷

李锡奇

古　剑

朱立立

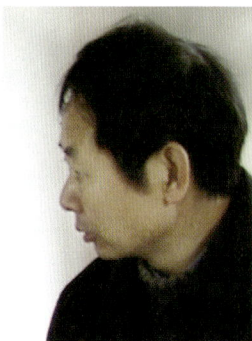
杨传珍

程剑平

朱必圣

俞昌雄　　　　　　荆　溪

2007
第五届海峡诗会
>>>

陈章武

鲍尔吉·原野　　　哈达奇·刚　　　陈先法　　　王　珂

王春鸣　　　　　陈侣白　　　　　伍明春　　　　少木森

2009
第六届海峡诗会
>>>

郑愁予夫人余梅芳

张诗剑

盼 耕

施 雨

王光明

龙彼德

程 维

毛 翰

方环海

朱佳发

郭春燕

倪思然

朱昕辰

王金城

2010
第七届海峡诗会
>>>

潘郁琦

樊洛平

杨际岚

马洪滔

梁　星

2011
第八届海峡诗会
>>>

侯吉谅

徐 瑞

严 力

宋 琳

秦岭雪

林肯·亚历山大·米勒

孙 磊

宇 向

王 艾

杨匡汉

杨匡满

子 川

温 古

蒋夷牧

徐 杰

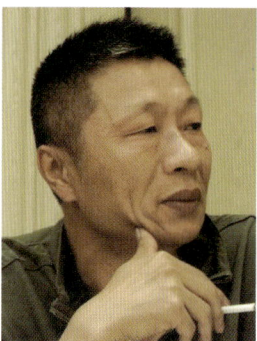

大 荒（大陆）

陈彦舟

丁临川

2014
第九届海峡诗会
>>>

陈克华

须文蔚

纪小样

丁威仁

杨佳娴

王厚森

杨 寒

谢三进

廖启余

崔香兰

赵文豪

高诗佳

商　震

李少君

雷平阳

敬文东

荣　荣

宋晓杰

叶玉琳

江　非

沈浩波

霍俊明

扶　桑

胡　桑

王单单

三米深

郑小琼

熊 焱

2015
第十届海峡诗会
>>>

萧 萧

简政珍

向 阳

辛 牧

龚 华

方 群

陈 谦

郑单衣

秀 实

姚 风　　　　　巴 桐　　　　　杨志学　　　　　蓝 野

萧 云　　　　　许燕影　　　　　林秀美　　　　　曾章团

哈 雷　　　　　郭志杰　　　　　刘志峰　　　　　林登豪

莱 笙　　　　　昌 政　　　　　卢 辉　　　　　马兆印

2009 年第六届海峡诗会

——郑愁予八闽巡行

· 《台港文学选刊》同人梁星、杨斌前往厦门码头迎接郑愁予一行

⊙**概况**

第六届海峡诗会概况

一、主办、联办、承办单位

主　　办：福建省文学艺术界联合会

　　　　　台港文学选刊杂志社

承　　办：台港文学选刊杂志社

联　　办：福建省文学艺术对外交流中心

　　　　　福州市文学艺术界联合会

　　　　　厦门市文学艺术界联合会

　　　　　泉州市文学艺术界联合会

　　　　　福建省诗歌朗诵协会

项目承办：福建省海峡朗诵艺术团

　　　　　福建师范大学传播学院团委

　　　　　福建师范大学文学院

　　　　　厦门市文学院

　　　　　厦门文学杂志社

二、邀请函

’2009 海峡诗会邀请函（之一）

尊敬的　　　　女士/先生：

　　近代以来，华人因命运使然飘徙流散之旷世恒久可歌可泣。如今，世界各地的华人已经能够较为自由地往来了，出于各自经验的承续变异，便有了相互传达交汇的必要。历史不断前行，社会持续演化，而人文伸展出驳杂的色彩……对于诗人而言，有什么比自然景观与人文气息的领略更具有吸引力呢？或许，因您的雅意和健履，海峡西岸八闽大地亦曾留下您的足迹，然这块热土上的创造与发现并未停止，其时空进行着过去与未来双向的延伸，依然欢迎您不时前来探问。这一回，它的诗趣将推向一个新高，将邀请著名诗人郑愁予先生前来八闽福地作诗歌巡行，同时让我们近距离领略先生作为郑成功后裔的闽地情结及其经典之作。历史并不古老，好诗常读常新，宇宙诗情与一地人文交相映照，岂不让人浮想联翩？！

　　时世任西东，骚人独自在。而诗歌与我们所处时代紧密相关。素仰台端学养丰厚、情采卓然,诚邀拨冗出席'2009 海峡诗会,参与郑愁予诗歌研讨,并进行文艺采风。让我们共同为促进华文诗歌发展而戮力。

　　恭候

光临!

福建省文学艺术界联合会

台港文学选刊杂志社

2009 年 11 月 10 日

三、活动流程

1. 2009 年 12 月 11 日晚,福州于山宾馆一楼会议厅,海内外华文作家恳谈会。

2. 2009 年 12 月 12 日上午,福州于山宾馆二楼多功能厅,郑愁予诗歌研讨会。

3. 2009 年 12 月 12 日晚,福州市实验闽剧团剧场,郑愁予经典诗歌朗诵会。

4. 2009 年 12 月 13 日晚,福建师范大学新校区文学院礼堂,郑愁予文学讲座。

5. 2009 年 12 月 15 日晚,厦门市文联,海峡两岸诗歌创作座谈会。

6. 2009 年 12 月 12 日至 16 日,福州、泉州、厦门,海峡两岸文艺采风活动。

· 郑愁予先生以一个归人而非过客的姿态出席了主办方举行的"海内外华文作家恳谈会"

四、部分与会嘉宾简介

郑愁予,现代诗人。原名郑文韬,祖籍河北,1933 年生于山东济南。童年时即跟随父亲辗转大江南北。15 岁开始创作新诗。1949 年随父至台湾,就读于台湾新竹中学。1956 年参与创立现代派诗社，被纪弦誉为"青年诗人中出类拔萃的一个"。1958 年毕业于台湾中兴大学。1968 年在美国爱荷华大学国际写作班进修研究，获艺术硕士学位。先后任爱荷华大学东方语文系中文讲师、耶鲁大学东亚文学系教授。诗人在上世纪 80 年代就曾多次被选为台湾"最受欢迎作家"，《郑愁予诗集 I》被列为"影响台湾三十年的三十本书"之一。成名作《错误》在 1954 年台湾首次发表，该诗的最后一句"我达达的马蹄是美丽的错误／我不是归人，是个过客"，在华人世界广为传诵。

余梅芳，郑愁予先生夫人。

潘郁琦，女。台湾诗人、作家。旅居美国多年，受聘于纽约的美国《明报》，担任其文艺部副刊主编，并主持广播电台文艺节目。出版有诗集《今生的图腾》、《桥畔，我犹在等你》，散文集《忘情之约》，童诗集《小红鞋》等。

张诗剑，香港作家联会副会长，香港中华文化总会理事长，《香港文学报》执行主编，《当代诗坛》副主编，世界华文诗人协会理事，深圳作家协会副主席。著有诗集《爱的笛音》和《写给情人》，散文合集《萍影春情》，散文诗小品《诗剑集》等。作品曾获深圳特区文学十年奖和香港三联书店、《新晚报》三十年征文优秀奖等。

盼 耕，香港中华文化总会副理事长，香港文学促进会理事长。现任北京师范大学珠海分校文学院教授、高级编辑、传播编辑教研室主任、国际华文文学发展研究所常务副所长。著有诗集《绿色的音符》、《盼耕短诗选》（中英文对照）、《盼耕世纪

诗选》，小说集《紫荆树下》，诗评集《一百个怪月亮》，电视剧《人间烟火》、《舞者爱舞》、《辛辣的鞭炮》等。

施 雨，女。美国华文作家。曾于达特摩斯医学院、德州大学西南医学中心和纽约下城医院等地工作 11 年。现为福建师范大学比较文学与世界文学博士生，北京写家文学院特邀院长。美国文心社社长，《文心》季刊总编辑。著有长篇小说《纽约情人》、《刀锋下的盲点》，诗集《无眠的岸》、《施雨诗选》，散文集《我家有个小鬼子》、《美国儿子中国娘》等。作品在海内外诗歌、散文和小说征文中多次获奖。

庄伟杰，旅澳诗人、作家。文学博士。澳大利亚华文诗人笔会会长。著有诗集《神圣的悲歌》、《从家园来到家园去》，散文集《梦里梦外》、《边缘人类》，评论集《缪斯的别墅》、《智性的舞蹈——华文文学、当代诗歌、文化现象探究》，另有书法集。曾获中国第 13 届"冰心奖"、中国诗人 25 周年优秀诗评家奖、2004-2005 年度全国文艺理论与批评征文一等奖等。

王光明，原于福建师范大学中文系任教，1986 年破格晋升副教授，1993 年晋升教授。曾应邀分别赴香港岭南大学现代中文文学研究中心、香港中文大学英文系任客座研究员。1999 年调入首都师范大学文学院。现为首都师范大学文学院教授，中文系主任，文艺学专业、中国现当代文学专业博士生导师。有专著《散文诗的世界》、《艰难的指向——"新诗潮"与 20 世纪中国现代诗》、《文学批评的两地视野》等 7 部，另有编著多部。曾获中国政府广播奖文艺类一等奖、中国作家协会庄重文文学

奖等多项奖。

陈仲义，诗学理论家。曾任厦门职工大学中文系秘书、系主任。现执教于厦门城市学院人文学部。著有现代诗学专论《现代诗创作探微》、《诗的哗变——第三代诗歌面面观》、《中国朦胧诗人论》、《从投射到拼贴——台湾诗歌艺术六十种》多种。曾获省、市社会科学优秀成果奖、第12届中国当代文学研究优秀成果奖、第5届鲁迅文学奖提名。

程　维，江西省作家协会副主席。著有长篇小说《戈乱》、《虚鱼》，散文集《独自凭栏》、《沉重的逍遥》等，诗集《古典中国》、《纸上美人》，长诗《唐朝》、《汉字·中国方块》等十数种。曾获中国作家协会第八届庄重文学奖、江西省第二届优秀文艺成果奖、首届滕王阁文学奖等。

龙彼德，浙江省文联编审。曾任中国作家协会浙江分会秘书长、浙江省文联图书编辑部主任、浙江《东海》文学月刊主编、浙江省文联文艺研究室主任，同济大学海外华文文学研究所特约研究员。系中国作家协会会员、中国当代艺术协会终身名誉主席、中国文化艺术协会终身名誉会长、中国诗歌学会理事。著有长篇小说《激情永在》、《周恩来烽火东南行》，诗集《魔船》、《春华集》等，散文集《龙彼德散文选》，评论集《诗人的秘密》、《洛夫评传》等数十种，曾获1985~1986年及1990~1992年浙江省优秀作品奖、2000年中国文联首届评论奖、2002年"中国理论创新优秀学术成果"一等奖等。

朱双一，台湾文学研究专家。现任厦门大学台湾研究中心、台湾研究院研究员，厦门大学中文系文艺学、中国现当代文学专业博士生导师。并任中国世界华文文学学会副会长、福建省台港澳暨海外华文文学研究会副会长等。有学术专著《彼岸的缪斯——台湾诗歌论》（与刘登翰合作）、《近二十年台湾文学流脉——"战后新世代"文学论》、《台湾文学思潮与渊源》等多种。曾获福建省社会科学优秀成果一等奖等。

王　珂，文学博士。福建师范大学文学院教授。出版、发表各类文字600多万字，其中专著5部，编（参）译著作6部，论文300余篇，诗作近百首，散文近千篇。获省社科二等奖和三等奖各一项。

方环海，厦门大学海外教育学院教授。著有学术专著《诗意的语言》、《尔雅译注》等。曾获江苏省高校人文社会科学优秀成果三等奖、二等奖等。

毛　翰，华侨大学中文系教授。著有《历代花鸟诗》、《历代帝王诗》、《袁枚〈续诗品〉译释》等以及诗集《诗蝶》、《陪你走过这个季节》、《天籁如斯》等十数种。

郭春燕，吉林人民出版社编审，吉林省作家协会会员，著有散文集数种。

朱佳发，福建籍诗人。曾任公务员、电视编导，现为广东《珠江商报》编辑。诗作散见于《诗刊》、《诗选刊》、《诗歌月刊》、《福建文学》、《新大陆》诗刊等，有诗入选《70后诗集》、《中国诗歌选》（2004~2006年卷）、《诗歌在网络》等选本。与康城、黄礼孩、老皮合编《70后诗集》。著有诗集《人们都干什么去了》。

王金城，北京师范大学文学博士，闽江学院中文系教授。福建省台港澳暨海外华文文学学会理事，福建省海峡文化艺术研究中心特聘研究员。出版专著《守望家园：大陆与台湾文学论》、《台湾新世代诗歌研究》，主编《中国当代文学编年史·台港澳卷》等。在《新华文摘》、《中国现代文学研究丛刊》、《复旦学报》、《当代作家评论》等刊物发表论文 150 余篇。曾获哈尔滨市优秀教师、北师大优秀博士毕业生荣誉称号；两次获得黑龙江省高校优秀教学成果二等奖。曾获黑龙江省优秀社科成果一等奖、中国当代文学研究会第 16 届"优秀成果奖"等。

倪思然，华侨大学研究生。

朱昕辰，福建师范大学文学院本科生。

此外，除了主办单位福建省文联及其相关部门台港文学选刊杂志社的人员，尚有诗人、诗评家、作家、学者：南帆、孙绍振、杨少衡、谢有顺、徐学、伊路、谢宜兴、游刃、曾宏、俞昌雄、黄莱笙、李龙年、邱景华、大荒（福建）、郭志杰、林秀美、小山（贾秀莉）、林登豪、徐杰、钟兆云、米伟、笔尖、哈雷、朱立立、萧成、蔡江珍、陈卫、陈美霞、吕纯晖、林蔚文、钟红英等，相关领导马照南、范碧云、梁建勇、韦忠慈、罗训涌、林彬、邱守杰等出席了有关活动。福建省文学艺术对外交流中心、福州市文联、福建省诗歌朗诵协会、福建省海峡朗诵艺术团、福建师范大学传播学院团委、福建师范大学文学院、厦门市文联、厦门市文学院、厦门文学杂志社、泉州市文联等单位参与组织或配合了相关活动。

⊙与会交流的郑愁予诗作

天 窗

每夜，星子们都来我的屋瓦上汲水
我在井底仰卧着，好深的井啊。

自从有了天窗
　就像亲手揭开覆身的冰雪
　——我是北地忍不住的春天

星子们都美丽，分占了循环着的七个夜，
而那南方的蓝色的小星呢？
源自春泉的水已在四壁间荡着
那叮叮有声的陶瓶还未垂下来。
啊，星子们都美丽
而在梦中也响着的，只有一个名字
那名字，自在得如流水……

赋 别

这次我离开你，是风，是雨，是夜晚；
你笑了笑，我摆一摆手
一条寂寞的路便展向两头了。
念此际你已回到滨河的家居，
想你在梳理长发或是整理湿了的外衣，
而我风雨的归程还正长；
山退得很远，平芜拓得更大，
哎，这世界，怕黑暗已真的成形了……

你说，你真傻，多像那放风筝的孩子
本不该缚它又放它

风筝去了，留一线断了的错误：
书太厚了，本不该掀开扉页的；
沙滩太长，本不该走出足印的；
云出自岫谷，泉水滴自石隙，
一切都开始了，而海洋在何处？
"独木桥"的初遇已成往事了，
如今又已是广阔的草原了，
我已失去扶持你专宠的权利；
红与白揉蓝于晚天，错得多美丽
而我不错入金果的园林，
却误入维特的墓地……

这次我离开你，便不再想见你了，
念此际你已静静入睡。
留我们未完的一切，留给这世界，
这世界，我仍体切地踏着，
而已是你的梦境了……

如雾起时

我从海上来，带回航海的二十二颗星。
你问我航海的事儿，我仰天笑了……
如雾起时，
敲叮叮的耳环在浓密的发丛找航路；
用最细最细的嘘息，吹开睫毛引灯塔的光。

赤道是一痕润红的线，你笑时不见。
子午线是一串暗蓝的珍珠，
当你思念时即为时间的分隔而滴落。

我从海上来，你有海上的珍奇太多了……
迎人的编贝，嗔人的晚云，
和使我不敢轻易近航的珊瑚的礁区。

小小的岛

你住的小小的岛我正思念
那儿属于热带，属于青青的国度
浅沙上，老是栖息着五色的鱼群
小鸟跳响在枝上，如琴键的起落

那儿的山崖都爱凝望，披垂着长藤如发
那儿的草地都善等待，铺缀着野花如果盘
那儿浴你的阳光是蓝的，海风是绿的
则你的健康是郁郁的，爱情是徐徐的

云的幽默与隐隐的雷笑
林丛的舞乐与冷冷的流歌
你住的那小小的岛我难描绘
难绘那儿的午寐有轻轻的地震

如果，我去了，将带着我的笛杖
那时我是牧童而你是小羊
要不，我去了，我便化做萤火虫
以我的一生为你点盏灯

当西风走过

仅图这样走过的，西风——
仅吹熄我的蜡烛就这样走过了
徒留一叶未读完的书册在手
却使一室的黝暗，反印了窗外的幽蓝。

当落桐飘如远年的回音，恰似指间轻掩的
　一叶
当晚景的情愁因烛火的冥灭而凝于眼底
此刻，我是这样油然地记取，那年少的时
　光
哎，那时光，
爱情的走过一如西风的走过。

雨　丝

我们的恋啊，像雨丝，
在星斗与星斗间的路上，
我们的车舆是无声的。

曾嬉戏于透明的大森林，
曾濯足于无水的小溪，
——那是，挤满着莲叶灯的河床啊，
是有牵牛和鹊桥的故事
　遗落在那里的……

遗落在那里的——
我们的恋啊，像雨丝，
斜斜地，斜斜地织成淡的记忆。
而是否淡的记忆
　就永留于星斗之间呢？
如今已是摔碎的珍珠
流满人世了……

日　景

太阳翻身睡起
傍着山脉
如一光身男子

在床边独坐

清早　愣神片刻
薄雾漂浮于湖面
忽见犹在梦游的睡莲
乃踏入蒸气的浴场

欢情在浅水
鸟声满枝桠
——今日有今日的落花

北回归线
——南台湾小品之一

你信上说："我自南来以情立人，
　　　　　你自北下以诗立命。"
我眉批曰："酒是仲介者"
我蘸酒画一道北回归线
不觉落笔太重　惊起了窗鸟
一路唱着曲子飞逝：
"好山好水是一切的诠释。"

嘉峪关西行
大军出关多久了？静夜仍传来
步卒沙沙的靴吟
偶尔风动门户　骨骼碎响
有征人弃盔甲于高原？
梦中也见乘风的云
东奔　星群便络绎
西行　免不了被这一天地的脚步声
惊醒　还好我的老旅伴骆驼

还傍着土墙睡着

必定要行到还经的地方
明早　沿着太阳的古道
千年走过的路　今生再走
（世世山水　像驼峰一样驮着？）
大河闪躲入地
沙漠围立四壁
就在此处　我趺坐　等候
任由经卷归与诸佛
则我的心是敦煌最空敞的窟

山居的日子
自从来到山里，朋友啊！
我的日子是倒转了的：
我总是先过黄昏后度黎明。

每夜，我擦过黑石的肩膀，
立于风吼的峰上，
唱啊！这里不怕曲高和寡。

展在头上的是诗人的家谱，
　哦，智慧的血系需要延续，
　我凿深满天透明的姓名。
唱啊！这里不怕曲高和寡。

草原歌
牧人赠我铜柄的刀
族长惠我以皮靴
我奔在草原向远方追寻
那载乘童年的马与车

一棵树奔跑在我前方
一路跳跃像黄羊
待我终于追越它
却闯入蒙古包温暖的穹房

老人举我以灯火
姑娘贻我以酥茶
又抽出我腰间的刀遥指
红日沉没的方向

大戈壁沿着地表倾斜
有马卧在天际昂首如山
忽然一颗砾石滚来脚下
啊　岂不就是那风化了的童年

像植物的根子一样，使绿色的叶与白色的
　花
使这些欣荣的童话茂长，让孩子们采摘
这些稀有的宇宙客人们
在河边拘谨地坐着，冷冷地谈着往事
轻轻地潮汐拍击，拍击
当薄雾垂缦，低霭铺锦
偎依水草的殒石们乃有了短短的睡眠

自然，我常走过，而且常常停留
窃听一些我忘了的童年，而且回忆那些沉
　默
那蓝色天原尽头，一间小小的茅屋
记得那母亲唤我的窗外
那太空的黑与冷以及回声的清晰与辽阔

错　误

　我打江南走过
　那等在季节里的容颜如莲花的开落

东风不来，三月的柳絮不飞
你的心如小小的寂寞的城
恰若青石的街道向晚
跫音不响，三月的春帷不揭
你的心是小小的窗扉紧掩

我达达的马蹄是美丽的错误
我不是归人，是个过客……

殒　石

小小的殒石是来自天上，罗列在故乡的河
　边

边界酒店

秋天的疆土，分界在同一个夕阳下
接壤处，默立些黄菊花
而他打远道来，清醒着喝酒
窗外是异国

多想跨出去，一步即成乡愁
那美丽的乡愁，伸手可触及

或者，就饮醉了也好
（他是热心的纳税人）
或者，将歌声吐出
便不只是立着像那雏菊
只凭边界立着

乡 音

我凝望流星,想念他乃宇宙的吉普赛,
在一个冰冷的围场,我们是同槽拴过马的。
我在温暖的地球已有了名姓,
而我失去了旧日的旅伴,我很孤独,

我想告诉他,昔日小栈房炕上的铜火盆,
我们并手烤过也对酒歌过的——
它就是地球的太阳,一切的热源;
而为什么挨近时冷,远离时反暖,
　　我也深深纳闷着。

醉溪流域(一)

吹风笛的男子在数说童年
吹风笛的男子
拥有整座弄风的竹城
虽然　他们从小就爱唱同一支歌
而咽喉是忧伤的
岁月期期艾艾地流过
那失耕的两岸　正等待春汛而冬着

一溪碎了的音符溅起
多石笋的上游　有蓝钟花的鼻息
而总比萧萧的下游好　总比
沿江饮马的蹄声好
想起从小就爱唱的那支歌
忧伤的咽喉　岁月期期艾艾地流过
流过未耕的两岸——
而两岸啊　犹为约定的献身而童贞着

纤 手

又有一个川籍的朋友问,将来怎么回
乡才好……我建议说,拉纤回去。

落花傍着四月的江岸
春水使纤手柔弱
泥地的伕队中那浪子又站着
头一天拉过七里十里滩
一歇脚就喝光整天的工钱

而昨夜的镇甸并不知名字
月牙儿在犬声中照着
照着临江的一列北窗
当年轻易离别母亲的那浪子
二十年啦　犹靠着人家窗根睡的那浪子
着上了酒瘾得了风湿症的那……
浪子　醉过一夜的小镇从不知名字

四月的阳光怯渡冷峻的三峡
云底是一步一颠踬的纤手
落花从高原的家乡流下
春水使浪子柔弱

夜船行

如果此时去睡
大海亦会平坦

星星在水面滑行
也许是鱼的眼睛

说是你常常梦江南
穿行荚荷的采菱人

说是你素手轻触
故意地惊起田鹭

如果你今夜梦江南
情怯的我怎么敢
傍着你睡去……

编秋草

一

试着，编织秋的晨与夜
像芒草的叶箨
编织那左与右，制一双赶路的鞋子

看哪，那穿着晨与夜的，赶路的雁来了
我猜想，那雁的记忆
多是寒了的，与暑了的追迫

二

岛上的秋晨，老是迭挂着
一幅幅黄花的黄与棕榈的棕

而我透明板下的，却是你画的北方
那儿大地的粗糙在这里压平
风沙与理想都变得细腻

每想起，如同成群奔驰的牧马——
麦子熟了，熟在九月牧人的
风的鞭子下

啊，北方
古老的磨盘

年年磨着新的麦子

三

我是不会织锦的，你早知道
而我心丝扭成的小绳啊
却老拖着别离的日子
是雾凝成了露珠，抑乎露珠化成了雾
谁让我们有着的总是太阳与月亮的争执

一束别离的日子
像黄花置于年华的空瓶上
如果置花的是你，秋天哪：
我便欣然地收下吧

四

月儿圆过了，已是晚秋，
我要说今年的西风太早。
连日的都城过着圣节的欢乐

我突想归去
为什么过了双十才是重阳
惦记着十月的港上，那儿
十月的青空多游云
海上多白浪

我想登高望你，"海原"原是寂寞的
争着纵放又争着谢落——
遍开着白花不结一颗果

最美的形式给予酒器

酒　是李白的生命

　　涤荡千古愁　留连百壶饮 <a>
酒是杜甫的情谊
　　肯与邻翁相对饮　隔篱呼取尽余杯 <b>
于我　酒却是自然
我饮着　静的夜　流于我体内
我已回归　我本是仰卧的青山一列 <c>

所以　酒是天井的淳水
一圈星子围着汲取
酒是长河的源泉
大海从千里外伸手牵引
酒是一杯自然
樵也饮　渔也饮　书生也饮

因之　啊　最美的形式给予酒器
之为卣兮 <d>　换大斝 <e>
之为爵兮 <f>　易高壶 <g>
之为罇空 <h>　人月对饮
之为鬹满 <i>　蛟龙争吸
之为革囊　载剑客江湖落拓
之为葫芦　携游仙云山耍戏
那末　啊　最美的颜色给予酒
饮晴空之深湛
啜霞空之潋滟
是化了的羊脂与鸡血 <j><k>
是琥珀美目之泫然
啊啊！最美的情操给予饮酒的人
　　“好汉剖腹来相见
　饮哪！杯底不可饲金鱼！”<l>
而　最美的回忆
　（哎　最美的自己）
给予
微醺
微醺是枕着山仰卧　全身成为瀑布
微醺是左手二指拈花　右手八指操琴
微醺　抬头满天珠玑的灯
　　低头满座的美人
微醺就是微醺
环顾左右　想要一个个地吻过去

注：
a/ 李白句；b/ 杜甫句；c/ 郑愁予句；d/ 卣，you，青铜小口酒器；e/ 斝 jia，青铜圆口三足酒器；f/ 爵，jue，青铜长唇三足圆把酒器；g/ 壶，酒器，高者数尺；h/ 罇，zun，唐代酒器，李白句“莫使金樽空对月”；i/ 鬹，gui，青铜酒器，龙柄；j/ 羊脂，玉石的名字，质白润如凝脂；k/ 鸡血，篆刻用石名，又艳红血色纹，澪浓者为贵；l/ 此两行引自台湾民谣，宜用闽南语发音。

俄若霞

——有一种异化的电子 AURORA，我译之为俄若霞，出现在北极天空便是北极光，从寻望中，我觉出那是人类祖先的魂魄经若干万年的凝聚、显现，而将人类死亡的经验传给后代仍活下去的人类。当然生存亦是其过程。

这一定是鸟的飞翔　亿亿万万只彩羽
飞翔　镇慑万物而无声
从纯黑到全然的
白　幻变幻变使人们领略
“瞬息”的意义
每次扑翅每次击电

亿亿万万的电花炫炫　引聚着
人类飘散的魂魄

乃重演洪荒的时代
并以火山的经验　森林
焚烧的经验　大洪水推乱山脉的
经验　严冬封雪屏息的
经验　旷野回音凄厉的经验
以及恐龙恐怖的
消灭……这一切是全然寄附在
这翻腾宇宙鸟羽的光层上
亿亿万万的鸟
飞翔　色染透明了的魂魄
从纯黑开始　黑色媒介爆出红火
火红中蹿出新绿　如新叶之繁生
乃唤起　耕种的经验
与兽相争与兽相偕的
经验……纺织　捏陶　以及衍生人类的
新世代……

又以魂魄的光层　作为引述的完成
只见群绿嬗变为普黄
凋落以及纵欲的
经验　战争一次又一次
有三种蓝与七种的紫
哪种紫是京城的血色
而尚未成年的颜色又如何识得
有一片天亡的"白"正熠熠飞过

哦！俄若霞——正以颜色演述
死亡的经验：
极其强烈而柔和
极其不可测而必然
是变异之极的而极其的简单

又极其的凄艳以至于
整个的北极磁场使阴与阳
高亢到极处了

注：全诗是以鸟的飞翔暗喻北极光（俄若霞）
出现天空时的景象

品赏——

　　此作视景宏大，气势磅礴，很像是一篇咏史长制的展开部分（序曲）。作者要表现的，是人类的魂魄，这是个大主题，中外作家如屈原（《国殇》、《大招》）、歌德（《浮士德》）等，对此一主题都有各自的诠释。按魂是人的精神（气之所附），魄是人的身躯（形之所寄），此乃生命的总的象征，日月照临，天地覆育，阴阳造化，莫不关系到人类心魂体魄的存在荣枯。郑愁予潜研魂魄问题多年，并于讲学时多次提及，此番更透过诗的形式，借北极光的科技观察，对人类漫长演化历史进行反思，融科学认知与哲学智慧于一炉，充满了神秘感、宇宙感。全篇文思纵横驰骋，意象瑰丽雄奇，较之于杜甫的"魂来枫林青，魂返关塞黑"（《梦李白》），另有一番的宏观体会，此现代诗之所以为"现代"诗也。（痖弦）

想　　望

推开窗子
我们生活在海上
我们笑在海上
我们的歌声也响亮在海上

那远处的沙岸，鸥鸟和旗
那带着慰问和离绪的
出出进进的樯帆，我爱呀
海浪打傲了我的生活
推开窗子
我们生活在海上
窗扉上是八月的岛上的丛荫
但啊，我心想着那天外的
陆地——

我想着那边城的枪和马的故事
北方原野上高粱起帐的季节

我想着
那灰色的城角闪金的阁楼
一步一个痕迹的骆驼蹄子
而我也想着江南流水的黄昏
湘江岸上小茶馆的夜
和黔桂山间抒情的角笛……

（啊，回忆是希望的蜜啊！）
但，推开窗子
我们生活在海上
夕阳已撒好一峡密接的金花，像长桥
搭向西方，搭向希望。

⊙**诗歌讨论会和朗诵会**

郑愁予诗歌研讨会

一、"郑愁予诗歌研讨会"参考论题

1. 郑愁予诗作的诗意内涵与当下时代的关系

2. 郑愁予诗歌的空间感与浪游情怀

3. 郑愁予诗歌的时间意识与生命意识

4. 郑愁予诗的题材分类和整体诗意

5. 郑愁予诗歌的艺术成就对汉语新诗发展的价值

6. 郑愁予诗风多样性对其诗学总体建构的意义

7. 郑愁予诗歌"小"与"大"的美学关系

8. 郑愁予诗歌的民族性与现代性

9. 郑愁予诗歌的宗教元素

10. 从闽地人文看郑愁予诗

二、郑愁予诗歌研讨会议程

时间：2009 年 12 月 12 日上午

地点：福州市于山宾馆二楼多功能厅

8：30　'2009 海峡诗会开幕式

主持：杨际岚

1. 致辞：杨少衡

·'2009 海峡诗会——郑愁予诗歌研讨会会场

2. 宣读中国作家协会贺信：曾　珊

3. 赠书：范碧云——郑愁予

4. 合影

9：10　研讨

主持：刘登翰、潘郁琦

发言：

1. 王光明：郑愁予与台湾现代诗

2. 沈　奇：美丽的错位 —— 郑愁予论（发言者未到会，由朱立立代发言）

2. 龙彼德：迷醉与神往——论郑愁予的诗美

3. 陈仲义：论郑愁予诗歌的音乐性

4. 方环海：生命的"有"与终极的"无"——郑愁予诗歌的一个认知角度

5. 朱双一：金门：生命原乡——酒·海洋·战争与和平

6. 程　维：郑愁予对当下诗歌的经典意义

7. 庄伟杰：郑愁予诗歌的当代性意义及其启示

8. 盼　耕：郑愁予诗歌中的反向思维

9. 王　珂：古代汉诗技法对郑愁予现代汉诗的影响

10. 毛　翰：现代诗、词的文本异同和转换——试以郑愁予的《错误》为例

11. 朱昕辰：《错误》缘何美丽？——对《错误》一诗的另类管窥

12. 倪思然：郑愁予早期诗歌浪游题材的文化阐释

11：30　郑愁予先生发表讲话

在 '2009 海峡诗会——郑愁予诗歌研讨会 开幕式上的讲话

◎杨少衡

尊敬的郑愁予先生及夫人余梅芳女士，各位领导、各位嘉宾，女士们、先生们：

早上好！

今天我们齐聚一堂，共同举行"'2009海峡诗会——郑愁予八闽巡行"这个盛会。首先，让我代表活动主办方福建省文联，代表福建文艺界和福建广大文学爱好者，诚挚地欢迎我们尊贵的客人郑愁予先生及夫人余梅芳女士，同时欢迎来自美国、澳大利亚、台湾、香港和来自北京、吉林、浙江、江西、广东以及本省各地的诗人、诗评家，感谢你们的光临！

近代以来，由于中国历史的变迁，华人飘徙流散，其命运可歌可泣。如今，海峡两岸和世界各地的华人已经能够较为自由地往来了，出于各自经验的承续和变异，就有了相互传达融通的必要，这有利于咱们华人相互的扶持和民族心灵的延伸、拓展、建设。"海峡诗会"系列活动，就是基于这样一个认识而创立的。这一活动由福建省文联和台港文学选刊杂志社主办，自 2002 年至今已举办了六届，邀请对象包括余光中、洛夫、痖弦、席慕蓉等享誉海内外文坛的名家，系列活动可以说是亮点频出，在海内外文坛反响强烈、影响深远，并受到社会各界的充分肯定。中国作家协会主席铁凝于 2008 年接受《福建日报》及其他新闻媒体专访时曾说："现在由福建省文联牵头举办的海峡诗会，成为两岸文化交流的一大盛事。相信两岸文学交流在联结人心、凝聚两岸亲情的心灵沟通中，能起到独特的积极作用。"

本届"海峡诗会"，我们非常高兴地邀请到著名诗人郑愁予先生。我们知道，郑先生原名郑文韬，祖籍河北，1933 年生于山东济南。童年时就跟随家庭辗转大江南北。15 岁开始创作新诗。少年时代到台湾，曾参与创立现代派诗社，被诗人纪弦誉为"青年诗人中出类拔萃的一个"。1958 年毕业于台湾中兴大学。1968 年在美国爱荷华大学的国际写作班进修研究，获艺术硕士学位，先后任爱荷华大学东方语文系中文讲师、耶鲁大学东亚文学系教授。诗人在上世纪 80 年代就在台湾举办的"我最喜爱的诗人"票选活动中高居榜首。《郑愁予诗集 I》和《余光中诗选》一道，成为台湾难得的"长销诗集"。

郑先生早期诗作受古典文学影响，语言与技巧常常由旧词曲转化，又能衍生出新的语言系统，将西方现代表现技巧和中国传统精神相结合，为中国新诗的发展作出了卓越的贡献。郑先生晚近强化中国传统的"济世"精神，充满仁爱侠义，而诗风由柔美趋向豪放。作为一位游历西方多年,掌握外语,受过西方文化洗礼的人,郑先生却说:"我的诗从头到尾贯穿着传统情操,就是任侠精神。我在诗里表现的敦厚、任侠这种情操,是属于传统的。"这是很值得我们思考的。另外,郑先生的许多爱情诗、乡愁诗,都有一种时空间隔错位的表述,这固然跟他个人的经历有关,但在诗意层面,却上升为精神文化上的缅怀,使得"乡愁"成为一种"灵性"的精神之乡的乡愁,而他歌颂山水、人物、事物、时令、生命及其他一些诗篇,则往往透露出对终极价值的眷注;此外,他的语言艺术又在很大程度上发掘出汉语的优秀品质。所有这些,对于生活在当下社会中的中国人,都具有深刻、真切的启示意义。

所以我们非常感谢郑愁予先生为我们创造出许多美好的诗篇。而对于八闽大地上的人们而言,郑愁予先生另有一份亲切感,这一方面是先生诗中的浪游漂泊情怀与福建人自古以来飘洋过海的命运十分契合;另一方面,先生是民族英雄郑成功的后裔,郑成功祖居南安石井镇,如此说来郑愁予先生也就是我们福建乡亲。这也是令我们倍感亲切的。自上世纪80年代以来,郑先生曾几次偕夫人到过福建,与福建文学界有过初步接触,这几年,先生落籍金门,跟我们的距离就更加近了。这样我们就更可以无拘束地同先生做心灵的沟通。据我了解,福建诗歌界不少诗人包括最年轻的一辈也都有结合传统和现代的倾向,如何发扬福建个性,

创造闽派风格,又不落后于现代汉语新诗整体的发展,郑愁予先生的诗学创造应是一个很好的范本。

身处这个时代,中国人还有许多问题需要解决,但至少来去有了很大的自由度,我们不必再感慨"夜闻归雁生乡思;病入新年感物华""马上相逢无纸笔,凭君传语报平安"。当我们自远道来,也不须产生"近乡情更怯,不敢问来人"的心情,尽可以"近乡情不怯,潇洒问来人。"从这个角度说,福建的父老乡亲,再次欢迎郑愁予先生和夫人,再次欢迎为了美好的母语诗歌而来的各位诗人和诗评家。相信各位在福建这几天的行程将是一个惬意的行程;预祝研讨取得丰硕成果,活动取得圆满成功!

最后,预祝郑愁予先生八闽之行一路顺利,祝愿他身强笔健,铺展出更加绚丽的诗锦!

2009 年 12 月 12 日

(杨少衡,福建省作家协会主席。中国作家协会全委会委员。中国作家协会第九届全国委员会委员。著有长篇小说:《相约金色年华》、《金瓦砾》、《如履薄冰》等多部,中短篇小说集:《彗星岱尔曼》、《西风独步》、《读一个句号》等多部,另有儿童文学长篇小说、长篇报告文学等。并有作品被改编成电影。曾获"人民文学奖"及其他重要文学奖)

游吟的诗锦

——郑愁予经典诗歌朗诵会

一、概况

主

· "游吟的诗锦——郑愁予经典诗歌朗诵会"假福建省闽剧艺术中心
演出厅举行

台港文学选刊杂志社

联　　　办：福建省诗歌朗诵协会

承　　　办：福建省海峡朗诵艺术团
　　　　　　福建师范大学传播学院团委

总　顾　问：杨少衡

策 划 设 计：杨际岚、宋　瑜

统 筹 执 行：张俊彬、宋　原、陈保东

主持词撰稿：余　禺

导　　　演：张俊彬、宋　原

主　持　人：刘雪琼

美 术 设 计：林　狆

音 乐 设 计：苏林娜

化　　　妆：刘　英

舞 台 监 督：宋　原

剧　　　务：张远德

剧照摄影：尤晓毅

灯 光 音 响：福建省实验闽剧院

表 演 时 间：2009 年 12 月 12 日

表 演 地 点：福建省实验闽剧院剧场

二、主持词

· "郑愁予经典诗歌朗诵会"入口

· 郑愁予先生、夫人余梅芳女士在"郑愁予经典诗歌朗诵会"上与诗人梁建勇在一起

序

舞蹈 《青石小城的也许》。表演者：白晨龙

尊敬的各位嘉宾、各位领导、各位朋友，女士们、先生们：晚上好！

今天晚上是个美好的夜晚，它将是爱诗者欢享精神美餐的夜晚。我们相聚一堂，共同举办"游吟的诗锦——郑愁予经典诗歌朗诵会"，这是我省文化品牌活动——'2009 海峡诗会朗诵专场。本次朗诵会由福建省文学艺术界联合会、台港文学选刊杂志社主办、福建省诗歌朗诵协会联办，由福建省海峡朗诵艺术团和福建师范大学传播学院团委承办。借此机会，主办与承办单位，代表八闽诗朋文友，向来自各地、出席并支持本场朗诵会的各位嘉宾、各位领导和朋友们，表示热忱的欢迎和衷心的感谢！

出席今晚朗诵会的嘉宾有：（略）让我们以热烈的掌声欢迎他们的到来！

出席朗诵会的领导有：（略）让我们以热烈的掌声感谢领导们百忙中莅临晚会。

有幸承担今晚朗诵表演的是海峡朗诵艺术团和福建师范大学传播学院的朗诵表演者。让我们预祝他们演出成功！

现在，让我们以最热烈的掌声欢迎今晚尊贵的客人——来自彼岸的著名诗人郑愁予先生及夫人余梅芳女士，让我们向他们表示最诚挚的敬意！请献花。

'2009 海峡诗会"游吟的诗锦——郑愁予经典诗歌朗诵会"，现在开始。

郑愁予，中国当代著名诗人。本名郑文韬，1933 年生，河北人，幼年随父辗转大江南北。初中二年级即开始写诗，15 岁即发表诗作。少年时代到台湾，毕业于台湾中兴大学，曾任职于基隆港。1968 年应邀赴美国爱荷华国际写作班研究，获艺术硕士学位。先后任爱荷华大学东方语言文学系中文讲师、耶鲁大学东亚文学系教授。出版有诗集《梦土上》、《衣钵》、《窗外的女奴》等十多种。曾多次被评为台湾各文类"最受欢迎作家"，名列榜首。并获各类文学奖。诗集《郑愁予诗集 I 》列为"影响台湾三十年的三十本书"之一。

郑愁予诗风早年梦幻浪漫，在文坛形成"愁予风"。推动人人心中一朵云，造成"美丽的骚动"。其后诗的风格高雅沉静，如同顿悟出尘，给人轻灵安详之感。总体而言，郑愁予的诗贯穿着两种互补的气质神韵：一是曲折动人、情意绵绵的婉约情韵、二是豪放豁达的"仁侠"精神，同时融合古典与现代，"造成一种云一般的魅力，一种巨大的不可抗拒的影响。"

第一章 爱情篇【雨丝之恋】

1. 首先，让我们欣赏诗人的一组情诗"雨丝之恋"。《天窗》是其中代表作，诗人把自己化身为"天窗"，把天上的星星写成了下凡的小仙女，尤其是汲水的意境让人回味无穷，除了表达诗人隐秘的情愫，还表现出一种不确定的意境美。朗诵者：文佳。伴舞：福建师范大学旅游学院。

2. 《天窗》让人联想故乡的水井，诗人仰卧在井底，做着"只有一个名字"的梦。那么，《赋别》这首诗则是一首离别诗，是一对男女恋人分手的悲歌。爱情才刚刚

开始就结束了,写的是爱情,却让人真实地面对人的生命存在自身的孤寂寥落与无常。这或许和诗人少年时期就浪迹天涯有关。请听由朗诵艺术家王昕先生演绎的《赋别》。

3.郑愁予早年的爱情诗婉约柔美,细致精妙,或有所寄托,或失落哀愁,或让天下有情人都能感动,或"唱着爱情的调子却另有寓意",如果说《如雾起时》这首诗是表现爱情的"真实的意思"的话,那么《小小的岛》诗中的"你"则超越特定的对象,也可看作是一个共同理想的化身。请听联诵《如雾起时》、《小小的岛》、《当西风走过》、《雨丝》,朗诵者:萱萱、刘君瑜、海波、赵建群。

4.大家知道,郑愁予先生的经典诗作流传甚广,多年来,诗人的不少脍炙人口的佳作被谱成歌曲,深受喜爱。《雨丝》就是其中的一首。请欣赏女声独唱及双人舞表演《雨丝》。表演者:吴莉晔、白晨龙。

第二章 自然篇【诠释山水】

作为一个"游吟者",总是要以"山水"来编织诗的锦绣。诗人郑愁予热衷于登山活动,除了台湾,他的足迹还印在了大陆各地以及世界的许多地方。诗人说,儒家看山水是"不畏艰难,冒险奋斗";道家看山水是"看山如我,入山成自然";佛家看山水是"不见山水",中国文化从诗经开始,就以山水自然同人生人文形成象征的对比,由此出发,诗人的山水观便是:"好山好水是一切的诠释"。山水本身就是时间和空间的消长,使人产生爱,也产生畏惧;歌咏山水的诗人也就是对抗那"漠视山水者和亵渎山水者"的侠客。

请听联诵《日景》、《北回归线》、《嘉峪关西行》、《山居的日子》、《草原歌》,朗诵者:寒静、靳丹、海波、张弛、陈艳宁、任怡宁、寒枫。舞蹈表演:吴莉晔、白晨龙。

第三章 乡愁篇【浪游怀乡】

1.诗人郑愁予有一首篇幅短小而韵味无穷的诗作享誉全球,其中"达达的马蹄"响遍半世纪,尤其脍炙人口。早有评论说:郑愁予是中国的中国诗人,用良好的中国文字写作,形象准确,声籁华美,而且是绝对地现代的。这首诗写的是思妇闺怨,却充满着一种羁旅乡愁的悲郁情调和足可玩味的苍凉。请听,由张俊彬演绎的《错误》。

2.我们常常说,诗人很有想象力,然而诗的想象力其实源自诗人内心的真实,往往取决于灵魂激荡的程度。比如对于母亲的想象,中国诗里带有很大的母亲情结的成分,又往往与浪游者相关。古诗中就有"慈母手中线,游子身上衣"等等。在《陨石》这首诗里,来自遥远的天外的陨石,又是如何跟故乡的母亲发生关联的呢?请听《陨石》,朗诵者:郑以理。

3.当下时代,出国留学、打工或定居成为潮流,跨越边境似乎成了平常事,然而在交通及通讯不发达的过去,却是一件令人既憧憬又忐忑不安的事。"多想跨出去,一步即成乡愁",这是郑愁予先生的《边界酒店》这首诗的名句。作为他早期重要作品,疆界的问题就在眼前,自然是真实的,然而分隔着的两个不同部分,心灵与心灵,前进与后退,缅怀与放弃等等矛盾的情愫,也都还是我们时代的情感课题。请听《边界酒店》,朗诵者:邬靖洲、魏赛。

4.朋友们,漫游或浪游是中国古代文

人侠士或主动或被动的一种生活方式，杜甫描述自己是"飘飘何所似，天地一沙鸥"，"谁怜一片影，相失万重云"；柳宗元叹息："一身去国六千里，万死投荒十二年。"郑愁予先生的浪游履历情形虽不同，意境却相似；相比之下，又何止十二年呢？由此写出的诗，虽然"前人早已道过"，但他却能化腐朽为神奇，不觉间，在新的历史坐标下增添新的元素，其中，浪游总伴随着"归去"的想望，令人万分稀奇。

请听联诵《乡音》、《醉溪流域》、《纤手》、《夜船行》、《编秋草》，朗诵者：萱萱、赵玉、师杰、魏赛、王咏梅、乔梁。舞蹈表演：吴莉晔、白晨龙。

第四章 任侠篇【酒趣豪情】

1. 学者们认为，郑愁予早年诗风柔美，晚近诗风趋向阳刚。其实这两种气质并不矛盾。诗人晚近的诗，其气势的恢弘仍然以精美的语言和瑰丽的想象来表现，如酒那样发散，又那样深蕴。中国人都爱说："李白斗酒诗百篇"，认为作诗和饮酒关系紧密。其实，诗人豪放固然好酒，酒神却是潜入诗中让语言和情感发酵的；酒应如同李白、杜甫流于体内。请听由宋原、马洪亮演绎的《最美的形式给予酒器》。

2. 《俄若霞》是郑愁予的一首大气磅礴的诗，全诗是以鸟的飞翔暗喻北极光出现于天空时的景象。诗人痖弦这样评价：此作视景宏大，气势磅礴，作者要表现的，是人类的魂魄，魂是人的精神，魄是人的身躯，此乃生命的总的象征，日月照临，天地覆育，阴阳造化，莫不关系到人类心魂体魄的存在荣枯。郑愁予透过诗的形式，借北极光的科技观察，对人类漫长演化历史进行反思，融科学认知与哲学智慧于一炉，充满了神秘感、宇宙感。全篇文思纵横驰骋，意象瑰丽雄奇，较之于杜甫的"魂来枫林青，魂返关塞黑"另有一番的宏观体会。这就是现代诗之所以为"现代"诗的缘由。那么请听这首诗，朗诵者：董海风、张弛、邬靖洲。

朋友们，本届海峡诗会活动和本次朗诵会的举办，承蒙郑愁予先生偕夫人光临指导，让福建的爱诗者们得以亲近大师。需要告诉大家的是：经诗人自己的考据，郑愁予乃民族英雄郑成功的后裔，为第十一世孙。三年前，郑先生从美国耶鲁大学退休后落户金门。这不仅表明诗人对于先贤风范、民族

· 郑愁予先生上台朗诵自己的诗作

· 朗诵会结束后，郑愁予先生偕夫人上台与表演者合影留念

气节的尊崇，也表明郑愁予先生与我们八闽大地有着密不可分的关联。

现在，让我们以最热烈的掌声欢迎我们的乡亲、我们仰慕的诗人郑愁予先生登台发表感言和朗诵诗作。

…………

现在请郑先生就座。

朋友们，郑愁予的诗歌最能让人真切地体验到古典诗歌中的宇宙情怀，并巧妙地观照了现代人的漂泊感和生命的无常感，体现了诗人内心的"仁侠"精神。诗人对宇宙的眺望和人类历史的反思，在给我们美的感受的同时，也给我们警示。诗人说："所谓乡愁，不见得在人类生存的地方，而在我们的灵性。"今天，海峡两岸的中国人正为了和平发展而奔走，作为新一代的"东西南北人"，我们是否应当在心灵的飘泊中努力去寻找那具有永恒价值的精神的依归呢？正如诗人"从游世到济世，从艺术回仁术"所做的，如此编织成"游吟的诗锦。"

朋友们，"回忆是希望的蜜"，让我们回到诗人的青年时代，和他一起把"歌声""响亮在海上"，让我们的生活更加美好，未来充满希望。

尾　声《想望》。朗诵者：陈艳宁、寒静、靳丹、任怡宁。

朗诵会到此结束。朋友们，再见！

（撰稿：余　禺）

⊙**综述**

并非错误的美丽与诗歌的温度

◎梁　星

剪浪前来扬美韵，两岸诗心共玉杯。2009 年 12 月 11 日至 16 日，由福建省文联、台港文学选刊杂志社主办的第六届海峡诗会，于海峡西岸八闽之地隆重举行。本届诗会，特邀台湾著名诗人郑愁予先生偕夫人余梅芳女士自金门跨越海峡，与来自海内外的诗人、学者进行深入的诗学探讨和广泛的文化交流。系列活动由"海内外华文作家恳谈会"、"郑愁予诗歌研讨会"、"游吟的诗锦——郑愁予经典诗歌朗诵会"、"郑愁予文学讲座"、"海峡两岸现代诗创作座谈会"等活动组成。福建省政协副主席、省文联主席张帆，省委宣传部副部长、省文明办主任马照南，闽台交流协会副会长韦忠慈，福建省文联党组书记、副主席范碧云，福建省文联副主席、书记处书记杨少衡、罗训涌等有关领导出席了上述活动。诗人、福州市委常委、常务副市长梁建勇出席了郑愁予诗歌朗诵会。浅浅的海峡与浓浓的诗意频频推出本届海峡诗会的高潮，激出亮点，将海峡西岸的爱诗者再次引入诗之纵深胜境，充分领略华语诗歌的神奇魅力。

还领诗思清入骨

郑愁予先生是当代著名诗人，祖籍河北，1933 年生于山东济南，童年随父辗转南北，少年时到台湾。15 岁即发表诗作。1954 年，成名作《错误》首次公开发表，其中的"我达达的马蹄是美丽的错误 ／ 我不是归人，是个过客……"，在华人世界广为传诵。

尽管舟车劳顿、风尘仆仆，12 月 11 日甫抵福州的当晚，郑愁予先生还是以一个归人而非过客的姿态出席了主办方举行的"海内外华文作家恳谈会"，并接受了新闻媒体的采访。席间，他拿起还飘散着纸香的最新一期《台港文学选刊》谦逊地说：谢谢《台港文学选刊》，我的照片从来没有在哪家刊物上这么夸张地登载过。针对恳谈中与会者谈到的时间问题，他说：我认为时间是人类思维的捷径。老子说"道法自然"，自然就是时间，因此诗人离不开时间。关于风花雪月，他说：三十年代普罗诗人批评风花雪月，其实李白杜甫都写风花雪月，这成为缘分；同好碰面，我们用空间发生的缘来表现时间。这是我们的传统。我看张大春的文章谈他的小说延续中国传统，我觉得不简单。我某些方面不传统，而某些方面很坚持传统。"以文会友"就是传统，这是曾子说的。过去在海外住了几十年，现在退休，要补偿过去

· 郑愁予先生在会前阅读《台港文学选刊》

的缺憾，能去的地方我就去。现在我住在金门，是在海峡之中，不来参加"海峡诗会"说不过去。关于其所言"从游世到济世"，他说，小时候我的家族名字叫"济发"，以前不喜欢，现在觉得这个"济"字很了不起……诗人举重若轻的谈话和情感内敛的神情令在座者景仰。

12日上午，本届海峡诗会的"重头戏""郑愁予诗歌研讨会"，在于山宾馆举行。《台港文学选刊》主编杨际岚主持了开幕式。福建省作家协会主席杨少衡致辞。福建省文联党组成员、秘书长曾珊宣读了中国作家协会台港澳办公室专门为本届海峡诗会所致的贺信。开幕式上，福建省文联党组书记、副主席范碧云向郑愁予先生赠送了全套《福建文艺创作60年选》12卷，郑愁予先生回赠了本人著作。来自美国、澳大利亚、中国台湾和香港等地的华文诗人和北京、浙江、江西、广东、吉林等省市及本省代表共计一百余人，共同见证了海峡西岸文坛的又一盛况。

研讨会由福建省知名学者刘登翰和台湾诗人潘郁琦共同主持。会上，各地学者、诗人、诗评家王光明、龙彼德、陈仲义、朱双一、沈奇（朱立立代发言）、毛翰、程维、方环海、庄伟杰、盼耕、王珂、朱昕辰、倪思然从不同角度对郑愁予诗歌的美学价值及与传统诗学和当下诗境的融合等论题作了精彩的专题发言。王光明与沈奇均将郑诗放在一个较大的诗格局中加以论析。前者探讨郑愁予与台湾现代诗的关系，认为郑诗与台湾现代诗之共同点是真切地表现了冷战时代的内心风景，经由空间之隔和时间之伤来表现人的生存状态；而郑诗在此中又独树一帜，是以小小的、具体、朴素的意象来营造人生沧桑，来处理冷战时代的心灵诠释，非知性而延续了中国诗的抒情脉络。后者以"美丽的错位"为题，同样阐述了郑诗的别开生面，指出其是在现代主义发轫与浪漫主义余绪之间选择了第三条道路，且成为感应古典诗的典范；在中国一百年新诗史上，是疏离于主流诗潮的错位。其所深入的步程，许是我们准备退出的，其所拓殖的领域，又正是我们所要否弃的；在今天汉语新诗困惑的状况下，给了我们许多启示。此外，多位论者就郑诗的具体美学价值各抒己见。龙彼德以"迷醉"形容郑诗，指出其"美在内涵，美在情趣，美在自然，美在形式"，而诸美都发出熠熠的中国风。陈仲义集中论述郑诗的音乐性，从诗学理论入手，指出诗的音乐性分为内在节奏与外在节奏，郑诗运用排比、复沓、歌谣形式等技法呈现外在节奏，更重要的是经由情感和语音契合、字词的断连和控制，将情感引发使轻重有致，形成鲜明的音乐调性而产生内在的节奏。并指出其最好的音乐性不是一味靠外在节奏，也不是放逐内在心灵的随意游走，而是自然的涟漪般的扩散。王珂认为写于 20 世纪 50 年代的郑诗大多具有浓郁的古代汉诗风格及技巧，并举"炼字炼句"、"诗出侧面"、"无理而妙"、"诗家语"等古代汉诗技法为例，指出郑诗不仅是在形式上，更多是在内容、情操上对接了古代汉诗技法。并指出其与西方现代诗的关系，同时提醒不能过度夸大汉诗传统对郑诗的影响。盼耕则从词性、感觉空间、价值观念三方面分析了郑诗中的反向思维。文本细评方面，福建师大在读本科生朱昕辰以"《错误》缘何美丽？"为题发言，从叙述人称的结构、诗的"景象喻体化"和多元解读的维度等侧面剖析《错误》一诗，一反主流学术话语对此郑诗代表作作现代"闺怨诗"的认定，认为该诗的魅力正在于对传统闺怨诗的超越，体现了诗人对两性关系的现代思考。另几位论者涉及郑诗的文化内涵。庄伟杰解读《错误》一诗，认为不能停留于"闺怨"、"漂泊"的理解层面，以终极关怀的角度

而言，每个人在哲学的意义上都是过客，因此该诗是对生命存在方式的追问。程维论及郑诗在婉约情韵之外的浪子情怀与游侠精神，是自然之花与人文思维紧密融合。并据此批评当下诗歌创作停留表面、情趣雷同化甚至粗鄙化以及缺乏传统人文认知和哲学内涵的弊端。厦门大学在读研究生倪思然梳理郑诗早期浪游题材的文化阐释，集中讨论了诗人创造性接受佛理的无常观以及游侠气质同儒家精义融合的人格特质。研讨中，有两个发言逸出一般论述范畴。朱双一以最新视野关注了近年郑愁予以郑成功后裔认祖归宗落籍金门后的写作，联系其历史与近期金门题材诗，论及酒一般的豪爽、侠义、重友的诗意性情，和自由、开放的"海洋精神"，以及由战乱经历及和平追求所铸就的人道主义情怀。体现了大陆郑诗研究的新成果。而毛翰的发言与众不同，他选取一特殊角度，探讨了郑诗被改编成歌曲的现状，从现代"诗"与"词"的文本异同与转换入手，在品评改编的经验教训的同时帮助对郑诗的理解。

每人限时十分钟的发言提纲挈领，重点突出，见解精辟。所论内容引发了主宾的兴趣。虽然留给郑愁予先生的时间不多，但他还是发表了看似随意而分量独具的讲话。

针对发言中提及的儒家思想。郑先生说：庄子不提诗，尽管老庄哲学及文本充满诗意；诗是儒家的说法。儒的道理是仁的思想，忠、孝、信、义。历代儒家建议的都是立德，以忠孝为主。立德可能产生负面，但仁没有负面，诗人在诗里表现仁，即现在说的人道主义。

关于"无常观"，他说：从希腊、罗

马下来，文艺作品表达的就是"爱"，这成为他们文学的、诗的中心，与我们是一致的，儒释道均如此，表现在传承上有许多基型，我的诗中就有七种如"闺怨诗"、"情诗"、"赠答诗"等。世界四大思想中心都是无常观，如基督教教义是要听上帝的谕旨做人。无常的也是永恒的，诗人将无常观感化读者，但要有完好的艺术形式。

关于诗的音乐性，诗人说，内在的情绪、情趣，表达出内在的节奏，每个人都有，但表现出来不一样。这个内在的节奏感非常重要。内容决定形式，语言就是音符，内容与语言一样重要。一条河中的两道水流，有主流，就是使命，救国救民救亡和旁流创新的美学观都是需要的，这就必须使我的船既可以在主流，也可以是独木舟划到支流，到最后无所谓主流支流，甚至可以支流做了主流。从前我的人道主义被划做左派，于是我尽量在艺术上拓宽，后来原有的旁流变为主流。语词派或称语象派由来已久，而《文心雕龙》之后性灵说越来越强。性是自己的个性；灵是人和自然交接的方式。巫是最早的诗人，灵用最美的形式就是玉器，上达天听"宇"。假如整首诗不顾性灵，就是语象派，如今语象派成为主流，而我是独木舟的划行者。

另外关于海洋诗，诗人说，我小时候想到海边去，但河北当时只看到盐碱滩。我的祖上从事盐业，后为军人世家。刚才有人提到郑成功，我是他的第十一世。但我所谓自己是贵族，不是指出身而是指心灵。台湾有批评家批评我是"没落贵族"，这没有关系，只要说的不是我的心灵。我从小就反抗贵族，曾是左翼思想的作家，在当年台湾不是很受欢迎。

对上述夫子自道，郑愁予进一步说：我不是常谈自己的，只是近年才接受一些采访。我是学而不述。有老年诗人作自己诗的注解，我现在发现可以自己写自己，是将一些想法加在自己作品的后面。我觉得诗人应少谈理论，除非你是学者、教师，否则你写诗而谈理论是诗人的懒惰方式，是在说服别人读你的作品，这不是诗人要做的。

谁家诗语复飞声

12日晚，由福建省文联、台港文学选刊杂志社主办、福建省诗歌朗诵协会联办、福建省海峡朗诵艺术团和福建师范大学传播学院团委承办的"游吟的诗锦——郑愁予经典诗歌朗诵会"在福建省闽剧艺术中心演出厅举行。当郑愁予先生偕夫人余梅芳女士进入会场时，全场响起一片热烈的掌声，许多人站起来争睹诗人的风采，先已备好的鲜花敬献于诗人及夫人面前。一场别开生面、精心准备的朗诵会旋即开始。朗诵节目将郑愁予不同时期的代表作分为"爱情篇"、"自然篇"、"乡愁篇"和"任侠篇"四个部分。主持辞庄重、精当而典雅。在简洁的舞美和适切的背景音乐衬托下，朗诵者深情的演绎将观众带入了诗歌的绮丽殿堂。其间嵌以郑愁予诗被谱写的歌曲音乐。四个朗诵章节结束后，诗人在热烈的掌声中步履稳健、优雅从容地登台向朗诵者致谢并深情地朗诵了自己崇尚侠肝义胆方面的诗作，到场的诗友和观众惊喜地发现，诗人至今笔耕不辍、佳作纷呈，兴奋之情满溢于色。朗诵会在台上台下的互动中达到高潮。随后，朗诵会尚将诗人早期的一首《想望》作为尾声，为诗人几十年的创作画了一个圆。主持人如此说道："诗人说，'所谓乡愁，不见得在人类生存的地方，而在我们的灵性。'今天，海峡两岸的中国人正为了和平发展而奔走，作为新一代的'东西南北人'，我们是否应当在心灵的飘泊中努力去寻找那具有永恒价值的精神的依归呢？"至此，朗诵会随着《想望》一诗的复沓回环而余音袅袅。

13 日晚，郑愁予先生前往福建师范大学文学院作文学讲座，讲题为《中国传统文化精神与汉语现代诗——〈错误〉论坛与汉诗基型》。八百多座位的文学院礼堂座无虚席，不少学生席地而坐，甚至有其他院系的师生也慕名围在几处门口驻足聆听。当大屏幕投影映出郑愁予先生年轻时代的照片以及相关字幕时，全场响起一片抑不住的赞声。场面十分火爆。当礼堂安静下来时，其噤声之境跌针可闻。两个半小时，先生为文学院的师生们解读了创作《错误》一诗的背景，并从战争诗、闺怨诗、赠达诗、爱情诗等传统诗歌基型，阐释现代诗与传统的传承关系。课中，郑愁予先生以诗人深沉、内蕴和富于音乐性的语感为听众自诵了《错误》及其他诗作。主题讲毕，学生们纷纷就郑愁予诗歌的解读与大陆新时期文学及诗歌创作中遇到的困惑向诗人提问，先生机智精要深入浅出地解答了学生们显然有备而来、不无锋芒的问题。讲座结束后，郑愁予先生向师范大学文学院捐赠了自己的诗集。冬夜的师大旗山新校区，虽然是寒风猎猎，这一份由诗歌的爱好者们围聚起来的温暖却经久不散。

· "游吟的诗锦——郑愁予经典诗歌朗诵会"上无座位的青年与会者

· 郑愁予先生欣然为爱好诗歌的青年朋友们签名

便引诗情到碧霄

2005 年，郑愁予先生经过考证，以郑成功的第十一代孙身份认祖归宗，正式入籍金门。这不仅因为金门是三百年前郑成功誓师出发之地，诗人更认为金门可以成为一座桥梁，担当沟通两岸亲情之"重任"。这种愿望在其早年的诗作《桥》中得以表述；千禧年诗人又作《饮酒金门行》："山海一色，两门对开……/ 当千帆竞渡满载 / 尽都是酒瓮海鲜 / 飞天啊，拿酒来！这一大白就敬了我们的和平女神吧！"新的历史机遇带给这一方土地的丰饶景象在诗人的酒趣豪情中洋洋洒洒一气呵成。

可以说，在郑愁予的生命之初，人生就有了传奇色彩，经历半个多世纪的辗转与岁月的颠簸，任侠精神与浪子情怀深深根植于诗人的气质之中。然而，在主办方安排的三坊七巷文化街区考察中，郑愁予仍久久伫立于林觉民故居院落中的烈士塑像前，晒笑自己并非"浪子"，相比林觉民以二十五岁慷慨赴义之举，自己"白活"了五十年。看到摆放在橱窗内那一方素白的《与妻书》，诗人伉俪更是禁不住热泪盈眶，感慨连连。因冰心故居与林觉民故居合二为一，郑愁予与同行诗友细数冰心、庐隐和林徽因三位福州民国才女的文学成就，高度评价秀外慧中的福州女子。

13 日上午，郑愁予夫妇一行专程前往马尾，参访船政博物馆和马江海战纪念馆。在见证近代中国一段屈辱历史的实物面前，在镌刻着影响近代中国思想、教育、科技发展进程的重要人物的铭文前，尽管诗人在参观过程中大多选择了静默，却有一种感叹和惆怅如无声的诗句弥漫开来……

14 日至 16 日，本届海峡诗会宾主一行前往厦门、漳州（南靖县）等地举行未竟活动。其间尽管郑愁予先生及夫人因有其他先已应允的活动须赶往台湾，但本届海峡诗会行程依然，原定在厦门市文联举办

· 郑愁予先生向着泉州大坪山顶郑成功戎装跨马塑像呼唤自己的祖宗

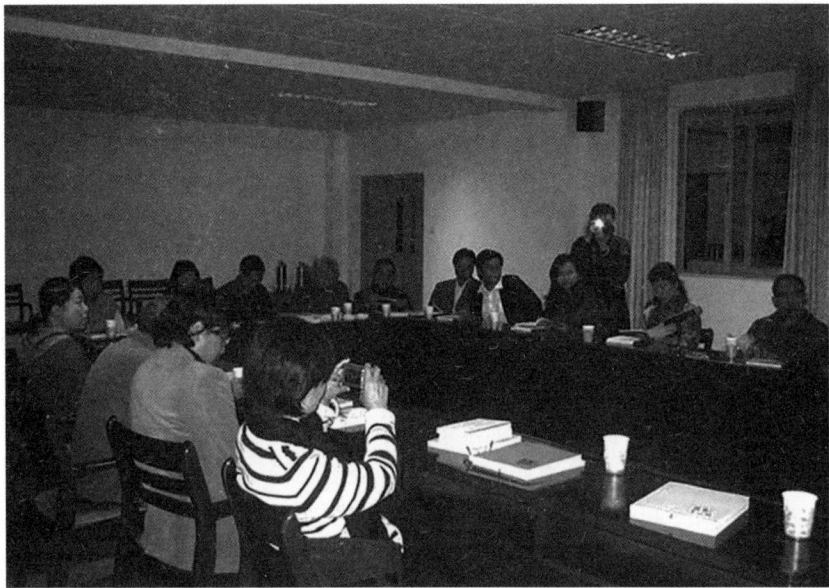

· 12 月 15 日晚，厦门市文联，"海峡两岸诗歌创作座谈会"一角

的"海峡两岸诗歌创作座谈会"照常举行，厦门当地文学界人士舒婷、陈仲义、徐学、刘岸、萧春雷、颜非等各位来宾的兴致不减。可见诗魂的确是可以弥散开去的。

郑愁予先生此番赴海峡诗会，是继台湾著名诗人余光中、洛夫、席慕蓉等来闽后的又一文坛盛事，可谓海内外华文文学界共同继承、弘扬中华文化、拓展现代诗学的盛会。活动得到福建省文学艺术对外交流中心、福州市文联、厦门市文联、泉州市文联等单位的密切配合，俾使活动得以顺利进行。活动期间多家新闻媒体予以关注，连续报道。会后各地反响热烈，如香港中华文化总会理事长、香港作家联会副会长张诗剑先生，香港作家联会名誉会长蔡丽双博士专门填词赋诗以示祝贺。诗词曰："海峡诗花次第开，/ 高朋骚客蹈波来；/ 意兴同启榕漳厦，/ 唇齿相依闽港台。/ 任侠愁予传典律，/ 怀仁浪子诉情才；/ 且豪且婉联声诵，/ 两岸诗心共玉杯。"（张诗剑）"海峡常开诗会，/ 昂豪婉丽强音。/ 接踵如今第六届，/ 名家新锐齐临。/ 经典诗歌朗诵，/ 尤欣研讨精深。// 郑氏愁予俊彦，/ 毫端墨沁民心。剪浪前来扬美韵，/ 一闻思绪难禁。/ 两岸文坛盛世，/ 光华俏傲琪琳。"（蔡丽双）

2010 年第七届海峡诗会

——痖弦文学之旅

· 步向 "痖弦文学之旅" 的行程

⊙概况

第七届海峡诗会概况

一、主办、承办及相关单位

主　　办：福建省文学艺术界联合会
　　　　　台港文学选刊杂志社
　　　　　福建省海峡文学艺术发展研究中心

承　　办：台港文学选刊杂志社
　　　　　福建省海峡文学艺术发展研究中心

参　　办：中南财经政法大学新闻与文化传播学院
　　　　　中南财经政法大学台港澳暨海外华文文学研究所
　　　　　河南南阳师范学院
　　　　　河南南阳市文联、作协
　　　　　郑州大学国家大学生文化素质教育基地
　　　　　郑州大学党委宣传部
　　　　　郑州大学哲学社会科学研究管理办公室
　　　　　郑州大学文学院
　　　　　河南省文学院

项目对接：国家图书馆
　　　　　福建省图书馆
　　　　　莆田市委宣传部
　　　　　湄洲岛党工委、管委会等

二、邀请函

' 2010 海峡诗会邀请函（之一）

尊敬的　　　　　女士 / 先生：

　　时至今日，当我们谈起华文诗歌时，我们的联想必然是世界范围的。这不仅基于创作的分布，而主要是诗意的触角和诗学的会通引起广阔的华文诗感受。在这其中，一位诗人在他创作的早期即梦游四海，之前尚未到过巴黎，足迹未达芝加哥，却描绘出了身临其境般的诗画图而为世人所称道。他更把中华大地的诗歌传统和新文化创造的薪火续延台湾，进一步融合外来文化，创作了"可以看的音乐"、"可以听的诗"，为华人的诗意经验造型，并发掘了华语的优秀品质，诗集《深渊》等长盛不衰。此外，他知人论艺，体现其文学颖悟、儒者之风；从图书到报刊，企划编纂，引领文学风骚数十载——这便是诗者、论者与编者痖弦。于今读他，岂不叹其传奇耶？而对其作学术上的探究，又岂不当深入与延展？

近年来，由福建省文联及台港文学选刊杂志社开创的"海峡诗会"已举办多届，先后联合多家单位邀请了余光中、洛夫、郑愁予、席慕蓉及其他群体诗人至大陆展开研讨、朗诵、采风、原乡行等诗歌活动。本次为第七届诗会，有幸邀请到台湾著名诗人痖弦先生前来。

时转风流多有续，诗家兴会更无前。素仰台端学养丰厚、情采卓然，诚邀您拨冗出席'2010海峡诗会——"痖弦文学之旅"国际研讨会。让我们共同为促进华文文学的发展而戮力。

恭候

光临！

福建省文学艺术界联合会

海峡文学艺术发展研究中心

台港文学选刊杂志社

中南财经政法大学新闻与文化传播学院

2010 年 6 月 10 日

三、活动流程

1. 10 月 17 日晚，武汉华中科技大学，'2010 海峡诗会启动仪式暨"痖弦文学之旅国际学术研讨会"。

2. 10 月 18 日上午，武汉中南财经政法大学，出席"第十六届世界华文文学国际学术研讨会"，痖弦作大会中心发言：《大融合——我看世界华文文学》。

3. 10 月 19~22 日，跟随"第十六届世界华文文学国际学术研讨会"，赴宜昌市、神农架继续开会和采风。

4. 10 月 23 日晚，河南南阳师范学院，作题为"文化的热土 诗歌的原乡——从历史发展条件看河南成为全国文学大省之可能"的讲座；讲座后，南阳师范学院师生朗诵痖弦诗作。

5. 10 月 24 日上下午，痖弦先生回南阳市卧龙区陆营镇杨庄营村东庄老家祭祖；晚，欣赏豫剧、曲剧折子戏表演。

6. 10 月 25 日下午，南阳市豫宛宾馆，出席南阳文学界召开的"诗人痖弦原乡行文学座谈会"。

7. 10 月 26 日下午，郑州市，郑州大学新校区学术报告厅，痖弦作演讲：《大融合——从历史发展条件看华文文坛成为世界最大文坛之可能》；晚，郑州大学学生活动中心，举行"红玉米——痖弦诗歌朗诵会"。

8. 10 月 27 日上午，河南省文学院，同河南省诗歌学会举行"痖弦中原行河南诗歌界座谈会"。

9. 10 月 30 日上午，福州市，福建省图书馆演讲厅，痖弦作演讲：《人人可以成诗人——诗歌大众化与全民写作之联想》。

10. 10 月 31 日晚，福建莆田湄洲岛，出席"映象·妈祖"海峡两岸大型诗歌朗诵音乐会。

四、部分与会嘉宾简介

痖 弦，著名诗人。本名王庆麟，1932 年生于河南南阳，1949 年 8 月随军赴台，1953 年毕业于台北复兴岗学院，后应邀赴美国爱荷华大学国际作家工作室研究两年，即转入威斯康辛大学，获硕士学位。其重要著作有《痖弦诗抄》、《深渊》、《中国新诗研究》、《痖弦谈诗》等，曾荣获台湾"中华文艺奖金长诗组优胜奖"、"蓝星诗奖"、"好望角文学创作奖"、"诗人节新诗奖"等，被誉为"诗儒"。同时亦是著名编辑家、评论家和教授。1953 年与诗人洛夫、张默共同创办台湾诗坛重镇《创世纪》诗刊，为发行人。同时曾主编《联合文学》、《诗学》、《中华文艺》、《幼狮文艺》等杂志，尚任幼狮文化公司总编辑、华欣文化中心总编辑等，并主讲新文学于复兴岗学院、台湾艺术专科学校、世界新闻专科学校、东吴大学、静宜大学、中兴大学、中国文化大学等，在《联合报》任副总编辑兼副刊主编二十余年后退休。曾获台湾"新闻副刊编辑金鼎奖"、"五四文学奖编辑奖"等。诗人尚展现多方面才华，曾于台湾各界纪念孙中山百年诞辰话剧《国父传》中饰演孙中山，赢得极高评价，获得"第二届话剧金鼎奖全台最佳男演员"称号，并曾当选台湾十大杰出青年。

潘郁琦，女。台湾旅美作家、诗人。原籍河北昌黎，生长、就学于台湾，赴美客居迄今二十余年，其间往返于美国德州、加州、纽约、中国香港、台湾地区及大陆等地。曾受聘于美国《明报》，担任文艺部副刊主编，并在美主持广播电台节目。著有诗集、散文集、儿童文学作品《今生的图腾》、《桥畔，我犹在等你》、《忘情之约》、《小红鞋》、《一缕禅》等。作品曾获加拿大《明报》、美国《明报》文艺奖。

· 每到一处，曾任广播电台主持人的台湾诗人潘郁琦都以柔软曼妙的语音和电脑幻灯形式向听众介绍痖弦先生

樊洛平，女。台港澳暨海外华文文学研究专家。郑州大学文学院教授、硕士生导师，中国世界华文文学学会理事、女性文学工作委员会主任委员，中国当代文学学会理事，河南省文艺评论家协会副主席。（负责痖弦先生河南行筹备、协调工作）

杨际岚，现任《台港文学选刊》主编、编审，中国世界华文文学学会副会长兼秘书长、福建省作家协会副主席、福建省海峡文学艺术发展研究中心执行主任，福建省台港澳暨海外华文文学研究会会长、暨南大学海外华文文学与华语传媒研究中心兼职研究员。著有杂文、随笔集，论文发表于《人民日报》、《新闻出版报》、《文艺报》等重要报刊，被中国人民大学复印报刊资料转载。并参与编撰、编选《台湾文学史》、《二十世纪旅外华人散文百家》等图书十多种。曾获多种编辑奖。

宋 瑜，笔名余禺。1955年生。现任《台港文学选刊》副主编、副编审。福建省作家协会会员，中国世界华文文学学会理事、对外交流工作委员会副主任委员，福建省文学艺术发展研究中心副主任。著有诗集《过渡的星光》、散文集《拾篓集》及台港海外华文文学研究论文数十万字。作品入选多种选本并被评论。诗作曾获福建省优秀文学作品奖，并获多种编辑奖。

马洪滔，《台港文学选刊》二编室主任，中国世界华文文学学会会员。

梁 星，女。《台港文学选刊》社务室主任，中国世界华文文学学会会员。

此外，除了主办单位福建省文联、台港文学选刊杂志社、海峡文学艺术发展研究中心的人员，在武汉、南阳、郑州等地，尚有世界华文文学研究专家及中国大陆作家杨匡汉、刘登翰、古远清、冯晏、周同宾、二月河、王宗法、沈奇、白杨、李润霞、梁燕丽、庄伟杰、章妮、凌逾、邹建军、陶德宗、江少川、朱双一、胡德才、杨少衡、陈美霞、向忆秋；来自台湾的诗人洪淑苓、张默、辛郁、管管、碧果、白灵、古月、落蒂、颜艾琳、须文蔚、李进文、徐瑞以及文学评论家尉天骢、散文家亮轩、唐经澜；来自美国、加拿大的华文诗人作家王性初、林婷婷、施雨、吴玲瑶、招思虹；来自菲律宾的诗人云鹤出席了相关活动。痖弦在福州期间，福建省文联党组书记范碧云、副主席杨少衡、罗训涌等与其进行了会谈。中南财经政法大学新闻与文化传播学院、台港澳暨海外华文文学研究所，河南南阳师范学院，南阳文学界，郑州大学国家大学生文化素质教育基地，郑州大学党委宣传部，郑州大学哲学社会科学研究管理办公室，郑州大学文学院，河南省文学院，国家图书馆，福建省图书馆等单位参与组织筹办了相关活动。

· 陪同 "痖弦文学之旅" 的两位重要成员：台湾诗人潘郁琦（右）和
　郑州大学教授樊洛平（左）

· 参加本届海峡诗会的台港文学选刊杂志社同人与痖弦先生合影。居
　中者为痖弦先生

⊙与会交流的痖弦诗作

剖
——序诗

有那么一个人
他真的瘦得跟耶稣一样。
他渴望有人能狠狠地钉他,
(或将因此而出名)
有血溅在他的袍子上,
有荆冠——哪怕是用纸糊成——
落在他为市嚚犼戏过的
伧俗的额上。
　　但白杨的价格昂贵起来了!
钢钉钻进摩天大厦,
人们也差不多完全失去了那种兴致,
再去做法利赛们
或圣西门那样的人,
唾咒语在他不怎么太挺的鼻子上,
或替他背负
第二支可笑的十字架。
　　有那么一个人
太阳落后就想这些。

斑　鸠

女孩子们滚着铜环
斑鸠在远方唱着

斑鸠在远方唱着
我的梦坐在桦树上

斑鸠在远方唱着
讷伐尔的龙虾挡住了我的去路

为一条金发女的蓝腰带
坏脾气的拜伦和我决斗

斑鸠在远方唱着
邓南遮在嗅一朵枯蔷薇
楼船驶近萨福坠海的地方
而我是一个背上带鞭痕的摇桨奴

斑鸠在远方唱着
梦从桦树上跌下来

太阳也在滚着铜环
斑鸠在远方唱着

红玉米

宣统那年的风吹着
吹着那串红玉米

它就在屋檐下
挂着
好像整个北方
整个北方的忧郁
都挂在那儿

犹似一些逃学的下午
雪使私塾先生的戒尺冷了

表姊的驴儿就拴在桑树下面

犹似唢呐吹起
道士们喃喃着
祖父的亡灵到京城去还没有回来

犹似叫哥哥的葫芦儿藏在棉袍里
一点点凄凉，一点点温暖
以及铜环滚过岗子
遥见外婆家的荞麦田
便哭了

就是那种红玉米
挂着，久久地
在屋檐底下
宣统那年的风吹着

你们永不懂得
那样的红玉米
它挂在那儿的姿态
和它的颜色
我的南方出生的女儿也不懂得
凡尔哈仑也不懂得

犹似现在
我已老迈
在记忆的屋檐下
红玉米挂着
一九五八年的风吹着
红玉米挂着

盐

二嬷嬷压根儿也没见过托斯妥也夫斯

基。春天她只叫着一句话：盐呀，盐呀，
给我一把盐呀！天使们就在榆树上歌唱。
那年豌豆差不多完全没有开花。

盐务大臣的驼队在七百里以外的海湄
走着。二嬷嬷的盲瞳里一束藻草也没有过。
她只叫着一句话：盐呀，盐呀，给我一把
盐呀！天使们嬉笑着把雪摇给她。

一九一一年党人们到了武昌。而二嬷
嬷却从吊在榆树上的裹脚带上，走进了野
狗的呼吸中，秃鹫的翅膀里；且很多声音
伤逝在风中，盐呀，盐呀，给我一把盐呀！
那年豌豆差不多完全开了白花。托斯妥也
夫斯基压根儿也没见过二嬷嬷。

坤 伶

十六岁她的名字便流落在城里
一种凄然的旋律

那杏仁色的双臂应由宦官来守卫
小小的髻儿啊清朝人为他心碎

是玉堂春吧
（夜夜满园子嗑瓜子儿的脸！）

"苦啊……"
双手放在枷里的她

有人说
在佳木斯曾跟一个白俄军官混过

一种凄然的旋律

每个妇人诅咒她在每个城里

如歌的行板

温柔之必要

肯定之必要

一点点酒和木樨花之必要

正正经经看一名女子走过之必要

君非海明威此一起码认识之必要

欧战，雨，加农炮，天气与红十字会之必
　　要

散步之必要

遛狗之必要

薄荷茶之必要

每晚七点钟自证券交易所彼端

草一般飘起来的谣言之必要。旋转玻璃门

之必要。盘尼西林之必要。暗杀之必要。

晚报之必要。

穿法兰绒长裤之必要。马票之必要

姑母继承遗产之必要

阳台、海、微笑之必要

懒洋洋之必要

而既被目为一条河总得继续流下去

世界老这样总这样：——

观音在远远的山上

罂粟在罂粟的田里

蛇　衣

我太太是一个

仗着妆奁发脾气的女人。

她的蓝腰带，洗了又洗

洗了又洗。然后晒在

大理菊上。

然后，（一个劲儿）

　　　歌唱

　　　　　小调。

我太太想把

整个地球上的花

全都穿戴起来，

连半朵也不剩给邻居们的女人！

她又把一只喊叫的孔雀

在旗袍上，绣了又绣

绣了又绣。总之我太太

认为裁缝比国民大会还重要。

美洲跟我们

　　（我太太，想）

虽然共用一个太阳，

可也有这样懒惰的丈夫

　　（那时我正上街买果酱）

且不

　　　歌唱

　　　　　小调。

在春天。

我太太

像鹭鸶那样地贪恋着

她小小的湖泊——镜子。

我太太，在春天，想了又想

想了又想

还是到锦蛇那儿借件衣裳吧。

山　神

猎角震落了去年的松果

栈道因进香者的驴蹄而低吟
当融雪像纺织女纺车上的银丝披垂下来
牧羊童在石佛的脚趾上磨他的新镰
春天，呵春天
我在菩提树下为一个流浪客喂马

矿苗们在石层下喘气
太阳在森林中点火
当瘸疬婆拐到鸡毛店里兜售她的苦苹果
生命便从山鼬子的红眼眶中漏掉
夏天，呵夏天
我在敲一家病人的锈门环

俚曲嬉戏在村姑们的背篓里
雁子哭着喊云儿等等他
当衰老的夕阳掀开金胡子吮吸林中的柿子
红叶也大得可以写满一首四行诗了
秋天，呵秋天
我在烟雨的小河里帮一个渔汉撒网

樵夫的斧子在深谷里唱着
怯冷的狸花猫躲在荒村老妪的衣袖间
当北风在烟囱上吹口哨
穿乌拉的人在冰潭上打陀螺
冬天，呵冬天
我在古寺的裂钟下同一个乞儿烤火

秋　歌

——给暖暖

落叶完成了最后的颤抖
荻花在湖沼的蓝睛里消失
七月的砧声远了

暖暖

雁子们也不在辽夐的秋空
写它们美丽的十四行诗了
暖暖

马蹄留下踏残的落花
在南国小小的山径
歌人留下破碎的琴韵
在北方幽幽的寺院

秋天，秋天什么也没留下
只留下一个暖暖
只留下一个暖暖
一切便都留下了

我是一勺静美的小花朵

在那遥远遥远的从前，
那时天河两岸已是秋天。
我因为偷看人家的吻和眼泪，
有一道银亮的匕首和幽蓝的放逐令在
　我眼前闪过！
于是我开始从蓝天向人间坠落，坠落，
我是一勺静美的小花朵。

有露水和雪花缀上我的头发，
有天风吹动我轻轻的翅叶，
我越过金色的月牙儿，
又听到了彩虹上悠曼的弦歌……
我从蓝天向人间坠落，坠落，
我是一勺静美的小花朵。

我遇见了哭泣的殒星群，

她们都是天国负罪的灵魂！
我遇见了永远飞不疲惫的鹰隼，
他把大风暴的历险说给我听……
更有数不清的彩云，甘霖在我鬓边擦过，
她们都惊赞我的美丽，
要我乘阳光的金马车转回去。
但是我仍要从蓝天向人间坠落，坠落，
我是一勺静美的小花朵。

不知经过了多少季节，多少年代，
我遥见了人间的苍海和古龙般的山脉，
还有，郁郁的森林，网脉状的河流和道路，
高矗的红色的屋顶，飘着旗的塔尖……
于是，我闭着眼，把一切交给命运，
又悄悄地坠落，坠落，
我是一勺静美的小花朵。

终于，我落在一个女神所乘的贝壳上。
她是一座静静的白色的塑像，
但她却在海波上荡漾！
我开始静下来。
在她足趾间薄薄的泥土里把纤细的须根生
　　长，
我也不凋落，也不结果，
我是一勺静美的小花朵。

夜里我从女神的足趾上向上仰望，
看见她胸脯柔柔的曲线和秀美的鼻梁。
她静静地、默默地，
引我入梦……
于是我不再坠落，不再坠落，
我是一勺静美的小花朵。

工厂之歌

啊啊，神祇的铜像倒下去了呀！
看呀，人类向渺茫的大自然借着热，借着
　　能
借着浑然的力……
并不曾念诵着神祇们的墓志铭
去祈求一片马铃薯或一只火鸡的祝福，
啊啊，新的权威便树立起来了！

啊啊，诞生！诞生！

轰响与撞击呀，疾转和滚动呀，
速率呀，振幅呀，溶解和化合呀。破坏
　　或建设的奥秘呀
重量呀，钢的歌，铁的话，和一切金属的
　　市声呀，
烟囱披着魔女黑发般的雾，密密地
缠着月亮和星辰了……
啊啊，神死了！新的神坐在锅炉里
狞笑着，嘲弄着
穿着火焰的飘闪的长裙……
啊啊，艺术死了！
新的艺术抱着老去的艺术之尸
（那是工人们在火门边画着玩的一尾小鲫
　　鱼）
坐在烟囱的防空色上
斑斓的，如一眼镜蛇的衣……
哲学，哲学呀，
在雄立着 "工矿警察" 的门口探一探头，
鼠一般地溜走了。

啊啊，新的威权呀，永远可以看得清楚

面谱的上帝呀，
和大自然携着手，舞蹈而且放歌吧！
在一万个接着一万个的丰收季
过着狂欢节，
举行着大火之祭。

剧场，再会

从一叠叠的风景片里走出来，
从古旧的中国铜锣里走出来，
从蔷薇色大幕的丝绒里走出来，
从储藏着星星、月亮、太阳和闪电的灯
　光箱里走出来
从油彩盒里，口红盖里，眉笔帽里走出来；

从剧场里走出来。
说：剧场，剧场！再会，再会！
从线装的元曲里走出来，
从洋装的莎氏乐府里走出来，
从残缺不全的亚格曼浓王、蛙、梅浓世
　家、拉娜里走出来，
从希腊的葡萄季，罗马的狂欢节里走出来；

从剧场里走出来。
说：剧场，剧场！再会，再会！

我的眼睛说：速成的泪水，再会。
我的头颅说：犀牛的假发，染鬓角的炭条，
再会。
我的脸庞说：12345号的油彩，三棱镜，再会。
我的手臂说：伪装的祈祷，假意的求爱，
　再会。
我的声带说：呜呜拉拉的台词，再会。

观众们，再会，再会！
我曾逗你们笑，笑得像一尊佛。
我曾逗你们哭，哭得像一尾鲛人。
我曾逗你们跳，跳得踩痛了邻座的脚。
你们乐得吹口哨，像一千管风笛的合奏。
你们狂得抛帽子，像十万只鸟雀的惊飞！

如今，我要走了，
我要向你们作一个卓别林企鹅式的姿态，
让你们笑最后一个笑。
我要向你们再报一次"法国菜单"，
让你们哭最后一个哭。

然后，把这笑，这哭
加上美丽的花边
夹在自己心爱的书中当书签。

最后，该到你们了：哥儿们，亲爱的哥儿们！
和我一块儿做过两年玫瑰梦的哥儿们，
一块穿过太阳的金铠甲，月亮的银礼服，
一块披过的南风的大斗篷，露水的碎流苏
　的哥儿们，
一块发过疯，耍过宝，打打闹闹的哥儿们，
一块为了一个女演员，把刀子插在酒店桌
　子上的哥儿们！

最后，我该向你们说：
再会，再会，

把我的小行李收拾起来吧，
带着米勒的拾穗，罗丹的思想者和巴哈的
　老唱片，
带着三拍子的曼陀铃、四拍子的五弦琴，
带着大甲草帽、英格兰手刀，

开罐头的匙和治牙疼的药。
像个古代的游唱者，
像个走四方的江湖佬，
像个吉卜赛人搬家那样地
收拾起来吧！

再会，再会。
剧场，再会。

莎老头，马罗，再会。
易卜生，奥尼尔，再会。
优孟和唐明皇，再会。
李渔和洪升，再会。

一千声再会，
一万声再会，
恒河沙数又六次方的再会！

再会，剧场！
剧场，再会！

我的灵魂

啊啊，君不见秋天的树叶纷纷落下
我虽浪子，也该找找我的家

那时候
我的灵魂被海伦的织机编成一朵小小的铃
　　铛花
我的灵魂在一面重重的铜盾上忍受长剑的
　　击打
我的灵魂燃烧于巴尔那斯诸神的香炉
我的灵魂系于荷马的第七根琴索

我的灵魂
在特洛伊城堞的苔藓里倾听金铃子的怨嗟
在圆形剧场的石凳下面，偷闻希腊少女的
　　裙香
在合唱队群童小溪般的声带中，悄然落泪
在莎福克利斯剧作里，悲悼一位英雄的死
　　亡

啊啊，在演员们辉煌的面具上
且哭且笑。我的灵魂
藏于木马的肚子里
正准备去屠城。我的灵魂
躲在一匹白马的耳朵中
听一排金喇叭的长鸣。我的灵魂

震动于战车的辐辏上，辘辘挺进
向雅典，向斯巴达，向渺小的诸城邦
颤栗于农夫们的葡萄里
遭受狄奥尼赛斯的锤打，怯怯地走进榨床
晃动于大楼船的桨叶上
拨动着爱琴海碎金般的波浪
啊啊，我的灵魂

我的灵魂如今已倦游希腊
我的灵魂必须归家
啊啊，君不见秋天的树叶纷纷落下

我听见我的民族
我的辉煌的民族在远远地喊我哟

黑龙江的浪花在喊我
珠江的藻草在喊我
黄山的古钟在喊我

西蜀栈道上的小毛驴在喊我哟

我的灵魂原来自殷墟的甲骨文
所以我必须归去
我的灵魂原来自九龙鼎的篆烟
所以我必须归去

我的灵魂啊
原本是从敦煌千佛的法掌中逃脱出来
原本是从唐代李思训的金碧山水中走
　　下来
原本是从天坛的飞檐间飞翔出来

啊啊，君不见秋天的树叶纷纷落下
我虽浪子，也该找找我的家
希腊哟，我仅仅住了一夕的客栈哟
我必须向你说再会
我必须重归

我的灵魂要到沧浪去
去洗洗足
去濯濯缨
去饮我的黄骠马

去听听伯牙的琴声
我的灵魂要到汨罗去
去看看我的老师老屈原

问问他认不认得萨福和但丁
再和他同吟一叶芦苇
同食一角米粽

我的灵魂要到峨嵋去
坐在木鱼里做梦
坐在禅房里喝彩
坐在蒲团上悟出一点道理来

我的灵魂要到长江去
去饮陈子昂的泪水
去送孟浩然至广陵
再逆流而上白帝城
听一听两岸凄厉的猿鸣

啊啊，我的灵魂已倦游希腊
我的灵魂必须归家
君不见秋天的树叶纷纷落下

⊙诗歌讨论会和朗诵会

痖弦文学之旅国际学术研讨会

· "痖弦文学之旅国际研讨会"假湖北华中科技大学举行

时间：2010 年 10 月 17 日

地点：湖北武汉华中科技大学学术交流中心

（一）开幕式

主持：杨际岚

致辞：杨少衡

（二）学术讨论

主持：杨匡汉

发言：

1. 刘登翰：引言

2. 潘郁琦：我心目中的痖弦先生

3. 冯　晏：诗者痖弦

4. 王宗法：痖弦诗歌的独创性

5. 沈　奇：痖弦诗歌艺术论

6. 凌　逾：弦上的诗行

7. 白　杨：政治文化语境中的人性诉求——痖弦诗歌论

8. 李润霞：痖弦诗歌介入现实的现代方式

9. 梁燕丽：痖弦诗歌中的异质文化想象

10. 邹建军：痖弦先生的域外地理诗篇及其创新

11. 庄伟杰：孤寂绝响回旋言语的魅力 ——痖弦诗歌中的历史意识管窥

12. 江少川：重读痖弦现代诗论的思考

13. 章　妮：论痖弦的林燿德散文批评

14. 陶德宗：痖弦与大陆迁台诗人

15. 古远清：三个痖弦

16. 朱双一：痖弦与 80 年代台湾文学思潮——《聚缴花序》一窥

17. 痖　弦：一日诗人　一世诗人 ——我的诗路历程

红玉米·台湾著名诗人痖弦诗歌朗诵会

一、概况

文 学 顾 问：樊洛平

节 目 统 筹：陈　艳、吴艳利

朗 诵 指 导：陈　卓

主持词撰稿：樊洛平

节 目 主 持：李　政

灯光、音响：郑州大学大学生活动中心

二、节目单

开场曲：《思乡曲》

1.《秋歌》　朗诵者：韩一博

2.《斑鸠》　朗诵者：郭鹏飞

3.二胡独奏《良宵·赛马》　演奏者：李夏丰

4.《盐》　朗诵者：柴明阁

5.《伞》　朗诵者：孙酩林

6.豫剧《朝阳沟》选段　演唱者：席保红

7.《乞丐》　朗诵者：马腾超

8.《深渊》　朗诵者：高　力

9.女声独唱《父老乡亲》　演唱者：邢　旭

10.《给超现实主义者》　朗诵者：陈　卓

11.《芝加哥》　朗诵者：刘　路

12.讲述《我眼中的痖弦》　讲述者：樊洛平

13.《红玉米》　朗诵者：痖　弦

14.《我的灵魂》　朗诵者：杨国祥

15.女声独唱《红河谷》　演唱者：张宴铭

16.《给桥》　朗诵者：范庆淮

17.《花非花》　朗诵者：杨飞亚

18.小提琴独奏《梁祝》　演奏者：葛　歌

19.《我是一勺静美的小花朵》　朗诵者：张晓静

20.萨克斯独奏《昔日重现》　演奏者：耿海祥

三、主持词

少小离家老大回，乡音无改鬓毛衰。儿童相见不相识，笑问客从何处来。

一首唐朝贺知章的《回乡偶书》，给我们描摹出一幅久客伤老的动人画面；一首凄婉优美的《思乡曲》，也为我们揭开了今天痖弦诗歌朗诵会的序幕。

尊敬的各位领导、各位来宾，这里是由郑州大学国家大学生文化素质教育基地、郑州大学党委宣传部、郑州大学哲学社会科学研究管理办公室、郑州大学文学院主

办的"'2010海峡诗会：台湾著名诗人痖弦诗歌朗诵会"的活动现场，我是主持人李政，在此代表活动主办方郑州大学对于远道而来的、尊贵的客人们表示由衷的欢迎。

《创世纪》诗刊的纪念会上，痖弦这样表白："这世界已经够冷，让我们以彼此的体温取暖"。1957年，痖弦的一首小诗《秋歌——给暖暖》，给人带来的，就是这种无限的温暖。当秋叶飘落，雁声远去的时候，在时年25岁的诗人心中，暖暖意味着什么？母亲还是恋人，朋友还是孩子？下面就请欣赏这首《秋歌》。朗诵者：韩一博。

痖弦的诗歌灵感，许多来自乡土、民间。南阳农村的河南梆子，乡下人的"打花鼓"，老长工的顺口溜，祖母的歌谣，都深深影响了痖弦，并成为支撑他带着故乡去流浪的一种文化传统。把我们的民谣写进诗里，把乡土的底蕴融进诗里，于是有了鲜活灵动的《斑鸠》。且听《斑鸠》。朗诵者：

郭鹏飞。

关于痖弦这个笔名，痖弦先生非常风趣地说了几重意思，其一是因为青年时期热爱文艺，会拉二胡，二胡沙哑的声音，很是喜爱，就用了"痖弦"作笔名。其二就是喜欢陶渊明，陶渊明家中有一把无弦之琴，常常自嘲"但识琴中趣，何劳弦上声！"无弦之琴，"痖弦"也。下面就请欣赏由李夏丰为我们带来的二胡独奏《良宵·赛马》。

从鸦片战争到辛亥革命，在这段漫长的历史中，不仅仅是社会的风云变幻，还有许多挣扎在乡村土地上的苦难农民。读痖弦的乡情诗，让我们深深震撼的，是那个北方农妇二嬷嬷口中的"只叫这一句话：盐呀，盐呀，给我一把盐呀！"。

请听《盐》。朗诵者：柴明阁。

痖弦最初的创作受何其芳影响，表现一种梦幻般的灵魂追求和失意的缱绻。他曾说："何其芳曾是我年轻时的诗神，他《预言》诗集的重要作品至今仍能背诵。"从《我是一勺静美的小花朵》、《伞》、《山神》等作品，都可看出这种影响。请欣赏《伞》。朗诵者：孙酩林。

从乡土中国走出来的痖弦，总是带有一种浓厚的文化乡愁。在国外的日子里，痖弦喜欢以收藏来寄托自己的中国情结。可是无论是戏锣、马灯还是手炉、水烟袋，有一样东西是无法收入囊中的，那便是河南的豫剧。下面就让我们和痖弦先生一起来回味故乡的味道。

有请席保红老师为我们带来豫剧：《朝阳沟》选段。

我们都还记得艾青的名篇《乞丐》："在北方/乞丐伸着永不缩回的手/乌黑的手/要求施舍一个铜子"。在痖弦笔下，那常年以关帝庙为家的乞丐又是怎样的情景呢？且听《乞丐》。朗诵者：马腾超。

1959年发表的《深渊》，是痖弦最有艺术冲撞力的现代诗。这首长达98行的抒情诗，用一种整体性的象征手法，把生存道路上的种种障碍比喻如深渊横亘在我们面前，对世界的荒谬、生存的痛苦给予了强有力的揭示，其中蕴含了对现代人类精神生活败坏的强烈批判。这首诗震撼了当时的台湾诗坛，引发了一股模仿《深渊》的热潮。请欣赏诗歌《深渊》。朗诵者：高力。

痖弦对于故乡南阳，有着非常深厚的感情。痖弦常说："故乡就是母亲，母亲就是故乡。"犹记得故乡地平线上的那一抹蓝色，春天里的"狗尾巴花"，夏天的"打扑通"，秋天的烤毛豆和冬天时围着长工听故事……当然，更让痖弦难以割舍的是南阳的父老情。

下面请欣赏女声独唱《父老乡亲》，演唱者：邢旭。

2010年6月27日，台湾重量级诗人商禽在台逝世，享年80岁。商禽是20世纪悲伤至极的诗人，被誉为台湾散文诗的鼻祖，以超现实主义创作风格闻名。诗人与商禽年少相识，是生前挚友，痖弦曾说："商禽一辈子都在受苦，但他有他的达观，从来不绝望，他面对苦难非常勇敢，而且能把苦难变成作品中的养料。"就让我们一起以诗歌，以音乐，送商禽走向远方，走向永恒。请欣赏《给超现实主义者——纪念与商禽在一起的日子》。朗诵者：陈卓。

时至今日，当我们谈起华文诗歌时，我们的联想必然是世界范围的。在这其中，一位诗人创作早期即梦游四海，之前尚未到过巴黎，足迹未达芝加哥，却以丰富的想象力，描绘出身临其境般的诗画图，创作了"可以看的音乐"、"可以听的诗"，为华人的诗意经验造型，并发掘了华语的优秀品质。请欣赏《芝加哥》。朗诵者：刘路。

本次晚会的文学顾问樊洛平老师，长期从事台湾文学研究，2005年在台北的一次愉快的聚谈，展开了海峡两岸这两位学者深厚的情缘，那么樊老师眼中的痖弦先生是什么样的呢，且听她娓娓道来。

诗人痖弦对故土的记忆凝固在北方农村的冬天。寒风中，屋檐下的红玉米仿佛一滴滴思乡的血浸透了昨日难忘的记忆，这种混合着甜蜜与辛酸的感情，是他在台湾出生的女儿所无法理解的，更是外国诗人凡尔哈伦所无法理解的。任海水奔腾，时光流逝，乡愁将伴随诗人走遍天涯，成为一种永远的牵挂。在归来的游子那里，经历了金秋季节的原乡行，再度回眸《红玉米》，诗人是一种怎样的心境？

现在让我们掌声有请痖弦先生登台，朗诵他于半个世纪之前写下的这首乡愁诗。有请痖弦先生朗诵《红玉米》。

《我的灵魂》这首诗立意高远，大气磅礴，它以时空交错的手法，舒展无数飞动的意象，把祖国的大好河山尽收眼底，将历史的悠久岁月融入诗篇，一个归来游子的家国之思和灵魂之路，尽在其中表现。且听《我的灵魂》。朗诵者：杨国祥。

1998 年，痖弦从他工作多年的报刊编辑位置上退下来，回到加拿大温哥华，与妻女团聚。他在加拿大的寓所"桥园"是一座外表西洋式，室内装潢却是中国式的建筑。痖弦先生常说："出门是国外，回家是中国。"痖弦的诗作中也有许多作品充满了异域风情，享誉海内外。下面请欣赏加拿大民歌《红河谷》。演唱者：张宴铭。

1958 年，去左营海军总医院采访的痖弦，被一个端庄娴淑、酷爱读书的大眼睛护士张桥桥所吸引，他每天送桥桥一束鲜花，开始了全新的生命岁月追求。"修到人间才子妇，不辞清瘦似梅花"；从此，便有了两人牵手一世、锦瑟和弦的佳话，有了痖弦爱情诗作中的唯一。且听痖弦的爱情心声：《给桥》。朗诵者：范庆淮。

对于并非诗人的桥桥而言，她心中拥有的又是怎样的一份感情？1966 年 1 月号的台湾《幼狮文艺》，推出了"七对佳偶"的文章，桥桥笔下的《花非花》，被公认为写得最好。让我们一起来欣赏《花非花》。朗诵者：杨飞亚。

1961 年，痖弦出任晨光广播电台台长，有机会收听到大陆对台广播。痖弦曾说："大陆那个时候广播是定向的，节目做得也很认真。那时小提琴协奏曲《梁祝》已经出来了，我记得第一次听到时热泪盈眶，小提琴的乐音像中国的二胡，情感是中国的，旋律也是中国的，每次听都非常感动。"请欣赏小提琴独奏《梁祝》。演奏者：葛歌。

痖弦 1951 年左右开始写诗，1952 年开始投稿，1953 年在诗歌刊物《现代诗》发表了《我是一勺静美的小花朵》，下面就让我们跟随朗诵者张晓静的声音一起遥见人间的苍海，古龙般的山脉，郁郁的森林，河流和屋顶。请欣赏《我是一勺静美的小花朵》。朗诵者：张晓静。

最后，让我们在萨克斯独奏《昔日重现》的优美旋律中，回眸和重温痖弦先生曾经走过的诗歌道路。演奏者：耿海祥。

（撰稿：樊洛平）

⊙ **综述**

莫道桑榆晚　微霞尚满天

——记'2010 海峡诗会·痖弦文学之旅系列活动

◎ 倪　比

1948 年，河南南阳。送别的场面。一个十六岁的小伙子，和他的母亲在村道上。母亲扯着他的背包，一边往里边塞她连夜烙的油旋，一边哭着劝他不要离开娘。但他执拗而不谙世事地将母亲往回推。他并不知道此时他所就读的学校南迁，跟随"国军"撤离，是就此与母亲永诀……

"大概两个月前左右，一个小型的聚会上，我在'长安之夜'这地方朗诵了《深渊》。其中'80 后'的诗人大吃一惊，尤其诗的结尾，他们没想到，远在他们出生之前再往前二十多年，已经有诗人具备这么高超的艺术技能……"2010 年 10 月，来自西安的诗评家在武汉发言时以冷静中蕴含激情的声调如此举例。

2010 年 6 月，一封邀请函向台湾、香港、东南亚、北美、欧洲以及中国大陆各省传递。其中字句，被引用并补充于随后主办方领导人杨少衡先生的致辞中，激越了各位专家学者的思维神经：

"时至今日，当我们谈起华文诗歌时，我们的联想必然是世界范围的。这不仅基于创作的分布，而主要是诗意的触角和诗学的会通引起广阔的华文诗感受。在这其中，一位诗人在其创作的早期即梦游四海，之前尚未到过巴黎，足迹未达芝加哥，却以开阔的诗的视野和灵动的诗的笔触描绘出了身临其境般的诗画图而为世人所称道。他更把中华大地的诗歌传统和新文化创造的薪火续往台湾，进一步融合外来文化，写出了"可以看的音乐""可以听的诗"，对接人类现代生存意绪，为漂泊的华人诗意经验造型，并发掘出了汉民族语言的优秀品质，诗集《深渊》等长盛不衰。此外，他知人论艺，体现深致的文学颖悟、温煦的儒者之风；从图书到报刊，企划编纂，引领文学风骚数十载——这便是诗者、论者与编者痖弦。"

"近年来，由福建省文联及台港文学选刊杂志社开创的'海峡诗会'已举办多届，先后联合多家单位邀请了余光中、洛夫、席慕蓉、郑愁予及其他群体诗人至大陆展开研讨、朗诵、采风、原乡行等诗歌活动。本次为第七届诗会，有幸邀请到台湾著名诗人痖弦先生前来"……

正所谓"时转风流多有续，诗家兴会更无前。"由福建省文学艺术界联合会、海峡文学艺术发展研究中心、台港文学选

·在前往河南的火车上接受福建"海峡都市报"委托的采访

刊杂志社主办，中南财经政法大学新闻与文化传播学院、郑州大学文学院、南阳师范学院中文系联办的'2010 海峡诗会——痖弦文学之旅系列活动，于 2010 年 10 月 17 日在武汉正式启动。

一日诗人，一世诗人

17 日晚，"'2010 海峡诗会——痖弦文学之旅国际学术研讨会"假武汉华中科技大学学术交流中心举行，来自海内外的专家学者、诗人作家约八十人出席了会议，围绕"诗者痖弦、编者痖弦、论者痖弦"进行广泛而深入的研讨。会议由中国社会科学院杨匡汉研究员主持，福建社科院刘登翰研究员发表引言，将痖弦的文学经历，放在 20 世纪中国文学和世界华文文学的辉煌时空中加以论述，认为他是其中非凡的代表，在超过一个甲子以上的文学历程中十分有成就地扮演了三重角色。刘教授述及上世纪五六十年代中国诗坛，认为痖弦与同时代的一批台湾诗人成就了这个时期民族的、民众的和时代的一段无法忘记的体验，在一种生存的困惑、一种充满未来迷茫感的生存境况下，以他们的诗创作，影响并促进中国新诗走向世界。认为这段历史不可重复，无论后来者如何发展，在艺术上都无可重复。痖弦的诗在今天读来仍然具有深深的生活气息，有跟我们时代同步进行的强烈的当下性，今天重新来读，应当探讨那样一种诗歌创造和诗歌精神究竟要给我们什么启发。刘教授并论及作为编辑家的痖弦对文学的贡献，指出其评论他人的个案分析的具体而微、深入精当，是描述了一个时代。接着，台湾女诗人潘郁琦以《我心目中的痖弦先生》为题，用精心制作的投影，将其所搜集的精彩的第一手资料在会上播放，同时娓娓介绍痖弦先生的创作履历、编辑生涯以及诗理论的写作。其中珍贵照片呈现了他的写作背景，生动地刻绘了痖弦的"诗儒"形象。

潘郁琦的直观介绍引起与会者的极大兴趣。接下来各位论者展开对痖弦诗歌成就的具体评论。有关痖弦诗歌艺术特征,安徽大学王宗法教授论及《痖弦先生的独特性》,以《上校》一诗为例,经由细致分析,指出它的独创性就是在内容上,将具体的时间性和个别的人性尽可能上升到人类的普遍性,实现艺术的超越性,其内蕴的涵盖量甚至为万行诗不可比拟。而在形式方法上是实现语言的超越,以戏剧性的结构和电影蒙太奇一般的手法使一首仅十行的诗非常生动富于张力。西安财经学院沈奇教授题为《痖弦诗歌艺术论》的发言将痖弦放在百年中国新诗的历程上来考察,认为他是少数把推动新诗发展的可能性变为一种经典性存在的诗人之一,是一个真正重要而又优秀的诗人。他将痖弦诗的特殊性总结为三:以存在的深度开放所成就的史诗《深渊》作为中国式的"荒原"至今无出其右者,显示其超越性的思想境界;以戏剧性手法所成就的系列人物诗,显示其超越性的艺术境界;语言是存在的家,痖弦的诗语言呈现了卓越的汉语诗性,具有命名性的文化价值。痖弦诗并属于有确定的立场,即有方向性的写作。所以他是少数经得起时间考验与理论质疑的真正到位的现代主义代表诗人之一。华南师范大学凌逾博士发言的题目是《弦上的诗行》,认为痖弦的诗是弦上的诗行,她比较香港诗人西西,具体分析了痖弦的《给桥》一诗,指出其中"让他们喊他们的酢浆草万岁"这样的语言表达影响了西西的量词活用,如"一匹将军""一尾皇帝"等,并以其他诗例论及痖弦的诗简洁而有穿透力,

话里话外还有话,留下丰富的阐释空间;以及蒙太奇诗感、超现实的画面、神奇的意象组接、叙事视角的转换、既以生活为诗也以知识为诗诸种美学特征。

有关痖弦诗的知识性和思想性——作为诗歌创造资源的文化因素和意识构成的问题,引发了与会者的即席讨论,复旦大学副教授梁艳丽原本准备的发言题目是《痖弦诗歌中的异质文化想象》,但在实际发言中,她呼应上述论者,指出痖弦不是一般简单写诗的人,而是将自己的诗学建立在对整个诗史的了解,对传统和每个前人的独创性的了解的基础上,成为一个知道自己该怎么做的自觉的诗人。他对过往、同行代和后人的看法非常独到而有见地。他的创作是经由对东西方文学史的梳理,形成自己诗的历史观并寻求当下的突破。因此他对传统的认识是在反传统中体现传统。至于梁艳丽未展开的"异质文化想象"的论题,会上,华中师范大学的邹建军教授加以了讨论,他以《痖弦先生的域外地理诗篇及其创新》为题,着重分析了痖弦以巴黎、伦敦、芝加哥、印度等为题的域外诗,对其写作当时尚未到过该地而能写得那样丰富深厚、富于回味空间和思考余地表示惊叹。论者并从对现实的反讽、进行文化反思、丰富的想象力、以有变化的反复形成环形结构四个方面具体分析了痖弦作为中国诗人的域外想象。华侨大学华文学院教授、来自澳大利亚的庄伟杰博士谈《痖弦诗中的历史意识》,他首先回顾自己在海外读到痖弦《深渊》的过程,接着连续以深渊作比喻,谈《深渊》中语言符号呈现出的精神图景,指出痖弦诗具有

的历史感、宗教情怀和悲剧意识，以及艺术上的奇崛呈现审美的"深渊"，认为比较艾略特的《荒原》，《深渊》更接近波特莱尔的《恶之花》，其文化视野透出强烈的对于社会民生的观察和担当意识，明的空间审丑，暗的空间其实蕴藏美好的幻想，明暗之间形成强烈的反差，其历史意识是：不但要理解过去的过去性，还要理解过去的现存性。

研讨涉及痖弦诗创作与其诗歌环境，以及同其他创作群体的关系。吉林大学白杨教授以《政治文化语境中的人性诉求》为题，结合自己为搜集研究资料到台湾与《创世纪》一批核心诗人接触所了解的情形，重点论述了上世纪五六十年代台湾文坛受政治高压，《创世纪》反其道而追求个性化，曾一度大量引介西方现代文学，在理论和创作技巧两方面为超现实主义写作实践提供可资借鉴的资源；而体现深谋远虑和诗学理念自我调整的是，在此背景下考虑重新整理中国文学中的诗歌遗产。痖弦先生在《创世纪》主持新诗史料专栏，从与早期象征主义诗人李金发的交流、对新月派诗人孙大雨的重新发现，到对三四十年代现代派诗人戴望舒、辛笛、冯至、绿原等人的关注，其中最大的喜悦，莫过于发现了新的、曾被历史淹没的素材，痖弦先生于此颇有收获。三峡学院陶德宗教授的讲题《痖弦与大陆迁台诗人》则从诗歌承传入手探讨群体现象，论及痖弦师承何其芳，受教于覃子豪，重点描述了痖弦羁旅生涯和诗歌履历中与商禽、洛夫、张默、余光中以及席慕蓉、高隼、陈义芝等诗人的诗学关系，阐述了包括痖弦在内的这批大陆迁台诗人为台湾乃至中国的诗歌作出的贡献有三：五代同堂相互影响，形成一个庞大杰出的诗人群体；书写生活经验、生命体验，真正用生命、用真情写诗；成就了像痖弦这样一些杰出的诗人和以《深渊》这样的作品为代表的杰出诗作。并认

· 痖弦先生（前排中）与出席"痖弦文学之旅国际研讨会"的全体专家学者合影

为将痖弦放在大陆天才诗人群体来看也是杰出的。那么将痖弦写于五六十年代的诗作放在今天的写作格局中来看，与会者亦表达了"惊艳"之感。哈尔滨人民广播电台、现今活跃于大陆诗坛的知名诗人冯晏就从创作者的角度出发，将痖弦与大陆新时期诗歌发展的努力相关联，认为大陆新时期的探索从对西方思维的模仿开始到返回东方哲学寻求东西方的融汇转了一大圈，却发现痖弦先生的诗都做到了；而语言的现代性如何运用潜意识，东方思维和东方语言传统如何结合到一个最新领域，创作出既不像西方，又在带入东方元素时不显得狭窄而能体现宽阔度，达到这样的语言境界，痖弦先生在他很年轻的时候就体现得如此之完美。这让她非常振奋。

有关痖弦作为诗者、编者和论者的综合性文学家身份，中南财经政法大学古远清教授以《三个痖弦》为题发言，所论第一个痖弦是一本书主义的痖弦，论说痖弦先生拢为一部诗集而造成历久不衰之影响，是一种奇特的文学现象；第二个痖弦是盗火者痖弦，意指痖弦在台湾戒严时期偷偷阅读被禁的文学经典并于《创世纪》诗刊开辟专栏进行中国新诗史料整理；第三个痖弦是副刊之王的痖弦，指其执掌《联合报》副刊期间编副刊编出故事，奇特地将副刊变成文坛，表现出编辑家可贵的职业道德。厦门大学朱双一教授则以《痖弦与80年代台湾文学思潮——<聚繖花序>一窥》为题，谈论痖弦为他人作序的书写绝非应景之作，而是表达了诸多文学理论的筛选。朱教授以具体实例概括痖弦文学评论的特点是颇具历史意识和语境意识：总把对象放在文

学史或诗史的发展过程来看，指出其意义；总是具有宽容多元的观点，是以一种客观的文学态度总结文学经验，并不加以全盘肯定或否定的价值判断；总以前瞻性的眼光对新出现的文学现象的得与失敏锐地作出预见，提出建设性的意见。华中师大江少川教授谈论痖弦的诗学专著《中国新诗研究》，指出痖弦不仅用真情和生命写诗，也用真情和生命写诗论。该书实现了：史论与诗论的结合、知性与感性的结合、宏观与个案的结合。江教授着重议论了痖弦先生对传统和现代的见解，并分析该书研究对象的时间跨度，体现了痖弦先生严肃认真精益求精的治学态度，指出其诗人论具有：把诗人放在现代诗歌流派的格局中观照；从诗人的创作历程中观察；从诗人与诗人的比较中立论的特点。

会上，痖弦先生以《一日诗人，一世诗人》为题发表了演讲。由于时间关系，他未充分展开话题，仅诚恳地表示，面对大家一片赞美，自己担当不起。他认为诗是一种信仰，也可以是一种宗教；宗教家可以以身殉道，而诗人可以以身殉美。诗人的努力是一辈子的努力，诗人的最高完成也就是诗的完成。他谦逊地认为自己没有完成，认为自己的作品缺点很多。他推崇诗歌，说诗永远是文学的先锋，没有诗就没有文学，文学到极致的时候都是诗。说自己是一名骑瘦马逐西风的衰将，为不甘心落伍，也要鼓足余勇赶上前去。主持人杨匡汉教授最后谈论了自己的看法，他回忆了自己与痖弦先生的交往过程，检讨了中国当代文学史的研究缺乏台港澳地区，缺乏主流以外非主流，缺乏真正探讨人性人

生心灵作品的不足。他以痖弦先生为参照，批评动辄五六十本诗集而不讲求质量的诗人，推崇如痖弦一般能够体现一个时代的轨迹、历史的沉淀、一种命运和心灵波动的作品。指出大陆自五十年代至七十年代的缺失，以完整的中国立场来看，八九十年代就是一个文化填海、诗歌填海的工作。认为在诗歌界没有很大的语言障碍、翻译障碍，痖弦先生对于整个中国文化和对于诗歌的整体思考可见一斑。从文学的角度、诗歌的角度出发，不应搞达尔文的进化论，"代"只是时间概念，代代以后诗歌还是诗歌，人生还是人生。杨教授并强调诗歌对于其他文体如小说的重要性，认为真正

诗歌的精神是有深度的，能够开拓时空的东西。于此痖弦是兄长是榜样。

我的灵魂必须归家

研讨会持续了近四个小时，但与会者仍兴致很高，余兴未尽。好在第二天上午，第十六届世界华文文学国际学术研讨会于中南财经政法大学开幕，痖弦先生应邀出席了大会并作了题为《大融合——我看世界华文文学》的中心发言。他对本民族和他民族语言的丰富知识、宽阔的文化视野、睿智而论据充足的思辨，给人如沐春风之感，接续了昨夜的精彩演讲。

之后赴宜昌，观三峡，上神农架考察、

· 痖弦先生（右一）同著名学者、诗评家杨匡汉（右二）及郑州大学教授樊洛平（左二）、首都师大教授王红旗（左一）在神龙架

· 本届诗会期间，痖弦先生不断展开他的文学之旅，图为痖弦先生努力步向王昭君故里

采风。痖弦先生虽一路咳嗽,但一路敏于观察,勤于思考,不时对身边的人员谈诗论学,溯前忆往,现前指点。美哉山水,诗人钟情。他总随时不吝于同央求者合影,也不吝于回答各种提问。10月23日,由痖弦先生、潘郁琦女士、郑州大学樊洛平教授以及《台港文学选刊》杨际岚主编及其他三位同仁组成的"痖弦文学之旅"一行由宜昌乘火车赴河南南阳,进行痖弦原乡行活动。23日晚在家乡南阳,痖弦先生为南阳师范学院师生做"文化的热土诗歌的原乡——从历史发展条件看河南成为全国文学大省之可能"的讲座,以纯正的家乡方言、记忆犹新的儿歌民谣、对乡土眷念的情趣和幽默诙谐的语言感染了听众。痖弦旁征博引,举例证明家乡语言的诗歌元素,并对历史上南阳文化名人辈出如数家珍,赞美南阳这片土地是被诗歌浸润的土地,席间还不禁唱起河南曲剧《卷席筒》选段。他并戏称自己的南阳方言停留在50年代以前,所以是南阳方言的活化石。讲座结束后,南阳师院的学生登台群诵痖弦的诗作《秋歌》、《我的灵魂》等。随后的几天,后一首诗中的句子:"我的灵魂必须归家/君不见秋天的树叶纷纷落下"成为南阳报纸版面上的显著标志。

24日,痖弦先生在南阳市卧龙区政府、市文联、区文联领导和作家周同宾等人的陪同下回陆营镇杨庄营村东庄老家祭祖。香椿树、石榴树、柿子树、枇杷树,院子里情景依然,似乎是宣统那年的红玉米,用网袋兜着,在记忆的屋檐下挂着;著名诗人洛夫为痖弦先生在老家盖的新屋亲笔书写的"隐头诗"每句头一字连起来读就是:"痖弦以泥水掺和着旧梦在南阳盖了一间新屋";诗中句子:"新诗旧砖都是大地

· 痖弦先生为南阳师范学院师生做"文化的热土诗歌的原乡——从历史发展条件看河南成为全国文学大省之可能"的讲座

的骨肉"、"泥性和根性同其不朽",似乎是在为好友痖弦代言。"唯有门前镜湖水,春风不改旧时波",千言万语痖弦拢为一句话:回来了,感觉在外面一切都是假的,只有回到南阳,回到家,才觉得是真的,心里才踏实下来。以 78 岁的高龄,痖弦竟坐上村干部驾驶的摩托后座驶往自家的坟地。数年前,痖弦先生为父亲母亲、祖父祖母、叔叔婶婶各立了一座坟,此番归来,点燃黄纸冥钱,痖弦依次跪下磕头,头抵大地,在父母坟前他长跪不起,起来后仍一遍遍摩挲墓碑,想起当年别母时的执拗,泪水不禁夺眶,打湿了坟前的衰草。几天来,赤子痖弦的泥土根性、对故乡的深情,深深打动了聆听者。大家都喜爱上了他不时广而告之的南阳民谣和芝麻叶面、北瓜坨等地方小吃,并都跟着他有滋有味地欣赏了豫剧、曲剧表演,其中大曲调折子戏《李豁子离婚》尤其称绝。

25 日下午,南阳文学界与痖弦先生一行共同在先生下榻的豫宛宾馆召开了"诗人痖弦原乡行文学座谈会"。大家围绕痖弦谈诗歌,未曾想,痖弦先生的发言题目却是《周梦蝶其人其诗》,他郑重地向文风鼎盛的故乡推介另一位出生于南阳的台湾诗人周梦蝶,他以由衷敬佩的深情说自己是周梦蝶的"粉丝",其人至今一身长衫,一餐俩馒头,在公园长椅上睡午觉;其诗富含禅理哲思,充满中国风,从自身出发,喜欢"献身性"。他认为两百年后周梦蝶的文学地位将更高而成为一个传说。希望家乡河南能为 90 高龄的梦蝶先生举办研讨会,即使他不能回来。痖弦先生的一席话,使与会者对他的慧眼识才和诗人胸襟更生敬佩。会上,南阳作家协会敬聘痖弦先生为名誉主席。

· 知名作家二月河代表南阳市作家协会向痖弦先生呈聘书

作为一个编者与论者，痖弦先生具有丰富的文学经验。据此他自我调侃，说自己是一个失败的诗人，却是个成功的编辑家，能够"闻出天才的香味"。为了鼓励年轻朋友的文学热情，他表示将继续他编辑生涯中每信必复的习惯，愿意接受来信来稿予以解答，即便写不动了，也将如当年回复席慕蓉一般在作品中画杠杠表示肯定或否定。当他于26日驱车前往河南省会城市郑州，下午在郑州大学新校区学术报告厅演讲中说这番话时，听众再次报以热烈的掌声。

此次痖弦先生的演讲以《大融合——从历史发展条件看华文文坛成为世界最大文坛之可能》为题（系第一次发表）传达了他对中国语言文字的见解，与西方语言相比较，揭示汉语言蕴含的历史、哲学、伦理和文学的意涵。讲座赢得郑大师生由衷敬重，会中笑声掌声不断。当晚，一场由郑州大学文学院及相关部门精心编排的"红玉米——痖弦诗歌朗诵会"在郑大学生活动中心举行，郑大师生以及河南朗诵界的艺术家，用他们的心拥抱痖弦的诗作，如同痖弦用他的心拥抱诗歌家园，朗诵者们淋漓尽致、生动贴切的演绎使台上台下声气相通，在场听众无不深受感染，流下感动的泪水。痖弦先生给了这场朗诵会极高评价，他认为，即使由中央电视台来举

· 痖弦先生在其文学之旅中一路欣然为莘莘学子签名

· 在河南省文学院大门前

办朗诵会，也未必就比这场朗诵会水平高。痖弦先生是眼含热泪说这番话的。

27 日上午，痖弦先生一行来到河南省文学院，与河南省诗歌学会举行了"痖弦中原行河南诗歌界座谈会"。会前参观了河南文学史博物馆，由历史上灿若繁星的文学大家，到今天河南蔚为壮观的文学局面，痖弦先生颇为感慨，他透露说自己制有一幅文学地图，标志河南的文学星空。只要了解到河南又出了名作家，他就在作家所在的地区标一个红点，如苏金伞、周大新、乔典运、二月河……河南省文学院的座谈会，有更多的诗人在全省乃至全国的视野下谈论了对痖弦诗的感受和理解。

在豫期间，痖弦先生一行参访了南阳汉画博物馆、南阳武侯祠、新郑欧阳修墓、黄帝庙、河南博物馆等，采风成果甚丰。

只有诗人有个帽子

28 日，小分队返回福州。30 日上午，痖弦先生在福建省图书馆演讲厅为座无虚席、济济一堂的四百多位文学爱好者作了题为《人人可以成诗人——诗歌大众化与全民写作之联想》的精彩演讲，来自台湾的诗人张默、辛郁、管管、碧果、白灵、古月、落蒂、颜艾琳、须文蔚、李进文、徐瑞以及文学评论家尉天骢，散文家亮轩、唐经澜等亦到场听讲。先生为年轻朋友破解诗歌的神秘，用他丰富的人生历练、卓越的诗歌学识，以诗的发生学观点提出人人都有诗的细胞，都能成为诗人的看法，勉励听众读诗写诗。所论涉及诗与生活的关系、人格提升的问题、个性特征与个人风格的培养、具体获得诗歌经验的方法等等，内容翔实丰富，语言轻松幽默，深入浅出，使演讲成为一堂极富成效的诗歌讲

· 痖弦先生在福建省图书馆演讲厅演讲

习课,将 2010 年海峡诗会——痖弦文学之旅活动推向了高潮。

随后几天,痖弦先生与台湾作家一行应邀前往莆田、长乐等地活动,海峡诗会余音袅袅。前后半个月的海峡诗会反响强烈,引起所到各地的广泛关注,《南阳日报》、《南阳晚报》、河南《大河报》和《教育时报》、福建《海峡都市报》、东南电视台、中国新闻社以及台湾报纸等十多家新闻媒体做了专题采访和报道。而痖弦先生性灵沉潜、见解独到、诚恳风趣的讲话尚有许多未发表而缭绕在笔者的脑际:

△许多文类都没有戴帽子,没有桂冠,只有诗人有个帽子。大家不讲"散文人",也不讲"小说人",只讲"诗人"。

△我对序言的态度是,把序言当作自己的正式作品来看,学古人的。唐宋八大家的序言,都是登在他们的正式作品里,不是个人情的稿子,也不是个文字花篮,甚至比个人的作品更庄严,更要负责。我

受这点古人的影响因此拿出一点精神来写。

△我们从前当兵的时候,老班长见小兵在哭,就说:"吃吧,吃吧,吃饱了不想家!"都是这句话。

△强制性的东西比如说金字塔啊万里长城啊,你不能现在还以万喜良、孟姜女的心情来衡量它,它最后转化成了文化。那你说金字塔当年不就是个罪恶之塔,长城不是罪恶之城吗?死多少人啊!它现在转化了,变成文化的东西。

△不是有句话叫:"文化搭台,经济唱戏"吗?应该反过来叫"经济搭台,文化唱戏",文化是主角。

△作家是透过美去看历史。

…………

所有这些,不能不令人感慨:痖弦先生依然那么年轻,他的"帽子"依然那么崭新。刘禹锡的诗句于痖弦是再适合不过了:莫道桑榆晚,微霞尚满天!

·痖弦先生与台港文学选刊杂志社全体同人合影并接受"《台港文学选刊》顾问"聘书

⊙诗会回音

青苍犹吟粉凤凰的生命歌者

——记海峡诗会"痖弦原乡行"

◎潘郁琦

"在努力尝试体味生命的本质之余，我自甘于另一种形式的心灵的淡薄，承认并安于生活即是诗的真理。"——痖弦

依然记得前时探访河南焦作云蒸霞蔚的云台山中壮阔深谷，山水大美的丹霞地貌，这些中原大地天然蕴藏及文化的积累的丰饶，是我未曾休止的回忆与怀念，对山川大地的心灵震撼持续轮转。

那日，收到一封文情并茂的邀请函，发函单位是福建省文联、海峡文学艺术发展研究中心及台港文学选刊杂志社，邀约的主题是：痖弦创作国际研讨会及痖弦原乡行。这是 2010 年秋冬季又一次的"海峡诗会"！在此之前我也曾参与，也曾感动的诗的聚会，福州那块二千三百年的古老土地上有一些为诗传延的推手，二十多年来默默地为诗谱上灵动的生命赞歌。

于是我在这一番机缘中，再次地走进河南，应邀为今年的"海峡诗会"——痖弦创作国际研讨会，为同样身具台湾及海外双重身份，同样身具诗者、编者经历的前辈，在会中发表引言及介绍；这趟千里远程同行的还有主办单位人员，包括福建的《台港文学选刊》主编杨际岚先生，诗人宋瑜先生，梁星女士，马洪滔先生，以及河南郑州大学的樊洛平教授。

2010 海峡诗会主要活动之一——痖弦创作国际研讨会系由福建省文联、海峡文学艺术发展研究中心、台港文学选刊杂志社主办，中南财经政法大学新闻与文化传播学院、南阳师院中文系联办。于 2010 年 10 月 17 日在湖北武汉的中南财经政法大学新闻与文化传播学院揭开序幕。主办单位的中心论题是"痖弦文学之路——诗者痖弦，论者痖弦，编者痖弦"。当晚的研讨会有各地蜂拥而至的许多华文研究学者，有遍布海内外的华文作者，媒体及武汉各校的研究生，十几篇谈论痖弦作品的论文一一铺陈；主办单位给我的主题是"我心目中的痖弦先生"。在引言中我介绍了有"一日诗人，一世诗人"诗儒美称的痖弦先生之生平与著作，他以数十年前的《深渊》一本诗集，而能常久位列台湾十大诗人之独一性；他的文字语言鲜活多色彩，兼具生动的戏剧性——也许这种特色来自于他的戏剧专业。当年在台湾演出近八十场的《国父传》话剧，为他赢得了台湾"金鼎奖"，这也是文艺圈中创记录的盛事。另一件重

要的"诗事"就是当年痖弦偕同了张默、洛夫三个人草创、延续了《创世纪》诗刊。目前这本长命的民间刊物已经朝六十周年迈进,对台湾甚而华文诗界,都起到许多难以计数的作用。此外,我在引言介绍中,也言叙了他在个人创作作品之外,在数十年专任文学杂志、联合报副刊主编的工作中,他与人为善与扬人之美,对台湾现代文学的推动与影响,提携与造就的年轻作者无数,他开拓的是台湾现代文学的视野。在 1965 年后休笔不再为诗的这些年间,痖弦并未放下他的纵横之笔,而是换了篇幅跑道,写着评论与新诗的研究;其中为人称道的就有:《中国新诗研究》,《纪哈客诗想》等等。作为"诗者"、"论者"与"编者"的天职,痖弦无疑是多面向而成功的。

会上,痖弦也以《我的诗路历程》为题,与在座朋友分享了他的感想。

武汉研讨会中,多篇发表的论文论述了痖弦作品的世界视角,薪火传递了传统与创新的诗意,更进一步地融合了西方文化,创作了诗中的音乐与可听可读的诗文字。除了探究痖弦《深渊》诗集的历久不衰,更就其作品有不同角度时空的解析,肯定其以儒者之风,在报章杂志的企划编纂中,引领文学风骚数十年。在各校,各界文评家的论述中,不时见及赞叹痖弦那有如传奇般的经历与诗路。

文人学者们在游览了著名的神农架风景区后,结束了湖北的行程,我们一行七人搭乘火车前往河南——下一个痖弦作品研讨的重地,也就是开启了老诗人原乡行的另一篇河南的序幕。南阳师院在我们刚下火车,仆仆风尘未洗之际,就紧凑地展开原乡行的艺文节目。灯火中,南阳师院的师生动情地朗诵着痖弦的《我的灵魂》,而台下的痖弦潸然泪下……

> 我的灵魂原来自殷墟的甲古文 / 所以我必须归去 /……君不见秋天的树叶纷纷落下 / 我虽浪子 / 也该找找我的家 /……

南阳,诸葛亮曾经躬耕过的土地,也是痖弦度过少年时代的地方,是他梦中母亲说着故事,拈针刺绣的故乡;多少年来,他将乡愁写成了怀旧的篇章,再在时代的巨流中,重履斯土。

10 月 25 日下午,南阳市文联及市作协举行了痖弦原乡行座谈会,除了我们一行,与会的还有"南阳作家群"多人,发言的有极富盛名的二月河、周同宾、行者、廖华歌、马本德诸位文友。对于痖弦"带着故乡,带着传统文化去流浪",故乡的朋友给予最高的感动与赞扬。

痖弦诗曰:"宣统那年的风吹着 / 吹着那串红玉米 / 它就在屋檐下 / 挂着 / 好像整个北方 / 整个北方的忧郁 / 都挂在那儿……"痖弦说:"南阳为我生命定下基调……"看来南阳行,抚慰了他悬念的老家的"北方的忧郁"。在《诗经》中,很多章节都谈到河南、南阳。痖弦不能忘情的是这片被诗歌浸润的土地,这片厚土上的戏曲,更滋养了多少代诗的传承。除了兴奋于无改乡音,痖弦在河南的土地上还认真地唱起了南阳民谣和河南曲剧《卷席筒》。

到了南阳,却是行脚匆匆,由于停留在南阳的时间非常有限,无法分身于单独、多家的媒体访谈,于是各家媒体及文联、作协等多个单位的朋友，在诗歌的余韵中，偕同痖弦搭上了三辆随行的"车队"，一路往痖弦魂牵梦萦的老家卧龙区陆营镇而去。至少，他们可以利用沿途的时间，撷取些浮光掠影。此行，痖弦除了与堂上亲友共聚，最揪心的则是极欲拜祭墓木已拱的亡母坟茔。

在秋风冷冽里，只见痖弦在爷爷、奶奶、父亲、母亲的坟前，跪着磕头，对着群聚的二三十友人，痖弦低声喑哑地说："让我静静地和母亲待一会儿吧！"当随行的友人离开后，只见风中白发，久久无语的痖弦手扶墓碑，无声的泪打湿了坟前偃卧的秋草；十七岁少小辞亲离家，一甲子后的苍颜返乡，在"立德、立言、立功"之外，长久倡言"立情"的痖弦，又是情何以堪！

"家乡的一草一木都与诗有关"，于是痖弦以讲题《文化的热土 诗歌的原乡》为南阳留下了他凝练、圆融、典雅的语言以及他过往生活中的历练关怀，包容与幽默。在他回归河南，顶着大师光环的时刻，他毫不吝惜地以达观、扬善的宽广之心，推介着河南另一位在台诗人周梦蝶，他背诵着梦蝶先生的诗句，他急切地为这位九旬老友确认着故乡诗坛的地位。他一再声明："我是一个失败的诗人，却是一个成功的编辑"。善于与人为美的痖弦，除了善尽编辑的职责提到梦蝶先生，也不忘提及有台湾散文第一人之称的王鼎钧先生。他在归乡之际，热心地用尽乡音的每一个音阶与故乡的旧雨新知，分享台湾文坛的精华因子。

紧凑的行程，将我们七人又带上了风尘。南阳的行囊初歇，又踏上河南首府郑州，

延续一段文学的叩访。伴我们同行的郑州大学华文文学研究专家樊洛平教授，一路细心招呼，一路耐烦地安排每一个细节、每一段行程的食衣住行。樊教授放下家中相夫教子的重担，随着痖弦原乡行的足迹，巨细靡遗地与中国世界华文文学学会副会长兼秘书长、福建省作家协会副主席，也是《台港文学选刊》主编的杨际岚，以及副主编宋瑜搭配成最完美的组合，将我们带到了郑州大学的校园，展开另一场文学盛会。

号称保有河南乡音活化石的痖弦，在郑大学术报告厅，提出他的讲题：《大融合——我看华文文坛成为世界最大文坛之可能性》，他认为世界四分之一人口使用的中文，是具有思想性、感情性的文字，探索文学意向，有着不容小觑的推动力。痖弦一本乡情，多处用河南话与听众、记者互动，他在我佐以多媒体的引言、介绍之后，一贯以幽默活跃全场，带动着文学场景的互动。除了诗，他还叙述了编辑台上的点点滴滴，有与张爱玲的联系、席慕蓉的互动，还有一种编辑能力……"能够嗅出天才的香味"而发掘具有潜力的作者。当教授们称他"著作等身"时，他则和婉地笑说："著作等身不敢，只是因为个子矮"，老诗人的不老幽默可见一般。

不能例外地，郑州大学也推出了朗诵队伍，用情发音地朗读着《红玉米》的哀戚。痖弦在潸潸泪下中，诉说着他心中回荡着的永远放不下的故乡。

河南，这片中原大地，蕴含着丰饶的历史记忆，积淀着几千年文化的厚重，我们来自南方的小组五人在盛情招待下，得

暇参观了博物馆、汉墓画、车马墓、欧阳修家茔…许许多多的历史联系，仿如千年一瞬的走马烟云；几日河南，更深一层地植入了我们思想的记忆。

在河南以千年计数的文物震撼中，我们挥别了这块红玉米与二嬷嬷呼唤的大地，搭乘铁鸟，从新郑机场飞向了南方；在福建福州，还有这次海峡诗会的终点研讨相候。在挥别北方朋友之后，携着樊教授与一路友人相赠的伴手与热情，外乡的我们也忘不去中原的质朴与关爱。

福州，是福建省文联与《台港文学选刊》的宝地。因为文学，与这群缘结多年的朋友再次在"原乡行"的脚迹中一起分享辛苦与欢乐。痖弦在福建省图书馆做《人人可以成为诗人——诗歌大众化与全民写作之联想》的演讲，除了赶来听讲的各学院师生及当地文友，挤满了整个大厅的还有来自台湾的一群诗人与学者，躬逢其盛地齐聚福州。痖弦的幽默不减，更贴心地

关照了台湾来的老友；讲堂上大师将风范镌刻在时光的额头；海峡诗会如此圆满地划下了当年的休止符。此行海峡诗会跨越三省的创举，写下历史性的纪录。

在痖弦的原乡行之前，"海峡诗会"已经在大陆举办过六届，邀请过的台湾诗人有余光中先生、洛夫先生、郑愁予先生、席慕蓉女士等多位，朗诵、采风、原乡行等诗歌活动已成两岸文化交流的标竿，今年是完满成功的第七届。

关于痖弦此次原乡行的种种，犹如我对痖弦多场演讲所做的引言和介绍，寥寥数语，不足以道其中之万一。于此同时读到一篇河南南阳日报周同宾先生的文章，这位身负盛名的散文家也是南阳市文联的主席，他就痖弦的归乡，就他们多年的同乡情谊，为痖弦的作品引用了一句陆游的诗："拔地青苍五千仞，劳渠蟠屈小诗中"。这或许也是我写下这篇文字时的心情吧。

我眼中的痖弦

◎樊洛平

第一次知道痖弦先生的名字，是在读《红玉米》的时候。红玉米，那悬挂在北方屋檐下的红玉米，是那样强烈地触动了我。一时间，天涯游子的乡愁，乡土中国的记忆，在这一时刻全被唤起。

第一次见到痖弦先生，是在 2005 年 10 月，台北的福华酒店。是那样一个风清月明的夜晚，构成了生命岁月中难以忘怀的记忆。我，还有北京大学的计璧瑞老师，同去台湾参加学术研讨会的我们，与痖弦

先生有了一次愉快的聚谈。从台湾文坛的往事今情，到我们感兴趣的作家近况，如同淙淙流淌的小溪，许多闪亮的思想在语言的流动中熠熠发光。特别是谈起祖国的大陆、中原、故乡，河南豫剧的高亢清亮，开封古城的民俗趣味，还有南阳乡间的芝麻叶面条，痖弦先生如数家珍，娓娓道来。兴奋之中，索性一改普通话，说起了南阳方言。由童心、赤子、乡情构成的生命底色，由诗人、儒者历练而成的文人本色，在痖弦身上得到了自然而完美的融合。

更多的知道痖弦先生，是在走进他的文学世界之后。他的诗，他的文章，他所钟情的编辑工作，都让他拥有了一种文学人生。上世纪 50 年代开始写诗的痖弦，从军中苦读，发声为诗；到与洛夫、张默共同创办《创世纪》诗刊；从中原乡土孕育的《红玉米》，到台湾现代派文学潮流中独领风骚的《深渊》；从热心文学推手的编辑生涯，到开创台湾"副刊学"的研究，回眸诗人走过的道路，我懂得了，是这样一些文学理念和人生信仰在支撑痖弦先生："一日诗人，一世诗人"；"当掉你的裤子，保有你的思想"！"人生朝露，艺术千秋"；"故乡就是母亲，母亲就是故乡"……

诗者、学者、编者，还有南阳盆地走出来的河南老乡——这，就是我眼中所见、心中所感的痖弦形象！

· 与郑州大学的师生在一起

2011 年第八届海峡诗会
—— 两岸诗人诗音书画笔会

⊙概况

第八届海峡诗会概况

一、主办、承办及相关单位

主　　办：福建省文学艺术界联合会
　　　　　福建省海峡文学艺术发展研究中心
　　　　　台港文学选刊杂志社

承　　办：台港文学选刊杂志社
　　　　　福建省海峡文学艺术发展研究中心

项目联办：福建省画院

项目对接：福建省作家协会、福建省文学艺术对外交流中心

项目承办：福建海峡朗诵艺术团

协　　办：九歌万派集团（中国）有限公司成员企业爱地广告传媒机构

二、邀请函

'2011 海峡诗会——诗音书画笔会邀请函

尊敬的　　女士／先生：

　　本世纪以来，由福建省文学艺术界联合会及其他单位主办，台港文学选刊杂志社、海峡文学艺术发展研究中心等有关单位承办的"海峡诗会"大型活动至今已成功举行了七届，先后邀请了余光中、洛夫、席慕蓉、郑愁予、痖弦及其他台湾诗人前来，展开研讨、朗诵、采风、原乡行等诗歌活动，在海峡两岸产生了积极的反响。业已成为两岸文化交流的一个品牌活动。

　　当今时代，推崇"复合型人才"，其实诗人多具此特点。自古以来，骚客遣兴多妙笔，诗人嗜艺少闲才。中国文人中不乏于文学、艺术各门类多所浸淫、多具才华的"多妻主义者"，如唐代王维既是著名的山水诗人，又是画家、音乐家，成就斐然；宋代苏东坡、黄庭坚亦既是诗人，又是书法家，其诗歌与书法成就均泽被后世。而闽地先贤朱熹、林则徐、林徽因等也是一手文章、一手墨彩；弘一法师则有诗词书画音乐戏剧集于一身的美称。

　　若有两岸跨界诗人、诗评家同艺术家齐聚一堂，共同切磋，使"诗"、"艺"各有精进；又设若移目于八闽好山好水或古意盎然之人文胜景，对比电光之喧嚣、尘世之噪闹，岂不骋怀而快哉！为此由福建省文学艺术界联合会主办，台港文学选刊杂志社、海峡文学艺术发展研究中心拟于 2011 年 12 月 1 日至 6 日在福建举行"'2011 海峡诗会——诗音书画笔

会"活动。素仰台端名衔诗坛,跨逾艺术多所建树,或对诗歌与绘画、音乐等领域的关系颇具心得,诚邀您拨冗出席盛会,共同为推动中华文化的发展而戮力。

若蒙允诺,敬请提供自选诗作一~三首用于朗诵,书画作品三~五幅用于展览,会务须知及活动日程安排附后。

恭候

光临

福建省文学艺术界联合会

海峡文学艺术发展研究中心

台港文学选刊杂志社

2011 年 11 月 1 日

三、活动流程

1. 2011 年 12 月 1 ~ 4 日,缪斯的四重奏——两岸诗人书画展。

2. 2011 年 12 月 1 日上午,缪斯的四重奏——海峡两岸诗书画笔会。

3. 2011 年 12 月 1 日下午,诗性的旁通与回响——海峡两岸诗歌与艺术关系研讨会。

4. 2011 年 12 月 2 日晚,"汇入诗流——两岸'诗音书画笔会'诗歌朗诵会"。

5. 2011 年 12 月 3 日 ~ 5 日,武夷山并朱子理学采风。

四、部分与会嘉宾简介

· 洛夫在"缪斯的四重奏——两岸诗人书画展"上;背景是洛夫参展的书法作品之一

洛 夫，1928 年生，名莫运端、莫洛夫，湖南衡阳人，台湾淡江大学英文系毕业。与张默、痖弦共同创办《创世纪》诗刊，历任总编辑多年。现受聘北京师范大学、中国华侨大学等校荣誉教授。曾获包括台湾"国家文艺奖"在内的各项大奖，著作甚丰，出版有《时间之伤》、《灵河》、《石室之死亡》、《魔歌》、《漂木》等诗集，《一朵午荷》、《落叶在火中沉思》等散文集，《诗人之镜》、《洛夫诗论选集》等评论集，《雨果传》等译著五十余部。2009 年出版《洛夫诗歌全集》。洛夫沉潜于书法探索近 50 年，长于魏碑汉隶，尤精于行草，曾多次应邀在台湾、菲律宾、马来西亚、加拿大、美国以及中国大陆的北京、西安、济南、南宁、深圳等地展出。现居加拿大温哥华。

陈琼芳，洛夫先生夫人。

张国治，1957 年出生于福建省金门县，美国芳邦大学艺术硕士，福建师范大学美术学专业博士班进修中。现为台湾艺术大学视觉传达设计学系专任副教授兼教育推广中心主任。多次获文学、美术奖，美术作品参加过数十次联展，举办十多次个展，著有诗集《战争的颜色》、《岁月彩笔》等八种，散文集《藏在胸口的爱》等四种，评论集《金门艺文钩微》以及摄影集《暗箱迷彩——张国治视觉意象摄影》、《由黑翻红——张国治 2009 摄影集》等十五种。

侯吉谅，1958 年生，台湾省嘉义县人。兼擅诗、文、绘画、书法、篆刻，曾任台湾《时报周刊》编辑、《创世纪》诗刊执行主编、《联合报》副刊编辑。现为自由诗人、艺术家。先后在台湾、日本、美国举办书画个展多次。2004 年 4 月应邀至美国华盛顿举办书画展，并于美国国务院及马里兰大学演讲、示范。已出版诗集《诗生活》、《如画》、《交响诗》，散文集《神来之笔》，书画篆刻集《笔墨新天》等。曾获台湾第五、第十四、第十五届"时报文学奖"新诗类奖、台湾优秀青年诗人奖、1997 年年度诗人奖等多项奖。

黄亭珊，侯吉谅助手、夫人。

王亭奕，女。侯吉谅助手、学生。

徐 瑞，女。台湾铭传大学毕业，现为《创世纪》诗刊会员、中华画院西画院委员、四海彩印公司国外部总监。出版有画集《行脚与沉淀》、《都市女郎》及诗画集《女心——温柔与野性》。画作被台湾国父纪念馆、天使美术馆、泉州博物馆等收藏。曾参加过亚洲国际美展、台北昆明现代画展、中国两岸书画交流展等多项联展，在台湾亚太环球艺术中心、国父纪念馆等举办个展多次。

潘郁琦，女。原籍河北昌黎，生长、就学于台湾，1978 年赴美客居，1996 年开始写诗，1997 年受聘于纽约的美国《明报》，担任文艺部副刊主编，也在美主持广播电台文艺节目。出版有诗集《今生的图腾》、《桥畔，我犹在等你》，散文集《忘情之约》，童诗集《小红鞋》等。

古 月，女。本名胡玉衡。1942 年生，湖南省衡阳县人。台湾基督教协同会圣经书院毕业。曾任职于台湾中原大学教务处，现已退休，专事写作。曾为台湾"葡萄园"诗社社员，现为"创世纪"诗社同仁。著有诗集《追随太阳步伐的人》、《月之祭》、《浮生探月》，散文《诱惑者——当代艺术家侧写》等。曾获台湾优秀青年诗人奖。

焦　桐，1956年生，台湾高雄人。曾长期担任文学传播工作，现任"世界华文媒体集团"编委会顾问、台湾饮食文化协会理事长、台湾中央大学中文系副教授。著有诗集《蕨草》、《咆哮都市》、《失眠曲》，散文集《我邂逅了一条毛毛虫》、《最后的圆舞场》、《暴食江湖》、《台湾味道》、《在世界的边缘》，童话《乌鸦凤蝶阿青的旅程》，论述《台湾战后初期的戏剧》、《台湾文学的街头运动：一九七七～世纪末》等二十余种。诗作译有英、日、法文等多种文字在海外出版。

严　力，1973年开始诗歌创作。1979年开始绘画创作。1978年，参与《今天》文学期刊的诗歌发表及活动。1979年，为民间艺术团体"星星画会"的成员，参加两届"星星画展"的展出。1984年，在上海人民公园展室首次举办个人画展，是最早在国内举办的前卫个人画展。1985年夏，留学美国纽约。两年后在纽约创办"一行"诗歌艺术团体，并出版"一行"诗歌艺术季刊，任主编。曾在法国、英国、美国、日本、瑞典、中国大陆和香港、台湾举办过个人展或参与集体展。画作被日本福冈现代博物馆和上海美术馆，以及世界多地个人收藏家收藏。在中国大陆、香港、台湾、纽约出版过小说集和诗集十数种，作品被翻译成多种文字。

宋　琳，1959年生于福建厦门，祖籍福建宁德。1983年毕业于上海华东师范大学中文系，获文学学士学位，并留校任教。1991年移居法国，曾就读于巴黎第七大学远东系，获哲学硕士学位。先后旅居新加坡、阿根廷。1992年以来任《今天》文学杂志编辑，2003年以来受聘在国内几所大学执教。2011年参与创办并主编《读诗》。著有诗集《城市人》（合集，学林出版社，1987年）、《门厅》（北岳文艺出版社，2000年）、《断片与骊歌》（法国MEET出版社，2006年）、《城墙与落日》（法国巴黎Caractères出版社，2007年），合编有诗选《空白练习曲》（牛津大学出版社，2002年），诗文集《亲爱的张枣》（江苏文艺出版社，2010年）。作品曾被翻译成英、法、西、荷、日等文字在国外出版与发表。曾获鹿特丹国际诗歌节奖（1990年），两度获得《上海文学》奖（1997年、2000年）等。

秦岭雪，香港诗人、书法家、艺评家。1941年出生于福建南安，1972年移居香港。著有《流星群》、《明月无声》、《情纵红尘》和《石桥品彙》等。现任中国书法家协会香港分会副主席、香港福建书法研究会常务副会长。

庄伟杰，旅澳诗人、作家。文学博士。澳大利亚华文诗人笔会会长。著有诗集《神圣的悲歌》、《从家园来到家园去》，散文集《梦里梦外》、《边缘人类》，评论集《缪斯的别墅》、《智性的舞蹈——华文文学、当代诗歌、文化现象探究》，另有书法集。曾获中国第13届"冰心奖"、中国诗人25周年优秀诗评家奖、2004-2005年度全国文艺理论与批评征文一等奖等。

林肯·亚历山大·米勒，澳大利亚画家。1972年出生于澳洲。2004年定居福州。绘画以抽象油画为主，也以中国国画颜料、毛笔和勾线笔作画。作品曾多次参展或举办个展。

孙　磊，70后代表诗人。1997年毕业于山东艺术学院美术系留校至今，现为山东艺术学院美术系讲师，中央美术学院实验艺术工作室讲师。1989 年开始发表诗歌作品，曾参与编辑《久唱》、《诗歌》、《诗镜》等民刊。出版诗集《演奏》、画册《品质》、主编民刊《谁》。曾参加《诗刊》青春诗会。曾获 2003·中国年度最佳诗歌奖、2004 首届"新诗界国际诗歌奖"提名、山东省青年画家庆香港回归展览评比一等奖、山东省第二届中国工笔画展二等奖等。

宇　向，女。70 后诗人。自幼喜爱绘画、写作。著有《哈气》、《女巫师》等。曾获"柔刚诗歌奖"、"宇龙诗歌奖"、"刘丽安诗歌奖"、人民文学"新世纪散文奖"、"文化中国·年度诗歌大奖"。作品被译成英文、法文、西班牙文、葡萄牙文等，并应邀参加美国、法国、澳门等各地的重要文学交流活动。

王　艾，1971 年 11 月生于浙江黄岩。少年时代开始学习美术。上世纪 80 年代中期开始写诗，1993 年到北京，入住圆明园艺术家村，90 年代中后期积极参与汉语诗歌各类活动及写作，曾编辑民刊《诗艺》、《标准》，1995 年获诗歌奖。出版中短篇小说集《摄氏五十度》，长篇小说《四脚朝天》等，诗集《梦的概括》、《轻柔的言语》，作品被翻译成德、日、意等文字。近年探索视觉艺术领域，偶涉艺术评论，参加过国内外视觉艺术大展，其绘画作品被有关机构与个人收藏。2008 年在北京映画廊举办个展"写画"，出版画集《写画》。

杨匡汉，笔名企吴，上海宝山人。1957 年考入北京大学中文系，1961 年毕业于中国人民大学新闻系。现任中国社科院文学所研究员，中国社科院研究生院教授、博士生导师，世界华文文学研究中心主任，台港澳暨海外华文文学研究中心负责人。并任中国当代文学研究会监事长，中国世界华文文学学会副会长。著有《战士与诗人郭小川》（合作）、《艾青传论》（合作）、《诗美的奥秘》、《缪斯的空间》、《创作构思》、《诗美的积淀与选择》、《渔阳三叠》、《中国新诗学》等，并主编《扬子江与阿里山的对话》、《中国现代诗论》、《共和国文学五十年》、《中国文化中的台湾文学》、《二十世纪中国文学经验》、《中国当代文学》等。作品曾获奖多项。

杨匡满，笔名匡满、欧阳闻雪等。1964 年毕业于北京大学中文系。曾任职于《文艺报》、人民文学出版社、《当代》杂志、《华声报》，1995 年起任《中国作家》副主编、常务副主编。第 10 届全国政协委员。著有研究专著《战士与诗人郭小川》（合作）、《艾青传论》（合作）；报告文学《命运》、《五环旗下的追悔》、《遗言制造者》；诗集《歌唱在 12 层楼》、《天堂之歌》、《今天没有空难》；小说集《相逢在布达佩斯》；散文集《辉煌时刻》、《文朋球友》。曾获全国首届优秀报告文学奖、首届鲁迅文学奖等。作品入选《新文艺大系》，并在日本、法国、香港等地全文译介。

子　川，本名张荣彩，江苏高邮人，中国作家协会会员，现为江苏作家协会理事、专业作家，《扬子江诗刊》执行主编。出版有诗集、散文集《总也走不出的凹地》、《子川诗抄》、《背对时间》、《把你凿在石壁上》、《水边书》、《虚拟的往事》等 8 种；作品被五十多种年选、选本选录，被收入大学《写作学教程》，并被译介到国外。曾获紫金山文学奖、江苏优秀文学编辑奖。

温 古，男，50岁，呼和浩特市人，中国作家协会会员，鄂尔多斯市作家协会副主席。

孙绍振，1936年生，祖籍福建长乐。1960毕业于北京大学中文系，曾任北大助教。20世纪90年代先后在德国特里尔大学进修，美国南俄勒冈大学英文系讲学，香港岭南学院客座研究员并为翻译系讲课。现为福建师大文学院教授、博士生导师，并任中国文艺理论学会副会长。著有诗集《山海情》（合作），散文集《面对陌生人》，论著《美的结构》、《孙绍振如是说》、《文学创作论》、《孙绍振幽默文集》（三卷）、《论变异》、《幽默五十法》、《美女危险论——孙绍振幽默散文选》等。《文学创作论》获福建省10年优秀成果奖、全国写作学会一等奖，《美的结构》获福建省社科优秀成果二等奖等。

刘登翰，1937年生。1961年毕业于北京大学中文系。1979年调任福建社会科学院文学研究所副所长、所长，福建台湾文化研究中心主任、研究员，福建师范大学中文系及国立华侨大学中文系兼职教授、博士生导师。曾任福建省作家协会副主席，福建省台港澳暨海外华文文学研究会会长。著有诗集《山海情》(与孙绍振合作)、《瞬间》，散文集《寻找生命的庄严》，报告文学集《钟情》，专著《台湾文学隔海观》、《文学薪火的传承与变异》、《彼岸的缪斯》、《中华文化与闽台社会》。主编《台湾文学史》、《香港文学史》等。其中《台湾文学史》获福建省第二届社会科学优秀

成果一等奖。文学创作作品也多次在省内外获奖。

蒋夷牧，1942年生，江苏苏州人。1967年毕业于复旦大学中文系。曾任福建电影制片厂编剧、厂长，福建省社会科学联合会副主席，福建省文联书记处书记、副主席，二级编剧。福建省第七届政协常委，民盟福建省委第八届副主委。著有长篇传记文学《生命的辙印》（合作）、《王亚南与教育》（合作），诗集《为今天发言》，散文集《蒋夷牧散文自选集》，电影文学剧本《小城春秋》，电视连续剧剧本《郑成功》等。曾四次获福建省优秀文学作品奖。《启示》一文摘入七年级语文下学期必读课本。

徐 杰，福建漳浦人。诗歌、音乐、书法兼修。现任福州市文联党组书记、主席，福建省书法家协会常务理事。

伊 路，女，任职福建人民艺术剧院。国家一级舞台美术设计师。中国作家协会会员、中国戏剧家协会会员、中国舞台美术学会会员。出版有诗集《青春边缘》、《行程》、《看见》、《用了两个海》、《永远意犹未尽》等，诗作入选《中华人民共和国50年文学名作文库》、《中国诗歌精选》等，编入中学语文课本。曾获多项文学奖。

谢春池，1951年生，福建厦门人。1967年毕业于厦门第四中学。《厦门文学》杂志副主编。福建省作家协会第四届理事、第五届全委会委员。中国作家协会会员。著有诗集《子夜时分》、《请听我哭声响亮》、《厦门沦陷纪事》等，书画集《五十不知天命》、国画集《谢春池无标题彩墨画》等，另有长篇报告文学、散文随笔集、中篇小

说集等数十种。曾获福建省第七届及第八届优秀文学作品奖一等奖、《解放军文艺》优秀作品奖、福建省首届百花奖三等奖等。钟情于国画，多采用大写意水墨笔法。

吕德安，1960 年出生于福建马尾。1976 年高中辍学上山下乡。1978 年就读于福建工艺美术学校。同年开始诗歌创作。1983 年与同好在福州创办诗社《星期五》，次年参加南京《他们》文学社。其间代表诗作为《沃角的夜和女人》、《父亲与我》。1984 年自印出版诗集《纸蛇》，1988 年正式出版诗集《南方以北》，1991 至 1994 年旅居美国纽约，以画谋生，创作长诗《曼凯托》，并获得首届《他们》文学奖。1995 年在家乡北郊山中造屋，写诗画画，开始创作长诗《适得其所》，1998 年出版诗集《顽石》。其间参加当时北京著名的实验戏剧团体"戏剧车间"进行戏剧实践。2010 年出版诗集《适得其所》。现为"影响力中国网"诗歌栏目主持。

汤养宗，1959 年秋生于闽东某半岛，一直居住于古老的滨海小城霞浦。著有诗集《寄往天堂的 11 封家书》等四种。2003 年获《星星》诗刊、《诗歌月刊》联合设立的"中国年度诗歌奖"，2006 年获人民文学奖，2008 年获《诗选刊》中国诗歌最佳年度奖。

曾宏，艺名一波，生于 1960 年，福建人。上世纪八十年代初始习诗，诗歌散文小说评论等文学作品散见于海内外刊物。曾获刘丽安诗歌奖等。作品结集为《旅程》、《请给我》等。近年专注于艺术评论，并以雕石、玩墨、绘画、摄影为乐。

大荒，原名林德锋，福州人。1981

· 诗人们摆开阵势即席挥毫

年福州师专中文科毕业，后留学日本学习平面设计。1979年创办野烟诗社，出版《野烟》、同仁合集《东南猎梦者》。现居福州，写诗，刻石，研究《山海经》，做平面设计。已出版个人作品集：诗集《那年那雨》、《你知道吗》；石雕作品集《山海经》。

陈彦舟，原名陈建忠。1969年生于福建省大田县吴山乡。1999年初移居厦门。诗书画印兼修。福建省作家协会会员。1998年底于苏州灵岩山寺皈依，2001年3月15日（农历）于厦门普光寺受菩萨戒，号拾梵馨，在家居士。个人著有：诗文集《逃离城市》；书画篆刻集《陈彦舟书画篆刻集》；长篇小说《寻找西门庆》等。

丁临川，本名丁仕达。1948年生，江西省临川市人。中国作家协会会员。管理学博士、高级经济师。现任福建投资企业集团公司（福建省华福公司）党组书记、总裁。爱好文学和诗词创作，著有诗词选《撷英集》、词集《百花词画》和诗集《诗情画意》、《中华古代名人百咏》、《一路风情》，合著《踏遍闽山留胜迹》。

此外，尚有因故未能到会而作品到会的诗人：欧阳江河、庞培、岛子、车前子。

其他到会诗人、诗评家：道辉、阳子、姚朝文等。

除了主办单位福建省文联、台港文学选刊杂志社、海峡文学艺术发展研究中心的人员，福建省有关部门领导李祖可、张帆、马照南、龚守栋、陈秋平、范碧云、许怀中、杨少衡、罗训涌、陈奋武、曾珊等，以及参加"首届海峡文学节"其他项目活动的嘉宾姚朝文等一百多人出席了相关活动。福建省画院、九歌万派集团（中国）有限公司成员企业爱地广告传媒机构、福建海峡朗诵艺术团等单位参与筹办了相关活动。

⊙ **与会交流的诗作·诗写书画**

石涛写意

◎洛　夫

一

一阵锣鼓点子般的
骤雨之后
石头缝里
探出一只蟋蟀的头
看到满山湿湿的月光
又猛然
缩了回去

二

他就住在
一条淡淡的水墨攀升而上的
绝顶

每到黄昏
他便向远处睁开双眼
好让归鸟
一一飞入

三

云霭中
山不见了
他站在树下不曾动过
叶子落在僧衣上
眉正入秋

四

鱼竿停在半空
不知道他钓到了什么

一只鹭鸶横过水塘
连回头望一眼的兴趣
都没有

五

桨，静静地搁在水里
两个老者
在船上对饮

碰杯（锵的一声）
一棵松子
堪堪向
万丈的静谧深处坠去

六

树老了
打瞌睡时
梦见一幅绿色的脸

满山扇动着
秋的翅膀
落叶无声

七

隐隐听到猿啸

其实那只是

远处的水声

打霜后

木桥上只剩下半只鞋印

八

他画了一个月亮

又在下面

画了一株老松

再加上一笔越远越淡的

钟声

可是他就不知道

家该画在何处

九

柴门闲闲地开着

无人进出

满山的秋雨……

无人进出

柴门闲闲地开着

十

你何必到深山去寻他

从竹林响起的琴声中

你有没有听出

一股酒味?

（石涛，别号苦瓜和尚，明末清初四
僧画家之一，艺术成就非凡，其水墨
画有王维的诗意）

玉女玄冰松烟墨

◎侯吉谅

给我你的精血我就给你丰润的身体

我要最亲密的接触，时时刻刻

在你最温柔的地方

要慢慢抚摸轻轻地，磨

然而通透温润竟然是

好久好久以前的事了——

那时天地玄黄，赤红的岩浆自地心涌冒

我在无法诉说的热情中奋力焚烧自己

直到肉身气化，宇宙的怒雷与狂电

亦沉默无语。我在万年不化的玄冰中

参透古玉浓绿油翠的雍容

教人凝神注视便坠入前生

不可思议的梦。黑暗无边

有人在漆黑中用力捶捣

说一切爱恨终究是

颠倒梦想

我在火中烧，身受千万杵

面目因烈阳的暴晒而完全黧黑

但你给我水我就给你云烟

你给我纸我就给你文字

你给我光

我就给你从墨黑中释放的
天地间所有的色彩

秦 俑

◎徐 瑞

前方
战鼓急 杀伐烈
尘土飞扬

我却受命来到土窑
摆好英武服从的姿态
等待陶师 复制我的头颅

他聚精会神 巧手细作
发式、眉、眼、鼻、唇
还有 两撇雄纠纠的八字胡

此生犹在
阴身已备好
只待置上脑袋
陪皇同丧

轰然巨响 一层层
土堆落下 盖过我的
足、腿、胸、颈、头 连同
褐冠、黄巾带、深紫朱红衣
黑履、粉绿裤、枣红鱼鳞甲

永世禁锢 漆黑窒息
两千多载有多长
我默默倾倒渐渐崩裂

上方传来挖掘声
突然光明刺眼 顿时
所有的色彩消隐
我的素身 依然英武服从

将士车马粘补复原
再度整为战阵 展于大棚下
当千万只眼睛在注视
我的魂魄四处游走

啊 她来了 谧静如猫
以巫的眼神对我凝视
悄声说：随我来

知道 我就是知道
是她 准是她
将为我开一扇窗 逃逸

一股子咸味 一阵澎湃
她说："我们过海"
指向东南方的小岛

来到一溜小树林
她说："这是我最爱的樟树"
黑黑的树干细细的叶

我站在树下
微风吹拂 阳光跳跃
嫩绿、翠绿、深绿

尾随而至的爱驹
翕动鼻翼 努力吸入
空气中的芬多精

她全神贯注　挥动画笔

最后　为我添上

两撇八字胡

我仍然　英武服从

宽袍大袖

遮住日月光辉

老泪纵横如屋漏痕

忍痛细读墙上历史

猛然

落月照耀的屋梁

掷下一颗年轻的头颅

行草两帖

◎ 秦岭雪

王羲之兰亭序

再度挥洒

已堕入陈规

期待第一声莺啼

生命焕发如春花

却又在瞬间枯萎

珍惜闪电般的感悟

自我满足时心细如丝

在崇高和卑微之中平衡自己

高潮往往醉后

鼠须笔和蚕茧纸

擦出神圣光辉

千百万人痴痴守望的

也只是模糊的影子

美术课（外一首）

◎ 严　力

太写实的地方必须虚掉

老师大讲抽象的必要

我摘掉眼睛

果然玻璃窗上的纸片像一朵云

借助云的飘忽不定

我把老师抽象成一座现代雕塑

永恒地置于讲台上

可是我想起了老师的妻子儿女

他们多么需要老师下班回家

但是老师继续讲道：

美术就是一种假设的技术

假设我们住在自己的画里

假设我们战胜了死亡

颜真卿祭侄明文稿

危崖断壁

迸射千年血泪

鹰的利爪迎风搏击

须发贲张咬碎牙齿

住在太阳后面

老师拿着图片一张张地解说

凸起的叫山

凹下的叫谷

积了水的叫海叫河叫江湖
移动的叫动物
有根的叫植物
张小雨举手说
有没有上帝的照片

老师翻找出太阳的图片说
上帝一直住在它的后面

画　室
◎ 王　艾

在色块瘫痪的画布废墟上，那个
投错胎的人，在迎接眼中的幻象。
幻象里众生涌来，转告、投诉、哭闹，
制造假象，挤进一块绿色的丝绸，

那里诞生一朵红花与一颗眼泪，
驻足在阶级的肩窝、鼻尖或眼皮上，
举手发誓，打赌或虎头蛇尾，
在绝妙的协议中打掉这职能的胎儿。

市场在附近哭闹不已，假的，
资本的注射液让人走亲访友，真的。
隔壁的傀儡邻居醒来，真假两茫茫，
一杯白酒唤醒了体内的抽象。

那片瘫痪的色块被扶贫了，
胳膊与汗毛分崩离析在佛光中，
乳房与大腿的曲线纳入图像的捐款箱，
终于完成，终于在信念中篡改了虚无颂。

观念艺术
◎ 张国治

我有许多外衣
所谓理想、状态、实体之外
形而上、无形象的艺术都对
你无须实体制作我的形体
我就是要从物体上解放
一如我的灵魂欲从欲望肉体解放
我不要圆满结果，像人生没有答案一样
我是偶发，我是无形，飘忽
每日无所休憩的思绪
任何环境、地景、废弃物
你都找得到我的存在
我不要你的堆砌，我要的是你
思想的地带
管你几何抽象，客观主义
长相如何
讨厌你的传统八股
你的自我肉体崇拜，你的科技信仰
我要的是过程的信仰
过程即是作品即是人生一部分
我反叛、攻击，以思想运动
以行动观念意识
对这无情存在的困境袭击
但我的观念绝非造形来说明的
我必须输送到你
过程、状况、讯息传输
你不要和我进行买卖
我拒绝进入美术馆、典范规律
我和生活紧密连接在一起
我的人生即是艺术
对于我

传统就是淹死在一杯水的逻辑思辨中

空间有了层叠

原神不再是唯一的神话

绳之因缘

——记楚戈 "绳之以艺" 绳结艺术创作

◎ 潘郁琦

而太极

也在彼此二端

延阔了

绳之因缘

结绳而已

绳结在《易经》的绵延中

流晃着长江的梦呓而来

上古

就在这一系列的曲折中

城市雕塑（外一首）

◎ 车前子

初民无言

楚地却响起了铿锵

不落人间一语

垂象代言了乾坤

一个城市

有一个城市的回忆

铸成它特有的铜像

矗立在广场中央

一个城市

有一个城市的愿望

雕成它特有的石像

矗立在十字街头

你

我

中午

在哪座雕塑下

都是在这个城市中长大

却没有铜像的回忆

和

石像的愿望

中午　太阳捐给雕塑许多金币

一生牵连

却在绳结的随意清淡中

无滞无挂地

将生命的纵深

披覆

时空与传统

都有了不同的况味

编结行脚

以拱型的漫步

回旋生命的辩证

每一节绳的固立

记录了时间的再生

以绳的变貌

诠释另一向度的绝对

无论铜像

还是石像

都接受了它的馈赠

在广场中央

在十字街头
在自己的城市里
我们　也用它的捐款
铸自己回忆的铜像
雕自己愿望的石像

三原色

我，在白纸上，
白纸——什么都没有，
用三支蜡笔，
一支画一条，
画了三条线，
没有尺子，
线歪歪扭扭的。
大人们说：
红黄蓝，
是三原色，
三条直线，
象征三条道路。
——我听不懂啊，
又照着自己的喜好，
画了三只圆圈。
我要画得最圆最圆。

绘画生涯（节选）
◎ 宇　向

一

我得下决心去画一些户外景色。
就像每天上班，

必须经过那些臃肿的草莓和鸡，
经过禁书、性病、传说、
唱"回家看看"的乞丐夫妻、
篡改的历史、尘土或尾气般的
流窜犯，经过那些被一次一次挖开、
填平，结果再也添不平的
文化路、和平路、即时语录、
无端的愤怒……

二

我要去画表情和姿态，
在经期也不能停止，
以免警笛干扰笔尖的弯度和走向。
无论律法和公正如何背道而驰，
美女仍是一个活生生的奇迹，
她让生活像颜料一样消耗殆尽。
我的好同志，
只要我能在记忆中将你画出来，
那么我就永远有事可做。

三

我要画一些静物，
廉价卖掉，用以糊口。
我从墙上取下前辈的奖牌和勋章，
上面布满辉煌的锈迹，
从箱底翻出一摞红皮证书，
再将客厅的指路明灯拧下，
为了抒情，我一遍一遍摆放它们，
这些没落贵族般的静物。

四

如果我还有力气，还有力气，

我会寄一幅给你。画面上
没有标题也没有签名，
像一个又一个流亡者。

蒙巴那斯的模特儿

◎ 宋　琳

一件看不见的东西有多重？
比如眼球上一个细孔的疲倦

海突然想穿过一条鱼
看一看那边是什么水域

在被画出来以前
鱼变成孔雀石以前

黑暗沉睡于比子宫更窄的空间

造物者的手掌也难在里面飞翔

模子自己醒来，向大地俯冲
有如成熟的梨从梨茎上脱落

就在这里持续着，凭吊着眼泪
但没有隐衷，也没有哀怨

从睫毛开始的大火如此骇人
连一粒雀斑也不剩下

她会不会找回满头乌发？
像箜篌在郊外墓穴里鸣响

冰山会不会停止移动？感官
会不会在宁静的夜晚从墙上飞走？

一株昔日的樱桃树等在花园里
当蜜蜂吮吸肖像上她金色的阴影

⊙与会交流的诗作 · 诗写音乐

古 琴

◎ 吕德安

那里，一具形状怪异的古琴
当他把它挂在墙上
墙上就仿佛出现了一个洞穴——
房间里多出一个洞穴的生活
他不愿意这样，这是白天

晚上，他手痒，试图弹奏它
想象人们坐成一堆，等着喝彩
想象古代夜晚的情景
但没有人，琴也不听使唤
他不愿这样，他把它挂向

风中，睡觉前希望它产生魔术
但没有魔术，只是他自己在睡去
他梦见有人在风中挖掘着音乐
而他的身体就是在这样的音乐中
像一块逐渐消失了重量的石头

幽暗而空洞，这是他惊醒时喊
他又把琴随便放在一个地方
但耳朵里仍然有人在挖掘
声音像白天一样遥远，像地狱里
盲人音乐家的手指。他不愿意这样

初雪，或 G 弦上的恋歌

◎ 岛 子

当翩然的蝶群，无望地
飞逐落日中远去的血花
密林夹岸的流波
沉淀最后一支骊歌
你北方的白桦林
以野性的舞姿，纯洁的胴体
寄寓我广袤而灿烂的痴迷
而季节的调色板上
单调的画颜料却凝固着冬的主题
寒星从夜的眼圈流出
染亮极光。残存的叶片
升起挂霜的旗帜
磨擦风的棱角，争夺春天

我紧握空拳的桉树兄弟
你遥望陨落的劫难，树丫的巨掌
横向苍空。告诉我，美丽的白桦林
它们该怎样拧紧太阳的表把
使痛苦之犁耕耘土地和葱郁的日子
采集东方的光芒
向花海，向歌潮，向白天鹅的翅膀
祈求少年的幻想……

情　歌

◎子　川

芦柴花不知飘向哪里
叶已枯败，灰黄的芦柴瘦了许多
我的落寞倒映在水中
秋天的风，在前面走走停停

唱《拔根芦柴花》*的妹子
两根小辫子在我记忆里晃动
眼前，是一个挽着孙子的外婆
她瞅我愣了一愣
笑起来，说，这不是谁谁吗
哇，也这么老了

那小孩，牢牢抓住他外婆的手
好奇地看着我——
眼神里有特别的警觉
他不知道这里曾是我生活过的地方
也不知道《拔根芦柴花》
曾是他外婆唱给我的情歌

*《拔根芦柴花》是一首流传于苏北里下河
地区的民歌。

等待旧友

◎杨匡满

等待旧友
白杨树从栽种到砍伐
远来的梧桐刚刚成荫

等待旧友
竞翔的鸽群出发之后
天空晴雨不定

一坛随时都可以启封的
陈年的茅台
一旦打开不再需要木塞

奏起约翰·斯特劳斯的
一曲迷人的波尔卡
从此不再爱惜鞋跟

秋风漫卷山峦的时候
留下了大片红叶
以及金黄的果实
有一条古训鼓励人们
捡拾起来并且好好酿造

有一棵棕榈蹲在海边
把一圈又一圈海浪
录制成一圈又一圈棕丝
等待着哪天旋放出来
飘飘欲仙的乐思

于是该重新丈量一遍
并肩刻划过的脚印
并且慷慨激昂地争论
那些无关紧要的细节

于是再用滑稽的七巧板
拼装许多严峻的往事
而时间的细筛
自会给每人一份纯金

凡是光荣的记忆
现已都是淡淡的历史
凡是共同的苦涩
也在哂笑的一瞬
成为美好的财富

相 遇（组诗选二）
◎ 孙 磊

一

以真正的身体和血所说的话预备音乐，
以潮汐和风。为此我已深躬。
时光的晚波弥散着玫瑰的气息，
谁是带着乐感行乞的使者谁就能绽放。

在冬天，倘有人染上火焰，那定是负有使
　命的人。
他相信什么我也会相信，并去默想
他信的物什。鸨鸟飞过原野，
它的羽毛是一些逐渐坚强的弱音。

其中的节律也满溢异彩，倘有脆弱的人
　伸开双臂，
他怀里亦会一瞬间长满果树，在冬天，
胸怀保证了信仰。对于聆听者，
雪是缩过水的唱词，冰是淬过火的音阶。

二

明朗的冬季，事物减少到洁净的程度，
减少到原谅。除了寂静，
什么才能值得轻易地原谅。我思忖

雪是否能从天空一直铺到我身体里，

且我的身体是否还如往年一般汁气蓬勃。
天越来越黑了，须有一个黄昏用来吹奏，
双簧管、管风琴、小提琴以及正在饮酒的
　长笛，
我微微地闭上了眼睛……

谁能在重音的音节里静歇？我思忖
谁会想到能将雪弹奏到我的血液中？
雪拥我至夜晚，雪积得很深，
我的爱亦是这样，但爱比雪更晃眼。

肖 邦
——赠韩雪

◎ 庞 培

我弹奏波兰的雪
村舍房顶上的炊烟
童年，浓雾弥漫
远方的牛哞。我从那浓雾中走来
弹奏少年的相思
纯洁、无瑕——这一切
在我难言的指间缠绕

我弹奏故乡田野上的秋风
树林枯瑟
看见一名离乡远去的人
我用这身影，捧读
爱的泪滴

我弹奏祖先的英武

骑在马背上奔赴远方的勇士
刺刀铿锵，黄昏时无奈地赴死
我用他们炮火中的骨骸
做成鲜花的声音

我的眼前腾起一缕
他们在炮火中血肉迸溅的青春
于是一支舞曲
古老的舞曲
经由声音的鲜花献上

点点烛光
斑斑泪痕

我的手指触摸到了故土的眼睑
那低垂下的伤痛
我继续我这颗钢琴的幽魂……
以生的风度
在死亡中
从容弹奏

我弹奏人世的无常
弹奏容颜的憔悴
我弹奏青春的无望
那皑皑雪地
少女的成长

⊙与会交流的诗作·其他

我和春天有个约会

◎焦 桐

若不是雷声提醒虫鸣，
我几乎忘了
和春天有一个约会，
那远在少年时就订下的盟约。
阴雨的季节太长，
人间的是非太忙，
春天，是否也一样健忘？

行云接受远天的邀请，
风筝飞出公寓，
杜鹃烧红了山岭，
谁又在岁月的那头召唤？
我想起鹧鸪临走前一再叮咛：
春天，还在霜雪中久等。

我要辞别我的老板，以及
这座曾经留连的城市，
携带一叠发黄的稿纸，

几本未读完的旧书，
和半生的荣辱与悲喜
起程——

蜻蜓结伴到路上欢迎，
一只野兔蹲伏草径，竖耳
倾听，迟到的脚步声走近走近……
被东风吹暖的湖畔，
阳光晒绿了桦树林，
鹈鸟们不耐等待，相继
逸出云山荡漾的倒影。

我想起和春天有一个约会，
那远在少年时就预约的风景；
好花刚开到一半，
草木在前路上抽芽萌长，
所有的心事都悄然放晴，
春天，请你等一等。

⊙诗歌讨论会和朗诵会

诗性的旁通与回响

——海峡两岸"诗歌与艺术"研讨会

· '2011 海峡诗会——海峡两岸"诗歌与艺术"研讨会会场

　　时间：2011 年 12 月 1 日下午 3:00 时

　　地点：福州·福建省文联七楼会议室

　　论题：

　　1. 现代诗的非抒情化与音乐性

　　2. 意象、画面在现代诗中的价值

　　3. 诗与汉字：现代诗的传统取向

　　议程：

　　主持：孙绍振、潘郁琦

　　发言时间：每人限 6 分钟

发言顺序：

1. 侯吉谅：谈诗与书画
2. 严　力：从《今天》与《星星》谈起
3. 张国治：画面的取镜与意象营造构成诗的表现
4. 子　川：诗歌审美与文化经验
5. 焦　桐：视觉诗：诗与画的对话
6. 宋　琳：诗性的语言与艺术
7. 孙　磊：诗歌与艺术作为场域的交汇
8. 王　艾：诗与绘画的关系
9. 吕德安：关于"星期五画派"
10. 曾　宏：福建诗坛与艺术
11. 庄伟杰：作为生命形态的诗书画艺术
12. 道　辉：意象在现代诗中的价值
13. 莱　笙：三明诗群的意象特质
14. 蒋夷牧：汉诗与汉字：现代诗的传统取向
15. 姚朝文：诗灵云霞，中华情结
16. 陈彦舟：诗书画印道一
17. 林　肯：我的诗与艺术观
18. 洛　夫：谈诗与书法

自由发言：共 15 分钟
主持人小结：10 分钟

汇入诗流·两岸"诗音书画"笔会诗歌朗诵会

一、概况

主办单位：福建省文学艺术界联合会

海峡文学艺术发展研究中心

台港文学选刊杂志社

协办单位：九歌万派集团（中国）有限公司成员企业爱地广告传媒机构

承办单位：福建省海峡朗诵艺术团

顾　　　　问：杨少衡

策　　　　划：杨际岚、宋　瑜、刘　波

设　　　　计：余　禹、游　刃

协　　　　调：宋　瑜、梁　星、林秀美

主 持 词 撰 稿：游　刃

统 筹 执 行：张俊彬、陈保东

导　　　　演：张俊彬

舞　　　　美：林　翀

灯　　　　光：陈魁杰

音乐制作、录音：苏林娜

舞 台 监 督：回新刀

化　　　　妆：刘　英、陈小敏

剧　　　　务：张　敏、王文顺、张　剑

剧 照 摄 影：尤晓毅

录 像 、 制 作：林少华

舞 蹈 设 计：郭辰琳、罗玉军

主 持 人：魏　赛

演 出 时 间：2011 年 12 月 2 日晚 7：30

演 出 地 点：福州·福建省实验闽剧院

二、节目单

序：舞蹈《诗写书画》　表演者：罗玉军

上篇　诗写书画

第一章：重温古典

1. 洛　夫（旅加）《石涛写意》　朗诵者：宋　原　郑丽琳

2. 侯吉谅（台湾）《玉女玄冰松烟墨》　朗诵者：赵建群

3. 徐　瑞（台湾）《秦俑》　朗诵者：王　飞

4. 秦岭雪（香港）《行草两帖》　朗诵者：寒　枫　郑以理

5. 现场书画表演：侯吉谅

第二章：品味现代

1. 严　力（旅美）《美术课》、《住在太阳后面》　朗诵者：尹素伟　杨战明

2. 王　艾《画室》　朗诵者：张　弛

3. 张国治（台湾）《观念艺术》　朗诵者：章苏国

4. 潘郁琦（台湾）《绳之因缘》　朗诵者：潘郁琦

5. 车前子《城市雕塑》、《三原色》　朗诵者：杨战明　尹素伟

6. 宇　向《绘画生涯》（节选）　朗诵者：刘君瑜

7. 宋　琳（旅法）《蒙巴那斯的模特儿》　朗诵者：王咏梅

8. 徐　杰词，胡小环曲，歌曲演唱《鼓山》　表演者：黄绮雯

　徐　杰词，李式耀曲，歌曲演唱《花瓣雨》　表演者：韦宁峰

下篇　诗写音乐

1. 吕德安（旅美）《古琴》　朗诵者：赵　玉

2. 岛　子《初雪，或 G 弦上的恋歌》　朗诵者：常　海

3. 杨匡满《等待旧友》　朗诵者：刘君瑜

4. 子　川《情歌》　朗诵者：宋　原

5. 孙　磊《相遇》（组诗选二）　朗诵者：孙　磊　刘　婕

6. 庞　培《肖邦》　朗诵者：车丽娟

尾声

焦　桐（台湾）《我和春天有个约会》　朗诵者：马洪亮等

主持人：魏　赛

三、主持词

尊敬的各位嘉宾、各位领导、各位朋友，女士们、先生们：

晚上好！

今晚，我们在这里共享一场艺术盛宴，一起度过这个美好的夜晚。汇入诗流——两岸"诗音书画"笔会诗歌朗诵会，是我省文化品牌活动——'2011 海峡诗会的诗歌朗诵会专场。本次朗诵会由福建省文联、海峡文学艺术发展研究中心、台港文学选刊杂志社主办，福建海峡朗诵艺术团承办。借此机会，各举办单位向来自海内外的各位嘉宾，向出席并支持本

场诗歌朗诵会的各位领导和朋友们，表示热烈的欢迎和衷心的感谢！

出席今晚诗歌朗诵会的嘉宾有：（略）让我们以热烈的掌声欢迎他们的到来！

出席今晚诗歌朗诵会的领导有：（略）让我们以热烈的掌声感谢他们莅临晚会！

承担今晚朗诵会表演任务的是来自福建省海峡朗诵艺术团的表演者，并有诗人上台自诵诗歌。让我们感谢他们为本场朗诵会付出的辛劳，同时也预祝他们演出成功！

'2011海峡诗会汇入诗流——两岸"诗音书画"笔会诗歌朗诵会，现在开始。

"尽管我们是尘土，却生出不朽的精神，它有一种幽玄的不可思议的匠艺，调和各种元素，让它们凝聚汇成一体，创造出一个必要的角色，让我真正地成就我自己。"这是英国诗人华滋华斯在他的一首诗里，发出对诗歌的奥妙与技艺的赞叹。是的，诗歌的不可思议，就在于它能调和各种艺术元素，在缪斯女神的引领下，抵达语言艺术的巅峰。

自古以来，骚客遣兴多妙笔，诗人嗜艺少闲才。中国无数文人不仅在文学领域，而且在音乐、书法、绘画等诸多领域多所浸淫，多具才华。我们举办这台朗诵会，就是为了展示海峡两岸当代著名诗人在艺术领域的造诣，通过他们自己的诗歌领会音乐、书法与绘画的美感，让我们能更好地感受诗歌中的书画与音乐之美，也通过书画与音乐更深入地与诗亲近。

上篇 诗写书画

诗歌与绘画，在我国自宋代以后，人们就一直把它们看作是异体而同貌的姊妹艺术。人们常说："诗原通画"、"诗画本一律"、"诗是无形画，画是有形诗。"这是中外艺术史上人们对诗歌与绘画之间相互关系的共识。"李侯有句不肯吐，淡墨写就无声诗"，宋代大诗人、书法大家黄庭坚的诗句，道出了我国书法与诗歌之间也同样存在难解难分的关系。就"缘情"与"造境"而言，在那些充满玄妙的线条与色彩背后，一定深藏着诗的奥秘。那么，当代诗人又是如何以现代诗的形式，传达他们对绘画、对书法的感受呢？

第一部分：重温古典

我们首先欣赏的是一组台湾和香港诗人抒写古典题材的诗作。来自台湾的当代著名诗人、书法家洛夫先生的《石涛写意》，以意味深远的诗句，传达了明末清初大画家石涛画中意境幽玄、禅机灵动的诗意。朗诵者：宋原、郑丽琳。

来自台湾的诗人、画家、书法家侯吉谅的《玉女玄冰松烟墨》，通过文房四宝之一墨的自述，道出神奇之墨的神奇所在。

台湾诗人、画家徐瑞的《秦俑》，以女性细腻的笔触，赋予一个从古代穿越到现代的陶塑秦俑以生命和感情。

来自香港的诗人、散文家秦岭雪的《行草两帖》，以我国书法史上两件神品为题材，写出了它们动人心魄的神采。

朗诵者：赵建群、王飞、寒枫、郑以理

第二部分：品味现代

现在，让我们回到现代，看看诗人们在他们从事艺术活动时如何用诗记录下自己的体验与省思吧。旅美诗人、画家严力的《美术课》和《住在太阳后面》怀着天真之心的纯净和简朴，写出诗人面对死亡和永恒这些母题时发人深省的沉思。

诗人、画家王艾的《画室》则是复杂的，画室里的诗人也同样渴求一种对混乱现实的救赎力量。朗诵者：尹素伟、杨战明、张弛。

来自台湾的诗人、学者、艺术家张国治的《观念艺术》表达了对艺术作品、艺术观念乃至对艺术传统独特的理解和态度。

同样来自台湾的诗人潘郁琦，她的《绳之因缘》是对台湾著名艺术家楚戈的绳结艺术追根溯源的深度诠释。

诗人、散文家、画家车前子给我们带来他的两首代表作。《城市雕塑》是对极左时代城市精神标高的质疑和个人尊严的

·台湾诗人、画家、书法家侯吉谅在舞台灯光下即兴作画

强烈诉求。他的《三原色》以一种天真未凿的儿童视角，表达了拙对巧的异议、未命名世界对命名世界的逆反。

朗诵者：章苏国、潘郁琦、杨战明、尹素伟。

诗人、画家宇向以她的《绘画生涯》，表达了作者用画笔更是用直抵人心的诗行，审视由现实引发的精神冲突，充溢着见证人类记忆的勇气和力量。

巴黎的蒙巴那斯曾是一个艺术家的聚居地，毕加索、格里斯、阿波利奈尔、勃拉克、雅格布等都曾在那里生活过，被称为蒙巴那斯女神的模特儿吉吉就是在那里脱颖而出的。旅法诗人、评论家、画家宋琳的《蒙巴那斯的模特儿》传达了诗人一次对模特儿复杂的"观看"，并由此产生个人内在的、向永恒不断企及的神秘经验。朗诵者：刘君瑜、王咏梅。

现在请听歌曲《鼓山》及《花瓣雨》；徐杰词，胡小环及李式耀曲。演唱者：黄绮雯、韦宁峰。

下篇　诗写音乐

"我听见脉搏在寂静中跳动，好像它／是这些声音的一部分／我听见循环的血液，躲在我身上／我带着走动的瀑布"。这是2011年诺贝尔文学奖获得者特朗斯特罗默一首写管风琴音乐的诗，音乐仿佛溶解在诗人的血液里。音乐对一个诗人的生命何其重要。

旅美诗人、画家吕德安写于纽约的《古琴》，与特朗斯特罗默的这首诗可谓异曲同工，一具古琴，其若有若无的声息，在诗人的身体里慢慢发酵，酿造某种神秘的精神力量。朗诵者：赵玉。

诗人、艺术批评家岛子的《初雪，或G弦上的恋歌》，选自他早期的组诗《大山·森林·我们》，在诗人的G弦上，弹奏出缤纷绚丽的幻象：在这个迷幻的直觉世界里，声音、色彩、形状、重量在交响、回应与冲突。

诗人、画家子川的《情歌》，朴素亲切，相信也一定会和他诗里的那首民歌一样，激发你的回忆与联想。

诗人、诗评家杨匡满的诗，以一曲经典音乐来《等待旧友》，更添怀旧的气氛。
朗诵者：常海、宋原、刘君瑜。

诗人、画家孙磊的组诗《相遇》，散发着人性的温度，提炼生命的艰难过程在诗中细细展开，诗句借助音乐的力量，撼动我们的内心，同时也在叩问我们的内心。

波兰伟大的钢琴家肖邦，他的人生、爱情与音乐，一直都是诗人们吟咏不尽的

·山东诗人孙磊上台朗诵自己的诗作《相遇》

主题。诗人、散文家庞培的《肖邦》，则在诗里安置了聆听之耳，听见肖邦的音乐，同时也听见了肖邦的祖国和历史、青春和爱情，听见肖邦短暂而不凡的一生。可这一切，又何尝不是诗人、何尝不是在场的每一位在聆听自己？朗诵者：孙磊、刘婕、车丽娟。

朋友们，诗音书画的世界是一个奥妙无穷的世界，在这个众声喧哗的时代，我们有幸在此听到了海峡两岸诸多诗人的心声，而他们的心声也将唤醒我们生命里的激情、回忆和爱恋，让我们珍惜和保护好我们灵魂深处那一块生意盎然的绿地吧。

尾声

请听群诵：台湾诗人焦桐的诗《我和春天有个约会》。朗诵者：马洪亮等

'2011 海峡诗会——汇入诗流·两岸"诗音书画"笔会诗歌朗诵会，到此结束。

朋友们，再见！

（撰稿：游　刃）

·朗诵会结束后，两岸与会诗人上台与演职人员合影

⊙综述

海峡人来两岸　缪斯琴响四弦

◎游　刃

由福建省文学艺术界联合会主办、海峡文学艺术发展研究中心、台港文学选刊杂志社、福建省作家协会、福建省文学艺术对外交流中心联合承办的首届海峡文学节于2011年12月1日至6日在福州、泉州、武夷山等地举行,海内外诗人、作家、学者近二百人应邀与会。"'2011海峡诗会——诗音书画笔会"系文学节系列活动之一,邀请了诗人洛夫、侯吉谅、严力、杨匡满及学者杨匡汉等两岸嘉宾一百多人与会。作为跨两岸诗与艺术"两栖"的交流活动,在中国大陆应属首次。

"由'海峡诗歌节'跃升为'海峡文学节',这可以说是福建文学史上一次重大的历史事件。""此时此刻,我有一种身为历史见证人所能感到的喜悦和骄傲。"台湾旅加著名诗人洛夫,从台岛带来自己的书法作品,参加了"'2011海峡诗会——诗音书画笔会"。这位台湾创世纪诗社创始人之一、享誉海内外、年逾八旬的"诗魔",不仅是这次盛会的见证人,更是一位极为重要的参与者。"'2011海峡诗会——诗音书画笔会",是缪斯四弦琴演奏的一场文学艺术盛会。

2011年12月1日,首届海峡文学节开幕式暨海峡两岸诗人书画展在福建省画院举行。福建省政协副主席李祖可、张帆,福建省委宣传部副部长马照南,省政协科教文卫委员会主任龚守栋,省文化厅厅长陈秋平,省文联党组书记范碧云,省文联原主席、省

· 两岸诗人、评论家、书画家与本届海峡诗会主办方领导相会在"两岸诗人书画展"展厅

文学院院长许怀中，省文联副主席杨少衡、罗训涌、陈奋武，省文联秘书长曾珊，省作协副主席、海峡文学艺术发展研究中心执行主任杨际岚，福州市文联主席徐杰等出席了开幕式并参观了书画展。开幕式由杨少衡主持，范碧云致开幕辞，著名诗人洛夫、杨匡满分别代表两岸与会嘉宾致辞。

作为"'2011 海峡诗会——诗音书画笔会"重要组成部分，"两岸诗人书画展"由福建省文联及海峡文学艺术发展研究中心、台港文学选刊杂志社、福建省画院共同主办，展出了包括洛夫在内的来自海内外三十多位诗人的一百多幅书画作品。自古以来，骚客遣兴多妙笔，诗人嗜艺少闲才。众多诗人不仅在文学领域，而且在音乐、书法、绘画等艺术领域多所浸淫，深具才华。诗人总飞翔于美好之域的前端，为我们而目睹、聆听和开路。"海峡诗会"，尽显诗的流灿光泽、华美音响。而"'2011 海峡诗会——诗音书画笔会"所举办海峡两岸诗人书画展，就是为了全面展示海峡两岸当代诗人在书法、绘画等方面兼具的才华与成就，让各方文艺爱好者在这场艺术盛宴中，感受到诗人之风姿、诗歌之美好，更深入地与诗亲近、与艺术亲近。

"两岸诗人书画展"有三十多位两岸诗人的作品参展，其中来自台湾的有：洛夫、侯吉谅、张国治、徐瑞，来自香港的有：秦岭雪，来自海外的有：严力、欧阳江河、宋琳、吕德安、庄伟杰、林肯·亚历山大·米勒（Lincoln Alexander Miller），来自北京、江苏、山东等地的有：杨匡汉、杨匡满、车前子、岛子、子川、孙磊、宇向、王艾，以及本省的刘登翰、蒋夷牧、徐杰、谢春池、汤养宗、大荒、曾宏、伊路、陈彦舟等。参展的书画作品，涉及书法、水墨画、版画、油画、综合材料等多种门类。展厅同时播放由江苏诗人庞培和台湾诗人潘郁琦的诗作谱写的歌曲音乐。

这些参展诗人的书法作品，以黑白所构成的特殊造型之美，"近乎诗和音乐"（洛夫语），参展诗人的绘画作品，异彩纷呈，蔚为壮观，正如宋代诗人、书法家黄庭坚所言："李侯有句不肯吐，淡墨写就无声诗。"

与"两岸诗人书画展"开展同时，活动主办方并备下多份文房四宝，让两岸与

· "两岸诗人书画展"有三十多位两岸诗人的作品参展

·诗人、学者们齐聚开幕式现场
（前排为诗人严力）

会诗人、艺术家即兴挥毫，相互切磋书艺、画艺。作者谦逊礼让，却兴致满怀；观者静观表演，则一饱眼福。现场所作，自有一番情趣，且多有不俗之品。

诗音书画中的诗性是如何获得相互之间的秘响旁通？既是诗人又是画家或书法家多重身份兼而有之的到会的诗人艺术家们，于当日下午假福建省文联七楼会议室，以"诗性的旁通与回响"为主题，举行"海峡两岸诗歌与艺术"研讨会，对现代诗的非抒情化与音乐性、意象与画面在现代诗中的价值、汉诗与汉字的关系等问题，进行了深入的研讨。会议由来自福建师大的著名学者、诗歌评论家孙绍振教授和来自台湾的女诗人潘郁琦共同主持。

就诗与艺术的关系方面进行深入探讨的议题，主要有：诗人、画家宋琳的《诗性的语言和艺术》，诗人、画家孙磊的《诗歌与艺术作为场域的交汇》，诗人、画家曾宏的《福建诗坛与艺术》等。在诗与书画的关系方面进行探讨的主要议题有：台湾诗人、书画家侯吉谅的《谈诗与书画》，台湾的诗人焦桐的《视觉诗：诗与画的对话》，诗人、画家王艾的《诗与绘画的关系》，

诗人、书法家庄伟杰的《作为生命形态的诗书画艺术》，诗人、画家陈彦舟的《诗书画印道一》等。诗人、画家严力则以《从＜今天＞与＜星星＞谈起》为题，诗人、画家吕德安介绍新成立的"星期五画派"，诗人、书法家子川从诗歌审美与文化经验的关系切入，诗人道辉就"意象在现代诗中的价值"展开议论，诗人莱笙则以《'三明诗群'的意象特质》为题，先后进行了简明扼要的主题发言。最后，洛夫先生结合自己的体会，就诗与书法的关系、诗歌的音律、口语诗问题，提出了自己深刻独到的见解。诗评家王珂、古远清、刘登翰，诗人王性初也在自由讨论时，从各自角度发表了个人看法。

12月2日，诗人们出席了首届海峡文学节系列活动之一的"国际新移民作家（闽都）笔会——新移民文学高端论坛"。当晚，海峡诗会活动假福建省实验闽剧院剧场举行了"汇入诗流——两岸'诗音书画笔会'诗歌朗诵会"。舞台上方一幅"海峡人来两岸，缪斯琴响四弦"十分醒目，以白色为基调象征书画媒质的舞台布景清爽而飘逸。朗诵会由福建省文联、海峡文学艺术

发展研究中心、台港文学选刊杂志社主办，九歌万派集团（中国）有限公司成员企业爱地广告传媒机构协办，福建省海峡朗诵艺术团承办。所朗诵作品均为应邀诗人以书法、绘画、音乐为题材的诗作。举办这台朗诵会，就是为了展示海峡两岸当代诗人浸淫艺术领域而产生的诗歌成果，通过他们自己的诗歌作品领会音乐、书法与绘画的美感，让我们更好地感受诗歌中的书画与音乐之美，同时经由书画与音乐的管道，更深入地与诗亲近。

朗诵会以舞蹈《诗写书画》拉开序幕，来自海峡朗诵艺术团的艺术家们先后朗诵了洛夫、侯吉谅、徐瑞、秦岭雪、严力、王艾、张国治、潘郁琦、车前子、宇向、宋琳、吕德安、岛子、杨匡满、子川、孙磊、庞培、焦桐等诗人的诗作，这些作品或以诗的形式来表现书法、绘画和音乐，或传达了在书画、音乐领域中那些充满玄妙的线条、色彩和旋律背后，深藏着的诗的奥秘，让在场的观众强烈地感受到诗性智慧在书法、绘画和音乐中的贯通与彰显。

朗诵会上，台湾诗人侯吉谅上台即兴作画，他时静时动，或柔或刚，沉静而倜傥，一派文雅风范，随即一幅水墨风荷展现在观众眼前，画中景物呼之欲出，引发台下观众一片赞叹声。台湾诗人洛夫也应邀上台发表了感言，他说："这个朗诵会是一次庄严、美好的盛宴。诗歌是一种心灵的语言，沉默的语言，朗诵艺术家用美妙的声音诠释诗人内心的密码，让诗为大家所知，把诗人个人的、私密的情感变成普遍的情感，诗歌想象的空间扩大了，诗歌的生命明晰地显现在我们面前，在舞台上，我们看到的是一首首鲜活的诗。"洛夫先生还向朗诵艺术家们表示了谢意。他银发如雪，言语诚挚，剧场益加洋溢着诗的华彩。

翌日，诗人们参加了首届海峡文学节安排的文化考察活动，前往武夷山采风。多数与会诗人未曾到过武夷山，大自然的神奇或许激发了他们诗与艺术的灵感，他们表示此次武夷之行是"一次奇妙的经历"，"风雅快乐"。

12 月 6 日，诗人们带着对诗会和福建山水的美好感受离会。多家新闻媒体对活动做了报道。本届海峡诗会成功落幕。

· 武夷山采风后，诗人们带着对诗会和福建山水的美好感受离会

2014 年第九届海峡诗会

——两岸青年诗歌创作座谈会

·福建会堂南平厅：开幕式及两岸诗人创作谈之一

·福建师范大学协和学院：两岸诗人创作谈之二

⊙概况

第九届海峡诗会概况

一、主办与协办单位

主办：中国作家协会港澳台办公室
　　　福建省文学艺术界联合会

协办：福建省作家协会
　　　诗刊社
　　　台湾创世纪诗杂志
　　　台港文学选刊杂志社
　　　福建师范大学协和学院
　　　武夷学院

二、活动流程

1.2014 年 5 月 24 日上午，福州市福建会堂 4 楼南平厅，"两岸青年诗人创作谈 I"。

2.2014 年 5 月 24 日下午，福建师范大学协和学院，"两岸青年诗人创作谈 II"。

3.2014 年 5 月 24 日晚，福建师大协和学院，"'2014 两岸青年诗歌创作座谈会暨海峡诗会——两岸诗歌朗诵会 I"。

4.2014 年 5 月 25 日晚，武夷山市武夷学院，"'2014 两岸青年诗歌创作座谈会暨海峡诗会——两岸诗歌朗诵会 II"（即武夷学院朗诵会）。

5.2014 年 5 月 26 日，武夷山文化采风。

三、部分与会嘉宾简介

（一）台湾诗人

古　月（领队），女。本名胡玉衡，1942 年生，原籍湖南衡山。现任台湾《创世纪》诗杂志编委。出版有诗集《追随太阳步伐的人》、《月之祭》、《我爱》、《浮生》、《探月：发现 91 个恋诗的理由》。

须文蔚，1966 年生于台北，原籍江苏武进。台湾东吴大学法律系毕业，政治大学新闻系硕士、博士。曾任台湾《创世纪》诗杂志主编，现任台湾东华大学华文文学系教授兼主任。著有诗集、论著《旅次》、《台湾数位文学论——数位美学、传播与教学之理论与实际》等多种。曾获台湾优秀青年诗人奖、"诗运奖"、五四青年文学奖等。

纪小样，本名纪明宗，1968 年生，台湾彰化人。就读于台湾南华大学文学研究所，现于"布谷鸟"教授儿童作文。出版有诗集《实验乐团》、《橘子海岸》等 8 部。曾获台湾优秀青年诗人奖、年度诗人奖、中国时报文学奖、联合报文学奖、吴浊流文学奖等。

陈克华，1961 年生于台湾花莲，祖籍山东汶上。台北医学院医学系毕业，美国哈佛大学医学院博士后。现任台北荣民总医院眼科主治医师、台湾阳明大学眼科副教授。出版有诗歌、散文、小说《骑鲸少年》、《爱人》、《爱上一朵蔷薇男人》等十余种，并有歌词创作一百多首。曾获台湾中国时报文学奖、联合报文学奖、台北文学奖等。

丁威仁，1974 年生，现任台湾新竹教育大学中文系副教授。出版有诗集、论著《末日新世纪》、《新特洛伊。NEW·TROY。行星史志》、《战后台湾现代诗的演变与特质（1949-2010）》等近十种。曾获台湾优秀青年诗人奖、联合报文学奖、吴浊流文学奖、新竹教育大学教学杰出奖等数十项奖。

杨佳娴，女。1978 年生，台湾高雄人。台湾大学中文所博士。现任台湾清华大学中文系助理教授。出版有诗集、散文集、论著《屏息的文明》、《你的声音充满时间》、《海风野火花》、《悬崖上的花园：太平洋战争时期上海文学场域 1942-1945》等多种。曾获台湾文学奖、梁实秋文学奖、宝岛文学奖等。

王厚森，本名王文仁，台湾台南人。台湾东华大学中国语文学系博士。现任台

湾虎尾科技大学通识中心副教授兼特别助理。出版有诗集、传记散文、论著《搭讪主义》、《隔夜有雨》、《现代与后现代的游移者——林燿德诗论》等多种。曾获台湾 pchome 情诗奖、东海大学文学奖、南瀛文学奖、府城文学奖等。

高诗佳，女。现任职于台湾葳丰创意作文班，出版有《满分作文学测、指考、统测，一本搞定！》、《图说：新古文观止的故事》等。

杨　寒，本名刘益州，台湾逢甲大学中国文学系博士。现任台中科技大学及静宜大学兼任助理教授。出版有诗歌、散文、小说《牛肉面的幸福的滋味》、《教育现场：做学生的朋友》、《深夜的美式餐厅：少女小蜜的奇幻约会》等十余种，另有论文四十余篇。曾获台湾优秀青年诗人奖、创世纪 50 年诗创作奖等。

谢三进，1984 年生，台湾彰化人，现居台中。台湾师范大学国文系、台文所毕业。曾任台湾《诗评力》主编、《国语日报》"在诗歌间串游"专栏作家等。现任台湾《风球诗杂志》总编辑。出版有诗集《到现在为止的梦境》、《花火》。曾获台湾好诗大家写优选（2009）、新北市文学奖（2011）、基隆海洋文学奖（2012），诗作入选《2009 台湾诗选》、《2013 台湾诗选》。

廖启余，1983 年生，台湾高雄人。曾就职于台湾政治大学中文写作工作坊，2013 年迄今于美国佛蒙特艺术中心访学。出版有诗集《解蔽》。曾获台湾文艺创作奖、优秀青年诗人奖，作品入选"台湾年度诗选"与《台湾七年级现代诗金典》等。

崔香兰，女。1985 年生，台北人。台

湾中央大学英美文学研究所硕士。现为台湾职业创作人、译者、音乐制作公司企划、演唱会企划。出版有《虹 in rainbow：崔香兰音乐诗集》。

赵文豪，1986 出生于台北。"喜欢诗，期盼有一天——诗，也能喜欢这样的自己"。就读"国北教语创硕"及台湾师范大学博士班期间，曾用笔名方夏或本名投稿，也得过一些奖；"但更重要的，是希望有一天能有一手好诗，让自己写出来。"

（二）大陆诗人

敬文东，1968 年生于四川省剑阁县。文学博士。现为中央民族大学文学与新闻传播学院教授、博士生导师。学术著作《流氓世界的诞生》、《诗歌在解构的日子里》、《指引与注视》、《牲人盈天下》，另著有小说集《网上别墅》、诗集《房间内的生活》。

雷平阳，1966 年生于云南昭通，毕业于昭通师专中文系。一级作家，享受国务院特殊津贴专家，全国"四个一批"人才，云南有突出贡献专家，云南师范大学特聘教授。著有《风中的群山》、《天上攸乐》、《普洱茶记》、《云南黄昏的秩序》、《雷平阳诗选》等十余种。曾获华文青年诗人奖、人民文学诗歌奖、十月诗歌奖、华语文学传媒大奖诗歌奖、鲁迅文学奖等多项奖。

荣荣，女。原名褚佩荣，1964 年生于浙江宁波，毕业于浙江师范大学化学系，曾任教师、公务员，现就职于文学港杂志社。中国作家协会会员。诗集《像我的亲人》曾获第 2 届中国女性文学奖，诗集《看见》获全国第 4 届鲁迅文学奖。曾获首届徐志

摩诗歌节青年诗人奖、第 5 届华文青年诗人奖、新世纪十佳青年女诗人称号。

宋晓杰，1968 年生于辽宁盘锦。一级作家，辽宁省首批"四个一批"人才。2012-2013 年度首都师范大学驻校诗人。著有诗集、散文集、长篇小说、儿童长篇散文等各类文集十余部。曾获第二届冰心散文奖、2011 年度华文青年诗人奖、辽宁文学奖、2009 冰心儿童图书奖等奖项。曾参加第 19 届"青春诗会"和"鲁迅文学院第 7 届中青年作家高研班"。

叶玉琳，女。1967 年生于福建霞浦。中国作家协会会员，一级作家。著有诗集《大地的女儿》、《海边书》等。其中《大地的女儿》入选"21 世纪文学之星丛书·1996 年卷"，诗集《我在美丽的大地》（后更名为《海边书》）入选中国作家协会重点作品扶持项目。曾获福建省人民政府百花文艺奖、福建省优秀文学作品奖等。曾参加第 11 届"青春诗会"。

江非，1974 年生于山东。首都师范大学 2004-2005 年度驻校诗人。著有诗集《傍晚的三种事物》、《那》、《独角戏》、《纪念册》、《一只蚂蚁上路了》等。曾参加"青春诗会"，曾获华文青年诗人奖、徐志摩诗歌奖、诗刊年度青年诗人奖、北京文学奖、海南文学双年奖等。

沈浩波，1976 年生，江苏泰兴人。毕业于北京师范大学中文系。著有诗集《心藏大恶》、《命令我沉默》，长诗《蝴蝶》。曾获《作家》诗歌奖、《人民文学》诗歌奖、第 11 届华语文学传媒大奖年度诗人奖等。

霍俊明，1975 年生。诗人兼评论家。著有《尴尬的一代》、《变动、修辞与想

象》、《无能的右手》、《中国诗歌通史》、《一个人的和声》等。曾获"诗探索"理论与批评奖、《星星》诗刊年度评论家、《诗选刊》年度最佳诗评家、《南方文坛》年度论文奖、《滇池》第9届文学奖、首届扬子江诗学奖。

扶　桑，女。1970年生。现就职于河南信阳市中心医院。著有诗集《爱情诗篇》、《扶桑诗选》。曾获《人民文学》新浪潮诗歌奖、《诗歌报月刊》全国爱情诗大赛一等奖、三月三诗会奖、滇池文学奖、2010年华语文学传媒大奖年度诗人提名。

伍明春，1976年生，福建上杭人。文学博士，现任福建师范大学文学院副教授、福建师范大学协和学院文化产业系主任，主要从事中国现当代文学研究。

胡　桑，1981年生于浙江省德清县。同济大学哲学博士，德国波恩大学访问学者。2007-2008年任教于泰国宋卡王子大学。著有诗集《赋形者》，译著《辛波斯卡诗选》等。曾获《上海文学》诗歌奖、未名诗歌奖、《诗刊》青年诗人奖等。

王单单，1982年生，诗歌发表于《人民文学》、《诗刊》、《诗选刊》等，入选多种年度选本。曾获首届《人民文学》新人奖、云南省作协第二届《百家》文学奖、2013年度《边疆文学》新锐奖，入围第11届《诗探索》华文青年诗人奖，曾参加第28届"青春诗会"。

三米深，原名林雯震。1982年生于福建福州市。作品散见于《人民文学》、《诗刊》等，入选多种选本，曾获《上海文学》和《福建文学》新人奖、福建省优秀文学作品奖，入围2013年度华文青年诗人奖，曾参加第28届"青春诗会"。

郑小琼，女。1980年生，四川南充人。著有诗集《纯种植物》、《女工记》、《黄麻岭》、《郑小琼诗选》、《人行天桥》等多部。作品曾多次获奖，诗作曾译成英、德、西班牙、法、日等语种。

熊　焱，1980年生，贵州瓮安人。发表诗歌、小说作品若干，入选各类年度诗歌选本。著有诗集《爱无尽》。曾获第6届华文青年诗人奖、四川首届十大青年诗人等多项，曾参加第23届"青春诗会"。

此外，除了主办与协办单位中国作家协会港澳台办公室、福建省文联、福建省作家协会、诗刊社、台湾创世纪诗杂志、福建师范大学协和学院、台港文学选刊杂志社、武夷学院的部分人员，大陆文艺界及相关领导李书磊、阎晶明、王金福、马照南、张作兴、林江玲、陈毅达、梁飞、邱守杰；诗人、作家或华文文学研究专家商震、李少君、杨志学、蓝野、唐力、林秀美、曾章团、袁勇麟、廖斌、徐杰、哈雷、陈卫等出席或主持了相关活动。

⊙与会交流的诗作·台湾诗人诗作

·纪小样的诗·

笋之告白

惊蛰过后;谷雨未来
我是一株从山林被盗采
到红尘出售的笋。
那些仁慈的伯伯叔叔毛手毛脚
在我唇上抹口红;乳房底下打针
他们用力扯断披覆在我身上的箨
用一截截行将腐烂的朽木,插入
我的体内——探测他们想要的
　　　　春天的体温。
爱酗酒的父亲啊! 我不
怪你;堕落是整个剥笋的过程。
爱赌博的母亲啊! 我不
恨你;我看见中央山脉在流血……
——世界啊! 是一片忍不住
　　抽痛的竹林。

全新的一日
——给未满周岁的孩子

这是全新的一日,我唤醒你的睡眠
你懒懒地从母亲温暖的酒窝里出来
像一滴蜜,禁不住我热情的动摇
你哭着　匍匐移动,像一只多足节的
肥软的毛毛虫　爬到我的脊背上
我忍住痒;我扛着你
你用乳房香味的口水在我的肩膀上面鼓掌

这是全新的一日,蝉声漂浮
你在我的肩上,蛋白色的脸颊
抚落嫩绿叶尖上圆润的露珠,我带你
认识七月稻田的金黄,四十五度的
旭日的微光,穿过祖父与祖母围起来的
一百岁的相思林,穿过相思林
相思林里抖落满地落花的旷达或惊惶;孩
　　子——

我不能紧紧抱着你,你有一双
倾斜地球的脚,还有四颗
喜欢咬着爱的乳牙。我放你下来
在比花瓣还软的草地上,我也蹲下来
我闻到你的头顶　有一种香
德行与智慧正在悄悄地发芽……

·陈克华的诗·

那只猫不再出现
——写给 Cat

那只猫不再出现,很久
很久以后你才察觉,久过
一只狗。你提着
狗的沉重的尸体来到水边
想起猫
猫的重量当不至如此
想起猫一向的不留痕迹

以至当它已消失好一阵子——
像是对人心的一种考验似的：

你有多爱猫？

爱到能理解并
尊重一只猫天赋的自由？
并能时刻牢记它的在
与不在，并能
完全接受它的
不给任何理由？

爱到给它完整的孤独
像给自己那般理所当然。在冥河般的水边
我们放走狗的尸体
仿佛那是我们的灵魂
擅于吠咬，防卫，讨好，和争食——

只有猫
只有猫能统御
此刻的安静——
此刻有无数出生与死亡
却分毫无损地安静；
我们仿佛感受到
神正踩着猫一般无声的步子
出现在不远处，微颤的树梢……

喋 喋

确实孤独
的那一个人
在我内心里日夜走来走去　喋喋不休

时而严厉时而温柔时而优雅时而粗暴

他唆使我要和他一样——
但，他却是如此
不一样

喋喋不休中
我只好捂住耳朵走入他心里
发现里头住着一群人
同样喋喋不休

争论着一切值得与不值得争论的
回忆着所有想与想不起来的
我仿佛身处在世界中心的火车站大厅
所有离乡的异邦人皆拥挤在身边
指着我："你，你才是
来自世界边缘……"

以没有一种我懂得的语言。原来
我们来自各自的巴别塔
不但我们听不懂人类彼此的语言
也听不懂万物众生
在说些什么，只管各自喋喋

不休——于是我走进我自己的巴别塔
和方舟上所有的动物
热闹拥挤地
一起
各自寂寞着
——于是我想起植物

植物以姿势，形态，颜色和香气
告诉我：还有矿物
还有山川大地，日月星辰
地水火风，都在说话都在

喋喋不休。我原来
长久跋涉在语言如此茂盛
而意义却如此贫瘠的荒原上
试图追赶　并超越过时间的脚步，却一再
一再和万物也和自己

擦身而过　却
呼天抢地：孤独啊，
人类都到哪里去了？

而确实孤独的那个人
终于在我胸臆正中央停下来
定居，晴耕雨读
岁月静好——一切都圆满如意
除了

那喋喋。

2014 年 2 月

·须文蔚的诗·

蛙　鸣

天空塌陷在水源地
河流窜逃到村庄的街道
巨石滚动在人们的屋顶上
泥沙穿流过村民的呼吸

我们在公墓旁守夜
轮流靠近篝火，烘干
伤口上的血与脓，以火光
烧灼川流不息的泪腺

让落石击中胸膛的阿嬷

用颤动的臼齿咀嚼疼痛
低声要我们不要伤悲
她不用再忍受恐惧、饥饿与寒冷
悄声要我们不要失落
她不会远离族人、部落与人世
随即化身为精灵
潜入潺潺的溪流里

救援直升机始终没有到来
雨水濡湿复膨胀我们的惊恐
长夜里惊恐驱赶走星光
星光冻结了溪水的呜咽
寂静暗杀了狂风与乌云
全世界遗忘我们的时刻
土石何时要吞噬我们？

远方溪谷缓流旁传来蛙鸣
那是阿嬷为我们唱的催眠曲：
在夏夜里　没有狂风
轻声歌唱　带来好梦
在你枕边　不离不弃
阖上眼睛　飞翔梦中

后记："八八风灾"时，在公墓避风雨的高雄县那玛夏乡民族村灾民，在获救时表示，从来没觉得青蛙的叫声那么可爱，每晚听到蛙鸣，才敢阖眼睡。因为老人家说，小动物最敏感，天气稍有变动就不出声，只要听到蛙叫，当晚不会有洪水与土石流。

魔术方块

我们以不同色彩伏贴在
不停翻转的立方体上

你红着脸却坚持不分心于我的凝望
回身拉上铜扉深锁起思念
隐身到嫣红的蔷薇花园里
静坐成一则古典诗里难解的意象

我攀登了好几座摩天大楼的倒影
在矿泉水招牌上的绿洲小憩
在回忆中批阅你欲言又止的眼神
转译成文字的建材，发现
你正悄悄搭建一座空中花园

这城市是一个魔术方块
我们总在颠倒的空间中张望
各自窗子切割过的云朵
任凭锋面挟带的雨水如利刃
割伤诗稿和幻想绘画成的蓝图

于是我暗暗决心
不再用苍白来博取你的爱恋
当你再次旋转到天体的对面
隔着春日注满绿光的水田
我会珍惜时空歪斜的一刹那
化身千万只白鹭衔给你会发光的花朵
让你种在梦中的荒原　照亮
你珍惜孤寂的幸福

后记：魔术方块，广东话称作"扭力骰"，英
文为 Rubik's Cube，它是在 1974 年由匈牙利的
建筑系教授鲁比克（Ernö Rubik）所发明，后来
成为举世欢迎的益智玩具。

· 丁威仁的诗 ·

德布西变奏
——致安地斯区（la zona andina）难民

在市场的缺口，孩子的饥馑才刚成熟
疲倦的神又捏塑一个畸形玩偶
昏睡，是手术床上贫血的热
德布西的远方，坦克依旧倔强
印象主义的饿与冷，恍若小女孩肚脐的
黑洞——你看见成堆埋怨的蛆
与天真的恐惧

天空虚位以待，炮管不过是支画笔
替安第斯山涂抹夕阳的颜色
德布西的隐喻像是流沙，老人手指
蜷曲如枯水的河，而妇人总在难产时
与孤独的肋骨寒暄。我想象海里漂来
一把锈蚀的步枪，鲜血是朵开了一半的花
——窸窣窸窣，那个抽象的世界里
时间一身贫病。

九和弦、十三和弦，或是二度音的和弦
难民的呼救、雷管的爆炸，与政客的荒诞
——回声此起彼落，在入侵者漩涡般的
耳膜，远方瓦格纳式的庞大乐队
昂首迈步，柠檬色的军装排列
于边境向苟活的灵魂致敬

神总是隐喻："血是战争的流体，光是虚
无的眼睛，病态是新的秩序。我们必须用
　死亡
换取甘美的水源……"但兽性的瘟疫继续
德布西
而阳光像是焦糖，咬着孩子皱褶的双唇不

放
你的子民，启动原始的卑微，裸露躯体
享用彼此焦灼的体液

是的，神的轮廓无法写实。
不安的快板，像爱滋迅速蔓延
如果共鸣的旋律比玻璃易碎
失语的孩子更容易丧失呼吸的权力
除了饥荒，还有寒冷。而时间是一枚说谎
　的石头
德布西的钢琴踏板，据说就象征了革命
也象征造物主温柔的咒诅与秩序

市场的缺口，孩子的饥馑才刚成熟
虚假的政客，继续标售贪婪的欲求
——这里有许多流亡德布西
操弄着自由的循环与秘密
但孩子的哭声，早悄悄
跌成雨滴……

·杨佳娴的诗·

马戏结束后穿越广场

我们曾经耽溺于魔术
为了帽子里的白鸽
巨大的彩色帐篷内
也许就是变形的动物园
百万个黑暗物种
拥挤，骚动，为了争取成为
下一颗被释放到观众席上的星星

一半的人被侏儒催眠
另一半则晕眩在摆荡的绳索上

华丽帐篷的顶方，一扇天窗推开了
哗啦拉落下上帝的汗水
我们在潮湿中惊醒
座位凌乱，舞台崩塌
鼓掌声退潮至梦境外面
仿佛排队进场的时候打了个盹
世界却加速前进到了我们不认识的地方

沿着稀薄的记忆，穿越
曾经围观着马戏宣传车的广场
回头看童年还悬浮着
像被抛到半空就凝固的球
小丑离开了，驯兽师的鞭子也长成小树
突然发现彼此的鬓边还有
进化未完的金色鬃毛

宛如久别未见的亲人
我们嗅闻着甜美的体味
毫不在意暴长的指爪嵌入肩膀
魔术从未结束
整个广场阴暗如帽檐下的脸
我们流动的身体，是白手套里
不断被洗牌的风景

天河畔

你眼中藏着复数的小月亮
你移动着，一行金箔像这个下午
果敢的记忆：
你的手腕搁在一叠纸上
你的膝盖如此靠近
你的外套是炭笔画

如何可以不坠落

柠檬松手，从枝头垂击直中
如何我就知道
我的错觉是我的真实——
那些雨难道不是天河的芦苇
那栏杆，傍着风，升起的难道
不是你肺腑中的游龙
无鳞，微香，不可以捕捉

我惊动了你吗或者
是你看我晕眩降落
误以为那月亮就是
月台，误以为你的视线
是迟疑的笔，把我在纸上圈出来
像一个窒碍的翻译词

有时候我们饮酒
使血中生出蜜
你示我以悬崖上的金凤花，苍藓与
碎冰。有时候你笑
使我失重，仿佛炼仙

· 杨寒的诗 ·

雨 林

我的肺是一座小小的雨林
因为爱你，
而日渐萎缩，以致
整个世界都

不能呼吸。

有 人

躲避那些风大的高楼
其实我也未曾留意到，那些可能是印象派
　　或者
文艺复兴时期的追索

还有什么可以守候
还有什么可以追索
我想离开，难以隐藏的落寞与宽容

脚步声小小的
可以预见的，可以预见
停止思辩爱情或未来
在学院里的哲学家们捧着一本没有封底的
　　书里，
谁来将它继续写下去？

有人，
我长久看见高楼的窗边
十二片微干枯黄的落叶，飘着

但我的心事，不容许你参与。

给未来的自己（二）

久久这样停滞在一个无谓的可能
或许，我们都还没回家
像一道宇宙的虹
落在没有地平线的远方
至少，我们在这里解识那些伤害与期待
至少我们没有放弃彼此于鸟雀喧噪的
昨日，久久；

暂且背离时光的航线，我们的意指如此鲜
　明
以致所有正燃烧的恒星都黯然失色
久久，我们相对
在时间的镜子里画出我们梦想的彼此
不管怎样，我们久久
爱着折断的百合花
像童年池塘边的蜻蜓，不管怎样
我确信你的坚持如我，久久；

那些不堪闻问的心情我能肯定，在晴朗或
狂风的宇宙中，我们信念着
彼此的孤独交接珍贵的灵魂趋向
遥远——
你的未来；

我们都确定，未来的宇宙
灿烂如
往昔，而你是
我的灿烂。

·王厚森的诗·

木马、翅膀与航行的况味
—— 再读林婉瑜《可能的花蜜》

0

就要出发
说好的那趟长旅
未知航道风景辛酸未知
只想到

再没有圆周线围出现实的岛
载浮载沉
也无所谓

1

旋转木马上陪你练习
蒙眼
张开翅膀
只听闻金色的风能够疗愈
歪斜增长而掉泪的心
在下垂的肩膀上
直觉抵挡风化
芭蕾踢踏转圈起舞
放弃强悍静静
等待下一个声音的浪花

2

隐形的斗篷加速
带我们歼灭
总是过于漫长雨季的等待
如此过早
像吹胀青春的泡沫失去温度
日子咬紧牙根
不再企盼
收集的点数能够兑换
一整排愤怒的那种鸟

3

世界伸出一只手
要我们在航行的况味中打捞
一盏盏哀伤的灯
一盏盏哀伤的灯也在打捞

一面面哭泣的雾
一面面哭泣的雾想起
戏谑的放牧中总有
意外的松枝
乃放任着拼图光滑
欲望泅泳

0

早起是另一片风景
孩子
天空之城比不上一杯豆浆
温暖在人群里的孤独
岁月的小飞侠拉长身子
熟习用嘶吼冲泡
布景后总是过苦的咖啡
经常想起
任性的星座如果
就能停止在音乐响起的初刻
人生蓝图就此缺角
也无所谓

·崔香兰的诗·

秘密生活的甜蜜旅行

我们追逐草原,往风的方向,
天空很蓝,乘载梦想的海,
空气弥漫清晨露珠上的草香,
音乐就是我们的空气,
你说你喜欢羊,这里有好多。

生活在日子与日子的白日梦里,

在心里秘密地旅行,
踏出那步其实只要勇敢,
还有一点点爱。
你不会知道,为了爱你我有多难

盖上书本,我们旅行去。
只要有你,就是方向。
太阳晒着我们
影子融在一起,
停留在这个瞬间
好不好,我只想要你属于我,我属于你

肉桂卷的糖霜夹杂了整个冬天的孤寂
爱,夹在馅与馅之间
要不就离开,要不就吃掉

看着你的眼睛,我找到了答案。

最美的时刻

我们挤在人群里,
看似渺小却充满希望。

一颗颗枝枒,
从地里长出,带着我们往上爬,
我听见你离去的脚步声,
那么忧伤那么甜美,
就像夏天的故事;
奔跑,只为太阳,
希望保留美丽的光线,
却忘了,你已拥有最美的时刻。

最美的时刻,

是你开心跳着舞，
成为了泥，被春天下咽
生长在每个花季。

最美的时刻，
是你在阳光下发着呆，
让白日梦浸在沙滩的泡沫，
成为海水口中的故事。

最美的时刻，
是你思考着那些对自己的否定，
以为已经好好藏在时间皱褶里，
却没发现，
孤独，是因为我们接受孤独
痛苦，是当下的妥协，
伤，需要一辈子去面对。

最美的时刻，
是你每天早晨都发出亮光，
用你的爱蒸发星尘，
洒在天空，
守护着我。

最美的时刻，
不在别人的眼睛，
是知道，你就是你
不需多做什么。

你就是你

·廖启余的诗·

南无虚明如来佛

后来法号虚明如来
的那个人，就住永和巷子里
他不读现代诗
他喜欢闽南语歌和甜食
因为生活是快乐的
生活种满菩提树
到处去挑战不快乐的修行者
这些娃娃——
叶子嘛，先学学发亮
老实的就成全人家作树根
还有只爱哭闹的
云何应住？难过的时候
骑野狼一二五载人家看看云嘛
怀里的小孳徒
来，兜兜风，别忙念佛

那时他初转法轮。

如果有一个书写工程

总像寂寞的初雪。
寂寞的哨所飘落鼻尖
你闻得生铁
铁拥抱过大灼热
又迎风，究属一炉纸钱

成灰、飘扬着仿佛初雪的纸钱
这儿有牛车载来收音机
有吉普车，证明有主义读本

热带叠砌森严的雪地、
移植日光以刺刀
之光,你晓得那就是铁
一柄武士刀一锯断万点火星,
归于大冰寒,装义眼,
识别两同胞谁苦难谁被爱
就像苦难、若描绘愚骏的魂灵
得黑火药打底,才能祈愿——
这一天彤彤的纸钱,

不只寂寞的初雪。
开始了小学校听写寂静
的发音、烙铁
的构形你习字在纸钱之背,
后来那不只国语文学。

·谢三进的诗·

博物学研究纪录纲要
——十九世纪下半叶,George Leslie
Mackay 与他的学生们在淡水

请拾起那一枚贝壳
掘起那一株植物
海滩的沙砾,山崖的岩层
小小的昆虫肢足擒着土
把它们全写进笔记里吧,填入
旧有的,或新造的名字
比如这河港、这沙洲、这不衰的夕阳
美好事物,年轻人
你们从前如何称呼它?

用上帝把烟岚里的渡船头裹起来

再夹进一片民间传说、一曲
土著歌谣,把竹弓与猎刀放入匣内
伙同失势的民间偶像
寄往我远方的故乡
信笺里,我耐心写上:
"给亲爱的文明世界……
　　这是绝无仅有的东方……"

履历表
必然想过停下脚步
在此罕有人迹的途中

尤当心如莽花
傍路野死,费心堆栈只是
与世无涉的卑微

屡经这样犹疑的片刻
也私心盼望:"倘若有雨
及时……"或许
能有不同的人生

仅一瞬间,也曾瞥见前人
渺远的背影
或负笔若枪,或刻字为花
想起了最初的感动
文字曾掘此心为涌泉
那是所有历程的滥觞——

曾经停下脚步
夜黑如密谋
仰望宁定的星眨眼
承接一个渺远的眼神

揣想一趟无须热闹的壮游

·赵文豪的诗·

我的房间有时是海

我的房间有时是海，每天都在想象逃离的
景况在我的房间。我，在椅子上漂来荡去
盯着发光的荧幕，里头有一座海：漆成银
　白色的
我的胡子偷偷长了、白了、你还替我打了
　一个结
在潮湿的楼梯间失眠，在墙角、桌上、埋
　在抽屉
的礼物盒里——挂钟、手表，和缩瑟角
　的小花
猫都有不断转动的眼球。但从来没有人告

诉我：
等待……
应该维持着什么样的姿势？
保持一贯的微笑？尽管我
始终记得，我的，眼睛，我，干涸的口音
尽管有时想到一些没关系的时代广场、巴
　黎铁塔
和我们奔跑在中正纪念堂，那里曾经住着
超级英雄？（送货员按了门铃：他在等待
我游不出去。从没有人领取那个待领的情
　书）

我房间里的情人，她的厚刘海，是一张张
　的折纸
我们的眼睛都盯着床沿盛开的莲花，但是
有天，我的
咖啡，抖落地上，积成小水洼
我的房间从此全摔落进去。

⊙与会交流的诗作·大陆诗人诗作

·扶桑的诗·

我还未完成我的雪

谁用你的脸，微笑
向我？

在夜里
我们的手轻轻触到了一起，月白色的
树枝
在夜里——

花园里的门
是敞开的——
呵，我看到了，我一直看着
但我还未能获准——

也许，我在此地的耽留还要
很多年
还要等，那几笔
最后的重彩

我才能完成我的雪。

没有人认识我

没有人认识我。
多好啊
这里那里，一个人

可以像这条白色的路那样
随意远去
也随意起伏

翻过这道山坡会有一座
村庄吧
四周围着一片
油菜花的海洋
多好啊
沿着那细长的田埂消失在里面

没有人认识我。
多好啊
一种湿漉漉的静默中
我和你，我的心啊
我们悄悄谈着什么
悄悄微笑

我们彼此观看
也观看那在我们里面和外面的
四季景色。它们的变幻

·江非的诗·

你去的地方荒凉如梦

你去的地方荒凉如梦
到处都是

零下十七度的太阳

到处都有
种子装在裤袋里
却没有播下的土壤

父母在车站扔下
厚重的行李
孩子们在一条公路上
捡回自己

你去的地方
国家已经很远
道路犹如婚姻
被埋在厚厚的冰层下

一场雪只是一张
还没有写完的草稿

伸手拦下一辆
绿色的过路卡车
只是草稿上一个
看不见的标点

你去的地方是一种
好看的地方
一种令人嫉妒的地方

有人用白颜料把它画下来
交给你

你到那儿走走
呼吸呼吸雪白的空气
雪和雪白一起

吸进了你的肺里

你去的地方
没有腐朽
一切都埋在雪白之下
也没有黑暗

黑暗赤脚坐在雪地上
和春天一起梳头
星辰梳洗自己
如灵魂

让我摸摸你

让我摸摸你，节日中的陌生人
你忧郁的怀中的小曲和咕咕的鸽子
让我摸摸，你的黄昏
和黄昏中门槛上的黑夜和黎明

摸摸你，起床后第一位向东走路的人
言说者和那些为休息日而出生的人
给予河水赞颂与礼貌的人
和庆祝语言的人

让我摸摸我的家乡
它在冬日中深藏麻袋的豆子
它的昨日和过去
它有一颗美好的落日
睡在天上，犹如睡在它古老的书架上

让我摸摸它们吧
我早已不再年轻
早已不再想人为何
要在人世上留下自己的生日和死亡

如今除了抚摸，我已经一无所有
抚摸就是一头温柔的动物
我把它养在我的手心里
这样的动物在夜晚走近你的门口时
它的眼里没有别的
只有柔情和在孤独时与人类的片刻凝视

·雷平阳的诗·

母 亲

我见证了母亲一生的苍老。在我
尚未出生之前，她就用姥姥的身躯
担水，耕作，劈柴，顺应
古老尘埃的循环。她从来就适应父亲
父亲同样借用了爷爷衰败的躯体
为生所累，总能看见
一个潜伏的绝望者，从暗处
向自己走来。当我长大成人
知道了子宫的小
乳房的大，心灵的苦
我就更加怀疑自己的存在
更加相信，当委屈的身体完成了
一次次以乐致哀，也许有神
在暗中，多给了母亲一个春天
我的这堆骨血，我不知道，是它
从母亲的体内自己跑出来，还是母亲
以另一种方式，把自己的骨灰搁在世间
那些年，母亲，你背着我下地
你每弯一次腰，你的脊骨就把我的心抵痛
让我满眼的泪，三十年后才流了出来
母亲，三岁时我不知道你已没有
一滴多余的乳汁；七岁时不知道

你已用光了汗水；十八岁那年
母亲，你送我到车站，我也不知道
你之所以没哭，是因为你泪水全无
你又一次把自己变成了我
给我子宫，给我乳房
在灵魂上为我变性
母亲，就在昨夜，我看见你
坐在老式的电视机前
歪着头，睡着了
样子像我那九个月大的儿子
我祈盼这是一次轮回，让我也能用一生的
爱和苦，把你养大成人

在蒙自

我假装没有
到过这里，对乐土心不在焉
我假装没有用南湖
做照妖镜，找出身边
活埋在躯壳中的鬼
我假装，自己亡命于
哀牢山，红河的水
没有我的血液
那么冷，那么红。我假装
剑麻就是我的肋骨
上面结满了蛛网；碧色寨没有
借我一间空房子，堆放那些
更无辜的妄想与死亡
我假装，荒废或拆除的房屋中
没有庙宇，抛在水泥地上
的白骨，不是我的亲人
我假装自己就是个伪道士
左手握着十三经，右手
则在烹狗或屠牛。我假装什么

都没看见，纪念碑烧制石灰
神像炼成黄金，躲到天外
的河山，也被剥皮抽筋，空遗
残山剩水。我假装
没有听见蝴蝶的哀求
强加给它们的铁翅膀
重过了自由。我假装什么
都没有被剥夺，保险柜里
藏着太多的虚无，但他们
让我做了看守人。我假装
在今夜的烧烤摊上
又喝得大醉，襟抱都用来
装酒了，再也装不下
愤怒与仇恨。我假装一切正常
假装心上没有插着匕首
假装我一点也不疼，而且
拥有一生也用不完的独立性
假装只要有滇南这座庇护所
我就能琵琶别抱
或借尸还魂

·胡桑的诗·

北茶园

一个地址变得遥远，另一个地址
要求被记住。需经过多少次迁徙，
我才能回到家中，看见你饮水的姿势。

不过，一切令人欣慰，我们生活在
同一个世界，雾中的星期天总会到来，
口说的词语，不知道什么是毁坏。

每一次散步，道路更加清醒，
自我变得沉默，另一个我却发出了声音，
想到故乡就在这里，我驱散了街角的阴影。

"我用一生练习叫你的名字。"
下雨了，我若再多走一步，
世界就会打开自己，邀请我进入。

炎 症

我离开嘈杂的大门，
会遭遇什么？

疾病入侵喉咙，
像闪电撕裂了谎言，
沉默开始了，我听见别人在说话。

其实，看不见什么面容，
人如此盲目，
假如，目光从不凝视缺席的事物。

工人们身穿黄色工作服，
在教堂前，切割着一株冷杉，
用电锯摧毁了一个约定。

只在一夜之间，
无处不在的黑暗，像树干一样被拆开，
错乱地放置在一起。

我的喉咙，在疼痛的时候，
突然走到了人们的背后，
听见均匀的呼吸
在数着阳光。

·荣荣的诗·

爱相随

对于两只凄惶的小鸟
天空的住所太过阔绰了
一个枝头就能屏息敛翅
一片叶子　足够遮挡眼前的黑夜
但为何还要哭泣?
一只尽量收住内心的光
而另一只又往外挪了一点:
"如果没有更多的空间
至少　我要先你掉下来"
一场共同完成的爱情　就是沉浸
就是相互的绿和花开
无法回避的凋谢　也必须分享
"你疼吗很疼吗?"
"对不起　我只是停不下颤抖。"
等一等　但一颗流星还是滑落了
匆忙中照见了它们暗中的脸:
一只百感交集　一只悲从中来

声　明

别试图从我的诗句里探寻秘密
我只是两手空空的絮叨妇人

我只是描画了我现实的欢喜
煞有介事地许下生许下死

这稀世的梦境　早渗入世俗之沙
这建在纸上的殿堂　已被宿命之火舔噬

当我一次次纠结于流水
当我一次次抱住狂风

凋残的秋日之叶
正配合我唏嘘的鼓点

如果你爱上我的诉说并潸然泪下
你也正在经历黑夜

只是　别重复那些失意和背叛
它们全来自我被摧毁的想象

来自坎坷的现世之痛
这被反复吟咏的欠缺之美

·三米深的诗·

纸　人

一架纸飞机正在降落
一只纸折的鸟可以飞多远
一个纸人,当我在书上
遇见他的时候
他怀着怎样的心事
他被巫师画在神秘的马甲上
成为一个人的魂

一个看得见未来的人
在纸上旅行,纸折的路
有怎样的曲折
纸做的心,就像一张白纸
没有复杂的心机
而他手上的纸枷锁
早已绑架了他的命运

一个纸人又能够走多远
我折了只纸船
帮他逃离纸做的世界
当我写进他的梦
将他的心事一笔勾销，窗外
一阵没来由的晚风
把我的稿纸，吹落了一地

一九八二

在你的生平简历上
用蝇头小楷写着
"卒于 1982 年"
一九八二年末出生的我
隐约觉得我们之间
冥冥中有种缘分
好像有什么未完成的
得以延续
好像在黑暗中
有个人把接力棒塞到
我的手里，黑暗中
有人对我说：轮到你了
哭声淹没了你
我也哭着睁开了眼睛
他们都说我像你
特别是眼睛
我将继续为你
留守这彷徨的世界
替你等待
我们隔世相望
我总觉得我们冥冥中
相遇过，可能在
生死路上，也可能

在一条秋风浩荡的大街
在你的一场梦里
或是一首未来的诗

· 沈浩波的诗 ·

诗有时是小麦有时不是

如果你见过小麦
闻到过小麦刚刚被碾成面粉时的芳香
我就可以告诉你
诗是小麦
有着小麦的颗粒感
有着被咀嚼的芳香
这芳香源自阳光
如同诗歌源自灵魂

诗有时是小麦有时不是

如果你见过教堂的尖顶
凝视过它指向天空如同指向永恒
我就可以告诉你
诗是教堂的尖顶
有着沉默的尖锐
和坚定的迷茫
你不能只看到它的坚定
看不到它的迷茫

诗有时是教堂的尖顶有时不是

如果你能感受到你与最爱的人之间
那种永远接近却又无法弥补的距离
在你和情人之间

在你和父母之间

在你和子女之间

你能描述那距离吗?

如果你感受到但却不能描述

如果你对此略感悲伤

我就可以告诉你

诗是我与世界的距离

我想做一个更好的人

我想做一个更好的人

可是赤裸的天空

长满星星的乳头

我怎么可能成为

不被欲望控制的人?

我想做一个更好的人

可是路边的紫丁香

勾引我的魂魄

我怎么可能成为

一条道走到黑的人?

我想做一个更好的人

可是心里会飞出蚊子

还会飞出苍蝇

我伤害过那么多人

还以为在保护自己

我想做一个更好的人

每天都想做出改变

可我缺乏变得更好的天赋

意志力薄弱得

像被霜打的茄子

我想做一个更好的人

但至今都不能成为

所有的不好仿佛大雪一直下

我在雪中手脚冰凉

长满发亮的冻疮

我想做一个更好的人

小心翼翼地藏起暴虐的

心中的毒蝎之尾

偷偷摸摸地掩饰

那些暧昧不明的猥琐

我想做一个更好的人

早晨起床照着镜子

想像自己已经是一个更好的人

只有这么想着并且相信

才能理直气壮地出门

我想做一个更好的人

像战士般坚定,像酒徒般慷慨

戒掉烟瘾保护自己的肺

春风化雪融化自私和冷漠

爱朋友只比爱自己少一点点

·宋晓杰的诗·

暮晚的河岸

这河流、这土地,又长了一岁

对于浩荡的过往来说,约等于无

三月,空无一人的河岸

没有摇动的蒿草、旗幡和缠人的音乐
也没有失魂落魄的小冤家要死要活
高架桥郁闷着，怄着气，生着锈
晚霞如失火的战车，轰鸣而下
并不能使冰凉的铁艺椅
留住爱情的余温

这个时候，积雪行至中途
而河滩的土，又深沉了几分
真的，我不能保证
倒退着走，就能回到从前

三月的小阳春，不过是假象
余寒，依然撬得动骨头
空风景干净、清冽，没有念想
如十字路口那一摊尚未燃尽的纸灰
正慢慢降下体温，不知在怀念谁

今日惊蛰

雨水是个慢性子，从前些日子
走到今天，也没看到影儿
但是我相信：它正在日夜兼程

从今天开始，要注意养生——
预防流感和麻疹；戒躁戒怒，晚睡早起；
松缓衣带，免冠披发。另外还要
擦亮眼睛看，支起耳朵听
在夜风中，俯下身，护着红红的
直筒的小灯笼……

如果还能爱；如果还有
泪水，在眼眶里浅浅地噙着

在这一天，都请醒来吧：
扭着身体的幼虫、腾起四蹄的小兽
还有——睡得太久的故人
在暗夜，轻轻地翻个身

·王单单的诗·

滇中狂想曲

这次我落草为寇，隐身百草岭
积木成屋，窗口向南
能看到，山下的集市
摆着芦笙和唢呐
唱歌的咪依噜，头戴马缨花

这次我削发为僧，六根不净
昙华山中点青灯，睹佛思人
下山化缘时，偷偷在摩崖上
刻她的名字，把恨
刻得像爱一样深

这次我采菊东篱，见枯木
死而不朽，朽而不倒
岁寒，然后知松柏之后凋
借山中木叶，吹一曲《梅葛》
替它还魂

这次我饮酒成鬼，囚于大姚堡
黑夜之中写反诗，我歌月徘徊
我舞影凌乱。一个被埋的人
他还没有死；一个死掉的人
他还没有被掩埋

这次我在滇中赶路，找自己
路过姚安府，途经龙华寺
写诗，喝酒，爱陌生女人
再重申一遍，我姓王
真的不是你们所说的
那个姓徐，名叫霞客的人

打印。装框。将血肉之躯
压成一张纸片，一个人的音容笑貌
被套进另一座牢，慢慢褪色
直到相框里的影像消失后
墙上挂着的，其实
仅只是一张白纸

遗像制作

死得很干净，连一张半寸照
也无从找到。身份证是多余的
可以剪下头像，通过扫描仪传递到
电脑。死者的头颅，重新在
photoshop 中抬起，睁大眼睛
记住人间之痛。再转世，将会更加谨慎

放大。皱纹长在21英寸的屏幕上
像一块玻璃中暗藏的裂痕
擦掉翘起的头发，露出额上的荒凉
眼角的沧桑。他看起来
死去比活着还要年轻

去背景。清除黑色的网，魂就自由了
换成白底，换成天堂的颜色
在第二颗纽扣正下方，敲出四个字：
慈父遗像。仿宋三号，黑体加粗
像四只黑仙鹤驮着他，飞到云上

调色。补光。一条道走到黑，始见天日
在日益逼仄的尘世，找到属于自己的
一张A3铜版纸，可以装下半亩方塘
一缕炊烟，以及生的泪水和死的叹息

·熊焱的诗·

夜晚的旅程

火车窗外闪过的山川、草木和房屋
仿佛我沉默的亲人
仿佛我人生中逝去的光阴
日送着我在这人间渐渐走远
今夜我一路没睡，我失眠的身体
也铺排着铁轨，奔跑着火车
它的汽笛轰鸣着一节节的孤独和疲惫
那些乡愁和爱恋、忧伤和甜蜜
就是那些来来往往的旅人
有的上车，有的离站
有的在月台上黯然地留下岁月的孤单
今夜我多像这星空下的守夜人
我把祝福送给月光，送给风声和流水
送给那些无眠的人，那些有梦的人
那些在夜里不安地梳理着灵魂的人
今夜星光浩大，人世辽阔
无论你是走着还是站着，是梦着还是醒着
也无论你是在火车上还是在轮渡里
是在大洋的彼岸还是在花开的中国
我们都在随着这时针一分一秒地流逝
在人生的旅程上一路飞奔
在这旅程中我们小如滴水，小如微尘

屠　夫

多少人剖鱼时去鳞，杀鸡时取血
打蛋时劫走了还未孵化的梦
天天开荤，顿顿食肉
干煸、红烧、清蒸、黄焖、爆炒
换着口味烹，变着花样煮
即使是一大把年纪了，也还在割羊鞭补肾
挖蛇胆明目。四处打听偏方
八方收罗大补
又有多少人白白净净，双手空空
却在话语里藏刀，文字里埋斧
诋毁、调侃、讥讽、斥责、诬陷
一粒粒尖锐的词语，堪比白刀子进
红刀子出。堪比飞翔的子弹
足以打穿胸口和头颅
而我是多么愧疚啊：跟他们一样
三十年来我从未杀过人，行过刑
但我却是这生活残忍的屠夫

·叶玉琳的诗·

除了海，我没有别的地方可去

我好像还有力量对你抒情
如果有人嫉妒
我就用海浪又尖又长的牙对付他
这一片青蓝之水经过发酵变成灼灼之火
在每个夜晚，我贝壳一样爬着
和你重逢。看不见的飓风
在天边划着巨大的圆弧

又从大海的脊背反射出奇景
在有月光的海面
我们的身影会一再被削弱
仿佛大海的遗迹
所幸船坞不曾停止金色的歌唱
我也有一条细弦独自起舞
你知道在海里，人们总爱拿颠簸当借口
搁浅于风暴和被摧毁的岛屿
可一个死死抓住铁锚不肯低头服输的人
海也不知道拿她怎么办
那些曾经被春风掩埋的，就要在大海里重
　生
现在我只想让我的脚步再慢一些
像曙光中的蓝马在海里散步
我移动，心灵紧贴着细沙
装满狂浪和激流，也捂紧沸腾和荒芜——
除了海，我没有别的地方可去

一只切开的苹果

你被省略掉开篇
直接进入剧情
洁白的刀具顺应命运的安排
唤醒小小的暴力的美
转瞬即逝的欢愉

春色蔓延。我羞愧于展露自己
可我狂热地爱着
你黑暗中的唇和齿，肠和胃
仿佛过去从未触碰到的生活
我爱你清香的颜面，浓密的茸毛
爱你胸腔中恰如其分的沉默
你的身体到处是陷阱

让灯光也沉醉于一个夜晚的搏斗

人到中年，不再轻言幸福

也不再相信有哪一种爱抚

能对应内心的波涛

我惊讶于时光的另一面

正从崭新的表皮

剥离出来与我初逢

我感受到了另一种诱惑……

是的，我不能辜负你

我要把更小的芳香和甜吮吸出来

用思想激活它们

用黑夜守住它们

那颤栗着的干渴令人不安

可是亲爱，要抓住这奇异的美多么艰难

而我，就是爱你

那一点点惊慌，一点点原始

我就这样一点一点吃下它

一夜水光，半生疼痛

· 郑小琼的诗 ·

生 活

你们不知道，我的姓名隐进了一张工卡里

我的双手成为流水线的一部分，身体签给了

合同，头发正由黑变白，剩下喧哗，奔波

加班，薪水……我透过寂静的白炽灯光

看见疲倦的影子投影在机台上，它慢慢地
   移动

转身，弓下来，沉默如一块铸铁

啊，哑语的铁，挂满了异乡人的失望与忧伤

这些在时间中生锈的铁，在现实中颤栗的铁

——我不知道该如何保护一种无声的生活

这丧失姓名与性别的生活，这合同包养的
   生活

在哪里，该怎样开始，八人宿舍铁架床上
   的月光

照亮的，是乡愁，机器轰鸣声里，悄悄眉
   来眼去的爱情

或工资单上停靠着的青春，这尘世间的浮
   躁如何

安慰一颗屠弱的灵魂，如果月光来自于四川

那么青春被回忆点亮，却熄灭在一周七天
   的流水线间

剩下的，这些图纸，铁，金属制品，或者
   白色的

合格单，红色的次品，在白炽灯下，我还
   忍耐的孤独

与疼痛，在奔波中，它热烈而漫长……

胡志敏

这些年我沉浸于庞大的时代

感到虚弱而无力　　让鲜活的生命

蒙上灰茫茫的否定与无知

她的死亡带着时代的创伤

连同三个为赔偿金争执的

兄弟与父母　　无人在意的尸体

没有人悲伤　　也没有人哭泣

剩下赔偿金冰凉的数字陪伴

胡志敏：二十三岁　　死于醉酒

我对她还有如此清晰的记忆

曾经的同事　　后来沦为酒店的

娼妓　　单纯的微笑　　高声谈论

阅世的经历　　她跟我谈论她见到

太多的所谓人生的真相　　站在
现实的门槛上　　比如欲望与肉体
她从不羞涩地谈论她的职业
与人生规划　　她老家有很多
年轻女性从事这项古老职业
比如新婚夫妻　　或者姐妹　　姑嫂
结伴而行　　去南京　　下广东……
在发廊　　阴暗的房屋　　她生得漂亮
在酒店　　高档的地方　　她脸上的
高兴……我们很少见面　　我们拥有
同一个身份背景　　终属于两个

世界的人　　这个城市　　这个时刻
两个因生活偶然相遇的人相聚又分开
各自朝着自己的方向赶路
命运是否改变　　"她死亡了！"
她的男同乡告诉我　　然后跟我说
她死亡的场景　　说她寄了多少钱回家
说她家的房子修得多好　　她兄弟用她
肉体赚回来的钱　　在小镇上买房开铺面
说她死了后　　哥哥与弟弟连她的骨灰
也没带回家　　不能埋在祖坟上
她是卖肉的　　脏　　会坏了家里的风水

⊙ **诗歌讨论会和朗诵会**

'2014 两岸青年诗歌创作座谈会

一、开幕式及两岸诗人创作谈（I）

（一）开幕式

时　　间：2014 年 5 月 24 日上午

地　　点：福建会堂 4 楼南平厅

开幕式时间：5 月 24 日上午 9：00-10：10

主　　持：福建省文联党组书记张作兴

议程：

（1）介绍出席开幕式的领导及嘉宾；

（2）中国作家协会书记处书记、《文艺报》总编辑阎晶明先生致辞；

（3）福建省委常委、宣传部部长李书磊先生致辞；

（4）台湾创世纪诗杂志编委古月女士致辞；

（5）大陆诗刊社常务副主编商震先生致辞；

（6）大会主旨发言

①台湾诗人：杨佳娴

②大陆诗人：霍俊明

（7）全体到会者合影。

（二）两岸诗人创作谈

时间：5 月 24 日上午 10：30-12：00

主持：古　月（台湾）　李少君（大陆）

主旨发言：

纪小样（台湾）

雷平阳（大陆）

陈克华（台湾）

江　非（大陆）

扶　桑（大陆）

自由发言

二、两岸诗人创作谈（Ⅱ）

时间：5 月 24 日下午 15：30-17：30

地点：福建师范大学协和学院

主持：陈克华（台湾）　伍明春（大陆）

主旨发言：

王厚森（台湾）

敬文东（大陆）

崔香兰（台湾）

荣　荣（大陆）

沈浩波（大陆）

自由发言

· 两岸诗人合影

'2014 两岸青年诗歌创作座谈会
暨海峡诗会朗诵会

一、两岸诗歌朗诵会（福建师范大学协和学院）

· '2014 两岸青年诗歌创作座谈会暨海峡诗会——两岸诗歌朗诵会集锦

（一）概况

协办单位：福建师范大学协和学院

时　　间：2014 年 5 月 24 日晚

地　　点：福建师范大学协和学院多功能厅

（二）朗诵篇目

1. 台湾诗人作品

《那只猫不再出现——写给 Cat》　作者：陈克华

《宝石》　作者：崔香兰

《招魂——致正在读这首诗的所有你们》　作者：丁威仁

《出航》 作者：纪小样

《十年》 作者：廖启余

《隔夜有雨——<向阳诗选>读后》 作者：王厚森

《履历表》 作者：谢三进

《料理》 作者：须文蔚

《我的心事不容许你参与》 作者：杨 寒

《守候一张香港来的明信片》 作者：杨佳娴

《我的房间有时是海》 作者：赵文豪

2. 大陆诗人作品

《我还未完成我的雪》 作者：扶 桑

《北茶园》 作者：胡 桑

《你去的地方荒凉如梦》 作者：江 非

《母亲》 作者：雷平阳

《爱相随》 作者：荣 荣

《纸人》 作者：三米深

《诗有时是小麦有时不是》 作者：沈浩波

《暮晚的河岸》 作者：宋晓杰

《滇中狂想曲》 作者：王单单

《夜晚的旅程》 作者：熊 焱

《除了海，我没有别的地方可去》 作者：叶玉琳

《生活》 作者：郑小琼

· "'2014 两岸青年诗歌创作座谈会暨海峡诗会——两岸诗歌朗诵会"嘉宾与表演师生合影

二、两岸诗歌朗诵会（武夷学院）

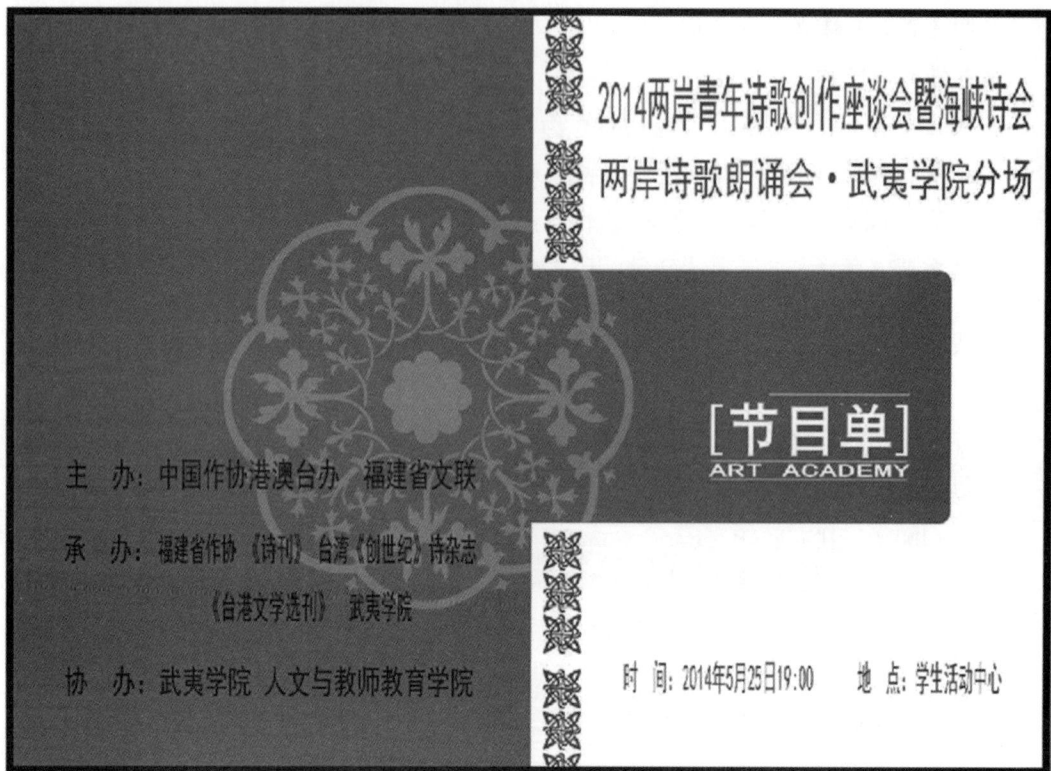

（一）概况

协办单位：武夷学院

武夷学院人文与教师教育学院

时　　间：2014 年 5 月 25 日 19:00 时

地　　点：武夷学院学生活动中心

（二）主持词

各位领导、各位嘉宾、老师同学们、朋友们：晚上好！

非常荣幸，武夷学院能够参与协办这场由中国作家协会港澳台办公室、福建省文联主办，由福建省作协、诗刊社、台湾《创世纪》诗杂志、台港文学选刊杂志社等单位承办的"2014 两岸青年诗歌创作座谈会暨海峡诗会两岸诗歌朗诵会"。

今晚到场的嘉宾有：中国作家协会书记处书记、《文艺报》总编辑阎晶明，《诗刊》常务副主编商震，《诗刊》副主编李少君，福建省文联书记处书记、作家陈毅达，台湾《创世纪》诗杂志编委古月，中国作家协会港澳台办公室处长梁飞，福建省作家协会副主席杨际岚，《诗刊》三编室副主任蓝野，《诗刊》编辑唐力，福建省作

家协会副秘书长林秀美,《台港文学选刊》副主编赖碧强,《台港文学选刊》编辑游锦寿,还有我们武夷学院的领导:(略)

我是主持人:姜蕾。

我是主持人:薛杰。

首先谨让我们代表武夷学院,欢迎来自海峡两岸的诗人朋友们,欢迎到场的各位领导、各位嘉宾、各位朋友!

1. 大合唱《朱子家训》

武夷山山清水秀,是世界文化与自然遗产双重遗产地、国家 5A 级旅游景区,又是儒学的集大成者朱熹大半生讲学的地方,因此我们愿以大合唱《朱子家训》作为本次朗诵会的开场。词:朱熹;作曲:叶秀娜;表演者:武夷学院学生艺术团。

2014 两岸青年诗歌创作座谈会暨海峡诗会武夷学院朗诵会,现在开始!

台湾诗人罗智成写道:"夏天,孤独者的季节 / 倍受思念的客人到此作短暂的停留 / 笼中黑鸟侧耳倾听银针落地"。在这个高朋满座、胜友如云的时刻,让我们一起侧耳倾听那一枚枚诗歌银针落地的声音吧。

2. 杨佳娴:《马戏结束后穿越广场》

关于海峡两岸的青年诗歌创作,首先我们将要听到的是台湾青年女诗人杨佳娴的《马戏结束后穿越广场》。台湾著名诗人杨牧在杨佳娴《屏息的文明》诗集的序言中,总结了她诗歌中"无中生有"的特质,杨牧认为一首诗从零开始,以一结束,谓之无中生有。这种"无中生有"的诗歌美学,就像马戏中的魔术,不断从诗人的内心世界萌生、变化出绚丽多姿的诗歌景象,而这首诗里描述的这些景象,无疑又折射出诗人内心成长的过程,面对外在与内在双重世界的某种不确定感。

下面请欣赏《马戏结束后穿越广场》。朗诵者:邓旭锐。

3. 陈克华:《喋喋》(自诵)

接下来我们要欣赏的是来自台湾的诗人陈克华自诵的诗作《喋喋》。诗人陈克

· '2014 两岸青年诗歌创作座谈会暨海峡诗会武夷学院朗诵会的合唱

华也是台湾著名的作词人,他作词的《九月的高跟鞋》、《台北的天空》、《塔里的女人》等歌曲,在大陆也颇为流行。现在,让我们侧耳倾听:诗人如何在自己的内心世界,进行喋喋不休的自我辨析。有请陈克华先生。

4. 沈浩波:《我想做一个更好的人》

下面有请程卓朗诵大陆诗人沈浩波的《我想做一个更好的人》。

沈浩波是很多文青并不陌生的诗人。他的这首《我想做一个更好的人》,对于自我安顿的表达,细腻真切!

5. 熊 焱:《屠夫》(自诵)

接下来,我们要欣赏的是大陆诗人熊焱的诗作《屠夫》,这首诗由诗人熊焱自己朗诵。

熊焱的这首《屠夫》,大家多少听出他的自我解嘲了吧?把善隐藏得更深,并不是因为在恶面前退却了,而是要养护好内心的善,使之更加强大。

6. 杨 寒:《给未来的自己》(自诵)

下面我们将要听到的是来自台湾诗人杨寒的《给未来的自己》。当下的自己与未来的自己,既是分离的,又是合一的,虚实之间,有岁月给我们的启发。朗诵者:台湾青年诗人杨寒。

7. 扶 桑:《没有人认识我》

与杨寒的《给未来的自己》相似,河南女诗人扶桑的这首单纯简洁的《没有人认识我》,写出了诗人置身自然美景,在悠然宁静的时刻,与自己心灵有了一次真正的相遇。朗诵者:蔡唯唯。

8. 胡 桑:《炎症》(自诵)

下面有请来自上海的诗人胡桑朗诵自己的诗作《炎症》。

9. 谢三进:《伤势》(自诵)

接下来请欣赏台湾诗人谢三进朗诵自己的诗作《伤势》。

从胡桑的《炎症》到谢三进的《伤势》,诗人与外在世界的对话中,一步步把语言

· 台湾诗人陈克华上台自诵诗作《喋喋》

推向一个极限，他们都在向明亮的神秘挑战中受伤，最终，只能在沉默中寻求庇护，因为，真正的诗从来都只存在于永恒的沉默中。

10. 荣　荣：《声明》

来自浙江的女诗人荣荣，她带给我们的这首《声明》，就像进入一条幽邃不安的地道，从一开始的断然拒绝，经过中间的全然打开，直到最后的黯然收束，短短十六行，诗人聚集起人生经验的大能量显得真实可感。有时，诗的言说也能制造出一个感觉的漩涡。

请欣赏荣荣的《声明》，朗诵者：赖莉。

11 赵文豪：《我的房间有时是海》（自诵）

下面我们要欣赏的是台湾青年诗人赵文豪的诗作《我的房间有时是海》。什么才是诗人的专业素养，使诗人区别于其他人？我想，想象力一定不可或缺。让我们听听诗人自己朗诵的这首诗，体会一下，那些抽象的生活真理如何通过诗人的想象，使日常变得鲜活新奇的。

12. 廖启余：《如果有一个书写工程》（自诵）

接下来为我们朗诵的是来自台湾的诗人廖启余，他将为我们朗诵自己的诗作《如果有一个书写工程》，听他如何用诗来表达一种沧桑感。

13. 雷平阳：《在蒙自》

大众传媒的高度发展，人口的频密迁移，消费社会的普遍化，这三者急遽加速了世界的同质化，地方的独特性受到越来越严重的侵蚀。如果我们把云南诗人雷平阳的一些诗放在这个背景下来阅读，就会发现，他诗歌中浓厚的地方性往往都伴随着某种非常不安的情绪，就像我们将要听到的这首《在蒙自》，诗中浓郁的抒情色彩，其实是对自己深爱的地方艰难存在的哀叹。我想，所谓的家园，就是我们能够自由、放松地运用自己的语言的那个地方。雷平阳正用自己的地方书写守护着那个滇南家园。请欣赏雷平阳的《在蒙自》。朗诵者：刘林珍。

14. 宋晓杰：《今日惊蛰》（自诵）

接下来请欣赏大陆诗人宋晓杰朗诵的自己的诗《今日惊蛰》，一起感受一下他的家园情怀。

15. 纪小样：《神凝太鲁阁》

到过台湾太鲁阁"国家公园"的朋友们，大多会对那里的景致念念不忘。下面将要朗诵的、台湾诗人纪小样的一首《神凝太鲁阁》，写下了物我两忘的诗人在太鲁阁的清晨是如何心游万仞、思接千载的。朗诵者：蔡伟杰。

16. 舞蹈《武夷茶香》

两岸诗人的家园情怀都充满了无尽的诗意。而武夷山民众日常的生活和劳作，也将那永恒的诗意化在其中，化在了他们朴素的情怀中。请欣赏舞蹈《武夷茶香》，表演者：武夷学院生物工程学院。

17. 王单单：《遗像制作》（自诵）

下面有请大陆诗人王单单朗诵自己的诗作，题目是《遗像制作》。

著名评论家谢有顺谈论王单单的诗："用词讲究，笔落准确，直白其心，有着一种令人无法释怀的诚恳和疼痛，并由此照见了一个赤裸裸的灵魂。"欣赏完这首《遗像制作》，方知其言不虚。

18. 丁威仁：《德布西变奏——致安第斯区难民》

下面是台湾诗人丁威仁的诗《德布西变奏——致安第斯区难民》。德布西，在大陆译为德彪西，即法国印象主义作曲家。1918年，56岁身患癌症晚期的德彪西死于第一次世界大战的炸弹轰炸。在这首《德布西变奏》里，音乐与战乱的声音交织着，处于被蹂躏中的安第斯区难民的生命、信仰、美与希望，都需要整个世界来聆听。由陈伟东朗诵。

19. 郑小琼：《胡志敏》（自诵）

打工出身的女诗人郑小琼长期深切关注社会底层，书写底层社会，其作品受到许多专业与非专业读者的好评。下面，我们请她自己来朗诵《胡志敏》。

20. 江非：《让我摸摸你》

听完这首感人至深的《胡志敏》，下面我们来听听大陆诗人江非的《让我摸摸你》，感受诗人内心最为微妙的颤动。朗诵者：宋树付。

21. 三米深：《一九八二》（自诵）

下面我们请来自福建的青年诗人三米深朗诵自己的诗作《一九八二》

弗兰西斯·培根有句话：什么都有了，就差我们能够看到它了。诗人就是那个看见的人。《一九八二》就是这种看到了什么的诗。

22 崔香兰：《秘密生活的甜蜜旅行》

接下来，请欣赏台湾诗人崔香兰的诗《秘密生活的甜蜜旅行》。诗里描述的双方之间在静止的瞬间里的无言交流，相信恋爱过的人都有所体会。朗诵者：刘晨。

23. 叶玉琳：《一只切开的苹果》（自诵）

下面我们有请本省女诗人叶玉琳朗诵自己的诗作《一只切开的苹果》。

24. 须文蔚：《魔术方块》

人到中年，爱更加深沉、更加淡定。而台湾诗人须文蔚的《魔术方块》，则书写了爱情在魔方一样变化中的愉悦与幸福。朗诵者：邵璐瑶。

·朗诵会结束后，两岸诗人上台与参与表演的武夷学院师生合影留念

25. 王厚森：《周末，不曾被遗忘的慢拍曲》

接下来，请欣赏台湾诗人王厚森的诗作《周末，不曾被遗忘的慢拍曲》。这首诗充满着对于自然之物的美好感受，一种孩童般的喜悦之情。由曾瑞宁朗诵。

各位朋友，我们的朗诵会已经接近尾声。人类在漫长的进化过程中发展出的最为精巧的发声器官，显然带着隐喻性质，虽然我国古代吟咏诗歌的方法几近失传，虽然很多现代诗并不通过朗诵获得理解，但诗人所发出的人类最为复杂的声音在这个时代非常具有象征意义，也弥足珍贵。

26. 大合唱《海峡朝　平潭月》

最后请欣赏大合唱《海峡潮　平潭月》。作词：魏德泮；作曲：叶秀娜；表演者：武夷学院学生艺术团。

我们感谢海峡两岸的诗人们让我们分享他们优秀的诗篇！愿大家平时能多多读诗，永远和你热爱的诗歌与诗人相伴相随！

朋友们，再见！

（撰稿　游　刃）

⊙综述

诗在中国 两岸同歌

◎曾 率

中国是一个诗的国度。环视古今,这片土地上随处可见诗的痕迹,诗歌全方位参与了神州大地深厚的人文地理构建,成为一种集体原型语象,在历史长河中释放出饱满的风采,在国人心灵上沉淀为坚厚的基因。近代以来,中国的诗歌传统呈现出全新的面貌,新诗的出现成为中国文化史上的重大事件。而新诗的发展,又在海峡两岸出自历史与现实的原因而形成各具特色、异彩纷呈的诗歌样态,这种样态的核心是两岸诗歌现象的多元化。与此同时,两岸诗歌又因同根同源、同一传统而展示出强大的共通性,其背后则是中国文化统一性和文化认同感的确认和生发。一湾浅浅的海峡,阻不住两岸诗人交流的脚步,而福建作为两岸沟通的前沿,作为近代历史文化厚结之地,始终是两岸诗歌互动的主要场域之一。

2014年5月24日至28日,由中国作家协会港澳台办公室、福建省文联主办,福建省作家协会、诗刊社、台湾创世纪诗杂志、福建师范大学协和学院、台港文学选刊杂志社、武夷学院协办的"2014两岸青年诗歌创作座谈会暨海峡诗会"在福建举行,来自台湾的纪小样、陈克华、杨佳娴等10位青年诗人,与雷平阳、荣荣、沈浩波等15位大陆青年诗人相聚榕城,共襄诗歌盛宴。24日上午,福建省委常委、宣传部部长李书磊,中国作家协会书记处书记、《文艺报》总编辑阎晶明,福建省委办公厅厅务会成员、政研室副主任王金福,福建省委宣传部副部长马照南,福建省文联党组书记、副主席张作兴,《诗刊》常务副主编商震,《诗刊》副主编李少君,台湾创世纪诗杂志编委古月,福建省人民政府台湾事务办公室副主任林江玲,福建省文联党组成员、书记处书记、副主席陈毅达等出席了开幕式。

"海峡诗会"自2002年首次举办以来,先后邀请了余光中、洛夫、席慕蓉、郑愁予、痖弦等逾50位华文诗人、作家来闽参加专题研讨、诗歌朗诵及其他交流活动,被誉为"海峡两岸文化交流的品牌"。今年的海峡诗会在福州、武夷山两地举行,内容包括"两岸诗人创作谈"、"两岸诗歌朗诵会"、"诗人进校园"、"三坊七巷"与"朱子文化"采风等,旨在增进同世代诗人的相互了解,推动两岸诗歌创作与发展。

青年 未来

本届海峡诗会邀请的两岸青年诗人系

·两岸青年诗歌创作座谈会集锦

"60后"、"70后"、"80后"三个世代，这是两岸首次在青年诗人层面上的交流。"希望两岸青年诗人立足共同的文化根基，放眼世界范围的文化和文学思潮，结合个人创作实际，对诗歌艺术进行广泛交流，为促进两岸诗歌艺术的发展作出新的努力和贡献。"中国作家协会书记处书记阎晶明在海峡诗会的开幕式上表达了他对两岸青年诗人的期待。他指出，两岸青年齐聚一堂，共同关注诗歌艺术，有着现实而久远的意义，"关注青年诗人的写作状态，就是关注诗歌的未来。"这一说法获得了与会诗人的广泛认同。拥有60年历史的台湾著名诗歌杂志《创世纪》的编委、诗人古月女士，也在开幕式发言中对青年人在诗歌创作上的表现给予了肯定。她说，现

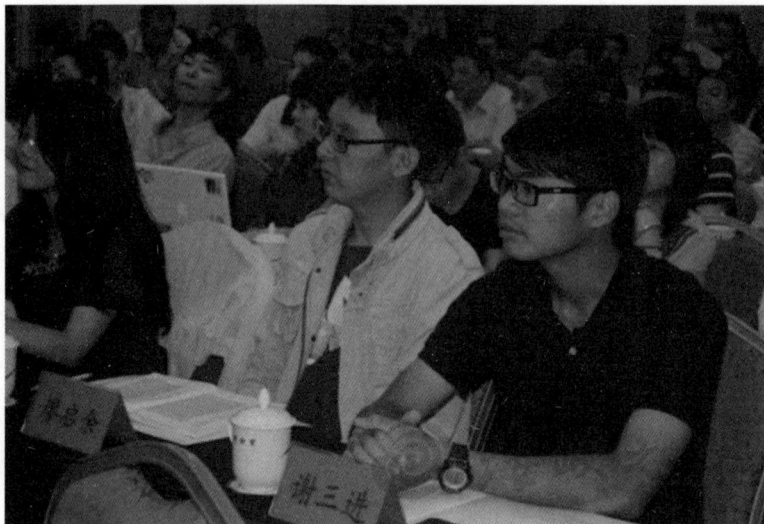

· 台湾新一代青年诗人谢三进、廖启余、高诗佳在"两岸青年诗歌创作座谈会"上

在年轻人诗歌的创作和想法确实和上一代诗人不太一样,"但这也代表了时代的一种风格"。随着纪弦、周梦蝶等上一代诗人的老去和上上一代诗人的离开,台湾诗坛也不停地发生着沧海桑田的变化。

《诗刊》常务副主编商震谈到,汉语是两岸诗歌共同的根系,青年诗人是汉语发展的生力军。两岸诗人长期以来密切交流,共同吸收了同源的文化营养,齐头并进。这次诗会将推动两岸青年诗人合作,推动汉语诗歌的未来进步。

而对于当下及未来新媒体时代诗歌的境遇,两岸诗人也发表了他们的看法。的确,在网络时代,人们更愿意花较少的时间去获取较多的信息,在这个速食和消费的时代,越发注重物质和实际的人们缺乏选择诗歌的理由。在多元文化发展不可阻挡的大潮中,诗歌的功能越来越多地被取代、被消解、被遗忘,当一首诗带给年轻人的精神愉悦比不上打网游、刷微博、秀LV包

时,诗歌的未来似乎显得不那么乐观。然而,新媒体上涌现的大量草根诗作,又让人们对诗歌未来的可能性有了更多的期待。一方面,创作门槛的降低让更多的人参与到诗歌活动中来,不少新媒体诗人的崭露头角也为诗坛注入了新的气息。但另一方面,更多沉迷于操弄符号或偏离精神向度、批量制造、低质量的文本泥沙俱下,让人们发觉此类"诗歌"甚至不如网络新闻或"段子"反映现实、反映生活,给人的影响更大。或许当下的新媒体环境更适合让"骑马舞"和"爱情买卖"这样的"神曲"火起来,而不是诞生新的李白或叶芝,但未来诗歌的新型态、新路径,恰恰可能会在今后网络的大数据、大交流中显露。

乡愁 母语

"乡愁"——台湾诗歌史上占据重要地位的经典议题,在今年的海峡诗会上再次引起了两岸诗人的强烈共鸣。不过,不

同于余光中当年在海峡对岸远眺大陆可望而不可即的文化乡愁、地理乡愁，今天的两岸青年一代，似乎更多地遭遇着故乡就在身边、在眼前消失却又无能为力、无以言说的焦虑与悲伤。无孔不入的信息化、势不可挡的城市化、噬人灵魂的金钱化、功利至上的"科学化"……全都直指传统乡土的崩解。当"舌尖上的中国"和"逃离北上广"的故事成为全民的安慰剂，当人们在《海角七号》和《赛德克巴莱》中寻找心底的慰藉与精神的原乡时，乡愁实际上已经成为现代城市人的一种消费品，也早已为精明的商人们切好、称匀、分装、贩售。

好在还有诗歌。来自云南的诗人雷平阳就是一个忠于乡土、忠于文字，用诗歌记录自己近在咫尺的乡愁的人。在授予他鲁迅文学奖的颁奖评语中，有这样的表述："诗人怀着一颗大爱之心，在云南的大地上穿行，在父老乡亲的生命历程中感悟，在现实的土地和历史的星空中往返，打造出了一片神奇的、凝重的、深邃的诗的天空，流贯其中的精神则超越了地域限制，而具有普遍人性的价值。"

与会大陆诗人和诗评家霍俊明说，雷平阳其人其诗的独特气质，来源于他的性格，也来自于他今天看来已经相当"老旧"的生存环境。他诗歌中总是有一种弥漫不散又深沉坚固的"土气"。这种特有的味道让人踏实，也让那些被现代性和城市化所熏染的人们有恍如隔世之感。而雷平阳倔强、彷徨却未曾彻底迷茫的内心与诗歌的持守让他以诗人的"非正常"性格冷静又孤绝地面对着身边和心灵中所有的遭际，

使得他的诗歌每于平常之处有撼人心魄的惊雷之声。这个更多"后视"的写作者在正负两面一切加速向前的时代反倒获得了同时代人少有的写作愿景和无比清晰的方向性，而这种甘于"落后"的自足和沉静，显然是他在奔跑了几千座大山、几千条河流、几千个村落以及对故乡的"巨变"切肤感受之后在极其痛苦的寻找中通过文字分娩渐渐释放的一小部分结果。

幸亏还有母语。与会诗人江非认为，如今的故乡性已经转移到以语言为储存夹的个体性上。而正是由于汉语汉字作为共同母语的功能，使得这种个体性得以在生存环境和生活经历各异的两岸诗人及读者间被共享。在听完雷平阳用充满云南口音的普通话介绍他的故乡云南昭通欧家营及自己的诗歌创作后，参加本次活动的台湾七零后诗人杨佳娴表达了她的感受。她说尽管雷平阳的诗作于她"是非常陌生的乡村生活经验"，但也是"同一种乡愁，表达了没办法跟都市'进步主义'对抗的、当下的乡愁。""这不再是余光中的乡愁，这是我们的乡愁，我们同样用汉语写作，即便生活经验迥异，情感却并不觉得隔阂。"

祖籍福建东山的六零后知名作家、台湾诗坛"新世代"代表性人物之一陈克华则表示，两岸诗歌因地理分隔和历史断裂呈现不同的创作样貌，但因文字相同、文学根源相同，"我们会好奇而且被大陆的文学创作吸引，这是一部分乡愁的召唤，是基于文化上同根同源却各自表达的关心。""或者说，这是母语的乡愁。"大陆《诗刊》副主编李少君亦颇有感触。他说，余光中等诗人曾非常推崇西方现代诗歌，但

越往西方学习,心灵感受越回到故乡,"让他产生巨大影响的,恰是与母语、故乡的结合。"在李少君近年所推崇的草根性诗歌中,也屡屡可见方言文化乡土性、个人性与母语文化整体性、传统性的完美合一。

传统 现代

乡愁的新型态实际上是后现代社会所产生的价值冲突的呈现,但面临现代与后现代问题的不仅是社会的发展,两岸诗歌同样在自己的现代化进程中面临着诸多难题。在很长一个时期里,"诗人"已成为被质疑或自我质疑的角色。在全球化的历史语境下,如何创立中华民族现代诗歌的审美个性,获得汉语现代诗歌的现代性,奠定属于这一文学最高样式的精神品位,让中华新诗成为世界诗歌森林中的一棵参天大树,已是两岸诗人的普遍共识。

霍俊明认为,当下中国诗歌最可贵的,是"正在找到自己的本土经验,在书写自己最真实的部分"。不过,作为一名有着到台湾讲学经历的大学教师,霍俊明也关注到,现在两岸青年诗人在诗歌创作的精神层面上还普遍较为浮浅,还有较多伪饰、浮夸的东西,缺少个人深刻的体验和心灵深处的激荡。"看起来都不错,语言技巧也比较娴熟,惟独冲击内心的东西在消减。"霍俊明认为在当今时代,诗人已经失去了古典中国"过程诗学"所必需的行走能力和行走条件,丧失了身体、情感与事物的摩擦的、血肉的、汗水的关联,因此当下的诗歌往往是不可靠的,它们与生命无关,"看起来很真,实际上非常假"。而如何看待和处理传统与现代之间的断层和演进,是汉语诗歌建立新的现代性所亟需解决的课题。

在另一场"两岸青年诗歌创作座谈会"

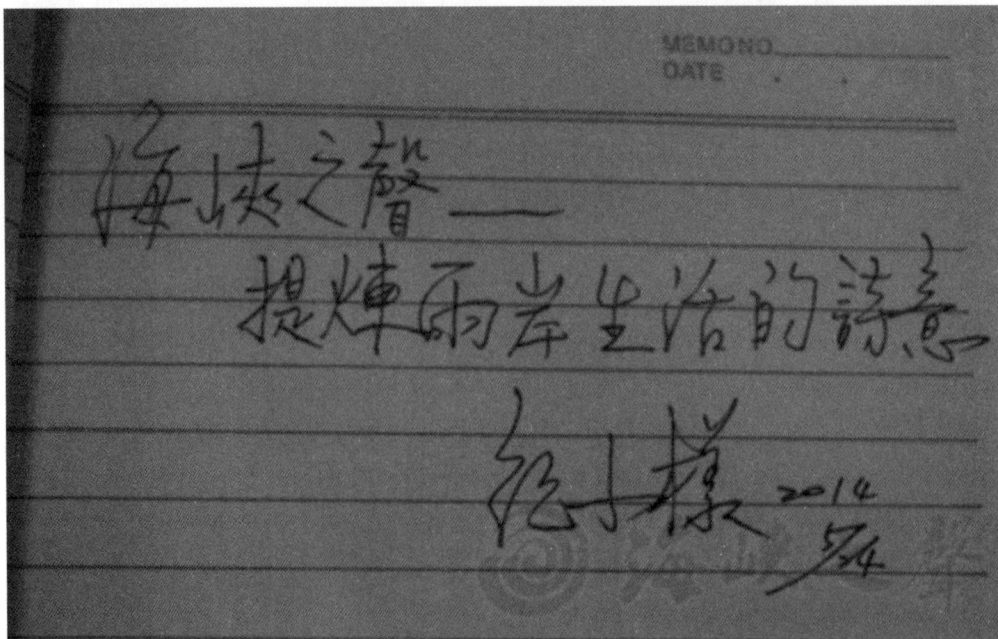

· 台湾青年诗人纪小样给"海峡之声"广播电台的题词

上，诗人沈浩波谈到，大陆诗歌在现代性上需要更进一步地创新，虽然在一定程度上来说，创作都要带着镣铐跳舞，但是可以一种轻盈的姿态消解沉重，达到心灵的慰藉，"苦大仇深"不是诗歌的创作目的。台湾诗人陈克华则强调，现代诗歌的创作在当今仍然应该立足于中华文化，"这绝对是必要的，中国传统文学里有太多的宝藏"，现代文学造诣的提升和传统文学内涵的修炼要齐头并进，"只有这样才能创作出在 21 世纪，真正属于中国人自己的诗歌作品。"

"我达达的马蹄是美丽的错位，我不为收割，而为播种。"为点燃当代大学生的青春诗情，播撒诗歌的种子，"诗人进校园"是本届"海峡诗会"的重要活动，其中"两岸诗歌朗诵会"分别在福建师大和武夷学院举行，青年学子们借此重临诗歌美好的场域。朗诵精心策划，组织严密，形式活泼（借此感谢协和学院袁勇麟院长、伍明春老师和武夷学院的廖斌老师及其他师生的鼎力相助），得到了两校师生的热烈欢迎和普遍赞誉。

2015 年第十届海峡诗会

——美丽乡村觅诗行

·福建省建宁县均口镇修竹荷苑

⊙概况

第十届海峡诗会概况

一、主办与承办单位

主　　办：福建省文学艺术界联合会
　　　　　中国作家协会港澳台办公室
　　　　　三明市人民政府
承　　办：福建省作家协会
　　　　　台港文学选刊杂志社
　　　　　福建省文学艺术对外交流中心
　　　　　三明市文联
　　　　　建宁县人民政府
活动组委会：
主　　任：阎晶明、张作兴
副 主 任：张　涛、陈毅达、詹积富、张丽娟
成　　员：林秀美、宋　瑜、林永金、黄莱笙、张炜琳

二、邀请函

第十届海峡诗会——"美丽乡村觅诗行"活动邀请函

尊敬的　　　女士 / 先生：

　　由福建省文学艺术界联合会主办、旨在促进两岸多地文化交流的品牌活动"海峡诗会"，自2002年以来已举办了九届，在海峡两岸产生了积极的反响。今年，在"山前有熟稻，紫穗袭人香"的季节，第十届海峡诗会拟于"荷花送香气，竹露滴清响"的建宁县举行。

　　活动将以"美丽乡村觅诗行"为主题，邀请两岸多地华文诗人出席诗歌创作座谈会、朗诵会及采风活动，围绕"现代诗：个人经验与乡土资源"展开交流、研讨。而建宁县地处八闽之西北，福建最大河流闽江的正源头，境内有福建最高峰之一"金铙山"，盛产《红楼梦》两处提到的名产"建莲"；也属大陆地区改革开放后福建最早形成的诗歌群体"三明诗群"的创作基地，是自然人文资源丰富的县份。

　　在这样一处"清江一曲抱村流，长夏江村事事幽"的灵乡秀土，一边领略"接天莲叶无穷碧，映日荷花别样红"的美好景致，一边纵情开怀，谈诗论道，岂不快哉！

本次活动将由福建省文学艺术界联合会、中国作家协会港澳台办公室、三明市人民政府共同主办。素仰台端对现代诗与地域文化的关系研究颇深，对两岸诗歌发展贡献良多，特邀您前来出席 "第十届海峡诗会——美丽乡村觅诗行" 活动。

敬请拨冗光临！

福建省作家协会

台港文学选刊杂志社

福建省文学艺术对外交流中心

三明市文联

建宁县委宣传部

2015 年 5 月 1 日

三、活动流程

1. 2015 年 7 月 15 日上午，福建省建宁县建宁大饭店一楼会议厅：举行 "第十届海峡诗会·美丽乡村觅诗行" 开幕式及 "现代诗：个人经验与乡土资源" 座谈会第一场。

2. 2015 年 7 月 15 日下午，建宁大饭店一楼会议厅：举行 "现代诗：个人经验与乡土资源" 座谈会第二场。

3. 2015 年 7 月 15 日晚，建宁县均口镇修竹荷苑：举行 "清新花乡 福源建宁——第十届海峡诗会·美丽乡村觅诗行朗诵会"。

4. 2015 年 7 月 16 日上午，建宁县濉溪镇高峰村：乡土写作资源考察。

下午，自由活动。晚：夜游濉溪河。

5. 2015 年 7 月 17 日上午，建宁县均口镇修竹荷苑：乡土写作资源考察。

6. 2015 年 7 月 17 日下午，建宁县溪口镇桃梨采摘园：参加建宁县采摘季活动暨乡土写作资源考察——桃梨园采摘、认养。

四、部分与会嘉宾简介

（一）境外嘉宾

郑愁予，本名郑文韬，1933 年生于山东济南。美国爱荷华大学英文系创作艺术硕士、加州国际艺文学院文学博士。曾任美国爱荷华大学东方语文系讲师、耶鲁大学东亚语文学系教授，台湾清华大学、东华大学、香港大学、香港城市大学教授，台湾《联合文学》总编辑、"中国青年写作协会" 总干事等。现执教于金门大学。著有《草与筏子》、《燕人行》、《雪的可能》、《刺绣的歌谣》、《郑愁予诗集》等数十种。其《美丽的错误》一诗成为华文诗坛名篇。曾获台湾时报文学奖、中山文艺奖、中国文艺协会文艺奖章等。

萧 萧，本名萧水顺，1947 年生于台湾彰化，祖籍福建漳州。现任台湾明道大学讲座教授兼人文学院院长、《台湾诗学季刊》社社长。著有《凝神》、《云水依依》、《月白风清》、《流水印象》、《灯下灯》、《现代诗入门》、《台湾新诗美学》、《现代新诗美学》、《后现代新诗美学》等诗歌、散文、论述集六十多种。曾获台湾第一届青年文学奖、新诗协会诗教奖等多项。

简政珍，1950 年生，台湾台北县人。美国奥斯汀德州大学英美比较文学博士。现任台湾亚洲大学外文系讲座教授。著有诗集《季节过后》、《历史的骚味》、《浮生纪事》、《失乐园》、《放逐与口水的年代》、《所谓情诗》等，诗文论集《放逐诗学》、《语言与文学空间》、《诗心与诗学》、《电影阅读美学》、《台湾现代诗美学》、《解构阅读法》、《读者反应阅读法》等十余种。

陈义芝，1953 年生于台湾花莲，祖籍四川。中国文学博士。现任教于台湾师范大学。著有诗集《落日长烟》、《青衫》、《新婚别》、《不安的居住》、《我年轻的恋人》、《边界》、《掩映》等十余种，另有《为了下一次的重逢》、《歌声越过山丘》等散文、论述集多种。曾获台湾时报文学奖新诗推荐奖、中山文艺奖、荣后基金会台湾诗人奖等。

向 阳，本名林淇瀁，1955 年生，台湾南投人。台湾政治大学新闻博士。现任台北教育大学台湾文化研究所教授兼图书馆馆长、吴三连奖基金会秘书长。著有诗集《银杏的仰望》、《种籽》、《乱》、《向阳诗选》等，另有散文集、学术论文集、儿童文学集等二十多种。曾获台湾文艺奖、吴浊流新诗奖、台湾文学奖新诗金典奖等多项。

辛 牧，本名杨志中，1943 年生，台湾宜兰人。现任台湾《创世纪》诗杂志总编辑。著有诗集《散落的树羽》、《辛牧诗选》、《辛牧短诗选》、《蓝白拖》等。曾获台湾优秀青年诗人奖、文艺协会文艺奖章诗创作奖、台北市捷运公交车征文新诗首奖等多项奖。

龚 华，女。1948 年生于台湾台南，祖籍四川。现任台湾《乾坤诗刊》社长、《小白屋幼儿诗苑》社长。著有散文诗《情思·情丝》、《爱过》，诗集《花恋》、《我们看风景去》《玫瑰如是说》《梦与光束》《瀑布禅》、《龚华短诗选》等。曾获台湾散文奖、诗歌艺术创作奖等，被美国传记文学中心评为 2005 年杰出女性。

陈育虹，女。1952 年生于台湾高雄市，祖籍广东南海。著有诗集《之间》、《魅》、《索隐》、《河流进你深层静脉》等，散文集《2010 陈育虹日记 / 365° 斜角》及译作《吞火》、《痴迷》、《雪之堡》等。曾获《台湾诗选》年度诗奖、台湾文艺协会"文艺奖章"等。

方 群，本名林于弘，1966 年生，台北市人。台湾师范大学国文研究所博士，现任台北教育大学语文与创作学系教授，《台湾诗学学刊》主编。著有诗集《进化原理》、《文明并发症》、《航行，在诗的海域》、《海外诗抄》、《经与纬的梦想》，论文《台湾新诗分类学》、《群星熠熠——台湾当代诗人析论》等。曾获台湾联合报文学奖、时报文学奖等多项奖。

陈 谦，本名陈文成，1968 年生。台湾佛光大学文学博士。现任教于台北教育大学语文与创作学系。著有诗集《山雨欲来》、《灰蓝记》、《台北盆地》、《台北的忧郁》、《岛》、《给台湾小孩》等，另有散文集《满街是寂寞的朋友》，旅游文学《恋恋角板山》、《水岸桃花源》及短篇小说集、论文集、文评集多种。曾获台北文学奖、磺溪文学奖等多项奖。

郑单衣，1963 年生于四川自贡。曾任教于贵州农学院及贵州大学。1999 年定居香港，从事新闻及文学编辑等工作，现居家专事写作。著有诗集《夏天的翅膀》及《郑单衣小说集》等。

秀　实，香港诗歌协会会长，圆桌诗刊主编，香港散文诗创造社社长。著有诗集《荷塘月色》、《天空之城》、《茶话本》、《假如你坐在对面》、《海鸥集》、《诗的长街》、《雪豹》、《纸屑》，诗评集《刘半农诗歌研究》、《散文诗的蛹与蝶》。另编有多种诗歌选集。

姚　风，原名姚京明，生于北京，后移居澳门。中国作家协会会员，葡萄牙笔会会员。现任教于澳门大学葡文系。著有《写在风的翅膀上》、《瞬间的旅行》、《姚风诗选》、《绝句》、《枯枝上的敌人》、《厌倦语法的词语》等中葡文诗集及论著《中国古典诗歌葡译本评析》、《中外文学交流史——葡萄牙卷》等，译有《安德拉德诗选》、《白色上的白色》等多种。曾获"柔刚诗歌奖"、"两岸桂冠诗人奖"及葡萄牙总统颁授"圣地亚哥宝剑勋章"。

巴　桐，本名郑梓敬。福建福州市人。1979 年秋移居香港。曾任记者、编辑，后经商，并任香港文学促进会常务副会长、香港作家联会理事、香港《文学报》副总编辑。现旅居美国。主要作品有散文集《香岛散记》、《情缘醉语》，长篇小说《蜜香树》、《日落香江》，短篇小说集《佳人有约》、《女人的一半是……》，随笔集《征战商场》、传记《香港富豪奇人奇事》及电影剧本《东瀛游侠》等。有作品入选海内外多种选本并获奖。

（二）省外嘉宾

谢　冕，福建福州人，1932 年生，文艺评论家、诗人、作家，北京作家协会副主席，中国当代文学研究会副会长，中国作家协会全国委员会名誉委员，北京大学中国新诗研究所所长，《诗探索》杂志主编。著有《湖岸诗评》、《论诗》、《中国现代诗人论》、《论二十世纪中国文学》等论著数十种，另有编著数十种。

叶延滨，1948 年生，哈尔滨人。中国作家协会全国委员会委员。曾任北京广播学院文艺系主任、教授，并曾任《诗刊》主编。著有诗集《囚徒与白鸽》、《叶延滨诗选》、《在天堂与地狱之间》、《美丽瞬间》、《叶延滨短诗选》及《叶延滨散文》、《叶延滨杂文》、《叶延滨文集》等三十多种。曾获中国作家协会优秀中青年诗人诗歌奖、第三届中国新诗集奖、郭沫若文学奖等多项奖。

李少君，1967 年生，湖南湘乡人，毕业于武汉大学新闻系。曾任《天涯》杂志主编，现任《诗刊》副主编。中国作家协会诗歌委员会委员，一级作家。著有《自然集》、《草根集》、《诗歌读本：三十二首诗》、《蓝吧》、《在自然的庙堂里》、《文化的附加值》等，主编《21 世纪诗歌精选》，诗作入选大学教材及百年诗歌大典等数十种选本，并被翻译成英文、德文、韩文、瑞典文、塞尔维亚文、越南文等，多次应邀参加国际诗歌节。（本届诗会因事未到会）

杨志学，笔名杨墅，曾用笔名梦阳。北京师范大学文学硕士，首都师范大学文学博士。中国作家协会会员，曾任第五届鲁迅文学奖诗歌奖评委，历任《诗刊》编辑部副主任、主任，现任中国作家出版集团编审、文学与出版管理部主任。著有诗学专著《诗歌：研究与品鉴》、《诗歌传播研究》，诗与论合集《心有灵犀》，诗歌赏评集《谁能够留住时光》等，主编诗集《新中国颂》、《太阳要永远上升》等。

蓝　野，原名徐现彬，1968 年生于山东莒县。中国作家协会会员，现任《诗刊》三编室副主任。出版有诗集《回音书》。曾获《诗歌月刊》"全国十佳青年诗歌编辑"奖、首届泰山文艺奖、《诗选刊》第三届"中国最佳诗歌编辑奖"、华文青年诗人奖、《青年文学》年度诗歌奖、中国作家出版集团优秀编辑奖。（本届诗会因事未到会）

霍俊明，河北丰润人，任职于中国作家协会创研部。著有文集《尴尬的一代：中国 70 后先锋诗歌》、《变动、修辞与想象：当代新诗史写作问题研究》、《无能的右手》、《新世纪诗歌精神考察》、《从"广场"到"地方"》等；诗集《一个人的和声》、《批评家的诗》、《京郊的花格外衣》；主编《诗坛的引渡者》、《中国百年新诗大典》、《青春诗会三十年诗选》、《中国诗歌精选》等。（本届诗会因病未到会）

萧　云，女。作家、编剧。著有散文集《父亲的麦地》、《家住沙湾》、《牛的最后一滴眼泪》，长篇小说《没有尾声的战争》等，诗歌、散文作品多在《诗刊》、《绿风》、《山花》、《北京文学》、《安徽文学》、《草原》、《中国西北文学》等报刊上刊登。散文《父亲的村庄》被选入 2002 年全国散文精华一书，曾获全国第五届冰心散文奖优秀作品奖，《天山紧急出动》荣获全国少数民族题材电视剧一等奖。

许燕影，女。福建晋江人。现居海南省。中国作家协会会员。出版诗集《轻握的温柔》、《我怎能说出我的热烈》，诗文集《燕影的天空》及随笔集《踏花拾锦年》，诗作入选多种选本。

（三）本省嘉宾

舒　婷，女。原名龚佩瑜，1952 年生，祖籍福建泉州。朦胧诗派代表人物。现为中国作协主席团委员、厦门市文联主席。著有诗集《双桅船》、《会唱歌的鸢尾花》、《始祖鸟》、《舒婷的诗》及散文集《心烟》、《秋天的情绪》、《硬骨凌霄》、《露珠里的"诗想"》、《舒婷文集》、《真水无香》等多种。曾获全国中青年优秀诗歌作品奖、全国首届新诗优秀诗集奖、两岸诗会桂冠人物奖等多项奖，作品被翻译成 20 多国文字。

孙绍振，1936 年生，祖籍福建长乐。1960 毕业于北京大学中文系，曾任北大助教。上世纪 90 年代先后在德国特里尔大学进修，美国南俄勒冈大学英文系讲学，香港岭南学院任客座研究员并为翻译系讲课。现为福建师大文学院教授、博士生导师，并任中国文艺理论学会副会长、福建省作家协会副主席。著有诗集《山海情》（合作），散文集《面对陌生人》，论文集《美的结构》、《孙绍振如是说》、《文学创作论》、《孙绍振幽默文集》（三卷）、《论变异》、《幽默五十法》、《美女危险论——孙绍振幽默散文选》等。《文学创作论》获福建省10年优秀成果奖、全国写作学会一等奖，《美的结构》获福建省社科优秀成果二等奖等。

陈仲义，诗学理论家。曾任厦门职工大学中文系秘书、系主任。现执教于厦门城市学院人文学部。著有现代诗学专论《现代诗创作探微》、《诗的哗变——第三代诗歌面面观》、《中国朦胧诗人论》、《从投射到拼贴——台湾诗歌艺术六十种》多种。曾获省、市社会科学优秀成果奖、第12届中国当代文学研究优秀成果奖、第5届鲁迅文学奖提名。

林秀美，女。现任福建省作协秘书长，中国作家协会会员、中国民文协会员、鲁迅文学院第十三期中青年作家高研班学员。诗歌作品散见《诗刊》、《诗潮》、《诗林》、《北京文学》、《中国艺术报》、《中国文化报》等国内外数十家报刊。著有诗集《水上玫瑰》、《想象》、《河流是你》。曾获省政府百花文艺奖一等奖、三明市政府百花文艺奖一等奖等文学奖项；曾被评为福建省三明市"十大"杰出女性。

宋 瑜，笔名余禺，1955年生于厦门，祖籍闽东。现任《台港文学选刊》杂志主编、编审。系中国作家协会会员、中国世界华文文学研究会理事、福建省台港澳暨海外华文文学研究会副会长。作品有诗歌、散文、小说、评论散见于报刊。出版有诗集《过渡的星光》、散文随笔集《拾箧集》

及文学论述《复眼的视界》。曾获福建省优秀文学作品奖、《小说月报》百花文艺奖责任编辑奖、福建省期刊优秀栏目、优秀作品编辑奖等。

曾章团，1968年7月生。毕业于福建师大中文系。现任福建文学杂志社社长、省作协会员、福建省美学研究会理事。在国内外报刊发表散文、诗歌、新闻、学术论文作品五十多万字，诗文被选入《福建师大百年文学大系》、《不老的长安山》、《诗韵涵江》以及《舆论引导力与传播力探讨》等选本。曾获福建省第九届社会科学优秀成果三等奖、第五届福建新闻奖三等奖、福建省第四届宣传人民政协好新闻三等奖、福州市纪念毛泽东同志诞辰100周年征文一等奖等。

郭志杰，1956年6月生于福州。现任福建省文联文艺理论研究所所长、编审。系中国作家协会会员，中国文艺评论家协会理事。发表大量诗歌、散文、文艺评论等。著有文艺评论集《认识与解析》，作品入选《散文选刊》、《世纪末散文随笔》、《散文年选》、《福建文学年选》等。曾获福建省百花文艺奖、福建省优秀文学作品奖、福建省电影艺术奖影视论文奖、全国核心期刊国际化、网络化研讨会论文奖等。

刘志峰，1972年生，福建泉州人。现供职于福建省作家协会。中国作家协会会员、一级作家。

谢宜兴，1965年10月生于福建霞浦，现居福州。系中国作家协会会员、福建省作家协会主席团委员、福建省诗歌朗诵协会副会长。著有诗集《留在村庄的名字》、《银花》、《呼吸》、《梦游》。多次获福建省政府百花文艺奖、省优秀文学作品奖及文学期刊、报纸副刊征文奖、年度奖等。曾参加全国青年作家创作会议。

哈雷，出生于福建周宁，大学中文系毕业。中国作家协会会员，编审。曾就职于《福建文学》编辑部，后创办《东南快报》并担任社长，现任《生活·创造》杂志社社长兼总编辑、《东南快报》总编辑、《海峡诗人》杂志主编。著有诗集《阳光标志》、《白色情绪》、《零点过后》、《纯粹阅读》、《纯粹心境》、《花蕊的光亮》、《诗歌哈雷》及其他文集等十多种，主编海峡桂冠诗人丛书、"映像"诗集系列等多部。曾获福建省政府百花文艺奖、福建文学优秀作品奖及其他奖项。

林登豪，笔名凌影。现任《福建乡土》杂志执行副主编，福州市仓山区作协主席、

福建省作家协会会员、中国诗歌学会会员、中国散文诗研究会理事、福建省摄影家协会会员、福建省艺术摄影学会副主席。著有诗集《通过地平线》、散文诗集《边缘空间浓似酒》、摄影配诗集《拥抱瞬间》。曾获中国新闻学会 1996 年度文学创作二等奖、1995 年度华东地区地市报好作品一等奖、中国当代优秀散文诗作品集奖、福建省第十一届优秀文学作品奖（1997 年）等。

莱笙，本名黄莱笙，1962 年生。中国作家协会会员、中国文艺评论家协会会员，福建省文联委员，鲁迅文学院第九届高研班（理论评论家）学员，三明学院教授（兼）。著有《现代汉诗创作美学》，诗集《莱笙诗选》、《说说鲁院那些诗事儿》，长篇纪实文学《解读 368》等。

昌政，本名詹昌政，1963 年生于福

· 两岸诗人行走在觅诗途中

建泰宁。福建省作家协会会员,现就职于三明日报社。

卢 辉, "60"后诗人,中国作家协会会员,高级编辑。著有《卢辉诗选》等多部诗集,编著《中国好诗歌》,特约主持《诗潮》杂志"中国诗歌龙虎榜"。诗歌、诗论散见境内外刊物和年度选本。曾获中国诗剧场贡献奖、香港诗网络诗歌奖、福建省政府文艺百花奖、福建省优秀文学作品奖、《江南》杂志"奔马奖"等。

马兆印, 1965年4月生于福建沙县。福建省作家协会会员。出版诗集4种、随笔集1种。

游 刃, 本名游锦涛。现任《台港文学选刊》杂志编辑。著有诗集《一直生活再一个地方,随笔集《一间尢尽的舞厅》。曾获多项文学奖。

此外,除了主办与联办单位福建省文联、中国作家协会港澳台办公室、三明市人民政府、福建省作家协会、台港文学选刊杂志社、福建省文学艺术对外交流中心、三明市文联、建宁县人民政府的部分人员,大陆文艺界及本届诗会相关部门领导李书磊、阎晶明、张涛、黄志、张作兴、郑一贤、陈毅达、吴一明、杜源生、王刚、张丽娟、黄益群、赵成卫、刘少斌、吴小士、杨华泰、魏亚鹏、郑剑波、潘闽生、林永金、张炜琳,文学艺术界相关人士余义林、杨际岚、戎章榕、林晓晶、李德荣、郭永仙、涂映雪等主持或出席了有关活动。因事未到会的受邀人士除李少君、霍俊明、蓝野外,尚有刘岸、金涛等。

瞻望乡关 何心天地

「第十届海峡诗会——美丽乡村采诗行」诗集

美丽乡村采诗行

第 10 届
海峡诗会
THE 10ᵗʰ STRAIT
POETRY FORUM
·2015·

美丽乡村采诗行

瞻望乡关
何心天地

诗集

ZHANWANG
XIANGGUAN

HEXIN
TIANDI

SHIJI

第十届海峡诗会组委会合编
二〇一五年七月 建宁

第十届海峡诗会组委会合编
二〇一五年七月 建宁

· 第十届海峡诗会交流诗集

⊙与会交流的诗作 · 境外诗人方阵

· 郑愁予的诗 ·

墙，为酒而倾斜（雕塑版）

我携太武之罡风堂堂进酒窖
大步疾行凭笔剑侠骨而自豪
出窖却扶着斜墙微笑遮微醺
韬略转化柔肠乃更名正愁予

忽而心生彩翼让此身羽化入梦
竟被妙女子摄入手机翻成蝶舞
墙高千坛为酒倾斜新醅化陈酿
蝶舞花径吮此琼浆魂销梦土上

酒窖深深而酒香无疆顺太武流觞
相聚复相聚刚饮罢中秋再醉重阳
我赞这酒窖正是时空双赢文化宫
饮者论酒道吟者感诗心歌者起舞

我小立挥手非为作别因良夜未央也
颂酒令是令时光入喉借仰首天问也
何以酬答诗酒之贵族代代风流谁主
千古太白不寂寞今日饮者留名无？

[附识] 第三节倒数第一行"酒道""诗心"
是金门诗酒文化节主题；"诗酒之贵族"则是
指在文化国度中位尊多年的艺术家。金门酒窖
有"斜墙"在焉！是铸接往与未来的艺术创意。
斜墙是了不起的意象，因为叠高酒坛罗列成墙
必然是倾斜的，这坛中醇香又是时光之酝酿，

当巍巍然成为一立体的雕塑就涵泳了历史意味。

乙未端午　九龙塘

小 溪

偃卧在群草与众花之间
浮着慵困的红点而流着年轻的绿
像是流过几万里，流过几千个世纪
在我忧郁的眼神最适宜停落的线上
像一道放倒的篱笆
像彩带束着我小园的腰

当我散步，你接引我的影子如长廊
当我小寐，你是我梦的路
梦见古老年代的寒冷，与远山的阻梗
梦见女郎偎着小羊，草原有雪花飘过
而且，那时，我是一只布谷
梦见春天不来，我久久没有话说

乡 音

我凝望流星，想念他乃宇宙的吉普赛
在一个冰冷的围场，我们是同槽栓过马的
我在温暖的地球已有了名姓
而我失去了旧日的旅伴，我很孤独

我想告诉他，昔日小栈房坑上的铜火盆
我们并手烤过也对酒歌过的——

它就是地球的太阳，一切的热源
而为什么挨近时冷，远离时反暖，
我也深深纳闷着

·辛牧的诗·

天尽头

几个斗大的红字
不知是哪位雕师
用血凿成的
令人怵目惊心

到渡口
一群摇摆的人影
焦躁地等候
真的已到了尽头？

望去茫茫
与天同阔
暗潮汹涌的大海
这一程
摇摇遥遥
到彼岸
彼岸何处？

你可以再靠近一点

你站得有点远
像远方一株
孤单的树像黄昏
渐次失明的太阳

我只是太空中一颗
有点远在
太空望远镜的视限之外
我以我自己
发电发光
我让太阳和月亮孤独

你无须迟疑
你可以再靠近一点
我将因你的温柔
而蜕尽
身上的芒刺

·萧萧的诗·

归园三思

一

晨鸦会有万种飞翔的路向
你飞东南，他飞西北，
　我朝向会溶解翅膀的阳光
天色逐渐昏黄，他们却只选择
枯藤盘绕的老树丫

所以，冬天时
归园尽是酸着手臂酸着嘴角也要张扬的微笑

二

流水会在小桥下打个小站
再奔向远方大海的怀抱
那旁边总有等待足迹踩踏的长远的平沙
千百年来早就准备着的古道

负荷八方风雨、五荫重量的瘦马
都在看着：夕阳如何在西风中回家

所以，黄山归园处处回应着旧日的情伤
处处是可以依傍、栖迟的回廊

三

五湖四海的游子无不红着血丝
看夕阳逐渐西下
昨日今日的夕阳即使赧红着一张脸
也要回到大地老家

进入归园，总要适时放下鞍鞯、行囊
一如天空适时放下夕阳

云水依依

学了多少岁月仍然没学会
如何以长绳系住长长的流水
或者将风折叠
稳稳置放
左胸前那方
扁平的口袋

只等两口热茶
顺着三寸舌、六寸喉、十二寸幽径
熨烫，一切
悉如棉絮、布旗、丝带而飘飞
只等两口热茶
熨烫，一切
悉如云水之依依
如树与石　在山里风里自在

·龚华的诗·

依旧春天

岸边的萨克斯风
努力而沙哑
那人走近湖畔
听　蓝色的街灯
明灭在烟管枯瘦的背脊上

缤纷的摊贩
如酒店的水晶吊饰悬挂
那人眯着眼
看　昏黄的倒影
忽近忽远地冉亮生长

隐约的踱蹀声
偷藏在旅社翻修前的对岸
那人掸一掸身上的风
回头望　星空未曾苍老
而自己美丽的衍化
依旧　春天

归　乡

隔着海洋
是否　我们都将离去
如溺水般

一幅幅身躯化开
不能更优雅了
慢动作里

花朵般晕染的色泽
将在明日溶尽

扇除夜的潮音
枕边薄如晨曦的翅膀
是听信了什么样的耳语
你关上肿胀的镜头
乘着露珠儿的梦离去

谁无觅诗残梦啊
但　这是你的执意
浸泡过海水的家书
夏日里更加甜蜜

·简政珍的诗·

当闹钟与梦约会

当闹钟与梦约会
我走进你心情的海滩
潮汐打湿翻白的裤管
鸟声带走咸湿的气味
日子的点滴是消散的浪花
我在无止尽的黑夜等待你的笑意
闹钟的呼唤已喑哑

当车身一一抛弃风景
速度和歌声迷惑方向盘的转向
窗外是默然无语的天色
旅途是电线丈量的心路历程
回首是路边抛弃的轮胎
前瞻是稻田焚烧的落日
这时你听到

梦中闹钟的呼唤吗？

当我在梦中将心情留给童年
河川倒溯至高山的雪原
一只飞鹰在天边寻找归宿
一头牦牛在湖边顾影自怜
一列火车开进朦胧的战火
一张虎皮进占一个华丽的客厅
一个老钟在沾染血迹的五斗柜上
滴答

流浪狗

早晨，我看见你在河堤上眷顾倒影
早秋的芒草传来烈日即将不在的消息
风里似乎有食物的香味，你的仰望
拉长了瘦削的影子和朦胧的水声
你似乎未曾听闻
呼啸而过的车子
都在为杂乱的建筑晨昏定省

我在沙滩上看到你歪斜的足迹
隐藏成芦苇丛的秘密
日影经不起曝晒，在烈日下
萎缩成渐行渐远的行径
而你的旅程总在闪烁的红绿灯外
等待

我曾经将干粮放在围墙的缺口
猫的叫声带来黑夜，鸟的吱喳带来晨曦
我守望你的足迹，如
窃贼，如
渐行腐朽的电灯杆，如
及时雨，如

闪电，如
干粮上漂浮的蚂蚁

·陈育虹的诗·

我告诉过你

我告诉过你我的额头我的发想你
因为云在天上相互梳理我的颈我的耳垂想
　　你
因为悬桥巷草桥弄的闲愁因为巴赫无伴奏
　　静静滑进外城河
我的眼睛流浪的眼睛想你因为梧桐上的麻
　　雀都飘落因为风的碎玻璃

因为日子与日子的墙我告诉你我渴睡的毛
　　细孔想你
我的肋骨想你我月晕的双臂变成紫藤开满
　　唐朝的花也在想你
我一定告诉过你我的唇因为一杯烫嘴的咖
　　啡我的指尖因为走马灯的
夜的困惑因为铺着青羊绒的天空的舍不得

雁　子
——有寄

如果秋天如果斜斜的月光的重量如果石雕是
如果说离开沿着如果黄昏一步步葡萄藤
　　深紫的沉默
如果沿着雨这些删折的如果清醒
不清醒在意识的湍流如果产卵一尾鱼
听不见秋天洄溯如果迷路秋天
如果说寄一封如果乱码的风不停唉如果可

以

落叶脚尖染红了迟迟如果你来你来
如果秋天说一路的话
如果有些多虑的都是如果要走就要走了我说
你来如果浮动的咖啡浮动的街
南瓜灯掏空的夜晚沿着如果夜晚
被夜晚踏空如果秋天如果终于说出一声
　　一声
　　　　雁子

·陈义芝的诗·

海滨荒地

又看见父亲的锄头在田中起落
日头已近午，他用力锄地
母亲从提篮端出一钵犹温的稀饭
置放在一丛矮树荫下
约莫四十年前光景

旱地沿着防风林边线
防风林沿着弯曲的海岸线
那时海有耀眼的阳光剧烈的风涛
不像眼前这一滩冷却的油汤
那时父亲戴着斗笠向日葵一样
我们也日日戴着它

顶着风涛仿佛要挖出死者的骨骸
父亲用力锄地，而我们
是田中戏耍的稻草人
有时又变作麻雀
飞进阴郁的防风林

风在林子里回旋小庙在更深处

烟云在天边飘飞蝉声大作
我蹲在破陋的谷仓上头
四处张望我的稻草人
浮起又落下的记忆在海滨
向日葵一样的那顶斗笠在荒地
父亲用锄头埋下汗水的冢

寻渊明

传说他裹了头巾
拄了手杖，越过一片野林
不知去到哪一个邻家
有人拨开长草跨越桑麻
听到狗吠鸡鸣，看到榆槐桃李
却找不到他虚掩的那扇门

遇见采薪的问
从前，他是住柴桑
大火烧了屋，现已搬去南村
遇见打渔的问
他酒藏诗书里，命藏琴弦里
泛舟在平湖划桨在清溪

传说他种过柳，修过篱
戴了冠冕穿了官袍
为酿酒，一心要种秫稻
巴望谷熟，却不愿为迎迓而折腰
秋来一片落叶飘下庭阶
是他说不出口的那句话

服食沾了露水的菊花
一抬头就看见时常相看的南山

近处有人语，远处有风烟

更远是隐隐的杀伐啊争战在翻腾
昏黄的天弥漫无边际的红光
照映人心扭曲的沟壑传说他梦见一条无
　人知的河
没有人迹，不知源自何处
仿佛是一处尚未呱啼的地方
或者竟是他中夜徘徊惆怅的所在
一千重山在雾里放光
一万棵树开满了桃花

我极目眺望不知名的远处
孤鹰厉响在天空
一棵老松学他弯腰耕种
是贫士，曾乞食，终是读书人啊
在动乱的时代我称他安那其
一个无政府主义者

唉，在现代，不知谁能
与他谈话为他斟酒
去哪里找捕鱼的武陵人
去哪里找采药的刘子骥
太元年间的桃源村早已消失千百年
这世上还有谁是问津的人

·向阳的诗·

搬布袋戏的姊夫

彼一日，阿姊倒转来
带腌肠水果，带真济
好耍的物件，阮（编者注：闽南语"咱"）

最合意的
是姊夫爱弄的，一仙布袋戏尫仔

有一年，庄里天公生
公厝的曝粟仔场，掌中剧团
做戏拜天公，阮最爱看的彼仙
为江湖正义走纵的，布袋戏尫仔

姊夫就是掌中剧团
搬布袋戏尫的头师，彼一年
姊夫的剧来庄里公演
锣鼓声中，西北派打倒东南派

阿姊彼时犹是
十七八岁的姑娘，有一日
走去剧团找弄戏的头师
娇声柔语，东南派拍赢西北派

爱看布袋戏的阮，只不过
知也东南派是正人君子，只不过
知也西北派是妖魔鬼怪，阮未了解
东南派哪着一定打赢西北派

时常缠着阿姊的阮，猜想
软心肠的阿姊就是东南派，猜想
弄戏尫的头师就是西北派，阮想未到
东南派哪会和西北派讲和

彼一年，头师变姊夫
阿姊转来的时阵带了很多戏尫仔
阮问阿姊：东南派有赢西北派否
阿姊笑一下，目屎忽然滚落来

有一工（编者注：工，闽南语：天），阿

母带阮
去姊夫伊厝看阿姊，说是两人冤家
阮问阿母：东南派是不是输与西北派
阿母笑一下，目屎煞也滚落来

看着姊夫，姊夫转头做伊去
阮骂西北派妖魔鬼怪无良心
看着阿姊，阿姊犁头不讲话
阮笑东南派正人君子欠勇气

想未到姊夫和阿姊忽然好起来
真奇怪冤家到尾煞会变亲家
阿母欢喜地搓阮的头，讲阮就是
彼仙，为江湖正义走纵的布袋戏尫仔

小 满

一只青蛙扑通跳下池塘
打破树上乌鸦的睡意
荷叶跟着惊颤几下
水面的涟漪一圈圈
把静寂扩散了出去
莲花孤独地坐着
燠闷的夏日午后
连云们都懒得来相陪
一行蚂蚁运搬着面包屑
颇富节奏地走过土丘

颇富节奏地走过土丘
一行蚂蚁运搬着面包屑
连云们都懒得来相陪
燠闷的夏日午后
莲花孤独地坐着
把静寂扩散了出去

水面的涟漪一圈圈
荷叶跟着惊颤几下
打破树上乌鸦的睡意
一只青蛙扑通跳下池塘

·方群的诗·

在花莲

山走到这里就累了
一躺下——
溅起满身闪烁的月光

疲惫的夜色仍沿着公路缓缓挺进
等待黎明的脊背，鼓动
风的翅膀

在太阳悄悄升起的地方
总有些容易泛滥的陌生情感
跟着心情起伏
随着浪花摆荡

在内湾

一

穿过阵雨间隙的微笑闲说
把铁轨铺向远方窄窄的村落
在内湾，我沿着街道徘徊
想象某种爱情变质的因果

二

跨越吟哦的溪流与树丛

摇摆两岸凝视的瞳孔
抓紧诡异的逆光片刻
背后是一片不可靠近的朦胧

三

聆听脚步踩醒枕木的喧哗
瞳孔在黄昏的等待中逐渐扩大
相簿里的哀伤可以用遗忘随时删除
定格外的微笑却是不愿曝光的无端潇
  洒……

·陈谦的诗·

在林美山

雾雨起时，在林美山
氤氲起自太平洋以东，想念向西
横越，你我手机卫星的间隙
你的声音成为断续的类比噪声
在十九楼的窗口，是否，你的眺望
顺着高架道路一路往东，让怀想逆向
驰思，迎对今晚向西的冷风
在太平洋滨，天晴时
可以远望龟山岛的大学之城

方便再来电吗
我选择在图书馆的骑楼下等候
知识积累理智跟感情的云层
雨也径自稳定地落下。我知道
酸雨，还会自顾自地落在全台北的屋顶
但它总越不过长长的雪山隧道
还记得我开车以时速七十的速率
将你安全带回天使的城市吗

微微沁汗的掌纹时而挲摩你细致的指尖
不握方向盘的右手将前座你的双手紧握
怕是你一个人形单影只的孤独
总会在城市迷路无助而彷徨

彷徨歧路的忧伤，当车切穿盆地的山脉
在无风无雨的辛亥路上，仿若革命澎湃似的
　聆听
枪响，你也听到了吗：心跳的叹息，心跳的
不安。在你惯常多雨盆地的窗玻璃上……
为你挂起的晴天娃娃是否正迎风摇曳
车窗漫泛又随雨刷散去的雾雨一再质疑
一再考验看似脆弱的爱情。我该放手
不是紧握，因为我懂，懂得雾雨过后
季风将渐趋和煦
向阳的花序会在风中走告春天的讯息

或许你仍忧郁难解
沾染都会惯有的 DNA
但记得岛屿的东岸
日出的方向，在林美山
每一天，总有愉悦的心情因你的想念
灿烂，一如窗台上
不时远望的向日葵

台北微雨

台北微雨
湿濡的
是城市暧昧不明的
方向灯
特别是在午后，乌云
蓄势一场大雨的前夕

台北微雨
你我在车阵里走走
停停，忧虑的
是约定的时间
到站后绕路三匝
停车的场地

台北微雨
红绿灯左右恍惚的
心情，道路柔肠寸断
我们必须仔细
让轮胎技巧地
在坑洞间漂亮地游戏

台北微雨
湿透的
是摆荡在理想与现实的天平
无关乎重量的改变
就一点点涩一点点酸
一点点台北人的忧郁

·郑单衣的诗·

顽　石

空山无人，璞
是用来抱的，如果
我是顽石

便可守住整座
空山，前世修得的

本无分别，所以，璞

不是用来
抱，而是用来错的

一错，再错
平下整座泰山来佩在
胸前，还是枉然

像一座空山的
空山如一块顽石的

顽石，意会，是
难借喻的

但如一座空山的璞
却是枚钥匙玲珑呢

如果我不是顽石
而是一把心形锁，锈的
拙于示爱的

不 如

倒不如先去借些星光
回来，今夜
如荒年，要四下借米

不过，许是越借越暗
越孤单，今夜

无明，星光是暂不外借的
无爱，爱也吝啬

也不必剃度，借家
出家

敲，月下门，只借
一住字

却得了慈悲，在家
天地宽，外借

颅内星汉
忽加二，又乘一百

春宿南山，左右心
房，随缘
俗称"挂单"

·秀实的诗·

土楼之歌

岁月河山在这里周而复始地布列着
日落和星宿的转移，雨幕和云棚
都是这个土楼斑驳的过去与未来
墙壁上的梅菜在风里慢慢枯干
鸡鸣在清晨，炊烟在傍晚
水井是一个太极，幻化成无穷的天象

有人在这里穿过，穿过了阴阳
穿过了红灯笼檐下的深宵
五楼的瞭望室冷却了火炬与石块
墙头那些戍守着的草杆，让消息飘远
年轻来了，岁暮老去了
浣衣的女人把旧日子搁挂起来

悄然地从外面归来的是一群候鸟

张望的寻找与守望的伫候都在
春的枝头上喧闹着
仓库里的粮食，堆累的色彩渐浓
土楼的门打开，鞭炮声与吆喝声像
今晚的月色，将整片南方淹没

立 春

生命里很久没与春天相关联了
除了把自己囚在一个房间内
种紫薇花、睡猫觉，乃至于
读诗，才恍然大悟于今天立春
我蓦然惊觉，荧屏上的那个女子
手里只拿着一枝桃花
大地赤裸为一座欢娱的城市
而，混淆了的岁月在
缓慢地逝去，不复再让我
看见那些秋日芦苇
漫山遍野的悲凉般雪白
之后肌肤泛起了微红
如一场雨般，沉默着的
洗刷了那些灰垢与足迹
熟悉与陌生，于立春而言
都准备复苏为罪孽
让信仰再次沦丧

泼洒出去，满纸都是天昏地暗
都是故国披头散发的哭泣

这心中的苦痛，只能折磨自己
只能折磨满目的荷花
用枯笔摧残它们，直至残枝败叶

鹭鸶、麋鹿、雀鸟……它们不知道
这大好河山，已多少次沦为故国
画外的刀剑，却从未在墨色中逼出一滴鲜血

车过中原

火车在穿越大地
成熟的玉米收容了阳光

岁月漫漫
它们作为种子
无数次地躺下
又作为粮食
无数次地爬起来
它们像我一样微笑着
满嘴的黄牙
没有一颗是金的

·姚风的诗·

残荷图
——在澳门观八大山人画展

逃避风雨，你把自己磨成一团团墨

⊙与会交流的诗作·大陆诗人方阵

·舒婷的诗·

日落白藤湖

我所无法企及的远方
是你
是雪幕后一点火光
被落日缓缓推近，成为
暖色的眼睛
满湖水波因此
笑意盈盈

树皮小屋临水环寒
宽柔的蕉叶
　　送了你一程又一程
芦枝上停一只小蓝雀
不解这庄严的沉默
　　诧异地问了几声
没入湖面
你就是那口沉钟
从另一个方向长出火树
却已不属于我们

霞光冲天而起
每个晕染的人都是
一座音乐喷泉
欢乐和悲哀相继推向
令人心碎的高峰

在湖漪的谐振里
我颤抖有如一片叶子

任我泪流满面吧
青春的盛宴已没有我的席位
我要怎样才能找到道路
使我
走向完成

禅宗修习地

坐成千仞陡壁
面海

送水女人蜿蜒而来
脚踝系着夕阳
发白的草迹
铺一匹金色的软绸
—— 你们只是浇灌我的影子
—— 郁郁葱葱的是你们自己的愿望

风，纹过天空
金色银色的小甲虫
抖动纤细的触须，纷纷
在我身边折断
不必照耀我，星辰
被尘世的磨坊研碎过
我重聚自身光芒返照人生

面海
海在哪里
回流于一支日本铜笛的
就是这里

无色无味无知无觉的水吗

再坐
坐至寂静满盈
看一茎弱草端举群山
长嘘一声
胸中沟壑尽去
遂
还原为平地

·叶延滨的诗·

手 镯

一只满绿的翡翠手镯
一只冰种透光的手镯
一圈儿翠色圈住了春天的精气
"不贵,只当先生再卖一辆保时捷
配上你新娶的太太。清代老货哟!"

一只娇若凝脂的手腕穿过镯圈
一只手又轻轻把手镯退了下来
镜子里这只手镯
被十根纤指抚爱
一个男人在耳边低声地说:

"喜欢这世间无双的宝贝
早先是清宫里的妃子戴过
皇上又赏给恭王爷的福晋
进京城张大帅给了三姨太
天津洋行老板又买给名媛……"

手镯突然从指尖飞向镜面

当啷!玉碎的声音真好听
破镜残片和男人一齐瘫在地板上
一声冷笑,镯子故事戛然结束:
"谁能挤掉我成它的新主人?!"

一生一世

我诞生时候,这个世界叫做战争
一个人十个人一百个人刚被杀死
没留下名字也没有悼词
我来的时候,手术室没有暖气
冬天刚刚开始,而饥饿
早在门外守候,跺着脚听我的哭声

我哭,因为我好像听见上帝
在向我宣布我未来的一生——
经历两场战争,三年的饥荒
十次失去亲人的痛哭
一百零二次考试,一千零一次失望
五十八次被诬陷或被坠物击中
三百八十次抄写检查和思想汇报
七十五次羞辱,从幼稚园开始
到登报批判还装进内部传递的文件
吞下五百斤西式药片和中式汤药
翻过三百座山,六十八次受骗
溺水和车祸以及飞机失事,三选一
活下去的机率三百分之一……

我大声地哭叫,因为什么?
因为我好像看见上帝对我说——
孩子,这些就是你的单程票
不退不换,不附保险……

掩盖在几棵金黄的大树下

·李少君的诗·

白天，屋顶铺满黄金般的叶片
黄土色的房子在阳光下闪闪发光
可以听到鸡叫声、牛哞声和狗吠
还有磕磕碰碰的铁锹声或锯木声

敬亭山记

我们所有的努力都抵不上
一阵春风，它催发花香，
催促鸟啼，它使万物开怀，
让爱情发光

夜晚，整个平原都是静谧的
唯一的访客是月亮
这古老的邻居也不忍心打搅主人
偶尔传出三四声猫咪

我们所有的努力都抵不上
一只飞鸟，晴空一飞冲天，
黄昏必返树巢
我们这些回不去的
浪子，魂归何处

夜，再深一点
房子会发出响亮而浓畅的鼾声
整个平原亦随之轻微颤动着起伏

我们所有的努力都抵不上
敬亭山上的一个亭子
它是中心，万千风景汇聚到一点，
人们云一样从四面八方
赶来朝拜

·霍俊明的诗·

我们所有的努力都抵不上
李白斗酒写下的诗篇
它使我们在此相聚畅饮长啸
忘却了古今之异
消泯于山水之间

蜀地小镇

这一年冬末。桃花
早已衰败多时。踪迹全无
作为岁月的补偿
蜀地，阳光正醺。

平原的秋天

秋天，华北的平原大地上
已收割完所有的庄稼
整个田野一望无际地平坦
只余下一栋房子

不必翻山越岭，已风尘满身
小镇于阒寂之中继续吆喝的方言。
马蹄得得的正远
这一年，姑娘去往何处？

兜售凉粉的人漠不伤心，满脸堆笑
小镇，空留三树两行
斑驳的绿漆邮筒塞满落叶

一次次眷顾的还有尘土

那匹晨雾中喷着响鼻的枣红马
她曾深秋时节在二峨山麓徘徊
梅花必是落满了南坡

蜀地之信仍没有下文
一袭绿衣正与树影合一
仿佛正端举一整个夏日的焚烧

你的声音
"仿佛来自另一个尘世"

初秋皮影戏

此刻,正是初秋
我和母亲十几年没有一起走过这样的夜路
宽阔的玉米叶子在身上擦出声响
母亲手中的旱烟忽明忽暗

在场地上坐下来的时候
母亲已经有些气喘
屁股底下的两块红砖证实了她的疲惫
这里大多是上了年纪的庄稼人
缭绕的烟雾伴随着低声而欢快的问候

小小舞台,白炽灯耀人眼目
驴皮影人,一尺精灵的人间尤物,
演绎着大红大绿的帝王将相,才子佳人
卡着嗓子的嘶哑声调
在夜晚的乡村也充满了呛人的烟草气息

母亲神情专注,双目清朗
这个夜晚充满着水银的质地,沉重而稍有

亮色
夏末乡村的皮影戏使我不能出声
哪怕只是一次,小小的咳嗽

·杨志学的诗·

乡村小提琴制作师

小提琴是洋货
我从不怀疑它产于西方,源自异国

可是,自从我的脚步走进重庆荣昌县
确切地说,是走进荣昌县何木匠的寓所

我的观点不能不发生改变
原来,小提琴也可以产生在中国

而且,不是在中国繁华的都市
而是在中国相对偏僻的西南角落

何木匠的手,那么灵巧、粗糙
一个木匠的手,本来就是粗糙而灵巧

何木匠的手,又是粗犷中的细腻
美妙的琴音,就从这手上悠悠地流过

他培育自己的树,取树上之材
把更适合肌肤亲吻的小提琴造了出来

这样的乐器,不仅适合中国小提琴手
世界各地的行家,也都赞誉他的天才

何氏庭院,何氏楼
就是何氏小提琴的场房和展台

何氏小提琴，称得上独一无二
洋货只是其外表，内里是中国气派

何氏小提琴的价格在走高，且供不应求
即使你很有钱，也得问一声何木匠：卖不卖？

家乡的神农山

山势又一次朝我斜过来
展现它的路之险、景之奇、色之鲜
鸟群一阵慌乱，一双双翅膀
向着不同的方向，让我遐想

野花纷纷侧过面庞，那含苞的一朵
在这时打开，惊愕的眼神
仿佛已不记得那个
被花刺扎破手指的少年

与一尊巨石或一棵老树相逢
可以用相拥代替交谈
我不是造访者，回首往事
多年前，我是这山的孩子

我熟悉上山的多条路径
一棵白鹤松旁，我手插衣袋
仰望着远天和山外
这曾是我最习惯的姿势

冷不丁，一只猴子跑过
把我从回忆中惊醒
此刻，有芳香自山崖涌来
我的心，成了灌不满的深谷

·蓝野的诗·

星 空

乡村小学的复式班上
五年级的一个学生坐在我们一年级中间
他就是大头
脑袋大如箩筐，个子矮如木桶的大头
一着急，脸就红彤彤地着了火的大头

五年级的大头坐在我们一年级中间
坐着稳稳的老大交椅
他有火柴，带我们去点荒草，放野火
他偷来西瓜、苹果、柿子
看着我们瓜分那些生涩的果实

五年级之后，大头去了生产队的牛栏做牛
    倌
据说接生过一只比自己身子还大的小牛
又去了后山做护青员
满山奔跑着撵走吃青草也吃庄稼的牲畜

突然失踪了半个月的大头从水库里漂浮上
    来
脚上竟然决绝地捆绑了一块石头

村庄是最容易忘记的，大头的传奇
也仅仅是他日过一只山羊
他在中学门外大声念着自己发明的英语
叽叽咕咕，女孩子们吓得绕道远去

十几年过去了，村子里的老房子
翻新成高大的新屋

只有大头的妈妈，还守着大头住过的小黑
屋子

拜年时，我们吃惊地发现
黑黑的小屋子四壁，甚至山墙、房顶
被用粉笔画满了星星
月亮、太阳、银河系，还有模糊的云图

"都是大头画的。"我们站在小小的房子
中间
眼前是繁星满天
是矮矮的少年大头的星光灿烂

村子里总有人走失

小滩县随锅锅锅盆儿的炉匠走村串乡没有
回来
每年春节，五更分二年的那一刻
炉匠爷爷都会在村子中央，抢起一件小滩
县的上衣
作法，召唤衣服的主人回乡。
大滩县的儿子背起包就走了
据说一步一步走到西藏
有人却在深圳的健身房里遇上了他
据说，小伙子结实又帅气

村子里总有人走失
德远的儿子在青岛的一汪池水里溺亡
这靠近大海的水池，却是那么狭小而肮脏。
徐姓二嫚跟着高姓远亲表哥去了东北
这是四十年前的事情了
昨天她一个人，从那条已经废弃多年的沙
土路
翻山越岭走回家来，哑巴一样

将四十年的时光放在了肚子里……

村子里总有人走失
我回来了，恍惚中不知自己是在哪里
我离开它，也想不明白到底要去何方
这一个走失的人，在世界的迷雾中
怀揣着一个小村清晰的图像

·萧云的诗·

泉子街

不需风撩起你的衣襟，
我已从你裸露的肌肤，
看到了你身上嶙嶙的瘦骨。
你干瘪的乳房，
哺乳上千饥饿的口。
父老的黑棉衣，
裹瘦了你求雨的哀愁。
你无奈的目光，
注视我们年轻的脸。
痛苦的风
牵起我们飘飘的衣襟。

买气球的老人
幽深的小巷，
瞬间被你踩响黄昏时分的寂寞。
几十双贴在玻璃上的眼睛，
全都亮了。
童子花开满阳台。
你悠扬的唤声，
勾起我童年的沙滩的梦幻。
送野鸽在晚风中，
吹一串没有终止的音符，

在你微驼的后背，
挂满我五彩的心愿。

荒冢幽灵

从什么时候起，
泪水已经不在面颊上流淌。
一丝风，
夹着浓重的忧伤，
从我的眼里挤进去，心
因此变得凄凉。
摘一片落叶，
目光追随着消失在小溪尽头，
抬脚竟找不到回家的路。

光秃秃的荒冢，
走出一个黑魆魆的幽灵。
她狞笑着望着我，
教唆我也走向明媚的天堂。
我回过头，
看到灯光幽暗下的人影，
五尺高的汉子正缩着身子哭泣。
心，
一阵阵紧缩，
泪更是血红。

怀着渺茫的希望，
我在黑暗中寻找，
摸到一棵小草，
便以为是一棵大树。
依偎着靠过去，
却被沙土涂抹了脸面。
黑沉沉的夜啊，
阳光在哪里？

·许燕影的诗·

乡 音
——听南音有感

萍踪，无定
是什么让虚怀的远山，轻成幻觉

而夜失重，谁触碰了深处
最柔软的痛
众乐响起，又是什么擒住了心

横抱的琵琶，珠玉落盘的持续
一下一下，敲在心坎拍板的清律
最悠长的箫音，漫过潮水
那缠绵曲儿，是端坐的歌者缓缓的哀诉

一声又一声
谁用乡音遥唤着我的乳名

爱上玉兰

触碰了玉佩之冷，匿于尘
凝脂般纯白趋于暗淡
疏落中秋风刺痛了眼
是的，我见证过凋零
香消玉殒，流水的薄凉
不以风的方向定夺

安于冬，你仍是四月的精灵
泅渡中等待轮回
一次又一次沉落中重生

这是剧痛着的二月，辽远悲伤
激醒的枝桠空洞中举向空

但春意迟迟
你总是先于绿叶占据枝头
回眸间凝成琥珀，这纯白
一夜银光覆盖了明月
突兀、耀眼，我急促的脚步就此停滞

风继续吹，远方的远方
河流、旷野持续惯有的抒情
就是今夜，我开始爱上玉兰
爱上了泅渡的往返轮回

·林登豪的诗·

阿诗玛拾起石林的梦

是谁植下春笋菁菁
我移动惊喜的脚步
置身凝固的森林
林间的小路上
莫不是阿诗玛伴着姐妹

耳畔回荡袅袅清音
还是当年那曲山歌
情思却已流放
没有留下地址
不要过问还有何人耿耿于怀
俏丽地伫立
难道能等到永恒的日出

岩缝顶起一簇山花
重放故事的鲜艳

历史的足音相会今天
凝固的青春出走罗曼的辛酸
心哪怕化为冲天的石树
也会挂满一串串露珠

山西·壶口瀑布

懒懒散散的浊流
一转眼　痉挛扭动
阵阵飞涛舍身悬崖
啸聚出泥塑般的浪之花
金光翻射　气骨苍然
布云烟电火的销魂阵
粗犷高亢　声振天宇
如安塞腰鼓的高潮
黄浪跃腾　凌空飞扬
似陕北信天游的旋律
在壶口狭窄的河槽
蹦出历史性的挑战
万水汇聚
如破笼的猛虎
昂首舞爪
霹雳　霹雳　霹雳
悬注漩涡
争流　争流　争流
惊溅的漫天雨雾
浓黄　浓黄　浓黄
升腾起　磅礴落
大气冲天　元气淋漓
心潮氢分子般活跃
目光燃烧成山圪垯上的晚霞

·哈雷的诗·

闽江源

迷雾到来时，人容易
走失，你会说那些夜里看不清的
现在变得异常的美丽

大山，它推举出一道弧线的月痕
像隆重的金冠。那个睡梦中的新娘
完全有理由把它摘下来
戴在头上，她的酒窝流出了蜜一样的笑靥

其实我是一条远离你的支流
耳畔回响着你的嘱托，但今夜我只是
一枝容易遗忘的忍冬花

你把绿的种子埋藏深山多年
生根的时候，我的心就被你绊住
那些让我迎风流泪的坡地，那个新娘
使山谷里所有的脉流都变成了歌谣

三叶草还弥留在涧水里，黎明之光
它拐进你的心房，那一片属于思想的高冈
已被乳汁点染成一片苍茫

山崖上，那只叼着野草的公羊
像老祖宗一样顽皮
我怀疑是因为它不小心，把一曲清泉
撒到了大海里去

木兰溪

从你青春的身体边缘绕过去
我开始跟着你去万水千山、百转千回
这清清、清清的木兰溪流
笼着烟水的兴化湾。灯影下
木门咿呀的声音
牵出一段古旧的光阴

果香，她比暗河更加可靠
穿行于白天和黑夜的空隙，枯水季节
溪流泛着泪光。你的岸边
居住着一个叫丹娅的人
端坐在明清家具上，品着苍老的茶
指着这条河流就喊家乡

我的出生地不是我的家乡
我不能抱着这个秘密过一生
现在我还是说不出家乡的方言
我喝过无数兰溪水
手握着一颗又一颗滚烫的荔枝
但我一直叫不出家乡的名字

我一个人坐在河道边上
猛烈地听到龙眼催熟的声音
人有其土，木兰溪，我是你不肖的儿子
我心里虽然刻下你诗歌的图案
我可以为你弯下腰
拥抱每一寸泥土细小的哀伤

但我至今不能用方言倾诉
那粗鲁的嘴唇，那舌尖上苍凉的言语
陌生瞻望的河流，将我潦草的乡情
隐没于内心深处阵痛的起伏
走向远方的丹娅，这个多年后在海边翻看
　波浪的女子
毅然返回，故乡，已被一滴泪水遮没

·余禺的诗·

梦中的妇女

从黑屋拱廊走出的妇女，梦中的妇女
是我的堂婶，姑婆，还是表姨……
在她看着我长大的眼里我看见她老去
风水褪白了她的旧衣和一生时光
我看见她在鬓边留下了一根青丝

独饮时面色微酡的妇女，羞涩的妇女
隔门偷看她怜惜的子弟。想象
远方的青年泡开她的一壶清香
她矜持的手便摘下了后山的一座茶园
—— 再把天堂地府的思虑放在一边

那静水溪，沙石流来又流去
离开的人儿啊，远不如消逝的鸟啼
重复的日子总算有福气享尽
使故事终结，仓廪掏空 ——
惟一的青丝把信心散布到无限中

彩云姑娘

彩云姑娘，秋天了，田地开始收成
你要跟随你爹到镇上，粮食入仓
钱在贴身的兜里揣不暖，你要跟紧
你只要一双袜子或者围巾，不必多想

不要犹豫，你爹的钱总也不够就像
漏底的桶盛不满水像秋风日渐寒凉
你要开口，你皲裂的双脚已为你请求

你红肿的肩脖是日月为你盖的印章

天冷了，路上泥泞，彩云姑娘
不要只身去向后冈，你的衣裳单薄
抗不住荆棘和兽爪以及谎言的入侵
并没有观音娘娘显灵，在危险的黄昏

只有爹娘的哭泣让你心痛和夹袄一般
安慰，而你的前路茫茫，云雾中没有
鹃鸟叫唤——你不要心软，不要点头
不要把命运筹码一样交给一个男人

那说书的先生死了书还活着，彩云姑娘
你别再走入书中的人影。秋天了，田地
开始收成，你要跟紧，不值钱的汗水
泼了，你啊，要从中取回一些……

·郭志杰的诗·

水做的泰宁

沿着看得见的水
与看不见的水
我进入水做的泰宁
水做的泰宁出产水样的年华
水做的泰宁拥有水样的风采
当历史沿着幽深的洞穴溢出
水留下清晰可辨的指纹
见证流动、侵蚀与把握
同时见证永恒
在这里　生命有幸加盟水的队伍
我们与永恒同行
永恒在丹崖赤壁

高举水做的面孔
水做的面孔呈现万物的表情
水做的事物乃是生命的演出
水改变世界并将改变自己
猩猩望潭　老鹰窝
举目天穹岩　人世百态岩
水让两壁挤满细密的想象
挤满被水捕捞的一切可能
数以万计的存在物
终将成为水必然的作品
当线谷的幽深曲弯
串接起时光虚无的甬道
水的不懈让岁月长驻
当巷谷的蜿蜒起伏
引领崖壁上的万千具象
水的意念刀劈斧削
实现人世最神奇的造化
当峡谷的豁然开朗
打开天地的灵睛亮眼
水的功力终将水到渠成
在这里水就是生命
生命与水本是一体
生命的需要水也不曾欠缺
在这里有一个地方
水为天地作悠悠思考
用了千万年的积蓄
用了整个空间的静穆
水的流动动则一大片
水的凝神凝定一大片
水的丰硕带来世界的缤纷
水的灵动带动万物的感官
相信水就等于相信上帝
水渗透一切复苏一切
毫不掩饰地感染一切

但水肯定要流到一个地方
一个似乎永远流不到的地方
一个极富机缘的地方
一个凭水的自身之力
制造开辟与拓展的地方
更是内心需要急切奔赴
立马接轨的地方
这个地方叫上清溪
因为精神的清洁高踞之上
水做的精神是纯粹的精神
让心灵变得可以漂流
水在忘忧草的光顾中
不曾发生情感上的一丝犹豫
柔能克刚在于行动的果敢
任何时候都不曾中断
流动的水不曾中断
永远的时间不曾中断
如同时光扮演的一切
一切都来自这种发生
一切都源于这种倾泻
一切都遵循这种变易
水中看天天为之倾斜
水中穿石石为之敞开
而金湖如同天做的脸盘
盛着银河漫滤的琼浆
流动着聚集着汇合着
凝成一个最柔软
最怡情的礼物——美
水是制造美的最好材料
水是美贯彻始终的有力保证
美在水里不会轻易溜走
美在水里永远不会枯竭
水是生命的源头
更是美潺潺不断的源头

水的存在本身
足够撰写一部美的大辞典
金湖就是这部辞典
一个多彩的章节
一个经典的片段
一个永恒的词语
生命是其中的一个逗点
一个永难分割的融入
唯有大水才值得这样融入
唯有大美谁能不融入
在水的柔情中才有真正的忘我
在水的纯净中才有难得的本真
在水的环抱中才有宽阔的心襟
在水的湿润中才有存在的一切

· 黄莱笙的诗 ·

莲　问

云卷时问
你是泥淖之中的莲　还是出水之上的莲
这尘世飘飘忽忽多少迷惑的眼

花开时问
你是日出前的莲　还是日出后的莲
昼夜猜想你的面容驻于哪种笑颜

风拂时问
你是七月里的莲　还是七月外的莲
最快活的喧哗只有一次无边的时间

步步是莲　声声是莲　目目是莲
你可愿为莲

你可愿为莲

金线莲

如今我已出口成风了　哪怕你是金线莲
我也吐不出一个滋补的词汇

我早知你叶面上的黄金网脉
　　那是迷路的乱象
而丢失在你叶背的洇红
　　那是前世的胎记

这一叶身躯如此单薄却如此容纳
容纳两个不同的方向
　　一个迷茫　一个坚定

而我　早已在一宿的千年回眸中化作飞瀑
从莽莽阔叶林间跌落山谷　无助漂泻

那种无助的漂泻呀　经过一万年　忽然
那抹洇红忽然闪现　在山谷　在岸上

那一闪而过的顾盼身姿　只一闪我就知道
迷茫为我　坚定也为我　你就等在这里

可我无助地流进遥远　遥远尘世的眷恋呀
就像我的呼唤　随风潮湿

· 谢宜兴的诗 ·

清源山

左手扶膝右手凭几
一座山越坐越深

在市井的喧声之外，成为黄昏
道路和历史的一部分

像一颗成熟的果实
与大地融为一体
我看不到他智慧的核仁
只见岁月的唇边长出了密密的气根

把沧桑披在肩上
把孤独与地衣共享
任玄妙的神思化作缤纷的蝴蝶
舞蹈在花季的刺桐枝头

一座山就这样高远起来
有如黑石板上深刻的经书
在他面前，我必须再次
测验自己思想的坚度

我已分不清这是一座山
还是一位与白云共眠的老人
一对比铜钟还要敏感的大耳
听遍了古今远近的风声雨声

如此专注地凝神谛听
一旦开口定然石破天惊
可为何我见他欲言又止
分明张开了双唇却又垂下眼睑

雨雾金铙山

1

坐着缆车进山，把自己坐成舒缓的音乐
高峰古道是千年前的琴键，而我的
脚印，未曾将步步升高的音阶弹奏
索道居高临下，细雨和浓雾藏起了你的真容

· 与会两岸诗人终于登上雨雾金铙山之巅

我怕自己的诗歌写不出你的高大
因此在人称八闽第一峰的白石顶上
让心低下来，低下来把你仰望

2

错过了杜鹃的婚礼，也赶不上白雪的归期
黄栌和红枫只醉在我的想象里
即使将万亩草场化做神奇的飞毯
在山谷间穿越，在林海上滑翔
也只见春天留下绿色的披风收起了斑斓的
　　花衣
就让我做一株秋天的银杏吧
代表春天的漫山野花把你装饰

3

像一条寻根的鲑鱼逆流而上
闽江正源，抬高了我生活的一脉水系
大际面和千层崖瀑布像两行决绝的诗句
你亘古沉默，却仿佛谜底
任天池明镜般照彻风云流变和世事更替
雨雾中我们止步于白石顶
云天深不见底，归途迷茫无绪

· 昌政的诗 ·

在海边

那场台风过后
再无海水上岸寻它丢失的贝壳了
浅湾里
不时响起老螺的呜咽
至今看得出

一滩海卵石来不及随潮退去的慌乱
挤挤挨挨
是怕落单被我捡走他乡吗

我来到平潭
只与仙人井之外的辽阔合影
至于海的遗弃或
馈赠
权当背景

桂峰村

依山而建的古厝
地基都由乱石垒成
从远处看，条石与土墙混在一起
有粗糙之美
精致属于金牌
多半挂在厅堂或素胸

石径曲曲折折
带着一个村子往外走
断垣空出的岁月
谁知填了枯井
抑或被一个私塾先生携去了省城

阳光有时会向天井倾斜
毕竟云也落下了雨
至于草，长在墙头或路边
秋风一起，全都黄了
村里的老泉，改不了往低处去的旧脾气
雪意止于岭上
下山的又一股春水
没人伴行也一样要去远方

一定有些圣旨掉落在石板缝里

没人捡起就长苔了

就想爬上墙去涮一道锈绿色的标语

而木门依呀推开

探出一张被风暴揉皱的脸

最好听的

仍是稚子的笑声

注：桂峰村，位于福建尤溪县洋中镇东北部，为半高山谷地。宋淳祐七年（1247），北宋名臣蔡襄之九世孙蔡长在此肇基，迄今760多年。明清两代出进士3名、举人12名、秀才412名，是中国"历史文化名村"，有"山中理窟"、"云霞仙境"之誉。

·马兆印的诗·

我的故乡叫西马海（组诗选二）

之一

诗人传海说：

只要父母健在，我们就是孩子

诗人广福说：

父母不在世，我们就老了

一个被无数游子吟诵的故乡

就此作古

被他乡人简称异乡

我的父母双亲

躺在鲁西南的麦子地里

长眠不醒

我也开始老了

西马海的夏风吹着辽阔

吹着波澜不惊的粮食

我已经意识到

每一个梁山人的心里

都装着一部水浒

每一片金黄的麦子

都藏着一汪八百里水泊

之二

我不看山，也不观水

在西马海　我必须弯腰或侧身演绎

族谱里的章回

我父母已善终多年

这是最美的结局

我能隔着一树荫凉

听见先人的谈话

也能隔着一望无际的鲁西南平原

看见我幻影里的春天

甚至隔着一桌梁山人的义酒

海誓山盟，说两肋插刀

我已丢弃了江湖儿女之情

如果故乡能够收留我

我就是迎风屹立的白杨

运河堤上红透的枸杞

我就是西马海漫天遍野的

小麦

和口粮

·卢辉的诗·

在乡下，我还能被一株禾苗看重

在乡下

我还能被一株禾苗看重

风一吹

我就低头

走在田埂上
我不是乡下人
也不像城里人
禾苗也不是我的
亲人

白云还在上面挂着
不是所有耙田的农人
都把裤腿
挽得那么安静
我不是其中的一棵
植物，却也
满头银发

水磨坊

水是从山沟沟里流下来的，那么
它的清澈
你舀一勺
多么开阔的河床

只管把黄豆加进去
圆圆的
柔柔的
一个挨上一个
从不回返

那是顺着石磨的洞口
流下去的
豆沫，它属于瀑布

· 曾章团的诗 ·

莲心有云

金铙山只有两朵云
山上的云
只做一件事
紧紧绕着白石顶
群峰下沉，而峰尖成为
高空里的岛屿

山下的云
是有骨头的云
人世壮阔，它邻水而居
满山的黄花梨日显
粗壮，它却避而不语

金铙山被唤过几遍
游人恍然记起山脚下的莲池
去数，总也数不过来
清晨里将荷花莲蓬逐一托起
即使花朵凋零
可那些发芽的骨头
依旧裹着莲心里颤颤的云

双峰古道

古道在脚下，沿着水边蜿蜒
一个人在时间的倒影里
摇晃，清风扶不住
崖石也扶不住。一群挑担的身影
路过时吆喝了几嗓
山更挺拔，水更清幽

闽盐赣米磨砺过的石板
虫豸还从那儿爬过，偶尔转身
触及青苔和中草药遗弃的
体香，它们略显不安
大半个时辰，它们保持静默
鲜有他者为此而停下步伐

这是宋朝古道，又称高峰古道
先人早已仙逝他乡
尾随者接踵而来，从谷底
越溪涧，真正上路了
流水在前方，飞鸟已在后头

没有一棵树在证明它是树

·林秀美的诗·

正在来临

来吧　大风或者小风
这时不谈尘世
除了世界　还有什么
会更遥远

不是荷花，但可以
像荷花那样
足够地清
不是荷叶，但可以
像荷叶那样
把自己放得足够地低

远山一动不动

世界从来完整
你瞧，这一池的孩子
迎着风
一片片青荷
一个个白莲
它们都是我　将要相认的
孩子

从根部到花瓣的距离

拨开绿色的荷叶　仍见光
在颈部
无声地奔跑

在最黑的夜
仍向往醒着
仍有内心空阔的人
细数花瓣的数量

明亮的花瓣　光洁　透明
但有多少梦　干冽　寒冷
在黑夜的后面
一面是淤泥一面是流水
一面是丑陋一面是惊艳
多少荷花在没有成为荷花之前
都是这样
被隐忍、掩埋、无声地遗忘

从根部到花瓣的距离
就是黑暗到光明的距离

·刘志峰的诗·

雨水不会忘记梦乡

雨水不会忘记梦乡
也不会忘记隔山隔海的想念
被淋湿的时光
远远地被我记惦
也曾淋湿信笺
洇透我的爱恋
还有梦中走过的那条小巷
还有梦中坐等的那条小船

出水芙蓉

有一种高洁浮出生活的水面
有一份矜持在爱情之间绽放
我不知道
等到你的花期，要经多少风雨
抵达你的心灵，要走多长的路
我把漫漫的追求深埋
哪怕淤泥满塘、枝残叶落
水的波动就是你的跫音

·游刃的诗·

南山笔记

一

春风吹拂着我，我的另一重肉身倾斜了
要回到前生，前生的前生吗？

那个永无止境的

比喻里的我，啄木鸟都厌倦了反复凿击
巨匠也难以阻止那空洞的响声扩大

在南山，那把黑伞势必难以挡住一颗星子
滴落
在我胸襟，辽远的天穹啊，就在那一瞬间

重启了绝对静止，松针一样小的喘息
停顿在空中，像尖锐的怀疑，也难以刺破

无穷，正存在于曙光初现时，南山峰顶上
最高
那棵树的树尖，树尖上的露珠，露珠的圆
弧表面

超越必然的人生难以理解，仿佛从不曾思
想过
我和另一个我，会辨认彼此的脸庞和双手

二

我背靠南山，南山是一堵薄墙
每夜我都听见隔壁有孩子嘤嘤啜泣

那么，山上的那些树枝，为什么
像手指白骨裸露，还指向北方

为什么南山也会羞愧，在荒凉的村庄
一个老人死在床上数日，静待轮回

山下虚假的稻浪，被风一吹，就会
覆盖住山头，南山仿佛藏身于一颗谷粒

山顶上的人未蒙天恩却被蒙住双眼
他幻想着伤口一经时事流徙，心会安宁

像被抛弃的天使，投胎到一户农家
他又要重新做一回他们的苦孩子

三

一所乡村小学，它的校长像陶渊明
这次，他的胡子好几天没刮，看上去更像
与自己的骨肉渐远，更接近隐逸、田园的
　　主题
有个女生说，校长像是南山的稻草人
仿佛话中有话，形势为之一变
瓦檐的麻雀要啄破他的面具
为什么要扮演一个死人？画上去的心脏看
　　起来更像
假躯壳也有真仁慈，南山的稻草人
她怎么知道脸上乌有的胡子
怎么知道南山也有南山的前身
她怎么知道采菊饮酒赋诗

怎么知道即便穷愁潦倒，鬼神也在暗中运
　　行

四

我记起一只大鲵，在湍急的小溪流里啜泣
夜晚，有人指着远处，说：看哪，一个新
　　孩子
藏在猕猴随机打出的诗行里！无限大的概率
刻画着生物的拼盘，在食人兽尚未学会烧烤
之前，有人就曾被山里的野猪咬下一只脚
相信转世的宗教顿然丧失原本亲切的想象力

片刻之后，土地庙的小神被溪水刺激了两鳃
看护着在有回流水的洞穴中生活的孩子
光阴在他们身上延展得很慢，仿佛一对减
　　速的
落体铅球，调整了证明真理的进度，两个
　　来自
不同光照的谜，相互缠绕，纠结难解，只等
耐饿的大鲵，辟谷的高僧，共制闪电的一偈

⊙诗歌讨论会和朗诵会

"个人经验与乡土资源" 诗歌创作座谈会

座谈主题：现代诗：个人经验与乡土资源

参考议题：

1. 从中西经典诗人的创作看现代诗与地域文化的关系。

2. 一个人的出身对于成就其为诗人的作用。

3. 在诗创作中你如何处理文化传统与个人经验？在具体诗创作中有无"影响的焦虑"问题？

4. 在后工业社会，乡土文化是否为华文诗歌的诗意原乡？如何处理原型意象和新意象之间的关系？

5. 台湾现代诗中的乡土情怀。

6. 从农业文明的变迁看大陆近年的乡土诗。

7. 华文乡土诗对现代诗的贡献。

时间：2015 年 7 月 15 日
地点：福建建宁大饭店一楼会议厅

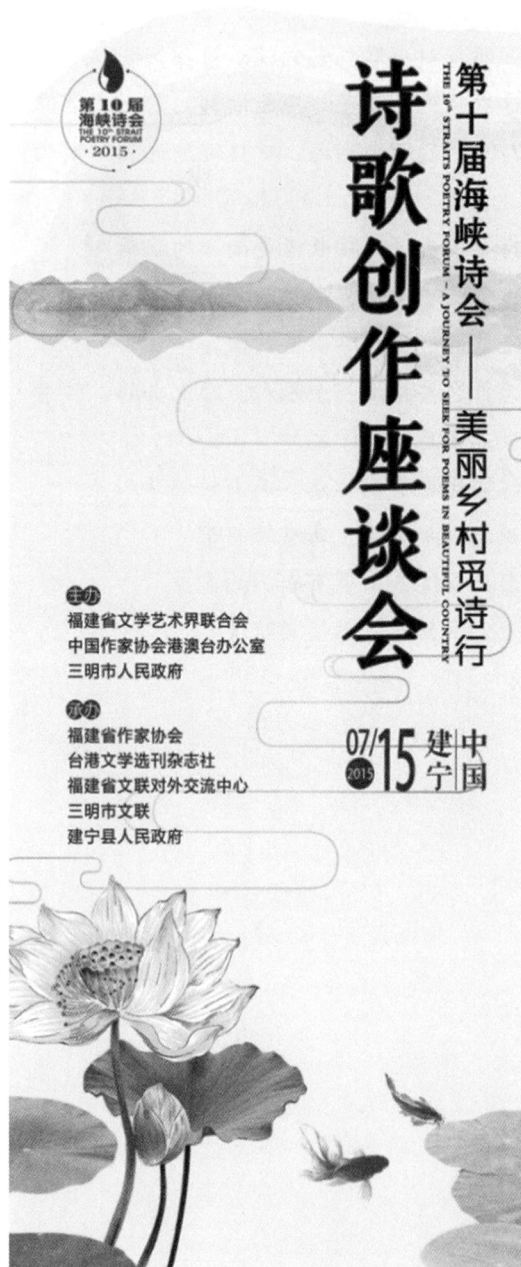

·第十届海峡诗会易拉宝设计

开幕式（上午 8：30~9：10）

· 第十届海峡诗会诗歌创作座谈会会场

主持：张作兴

致辞：

1. 建宁县委书记郑剑波致辞

2. 诗人代表陈义芝先生发表感言

3. 诗评家代表谢冕先生发表感言

4. 中国作家协会党组成员、书记处书记阎晶明先生讲话

5. 福建省委宣传部部长李书磊先生讲话

全体留影（9：10~9：25；地点：建宁大饭店前）

第一场座谈（上午 9：30~11：50）

主题：现代诗：个人经验与乡土资源

主持：简政珍　　讲评：孙绍振

发言（每人限 10 分钟）：

1. 萧　萧：眼前的乡土与内化的乡土

2. 谢　冕：乡土文化之于诗的本质

3. 陈义芝：我的三种乡土——现实、血缘与文化

4. 叶延滨：漫谈乡土诗歌与当下诗坛

5. 向　阳：从《离骚》出发的诗路

6. 李少君：青山绿水是最大的现代性

7. 辛　牧：个人经验与乡土资源的浅见

8. 杨志学：乡土记忆与诗歌家园

9. 方　群：华文乡土诗对现代诗的贡献

10. 霍俊明：陌生人、病人、异乡人或残缺的赞美诗——关于诗歌中的乡土现实与精神现实

讲评（15 分钟）

· 主席台自左至右：郑剑波、郑愁予、张涛、杜源生、李书磊、阎晶明、张作兴、谢冕、秀实

第二场座谈（下午 15：00~18：00）

主题：现代诗：个人经验与乡土资源

主持：陈仲义　　讲评：萧　萧

发言（每人 10 分钟）：

1. 孙绍振：最前卫和最传统的结合

2. 简政珍：诗化的现实与经验的转换

3. 陈育虹：最初的移民——玛格莉特·艾特伍的叙事诗

4. 蓝　野：沂沭之间的乡村表达

5. 龚　华：以书写来治疗开向原乡的伤口

6. 郑单衣：岛民的诗与视觉艺术元素

7. 陈　谦：离绪与情愁：台湾诗人的乡愁经验与表现

8. 姚　风：苍凉的眺望——何处还乡

9. 秀　实：现代诗歌与传统自然

10. 萧　云：现实中的美和艺术中的美

11. 黄莱笙：三明诗群的乡土经验与地方品格

自由发言（15 分钟）

郑愁予先生讲话（18 分钟）

讲评（15 分钟）

"清新花香　福源建宁" 诗歌朗诵会

· 本届海峡诗会诗歌朗诵会节目单封面

一、概况

总顾问：张作兴

顾　问：陈毅达、詹积富、张丽娟

总策划：林秀美、宋　瑜、黄莱笙

策　划：张炜琳、伍林发

总协调：黄晓莲、饶黎明、祝俊元

协　调：宁　萍、岳　清、卓　娜

总导演：王思源

舞台总监：张勇民

舞美设计：陈文龙

舞美监督：李维斯

执行导演：邓统明、黄晓莉、施骁娜

前台主任：邓统明

后台主任：刘志荣

灯光设计：蔡　毅、曾　智

音响设计：罗小雄

视频、音乐设计：王思源

剧　务：邓伟萍

主持词撰稿：黄晓东、游　刃

主持人：陈黎贞、万理想

演出单位：三明市歌舞团
　　　　　三歌文化传媒有限公司

时间：2015 年 7 月 15 日 20：00

地点：福建省建宁县修竹荷苑品种园

二、节目单

序

《爱莲说》　编导：黄晓莉　表演者：建宁县小荷舞蹈培训中心、三明市歌舞团

【第一章】云卷时间

1. 群诵《经典》

　朗诵者：陈黎贞、孙　华、高启光、马　岩、岳　清、万理想、薛　寒、唐宗铭、
　王莉莉、万　玉、杨　蜜

2. 诗歌联诵《黄土地》、《鸟语》　作者：郑愁予（美国）、姚　风（澳门）

　朗诵者：孙　强、岳　清

　配舞：三明市歌舞团

3. 诗表演《想一首歌颂大自然的儿歌》　作者：叶延滨

　朗诵者：王莉莉

　配舞：建宁县小荷舞蹈培训中心

4. 诗歌联诵《小镇》、《池上》、《敬亭山记》　作者：陈育虹（台湾）、陈　谦（台
　湾）、李少君

　朗诵者：陈育虹、万　玉、唐宗铭、马　岩

【第二章】花开时间

1. 情景诗表演《错误》、《致橡树》　作者：郑愁予、舒　婷

　朗诵者：高启光、陈黎贞

2. 诗歌联诵《乡村小提琴制作师》　作者：杨志学

　《从双连搭捷运到淡水》作者：辛　牧（台湾）朗诵者：万理想、薛　寒

3. 女声独唱《莲的心事》　演唱者：万　玉

　配舞：三明市歌舞团

4. 诗朗诵《立秋了，远方》作者/朗诵者：郑单衣（香港）

5. 情景朗诵《星空》、《大西北》　作者：蓝　野、萧　云

　朗诵者：高启光

　配演者：三歌艺术培训学校

【第三章】风拂时间

1. 情景朗诵《在花莲》、《荷塘月色》　作者：方　群（台湾）、秀　实（香港）

朗诵者：唐宗铭、万理想、孙　强

沙画：周　微，配演：三明市歌舞团

2. 男声独唱《我像雪花天上来》　演唱者：冯　磊

3. 情景朗诵《当闹钟与梦约会》、《勋章》　作者：简政珍（台湾）、龚　华（台湾）

　　朗诵者：薛　寒、岳　清

4. 情景朗诵《蜀地小镇》、《小满》　作者：霍俊明、向　阳（台湾）

　　朗诵者：马　岩、向　阳（台湾）

【第四章】步步是莲

1. 情景朗诵《可愿为莲》　作者：黄莱笙　朗诵者：陈黎贞

2. 诗朗诵《海滨荒地》　作者/朗诵者：陈义芝（台湾）

3. 情景朗诵《惠安女子》、《归园三思》　作者：舒　婷、萧　萧（台湾）

　　朗诵者：岳　清、王莉莉、杨　蜜

4. 诗朗诵《大氅飘飘》　作者：谢　冕

　　朗诵者：孙　华、孙　强、唐宗铭、薛　寒

5. 音/诗《七月莲菏》　集句：黄莱笙（集自余光中、洛　夫、郑愁予、席慕蓉咏莲诗）

　　作曲：伍林发，朗诵：孙　华、马　岩

　　编导：张勇明，配演：三明市歌舞团

三、串讲词

开场语

男：尊敬的各位领导、

女：尊敬的各位来宾，

合：晚上好！

女：我是主持人陈黎贞。

男：我是主持人万理想。

女：今夜，嘉宾云集，群星灿烂。特别令人高兴的是，出席今晚诗会的有各级领导及众多远道而来的两岸四地的著名诗人，他们分别是……（略）。谢谢你们！

男：今天，我们在这里相约。

女：今日，我们与荷为伴。

男：在诗歌的牵引下，我们来到了这里——美丽的建宁。

女：在这美丽的地方，有四季的美景，有莲荷的芬芳。

男：在这亦真亦幻的诗歌的梦境中，有浓郁如酒的情感，有广阔如天空的心灵。

女：这是一场诗歌的盛宴，这是一次文化的交融，有两岸多地诗人的心灵交流，更有包括海峡两岸同胞在内的全体华人的情感交融。

男：此时此刻美丽的建宁是荷花的海洋，更是诗歌的天堂。

女：就让我们一起在这个诗歌的海洋中沉醉，去感悟这荷花的芳香，去倾听这一首首美好而隽永的诗歌——那怀着乡土而往，追寻乡土而来的诗歌……

【第一章】云卷时间

（联　诵）

【第二章】花开时间

男：古往今来，诗歌承载了诗人的远思和近忧，承载了深沉的情感和广博的胸襟。尤其在茫茫的人世、邈邈的天地之中，诗人跟随时代的变迁而走向远方，又在远离之后回望故乡的厚土，眷恋消失的过往，缅怀难忘的故人，重新思索那令人不能释怀的亲情、友情和爱情，思索乡土中人与人的和善、平等、相扶、包容的关系，以及那些永恒的情感价值，例如无望中的等待，困顿中的坚守……

（《错误》、《致橡树》）

女：已成为当代经典的舒婷的《致橡树》和郑愁予的《错误》，就是这样的作品而为人们传诵不息。

（主持人采访郑愁予和舒婷）

女：朋友们，今天这两首诗的作者也来到了现场，让我们用最热烈的掌声欢迎《错误》这首诗的作者郑愁予和《致橡树》的作者舒婷。（对两位诗人分别进行采访）

【第三章】风拂时间

女：伴随着花开，我们仿佛从过去的时光中走来。

男：在这片号称花海的地方，我们以"荷"会友，不失一份惬意。

女：在这个荷花盛开的季节中，我们以"诗"相聚，不失一种高雅。

男：这个夏天，两岸多地的同胞为"荷"而来，就像莲蓬里的莲子紧挨，兄弟姐妹一道欢歌，一起吟诵。

（《乡村小提琴制作师》）

女：愿沉醉在这朦胧的梦境中，等待我童年里的爱恋，现实的我们远离了松软的泥土，远离了那久违的故园。有时候，我们真想好好地感悟一下自然的声音，在一种新的情境下，看庭前花开花落，望天上云卷云舒，也看手工制作的工艺、自然原生态的出产，所呈现的质朴，所散发出的清香。

女：有一种心绪是咸的，咸到了黑发变灰又变白；有一种胸怀是淡的，淡到试图重新找回那种单纯中的充盈。那就是要从乡土的自然和人文中去领略，去取得。无论苦涩，无论甜美；无论苦难，也无论幸福，家，是我们永远走不出的地界，是我们永远要找回的梦想。她在身后吗？不，她其实在我们的前方。

【第四章：步步是莲】

女：云卷时间，你是泥淖之中的莲，还是绿水之上的莲？花开时间，你是日出前的莲，还是日落后的莲？风吹时间，你是七月里的莲，还是七月外的莲？

（《海滨荒地》）

女：伴随着动情的诗歌，我们仿佛听到了花开的声响，为荷而来，真实而非梦幻地进入一片花海。然而收获的芬芳和美丽，无论在哪里，却都来自对土地的忠诚和辛劳的汗水，都是人的奉献和上苍赐予的结果。接下来有请来自台湾的诗人陈义芝为我们朗诵他自己的诗作《海滨荒地》。

（采访谢冕）

男：这次您来到建宁，都有哪些感触？

男：谢老师，你当时为何要创作这首《大鳌飘飘》？

· 本届海峡诗会安排在荷田中央举行露天大型诗歌朗诵会，于荷田上搭台

结束语

男：打一把细花的小伞，穿一袭古典的长裙，飘洒的雨花，在文学的青石小径上，敲打出这诗歌的韵律。

女：今天，我们相聚在这里，约会建宁，以花的名义，以美好的文字同这个夏天对歌。

男：我们同赏名篇，与历史对话；

女：我们聆听诗章，与诗人相偕。

男：风、雅、颂，颂盛世和谐；

女：赋、比、兴，兴浩然正气。

女：自然、乡土与人文，蕴含诗歌颂不尽的题旨，是诗歌内在永远的追寻。那遨游诗歌世界的心灵之旅永远意犹未尽。

男：朋友们，"清新花乡 福源建宁"第十届海峡诗会诗歌朗诵会到此结束，让我们再次相约下一个花开的季节，朋友们——

合：再见！

（撰稿：黄晓东、游 刃）

⊙诗会主题歌

七 月 莲 荷

——第十届海峡诗会主题歌

黄莱笙　集句
伍林发　作曲

1=F　3/4

♩=118

七月莲荷　七月莲荷　叠如台合为座
众荷喧哗　众荷喧哗　叠远山合村落

最美丽的时　刻　重门却已深锁
我

我走了一半又停住　等你轻声唤我

打　闽江源走过　游子的容颜如莲花开落　达达的

马蹄是美丽错误　我不是归人是过客

我不是归人是过客　不是归人是过

客。

（集句选自台湾诗人余光中、洛夫、郑愁予、席慕蓉诗）

⊙**综述**

瞻望乡关　诗以安魂

——"第十届海峡诗会·美丽乡村觅诗行"侧记

◎李媛媛　梁　星

诗曰："接天莲叶无穷碧，映日荷花别样红"。

这首著名的诗句，用来形容《红楼梦》中多处提到的名品"建莲"的出产地——福建省建宁县，也是恰如其分的。建宁县除了具备富于特色的自然资源和历史人文资源外，也是大陆改革开放后福建最早形成的诗歌群体"三明诗群"的创作基地之一。

正因如此，2015 年 7 月 15 日至 17 日，于"荷花送香气，竹露滴清响"的季节，在"闽山之巅、闽地之母、闽水之源"的建宁县举行两岸文学交流系列活动之"第十届海峡诗会"，不能不说是活动主办方富于巧思的安排。

习近平总书记在文艺工作座谈会上强调，文艺是时代前进的号角，最能代表一

· 2015 海峡诗会——走向荷田的诗人们

个时代的风貌,最能引领一个时代的风气。诚哉斯言! 作为率先进行改革开放的省份之一,伴随社会经济的蓬勃发展,福建的文艺工作也不断向前推进。由福建省文联及其他单位联合主办的"海峡诗会",从2002年起已成功举办了九届,先后邀请了台湾著名诗人余光中、洛夫、痖弦、郑愁予、席慕蓉以及谢冕、牛汉、蔡其矫、舒婷、叶延滨、鲍尔吉·原野、汤养宗等海内外数百位诗人、作家、学者、艺术家莅会,在海内外产生了积极的反响,被赞为"享誉两岸的专业品牌交流活动"。

本届"海峡诗会"由福建省文学艺术界联合会、中国作家协会港澳台办公室、三明市人民政府共同主办,由福建省作家协会、台港文学选刊杂志社、福建省文学艺术对外交流中心、三明市文学艺术界联合会、建宁县人民政府联合承办。活动以"美丽乡村觅诗行"为主题,以拓展"海峡诗会"品牌活动、促进两岸多地文化深入交流为宗旨,邀请到了台湾诗人郑愁予、简政珍、陈义芝、萧萧、向阳、陈育虹、辛牧、方群、龚华、陈谦;香港诗人、作家秀实、郑单衣、巴桐;澳门诗人姚风;大陆诗人舒婷、叶延滨、诗评家谢冕、孙绍振及福建诗人四十多人莅会,两岸多地诗人集贤于此,以"美丽乡村觅诗行"为主题,围绕"现代诗:个人经验与乡土资源"展开交流、研讨,同时举办了"清新花乡,福源建宁——第十届海峡诗会·美丽乡村觅诗行"诗歌朗诵会,并借机组织诗人参加当地举办的赏荷采摘季活动,深入乡村田野,进行乡土写作资源考察采风与创作。

有朋彼岸来　相见一家亲

15日上午,"第十届海峡诗会·美丽乡村觅诗行"活动开幕,福建省委常委、宣传部长李书磊、中国作家协会党组成员、书记处书记阎晶明到会并发表了热情洋溢、富于对乡村人文、自然美好感觉的、贴近诗歌实际的讲话,令两岸与会诗人备感亲切,深受鼓舞。李书磊部长代表福建省委、省委宣传部对莅会嘉宾表示热情的欢迎,他与在场嘉宾分享了初到建宁,感觉乡土气息的美好印象,希望各位诗人不断出新作,多在福建发表、出版作品。阎晶明书记代表中国作家协会港澳台办公室对第十届海峡诗会的举行表示祝贺,对福建在两岸文化交流方面所作的贡献表示感谢,并就两岸共同的文学传统、诗歌所处的时代、诗坛出现的问题等发表了自己的看法,希望诗人通过个体创作,以接地气的、真正意义上的优秀作品来验证中国诗歌的繁荣。

现任教于台湾师范大学的诗人陈义芝与北京大学博士生导师谢冕分别代表两岸诗人、诗评家在开幕式上发表感言。谢冕回顾了上世纪80年代两岸多地诗歌界朋友见面聚会的困难,谈到延续今时两岸交流仍存在的问题。但他庆幸这个时代两岸朋友能像亲戚一样往来,他以自己家人同台湾的关系以及自己同台湾诗人的交往为例,感谢这个时代。陈义芝以初来乍到建宁就感受到乡土的温馨、人情的亲切和活动的盛大为开场白,回顾自己十年前曾参加的海峡诗会,肯定本届诗会的主题设定,表示"乡土"是每个人生命坐标的核心,没有乡土情怀就没有诗的坐标。他略显单薄的身躯微微颤抖:"我们生活的天地、居

· 台湾中坚代诗人陈义芝代表台湾与会诗人发表感言

· 著名诗评家谢冕发表感言

住的地方也就是形塑我们生命价值、意义的所在。"他的一席话引起两岸多地诗人强烈的共鸣。

开幕式由福建省文联党组书记张作兴主持。建宁县委书记郑剑波代表建宁县委、县政府介绍了县情并致欢迎词。简短的开幕式洋溢着切近主题的浓浓诗意和宾主间良好沟通的气氛。

文风承一脉　沃土生繁花

当天，诗会以"现代诗：个人经验与乡土资源"为主题，展开两场诗歌创作座谈会。上午的座谈会由简政珍和孙绍振主持。下午则由萧萧和陈仲义主持。与会两岸诗人诗评家紧密围绕主题发言，气氛十分热烈。所论大约为如下诸端：

乡土所保持的诗歌品格

"我想最重要的乡土就是故乡。有位大陆到台湾的作家王鼎钧先生认为，祖先最后流浪的一站就是故乡。无论如何，乡土是每个人生命坐标的核心。有这样的核心与坐标，才有心灵的抒发。如果没有乡土，人心就会变成废墟。"提到乡土，陈义芝在开幕式上作为诗人代表发言时，几乎抑制不住内心喷涌而出的情感。谢冕回忆儿时因福州沦陷逃难的所见所闻，认为是闽江下游河网密布的风光时常入梦，给了自己最初的创作冲动，成为诗歌的源泉，人生痛苦的安慰；而现在的乡愁与台湾诗人的乡愁又不一样，望乡更多是怀念失去的时光和家园。

在电子网络的时代，诗歌被娱乐化的现象时有发生。"当前在内地诗坛出现了不少问题，甚至是一些乱象，以诗歌的名义仿佛在谈诗但却是非诗的，是不高雅的，是不艺术的，最后变成娱乐化的话题。这样一种现象是非常值得我们警惕的。"中国作家协会党组成员、书记处书记、文艺批评家阎晶明指出，如何防止诗歌在娱乐化的时代被娱乐化，如何保持诗歌传统的品格，但是又要接地气，这些都是非常复杂的问题。他对优秀的诗人们寄予厚望："任何一个时代、一个地方都有比较差、比较烂的诗歌，但是必须依靠大量优秀的诗歌、杰出的诗人来匡正我们的诗歌，证明诗歌不可替代的价值。"他希望大家千万不要因为一些令人失望的现象，而对诗歌本身失望。"诗人每个人都是独特的，但我们聚到一起是因为还有许多共同性。都是用汉语进行写作，都有共同的诗歌传统，都是在民族的、家国的这样具有高度共同性的概念下相聚在一起，所以才有许多特殊的，也是共同的话题。"

台湾诗人向阳谈到乡土自然同诗语言的关系。他以《从＜离骚＞出发的诗路》为题，介绍自己当年"逆流溯源"，以《离骚》为母本尝试新格律诗的创作经历，认为自然呈现的语言才是诗的语言。台湾《创世纪》诗刊总编辑辛牧认为，乡村是孕育文学的好地方，台湾的人文环境是诗歌发展的温床。他并回顾了自己在台湾海军服役，后到台塑企业编刊以及与《创世纪》创始人之一张默的交往经历，让大家了解到其创作诗歌的背景。来自香港的郑单衣曾在贵州生活、工作十多年，后来到香港从事财经方面的编辑工作，当厌倦了周而复始的工作后，辞职做一介岛民，捡回了曾经的绘画梦想，边绘画边写作。他认为，把原初的经验转化为艺术的经验非常重要，可以按照自己的意愿完成工作的人是幸运的。

79岁高龄的福建师范大学孙绍振教授将许多人的乡土情怀关联过往时间，以时间问题谈诗歌美学。他将多位嘉宾发言中提到的乡村记忆与诗歌关系进行引伸，提出，记忆有美化的功能，拉开时空的距离，会产生美好的想象和回忆，能够抚慰心灵。关于回忆，他引用了郑愁予"回忆是希望的蜜"、谢冕"回忆产生安慰"、杨志学"记忆有美化的功能"以及简政珍"回忆在当下变形"的观点，并以李商隐、李后主以及徐志摩《再别康桥》和雪莱的诗为例，指出拉开时间距离，诗就显得特别珍贵；这不仅是一个过去的命题，也是未来的命题；同时这也是写诗的诀窍。对此，陈仲义教授提出"瞬间"也可以产生好诗的观点与其针锋相对，并以大陆诗人于坚的诗《钉子》为例，认为拉开时空距离表达个人情感固然产生价值，产生在时空转换中的诗意，但现代诗往往在转型中产生与古典诗的巨大差异，转化为现代的瞬间体验，这是现代人的诗写作形态；没有回忆，并非就没有好诗。二人针尖对麦芒又不失幽默风趣的表述，让略显严肃的会场顿时轻松起来，并使座谈交流增添更多学术探讨的意味。对此简政珍提出第三种观点，认为诗的完成是对经验的转化，诗歌不是凭空的想象，表面的虚构是过去众多经验的神秘的组合，在瞬间完成。每一个瞬间都

· 著名诗评家孙绍振在座谈会上发言

叠合于某种回忆的时间，灵光一闪的刹那
其实有它产生的偶然性，也有其必然性。

离绪与乡愁的现代意涵

从传统诗到现代诗，诗人的乡土其实
就是酝酿其成为诗人的生活土壤和精神源
泉。乡土与乡愁总是结伴而行。诗歌发展
到今天，乡土、乡愁这样一种人文情怀，
使现代诗和中国传统发生了奇妙的组合。
"我是个抗战儿童，内战少年。这两段时
间是我一切感性经验开始的时候。战争是
人为的破坏，比天灾还要厉害，后患无穷。"
谈到乡愁，82 岁的台湾旅美诗人郑愁予先
生从座位上站起身背起他那常年不离左右
的黑色双肩包，接着说："我的乡愁就在
我的背包里，我走到哪它跟着我，我携带
的东西就是我的故乡。故乡是一个人成长
的地方。每个人的情绪都在流动，当写诗
的人情绪流动碰到一个场景，集中起来、
强烈起来，就想用诗表现这个场景，这就
是诗的构成。"虽然经历过炮火硝烟、社

· 著名诗人郑愁予在座谈会上

会动荡的年代，郑老一生写诗，却从没有
在他的诗里抱怨过、嘲讽过，只时时刻刻
想把自己的感受与思考写进诗句里，一写
就是十本诗集，一写就是一辈子。

"一代诗人都在讲遥远的乡村的记忆，今天的乡愁都是在怀念我们失去的时光、失去的土地和失去的家园。"乡土从小的方面来说是故乡、是具体的乡愁，乡愁放大了就是家国，是人类的命运。历史有太多不可抗拒的因素让人无奈，正如83岁高龄的谢冕先生感慨的那样："都说两岸间仅隔着浅浅的海峡，但以前我们见面非常难。所以才有那么多内伤，因为家乡就在前面，但是却不能见。"

"春与秋其代序"，十多年时光匆匆而过。中国作家协会全国委员会委员叶延滨先生参加过2002年第一届海峡诗会，今年重返会场的他感慨道："我认为乡土是海峡两岸中国诗人共有的一种人文情怀。"乡土不再仅仅引发原有的田园诗浪漫风格，而是一种乡愁。其内在的精神是一种疼痛感。他既分析了郑愁予、余光中、洛夫等以乡愁为主题的台湾诗人经典之作，也对大陆几十年来的社会变迁和城市化进程对诗歌的影响做了客观分析，认为，大量优秀诗篇来自断臂之痛、嫁接之痛，亦产生了"草根诗人"、"底层写作"现象，并认为中国诗歌和西方诗歌不同，追求天人合一的理念，传统成为血脉藏于我们的内心。随着历史的变迁，乡土由郑愁予先生笔下"一个美丽的错误"变成余光中先生笔下"一湾浅浅的海峡"，由浪漫的田园风格变成直中胸膛的内伤，它有了一个时代的深厚的人文情怀。

台湾女诗人龚华通过父母的离乡从大陆到台湾，自己的离乡从乡村到都市，乡土的概念用"隐性神经"来形容，产生惆怅、不安的情绪，她以诗来疗伤。中国作家出版集团文学与出版管理部主任杨志学深有感触，他提到："乡土是有根的，提醒我们不忘记根本。"但结合诗歌的发展现状，他有着深深的担忧："诗歌是一种与农耕文明相联系的艺术形式，它的发展和繁荣和一定社会阶段联系在一起。它青睐于田

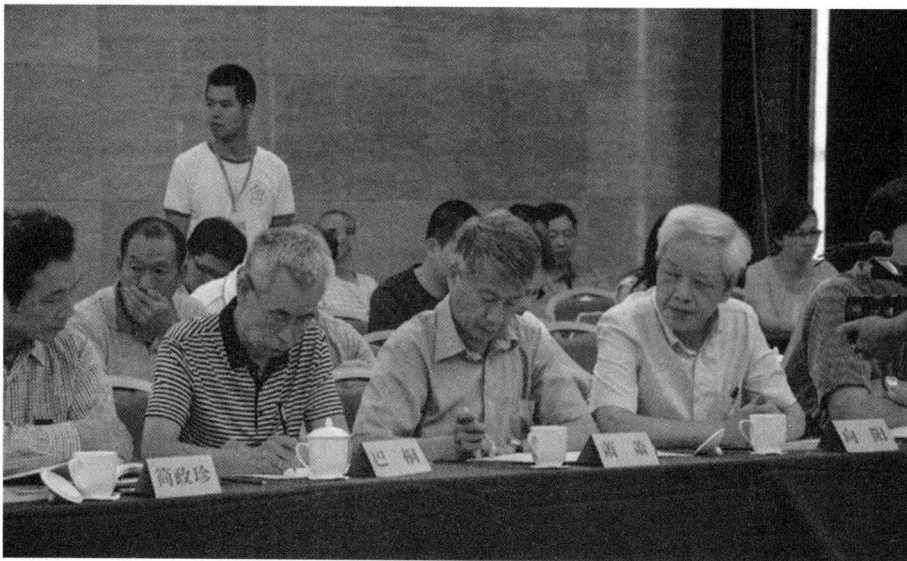

· 从左至右：简政珍（台湾）、巴桐（美国）、萧萧（台湾）、向阳（台湾）在座谈会上

园牧歌、自然风光、乡村风物，经常与步行、舟楫相协调。当社会发展到一定程度，城市化进程够快或是不合理地开发，对诗歌的破坏是不言而喻的。城市的多种娱乐方式对诗歌的冲击，对诗意的侵蚀也都是存在的。"但他指出乡村与城市不是对立的，将两者看作是对应的关系比较合适，不能简单地认为哪个是美、哪个是丑。他并从五个方面剖析作为精神层面的乡土对于现代人的意义。台湾诗人方群以《华文乡土诗对现代诗的贡献》为题发言。他说，《诗经》里的"风"是最早的乡土诗成就。新诗百年，养分来自乡土，也来自城市，城市里长高楼，与乡村长庄稼是一样的道理。台湾诗人陈谦说，台湾所有的乡愁都是有时代特征的：清代、日据时期、战后、七十年代后。无论是还乡诗，还是边塞诗，相同的题材，诗人的表现是不同的。出生于新疆的大陆诗人兼编剧萧云鲜明地提出：乡村在个人印象中存在很多负面的东西，现在人们所谓的乡愁，并不是怀念乡村生活，而是在寻找心灵的栖息地。她希望"优秀的诗人们坚持下去，好让我们这些不勇敢的人跟着走。"

乡情的文化力量

"一山有四季，十里不同天。"这里是闽山之巅——金铙山是她宽大、厚实的臂膀；这里是闽水之源——闽江源是她清澈、灵动的心灵；这里是闽地之母——天井坪是她亘古、沧桑的印迹。在"闽山之巅、闽地之母、闽水之源"的建宁县举办本届诗会，多少会让人有种寻根与回归之感。"乡土会留下很多记忆，所以时间性就保留住了，甚至会延伸到我们后代所常常提到的

乡愁。乡愁的诗基本上就是乡土（的表达）。它是远离乡土后对乡土的怀念。"祖籍福建漳州的台湾明道大学人文学院院长萧萧分享了自己的故事："我第一本诗集出版的时候，邀请席慕蓉为我做插画。她并非出生在蒙古，也没有到过蒙古，只是蒙古人的后代，但她画出来的插画，树都长得很小，影子却拉得很长。这样的景象我第一次看到，在台湾我没有见过这样的景象。后来我有机缘到达蒙古，我发现真是这样，树枝短短小小，影子却都拉得很长。一个没有到过蒙古的蒙古人，怎么会画出这样的画？"难道她对乡土的认识在她还没有出生之前已经存在了吗？这份疑惑直至萧萧自己第一次回福建到了南靖云水谣，终于有了了解答，他说自己有一种似曾相识的感觉：是不是前世我曾经到过这个地方，是不是我们祖先一代一代流传下来乡土的意象一直保留在心中？一代一代乡土的记忆就是这样延续下去的？因此他认为，乡土有两种：眼前的和内化的。对乡土的记忆是内化的过程，直到流浪的最后一站。

来自台湾师范大学的陈义芝先生深表同感，他的父亲是四川人，母亲是山东人，在战乱中相结合，所以他觉得自己的血缘乡土是山东和四川。"血缘的乡土经历了时代的动荡，我最初接触父乡母土是在1988年，台湾在1987年解严开放之后，我带父亲去四川，我弟弟带我母亲去山东，书本里的这块土地一下子来到眼前，非常感动。"感动之余，他以诗寄情。但写出的诗却不能被当时有些香港朋友理解，一个出生在台湾的人怎么会对他父亲的故乡系念那么深？这就是藏在我们血脉与内心

深处的乡土。

评论家谢冕老先生也用自己的经历印证了萧萧院长所述说的感受:"在我想到和诗有关的事时,或者个人生活非常痛苦的时候,遥远的记忆便会跑出来。小时候逃难到福州郊区,那里的水流与阳光,后来在我人生最痛苦的时候每天来拜访我。记忆中美好的东西与眼前最丑陋的东西结合在一起,我便写下了一些粗糙的诗歌。儿时几个月的经历不断进入我的梦,这就是诗歌的源泉。"

他们的话给在场诗人些许安慰,但一代诗人渐渐老去,维系两岸多地华人的这段共有记忆渐渐褪色,昔日的家园渐渐寻不到它原有的模样,我们共有的这种叫做乡愁的疼痛会不会慢慢消退,我们还有多长的时间能像今天这样坐在一起为共同的情感心潮澎湃呢?有虑于此,香港诗歌协会会长秀实主张身体书写。他说,现代人与自然距离很远,因物质生活的改变,缺乏古人对生存的忧虑,也没有天人合一的生命境界,所以现代人应另谋出路;虽然都市人也可以接触自然,但还是离得很远,而身体是最接近自然的,应该把身体看作是自然的一部分。身体是对生命存在的感知和觉醒。他认为,诗人在诗歌里面是"皇帝",应该拥有对外部世界绝对的解释权,而不是重复别人、千人一面。移居澳门,任教于澳门大学葡文系的姚风教授深深担忧:"澳门很小,教堂很多,以前曾被叫做上帝圣临之城。但它又是一个充满矛盾和悖论的地方。是一座日夜挑战人性弱点的城市。很难认同这样的地方是我的家园,更多是土豪、赌徒的乐园。在这里只能眺望我的故乡北京。"他认为,"我们的民族,我们海峡两岸暨港澳地区的华人需要一个精神的家园。一个能够提升我们民族心理、民族情感的家园。海峡两岸暨港澳地区由

· 香港诗人郑单衣(前左)与台湾诗人陈育虹、辛牧在座谈会上发言

于政治、历史原因在各个方面都有巨大的差异甚至冲突。海峡两岸暨港澳地区的有识之士需要贡献智慧构建海峡两岸暨港澳地区强大的精神家园。每个中国人都能在这个家园中找到自己的身份认同。精神还乡更为重要！"

在今天，于人文知识分子而言，对乡土的感知还将产生强烈的阅读和写作的热望和动力。台湾女诗人陈育虹曾旅居加拿大多年，现居台北。她的发言以《最初的移民——玛格莉特·艾伍特的叙事诗》为题。她说，当她 1980 年看到这本书时，一下想到了父亲从山东到广东、上海、台湾、加拿大的移民史，她要把移民的回忆写出来。

除上述三方面外，一天座谈会的紧凑发言中，三明文联主席、诗人黄莱笙在发言中结合个人始于少年时期的学诗、写诗经历，谈到"三明诗群"的产生与台湾诗歌的渊源关系，认为，好的诗歌既能占有精神高地，也要有经得起推敲的语言。通过他的发言，与会者感受到了"三明诗群"齐整的队伍和蓬勃的活力。

在自由发言阶段，闽籍诗人宋瑜（余禺）、谢宜兴、郭志杰、哈雷、许燕影、卢辉、詹昌政等扩大了"乡土"概念，先后阐释诗中的乡土和现实中的乡土，进一步厘清乡土与诗歌、乡土与乡村、乡土与城市、乡土的边界与外延之间的关系，发言充满思辨色彩，引人进入更深层面的思考。

莲池为诗舞　喜雨更多情

一场或多场诗歌朗诵会一直是"海峡诗会"活动的"重头戏"。建宁的千亩荷田为众多嘉宾和当地诗歌爱好者带来惊喜：15 日当晚，在夜幕降临的钧口镇修竹荷苑品种园，晚风习习，蛙鸣阵阵，富有特色

· 部分与会诗人、作家、诗评家留影

的田园风光和现代化的 LED 光影背景，营造了梦幻般的诗境。小村庄第一次举办这样的文化盛事，远近村民全家出动，围观而来，他们想不到自己习以为常的荷田在远方的客人眼中竟是如此美丽的舞台，对朗诵会在家门口举办充满新奇和喜悦之感。

以三明市歌舞团为主力的朗诵团队带来的表演，所朗诵都来自与会嘉宾的佳作。整场朗诵会分《云卷时间》、《花开时间》、《风拂时间》、《步步是莲》四个篇章。其中，由三明市文联主席黄莱笙集句、副主席伍林发作曲的本届海峡诗会主题歌《七月莲荷》意境辽阔、旋律优美，仿佛声声叩问，直入心底。莲的诗篇、莲的舞台、莲的背景，莲荷蹁跹，两岸多地诗人文友相聚于此，其乐融融。

其间，诗人陈育虹、向阳、陈义芝、郑单衣先后登台朗诵自己的诗作。诗人的朗诵情感更加内敛，语气更为从容，呈现出有别于演员的气质和风采。朗诵会过半之时，天空毫无预兆地下起了雨，反反复复，直到接近尾声雨势越来越大，但朗诵者和舞蹈演员们沉着镇定地完成演出，在灯光

的折射下，雨点晶莹密集，如无数珍珠飘落，更增添夜幕下莲塘的别样风情。

尽管身披雨衣，撑起雨伞，嘉宾和观众们的衣服还是被雨打湿，调皮的雨却在朗诵会结束时也悄然停歇。回到车上，这场多情的雨被大家笑称是名副其实的"湿（诗）人湿（诗）会"，反倒助了诗兴。

这正是，声光虚实莲真假，风雨疾徐意短长；暝色荷乡添墨客，清音夏雨助骚人。

江源风光美　采摘正当时

建宁，除了众所周知的"建莲之乡"，还有"黄花梨之乡"、"无患子之乡"等美誉。农业生态的完好是建宁县极为重要的地方特色，也是该县干群引以为傲而努力保持和推广的。7 月 16 日和 17 日，应建宁县委、县政府的盛情邀请，与会嘉宾借机参加了该县在此二日举办的"赏荷采摘季"活动。与会嘉宾分头前往濉溪镇圳头村和高峰村以及均口镇修竹村进行乡土写作资源考察采风。清新的空气、良好的生态、美丽的乡村、好客的百姓给嘉宾留下深刻的印象。

· 台湾女诗人陈育虹登台自诵

·媒体记者伴随诗人们前往高峰村采风

·台湾诗人简政珍（左）与陈义芝在建宁修竹村荷花田

16 日下午，诗人们尚参加了建宁县农产品网络推广启动仪式，琳琅满目而富于环保特色的建莲及其副产品、无患子肥皂、野山茶、碳烤笋干、银耳香菇、高山茶油、铁皮石斛等名特优农产品深深吸引了诗人们的目光。

17 日上午，在骄阳清风的陪伴下，大家再次来到修竹荷苑，一眼望不到边际的荷塘，再现了杨万里"接天莲叶无穷碧，映日荷花别样红"的意境。除了艳阳下具实用价值而非专供观赏的千亩荷田给诗人、学者们以惊喜外，大家尚到建莲文化馆参观莲专题科普展览，品读历代咏莲的诗句，观赏《现代诗魂与传统墨韵书画作品展》。诗评家谢冕与香港作家巴桐、台湾诗人简政珍等当场即兴挥毫，留下墨宝。简政珍先生并即兴创作了咏莲俳句："季节过后 / 你留下的是 / 莲子 / 还是 / 莲心？"

17 日下午，诗人们应邀前往溪口镇桃梨园参加了采摘季活动的启动仪式，之后在小学生们的陪同下，嘉宾与小志愿者手牵手，在梨园里逡巡，参与了成熟梨果的采摘劳动，共同寻找"梨王"，并各自认养黄花梨树。有了一致的目标，诗人和孩子们的年龄也仿佛拉近，诗无邪、童言亦无忌，阵阵笑声不绝于耳，为农家丰收的喜悦增添了诗情画意。大家兴奋的心情溢于言表，体验到乡土劳作与生活追求的美好。

本届"海峡诗会"，主办单位充分贯彻落实习近平总书记在文艺工作座谈会上的重要讲话精神，"深入生活、扎根人民"，首次落地县城举办，既为山区人民播撒文

· 两岸全体与会诗人参加建宁县采摘季活动

· 新闻媒体之一《海峡都市报》在头版头条报道本届海峡诗会

化的种子，更让文艺家"接地气"体验乡村生活。李书磊部长抵达建宁当日，就步行前往农家，与农民愉快交谈，嘘寒问暖，为我省推进文艺"四到基层"工作做出表率。

台湾诗人陈义芝在接受采访时说，这次"海峡诗会"很有意义，不仅有议题的讨论，也有丰富的采风。到县城举办"海峡诗会"，是文化向乡村的拓展，体现了政府对文化的高度重视。正如在修竹荷苑"现代诗魂与传统墨韵书画作品展"现场，谢冕教授书写的"为荷而来"四字，赞颂

莲荷扎根泥土、品性高洁，暗喻了本届"海峡诗会"寻美的路途，也契合了诗歌的人文理想。活动结束返回不多日，陈义芝、陈育虹、辛牧等诗人即为建宁创作了诗歌作品。诗歌和乡土，让我们重新经历了一次美的洗礼。正如台湾女诗人陈育虹为建宁之行新创作的咏荷诗所写："有人撑着雨 / 走进时间的水墨 / 我想着荷塘有鱼 / 雨滴全然投入不由自己 / / 我们像荷花一样干净"。

⊙第一至第十届海峡诗会综述

海峡两岸涌起生生不息的文化热潮

◎张作兴

习近平总书记深刻指出：文艺是时代前进的号角，最能代表一个时代的风貌，最能引领一个时代的风气。作为率先进行改革开放的省份之一，福建的文艺工作生生不息地向前推进，按照"文以载道、以文化人"使命要求，我们立足海峡、放眼世界，卓有成效地开展了一系列对台对外文艺交流活动，有力唱响了福建和福建精神。

自 2002 年以来，福建省文联及其他相关单位主办的"海峡诗会"系列活动，迄今举行了 10 届，成为我省对台对外文化交流的一道靓丽风景。10 届海峡诗会活动，先后邀请了台湾著名诗人余光中、洛夫、痖弦、郑愁予、席慕蓉等数百位海内外作家学者莅会，中央电视台、《人民日报》、香港《大公报》、澳门《澳门日报》、台湾《中国时报》等 30 多家权威媒体曾先后制作了专题节目或进行跟踪报道，在海内外引起较大反响。中国作家协会主席铁凝高度评价说："现在每年由福建省文联牵头举办海峡两岸诗会，先后已有余光中、席慕蓉等著名诗人跨海赴约，成为两岸文化交流的一大盛事。"

人类创造的一切文明成果称为文化，文化的顶级是文艺。海峡两岸同胞自古一家，同根同种同缘一定有着相同的文化积淀，而文化一定是相通相融的，薪火不斩，生生不息。两岸文艺界人士的日益频繁接触，亦随着时代浪潮迫切地应运而生。特别是在海峡两岸时空局限亟待突破、两岸交流深度广度有待拓展的时代背景下，"海峡诗会"清新出世，它汇聚了两岸四地名家，带来一场诗歌的盛会，对促进两岸文化深入交融、沟通思想与心灵具有重要意义。为了大力弘扬中华优秀传统文化，践行社会主义核心价值观，增强两岸"同文同种、同根同源"的价值认同，为了中华民族的伟大复兴，更好地突破海峡两岸的时空局限，大力宣传福建和唱响福建精神，"海峡诗会"作为两岸文化交流的一个品牌活动，仍将继续举办主题鲜明、特点突出、成效卓著、反响热烈的专题活动。

我们期待未来两岸关系的良性互动和文化交流的深入发展。编辑出版本书的宗旨，即是集录过往，以资见证和总结历史，成为来日的基石与动力。希望海峡两岸广大诗人朋友多关注福建，常来福建采风，创作出更多精品力作，共促文化的繁荣发展，密切两岸四地文化交流。

2015 年 9 月

（作者时任福建省文联党组书记、

书记处书记、副主席）

从"海峡诗会"看两岸沟通

◎马洪滔

"海峡诗会"是新世纪以来福建对台文化交流的一道绚丽风景。自2002年迄今，已成功举办十届。其中，"'2003海峡诗会"和"'2004海峡诗会"连续两年位列《海峡都市报》评选的"福建省最具影响力的十件文化大事"。2006年11月，金炳华在中国作协全国七大工作报告中对"海峡诗会"给予肯定，认为此项活动"在海峡两岸引起积极反响"。2008年3月，铁凝在接受记者采访时说："福建与台湾一衣带水，拥有独特的地理优势。现在每年由省文联牵头举办海峡两岸诗会，先后已有余光中、席慕蓉等著名诗人跨海赴约，成为两岸文化交流的一大盛事。相信两岸文学交流在联结人心、凝聚两岸亲情的心灵沟通中，能起到独特的积极作用。""海峡诗会"逐渐成为"享誉两岸的专业品牌交流活动"。

"海峡诗会"的缘起

"海峡诗会"的发起源于《台港文学选刊》。《台港文学选刊》是我国第一家专门介绍台湾、香港、澳门及海外华文作品的文学期刊，创办于1984年9月。时任福建省委书记的项南同志在代发刊词《窗口和纽带》一文中指出："如何促使不同制度、不同社会的人增进了解，消除隔阂，求同存异，进而融会贯通，和谐默契？文化的交流，可能是一个较好的途径……《台港文学选刊》将成为瞭望台港社会的文学窗口，联系海峡两岸的文化纽带，团结三种社会力量的一种精神象征。"之后，《台港文学选刊》长期就以"瞭望台港社会的文学窗口，联系海峡两岸的文化纽带"为办刊宗旨。创刊以来，《台港文学选刊》先后介绍了二千多万字的华文作品。同时以刊物为平台，积极开展对台湾、香港、澳门及海外华人的文化交流。在孜孜矻矻、坚持不懈的努力中，《台港文学选刊》与台港澳及海外华人既建立了广泛的联系，又缔结了深厚的情谊。尤其在台湾方面，《台港文学选刊》影响甚大，"直把这一搭建两岸三地文学桥梁工作做得有声有色"，令"作家感到知音"。台湾文学界、学术界、出版界乃至艺术界，大量的知名人士最早都是通过《台港文学选刊》了解大陆。多年的办刊、交流实践，《台港文学选刊》深切体察到"文化的交流，是一个较好的途径"。

2000年前后，由于"台独"势力上涨，台湾当局极力推行从文化上"去中国化"，台海局势呈现新的状况。同时全球化声浪下西方文化对其他文化的侵蚀也渐趋彰显。而受过日本五十年"皇民统治"创伤、清醒的台湾文化人，则为自己"安身立命"的中华传统文化的未来日益感到忧心忡忡。"诗可以兴，可以观，可以群，可以怨。"在这种综合的背景下，为了更好地发挥文化桥梁作用，使海峡两岸更紧密地联系在一起，《台港文学选刊》鉴于海峡两岸特殊的地缘、血缘、史缘、文缘关系及同样兴盛的诗歌景象，决定利用本刊的资源和影响，以"诗"为"媒"，发起并着手策划"海峡诗会"。参与筹划的还有福建省文学艺术对外交流中心。该中心成立于1996年，负责组织、协调福建省文艺界与台港澳同胞和海外侨胞及世界各国文艺团体、文艺界人士的文学艺术交流活动的工作，同时为福建省扩大社会文化经济成就和精神文明形象的对外宣传服务。成立以来，该中心配合有关部门开展海内外文化交流活动，为促进台港澳同胞和海外华人增进爱乡爱土爱国的情感做了大量工作，发挥了积极作用。两家通力合作，经过近一年的酝酿，在2002年金秋，第一届"海峡诗会"终于破土而出。

"海峡诗会"的盛况、影响

十届"海峡诗会"始终得到福建省委宣传部的高度重视、省台办的热情指导，并由省文联党组、书记处直接领导。"海峡诗会"以《台港文学选刊》为平台，以诗歌交流研讨为主体，先后举办了"诗歌发展研讨会、"余光中诗文研讨会"、"闽台海洋诗研讨会"、"席慕蓉作品研讨会"、福州"海峡文艺论坛"、晋江"海峡文艺论坛"、"郑愁予诗歌研讨会"、"痖弦文学之旅国际学术研讨会"、"海峡两岸诗歌与艺术研讨会"、"诗性的旁通与回响——海峡两岸诗歌与艺术关系研讨会"、"两岸青年诗人创作谈"、"现代诗：个人经验与乡土资源"诗歌创作座谈会等。推出了十期《台港文学选刊》"海峡诗会"专辑，此外尚安排了多次"海峡两岸现代

诗创作座谈会"、"海内外华文作家恳谈会"等，先后邀请了张默、大荒、向明、余光中、洛夫、痖弦、席慕蓉、郑愁予、辛郁、陈义芝、侯吉谅、焦桐、白灵、张国治、詹澈、吴钧尧、尹玲、古月、潘郁琦、陈育虹、汪启疆、李锡奇、林婷婷、严力、宋琳、庄伟杰、吕德安、张诗剑、盼耕、古剑、秦岭雪等逾三十位台港海外知名诗人、作家莅会，同时大陆诗坛、文坛名家牛汉、蔡其矫、舒婷、叶延滨、王家新、任洪渊、鲍尔吉·原野、谢冕、杨匡汉、杨匡满、南帆、任洪渊、刘登翰、孙绍振、李元洛、陈章武、陈仲义、王光明、龙彼德等亦应邀先后出席。通过各种主题突出、质量较高的学术研讨、座谈等，既有效推动了两岸文学界的创作、提升了研究界的学术水准，也进一步加深了台港海外华文诗人、作家、艺术家、学者的民族文化情感，促进了两岸文学界的交流向纵深掘进。在第二届"海峡诗会"活动中，著名诗人余光中最是感到"永世难忘"，他几次表达"一偿半生夙愿"，又说"政治使人分裂而文化使人相亲"。活动结束余光中返回台湾后还给《台港文学选刊》撰写了《八闽归人——回乡十日记》以志答谢。此外著名诗人痖弦、洛夫、席慕蓉于第三届、第四届、第五届海峡诗会结束后也分别撰写、发表了题为《知音》、《炮弹与菜刀的辩证》、《谢函》的文章。缘于"海峡诗会"在两岸的良好反响，2005年台湾《联合报》尚自行选发了福建著名诗人舒婷、蔡其矫、余禺、伊路、汤养宗等五人的组诗，第一次在台湾报纸副刊集中展示福建诗歌的创作。

为重新点燃经济时代人们对诗歌渐行

渐远的激情，培养年轻一代对高雅文学的兴趣，十届"海峡诗会"还先后精心筹办了'2002海峡诗会诗歌朗诵音乐会、"余光中诗文Party"、"母语——台湾诗文朗诵会"、"闽台海洋诗朗诵音乐会"、"诗之为魔——洛夫诗文朗诵会"、"和谐之声——席慕蓉诗文朗诵会"、"游吟的诗锦——郑愁予经典诗歌朗诵会"、"红玉米——痖弦诗歌朗诵会"、"汇入诗流——两岸'诗音书画'笔会诗歌朗诵会"等十余次朗诵会和多次余光中高校演讲会、"郑愁予文学讲座"、"痖弦文学讲座"等。均取得良好效果。如在席慕蓉诗文朗诵会上，台上台下声气相通，席慕蓉一度控制不住情绪而泪流满面，会后仰慕者蜂拥而上请求签名，场面十分火爆。第五届海峡诗会之后，海峡西岸再次引发了文学爱好者及专家学者对席慕蓉诗文的关注和探讨的热潮。福建师范大学"郑愁予文学讲座"，八百多座位的文学院礼堂座无虚席，不少学生席地而坐，当两个半小时的讲座结束后，诗人乘坐小车徐徐离去，而冬日的猎猎寒风中，许多学生仍久久挥手目送。出于对诗人的景仰和喜爱，福建师范大学传播学院还参与承办了"游吟的诗锦——郑愁予经典诗歌朗诵会"。

十届"海峡诗会"系列活动，特点突出，组织严密，规模宏大，无论大陆还是台湾，都引起了良好的反响。中央电视台第一套节目、第四套节目、福建电视台、东南电视台、福州电视台、厦门电视台、金门电视台、福建人民广播电台、中国华艺广播公司、海峡之声广播电台，台湾《中国时报》、《联合报》、《金门日报》，香港《大公报》、《明报月刊》、《文汇报》，澳门《澳门日报》，《人民日报》、中新社《中国新闻》、《文艺报》、《文学报》、《河南日报》、《福建日报》、《大河报》、《南阳日报》、《海峡都市报》、《东南快报》、《福州日报》、《福州晚报》、《厦门日报》、《泉州晚报》等众多媒体先后制作了专题节目或进行跟踪报道。福建省台办就第二届"海峡诗会"专门致函福建省文联，指出：海峡诗会暨余光中原乡行活动"很好地树立了'海峡诗会'品牌，扩大了余光中原乡行的影响，使活动圆满成功，也为对台交流出力增光。"国台办有关领导对近年来福建的"海峡诗会"活动也给予了高度肯定。

对"海峡诗会"的思考

"春与秋其代序"，十年时光匆匆而过。随着十届"海峡诗会"活动的结束，如今海峡两岸的经济、文化交流更加频密、深入，实现了三通，政治上也日趋缓和。不过影响两岸关系正常发展的因素依然不少，两岸局势依然严峻。而作为一个拥有五千年悠久历史、灿烂文化的民族来说，将如何进一步着眼于未来、从实际出发，有效化解六十年分治留下的历史伤痕，早日实现和平统一大业？在两岸交流中，"海峡诗会"又发挥了怎样的作用，呈现出什么样的特点呢？仍然需要很好地发掘和总结。

2004年国民党主席连战访问大陆时，曾经说过一句话掷地有声："政治是一时的，经济是长久的，文化是永恒的。""海峡诗会"擎诗歌大纛，以文化为平台，给我们的思考，第一个方面是，要充分发挥中华传统文化的基础性作用。台湾早在三国时代就已成为中国的一部分，台湾的文化主体中华民族文化同源同种，一脉相承，且在历史上绵延不尽，未曾中断。在交流中，我们强烈感受并深刻认识到，不仅台湾老百姓大多认祖认宗，不少台湾文化人更是把中华传统文化作为安身立命之所。在台湾，面对"台独"势力公然鼓噪"去中国化"，他们痛心疾首。而至大陆，当看到经济飞速发展，深受鼓舞的同时，他们也在看到传统文化价值遭受着冲击，于是亦不无担忧。因此在处理两岸关系问题中，尤其要注重保护并发挥两岸共同的文化基础性作用。

其次，要充分发挥福建的地域优势。台湾与福建，"一湾浅浅的海峡，我在这头；大陆在那头。"两地具有"地缘相近，血脉相亲，习俗相同，语言相通"的特点。据台湾1926年的统计，全岛汉族居民共375.1万人，其中闽籍移民310余万，占83.1%。台湾人与福建人，都说闽方言，都信仰"海上之神"妈祖。所谓"台语"即闽南语。妈祖的诞生地也是在福建湄洲。理学的集大成者朱熹，更在福建为官、讲学三十余年，直到终老，影响了华人社会八百多年。这些特点，作为对台交流前沿的福建来说，相较于其他省市是十分难得的一种天然优势。历史上，福建与台湾民间的交流从来就没有中断过。目前面对特殊的形势，福建更应该加强研究，不断发掘闽台关系资源，寻找更有效的突破。

第三，要注重活动主体的质量。上世纪80年代中期，能从台湾申请赴大陆的仅囿于探亲的百姓；到80年代后期，开始陆续出现台商来大陆投资设厂，但仍然只是零零星星，形不成气候，多集中于东部沿海一带；而2000年后，不仅台资企业深入到大陆内部腹地，甚至台胞常居大陆亦蔚为风气，台湾民众到大陆观光、旅游更是宛如"过江之鲫"。两岸这种空间局限的不断打破，对两岸交流而言，既带来了一种新的历史性的机遇，同时也为我们提出了更高的要求。对海峡东岸来说，交流如果仍停在一般层面上的访问、观瞻，那么意义已然不大。据台港文学研究专家宋瑜多年来的感受，"台湾文化人到大陆来交流，其目的一般较为单纯和明确，主要是为了切磋学术和文化而来。如果仅仅为了观光，他们其实更愿意通过别的途径。""海峡诗会"活动正是紧扣"诗歌研讨"、"诗文朗诵"做足文章，使得与会诗人、学者能够深入有效地进行诗学理论、诗歌创作的交流和探讨，切实、尽情地分享到诗歌大餐，体验彼岸传播的"镜子"作用，从而客观上也使得诗会能够在海峡彼岸文化圈迅速地形成影响。因此在对台交流中，不但要创造良好的氛围，更要重视交流的实际效果，保证质量。否则枝叶覆盖了主干，不但交流不能深入，也难以取得预期的效果。

第四，要讲究方式、方法。前述已经涉及到这方面的问题。所谓方式、方法，简而言之就是，在对台交流中要能够因时制宜、因地制宜、因人制宜、因事制宜，既从严把握大的原则，又善于通权达变。十届"海峡诗会"皆是以诗歌交流为主要内容，但每一届诗会在具体运作时又各有各的特点。"'2003海峡诗会"为余光中个人举办了诗歌研讨会和专场诗文朗诵会。而"'2004海峡诗会"虽同样邀请到久负盛名的重量级诗人痖弦，但由于活动主题扣紧海洋文化,举办的"海洋诗研讨会"、"母语——台湾诗文朗诵会"、"闽台海洋诗朗诵音乐会"等系列活动面向诗人群体,没有突出个人,然而因整个活动准备充分、文化特色明显,痖弦先生在活动中一路兴致勃发,逸兴遄飞,并先后由衷地发出"我参加了平生最好的朗诵会"、"母语比亲人还亲"的感叹。同样,余光中省亲谒祖是其原乡行题中应有之事。而"'2004海峡诗会"就没有省亲归视计划,但是当活动到惠安崇武时,"这一天,诗人白灵最为兴奋,因为惠安即是他的祖籍地。""多少年,他的妈妈经常念叨着崇武,却没有能够回来看看,而眼下他就在惠安的土地上,真有说不出的感慨。"到泉州时,"诗人焦桐,通过一碗儿时面的味道寻到了自己的故乡——泉州"。在海交馆,他按捺不住激动的情绪,多日以来,他第一次向众人透露自己的祖籍地可能就是泉州。他说"我不想走了,你们继续往前走吧,我就留在泉州"。实为"无心插柳柳成荫"。诚然,"海峡诗会"社会反响良好,但尚有许多点点滴滴需要在细节上更趋周全、完善之处。

"海峡诗会"以后还将延续和拓展。活动越持久,交流越深入,留待我们的思考也会越多样更久长。在实践中,我们仍将不懈努力,进一步去从事研究和探讨。

2015年12月修订

附录

福建省文化经济交流中心简介

福建省文化经济交流中心是福建省开展国内外文化、科技、经济交流活动的地方性非营利社会组织。

该中心遵守国家宪法、法律、法规和政策，通过组织和引导的交流活动，加强福建与国内外的民间联系，促进福建同世界各国、各地区的相互了解和合作，为建设有中国特色的社会主义服务，为促进祖国统一、维护世界和平服务，为福建省的两个文明建设服务。

该中心的领导机构为理事会，理事会汇聚了我省经验丰富的老领导和许多重要部门的领导干部，汇聚了省内各界的专家以及港澳地区的闽籍杰出人士，阵容强大，人才济济，是做好对外对台交流事业的重要力量。

该中心自 1985 年 4 月成立以来，在省委、省政府的领导和各有关部门的关心支持下，依靠全体顾问、理事和海外各方面的力量，发挥福建省特殊的人文地理优势，与世界许多国家和地区的相关团体和人士建立了联系，组织和促成了一系列国际间和地区间的参观访问、经贸考察、专题研讨、文艺演出、体育赛事、艺术展览、书画笔会、影视制作、专项奖励、慈善捐募等交流与合作。

福建省诗歌朗诵协会简介

　　这是一个爱如阳光照耀，精神享受如同雨水磅礴的故乡；这是一个可以深情歌唱，美丽心灵温暖别一心灵的家园；这是一个无数双手共同培育诗歌创作和朗诵艺术两棵树苗壮成长的田野。

　　福建省诗歌朗诵协会于 2003 年 12 月 13 日成立。以"朗诵是诗歌的翅膀"为口号，以"服务诗歌，服务朗诵，服务心灵"为宗旨，经福建省民政厅审核批准成立，为全国首家跨诗歌创作与朗诵艺术两领域的省一级文艺协会。其业务指导单位为福建省文学艺术界联合会，系非营利性省一级民间社团组织。

　　自 2004 年 2 月 5 日举办"又是一年芳草绿——2004 新年诗歌朗诵音乐会"始，本协会每年均推出具有强烈艺术感染力的大小诗歌朗诵会，如"让诗歌浪漫城市——情人节送你一首诗"、"森林回响曲，和谐共鸣声——新年诗歌朗诵音乐会"、"母语——台湾诗文朗诵音乐会"，"诗之为魔——洛夫诗文朗诵音乐会"、"问世间情为何物——两岸爱情诗朗诵会"、"三坊七巷的女儿冰心——纪念冰心诞辰 110 周年诗歌朗诵音乐会"、"映像·妈祖——海峡两岸大型实景诗歌朗诵音乐会"、"惠女情愫——诗歌朗诵音乐会"等，并曾参与大型音舞诗集"美丽福建，美丽海洋"活动，并曾承办永定"土楼春秋——诗歌朗诵音乐会"等。

　　福建省诗歌朗诵协会聘请朗诵艺术名家丁建华、殷之光为顾问，开展朗诵艺术专题研讨会，筹划研究"福建省普通话朗诵等级评定"，促进诗歌走向大众，提升朗诵水平，丰富民众的业余文化生活。中央电视台、新华社、《解放日报》、《福建日报》、福建电视台、人民网、《海峡都市报》等省内外多家新闻媒体多次报道本协会活动并给予积极的评价。

福建省海峡朗诵艺术团简介

　　福建省海峡朗诵艺术团是2007年经福建省民政厅审核批准成立的非盈利性社会组织，具有独立法人资格，业务主管单位为福建省文化厅，是我省首家专业从事朗诵艺术指导、培训、比赛、表演的新型文艺团体。艺术团成员主要由省内表演艺术家、艺术院校师生、话剧演员、电台电视台播音员主持人及其他行业的朗诵爱好者组成。从2012年起，本团全面承担了中国歌剧舞剧院考级委员会授权委托在福建的朗诵考级和教师培训工作。

　　海峡朗诵艺术团成立至今，秉持"诵读经典、点亮人生"的建团宗旨，始终坚持以弘扬中华文化和繁荣朗诵艺术为己任，积极开展了一系列群众性公益朗诵活动，并成功举办了"和谐之声——席慕蓉诗文朗诵会"、"游吟的诗锦——郑愁予经典诗歌朗诵会"、"汇入诗流——两岸'诗音书画'笔会诗歌朗诵会"等台湾著名诗人诗文朗诵会以及"映象·闽江——大型户外实景诗歌朗诵会"、第一至第五届"福州市仓山区中小学生中华经典诗文诵读大赛"、"首届海峡两岸大学生中华经典诗文朗诵大赛"、"新年诗歌朗诵音乐会"、"惠女情愫——诗歌朗诵音乐会"、"聆听经典——中外名篇诗文朗诵音乐会"、"情系人防·和谐海西——纪念福建人防创立60周年大型文艺晚会"、"我的红色记忆——全省离退休老同志征文暨朗诵活动与颁奖晚会"、"延安精神颂——纪念毛泽东同志《在延安文艺座谈会上的讲话》发表70周年朗诵音乐会"、"海峡两岸女性诗歌研讨会暨诗歌朗诵音乐会"、"第三届海峡青年节'海峡东岸青年诗人西岸行'诗歌采风、研讨、朗诵会"等多场有较大影响、较大规模的朗诵会和朗诵比赛，受到社会各界以及广大朗诵爱好者的广泛好评。

后 记

自 2002 年以来，台港文学选刊杂志社为了推动海峡两岸文化交流，促进刊物的发展，在先前同台港澳、海外华文文学团体举办过各项交流活动及同华人作家多有接触的基础上，协同有关单位，创办了"海峡诗会"系列活动，成为福建省同台港澳、同海外文化交流的品牌活动，在海峡两岸及各地产生了积极反响。为了纪念，也为了保存相关的历史资料，提供给社会参考，在主管单位福建省文联的支持下，编辑出版了本书。

本书所收入的作品，均系历届受邀参加"海峡诗会"的作者提供给"海峡诗会"用于交流、研讨、朗诵的作品或后续作品；在本书编辑出版前，均征得作者本人或其著作权管理人的同意。

本书所使用的图片，多数取自台港文学选刊杂志社及"海峡诗会"活动有关主办、承办、协办单位拍摄的影像资料，少数取自媒体新闻图片或个人所摄图片，借此向各有关单位或个人致谢！

由于交流的需要，某些诗人或诗评家多次受邀参加"海峡诗会"，其"与会嘉宾简介"只反映当年本人情况，在另届"海峡诗会"的"与会嘉宾简介"中，内容或有所不同。而"与会嘉宾简介"仅限于受邀全程参与活动的嘉宾，不包括参加分场活动的与会者（因参加分场活动的人员远比全程参与的嘉宾为多，甚至出现人山人海的场面，自然无法囊括于本书）。

本书资料的搜集截止于 2015 年 12 月 31 日。由于十届"海峡诗会"跨越了十多年，本书内容的缺漏甚或错误在所难免，不当及不完善之处，敬请知情的读者指正并见谅。

台港文学选刊杂志社

2016 年 9 月 30 日